# 梦田春风

## 明新创始人庄华元的创业人生

庄华元 著

浙江文艺出版社
Zhejiang Literature & Art Publishing House

图书在版编目(CIP)数据

梦回春风：明新创始人庄华元的创业人生 / 庄华元著 . —杭州：浙江文艺出版社，2023.5
ISBN 978-7-5339-6924-0

Ⅰ.①梦… Ⅱ.①庄… Ⅲ.①纪实文学—中国—当代 Ⅳ.①I25

中国版本图书馆CIP数据核字（2022）第123138号


**责任编辑** 王莎惠　周　易
**封面设计** 吴　瑕
**版式设计** 吕翡翠
**责任印制** 吴春娟


**梦回春风：明新创始人庄华元的创业人生**
庄华元　著


**出版** 浙江文艺出版社
**地址** 杭州市体育场路347号
**邮编** 310006
**电话** 0571-85176953（总编办）
　　　0571-85152727（市场部）
**制版** 浙江新华图文制作有限公司
**印刷** 杭州富春印务有限公司
**开本** 710毫米×1000毫米　1/16
**字数** 485千字
**印张** 32.75
**插页** 8
**版次** 2023年5月第1版
**印次** 2023年5月第1次印刷
**书号** ISBN 978-7-5339-6924-0
**定价** 139.00元

◇庄华元已实现"梦回春风"，并在体味和享受着春风吹来的喜悦

庄华元一生是在艰难困苦的创业道路上度过的，几十年春华秋实，一路坎坷一路凯歌，立志不到长城非好汉！如今终于在儿辈矢志不渝奋斗下，梦圆春风，意愿成真！

◇浙江明新皮业有限公司董事长：庄君新

庄君新

明新旭腾新材料股份有限公司董事长 / 嘉兴市温州商会会长

◇2019年9月3日上午上市答辩成功，明新企业又更上一层楼，这是激动人心的日子，庄华元、庄君新和庄严父子三人在公司办公大楼门厅合影留念

◇2020年11月23日，明新公司在上海证券交易所正式发行上市

◇2020年11月23日,明新公司上市敲钟仪式

◇"明新"董事长庄君新与上交所副总经理董国群交换签字后的明新公司上市协议书文本

◇浙江明新皮业有限公司办公大楼

◇浙江明新皮业有限公司智能车间一角

# 序

浦学坤

我相信,每一个上了年纪的人,都是一部书,只是每一部书的内容不同而已。我读过的书很多,而真正让我感动和记住的却不多。

当战友李贤宝和施巨先同志向我介绍庄华元先生时,我对这位年过八旬的优秀企业家是十分敬重的。当我听说他要撰写一部回忆录时,更对他刮目相看了。

随着多次交往、了解,以及读他一章一章的人生履历,他的鲜明形象,在我眼前越来越高大、丰满,而且越来越让我感动。

他有一个苦难的童年。作为穷乡僻壤的山区农村的孩子,无论天寒地冻,他都坚持赤着脚去上学。哪怕雪积得再厚,他也光着脚在雨雪中行走。即使这样,由于交不起学费,他还是含泪休学了。他面对现实长叹:困难曲折,是绕不过去的磨难;但无论风雨多大,都不能把我的思维阻隔;命运不让我安宁,就让我把悲愤沉默于心底。

让庄华元自豪的是,他当上了一名矾矿工人。从老家到矿区有120多里路,为了省路费,他常常步行来回。路途中的午饭是花二两粮票、八分钱买一碗面。他说这一条弯弯曲曲的路,是他人生中的难忘之路。理想在远方,而成功,永远在脚下的路上。

教师,是一项神圣的职业。他当上了教师,三尺讲台却是在一座大山的山顶上,教室就在山顶的一座宫庙里。上世纪六十年代初的那段日子里,他把知识教给了山顶村民的孩子,而自己吃不饱肚子,有时只能采摘地瓜藤的叶子充饥。在离开学校六十年后的一天,80岁的庄华元上山忆旧,一些村民和学生居然还认得他,直呼庄老师、庄老师。有幸那次我和妻子同去,目睹那情景,深感庄先生为人师表的人格魅力没有因时光的流逝而失色,仍是情深无憾啊。

庄华元来自农村,他当了几年教师后辞职回农村。这次回农村同以往不同,是当一个地地道道的、名副其实的农民。"农民"这个词儿在中国意味着吃苦、勤劳,与田地打交道。当他回忆那段辛酸和困惑的日子时,他说:一棵庄稼能茁壮成长,离不开阳光雨露,离不开适合它生长的土壤;同样,一个农民能安居乐业,离不开政策的阳光雨露,也离不开适合他生活的环境和氛围。改变人生的命运,必须靠自己。

为了改变命运,他选择了一个甜蜜的职业——养蜂。这个职业听起来很甜,其实是跟着蜜蜂到处流浪。蜜蜂跟着花期飞,他是跟着蜜蜂奔波。十多年的养蜂生涯,他经历了太多的世态炎凉,也享受了不少的人间温暖,苦楚和甜蜜交织着他的人生。在这段经历中,最让我感动的,是他的妻子林锦云。庄老在讲他的往事时,常常会讲到他的这位贤内助。特别是她对丈夫浓浓的真切情意,都体现在点点滴滴的待人处事中。她跟着丈夫一路颠簸,一路帮衬,许多情节都非常感人。一位温良恭俭让的传统女性,在丈夫的心中,永远是奉献甜蜜的女神。

养蜂初始,是要付本钱的。为了这个本钱,庄华元走上了打工之路。打工仔,大多是为了生存,为了养家糊口,或为创业赚取本钱。谁知道打工之路,不仅仅只是体力活儿,而且还是一个智力争斗的活儿。通过一次次的打工过程,庄华元尝遍江湖上的甜酸苦辣。他付出了超乎常人的辛劳,完成了既定的工程,却拿不到应得的报酬;他屡屡上当受骗,却仍行走在打工路上;他自己还未摆脱困境,却屡屡伸出援手,帮别人解脱困境。从许多事例中可以看到他具有一种忍辱负重、矢志不移的性格气质,可以说,庄华元的打工经历,为他以后的创业积累了许多经验,也为他的一生积累了宝贵的精神财富。

庄华元为外地供销社采购农用薄膜,为许多皮件厂采购皮革,从而与皮革行业结下不解之缘，其实，从一定的角度讲，他一直是为别人打工，只不过有了以往的知识积累，以至有了新的升华。这些，都为他创办自己的企业创造了内在动力和客观条件。

工厂企业，是社会生活一条强劲、敏锐的脉搏，它串联着个人、集体和国家命运。长期的流浪生活和打工生涯，他的倔强的个性与境遇，他的企业的创立与发展，无不展示着社会背景的宏大与复杂。一个成熟的企业家在走过漫长的坎坷之路后，站立起来了，随同他的企业，站立在温州和嘉兴的大地上。

"宝剑锋从磨砺出，梅花香自苦寒来。"庄华元的成功之路，完全印证了这句名言的含义。

研读庄华元的《梦回春风》，可以领略到他兢兢业业、呕心沥血、诚实劳动、尽力奉献的不凡生涯。他以丰富的材料、生动的故事、真挚的情感、朴实的笔调，讲述了他艰苦奋斗的人生历程。通过同他本人的多次接触交流，并阅读了他撰写的人生经历，我感到，他具有最鲜明的人格特征和宝贵精神：勤奋诚实、善良朴实、创新务实。

勤奋诚实。从庄华元的人生履历中，他的工作岗位经常变换，他的处境不断变化，不变的是在许多挑战和困难面前，他从不畏惧，诚实地面对，勤奋地拼搏，一次又一次地经受住了风浪和挫折。可以说，勤奋与诚实，是他取得成功的基石。

善良朴实。无论是庄华元的外表还是他的内才，给人的印象始终是善良与朴实。难能可贵的是，他在最困难的时候，仍愿意帮别人解难救急；在事业取得成功以后，更是为弱势群众、为社会、为国家不停地施以善行义举、无私奉献。他既有刚强好胜的硬汉特质，又有细腻体贴、与人为善的侠骨柔肠。由此获得了民众和政府的信任和支持。

创新务实。从庄华元的工作履历中可以发现，每遇到困难和挫折时，他总是不甘心，不退缩，并且乐观地调整思路，寻找新的出路。即使是新项目、新事物，在创新过程中，他都是按实际情况出发，脚踏实地，务实践行，一步步走来，达到成功的目标。创新与务实，是他不断取得胜利的动力。

到了耄耋之年，庄华元仍在不断地给自己施加压力，增添动力，他居然撰写起回忆录来了。此目标一旦确定，他就一刻不停地运转起来。一篇篇、一章章，一部厚重的回忆录《梦回春风》，终于摆到了书桌上。

细读《梦回春风》，我感到最大的特点是：文笔细腻、生动真实。

文笔细腻。八十年风云变幻，八十年风华沧桑，从作者的祖先写起，直到他自己成为孩子们的长辈，许多生活情节，都如说书先生讲故事一般，细细道来。作者没有用豪言壮语和华丽的形容词来粉饰自己的过往，而是用细致、细实的细节，讲述自己的经历，让人信服感动、过目难忘。

生动真实。由于是讲自己的故事，所讲内容，都是过往历史的回望，是不同时代的生活写照，也就显得格外生动、鲜活、真实，有血有肉，有情感的温度。

书中还用大量的笔墨，书写了他的家人，特别是他的儿女们的学习和成长。从中不难看出，当家长的他，为家人所付出的大量心血和浓浓情意，为子女的教养和成家立业所隐含的良苦用心和殷切期望。这部书的问世，完全可以成为庄氏之家的传家之宝，是一部珍贵的庄氏家史、奋斗史、创业史，是可以代代相传的难得的精神财富。

当然，由于时间久远，有些值得书写的人和事可能被淡忘、被疏漏；也有些情节可能啰嗦重复，或不宜多说。这些，我想对一位耄耋老人的回忆，不必苛求，犹如喝茶聊天，讲些多余的话都是难免的。

庄华元，是一位平凡的人。但读完这部回忆录，我们会感到，他是一位成功的优秀企业家，他是大写的人，他具有不平凡的人生履痕。

春风，永远伴随着平凡的人走向不平凡的远方。

2021年6月18日

（作者系中国作家协会会员，太湖文化研究会创会会长）

# 目录

引子

# 引 子

常在我内心浮现

不是冗长的历史

而是那些忽暗忽明的碎片

过去的岁月

淡淡的炊烟

还有那一张张熟悉和陌生

的脸面

即使远在天边

一幕幕仍闪烁在眼前

# 第一章　乡愁　高墩村

四季风吹拂

翻开故乡的乐章

春耕的泥土开始泛绿

夏天蝉鸣格外响亮

秋收的果蔬那么丰盛

冬季的米酒依旧醇香

乡愁是父母的侧影

离乡是我青春的梦想

那里有泥泞的足迹

我在风雨中艰难成长

村庄里飘出一缕缕炊烟

游子的梦总是在远方

# 一、我的乡愁——高墩村

我最早开始体悟人生的地方,是我开始初涉社会、飞速成长的地方,也是母亲养育我、教诲我的地方。

高墩村是坐落在浙江省平阳县山门镇的一个古村。不知从哪个朝代开始,先祖在这里开疆拓土,开垦出一块块可耕可居的土地。

据说,叫"墩"的地方大都是风水宝地。这个叫"高墩"的村庄,就更是让人赞叹不已了。

高墩村分"高墩头"与"高墩尾"两个自然村。居住着以曾、林、庄、郑四个姓氏为主的村民,总共有五百多户。高墩头以"曾"为大姓,另有三户姓"庄"的;高墩尾以"林"为大姓,另有一户姓"郑"的。三百七十多年来,高墩人守护着高墩村的一草一木,脚踩着家乡的石子和沙土,一代又一代地传承着高墩的忧伤和欢乐。

高墩村旁有一条很宽很宽的大溪流,叫"高墩溪"。长年生活在高墩溪畔,感到人生犹如溪水,无论春夏秋冬,都是向前流淌,有时奔腾咆哮,有时回旋呜咽,有时候也会默默无言。

高墩溪岸边有大片的防护林带,高大的溪榉树和柳树,好似成群的卫兵,肩并着肩,手挽着手,守护着大堤。溪边那两条长龙般的防洪大堤,都是由一块块巨石垒成,远远望去,非常雄伟。大堤外面长满比人还高的芦苇,阵风吹拂,芦苇飞舞。这些芦苇的根深扎在地下,紧密相连,保护着大堤不被洪水冲垮。

每当山洪肆虐时,上游的洪水会把大大小小的石头推向下游,堆积在溪床上。洪水过后,这些石头被冲刷得干干净净,白刷刷的一片,把溪床填得满满当当。每当这时,高墩人就会集体出动,把大石头抬起来修补大堤,把小石块挑出来,填在大堤的肚子里。大堤离不开人的保护,人也离不开大堤的守护。人和自然就这样和谐相处。

如果几天不下雨,溪水就自然少了。溪水清澈见底,许多小鱼小虾顺着哗哗作响的溪水游窜,在水中游戏,又蹦又跳,自由自在。我常常卷起裤腿,涉水过溪,享受一种奇妙的乐趣。

村民们干活累了,就在防护林的树荫下歇歇脚;口渴了,就到溪边捧几口水,喝个痛快。溪边的风很凉快,溪中的水可真甜哪!

孩子们到溪水中游泳、玩水,这里是天然的游泳场。

年轻人到溪中洗澡,这里是天然的洗浴场。

在溪水中捕鱼捞虾,是一种乐趣。用黄酒糟烧清水鱼虾,味道鲜美得令人终生难忘。

还有一道风景线,就是村里的妇女一字排开,在溪边洗衣洗菜。这幅多姿多彩的美丽画卷朴实而灵动。

高墩溪流传着一个神秘而离奇的传说。很久很久以前,有一个妇人在溪边洗菜头(即萝卜),身边突然来了一个披头散发、衣衫褴褛的乞丐。他向正在洗菜头的妇人讨一个菜头吃,妇人抬头看见他一身脏兮兮的模样,不愿给他。只见那乞丐哈哈大笑,且嘴里念叨道:"上溪有水流,下溪有水流,中溪无水洗菜头。"乞丐说完便扬长而去。后来人们都说,此乃神仙,这条溪被他说绝了。从此以后上游的山门一年四季水长流,下游的东门不管天旱多久,也从不断水。唯独高墩这段溪流,历来就是大雨大水,小雨小水,要是半个月一个月不下雨,溪床高的这段就断流干涸。水都在溪床的石头底下穿流过去,小鱼小虾也早就跑到那深洼水潭避难去了。为此,有人给高墩溪取了一个绰号,叫"拉尿溪",意思是说,溪中有水的时间短暂得如同一泡尿的工夫,尿拉完了,溪水也断了。

听到这个传说,我就想,那个洗菜头的妇人如果不嫌乞丐脏,给他一个菜头,这里也就水长流了。这个故事是启迪我们要积德行善,多做好事!

高墩是个神奇的地方。站在高处眺望,只见远处皆是一座座用木头建造的瓦房。房子与房子间的空杂地上,林木葱葱。走进高墩村,林木相间的小路,弯弯曲曲的,如九曲迷宫。初来高墩的人,很容易因错综复杂的小路迷失方向。这里没有路名路标,家家户户又没有门牌号码。外村人进了高墩,就分不出东西南北,所以人们常称这里"高墩小上海",因为路径多得实在难以分辨。

高墩村周边,是一片连着一片的桑树林。到了春天,那些粗大的桑树长出了茂盛的叶子,密密麻麻的竹子参天斗绿,高大稀疏的香樟树,掺杂其中。还有无数的红木树,以及叫不出名字的杂树,都各领风骚,把整个村庄覆盖得严严实实,简直是一座绿树成荫的天然生态园。

这人间美景仿佛梦里仙境。君不知,在这美景背后,人们流过多少汗水,受过多少艰辛!每当想到这里时,我便心潮起伏,故乡的点点滴滴,无不在我心头沉浮……

2019年4月18日,我与江苏省无锡市的著名老作家浦学坤先生及其夫人一起到老家,寻觅我出生的血缘之地。在我的出生地顺溪半岭,700多米高的眉峰山依旧苍绿,山中的人却都变了模样。85岁的哥哥和侄子一家见到我,又是让座、又是泡茶,非常高兴。在侄儿的引领下,我在半山腰的树林中,找到了自己的出生地。遗憾的是,那里只留有小树杂草,而当年的房舍已无踪迹。我三岁时就离开了那里,故而不记得当时的任何情景,但这里的草木肥土总会留下我幼年的些许信息吧!这却是:

◇庄华元站立的地方就是他的出生地
从前的老屋早已不见,剩下的只有小树和杂草

寻居故里大山行,古稀八十觅旧情。

顺溪半岭诞生地,不见老屋草木青。

幼来未谋生父面,可恨当年害人精!

哭别痛离是非地,老回本土忘乡音。

◇庄华元在顺溪半岭村

　　这间当年留下的古屋与他出生时的老屋很相似

◇这是一棵生长在顺溪古镇的千年古树

离开出生地顺溪半岭，我们驱车到了我魂牵梦萦的高墩村。这里是我青少年时期涉足社会、初悟世道的地方；这里是我父母守护家园、永久安息的地方。回高墩村老家，多少往事如烟如云历历在目，一幕幕又让我浮想联翩。这真是：

长大在高墩，一生多少梦。

有劲使不出，无能主浮沉！

枉存凌云志，天地尽悬殊！

闯过此一圈，乾坤轮流转。

流尽辛酸泪，我今写自传。

## 二、高墩人的传家之宝

对于远离家乡的人来说，故乡永远是我们心中藏得最深的记忆。无论它如何变化，它都早已在我们骨子里打上深深的烙印。那些与生俱来的特质，始终与我们的血肉相连。很多看似寻常的事物，不管我现在生活如何，总是在我内心深处挥之不去。

高墩贫瘠的溪滩园地是高墩人赖以生存的田园。这里的每一块园地周围，都是用石头垒成的大堤。大堤至少有一至两米高，大堤上面就是人畜行走的道路。每个园地边的大堤上都开了个口子，口子上有台阶，人畜从这踏步石阶下到园地里耕种。

另外，还有大片大片没能开垦的荒滩，因为这些荒滩大多是石头，很少有沙土，所以高墩人的祖先就在这里栽了桐子树和松树。谁家祖先栽的树，就属谁家的子孙所有；几家人合栽的，就是几家人的子孙共有。真是前人种树后人乘凉，荒滩上的树木成了他们子孙后代的传家产业。

要说传家产业，那都是些现代人看不上眼的东西，而高墩人的祖祖辈辈,却把这些产业一代代传了下来。

说说番薯吧,在其他地方,番薯也称红薯或地瓜。当年,这作物是高墩盛产的主要粮食。记得小时候,春种农忙季节,父亲就要我帮着到园地里栽植番薯苗;初夏时节,我们又要顶着烈日翻藤蔓;到了初秋青黄不接时,有人便开始可以陆续挖番薯当饭吃了。富裕的人家舍不得在这个时候就把番薯挖出来,因为它还没长好,如果能等到立冬前再挖,番薯起码还能长大三分之一左右。到那时候把番薯挖回家,刨成丝,再晒干储存起来,用干番薯丝当饭吃,可以美美地吃上一整年。

穷人家里储存的番薯丝往往不到白露就吃完了,所以只能忍痛开挖小番薯用来果腹。

如今日子好过了,但每次想到番薯,我就情不自禁地对这个高墩人赖以维持生命的主粮作物,表示由衷的敬意。

高墩的小麦也很多,将它磨成粉做馒头、做面条,便是家中的上等食品。许多人家将面条作为走亲戚的礼物,又作为招待客人的点心。多余的小麦,可以卖掉变现,成为家中的经济来源。大户人家有时会将几千斤小麦出售,可谓一笔不小的财富。

想当年,小麦是高墩人生命中最珍贵的宝贝。到如今,每当看到有人将吃剩的馒头、面条浪费掉的时候,我就心疼,要知道,这些白花花的东西,早年是来之不易的高贵食物啊!

水稻是高墩人最高贵的粮食作物。高墩人缺少水田,许多人家就会向周边村庄购买水田种水稻。周边的矴埠头、墩脚、河口、马路和坑东等村落,几乎都有高墩人的田地。

这些田地离家都很远,起码有三五里之遥。一年四季,大家始终风里来雨里去地挑粪送肥、除草灭虫。待到秋收时节,农家挑回的不仅仅是稻谷,还有珍贵的希望和欢乐。

高墩的桑树是出了名的。村里的桑树树干粗、桑叶密。桑叶养蚕,蚕茧缫丝,蚕丝织丝布。高墩的女人大都会“一条龙”养蚕,直到把丝布染成各种各样的颜色。夏天,青年老人都能穿自家织的丝布衣服,还能把丝布卖出去,也因此引来许多做蚕丝买卖的商人,高墩随之成为了繁荣的丝绸市场。

如果说,养蚕织布是农家女子的一大绝活,那么种茶采茶即是高墩的另一道风景线。每逢清明前后,高墩的茶叶买卖是最红火不过的了。一清早,高墩女子背上竹篓到茶园采茶。待到外面有人喊"收茶",采茶女子就会把鲜嫩的茶叶卖给收茶人。到中午时分,她们都带着现金高高兴兴回家。真是"清明茶叶贵如金,品茶不忘种茶人。天南海北茶为媒,不忘采茶一片情"。

要说高墩的特产,谁都会想到高墩的红糖。高墩有两个糖埠,专门加工本村的糖蔗,把糖蔗榨汁,做成红糖。高墩产的红糖的特点是鲜、纯、甜,是做各种糕点饼干的绝好配料。村里那些心灵手巧的人,拿红糖做花生糖、炒米糖、姜糖等,这也是高墩人的传家宝。

说到特产,洋青也不能落下。洋青是染坊染土布用的一种染料。有些农家拿土质比较差的土地来种洋青草,洋青草大概在白露前收割。收割后,将它泡在用三合土垛成的水池里,用清水泡几天,捞出秆渣后,加进石灰和其他一些材料。通过人工搅拌,会有一种青色的粉质开始沉淀,倒掉表层棕色的废水后,沉淀下来的就是洋青。这种染料可是染坊染土布不可缺少的宝贝。

高墩人自古以来是面朝黄土背朝天的庄稼人,他们还种黄豆、花生、玉米、芝麻等五谷杂粮。俗话说,"手中有粮,心中不慌",手里有了粮食,就等于有了钱。高墩人有了钱,就引来了诸多叫卖做生意的人。商贩们会把最新鲜的大黄鱼、目鱼、鲳鱼、马鲛鱼和江蟹送到家门口,然后拉长了嗓门叫卖。卖猪肉的会吹着牛角喇叭;卖粉干面条的和卖针线、胭脂、雪花膏等小百货的也不在少数;更有敲着小锣鼓表演魔术的、卖百戏的、卖膏药的……引得男女老少纷纷驻足;修缸补锅的工匠把一连串的铁板敲击得铿锵作响;连那挨家挨户要饭的乞丐,也接二连三地来到高墩凑热闹。

高墩真是个好地方,四邻乡里无人不晓,因此也有许多人家愿意把姑娘嫁到高墩来。高墩人披星戴月,早出晚归,苦干加巧干,把高墩打扮得越来越富裕,越来越美丽,把高墩的传家之宝呵护得越来越多,越来越好。要说高墩的传家宝,说到底还是"天道酬勤"的精神。高墩人勤劳、朴实,"不怕苦,不怕累"的意志是高墩最宝贵的精神财富,是世世代代不能丢的传家之宝!

## 三、高墩的庄氏家族

高墩村，自古以来居住着四姓人家，即曾、林、庄、郑。庄氏在高墩，大约有370多年的历史。

庄氏在高墩是小姓，在国内也是小姓。如果要追溯到庄氏的起源，历史上有文字记载的是"庄氏出于芈姓，楚庄王之后以谥为姓"，黄帝仍孙（第八代孙）季连分为芈姓，是芈姓的始祖。芈季连的二十二代孙芈旅，为楚庄王。楚庄王死后沿用庄王为谥号。楚庄王的支庶子孙以楚庄王谥号庄为姓，始有庄氏。

庄姓至今最有影响的先贤是庄子。庄子是战国时宋国蒙（今河南商丘东北）人，约生于公元前369年，卒于公元前286年，是老子学说的继承者，道家学派的奠基者之一，是中国古代思想家、文学家、哲学家。《庄子》是中国哲学宝库中的瑰宝，也是我国古典文学宝库中的明珠。庄子在中国十大名人中名列第二，在世界一百位名人中名列第七十七位。

据《中华庄氏族谱》所述，庄氏宗族由中国北方南徙，有的到江苏，有的到福建、广东、浙江，再扩散到南洋乃至世界各地。庄氏宗族凭着刻苦耐劳的民族传统，坚韧不拔的拼搏精神，在全国乃至世界各地绽放异彩，特别是传世的《庄氏族规》，充分体现了庄氏宗族的传统美德和博大的家国情怀。在《中华庄氏族谱》中载入的《庄氏族规》是：

真诚敬祖，敦亲睦族；

孝顺父母，友爱昆仲；

恪守婚约，和睦家庭；

各持其业，为国争光；

交朋结友，诚实大义；

禁废邪术，奉行正道；

遵纪守法，戒讼是非；

教育后代,爱国兴邦。

庄氏的《祖训》是:

祖训(八勤)

**勤孝顺**

古圣先贤百卷开,人伦二字事应该。

孝亲以事属先着,当念身从何处来。

**勤尊祖**

祖宗本是亲上亲,血脉相承合认真。

追远莫忘先祖德,当思诚敬答前人。

**勤和悌**

同胞骨肉弟妹兄,煮豆燃萁太寡情。

和气致祥当在忍,张公九世有芳名。

**勤睦族**

离异亲疏各一方,绵延瓜瓞任西东。

枝繁叶茂知根本,须念先前一气通。

**勤勤劳**

寒暑乘除易往还,升沉日月辙循环。

天公尚且忙如许,怎得人生可放闲。

**勤耕种**

春日耕锄秋月收,及时力作莫嬉游。

披星戴月缘何事,为爱田畴庆有秋。

**勤节俭**

俭得吾家是素风,能安粗粝乃英雄。

青松翠竹春长在,底是园林门绮红。

**勤读书**

今古荣华千卷通,圣贤事业锦篇中。

十年雪案休辞瘁,他日荣华孰比隆。

高墩的庄氏,据记载,是在明末清初,由庄时麟(号玉麒)从闽迁至温州平阳县崇正乡四十九都六堡上房水门头铁店转移高墩居住的。根据记载,时麟公生于明朝天启元年,即公元1621年,至今已有400多年。

在400多年的岁月中,高墩庄氏一代代传承,各有悲欢离合,各有家经难念。自我来到高墩庄家后,经了解,给我印象最深、最值得书写的,除父母以外,还有高墩庄氏第七世祖庄启伦的夫人花氏老太,第八世祖庄志泼,第九世祖庄昌富。在了解和听闻庄氏传承的历史过程中,我感受到:姓氏文化的传承,是中华传统文化的组成部分。每一个姓氏都是一部民族历史的发展史。为此,我尽自己的努力,积极参与宗亲联谊工作。在首届温州宗亲联谊总会成立时,我被聘任为总会副会长。2009年12月,平阳县庄严宗亲大会在闹村庄氏纪念堂召开,我被推选为首届庄严宗亲会会长。为宗亲会的工作,我力所能及,做了应有的贡献,以尽我的责任。

每个姓氏家族的发展,不仅有基因血脉的传承,而且有民俗文化的传承。每一种传承,都浸润着中华民族的坚韧和不屈,优秀的民族精神永远是我们的灵魂。奋斗,永远是前进的动力。

◇2008年庄华元当选平阳县第四届庄氏宗亲会会长,召开《平阳庄氏志》审稿会议,会后大家合影留念

## 四、天道酬勤太祖母

高墩庄氏家族第七世祖启伦公(1853—1935),能娶花朝青的女儿花氏为妻,是他一生的福气。

花氏生于1869年,卒于1962年农历八月十八,享年94岁。启伦公为人忠厚老实,家里大小事情都由花氏做主。花氏虽然是妇道人家,由于她聪明能干,为人处事都能上下圆通,超人一筹,深得庄里庄外的敬佩和尊重。

随着年龄的增长,大家都叫她花氏老太。花氏老太虽然不识字,却能算得出瓯江、敖江每天潮起潮落的准确时间。一年二十四个节气,她记得最熟。什么节气种什么作物,她了如指掌。每个节气当是晴,还是雨,关系到往后十几天的天气变化和发展趋势,而她总能胸有成竹地帮助邻里估算。例如,立夏这天下雨,就知道往后半个月雨水稀少,俗话说,"雨打夏,无水洗犁耙";到了小满这天下雨,她知道接下来十几天,雨水充足了,因为"小满满一满,芒种不用赶"。二十四个节气记熟了,她对农事的安排也就秩序井然。从冬天种小麦油菜开始,到春播早稻、夏播晚稻;从种豌豆开始,到种黄豆、绿豆、花生、芝麻;从种洋青开始到种糖蔗,农田运作,她样样都会。春天要养蚕、缫丝、采茶、晒旱烟,家中鸡鸭成群,六畜兴旺,每年养一头肉猪,还有一头母猪,一年繁育两窝小猪。另外还要饲养一头大水牛,帮忙出大力干大活。所有农家杂活,全靠当家人花氏老太的运筹,她把一切都打理得井井有条。

一个家庭,不仅要靠家庭成员的长年勤劳,而且要有当家人善于统筹,而花氏老太在这方面的出众实力,在村里是出了名的。

原本家中只有一间小五柱平房,而花氏老太却把它改建成一幢四间正、一间批的大七柱平房大木屋。根据当地风水,为求人丁兴旺发财,花氏老太将房屋改了朝向。为应对资金短缺,据说她招了五个会,头会可收二十个大头银圆,两年时间要跟会二十五个大头白银。当她80岁时,曾跟人说过,跟会付钱,让她累得喘不过气来。因此,在房屋建成之后,屋内修缮难以完结。

四间阁楼楼板只铺了一半,屋内也没有隔间,大厅门、照镜门都没有做。虽然没能完成内部的一些装修,但大的工程毕竟在她手中完成了。在当时,这是一个妇道人家留下的不朽功绩,也是农家妇女靠勤劳奋斗、勤俭积累所取得的巨大业绩。

花氏老太信佛。她吃三君素,每月初一、十五,每逢庚申、甲子,一年中的释迦佛、观音佛、灶君佛、地藏王等各佛祖生日,她都吃素。并且还要上寺院佛堂进香。一旦有空,她就会手拿佛珠,拨一珠,念一句"南无阿弥陀佛"。虔诚的信仰,帮助她在浮躁的红尘里留下一块净土,也让她在艰难的岁月中历练出坚韧、沉稳的心态。在漫长的岁月中,她养成了勤劳节俭、乐善好施的习惯,许多困难的亲友,都曾得到过她的帮助,不仅如此,她还常常施舍,资助附近的寺院和佛堂。

花氏老太心灵手巧,粗活细活样样能干。她纺纱织布,织布带子,做便衣、做鞋子,都做得像模像样,人见人赞。她尽管忙于操持,却依然幽默乐观。在长年累月的劳动中,她的背慢慢弯了下来,变成了驼背。但她却笑着对人说,自己坐着的时候像猴子观月,躺着像凉虾摆摊,幽默乐观的人生态度彰显无遗。

花氏老太的一生,最遗憾的是没有生育。她抱养了角山四桥池云颜的弟弟作为养子,取名庄志泼,为庄氏第八世祖。

无论如何,庄志泼继承祖业,为庄氏家族书写了新的篇章。

◇这是花氏老太手上留下的老房子老场院原景,庄小海在高墩老家

◇上图为高墩老屋,是在花氏太祖母那一辈建造的。1984年,后辈拆掉了左边两间的旧木料,运往平阳县城建造新房,剩余正屋的两间房成了危房。庄华元的四个儿女都在这老屋出生,其父母双亲也都在这老屋内去世。2007年夏秋,台风来临,狂风暴雨使得房屋中间大厅塌陷。

图片拍摄于2006年腊月。当时正值老家大年祭祖,庄华元的大儿子庄小海(中),携其母亲林锦云(左2),和小海的大女儿庄颖(左1),儿子庄孟涛(右2),小女儿庄腾瑶(右1),在老屋前合影

◇2007年山门高墩老屋重建改造落成

◇重建后的高墩老屋大门

# 五、祖父庄志泼的武艺

说到庄氏志泼公,高墩无人不知:他身体魁梧、力气惊人,甩棍打拳,无所不精。周边无人敢与之比肩试手。

志泼公生于光绪丁酉年,即公元1897年,娶水门头林仰艺公的女儿林氏为妻。志泼公凭着父母给的一副好身板,从小喜欢习武练艺。日积月累,练就一身好武艺。

志泼公常在自家大厅练习武艺,村上的孩童都喜欢跑来观望,有些青壮年还跟着比画。庄家的习武方式、习惯,已成为高墩著名的一景。志泼公精通南拳套路,善于以小打大、以巧打拙、以多打少、以快打慢;他还常用丈二长棒,挥舞作戏。每次习武使棒,一招一式,常博得围观者阵阵喝彩。

由于志泼公有一身好武艺,加上他的朴实豪爽,在他周围逐渐聚集了一群习武爱好者。志泼公在一次拳友聚会上,将60多斤重的石磨当作茶盘使用。只见他两手平伸,将石磨盘托在手掌尖,端茶数杯,向众人敬茶。此举无不使大家惊叹,在拳友中广为流传。

志泼公在干农活时也常常大显身手,高墩老人都记忆犹新。有一次秋收之际,他用两只大箩筐装稻谷,一担稻谷,足有300来斤,五里之外一气挑回。高墩人知道,一般人只能挑小簟箩,最多装150多斤。志泼公却挑大箩筐,其力气之大,远近赫赫有名。

志泼公作为庄氏第八世祖,遗憾的是仅生一女庄昌华,没有男丁。为了传宗接代,他抱养一男,名昌富。

庄昌富从小在家,接受庄氏家族的传统教育,老实本分,艰苦朴素,勤俭持家,成为庄家的顶梁柱。

庄昌富后来成为中国共产党的地下交通员,干出了一番惊天动地的事业,那是后话。

# 六、叔父庄昌富是革命烈士

庄昌富，是我的叔父，他的英雄事迹，不仅是地方党组织的骄傲，也是高墩村的骄傲，是庄氏家族值得记入史册的笔墨浓重的一页。

庄昌富1935年参加浙南红军游击队，1936年加入中国共产党，是平西区的地下交通员，负责党组织和游击队的联络工作。

当年的老革命同志林垂青、曾仲玉、曾家弟和曾余安等经常在庄家楼上开会，庄昌富就负责站岗放哨，并且长期为上级地下党组织送信联络。

1940年冬天的一个傍晚，庄昌富帮本村曾永亩砍糖蔗收工后回家，洗完澡，准备吃晚饭。突然发现屋前来了很多国民党大兵。庄昌富警觉情况不妙，给母亲说："大兵来了！"母亲知道来者不善，连忙说："快从后门出去。"

庄昌富当即从后院翻墙到邻居曾永伐的后院，躲进了厕所。凶神恶煞的大兵冲进了庄昌富家中，四处搜索。尽管翻箱倒柜，却不见庄昌富人影。眼见着扑了个空，大兵头目当即找报信人问事，带队的马上带领大兵找到邻居曾永伐。

这个满脸横肉的曾永伐，其实他早就在暗中观察庄昌富的行动。他对大兵头目努努嘴，示意庄昌富躲在他家后院的厕所里。头目一挥手，大兵将厕所团团围住，庄昌富就这样被他们抓走了。

庄昌富被关在水头伪区署。他是铁骨铮铮的男子汉，任凭严刑拷打，始终没有招供谁是共产党。敌人对他使用了踩踏杠、坐老虎凳、十指夹棍、灌辣椒水等种种酷刑，可他咬紧牙关，不曾吐露半点讯息。他心中只有一个信念：死我不足惜，不让组织灭！

庄昌富一直没有被送往平阳县大狱，敌人的阴谋非常明显，他们认为这个稚嫩的地下交通员终究会招供出平西区的地下党组织，地下党组织也必定会派人来搭救。这个阴谋犹如一张大网，意在抓捕更多的共产党人。

然而，敌人的如意算盘并未实现。庄昌富的表现令他们大为失望。

庄昌富被捕后,他的母亲焦急万分,想方设法找人担保,希望儿子能被释放回来。她首先找到第三保保长曾永甫,然后又找到北港剿共便衣大队长胡仲廉。在打点送礼之后,胡仲廉找来曾永甫问话:"你是高墩第三保保长,庄昌富不承认是共产党,你能担保吗?"

曾永甫胆怯,不敢答话,只是低头不语。

可恶的是,曾永伐的老婆是山门乡伪乡长邓奕高的内亲,那天曾永伐发现庄昌富在为曾永甫砍糖蔗,立即赶到山门乡报信。庄昌富被捕之后,他一口咬定,庄昌富就是共产党。

至此,庄昌富母亲欲哭无泪,欲救无门,只能听凭自己的儿子受尽魔鬼般的折磨。庄昌富在被关押的30多天里,遭受了惨无人道的严刑逼供,一个身强力壮的年轻小伙子,被蹂躏成一个人形骨架。

1940年农历十二月二十九日,人们正在欢天喜地筹备过大年之际,庄家却迎来了不祥之日。就在这一天,庄昌富被五花大绑,十几个国民党保安团丁真枪实弹,虎视眈眈地押解着他,从水头伪区署出发,径往山门而来。

翻过梅岭,经过屿边之后,庄昌富心里明白,这回凶多吉少,难逃敌人的魔掌。一路走来,在抵达万丰灯坪脚分岔路口,有一条小路通往高墩。庄昌富扭过身来厉声说:"让我经过高墩,见我父母一面!"

保安团丁哪肯答应,硬推着他往山门方向而去。就在这路口举步争执之时,其中一团丁举枪对准庄昌富后脑,开了枪!

凄惨的枪声响彻旷野,庄昌富倒在这路口的血泊之中。

庄昌富牺牲了。这时他才22岁。

庄昌富是志泼公家的一根独苗,家中从此失去了撑起庄家的唯一栋梁。

母亲失去了亲爱的儿子,共产党失去了一位英勇的战士。

1959年,中华人民共和国中央人民政府追认庄昌富为革命烈士,

◇庄昌富革命烈士证

并发给由国家主席毛泽东签署的军人家属革命烈士光荣纪念证。

从此,庄昌富母亲由国家扶养,直到1976年9月去世。

## 七、承接香火为根基

失去爱子庄昌富,祖父志泼公伤心过度,加上平日劳累,于是积劳成疾。家中要务,难以维持,特别是五亩多农田的四季耕作,一万五千多藤的溪滩园农活怎么完成,更是当务之急。

传宗接代,是中国世世代代的老传统。每家每户,都希望老祖宗的血脉能代代相传,香火不绝。谁能承接庄氏家族的香火,成为家中的顶梁柱呢?

这时,最费心思的是庄昌富的奶奶花氏老太。这个在庄家一言九鼎的老太太,在失去孙子的悲痛之余,心中盘算得最多的,莫过于这个家由谁来承接这件事。

思前想后,老太太终于想到了志泼公堂兄志曾公的第二个儿子庄昌挐。

庄昌挐生于1905年,在十岁时,父亲逝世。母亲带着弟弟改嫁出走,大哥昌荣为寻生计,跟着别人去长兴和平三矿村开荒种地了。唯独他一人寄居在南雁镇角山村他舅舅家,约十五六岁时,到水头蒲山替庄家放牛,到了20多岁才回高墩。直至30多岁还是单身一人,尚未成家。庄昌挐在家种一些番薯,凭自己一点小手艺,与人合伙做糕点、炒花生、做花生糖以维持生计。

对,就是他了!花氏老太想到了庄昌挐,打算收留他为贤孙,让他加入这个家庭,承接庄氏香火,然后再给他找一个媳妇,为传宗接代打好根基。这是一个好主意,但要实现,还得一步步来,老太太胸有成竹。

1941年的夏初,正是早稻登场之际,老太太请昌挐过来,一起过"尝新节"。在一番寒暄之后,老太太开门见山说:"昌挐,怜你孤单一人,生活也苦,咱们本是一家分出来的。到如今,昌富没了,我就把你当作自己的孙子。从今往后,你就过来一起生活,日后给你成家,你看行吗?"

昌挐是个聪明人,听了老太太的一番肺腑之言,心想有此番好事,还能有不接受的理由吗?他当即回答:"难得婆婆疼我,我听你的。"

昌挈是志泼公的侄子,与昌富平辈,现在成了一家人。赶快为其成家才好生娃继承香火,以解后顾之忧,做到后继有人。

冬天再冷,终会过去。春天迈着脚步,轻轻地来了。庄氏一家,增添了新的成员,真是柳暗花明,又有了生气勃勃的前景。

# 八、昌挈的亲事

庄昌挈到了庄家后,对家中的一切农活都非常尽力。他起早落夜,赶农时,赶季节,对农作物的管理一样也不耽误。因此,庄家连续两年都有了好收成。

家中鸡鸭成群,六畜兴旺。一头老水牛,经过到牛市交换,如今变成了一头又壮又年轻的大水牛。牛历来是农家实力的象征,有了这头身强力壮的大水牛,庄家的耕地就按季节按时耕完,家人也能腾出时间再干其他农活了。

花氏老太看在眼里,喜在心里。有一天,她跟志泼夫妇说:"昌挈来了两年,家里什么活都干好了,他的亲事,也该给他办了。"

儿媳听老太说此话,自然心领神会。这两年要是没有昌挈,这农活,还不知道怎么办呢,夫妇俩当然都同意为昌挈张罗亲事。

说定了,老太太就开始托人帮忙,为昌挈寻找合适的对象。庄家最好的邻居是曾起绸,老太太第一个就想到他。

说起曾起绸,他可是当地的牛专家。志泼公常跟他一起到北港水头大船头最大的牛市做牛生意。

每个月逢三、六、九的日子是牛市日,北港几个区的养牛户和牛贩子,都会到牛市做买卖。顺溪黄石坛山上的李阿庆是牛市的常客,几乎每个市日,他都会光顾。他也很识牛,常和庄志泼、曾起绸在牛市见面,可算是老朋友了。

他们三个人常常在牛市上讨论牛的优劣价值。志泼家有一头水牛,经过几次更换,他们三人也曾多次对其商量评定。每逢牛市,他们都会在小饭店里小饮几杯,谈天说地,聊聊家常。

一天,起绸公与阿庆公在牛市相遇。即使志泼公不在,他俩仍在小饭店午餐小酌。说长道短,起绸公突然想起花氏老太的嘱托,便说道:"老兄啊,我想和你说一件事。"

阿庆公问:"啥事?你说。"

起绸公说:"你大概不知老庄家的事吧?"

"老庄家有什么事?我怎么不知?"阿庆公疑惑道。

起绸公呷了口老白酒,慢慢说道:"老庄家昌富没了之后,招了他侄子昌挈作嗣子。两年来昌挈在家真出力,家里收成好得很。可惜昌挈已35岁(其实是38岁)了,还未娶亲成家,他家伯母托我帮忙找个亲家。"

"这是好事啊!我回去打听打听。"阿庆公立马应道。

"这门亲事若能说成,到时我俩到老庄家喝杯喜酒。"起绸公说。

阿庆公是个爽快人,听老友这一席话,正儿八经说道:"唉,别人家的事我可不管,老庄家老朋友,我们应该帮忙,我回去就找找看。"

阿庆公真把此事当大事,回家路上就琢磨,在自己的印象中,谁家的姑娘最合适。可当地的女孩一般十七八岁就嫁人了,哪里还有大龄黄花闺女在家啊。

回家后,阿庆公就把此事说给家里人听。阿庆婆婆说:"人家都那么大岁数了,黄花闺女是难找的,问问庄家,二番亲是不是可以?"

阿庆婆婆这么一说,把阿庆公的心灯点亮了。

这真是无巧不成书。

原来,阿庆公的顺溪大女婿,在三年前被国民党杀害,大女儿阿囡如今已28岁了,带着两个儿子,大的八岁,小的才三岁,艰难的家境拖累着阿庆公,这也是他的一块心病。如果庄家同意,何不把自己的女儿改嫁给昌挈呢?

在又一次牛市上,阿庆公把自己的想法告诉了起绸公。

起绸公心想:这事若做成了,是一桩两全其美的好事呀,既解决了男方的婚事,又解决了女方三口的困难。

起绸公办事不拖拉，立即赶到老庄家。

起绸公向老太太说："伯母，昌挈的岁数不小了，我还少说了三岁。人家说，这样的大龄闺女是很难找到的。我想可不可以找个二番亲呢？"

老太太稍加思索，说："合适的当然是好。"

起绸公直截了当地说道："黄石坛阿庆公有个女儿，嫁在顺溪，今年28岁，可惜她丈夫在三年前被国民党杀害了。眼下有两个男孩，大的八岁，小的三岁。这门亲事，你们商量商量，也问问昌挈愿不愿意。"

起绸公走后，老太太思量：阿庆公和志泼是老朋友了，他的女儿过门来不会错。那个小男孩嗣给昌挈传承香火，还可以顶嗣昌富，这是大好事。于是，她把自己的想法告诉了志泼夫妇和昌挈。用不着多说，大家都赞成老太太的主意，昌挈更是乐滋滋的，好似吃了蔗糖甜了心。

起绸公很快就得了庄家的回复，于是他又把庄家的想法转告给阿庆公。

阿庆公不假思索地说："还有一事要商量，大的外孙才八岁，也得给带去养大成人，否则在顺溪没有依靠。"

起绸公蛮有把握地说："这是合情合理的事，我看庄家也会同意。"

不出所料，庄家同意了。

不久，起绸公带着昌挈，跟随阿庆公到顺溪看望了李家大女儿。之后，李家大女儿和父母到高墩，看了庄家的家境，感到很满意。花氏老太看到李家大女儿中等身材，长得标致清秀，皮肤白嫩，姿态端庄，文雅温顺，仿佛是大户人家的闺秀。

双方在相互接触了解后，都对这门亲事感到称心如意。

接着，双方互递了生辰年甲，又写了文书作证，并各自按上了红红的手印。

文书写明：陈家八岁男孩由庄家抚养至16岁，送还陈家；三岁男孩嗣给昌挈作养子，承接香火，取名庄其接。

这年冬天，庄家选了一个良辰吉日，迎娶了新娘李美绿。

# 九、我的生父

这个李美绿，就是生我养我的母亲。

那个三岁男孩庄其接就是我本人。

自我踏进庄家之门，我就由陈姓改庄姓了。那么，我的生父是谁呢？他是怎样离开我们的呢？

这当然是我难以忘怀的一段艰难岁月的追述。

有人说，男人的幸福就是"老婆孩子热炕头"。对于女人来说，就是"丈夫孩子热炕头"了。那对于孩子来说呢？毫无疑问就是有父母亲陪伴在身边了。而我却没有这种幸福。我生下来后就没有看到过父亲，这也是我和母亲永远的伤痛。

母亲是从黄石坛村李家大院嫁到20里外的顺溪陈家的。父亲陈奕翁是勤劳诚实的男子汉，和母亲一起勤俭持家，不久之后就生了我哥哥陈圣帝。

1940年，抗日战争时期，日本鬼子闯到哪里，哪里就遭殃。

天有不测风云，人有旦夕祸福。就在这一年的春夏之交，保长陈阿补，带着一群凶神恶煞的国民党便衣队，闯入顺溪半岭的一座小木屋民宅，指着一个二十七八岁的男子说："他就是共产党！"五六个便衣一拥而上，不由分说就把他抓走了。这位男子不是别人，就是我的父亲陈奕翁。

凭什么把我的父亲抓走？据父亲的好友阿镇叔回忆，有人说父亲在顺溪街上曾对一些穷兄弟说过，参加共产党有多好，有饭吃有衣穿。这些话传到阿补那里，竟带来了杀身之祸。父亲被抓去，押送到平阳县城，关进了大牢。

就在那年深秋，农历九月十三，在四面透风的小木屋里，聚集了一家大小，连姑妈、外婆都在。大家都在等待一个孩子的出世，等待母亲的第二个孩子的降临。

下午五点左右，一声响亮的啼哭从小木屋里传出。"是男孩，是男孩！"大家为陈家又添一男丁而感到鼓舞，这个男孩不是别人，就是我。

"唉，要是孩子他爸在这里就好了!"不知谁边叹气边说。母亲抱着孩子，流着伤心的眼泪，她每天都牵肠挂肚地想着孩子他爸。

第二年春天，母亲不顾环境的险恶，毅然孤身一人，徒步走到平阳县城探监，她要亲眼看看，自己的丈夫身在何处?她要弄清楚丈夫到底犯了什么罪。

世事并不是她想的那么简单，有谁能帮她打开那阴森的牢狱之门?最后，她得到的消息是:日本兵就要打到平阳了，平阳县的县长张绍武居然下令，把所有在押犯人，全都押到县城的西门绞刑场，不分青红皂白，全部枪杀。我可怜的父亲也在其中，他在临死之前还不知道，他的第二个儿子——我，已经来到人间!

母亲知道了这个令她撕心裂肺的消息，如晴天霹雳，昏倒在绞刑场。

无助的母亲不知何时醒来，在她哭天天不应、哭地地无门的时候，有好心人劝她，走吧，赶快离开这块不祥之地。

母亲别无选择，她无援无助，流着眼泪离开了平阳，离开了父亲倒下的地方。

多少年过去了，也不知什么时候开始，在我多少有点懂事的时候，比我大五岁的哥哥和我一起跟着母亲离开顺溪陈家，来到了高墩一户姓庄的人家。

从此，我不再姓陈，改姓庄了，而哥哥依然姓陈。

曾几何时，母亲呆呆地看着我，自言自语地说:"真像，真像你爸……"一丝微微的苦笑，在母亲脸上浮现。就算我再像父亲，我已经改姓庄了，我已经到养父的家中了。

幼小的我不知道高墩是一个什么样的地方，也不知道姓庄的是一个什么样的家，随着年龄的增长，高墩村的情景和高墩的人家才渐渐清晰起来。

◇70岁高龄的我最亲爱的老母亲

## 十、苦和甜，总在家

自从进了庄家之门后，庄昌崟就是我的养父了，我得认他当父亲，哥哥虽然和我在一起生活，但仍然姓陈。母亲还是母亲，哥哥还是哥哥，其他却全变了。我猛然走进了一个新的世界，一切似乎都发生了变化。

这座建造了40多年的房子，以前是冷冷清清、毫无生气的，很久没有孩子的笑闹声。如今不一样了，原来的四口之家，突然增添了三个人。每当吃饭时，一家人围着八仙桌，有说有笑，很有大家庭的气派。

最高兴的是老太太，这毕竟是她的安排，看着曾孙子跑来跑去，她非常满足。志泼公夫妇也很开心，没多少时日，便当上了爷爷奶奶，许多家务也有新媳妇代劳了，自己哄着小孩玩，有的是时间。

天道人伦，生息繁衍，假以时日，总有悲欢离合。父亲成了家，知道肩上的担子更重了。他农忙的时候顾不过来，便雇了个短工帮忙，家中的水牛就让我哥放着看着，里里外外的家务当然是母亲承担，采茶、养蚕，还有猪、鸡、兔子等家畜的饲养，都是母亲在操持。

一家子尽管又苦又累、忙忙碌碌，但只要没有大的风波，大家就都能享受到家庭的欢乐，一种出自农家的天伦之乐。

这样平静和谐的生活大约维持了三年。

斗转星移，生活终于发生了变化。家里的人多了，支出也自然多了。老太太当家，手头抓得再紧，生活毕竟受到影响。一碗带鱼，一人一块，碗就见底了。一碗好菜，大人没吃几口，很快就没了。锅里的饭，一小半是大米饭，一大半是番薯丝，大米饭给小孩后，大人只能吃番薯丝了。大家庭的生活开始时，觉得热乎乎的好快乐，现在感到闹哄哄的很烦躁。爷爷的脸上总是浮现出一种忧虑的不快，似乎有什么疙瘩在心头让他闷闷不乐。

爷爷秉性耿直，有什么事都写在脸上。他患上了肺痨，这在过去是一种疑难病症，很难看好。虽然请了医生诊治，还用了一些民间偏方，但都不甚见效。爷爷病了,平静的生活突然不平静了。

姑姑来看望爷爷了,并隔三岔五地来。姑姑是爷爷奶奶的独生女儿,自出嫁以后,家境不顺,她总是关心庄家的家产如何传承。

邻居也来串门子。他常在爷爷面前挑拨离间,欲把我们赶出庄家。

是呀,那么多家产,能让昌挈那一家子全得去吗?爷爷开始心不甘、情不愿了。

分家!一场风波终于爆发了!

爷爷主意已定,将分家的决定告诉了我的父母。

母亲知道分家决定后,无法入睡,啼哭了一夜。第二天向爷爷苦苦哀求道:"当时是你同意把我抬进你家门的,如今却要把我们分出去,你叫我们今后的日子怎么过?"

爷爷有些心软了,感到儿媳妇说的也在理,但他又思前想后,还是下了狠心,决定分家。

这时的老太太年纪大,已经力不从心了。她眼看着这个家的现状,也没了主意,只能听任儿女摆布。

分家的结果是:我们一家四口借住庄家后栋大厅后面的一小间(做灶间),右厅边后半间(当房间)。给100斤番薯丝、10斤大米。

尽管分到的这些是很难维持全家生活的,但父亲并不计较,爷爷说什么他都接受,因为他内心深处埋藏着最初的感恩之情,老人毕竟为他成了家。

活着,本来就是一本艰辛的人生大书。母亲无奈,只是流泪。她能怪谁呢?只能怪自己命苦。自己既然嫁进了庄家,只能在庄家走出自己的路。再苦,再难,也要走下去。

分家之后,没有水田,只有原来的一小块旱地。土地少了,空闲时间自然就多出来了,父亲不用天天到地里去劳动,可如何养活这一家子呢?父亲不可能让自己闲着。

天道酬勤,老天不会饿死勤劳的人。父亲除了种好一小块薄地之外,和母亲一起,天天起早摸黑,根据不同季节做不同的活计。父亲勤劳朴实,用农产品换成小商品,根据农民的需求做些小生意。

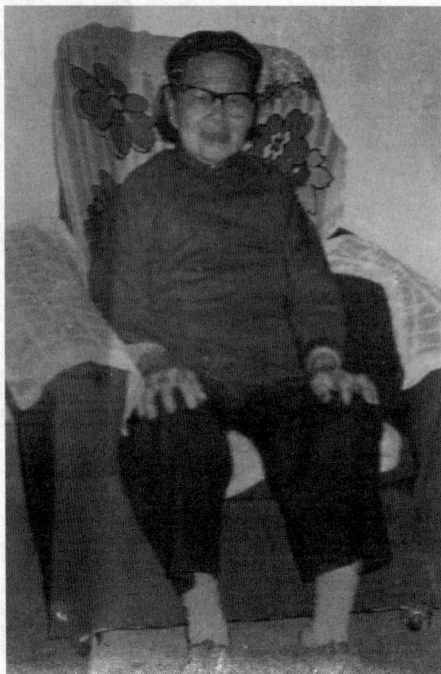

◇75岁高龄的老母亲

父亲种地做生意，母亲在家一刻也不闲。家里养了许多家畜家禽，可谓鸡鸭成群，玉兔相伴，另外年年养一头大肥猪，天天割草喂食，够她忙得不知天昏地黑。

1948年，爷爷因病去世。

1949年父母勤俭节约积累了一些钱，承了一个25块大洋的会，再向亲朋好友借了款，勉强凑了50块大洋，向奶奶买下了右边一间正屋和披房。记得爷爷死后的棺材就停放在那后栋里。老太太说，爷爷建的新房住的时间太短，因此死后的棺材要在家停放三年。

从此，父母肩上的担子更重了。

到了春天，父母除了种地之外，都忙着养蚕缫丝、织丝布；到了夏秋，父亲贩卖小麦磨粉、制作挂面出售。他时常通宵达旦地用水碓磨粉。这活比较辛苦，利用水力冲着水轮转，水轮带动石磨，磨出粗粉来，再将粗粉倒入粉柜内的大箩筛里过筛。过筛指的是用双脚踩着踏板，上下快速地摇动，踏板中轴来回拉动大箩筛，从而筛出细细的面粉来。水磨整夜不停地磨，面粉就得通宵不停地筛。夜里磨好的面粉，到了白天，又要马上挑到压面机加工坊，制成筒面。压面条可费劲了，压面机不是自动的，而是要出大力流大汗靠手力使劲摇动辊筒转，方能压出面条来。

做好面条后，还要挑着重担挨家挨户去叫卖。人们可以用现金买，也可以用小麦换面条，把换来的小麦挑回家，再加工。

到了冬天，父亲得夜里炒花生，白天挑到顺溪，或者35里外的莒溪去卖，晚上八点后才能回家。到后来，父亲还做花生糖、米花糖、炊米糕、金枣、麻花绳等。这些小生意,虽然赚不到大钱,但也能养家糊口。

父亲没有文化,挣的全是辛苦钱、血汗钱。他除了出售我母亲织的丝布外,还收购别人家的丝布,到江南亦屯、沪山等地销售。记得有一次,大约在1953年,父亲住在亦屯的朋友家,一批丝布还没有卖完,在夜间被贼子全偷光了。当时,家里一度陷入极大的困境之中。

母亲说过,人穷志不穷,生活再难也得过。无论在什么时候,母亲都没有被困难吓倒,她任劳任怨勤俭持家,做父亲的好助手,做好内当家。

母亲为人和善,喜欢施舍。她会把父亲做花生糖、米花糖时剩下来的边角料头收起来,却专门等待左邻右舍的小孩子来玩耍时,拿出来分给他们。孩子们知道到我家有糖吃,就经常到我们家来玩。当然,吃得最多的还是我们自己家的孩子。母亲每次看到孩子们吃糖时开心的样子,比自己吃到糖还要开心。

无论环境怎样艰苦,家中只要有孩子的笑声,只要有和谐的甜味,生活总是美好的。人生就是这样,苦与甜,总是在家里。无论生活中有多少苦难,母亲的慈祥始终滋润着我的童年。

# 第二章　我的上学路

一个孩子

走在泥泞的路上

听野虫的叫声

看鸟儿在空中飞翔

沉甸甸的书包

一次次滑下又一次次背上

上学了，读书了

识文写字是我神圣的梦想

# 一、到东屿小学读书

能上学读书，这对我这个山区农村的孩子来说，是一件天大的喜事。

当我七岁的时候，母亲就带我去学校读书，一进教室，见到的都是陌生孩子，怕了，哇的一声哭了，紧抱着母亲不放手，母亲只好把我带回去。

到了九岁，母亲又把我送去学校读书，这回长大不怕了，学校就在临村大楼宫的高墩小学，旧时叫东高小学，新中国成立后，并入东屿乡中心小学，简称东屿小学。东屿小学距家五里多路，虽不算很远，但对我们小孩子来说，五里多路就觉得很远了。

东屿小学原来是屿边村一座大宫庙，叫屿边宫，新中国成立后改成了学校。

我去东屿小学读书，有两条路可以走。一条离家不到五里的土路，晴天走这条路离家近一些，到了下雨天就不敢走了，因为路面泥泞，一到雨天，就很容易滑倒。另一条是离家约五里多的石子路，虽然远一点，因为路上铺着大小不一的石块，走路爽快。面对两条路，我们看天选择。远与近，利与弊，尽在天变一瞬间。

为了省时间、少跑路，中午都得带饭到学校吃。每次带什么饭菜，母亲吃早饭时就预先备好了。走到学校，首先把饭送到学校厨房的蒸笼里，厨工给我们加热，一到中午下课，抢先找自己的饭。那时候，经济条件都不怎么好，带的饭菜常常是蔬菜和粗粮，有粗茶淡饭填饱肚子已是享福了。

我读小学三年级时，只有三本课本：语文、算术和常识。另外，学校也开设了音乐、体育和手工劳动课。

在我的印象中，东屿小学有几位教育水平很高的老先生。

特别是邓甫文先生，那时他已近70岁的高龄了。他的学问高深渊博，凡是最难的或有疑惑的问题，他都能回答。他教的是语文课，记忆中他对学生特别严，不能有半点马虎。记得学校校长陈友传的弟弟陈友幸和我是同班同学,他有点调皮,学习不认真,有一次在课堂上被抽查背书,他背不上来,老先生用"黑板擦"拍打他的巴掌,打得巴掌红红的,他哭都不敢哭出声。由于老先生的要求特别严,我们都非常害怕他拍巴掌。大家在他的严教下,读书特别认真。先生布置该背的课文,我都能倒背如流,即使是默写,也感到非常轻松。临到考试之时,试题就很容易做出来。在老先生的严教下,我们那时的成绩都很好。

除了邓老先生外,还有胡允、郑昌信、曾定、林垂虎等老师,都是水平较高的老先生。他们在我读书的起始阶段所付出的一切,我至今依旧难以忘怀。

## 二、两块兔子肉

当年到东屿小学读书,中午都是吃自己带的饭。那时候的饭可不像现在,想吃什么就吃什么。当时我带的大多是番薯丝饭,偶尔在番薯丝中拌一点糯米饭,已经是极其稀罕的奖赏了。至于带什么菜,除了蔬菜外,有时母亲会在饭上面放三个豆腐泡,或者两块指头宽的带鱼,至于肉,那是极其难得遇到的美味。

有一天,家里来了客人,父母好客,特地杀了一只兔子。母亲的厨艺可好了,烧的兔子肉满屋喷香。那特有的香味,馋得我一直咽着口水。第二天带饭,母亲放在小饭桶里两块兔子肉。捧着小饭桶我高兴得又蹦又跳,有肉吃了!

到了中午,我打开盛米饭的桶,闻着了久违的香味,舔了舔嘴唇。我小心翼翼地咬了一口兔子肉,反复咀嚼后才吞进肚子。我嚼着兔子肉,开心得几乎要笑出声来,觉得特别满足。我瞧着另一块兔子肉,想吃又舍不得吃,最后下决心留着它,带回家吃晚饭时再品尝。

放学后,我们一群高墩同学排着队回家。一路上,我仍在舔着嘴唇,享受兔子肉的余香,似乎仍在享受着一顿美味佳肴。

路经大矴埠时，我和同学们见到矴埠下面的河水哗哗地流淌，便停下了脚步，把书包和带饭的小饭桶放在路边的矮墙上，捡起路边的小石块砸水花玩。石块砸向矴埠上面的河水，河水立即溅起四五尺高的水花，溅到后面过矴埠同学的身上。大伙儿玩得好起劲，有的同学捡起石片，丢向矴埠上的水面，小石片在水面砸出一连串大大小小的涟漪。同学们欢快的笑声此起彼伏，大家都玩得很过瘾。

当后来的同学冒着激起的水花快速冲过矴埠后，玩水的游戏才告结束。大家回头拿起书包和饭桶准备回家了。这时，我才发现小饭桶盖子被人打开过，我揭开盖子一看，坏了，里面的兔子肉不见了！这究竟是怎么回事？

我回想起来，刚才玩水的时候，有两个打柴人各挑着一担柴火，靠着土地公庙的墙休息。也许他们饿了，偷偷揭开每个同学的饭桶，如有剩饭剩菜，他们就拿来充饥了。可怜我那块兔子肉，中午舍不得吃，却被别人白白地享用了。

这件事真让我又气又恨，恨死那个偷吃兔子肉的路人，又恨自己贪玩，粗心大意，给了别人下手的机会。回家后，我一声不吭，仿佛什么事都没有发生过。

这是发生在我小时候的一件事，但时至今日依旧历历在目，记忆犹新。如今的孩子，大鱼大肉不想吃，山珍海味不稀罕，哪里会心疼一块兔子肉！真是时代变了，人们的物质富有了，胸怀也变得宽广了！

# 三、母亲给我做中山装

我小时候，正是缺衣少食的年代，除了愁吃以外，就是愁穿了。那时候，我身上穿的从上到下都是母亲自己缝制的。

心灵手巧的母亲不但自己养蚕缫丝织丝布，而且还能织各种各样的棉布。家里不仅栽桑养蚕，而且种棉花、纺纱、织布、过浆。一家大小穿的都是母亲自己一手缝制的，大人穿的是藏青色平纹布，小孩穿的是丝棉混纺的斜纹丝花棉布。

母亲给我缝制的便衣，用的是布纽扣，两衣襟下方有两个小兜。裤子的料与上装用的是同一种布料，裤腰用抽带，很好看。穿着母亲缝制的衣服，不禁让我想起了《游子吟》：

慈母手中线，游子身上衣。

临行密密缝，意恐迟迟归。

谁言寸草心，报得三春晖！

穿着母亲缝制的衣服，母亲的深情时刻浸润着我幼小的心灵。唐代诗人孟郊写的这首诗，反映了母子之间的真情。千百年来拨动了不知多少人的心弦，同样也引起了我对母亲的深切怀念。

小时候，我从来没有穿过裁缝师傅用缝纫机缝制的衣服，看到同学们都穿着有四个口袋的、整整齐齐的学生装，也就是大家说的中山装，看到他们那种扬眉吐气的神气劲，我羡慕极了。

我回家同母亲说：我也要穿中山装。可母亲不说话，只是对我苦笑。

我知道，她不会请裁缝师傅来家中做衣服，也不会花钱去买做中山装的劳动布。但是我当时一个劲地跟在母亲后面，吵闹着要穿中山装。

也许母亲被我逼急了，也许她觉得自己的孩子不能比别人的孩子差，也许她觉得不能让孩子受委屈，她放下其他的手工活，专门为我织了一机"劳动布"，且与布店里的劳动布差不多。布的正面，蓝中有些白，反面是白中带蓝的斜纹花。摸一摸，布料不是很结实，手感软一些，但是总体来说还是挺好的。

布织好后，母亲向人家借了一件中山装做样品。自己画线，自己裁剪，一针一线硬是把中山装做出来了。

一件像模像样的中山装展现在我面前，我情不自禁地为母亲的手艺鼓掌。虽然有美中不足，四个口袋的盖布短了些，没有盖平，穿在身上，谁都看得出是自家缝制的，不正规。但我挺骄傲，为母亲的爱心和手艺而骄傲。

一件母亲为我缝制的中山装,满足了我童年的虚荣,也温暖了我的学生时代。

## 四、雨雪天赤足到凤岭小学

在东屿小学读完三年级,从四年级开始,我和高墩的其他五个同学一起转到山门凤岭小学读书了。

凤岭小学的路都是铺设得平整的石子路,校舍漂亮、环境优美,虽然两校离家相距差不多,但因为高墩是东屿乡管辖,高墩的几位家长都希望我们六个人转到凤岭小学去。

在东屿小学读书时,上下学走的都是石子路,一开始光着脚走在石子路上时,脚下好像戳到钉子一样,脚底刺得很痛。可是走得多了,脚底的皮也变厚了,能忍住痛,赤脚总比把鞋底磨破强。

即便是这条平整的石子路,也没有去凤岭的路好走。晴天还好,就怕下雨天。天一下雨,这条路中间有许多小水沟,那是农民为了排水而凿的。我每次走到水沟边,就得踮起脚尖跳过去。时间长了,这些水沟越来越宽,沟边的石块也会逐渐松动。每次跳过水沟时,心中都很害怕,担心跳不过去就要掉到水沟里。有时候,踩在松动的石块上,石块下面的污水会突然冒上来,溅了一裤腿泥巴水,心里相当不舒服。

河边的泥巴路,一边水田一边河,水田里的水多了,都往河里排。一路走过去,排水沟横在路中一条又一条。每过一条小水沟,都要小心翼翼,否则会随时跌倒、掉进水沟中。下雨天路滑,不小心会有滑到河里去的危险。

小学时上下学都不穿鞋的。在东屿小学读书,光着脚走,到凤岭小学读书,还是光着脚走。

那时候,高墩六个同学中除我之外,家庭条件都比较好,我家是最穷的。就算下雨下雪时,我也没有雨鞋,只得将母亲做的布鞋抱在怀里,赤着脚走到学校。到了学校后洗好脚再穿上布鞋,然后进教室上课。

俗话说,天不济,道不通。我总觉得寒冷的天气特别长,每逢农历十月开始,就天寒地冻了。

无论是下雨天还是下雪天,我都坚持赤足走路。我知道我脚上穿的每一双布鞋,都是母亲给我一针一线做出来的,每一针每一线都渗透着母亲的汗水。我知道,布鞋经不起雨水的浸磨,不能穿着布鞋在雨水中行走。我也懂得家中的困难,我已经是一个懂事的小学生了,我不能逼着父母为我花钱去买一双昂贵的雨鞋。天再冷,雨再大,雪再厚,我也要坚持赤着脚去上学。

人穷志不穷,我咬着牙关也要坚持下去。可是我的脚不争气了,生冻疮了。两个脚丫肿肿的、红红的,碰上去又痒又痛。这怎么办?

我不能赤脚在雨雪中走了,我也不能穿着布鞋在雨雪中走,我更不能让读书停下来。于是我试着穿了布鞋再套着奶奶的水鞋去学校。我担心把奶奶的水鞋挤破了,一路小心翼翼地踮着脚走到学校去。

我盼望着寒冬早些过去,春天早日来临。到梦回春风的时候,我又可以赤着脚,自由自在地去学校了。

## 五、逃学卖豌豆

春天到了,天气逐渐暖和,我不用再受寒冬腊月那种赤足走路之苦了。

春天里,我即使赤脚也可爽快地在路上奔跑。

然而,春风得意时并非所有的人都称心如意,烦恼的事情悄悄地迎我而来。

当我一清早在桑树底下专心读书时,我父亲正忙着在地里采摘豌豆。有一天,他摘了一大篮子的豌豆,觉得自己到街上去卖,时间上有点划不来。于是,他就对我说:"你把豌豆带到学校去,卖给学校老师吧!"

这怎么行呢?这不是太难为我了吗?我怎么好跟老师开口呢?我越想越懊恼。

父亲瞧着我,瞪着眼说:"你不能去试试吗?"

望着父亲的脸色,我知道他为了这个家,已经付出够多的了,再说父命难违,我不敢违抗呀!

于是,我拉着脸,很不情愿地拎着一大篮子新鲜豌豆上了路。

一路走一路想,我怎么向老师开口卖豌豆呢?老师会答应买我的豌豆吗?走着走着,我突然想到学校不是有食堂吗?我为什么不到食堂去试试呢?

我提着篮子来到食堂门口,但因为紧张,脸红到了耳根,面对食堂里的烧饭老伯,好不容易挤出一句话:"老伯,我父亲要我把这豌豆卖给你们食堂,你看能要吗?"

食堂老伯看着我这个孩子,他没有拒绝我。也许他是同情我,也许可能是食堂正需要,于是食堂老伯收下了。此时,一直在不停哆嗦的心,终于安放下来了。

卖掉了豌豆,我卸下了沉重的包袱,快步走进了教室。

放学回家,二话没说就把卖豌豆的钱给了父亲。父亲笑了,可我心里很不痛快。

也许是父亲尝到了甜头,没隔两天,父亲又要我再带豌豆去学校卖给老师。我想,我再也不敢把豌豆卖给学校了,但又不能违背父亲的意愿。

怎么办?我只能挑着箩筐,到山门街上去卖豌豆。

山门街上,人来人往。有人看了我箩筐中的青绿色的豌豆,不买,走了;有许多人只是走过,一眼也没有看。

这时,我最担心的是怕碰到熟人,那是很难为情的事,我一个小学生,能出来做生意吗?

快到中午了,我还守在箩筐旁,耽误了半天读书时间,我好心急啊!

正当我焦急的时候,突然看见我的一位老师从对面走来。不好,我不能让老师发现我逃学在这里卖豌豆。我像做小偷似的,立即远远地躲开卖豌豆的箩筐,望着老师走远了,我又回到箩筐边来卖豌豆。

上小学的时代,是我渴望读书的时代,也是我尴尬、烦恼的时代。无奈呀,我只能面对。

## 六、病魔逼我留级了

俗话说,天有不测风云,人有旦夕祸福。

当我在凤岭小学读书的兴趣正浓的时候,病魔正悄悄地向我袭来。

记得那一年正是春夏之交,我的后脑勺突然长出了半个馒头大小的疮。这个疮把我痛得坐不住、立不稳,睡在床上合不上眼,左躺不行,右卧也不能。

父母急坏了,到处求医,这个"大疮"长在我头上,痛在父母的心上。找了许多医生,都不见好转。后来遇到一位草药医生,开出了一剂方子,用什么叫"金钱薄荷"的草药,拌白酒捣碎,然后敷在疮口上。真是奇效,我的疮慢慢收缩,终于痊愈了。

这个疮,影响了读书,害得我整整一个月没有上学。

头上的疮虽然治好了,但身体被折腾得很虚弱。没想到,这时期我们的村子周围正流行着一种叫"打摆子"的疾病,身体已经虚弱的我,不幸又传染上了"打摆子"。

"打摆子"的正式名称叫"疟疾",是经过蚊虫叮咬后引起的传染病。得了这种病,被病魔折腾得死去活来,难过极了。每天定时地全身发冷,冷得我全身发抖,即使大热天也要盖上厚厚的棉被。冷过之后又发热,全身被热得大汗淋漓。在这冷热交替之间,只觉得全身筋骨酸痛、苦不堪言。

我那本就虚弱的身体,如今又雪上加霜,更加虚弱了。

病魔缠身,三两天发作一次,在家里静养,哪里还能去上学?我只能不断向学校请假,直至休学在家养病。

那时痛苦的心情,无法形容,病魔折腾我的身体,还影响了我的学业。待祛除了病魔,恢复了健康,我再去学校时,学校通知我,只能留级了,让我留在四年级。难受啊,比同班同学矮了一截,低了一年,心里太不是滋味了。

当我升到五年级的时候,我遇到了班主任林垂富老师。

课堂上的林老师非常严肃,同学们谁也不敢做半点小动作。每次林老师上课,教室里鸦雀无声,所有同学都专心地听着林老师的生动讲课。

林老师的眼睛始终盯着同学们的脸。他的"直观教学",他的深入浅出的生动语言吸引了同学们的注意力,大家全神贯注,用心领会着他的话。

在他的教育下,我当年的学习成绩直线上升,在全班名列前茅。我的学业也因此得到了林老师的肯定。

常言道,名师出高徒。林老师作为我小学毕业班的老师,他精益求精的教育态度,帮助我打下了扎实的小学文化基础。因此,初中升学考试对我而言也毫不费力。这当然是后话。

林老师,您是一位值得我永远铭记的好老师。

# 七、父亲叫我干农活

农村长大的孩子,从小就离不开农活,即使是在上学,学校也会根据作物收获季节放"农忙假"。放学后或星期天的课余时间,也几乎都是在干农活中度过的。

我出生在农村,生活在农村,干农活似乎是理所当然、天经地义的事。

我对读书最努力、最感兴趣的阶段,也是父亲要求我干农活最多的时候。

清明之后,为了赶农时,大家忙着种黄豆。这时,父亲开口了:"明天向老师请一天假,帮家里种黄豆。"

在家里,父亲的话是圣旨,只能服从。于是我请假停课一天,和父亲一起种黄豆。

种完黄豆,地里的小麦快黄了。过了几天,父亲又开口了:"向学校请两天假,帮忙割麦子。"他向我说了一通割麦子的道理,他说:"要趁最近天气好,把麦子割回来。要不然,梅雨下来,麦子收不回来,就会烂在地里长芽了。"

父亲这些朴实的庄稼话,虽然都是大实话,却沉甸甸地压在我的心上,我不得不听从他的话,向学校请了两天假。

割麦子是个体力活,在烈日下弯着腰,一手拿镰刀,一手扶麦秆,一刀一刀地割,麦秆随着我的刀势,一片一片地倒下。割了一会,擦一把汗;又割了一会,站起来直直腰。像我这样的年龄,正是读书、玩耍的时候,我却要在麦地里,跟着大人一样地干农活。就这样苦干了两天,我们把大批小麦收割回家了。

带着麦穗的麦秆,把整个堂屋堆得满满的。诗人会说,丰收的喜悦,挂满了农民的笑脸。而我那时不懂什么是诗,不懂得当时的喜悦,只是觉得很劳累,好在农活总算是完成了。

等到下雨天,父亲在家里慢慢地把麦子打下来。这些黄灿灿的麦子,是父亲的血汗,也是全家生活的希望。

收完小麦,我这才安心地去上学。到了学校,在学好当天的课程后,我抓紧时间去找老师补课,把耽误的功课补回来。这样,我的时间显得特别紧张。实际上,老师只能帮我简单扼要地辅导,并布置该做的作业,基本上还是要靠我努力自学,把耽误的课程都补回来。

时间一天一天地过去,农活一样又一样地没完没了。

小麦割完了,父亲又忙着把小麦地翻土掘松,垄起一畦一畦的垄地。农民们都知道,到了放藤种番薯的时候了。

果然,吃了早饭,父亲又向我放话了:"下午放学要早点回家,帮我一起放藤(种番薯的苗)。"我当然答应会早些赶回来。我想,如果今天下午最后一节课是音乐或是体育,我准会向老师请假,提前回家;要是其他重要功课,我会等上完课之后,加快步伐赶回家放藤。

每逢星期天,我就心甘情愿地和父亲一起下地干农活。

长年以来,我始终是边读书边劳动,故而从小就学会许多干农活的技能。小学五、六年级的两年时间,几乎都是这样度过,我也渐渐习惯了。遗憾的是,无忧无虑的童年始终与我无缘。

有诗道:

三更灯火五更鸡，正是男儿读书时。

黑发不知勤学早，白首方悔读书迟。

记得这是一首唐代诗人颜真卿的《劝学》。这首诗旨在激励人们发奋读书。

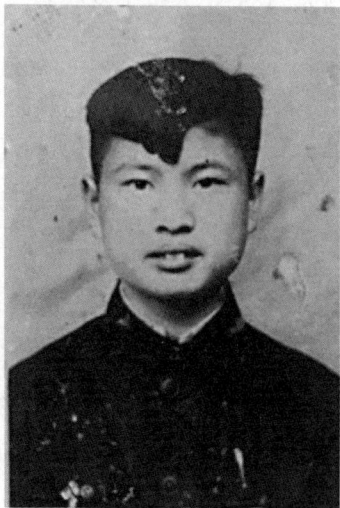

我从小就清早起来苦读，夜晚认真做作业。当年夜读、做作业，缺乏煤油点灯，我虽没有凿壁偷光，却用了很久的松树明子（俗称"松明子"）。我把松明子放在瓦片上点燃，燃烧的火光非常明亮，我就在这亮光下读书做作业。

万万没有想到的是，有一次，松明子的火烤红了瓦片，发烫的瓦片又把桌子中央烧了一个大坑。幸好我及时发现，用水把火浇灭了，才没有酿成大祸，但这张天天用来吃饭的桌子上却留下了一个深深的烙印。

◇1956年庄华元小学毕业照片

父亲没有上过学，是一个地地道道的农民。他对读书的要求仅限于能认识自己的名字，懂记账，会打算盘，他觉得这就够用一辈子了，不用花更多时间读书。因此，他不支持我读书，不期待我成为一个有文化的人。他心中一直认定，我长大后会接他的班，做一个勤劳、朴实的农民。

我虽然生活在农村，跟父亲一起干农活，但我有自己的理想和抱负，希望用学到的知识去改变命运。这是我同父亲不一样的地方。

在"知识改变命运"的道路上，我在不停地追赶。

# 八、凤岭小学的荣耀

经过了勤奋、艰苦的学习，在即将离开凤岭小学的时候，我思绪万千，突然对凤岭小学依依不舍起来。

那么多老师,辛勤地教书,辅导我们功课,教给我们知识,告诉我们为人处世的道理,帮助我们夯实学业基础。

那么多同学,一起在风雨中行走,一起在教室里读书,一起在课堂外玩耍,一起体会童年的艰辛和乐趣。我为能在凤岭小学读书而感到荣耀。

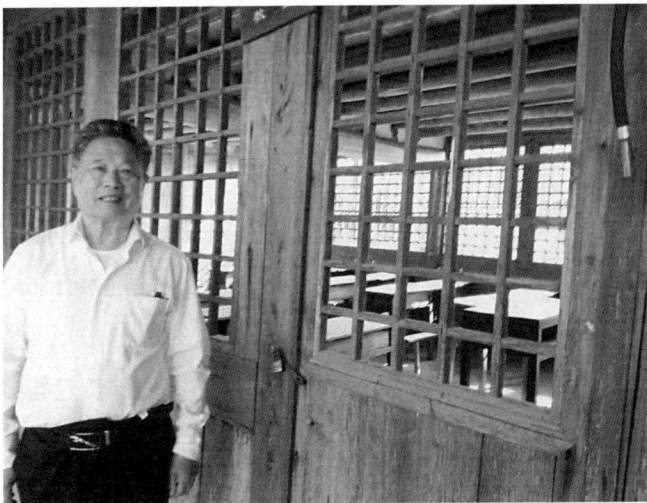

◇庄华元在当年上小学的教室旁留影

不知过了多少年以后,我才知道,这所学校还曾经历过一段鲜为人知的革命史迹。原来,凤岭小学的校址,曾经是抗日救亡干部学校的旧址。

如今,我们依旧可以在那里看到,当年为抗日救亡干部学校所建的纪念碑。碑文简要记载了干校校史:

一九三七年十一月,中共闽浙边临时省委为培养抗日救亡干部,在平阳山门凤岭畴溪小学创办了抗日救亡干部学校。粟裕同志任校长,何畏同志任副校长。有男女学员二百人。开设课程有游击战术、抗日民族统一战线、政治经济学等。

一九三八年一月开学,三月间结束。部分学员奔赴抗日前线,另一部分学员留在当地坚持斗争,他们为人民解放事业做出了很大贡献。

学校原址为二幢木结构楼房,现谨(仅)存西楼七间。通西宽二十一米，进深八米。

碑文中提到的"现谨（仅）存西楼七间"，就是我曾经读书的教室呀！没想到，它如今仍被保护而耸立在我眼前。

我站在小时候读书的地方，禁不住热泪盈眶。我抚摸着苍老斑驳的门窗，朗朗的读书声仿佛又响起在耳边；我弯下腰，抚摸着不畏风雨的小草，赤着双脚在山路上奔跑的童年似乎又闪现在眼前。当我看到站立在教室门前的粟裕雕像时，仿佛看到将军率领千军万马，在革命征途上奔驰。

粟裕列为中华人民共和国十大大将之首，1927年加入中国共产党，参加过南昌起义，也参加了历次反"围剿"战争，是赫赫有名的大将军。新中国成立后，粟裕曾出任中国人民解放军总参谋长，也担任过第五届全国人大常委会副委员长。在他曾任抗日救亡干部学校校长的地方，如今建立起了"中国工农红军挺进师陈列馆"，陈列馆的名字是国防部原部长迟浩田的手书。

在这里，我有幸拜读了粟裕大将在1980年5月作的《题江海风云》：

武装斗争廿余年，
转战频繁几万千。
英雄业绩烈士血，
可歌可泣壮诗篇。
吾辈不能忘过去，
创业艰辛忆先贤。
江海风云汇青史，
激励人民永向前。

粟裕将军的事迹与诗篇将永远激励我们，抗日救亡干部学校的史迹将永留人间。我为童年时曾在这里读过书而感到光荣，今天，我站在这里，同样感到非常自豪，这是属于凤岭小学的荣耀！

# 九、我考上中学了

1956年,我从凤岭小学毕业了。要升初中了,我选择了离家30多里路的平阳腾蛟八中。我当时觉得,只要离家远点,必定是要住校了,父亲也就无法叫我回家干农活啦。

当年山门凤岭小学的4个同学,以及来自东屿小学的19人,都去腾蛟参加了初中升学考试,考试结束后,我们日夜期待着录取通知书的到来。后来,消息传来,去参加考试的凤岭小学毕业生中,只有我一人考上了,来自东屿小学的邓昭钿和胡丕旺也被录取了。功夫不负有心人,我考上中学了,我是幸运的。

收到录取通知书的时候,我兴奋得跳了起来,这是多么让人开心的事情啊!简直让人高兴得连做梦也要笑出声。然而,当我仔细看了通知书上的说明后,心中又止不住地担忧起来。通知书上明确地提到:住校要自带粮食,在减免部分费用后,入学时必须交学费、书费、生活费,共计25元。

天哪,对我这个贫困家庭这简直是天文数字。要知道,当年的野生大黄鱼才几分钱一斤。

我鼓足勇气告诉父亲需要25元钱,才能报名去初中读书,父亲说了一句话:"家里没有钱,别读了!"父亲的一句话,如五雷轰顶,一下把我打晕了。

不行,我一定要读!此刻,心里的痛难以忍受。我一个劲地哭,躺在床上三天不吃饭,我以这种方式,逼迫父母答应让我上学。

不过我心知肚明,哭也白哭,绝食也无用,家中确实拿不出这笔学费。

也许我的哭泣感动了苍天,也许是我的哭声感动了老祖宗,好运正悄悄向我走来。

在西山村我们庄家祖墓上有一棵大松树,这棵大松树的树干之粗,要两人合抱才能勉强抱得过来。南雁大坑内有个水碓老板看中了这棵大松树,愿意出100元钱把它买下。我们庄氏家族商量后,同意把树卖给他。我家有幸从中分到25元,刚好够我交一个学期的学费。天助我也,我终于圆了读中学的梦。

学费问题解决了,可住校还得自带被子。说出来也许有人不信,我家只有一床被。我一直和父母同睡一床,长大一点了,我常与邻居发小搭铺同睡。现在要自带被子,这又把我难住了。

我为被子发愁,母亲给我出了一个主意。她说,二舅舅刚结婚不久,可以去向他借一床被子。告诉他,借半年,明年我们再想办法。

于是,我立马动身,徒步35里,其中爬了15里高山,终于到了黄石坛舅舅家。

见了二舅舅,我说是妈妈叫我来的,也开门见山把来意说了个明白。我知道,二舅舅跟我妈最好,他一定会支持我的。果然,他为我能读初中而高兴,二话没说,就欣然同意借给我一条大红花被面和一条被单。

我在二舅舅家住了一个晚上,第二天高高兴兴地回了家。

被面借到了,里面还得有棉胎,这又怎么办?真是天无绝人之路,家住万丰东屿小学的考生邓昭钿,他有棉胎却无被面。于是我俩商量决定我出被面,他出棉胎,合二为一。到了学校,我俩同睡一床,解决了我俩共同的困难。

好事多磨,解决了重重困难之后,我终于兴高采烈地跨进了平阳县第八中学的殿堂,走进了神圣的中学大门。

家境困难,入学不易。我投入了全部的精力,发奋用功,刻苦读书。我自知天赋不是最好的,但可以凭后天的勤奋努力来弥补。我的学习成绩虽不是最好,至少也是班上前五名吧。

# 十、含泪休学

近半年的第一学期很快就结束了。

第二学期来临,对我来说,又到了要解决学费问题的时候了!

我心里明白,今年要家里再拿出25元的学费,是不可能的了,即便我再哭再闹,也无济于事。俗话说,粗糠榨不出油来。我盼望幸运之神能再次降临,期望能再次遇见转机。

学校教导主任蔡侠来老师特地来我家劝学,苦口婆心地做我父母亲的思想工作,并答应给予我一些学费减免的福利。班级的两个学生会干部知道了我的家庭状况后,也登门来动员,希望我父母支持我继续读书。

父母不是不明事理的人,谁不希望自己的孩子能上学读书,有一个光明前途呢?但是父母不是魔术师,家中再变不出钱来了。我知道,休学的局面已无法避免,我们庄氏家族的祖坟上再也不会出现第二棵大松树。

我知道,休学的情景将会十分令人尴尬,有多少老师和同学会盯着我的背影没法理解,我怎么就不能上学,我家又为什么会没有钱。

这时我想到了"好事多磨"这句话,可"多磨"也未必都会成功。我上学的事不是反复"多磨"了吗?最后还不是没有成功。

向舅舅借的被面被单也还了回去。

彼时,我还没有成年,对一切都无能为力。

没有人能安抚我幼小的心灵,也没有一个人能真正理解我内心的痛苦。

面对苍天,面对黄土,我无能为力,只能含泪休学!


沉默的心里话

休学在家,

抹去挂在脸上的眼泪。

静下心来,

过往的岁月如风。

老师和同学的话,

伴随着父母的眼神,

如同窗外的月光,

柔和地亮在我心里。


有一个声音告诉我:

面对苦难不要心灰意懒，
属于我的终究会到来；
只要我不畏惧、不退缩，
苦海终究有尽头。

还有一个声音响在我耳边：
相信自己吧，相信未来。
困难和曲折，
是绕不过的磨难；
快乐和幸福，
只是短暂的平凡。

我的身影在家里，
我的心，却激荡在校园。
无论风雨多大，
都不能把我的思维阻隔。
命运不让我安宁，
就让我为感动而哭泣。

敬爱的父亲呀，
亲爱的母亲呀，
虽然在你们眼里，
我还只是个孩子，
但在我心里，我已是一个大人了。
我会用自己的行动，
让你们微笑；
我会让你们——
为自己的儿子骄傲！

可亲的老师呀，

可爱的同学呀，

虽然在你们眼里，

我已经休学，

但在我心里，

我还在校园读书。

我会放下那些该放下的，

让你们永远——

为我的收获而欣喜！

在一个宁静的夜晚，

我有一句沉默的话想说：

人世间只有一件事，

让我挂念不下，

我不能让父母为我——

而夜不能眠！

## 十一、我又可以读书了

休学在家苦干了一年农活，到了1958年下半年，命运终于出现了转机。全县到处出现了招生告示，各类技术学校向知识青年公开招生，《招生简章》还贴到我家门口的板壁上。

原来，这与全国的大形势有关。1958年，社会主义改造基本完成以后，我国开始转入全面的大规模的社会主义建设阶段。全国开展生产"大跃进"运动。那一年，我已18岁，一个初出茅庐的小青年，也被卷进了"大跃进"的浪潮，积极参加了各种生产劳动。

"大跃进"运动首先是从农业开始的。各地响应中央的号召,纷纷提出"大跃进"目标。地区之间,单位之间,相互比高产。从原本每亩只产400至600斤的产量,上报就成了1000至1500斤,有的上报亩产2000斤,最后高产5000、10000斤的"卫星"都放出来了。于是,"人有多大胆,地有多大产"的口号开始流行开来。

1958年的工业"大跃进",是以"钢铁产量翻一番""不断缩短超英赶美的时间"为中心展开的。全国城乡掀起了规模空前的"全民大炼钢铁运动",大炼钢铁成为压倒一切的任务。

与此同时,交通、邮电、教育、文化、卫生等部门也都开展"人民大办"的活动。与"大跃进"相伴而生的是农村的"人民公社化"运动,全国农村实行政社合一、工农商学兵相结合的原则,都纷纷建立了人民公社。

在这种大形势下,教育当然也要与时俱进,各地先后都创办了快速培养人才的各类技术学校。如平阳矾矿创办了平阳矾矿中等技术学校(简称"矾矿中等技校"),桥墩创办了茶叶技术学校,金乡创办了水产技术学校,等等。

这对我们这些穷人家的孩子来说是千载难逢的好消息,我可不会错过这个重返校园的机会。因此,在看到招生通告后,我立即报名参加了考试。

我报考的是平阳矾矿中等技术学校。这学校属半工半读,不但学杂费全免,而且供吃供住。考试后,我自我感觉很好,果然,我被录取了。这真是"山重水复疑无路,柳暗花明又一村"。

我把这个好消息告诉了父母,父亲听说不用出钱,当然不会阻止我了。

我又可以读书了。

我终于梦想成真,重新踏上了求学之路。


## 十二、在矾矿中等技校的半工半读


1958年下半年,我开始了在矾矿中等技校半工半读的学习生涯。

矾矿中等技校位于当年号称"祖国的矾都"的矾山镇。这里是平阳人比较向往的地方，只要有力气，到矾山就能挣到钱。去那里的学生，当然也就满怀挣钱的愿望，干劲十足了。

怀着求学、挣钱的愿望，我踏上了去矾山的征途。

客车经过灵溪镇，往西南行驶到观美，再向西南开上了高山重叠的盘山公路。弯弯曲曲约20里左右，来到南宋洋，见到一小块平地。通过埔坪村，翻过水尾山，我便能瞭望到楼房林立的矾山镇了。

矾山以出产明矾而闻名。矾山镇四面环山，面积大约有七八平方千米。东、北、西三面环山，山中储藏着丰富的明矾矿石。这三面高山的山脚下，一座座明矾厂先后拔地而起。矾厂烟囱林立，白烟滚滚直冲云霄。这里的矾矿直通矾厂，源源不停地输送出原料，日夜不停地生产出晶莹的明矾珠，以及像白砂糖一样的明矾结晶体。地下地上，厂内厂外，工人们天天忙碌着，一片繁荣的景象。

矾矿、矾厂都由矾矿公司管理，公司设在矾山镇东面的一个山岗上。公司北面的山下，有四座相似的小平房。矾矿中等技校的两个班级就设在后两座小平房里。

入学后，我被分配在采矿班。采矿班学习的内容有语文、数学、矿山机电、采矿方法、凿岩爆破和地质学六门功课。还有一个班级是化工班，我没有被分配到化工班，当时很沮丧。到了学校，你要学什么、做什么，学生没有选择权，只能听从校方的安排，这大概就是所谓的命运吧。

学校的性质是半工半读，一天在教室听课，一天到矿区劳动。化工班的同学到明矾厂劳动，采矿班的同学自然就是下矿洞劳动了。学以致用，在这里显得很得法，立竿见影。

既来之，则安之。我既然选择了这所学校，一切就要脚踏实地地去履行。在教室里学文化课和技术课，我都很认真，所以成绩都不错。有不少同学无法完全理解采矿的方法和原理，老师便要求我做一个直观的教学模型。我用硬纸板糊一个矿山，矿山上面的几个竖井直插到矿脉上。我又做出几个仿真的平巷，一路通到矿脉与竖井连接处，告诉大家，开采、回采矿石都可以从平巷通道运出矿外到矾厂提炼。这个直观模型的布局高效阐释了采矿步骤和原理,也很好地辅助了老师的教学,只要稍加讲解,同学们就都能听懂了。

到矿洞劳动,在地下作业,对我们学生来说是新鲜事,仿佛是进入了另一个世界。下矿前,我们都必须戴上安全帽,戴上肩垫。

矾山开矿是按传统的开采方法,从半山腰随着矿脉的走向斜度,慢慢地往下挖掘的。矿洞里没有电灯,全部用矿烛照明。

到了矿洞下面,同学们首先要跟老师傅学习辨别明矾石与废石,然后用手把二者分开。我们挑着废石,将它回垫到开采后的空地上,每次都得用肩膀挑很多沉重的废石,幸好肩膀上戴着肩垫,否则不仅会疼痛难忍,衣服和皮肤也会被磨破。

我们看到那些老矿工,几乎每个人的手指头上都扎着白胶布,十个指头都很粗糙,甚至都裂开了。其实也不难理解其中的原因,他们长年累月与矿石打交道,用手甩着八磅锤打炮眼,爆破之后用杆子把顶板上易落的矿石戳下来,接着分拣矾石与废石,手怎么可能不受伤?

更让人心疼的是,那些老工人用风钻打炮眼,全是采用不掺水的"干打"。打好眼后,再用压缩机把炮眼里的石粉吹出来。这一吹,整个巷道粉尘弥漫,灰暗的矿洞变得更加烟雾缭绕。工人们吸着充满粉尘的空气,尽管都戴着双层的口罩,飞舞的粉尘依旧会沉积到肺叶里,不少老矿工因此患上了难以治愈的矽肺病。

在矿洞里作业,安全大如天。每次爆破后的工作面顶上都会掉落下来许多浮石和碎石,尽管有认真的排查清理流程,但难免还是会有未被发现的隐患。有一次,我正在工作面上挑废石,隔壁矿洞突然放炮,爆破之后的冲击波,震得我们这边的矿烛烛光剧烈闪烁。就在冲击波停止后的瞬间,顶上有块大石头掉落下来。只听一声闷响,大石头擦身而下。好险,没有砸到我,否则我就要去见阎王了。

矾矿,让我学到了开矿的知识,也让我懂得了生活的艰辛,学会了在艰险的人生路上稳步前行。

# 十三、一元钱的背后

"矾山水流西,无力客人不要来。"这是流传在矾山当地的一句口头禅,用闽南话念这句话是押韵的。这句俗语的意思是,来矾山赚钱必须出大力、流大汗,否则就别来了。辛勤工作,劳动致富,这是矾山人的生活写照。

当年的矾矿生产流程,都是靠强劳动力,没有足够的力气,你别想在这里立足。矿石运输都是新中国成立前留下来的老办法,全靠人的肩膀把矿石从洞底下一担一担挑上来的。这里挣的每一元钱,都是血汗钱,都是用力气、用血汗换来的。

每逢星期天,我也会跟着挑运工去矿洞挑矿石。我从矿洞底下挑起沉重的矿石,扛在稚嫩的肩膀上,一步一步爬上30多米高的陡坡,走到马路边,然后把矿石交付给其他人,让他们用板车将其拉到明矾厂去提炼。半天下来,可来回挑五趟,运送大约300多斤矿石,由此换得一元现钱。这样的重体力活,我只能挑半天。如果连着挑一天,我无论如何也吃不消。这一元钱,不是好挣的。

除了星期天到矾矿去挑矿石外,夜晚自修,我们有几个同学偶尔避着老师,悄悄地去矾厂夯矾池干活。新建的明矾池,是用三合土靠人工用木棍一下一下夯结实的。一个晚上干两个小时,也能挣到一元钱。

别小看这一元钱,对于穷人家子弟来说,它放在手里也是沉甸甸的,象征着生活的希望。农村人民公社化之后,农民不能做生意,农产品不能买卖,我们家里没了现金收入,更不可能给我零用钱了。学校能接收我们,吃住不收钱,已经很好了,不可能再给学生零用钱。但是,生活中总少不了要花钱。无奈,我只能靠卖苦力,利用业余时间去挣一些少得可怜的外快。

口袋里没有钱,想花也白想。即使有了些小钱,我也舍不得花。从矾山到山门家里,大约有120里的路程,坐车要花一元二角。为了省这一元多的车费,每次节假日回家,我徒步来回。从早晨五点多走出家门,到下午五六点才能到学校,要走上整整一天,到校之后腰酸腿痛,往往要休息两天才能恢复。我就这样挣辛苦钱,好久之后,口袋里才终于有了几块钱的储蓄。

冬天来了,我不得已,只得花八元钱买了一件枣红色球衣。有了这一件球衣,我才能把十岁时做的那件蓝色旧衣服替换下来,这件衣服本来是外套,后来因为实在小了,才改成了穿在里头的衣服。这件穿了八年的衣服还是母亲亲手为我缝制的,当年为了让我穿得更久,她还特地做大了一些。可是,再大点也是小孩子的衣服呀,如今我已经是18岁的青年了,这衣服即使穿在里面,也短得只到肚脐。它为我服务了八年,也该正式退休了。现在我穿着用自己挣的钱买的衣服,心里感到说不出的高兴。睡觉前还要看了再看,摸了再摸,这可是我的劳动成果啊!

在矾矿中等技校半工半读的一年时光很快就过去了。我一边学习,一边劳动,有苦也有甜。走的路多了,脚底变厚了;挑的担多了,肩上变得能担当了;伸出自己的手,多了几层老茧,生活让我懂得:命运要靠自己的双手把握。

毕业了,校长说:"你们是新一代有技术的工人。"

毕业了,矾矿公司的书记说:"你们这一代技术人才,前途是光明的!"

毕业了,我被分配到矾矿水尾工区,当上了技术工人,负责下矿洞开矿。那年,我19岁。

我相信这句话:"道路是曲折的,前途是光明的。"下一步的路,有多曲折,我究竟该怎么走?我的光明前途在哪里?我究竟该怎么闯?

生活永远是一张试卷,在这张试卷面前,我永远是一个寻找光明的考生。

# 第三章　我正式当上工人了

工人，一个响亮的名字

在崎岖的山坡上呼喊

我当上工人了

再苦再累也感到未来一片灿烂


足迹在地下被黑暗收走

汗水在山上被阳光晒干

岁月的流逝超越了梦想

啊，矾山！

平凡之人怎会平凡

# 一、当上了矾矿工人

1959年夏天,我走出校门,当上了一名矾矿技术工人。

矾矿中等技术学校是矾矿公司投资创办的,这是为矾矿、矾厂培养专业技术人才的学校,因此全部开支均由矾矿公司承担。

根据在校学习的专业,我顺理成章地被分配到矾矿的水尾工区。与我一起分配到这个工区的有雷顺发、池进昌、吴邦相和李铁烧等六七个同学。

去报到时,我带着行李从学校里走出来,和同学们一起,住进了工区的大开间集体宿舍。

虽然还是在矾矿,但是现在不一样了。昨天是矾矿中等技校的学生,今天是矾矿的正式工人了。

我们的工作岗位,仍然是在学校实习时工作过的矿洞,在一起干活的也仍然是熟悉的老工人。不同的是,之前我们只是在矿洞实习,向老师傅们学习,今天是在矿洞正式工作,与他们一起干活挣钱。

干活的内容同过去也没有什么两样,凿岩、爆破、挖掘、拣石、挑担……但感觉不一样了。过去只要跟着老工人干就是了,只要有力气。如今干活儿,是每个工人应尽的责任,也有必须完成的任务。我们的日常工作是与集体利益、自身利益息息相关的,不能有半点马虎。

我们每天都是上升、下潜,慢慢地也会感到有些枯燥,有些单调乏味了。但是,这有什么办法呢?即使所学的技术、知识有许多在实践中派不上用场,我毕竟也是一名工人了。凭这个"技术工人"的名头,农村人也会更加尊敬我。我觉得这些苦没白吃,书没白读,因为我当上了矾矿工人,是一名正式工人了!

工人,在那个年代,是值得骄傲的,是非常被尊重的。

## 二、烧饭女工的友情

刚上班不过一个星期吧，我很高兴地认识了工人食堂烧饭的女工刘尚珠。

刘尚珠是水尾工区本地人，年龄看上去可能比我大一些。她白白的脸蛋，胖胖的身材，逢人就露出一脸笑容，很讨人喜欢。

不知道为什么，我与她一见如故，说话特别投缘。人与人之间或许真的有缘分之说，有的人天天在一起，都不见得能培养出友情；有的人初次见面却相见恨晚。这是一种人与人之间的信息感应。

当年，工人吃饭用的都是矿区发的定额饭票，而且职工打饭，都是需要过秤的。

那时，我们新工人都是年轻人，是正在长身体的小伙子，加上干重体力活，额定的饭量总是吃不饱。

说来我的运气好，每次打饭，都是刘尚珠给我打饭过秤。每当排队轮到我的时候，她都对我很照顾，总是把特大饭盘边的特别干燥的米饭打给我。我心中明白，边上干燥的米饭不压秤，而且分量特别足。那秤杆翘翘的，我两眼盯着，心里乐滋滋的。

在我上班大约五六天时间的一个下午，已五点多钟了，所有工人用餐都结束了，没料到我的母亲来到了我的宿舍看望我。

我当即赶到食堂，找刘尚珠买饭。

刘尚珠非常热情，把饭打好后亲自送到我的宿舍。食堂里的菜已卖完了，她特地为我母亲烧了两个菜和一个海带汤，并与同村的一个闺蜜一起送来。我母亲远道而来，能吃到热腾腾的饭菜，自然是满心欢喜。

母亲突然远道而来，并非是专门来看我这个儿子的，而是为了送我奶奶到矾山华阳南宋洋平阳县民政局创办的荣属院养老去。我叔叔庄昌富是革命烈士，奶奶作为烈士的母亲，享受国家给她的供养政策。

母亲在家忙里忙外，她是贤妻良母，十分敬老孝顺，我看到她不辞辛苦陪奶奶去荣属院，心中不禁升起了对母亲的无限敬意。

真是无巧不成书。这件事让刘尚珠知道了，她说正巧，这荣属院的负责人正是她的母亲陈春英。刘尚珠的父亲刘福坦，也是矾山的一位革命老干部。她的父母既是革命战友，又是患难夫妻，看来刘尚珠出身于革命家庭，受过好的教育，难怪为人处事处处彰显着优秀的品格。

我所在的水尾工区，处在半山坡上，翻过后面这座山，不远处就是南宋洋，平阳县荣属院就在那里，相隔大约十多里路。

刘尚珠是个热心人。次日，她向食堂领导请了假，特地陪我们母子俩一起到荣属院去看望我的奶奶和她自己的母亲。通过这层关系，我们就更能放心地让奶奶生活在那里了。

出门在外，知心的朋友可遇不可求，这是人生的幸运。

此后，刘尚珠和我，一直像亲姐弟那样友好、亲热。


# 三、回家吃大食堂


上了半个月的班，我打算回家看望父母。于是，我向工区领班请了假，步行回家。这次回家不一样，我是一名工人了，我能为家里挣钱了。

回到家里，发现家家户户都在生产队的大食堂里吃饭了。

父亲在食堂里做饭，我同大家一起在食堂里吃饭，家里已不能自己烧饭了。说是吃饭，实际上吃的是番薯丝。

社员们在熙熙攘攘的食堂吃了早饭，一阵风似的都到地头干活去了。从他们的脸上，我看不到多少欢乐的表情，反而看上去相当沉重、忧郁。这种模式，说是"多劳多得，按劳分配"，实际上是平均主义，力大力小一样地干，干多干少一样地吃饭。

大办食堂，实际上从1958年就开始了，"大跃进"运动中有句顺口溜，叫"鼓足干劲生产，放开肚皮吃饭"，结果生产放了"卫星"，仓库里的粮食吃光了，大家只好吃番薯丝。

据说中央看到老百姓对食堂越来越不满意，就开始同意解散食堂，回到以前各家各户自开炉灶做饭的状态。

有些事在理论层面上是好的，但在实践中未必能行。

有些事在起始阶段看起来是好事，但有可能会逐渐走向反面。

在实际生活中，没什么是永久不变的，随着环境和内在因素的变化，人们所做的事也会随之变化。

通过学习和实践，我感觉自己的认知也在渐渐发生转变。

# 四、又一次选择的犹豫

我趁回家休假期间，拜访了东屿人民公社主任林垂法同志，他是我在矾矿中等技校化工班的同学林垂庆的哥哥。

林主任见到我，犹如见到了他的弟弟，格外亲切客气。我们一见如故，毫无拘束地谈工作、聊家常。

我谈起他弟弟被分配到明矾厂工作，比较理想；而我被分配在矾矿当矿工，不大如意。没想到林主任不假思索地问："你愿意不愿意当教师？"

"可以吧！"我一口应承。

教师是受人尊敬的很神圣的工作，还有什么比这更好的职业呢？

林主任希望我第二天去找东屿公社中心小学校长曾永聪老师。

曾永聪老师是我在高墩小学读书时的启蒙老师，很熟悉。

见面时，曾老师很热忱，当他知道林垂法主任推荐我来当教师时，他高兴地说："好啊，欢迎啊！"他说话直爽，办事也利索，迅速让我填了表格，并说要上报到公社和区文教组，让我回去等通知。

我把回家另找工作的事，透露给同学池进昌。他是我在技校的同桌，我俩的关系最铁，几乎无所不谈。他听了我的计划后，表示完全赞成。他是山门青街人，他的哥哥池欣昌是平阳县委农工部部长。池进昌比我大两岁，头脑

◇1960年庄华元与池进昌夫妇合照

很灵活。读书时，他就已结婚，并有了一个儿子。池进昌说："你离开后，我很快也会走的。"

后来，池进昌果然回老家去了，在水头区农技站就业。

我的计划，除了进昌之外，谁也没告诉。毕竟，我也没有完全的把握。

回到矾矿，没过几天，我就收到曾永聪老师的来信，他说公社和区文教组都同意我到东屿公社大屯小学任教，限期8月15日前去报到。

接到信函后，我的心情变得复杂起来。我思绪万千，反复思量和犹豫，仿佛自己踏上了脱离缆绳的小船，在风浪中摇晃。

我好不容易考上了矾矿中等技校，又当上了一名矾矿工人，成为光荣的工人队伍的一员，难道我真的要这样离开吗？我辛辛苦苦所学到的专业知识，就这样轻易地抛弃了吗？

但是，如果我继续蹲在矾矿，扎根在矾矿，我难道打算一辈子都与矿石打交道吗？

可我转念又想，如果放弃当矿工，我每次从矾矿到家，再从家到矾矿，每次徒步120里的山路不白走了吗？

我问自己，成为人民教师的机会摆到面前时，真的能轻易放弃吗？虽然这不是国家认可的正式分配，但毕竟是神圣的岗位，难道我对此真的无动于衷吗？

左思右想，我回望过去，审视现在，展望将来，浮想联翩，夜不能寐。

最后，我悄悄地收拾行李，悄悄地环视工友，悄悄地与矾矿告别。

我虽然悄悄地离开矾矿，但有一个人知道我的秘密和行踪，这个人就是刘尚珠。

我把回家的事告诉了刘尚珠，她知道后，同情我的处境，也理解我的决定。她虽然不感到惊讶,但还是显得有些伤感。

我知道刘尚珠的丈夫当年也是一名矿工,后来辞职到外地谋生去了。我的选择,似乎也勾起了她的回忆。

我们认识时间虽然不长,但建立了朴素而真诚的友谊。我们这么快就分别了,以后再见面都很难!

我离别矾矿的那天,刘尚珠和她的闺蜜,特地买了一包糕点,为我送行,帮我提行李,一直把我送到铺平停靠站上车。我们挥手告别,直到看不见彼此的身影为止。

## 五、山路之行

从矾山矿区到高墩老家约有120里路,从上学到当工人,我不知来回了多少趟。

此路,也是我人生中最难忘的一条路。

有时我赤脚赶路,有时穿着布鞋;有时我全程徒步,有时我一半步行一半乘车。路途的境况,美好的景点,都只是匆匆而过。

我还记得,成为工人后第一次回家那天,我向矿财务科预支了五元钱,一半路程乘车,然后步行走完了剩下的一半路程。

从矾山到山门没有直达客车,只能到鳌江换车,或者在岱口等过路车中转。这样要绕很远的路,需多花一元多的车费。我想,还不如坐车到灵溪车站(现在的苍南县站)下车,这样只要花六角钱就够了。然后,我可以步行四小时到家。

这样的行程,我通常是上午从水尾工区后山下去,步行五里路到铺平车站,坐车抵达灵溪站,下车已经差不多是十一点了。

在车站对面的面店里,我花二两粮票、八分钱买了一碗面条充饥。

从灵溪车站向北走,走过浦亭。说是浦亭,我却从没看见那里有亭子,也许是哪位姓浦的名人在此留下过一段雅事。

　　大约一小时后，我来到碗窑。顾名思义，这里曾是出名的烧制碗盏的地方。也不知道那碗窑还在不在，如果在的话，是否还能烧制器皿？那烧碗的窑工一定也和我一样辛苦。

　　灵溪在玉苍山之南，碗窑就在玉苍山脚下。这里是我的必经之路，我必须爬山，爬上这座有名的玉苍山。

　　登上玉苍山岭，仰头向左边山上眺望，只见大大小小、不计其数的大岩石赫然出现在眼前。它们乌黑滚圆，一个个、一团团，活像一群大黑熊，有的在嬉戏，有的在缠斗。稍一分神，就会有一只黑熊突然闪跃到跟前，把你吓出一身冷汗来。定下神来就会发现，这根本是自己吓唬自己。

　　山腰处有一片村庄，且有一凉亭让我歇歇脚，喘口气，更有一泓清泉可供我一阵爽饮。跋涉后的小憩，让人感到难得的痛快。

　　这是到了"闹村岭头"了，它是平阳县与苍南县的分界。这里虽然舒适凉爽，但我深知，脚步不能停下来，这里不是终点，还要继续赶路。

　　继续赶路，穿过凉亭，蜿蜒下山，便是闹村乡的上浪。上浪在玉苍山背脚下，说是上浪，我却没有见到有浪。也许浪是一种隐身之水，当风平浪静之际，只待不经意间滚滚而来。上浪者，一定是冲浪的强者。

　　再往前行，已经到达闹村乡政府所在的中村了。我快步向前，经过畲族村，爬上小山岭。这里可是传说中的东汉开国皇帝刘秀曾经路过的地方。他从这山岭走过，故这山岭称为凤岭。岭头也有个亭子，名为凤岭亭。一阵风吹过，就像刘秀当年的影子闪过；又一阵风吹过，我的身影也已闪过。千年沧桑，大约都在一阵风吹过的瞬间发生的吧？可以想象，我们所做的一切，都会像风一样消散。

　　过了凤岭亭，就是山门的管辖区了。前方就是闻名海内外的南雁荡山风景区。

　　南雁荡山风景区距高墩不足十里，算是家门口的风景区。自幼至今，我不知去过多少次。远方的景观，到过一次就永远难忘，家门口的风景，习以为常了，反而觉得平淡无奇。

　　南雁荡山的风景名胜，以中间一条溪水为隔，成为东西两山两洞两景区。

东山凌霞峰下的观音洞洞口朝西，形似雄狮，张牙舞爪，气势凶猛；而西洞却似雌狮，启口俯伏，悠然自得。东山的仙甄岩，玲珑剔透，恰似绣球，居两洞中间，活脱脱一幅双狮抢球的图景。

东山观音洞的建筑，是一座七间三层的古式楼台，为砖木结构。此殿为宋朝时期所建，在清光绪和民国年间都曾经历重修。

东山之下有陈经邦、陈经正兄弟创办的会文书院，南宋理学家朱熹曾来此讲学。许多文人墨客、高人雅士都到此求学会友，一时人文荟萃，名声大振。这里的一对高大的蜡烛峰，夜间烛光通明，意在天道酬勤，照亮学子。

西洞为仙姑洞景区，在西山半山腰，北临云关。西靠石斧山与三台道院，隔碧溪相望，此乃南雁荡山主景区。

仙姑洞有上中两层，飞檐高耸，飞梁画栋，气势巍峨。仙姑洞正面的黄色粉墙上有西泠派书法篆刻家方介堪先生题写的"福生无量天尊"六个大篆体字。大门口踞坐着一对庄严的石狮，进入洞中，映入眼帘的是一汪放生池，上有"福禄寿禧"图，一副对联对应了此景此情，引人入胜："山异平沙何雁落，池非深水有龙灵。"前殿称大罗宝殿，供奉的是道教天尊。后殿的前半间为有檐屋顶，后半间即以洞壁遮天，殿中供奉的朱氏仙姑坐像端庄娴静。殿内还有著名数学家苏步青教授所题的对联："仙姑环佩去千年香火馨赤壁，雅客舟车来万里灵山净红尘。"

据传，朱氏仙姑为闹村人氏。有户官员，其女儿名朱嫦媛，从小受其母信佛行善的教导和影响，洁身自好，不慕名利，处幽守家，念经学道。16岁时，她因遭受挫折，立志不嫁，出家遁居，于此修炼，并常为乡人治病，因"下药立愈"而赢得了百姓的尊敬与景仰，二十载后羽化，后人称其功德圆满，成仙得道。众人自发地在内陷的洞穴中塑了仙姑金身，并将此地称为"仙姑洞"。

以仙姑洞为主体，内有十八进士洞、狮舌岩、姜太公钓鱼和透天洞。外有东南屏障、云关、月牖、五猴献果、二仙对弈、金鸡峰与九曲竹林等。远处还有石天窗、钓矶、观音坐莲、倒笔锋、三台道院、梅雨潭瀑布等景点，数不胜数。

行路时，许多景点都只是匆匆路过，无意领略。偶尔，我也会有陪客人观赏的机会。这些名胜古迹是家乡的荣耀，路过、走过、读过，也是人生旅途之机缘。

过了笠湖、黄街两村后，我趁着太阳下山之前，踏进了老家的门槛。

山路之行，应了一段名言：看山是山，看山不是山，看山还是山。

我走过的山，是120里的山路。这是我的上班之路、回家之路，路上的山，一座又一座，过了一山又一山。无论大山小山，在我眼中都是山。

走的次数多了，见的东西也多，思考的问题自然也就更多了。我面前的山已不完全是山了，山上的岩石、树木、花草，山中的行人、动物、建筑，它们都是有生命、有文化的东西，不仅仅是一番自然景象了。

在我即将回家的时候，回首看群山，山还是山，却早已不是我原先领略过的山了。

在我经历了求学、当工人，以及即将回家另谋生路的人生阶段之后，我认识到，走过的路再远，翻过的山再高，只要经过，我就有了崭新的、更加饱满的人格。

理想，永远在远方；成功，永远在脚下。路在远方，路在脚下，我还得不停地往前赶。

# 第四章　教师生涯

风干的日子

过得这么慢,还那么矫情

一只只小手举过了头

心情变得美好起来


掰开手指

数着新绿的芽

抬起头,看窗外的小树

等花开的日子

# 一、山顶上的小学

我所赴任的是一所坐落在山顶上的小学——东屿公社大屯小学。

我从家里出发，走五里路的平地，经过建坑村后，顺着潺潺流水的坑沟旁的羊肠小道往前走，然后顺着险峻陡峭的山路往上爬。一不小心，就会摔倒，甚至滚下山沟，因此，我每次上山都小心翼翼地留神脚下。爬上五里陡峭山路的高峰，山顶上有一座白墙堆砌而成的平房庙宇，名曰大屯宫，这就是大屯小学的校舍。

大屯小学位于东屿公社北面的山区，那里有进贡山、上屯、下屯、过坑、贡头和牛车贡六个自然村，这六个村组成了一整个大队。大屯小学就设在下屯的宫庙里。

我站在山顶上的大屯小学，往山下俯瞰，可以隐约看到只有一个篮球场大小的村庄，那就是我的高墩老家。

抵达山顶真不是一件容易的事。别说夏天，即使是寒冷的冬天，登临大屯小学都会让人累出一身汗来，连内衣都被汗水浸透了。我到学校以后，先得将汗水擦干，换上干爽的衣服后才能开始工作。

大屯小学，坐东北朝西南，有三间平房。中厅很大，无门无窗，是个大开间；中厅内设有神座，座前摆着香炉。每逢初一、十五，周围的村民会三五成群地进庙烧香。中厅分左、右两间房；左边的那间与中厅之间用木板隔开，作为学校的办公室、卧室和厨房；中厅连着右边的一间，作为学校的教室。庙前比教室低70厘米左右的地方有一块平地，被用来当作学校的操场了。一条小路从操场中间穿过，山顶上的人下山到东屿购物、办事，都要途经这条小路。学生在教室里上课，可以清楚地看见行人从操场中间走过。

走进教室，里面摆放着十几张破旧的双人课桌。最后一张是可以围坐10个人的长方桌。教室虽不大，却也可容纳30位学生读书。大屯小学的学生总共有26人，教师只有我一个。校长由村干部林景沛兼任，学校的事情都可以找他商量。

这就是大屯六个自然村100多户人家唯一的学校。校舍虽然破旧简陋，但却是山顶的孩子们唯一可以读书的地方。这里的村民，世世代代都居住在山顶上，所以学校自然也只能搭建在山顶上。

大屯小学的学制一至三年级，复式教学，动静结合。麻雀虽小，五脏俱全。在一个教室里，坐着三个年级的26个学生。一节课上三个年级的课程。凡是城镇小学开设的课程，这里不落下一课。

◇1961年庄华元在大屯小学教书时期的照片

这就是我初入社会，开始从事教育职业的地方，就是我要履行一名教师职责的地方——山顶上的大屯小学。当时我才20岁。

## 二、开学第一课

通过学习，我从农民转变为工人，现在又从工人转变成人民教师。走上了三尺讲台，就意味着踏上了艰辛的育人之旅。教师的天职是教书育人，培养人才。我感到重任在肩，我能不能当好教师？对此，我是有信心的。

小时候，我小学尚未毕业，村里办夜校，搞扫盲教育，我当过夜校教师。现在来到小学当老师，我觉得自己一定能行。山村小学与城镇小学相比，在教学环境和教学资源方面都处于劣势，但我相信，经过努力，完全可以将劣势转化为优势。若扬长避短，独辟蹊径，定可走出一条新路来。

当我正式走上讲台，为新的学年上第一课的时候，心中不免有些激动。尽管我已事先反复研读教材，熟记教学方法，真正授课时依然要平复一下心情，注意师长该有的仪态。

开学的第一课怎么讲？

第一课的开场是很重要的。我教的是三个年级的复式班,所以我要用不同的内容不同的方式来讲课。

我对一年级新生表示欢迎,希望他们同大哥哥、大姐姐一起,做一个好学生;我对二、三年级的学生说,很高兴看到大家快快乐乐地度过了暑假,并且都升了一级,希望大家更加努力,团结友爱,对待新入学的一年级小朋友,要像对待弟弟、妹妹一样帮助照顾,当好榜样。

讲完开场白,进入教学程序。要在45分钟到1小时内,完成三个年级的教学课程,是比单班备课、上课难得多的任务,对我一个没有经过正规培训的青年教师来说,就更加困难了。

在同一个时间里,对三个年级的学生说,打开课本第一课。

先教一年级:看图识字。图上的医生在给一个小孩看咽喉,叫他嘴张大,喊出一个"啊"来。这个字就是"a",我在黑板上端端正正地写了一个"a"字,并说明这个拼音字母读"a"。然后,要求大家连续读五遍。

紧接着,我开始教二年级第一课的内容(同时要三年级的同学预习第一课,找出生字来)。我领着二年级的同学朗读了两遍课文,之后要求大家抄写课文两遍,并找出生字。

教完二年级之后,我又带着三年级的学生读课文、学习生字、抄写课文……

紧接着,我又返回到一年级,重复教读拼音,教大家如何拿笔、如何写字。

就这样,三个班级相互穿插、交替着进行读写教学,上课时间很快就超过45分钟,一般要教满1小时后才能下课。

上午半天,上了三节课。有的课是语文与算术混搭;有的课是算术与图画拼凑;音乐课安排在下午,三个班的同学合唱一首歌;体育课也是三个班一起教。

功夫不负苦心人,有了充分的思想准备,加之平时的知识积累,我教学的第一天还是很顺利的。走出教室,我长吁一口气,心里感到甜甜的,很舒畅。

有趣的复式教学,在山顶上的大屯小学拉开了我教师生涯的序幕。

孩子们,很可爱,天真活泼,也很听话。朗朗的读书声、响亮的歌声、嬉闹的笑声,从山顶上传出来,传向四面八方……

## 三、劳动课:栽番薯

为了教好劳动课,生产队特地给学校提供了一块山坡园地和一块操场边的小菜园。就这样,我带领着学生们,在这块小小的园地里搞种植试验。

在当时的条件下,我们的项目是"种植高产番薯"试验。

下午第二节课是劳动课,孩子们热情高涨,纷纷举手表示,愿意带锄头、畚箕等工具来学校。我根据实际,指定离学校最近的两个三年级学生各带一样工具。

复式班的劳动课,一、二、三年级在一起,我首先教学生们读唐诗《锄禾》:"锄禾日当午,汗滴禾下土。谁知盘中餐,粒粒皆辛苦。"接着,我向学生解释这首诗的含义,让大家懂得,我们一日三餐的粮食来之不易,要尊重劳动人民,爱惜每一粒粮食。

然后,我宣布:劳动课的目标是培育高产番薯,每种一藤,可收15斤。并表示,能不能实现这个目标,就看大家的了!

我的话音刚落,孩子们就争先恐后地拥向小园地,拿上锄头,轮流挖地、松土。大家很快就挖出了一个个圆圆的坑。孩子们有的在阴沟旁挖土,有的到场院边,把那里的垃圾装进畚箕,抬到园地倒入洼坑,把土垒上,最后再拢起馒头般的圆畦,把番薯藤苗栽下去。

回到教室里,我表扬了大家的劳动积极性,并告诉大家,等到番薯长出新藤之后,还要除草、松土、浇施淡肥。孩子们都生活在农村,他们常常见到父母在地里干活,所以我只要稍加指导,大家很快就懂了。

这个"懂",不仅仅是指懂得劳动的过程,也懂得劳动的技巧、劳动的意义,以及劳动者的不易与光荣。

## 四、采集番薯藤叶

1961年的金秋十月,金黄、橙黄、焦黄和枯黄交融成绚烂的秋景。

上级下达通知,为支援山东灾区,要发动学校师生到田间地头采集番薯藤叶。我们所在的山顶上的小学,同样接到了这个任务。

我把采集地瓜藤叶的任务当作一节劳动课的活动内容。

中午放学时,我要求每个学生都带一只篮子,下午劳动课采集番薯藤叶。

劳动课开始前,我做了简要的说明,也算是动员。我说:"我们的行动是响应政府的号召,全民动手,支援山东灾区。灾区的老百姓没有吃的了,有些人都饿死了。他们没有粮食,连野菜、草根、树皮都没有了。所以我们要去生产队的地里采集掉下来的番薯藤叶、枯叶、黄叶,因为这些东西也能当粮食,能救命!同学们,听懂了吗?"

有的小朋友立即回答道:"老师,听懂了,我们家也在吃这些。"

听到这里,我感到心里酸酸的。别说同学们家里在吃,我也在吃呀!

我每星期从家里带到学校的粮食当中就有番薯藤叶和蚕豆叶,这些东西,确实是救命的食粮。

我对孩子们说:"当前是国家最困难的时期,所以国家号召要大办农业,大办粮食。要相信,我们的日子会好起来的。"

我继续给大家鼓劲:"我们要努力支援山东灾区,我们比比看,同学们谁采集的番薯藤叶最多,谁贡献最大。我们现在就出发!"

在我的一声令下,孩子们拎着小篮子,争先恐后地跑出教室,跑出校门,奔向后山生产队的番薯园地。山坡上突然变得热闹起来,好像飞来了一群欢乐的小鸽子,在这番薯园地里追逐觅食。

地里的番薯已经被挖掉了,但番薯藤还在,藤上的枯叶有不少已脱落在地沟里。小朋友们弯着腰,一把一把地将枯叶捡进篮子里,另有一些孩子负责把挂在藤上的黄叶摘下来放进篮子。篮子里很快就装满了番薯藤叶。

有一个叫郑秀龙的三年级学生,带着她的一年级妹妹郑秀凤,很认真地采集番薯藤叶。姐姐眼明手快,可以收拾两垄残叶,妹妹毕竟年纪小,手脚慢,只会顺着垄沟捡叶子。

快到收工结束时,姐姐的篮子里已经装得满满的了,而妹妹只有半篮子。

妹妹趁姐姐不注意,从姐姐篮子里抓了两大把放进自己的篮子。

姐姐发现了,责怪妹妹说:"你怎么能偷我的,我要去跟老师说。"

妹妹一听说要告诉老师,怕了,央求姐姐说:"姐,不要,不要跟老师说。你要跟老师说,我就不跟你好了!"

姐姐毕竟是姐姐,她也是吓唬妹妹的,她怎么会跟妹妹计较呢?她看到地里还有没挖净的番薯,还留有好多青绿色的叶子,于是赶忙采摘,把自己和妹妹的篮子都装得满满的。

到了收工的时候,26个学生的篮子里都装了不少番薯藤叶,我们把叶子集中在一起,堆成了一大堆。通过验收,我给每个学生的劳动成果评分。最多的评5分,最少的评3分,一般的都是4分。

无论多少,这些叶子体现了孩子们的热情和爱心,也证明了人多力量大。我对孩子们的表现和成果进行了表扬,并重点介绍和表扬了成绩突出的同学。

一方有灾,八方支援;一人有难,大家帮助。通过劳动,孩子们幼小的心灵,感受到阳光的温暖。

## 五、可爱的山区小孩

在山顶上的小学读书的都是山区的小孩子,他们对世上的事情知之甚少。山里人纯朴、敦厚的品质给我留下了很深的印象,孩子们那种天真、活泼、可爱的形象,在我一生的记忆中常常闪现。

当年，每逢星期六下午，我都要下山。有时到中心小学参加教师的集中学习；有时回家看望父母，料理一些家务。星期一清早，再带上一个星期的粮食，匆忙赶路去山顶小学上课。

徒步数里，再爬山坡，还没有到山顶那条横山小路时，我就开始激动了。那些山上的孩子们都自发地在小路上等待着我的到来。他们看到我从山坡下一步一步爬上来了，都兴奋地喊着："老师来啦！庄老师来啦！"那一声声童音，似百灵鸟的叫声，感染着我，我只觉得心里暖暖的。

有的孩子在我的前面，有的在我的后面，大家簇拥着我，一起奔向学校。

很快地，教室里就会响起朗朗的读书声。读书声随着山风回荡在山区。那些松叶，那些树苗，那些小草，都在这美妙的风声、读书声中散发出特有的芳香。

每次到学校，我都会烧盆热水，关上门，擦干身上的汗水。然后换上干燥的衣服，到教室给孩子们上课。

记得有一天，我刚换好衣服，捧着教具打开门，发现二年级女生黄美娇羞羞答答地等候在门外。她手提一只小篮子，见到我出来，很虔诚地把篮子递给我说："老师，给你。"我看那篮子里，装着两把咸菜。

看到学生送来的东西，我不好意思收下。我问："谁叫你送来的？"

黄美娇说："是妈妈叫我送给你的！"

我一阵激动，接过篮子，感激地说："谢谢你妈妈！"接着我又嘱咐道："告诉你妈妈，以后不要再送什么东西来啊！"

两把咸菜，在现在是极普通的东西了。可是在闹饥荒的年代，这两把咸菜很宝贵，不是用金钱可以衡量的。这是家长对老师的尊重和信任，是我收到的最值得铭记的礼物。在贫困的年代，我收了两把咸菜，虽心中有愧，但还是收下了，因为我深受感动。

咸菜是咸的。生活的味道是甜酸苦辣，怎么能少了咸呢？

我再次深刻认识到，人生有说不完的甜酸苦辣！

## 六、学校里的香火

大屯小学设在山顶的宫庙里,每逢初一、十五就有村民进庙烧香。

以前,大凡有村民聚居的地方,都建有宫庙或寺庙。它是山顶上的居民供奉祖先和神灵的圣殿。大屯小学能办在宫庙里,也是沾了先祖的光,是村民们用善举换来的福报。

即使是在上课,前来进香的人依然会旁若无人地走进教室,来到神座前,镇定地点上蜡烛和香火,跪下来磕头,口中念念有词。

有时候,村民中有人生了病,家属也会到宫庙中烧香求神。他们进入宫庙(当然也就进了教室),很随意地把课桌挪开,摆上祭品,点上香火,开始念念有词地抽签、祈祷。遇到这种状况,我们只能暂时停下课程,静静地等待他们离去。有的学生默不作声地站在一旁,有的会抿着嘴偷偷地笑。等他们的祭拜完成了,我就会抓紧时间重整课桌,学生们也会坐回到各自的座位上,继续上课。

这样的事已是司空见惯的了。虽然我多次向上级领导和本村干部反映情况,表示这对教学工作会造成干扰和负面影响,但依旧无济于事。这事碰到谁,都无法解决,除非斥巨资另建学校,眼下也不现实。宫庙是祖先传下来的,是村民供奉祖先与神灵的地方,我们无法干涉他们的信仰,反而得感谢他们允许,让学校办在宫庙中。

山中任教的只有我一人。每当学生们放学回家后,我便一个人待在学校里,倍感孤独与无助。

彼时正值人民公社化运动和"大跃进"期间,粮食严重短缺,我的伙食全靠自己从家中带来的蚕豆叶和干番薯藤叶。家里粮食极度短缺,父母都在挨饿。我每晚要备课、批改作业,往往要忙到夜里十一点甚至十二点,肚子饿得慌的时候,就抓一把生干番薯丝当作零食吃。那时候的番薯丝,可比现在的饼干好吃多了。

我有时会想,明明已经身在宫庙,为什么神灵不保佑我丰衣足食呢?

## 七、校门外的嚎叫

山顶上的宫庙四面没有人居住,夜深人静时,我一个人躺在床上,与冷清和寂寞为伴。睁开眼睛,我就能看见室内阁顶架上安放着好几口村民的备用棺材。棺材里虽然还没有安放遗体,横陈眼前终归有些恐怖,让人害怕。

熄灯之后,门外传来一阵阵嚎叫声,似女人的哭声,又似婴儿的啼哭,非常凄惨,让人毛骨悚然。

我被吵得烦了,就使劲敲打板壁,发出嘭嘭的撞击声,希望那怪物听到后停止嚎叫。可是,那家伙没有被吓唬住,仍然鼓足劲不停地叫唤。

我想,我是一个血气方刚的男子汉,难道能被你的叫声吓唬住吗?于是,我穿上衣服,拿着手电筒,开门出去。我要看个究竟,是何种动物,胆敢在宫庙威胁我、骚扰我!

我用手电筒向叫声传来的方向照去,一道明亮的光束刺破黑暗,一头不知名的动物见到亮光,立刻跑了。只见它跑到不远处又停下来,用一对碧绿的眼睛瞧着我。四目相对,在黑夜的山顶上,说不怕是假的。我手中没有猎枪,也没带刀,唯一的武器就是发出光亮的手电筒了。大概所有的动物都怕光,它站在那儿盯着我,不叫也不跑。我虽然心里有点虚,但还是壮着胆大声吆喝。那家伙也许被我的光束和吆喝镇住了,对峙了一会,转身跑掉了。

那个嚎叫的怪物跑掉了,四周一片寂静。我回到宫庙里我的住处,闭上双眼,心却还在野外游荡。

那是什么动物呢?是狼?我没听说过这里有狼出现。是狗?村里的狗都睡了,不会跑出来巡游,更不会来宫庙嚎叫的。是狐狸?这有可能,但为什么会跑到宫庙处嚎叫呢?难道它丢失了幼崽,所以不停地哀号?是野猪?是大山猫?不管是什么,反正是什么野生动物。

野生动物是有灵性的,它们的第六感有时比人类还准确。难道那一阵阵嚎叫是一种暗示,是一种警告,是一种特殊的信号——我教的孩子们不适合在宫庙读书?这里不是我施展才华的地方?我就这样猜想着,迷迷糊糊地进入了梦乡。

## 八、难忘陈基紫

在山顶上的大屯小学教书,其环境之恶劣和条件之艰苦,是今天难以想象的。可是,我也正是在那样艰苦的环境中遇到了贵人——令我终生难忘的陈基紫。

陈基紫是东屿公社常驻大屯大队的公社干部,不满30岁,中等身材。

陈基紫每月几乎有一半时间坚守在大屯。他每次上山到大屯,就先到学校落脚,把随身携带的行李往学校一放,然后立即找大队干部联系工作。

我与他很投缘,也许都是年轻人,兴趣爱好都差不多。他为人热情,平易近人,非常和蔼可亲。不管是谁有事找他帮忙,他都愿意伸出援手。他同我谈工作,拉家常,也问及我的教学情况,深知我的艰辛,常给予我鼓励和帮助。他年龄比我大些,是领导,也是兄长,我叫他老陈。

大屯大队有六个自然村,自然村就是生产队。大队没有办公室,每次召开生产队以上干部会议,都在学校举行。学校的教室,就是大队的会议室。农村干部白天参加生产劳动,会议都安排在晚上召开。

只要听说公社干部陈基紫来了,学校里就热闹了。山顶上的宫庙不再显得寂寞阴森了,整座房子里都洋溢着大家热情的讨论声。

开会前后,村干部们在教室里谈论着生产队的有关情况。陈基紫来了,他为传达上级领导的政策和指令而来。有些指令大家领会了,接受了;有些指令却显得难以理解,难以接受,于是会议中就爆发了争吵,气氛也变得紧张。老陈总是耐心地听大家说完,不厌其烦地解释,脸上总是露着笑意。他的声音清脆洪亮,说话也干脆利落,许多疑难事,到他那儿就迎刃而解了。

每次开会结束后,我都负责打扫,以便保持教室的整洁。

大队会议结束时，往往已是深夜，老陈在大队里没有住处，就在学校里过夜。

学校里只有一张床铺，多了一个人，睡在哪里？当然只能与我同睡一床。床虽不大，但也够宽。我的被子很大，是一张从家里带去的，藏青蓝底、方形八仙图案的白色粗布大花被。有他做伴，我心里很踏实，孤静的夜晚，我再也不孤单，反而能安安稳稳地睡觉了。

就这样，他与我同吃同住，好似亲兄弟，亲密无间。

我和老陈在一起的时候，正是生活最困难的时候。那时，买什么东西都要凭票证。大家不求吃到什么好东西，只要能不挨饿，就比什么都强。

老陈来时，通常会带一些好吃的来与我共享。他知道我家里穷，知道我在山顶上很苦，所以对我颇为照顾。有时他会带几斤大米，这大米对我来说，那是稀世之宝了，一粒一粒，比珍珠还要珍贵呀；有时他会带些咸带鱼或少许咸肉，这可是只能在梦中见到的美味呀；有时他还会带点酱油来，酱油是家常调料品，可我也不是经常能用得上。虽然每次带的数量不多，但对于我来说，这些都是当时难得的紧缺食品。我知道，这是老陈想方设法在帮助我。

1961年，一个秋天的晚上，老陈要我陪他去参加生产大队召开的干部会议。这次会议旨在贯彻中央关于人民公社农业发展"十二条"的文件。会议结束之后，我和老陈摸黑爬山，回到山顶上的学校。到了学校里，我们只觉得肚子饿极了，可当时学校里根本没什么能用来充饥的食物。

我想了一会，说："今天发动学生采摘番薯藤叶支援山东灾区，要不就烧一点番薯藤叶填填肚子？"老陈听后欣然同意，满口赞成。

于是，我俩立即动手，用清水洗了大半桶番薯藤叶。这些番薯藤叶中，有青叶，也有干叶和黄叶，我们不管三七二十一，将它们一起洗了，放入开水中烧煮一阵子，然后将叶子挤干、切碎。没有食油，我们只能用盐和酱油在热锅里炒一炒，拌一拌，勉强完成了一道"大菜"。我们就这样把番薯藤叶一口一口地往嘴里塞，犹如在吃一份山野大餐，吃得津津有味。我们深刻体会到了什么叫"饥不择食"，不一会，大半桶番薯藤叶就被我们吃个精光。我们两个人你看我，我看你，都忍不住笑了起来。

"玲珑汤"是什么东西？多么美的名字，听起来非同一般，想必是不平凡的人才能喝到不平凡的汤。我在这里说的"玲珑汤"，是在大屯小学教书时，经常用来下饭的一种汤。在高山顶上，断粮缺菜是常有的事，没有下饭菜了，就拿开水放一些酱油冲成汤，我们不叫它酱油汤，而给它起了一个美名叫"玲珑汤"。吃饭时，喝一口玲珑汤，嘴里会觉得有滋味许多。

老陈在学校里和我在一起，吃饭时常喝这种汤。每当用它来下饭时，我们会不约而同地笑道："玲珑汤，味道真好！"

我同老陈在一起，同舟共济、同甘共苦，结下了深厚的兄弟情谊。他看到了我的敬业和勤奋，也看到了我的艰辛，因此不断鼓励我面对生活，不断学习、不断进取。我也在他身上看到了一位干部对党的忠诚、对群众的热忱、对工作的投入。

陈基紫同志，我的领导，我的兄长，我的朋友，他引领我进步。后来，他也成为了我加入共青团的介绍人。

老陈在上个世纪八十年代时，被调到县劳动局工作，那时我也已迁居昆阳镇，我们仍旧保持着联络，老朋友相逢，每次都感到格外亲切。

到了上个世纪九十年代，我在外闯荡，很少与老陈联系。有一天，我从水头回高墩看望父母，恰好与老陈同村同姓的原山门区小学校长陈基算老师同乘一车。在交谈中，我得知了一个不幸消息，基紫同志已经病逝。我听后十分沉痛，我简直不相信自己的耳朵，我最亲密的良师益友，怎么会就这样离开了呢？我一直不知道，他原来已与疾病恶斗多年、纠缠许久。车轮不断向前，飞驰在家乡的土地上，而我的内心久久不能平静。

一个平凡高尚之人驾鹤西去，我没有来得及与他说再见。

一个在外梦想创业的人，来去匆匆，没有向好友做最后的告别。

故人虽离去，灵魂尚在，友情永存。陈基紫同志的高风亮节永远留在人间，他高大的形

◇陈基紫同志当年的照片

象,永远留在我心中,我们永远不会分别!

## 九、山顶之路无止境

设在山顶宫庙里的大屯小学,因受到村民烧香祭神的影响,正常的教学活动时常被打断。我多次向上级反映,要求改变这种状况,否则必然要影响教学质量,影响孩子们的学习。

在我任教满一年以后,也就是1960年,大屯大队的干部经过商议,终于同意把学校搬迁到过坑的一座长期无人居住的闲置房屋里。

这座房子,虽然仍在山顶上,但办学环境和条件比宫庙要好得多了,至少不会受到外界的干扰。这是一座由三间木结构房间构成的平房,右边的一间做教室,可容纳40个学生同时上课;左边的一间隔成两半,前半间铺着一张大床和一张写字桌,既是卧室,又是办公室;后半间是厨房,有一个可烧柴火的锅灶;中间的堂屋暂时空着。门前有个庭院,可当作操场。

我们把学校前前后后、里里外外扫除了一番,屋舍十分简陋,但供大屯小学仅有的26个学生上课,还是足够了的。房子后面有一座山,四周无人居住,环境幽静。能在这里读书学习,我们应该满足了。

有时,我亦会想入非非,这么大的房子,房东怎么就不住呢?周围的环境这么优美,青山绿水间,不远处零零星星住有居民,还有我的学生们。这其中肯定有什么故事,只是没有人告诉我罢了。

到了夜间,孤灯案前,与书为伴。小阁楼上有动静了,老鼠开始出来活动。它们时而来回赛跑,时而上蹿下跳,时而发出吓人的尖叫声。我按捺不住性子,总是拿起木棍重重地敲击,发出战鼓般的响声。也许是老鼠们已久经沙场,毫不在乎我的警告,我的存在丝毫吓唬不了它们。

闹了一会儿,终于有了片刻的安宁,我想,老鼠是喜欢与人做伴的,不管我们喜欢不喜欢,人鼠共舞,由来已久。我既然没有能力改变环境,就一定得学会适应环境。

在大屯教书的岁月虽然艰苦,充满困难,但这些丝毫没有影响我教书育人的积极性。我不仅要向组织上负责,更要向孩子们负责。为此,我坚持教师的"三学"精神:学而不厌、学无止境、学以致用。无论工作环境如何恶劣,我都要坚持每天学习到深夜十二点才休息。我在大屯小学的两年里,所教的学生中,有些会转到东屿公社中心小学读书,他们的成绩不比其他同学差,因此,我常常受到大屯干部和家长的赞扬,并被评为"山门区教育工作积极分子"。

说来难以置信,斗转星移,在离开大屯近60年后,2019年4月18日,我重温旧梦,爬山越岭,又登上了往日的山顶。我试图寻找当年的大屯小学,遗憾的是,曾经的校舍都已毫无踪迹。我失落地在山顶转悠,忽然看见一位老年妇女立在村头,便上去问询关于学校的事情。当我提起一些学生的名字时,那位妇女按捺不住激动的心情,直呼:"你就是以前的庄老师啊!60年啦,我们都老啦!当年20岁左右的老师,如今已经80岁啦!"说话间,她的家人都围拢过来,村上的老人也来了,那可是我60年前的学生啊!说不完的往事,道不尽的情谊。临别,大家还从地里拔了许多新鲜的青菜送给我。如今相见,真是情深无憾哪。

从山上下来,我心底涌起了一首小诗:

重返大屯小学

高山顶上一村小,六十年前曾从教。
旧宫破庙今不在,换来崭新洋学校,
登山爬坎不再要,现有通天路一条。
问候乡亲齐相认,互报喜讯乐逍遥!

## 十、到东屿公社中心小学

在大屯小学任教,虽环境艰苦,但我深知教育孩子读书的重要性,尤其是在学生刚入学的起始阶段,正确的引导相当重要。

对于20岁左右的青年教师来说,教书育人同样是我学习和成长的一个重要节点,也是我独立工作、独立生活的必要磨炼。组织上曾经就"我能否胜任教师职业"一事对我进行过考核,结果证明,我不仅顺利通过了,成绩还十分优秀。

1961年秋天,区文教组把我从大屯小学调到东屿公社中心小学任教。这是我的教师生涯的一个转折点。

东屿公社中心小学的教学条件,当然比大屯小学优越多了。无论是教学环境、校舍整体,还是师资力量,都是与"中心"两字相匹配的。我能到这里来任教,无疑是组织上对我的认可和信任。

我刚到东屿小学,学校领导就让我担任五年级的班主任,同时担任少先队辅导员。教学的内容是五年级语文和数学,同时也要兼任二年级的数学老师。

无论是担任辅导员,还是教育学生,对我来说都是全新的,都需要从头开始学习。在这里,我丝毫也不能有畏难的情绪。

我如饥似渴地学习,向老教师们请教,学习他们的教学经验,学习他们的教学方式;同时向书本学习,全面提高自己的教学业务水平和文化素质。天道酬勤,功夫不负有心人。不久之后,学校领导又让我担任语文教研组组长的职务。

这对于我来说,既是领导的信任,又是比从前更大的压力,因为升职意味着我要肩负起更重的责任,也要投入更多的时间。我每周都必须安排时间,和老师们集体研究在实际教学中的问题,努力在工作中不断提升教学水平。

我在东屿中心小学,留下了自己坚实的足迹。

# 十一、向学校提出辞职

自古以来,教师是受人尊敬的神圣职业,我为自己能成为一名教师而感到欣慰和满足。因此,我全身心地为教育事业而奋斗。然而,随着客观形势的变化和实际生活的需求,我慢慢地产生了疑惑和动摇。

当时,正是国家经济十分困难的时期,人们普遍吃不饱穿不暖。没有粮食,只能吃糠、吃野菜、吃树叶和草叶。我在学校,也常常饿得心神不定,又没有时间出去寻找野外的食物。

当年正值计划经济年代,一切物资都要凭票供应,且少得可怜。一些有限的物资大多掌握在供销部门手里,一些有权的人通过"开后门"就能得到想要的东西,无权、无势、无"面子"的人却连生活必需品也买不到。

记得有一次,我拿着空瓶子到东屿供销社,要求打一斤酱油,可营业员很严肃地对我说:"酱油是分配的,不能卖!"无奈,我只得拿着空瓶回了家。

当时我心里很难平静,何谓教师啊!教师买一斤酱油都不能,可那些有权有势的人,那些跟供销社有"关系"的人,却可以一瓶一瓶地打出去。一点一滴的小事上,无不反映出人与人之间的贵贱高低之分。

我是一个民办教师,与其他在编的教师也不一样。我的月薪只有18元,含辛茹苦地从教三年,没有加一分钱工资。我除了日常开销外,还要养家糊口,当时,我的妻子已怀孕在身,18元的月薪如何能支撑起一个穷人之家?

从世俗的眼光看,公办教师,是吃公家饭的人,生活不愁,老有所养,身价高于一般村民。而我呢?编制之外的民办学校代课老师,无论是社会地位,还是收入水平,都不足以维持我的尊严。

一个人的生存,一个家庭的生存,乃至一个民族、一个国家的生存,都是建立在物质基础上的。如果当教师连最基本的物质条件都不能满足,连维持基本生活都做不到,那么我唯一的出路,就是去找其他的行当谋求新的职业。我将何去何从?一个重大选择又摆在了我的面前。

身处困境的绝非我一人,整个教师队伍已经人心不稳了。县教育局的人开始到学校做工作了,但在实际问题无法解决的情况下,思想工作是无效的。有些教师已经开始离队出走了,如:

山门区小公办编制的周扬钶老师弃教回乡了。

我的老同学林垂选弃教从商了。

高墩小学代课教师曾善荣,即使有多年的教龄,也辞职务农了。

有道是,"识时务者为俊杰"。这时候的时务是什么?是辞职!

憋在心里很长时间的想法,一旦释放出来,就得马上付诸行动。于是,我拿定主意,向校长提出了辞职。

庄华元老师留下吧!眼下缺的是教师,你教得好,孩子们需要你,你就留下吧!校长苦口婆心地开导,耐心细致地描绘美好前景,希望我能收回辞职报告,继续留校任教。其实,我心知肚明,他自己也在考虑打道回府了。他原是公社文书,早就想离开学校了,所以,他在挽留我、做我思想工作的时候,言语显得相当苍白无力,缺少了应有的底气。我俩面面相觑,室内哑然无声。


我决定离开的夜,

静悄悄的。

一轮明月挂在天空,

照着芸芸众生,

照着我走过的路,

也照着我清凉的内心。

每个人的心中,

都有一片明净的月光,

今夜的月光特别明净。

但愿月光能始终陪伴着我,

让我的心保持宁静。

再见了,我的学生,

再见了,我的烛光,

月光下,会有我新的梦境!

# 第五章　农民的命运

有人说,世界太大了

星光灿烂,无边无沿

我想说,世界再大

我却只能立足一方家园

虽是面朝黄土背朝天

我却洒下汗水迷恋春风

我始终相信

农民的生活不只是在冬天

# 一、农民的使命

1964年10月，我离开了教师队伍，回老家高墩种地，当了名副其实的农民。

当时我想，当一个农民可以自由支配时间，农活可以自由选择。只要我吃苦耐劳、勤奋拼搏，解决温饱、改善生活是没有问题的。可是，当我真的踏上了家乡这块土地时，才发现现实并不是想象的那么简单。我的时间被一年四季的农时所支配，能够干什么农活，也是受气候和环境限制的。

种植粮食始终是农民的使命。五谷丰登，年年有个好收成，永远是庄稼人的期望。

冬季，是万物休眠的季节。寒气逼人的时节，庄稼人反而忙碌起来。我们不仅下地种小麦、种油菜，还种豌豆、蚕豆等农作物。这些种子下地后，任凭寒风冰雪的侵袭，也依旧能顽强存活。它们禁受了冬天的考验，到了大地回春、草木复苏时，就会探出头来，享受春光的沐浴。

一年四季在于春。惊蛰一声春雷，蛰伏在地下冬眠的昆虫和小动物也陆续出土活动，越冬的虫卵也开始孵化。庄稼人开始忙着备耕生产。

早稻育秧，番薯育苗，积肥造肥也进入高潮。

当人们挨饿的时候，绿油油的红花草子就是填饱肚子的"救命草"。那时，粮食供给不足，政府号召"瓜菜代"，红花草子自然也成了大家欢迎的绿色食品了。在种水稻时，红花草子也是最好的有机肥料。凡是计划种水稻的田地，在晚稻尚未收割前，人们就会把红花草子种子播下去；晚稻收割后不久，稻田里就是红花草子的世界了。

红花草子不仅是农家宝，还是喂猪喂羊的好饲料。当花儿盛开的时候，大片大片的紫红花和黄澄澄的油菜花交相辉映，争相接受蜜蜂、蝴蝶的青睐，那令人目眩的山野美景也是农村最独特的景观，是大自然赏赐给农民的额外福利。

随着麦穗灌了浆、油菜花谢落，我们就马不停蹄地开始在麦地和油菜地里套种花生和黄豆了。待到麦子熟、油菜籽收割好，田地里可以见到绿油油的花生苗和黄豆苗了。这正是"人给地增绿，地给人生机"啊！

每当收割的季节，无论哪种农作物，都是农民辛勤劳动的结晶，丰收就是对农民的回报。但是，世事无常，丰收也不是年年都有。种瓜未必见瓜，种豆也未必得豆。农民种地，除了看天、看地，还得看人、看政策。农民的命运，不仅仅掌握在自己手里，还掌握在天、地、人之中。

## 二、挣工分，不那么容易

那时候，参加生产劳动不是单枪匹马，而是和社员们在一起靠体力比拼。谁好谁坏，谁多谁少，都是通过评比计分的。到年终，按得分多少进行分配。所以，在社员眼里，工分就是钱，就是切身利益。

尽管我从小就在农村长大，大小农活，都跟随父亲干过。无论干多干少、干好干坏，都是自家的，与旁人无关。可如今不一样了，每干一次活，不是自己说了算，而是别人跟你计较，而工分挣多少，不那么容易，全在这大大小小的"计较"里。

正值金秋时节，这一天，我们去坑东贡地里掘番薯。每人自己掘自己装筐，然后挑回生产队过磅记分。人家一担可挑一百七八十斤，而我用尽九牛二虎之力，也只能挑一百二三十斤。晚上评分时，人家可得16分，而我只能得9分。这是凭的体力挣工分，硬碰硬，我不及人家，无话可说。

评完工分后，大家要安排好第二天的劳动分工。

在掘完番薯的地里要播种冬小麦，要按照一定的生产工序进行分工：属于种地"一把手"的两个老农民负责挑犁耙、牵牛耕地；四个不怕脏的体强力壮的社员负责挑大粪；其余的挑土肥和小麦种子，承担杂活。

第二天清早，生产队的二十五六个社员穿上破旧的衣服，有的穿草鞋，有的赤脚，集合在那石碑路口。待人到齐后，各自挑上肥料，带上农具，在队长的带领下向坑东贡出发。

到了目的地，大家各就各位。

耕地的把犁耙套上耕牛，扶上犁耙后开始翻耕昨天掘完番薯的土地。

挑大粪的到社员居住的屋后，开始淘粪、挑粪。

其余的人都用锄头在田埂上和田园后坎上锄草。

也有的人负责收拾昨天挖番薯留下的番薯藤和杂物。我是参加这类杂活的人员。

不一会，两头水牛分别拖着两把犁，很快就翻耕出一棱棱近两米宽的园畦，每畦之间都有条小园沟。然后，社员们两人一畦、负责用锄头把大大小小的泥块敲碎、整平。同时，为了有利于排水，大家还要把畦沟中的泥土块撩到畦头上。

只用了半天的时间，一畦畦平整的小麦地就清晰地凸显在这片田野上。

紧接着，人们还要倒退着用锄头的角尖在畦面上打出一行一行小麦窟，每隔二十七八厘米为一行，整整齐齐，非常均匀。

挑大粪的人来了，把粪水均匀地浇入每一行麦窟中。后面的社员紧跟着撒下小麦种子。

工序还没完。还要用稻草烧成的土灰肥，把小麦种子盖没。

一个多月后，小麦苗长出约15厘米时，还要给小麦除草。

这是祖祖辈辈传下来的小麦耕作工序。每一道工序都要付出艰辛的劳动。两人合作平整一畦小麦地，从头到尾干到完，每次都累得我胳膊酸痛、大汗淋漓。这不是我从课堂里或课本上所能学习到的。这时，我才真正体会到唐代诗人李绅的《悯农》：

锄禾日当午，汗滴禾下土。
谁知盘中餐，粒粒皆辛苦。

无论怎样，我既然选择了回乡务农，就会咬紧牙关，力求像与自己一起劳作的社员一样干出好成绩来。

　　虽然经过白天的劳动,大家已筋疲力尽,但晚饭后,我们还是要集合在一起评工分。耕地、挑大粪的属一等工,可评13分;整地打窟、放麦种、放土灰肥的属二等工,可评10分或11分;至于我,我属于新社员,体力弱,只能评9分。在此之后,即使我再使劲、干活效果和进度与人无异,同样的劳作,人家评10分,我仍然只能得9分。

　　为评分,社员之间常常吵嘴,争得面红耳赤。这评工分看起来是发扬民主,允许大家发表意见,可实际上并不公平。强势的人评分就会高一些,弱势的人肯定是少一些,何况这其中还掺杂着"面子分"和"关系分"等特殊因素。这些不公平的因素,在客观层面上造成了社员之间的不团结。

　　当时,我是属于弱势的人员,我即使有理,也不会去和别人争利;我不能为得分的高低,而失去与社员的和睦。这真是:

　　为了生计挣工分,
　　何惧劳苦来奔命。
　　不为工分失本分,
　　世道本是不容易。

## 三、收购草木灰

　　肥料是庄稼不可缺少的营养之源,可高墩人自古以来就缺土肥,不仅如此,好土也紧缺,因此,经常有人去偷别人家地里的泥,带回家用来烧土肥。

　　烧土肥,除了可以用秋收割下来的稻草外,也要上街去买些柴草进行补充。有时,大家甚至得跑到15里外的水头街(即现在的水头镇)购买草木灰和人尿,用来与土肥混拌,制成高腐殖质的土肥料。

　　到水头街挨家挨户购买草木灰,在我看来,是最失体面的活。你得不怕脏、不怕累,伸手从人家厨房的灶前灰槽里,一把一把地挖出草木灰来,然后用畚斗计量。主人家还会站在旁边瞧着，不许你把草木灰压得很实。既然当了农民，农作物需要肥料，我也只能放下身段、放下面子，跟大伙一样，挑着大簟箩、畚斗，硬着头皮，挨家挨户地去找卖家。

◇当年割稻和去水头街购买草木灰都用这种簟箩

◇这是风鼓。风鼓上面的风鼓斗里放着大小两个畚斗。用风鼓把晒干含有秕谷的稻谷，提上倒进风鼓斗里，然后左手轻轻地抠开风鼓斗下面的小闸门——竹条控制器，风鼓斗里的谷子立即往下流动的同时，右手摇动风扇，秕谷就被扇出去了

如果收购顺利的话，将近中午时分，我们每人就能收到两簸箩满满的草木灰。然后挑上重重一担回到生产队。

有一次，我到水头街买草木灰，遇到了一件尴尬事。

那次我推开了一户人家，出来的是一位年轻的女子。我刚进门，女子就喊了我一声"姐夫"。我不知道自己怎么就成了对方的"姐夫"，一番交谈之后，我才得知其中的缘由。

原来，她是我妻子的同学林佳惠，从山门西山村嫁到水头街水浪尾来的。没想到刚跨进门，她一眼就认出我来了。因为她与我妻子同姓，又是姐妹辈，于是她便亲热地称呼我姐夫了。

当时，我感到太失面子，无地自容，非常尴尬。但既然已经相认，只能从容面对。而林佳惠却不介意，也许是高墩人到水头街买草木灰已成家常便饭，她早就习以为常了。

为了完成任务，我照样收购了她家的草木灰。

我这个人，大概是当了几年教师的缘故，很讲面子，即便是当了农民，也还放不下架子。其实，为了在社会上生存，为了工作，有许多架子是不值得端着的。只要自己堂堂正正做人，老老实实做事，到任何地方，在任何时候，都是很体面的。

# 四、插秧之道

插秧，在农村中属于最常见的农活。在农村务农，大都需要下田插秧。

可是，要把秧插得横竖成一线，行距相等，那就不容易了。所以说，插秧是一门技术活，而且是农活当中技术含量最高的一种。

众多社员一起下田插秧，为了保证横竖整齐，便于往后田间管理，也为了确保插秧速度，就会拉绳子插秧。这样使初学者、外行的，都沿着绳子进行，每人六棵排着队，人人就都学会插秧了。

历来插秧，第一行都是由能手开头，叫"打头带"，紧接着第二行、第三行就会跟上。真正的插秧能手是不用拉绳子的。他们插得快、插得直、插得横竖距离相等。不过，能做到这样的，都是技术最好的、工分最高的巧农。

我很快就掌握了不用拉绳子插秧的技术活，学会了"三点成一线"，这跟当年拉电线杆的原理一样，目测距离准确，两脚倒退稳定，左手拿秧右手插，两手配合灵活，似蜻蜓点水，动作快捷。要做到这一点，这就得动动脑筋，多实践，具有准确的目测水平。

不过，插秧这个活，还是腰板硬朗的年轻人占优势，年纪大的人如果弯腰时间长了，就会感到腰酸背痛。

在田头插秧，心情好时，你会感觉如同置身于水天中，作诗绘画，好不自在，一片水茫茫的田地，仿佛瞬间就变成绿油油的世界。唐代布袋和尚笔下的"手把青秧插满田，低头便见水中天。六根清净方为道，退步原来是向前"，描绘的便是这样的诗情画意，以及农夫插秧时的超脱心境。这又是告诉我们，要虚怀若谷，低下头来，才能真正认识自己，认识世界。从近处可以看到远处，从低处可以看到高处，有时候退步也是一种进步。

看来，插秧不仅仅是一门技术活，还是一种深奥的处世之道呢。

## 五、番薯苗的生命力

在"以粮为纲"的年代，大江南北的农村田野里，随处可见大片大片的番薯苗。

忙完早稻春播后，我们就开始进行旱地拢畦，准备种番薯苗了。

种番薯苗首先要把旱地翻成一条条圆鼓形的畦地，把预先备好的肥料均匀地倒置于畦地中间的沟里，然后把土盖上。雨天，我们会把一根根番薯苗等距离地插在鼓起的土壤中；倘若天不下雨，就需要给幼苗浇水。三四天后，一棵棵番薯苗就成活了。

让我感叹的是，一根根番薯苗，其实都是没有根的番薯藤。把它们插入泥土后，只要保证有土、有水，它们就能成活，体现出一些藤蔓作物坚强的生命力。

到了五月，天气一天比一天热起来了。这时候的番薯苗，已经有二尺多长了。许多无名野草也夹杂在中间，与番薯苗争夺水分和养料。番薯苗在这时候显露出了过人的本领，它们一根根地分出三头六臂，迅速地占领了整片领地。那些杂草无能争雄，即使是自以为是、高人一等的草，也只能在番薯藤蔓的缝隙中，勉强探出头来喘口气。此外，农民也常常去除草，番薯藤当然就越发地独领风骚了。

当六七月的太阳火辣辣地照射下来时，我们要给番薯苗培土、追肥。我们被灼热的太阳晒得满头大汗，每隔一阵子，就得到树荫下吹吹风，歇个凉。而那些番薯藤、番薯叶并不畏惧酷暑，虽不能像树木一样高高挺立，但它们相互手拉手，抱成一团，让阳光晒不到根，也让番薯得以在泥土下顺利成长。

那些默默长在地下的番薯，没有辜负番薯藤和番薯叶子的期望，没有辜负我们这些农人的辛劳，它们一个个地长大了，平均每棵苗都结出了四五斤番薯。

当番薯藤、番薯叶成为饲料的时候，当番薯成为千家万户的美好食品时，我们也不能忘了学习它们坚韧的品性和顽强的生命力。

# 六、田间管理是个技术活

要让庄稼苗壮成长，耘田除草是少不了的环节。

早稻的生长离不开田间管理、耘田除草、除虫、追肥，耘田除草是插秧成活后的第一道农活。

耘田除草有专用的特制农具，这农具是老祖宗发明传下来的，叫田圈。有的地方也叫稻耙或稻稻。发明这农具的人可真不简单，它能让农民在秧苗间同时完成除草和松土的工作，又不会伤及秧苗。

这田圈看似简单，其实制作流程还是比较复杂的。田圈是铁匠用一寸半宽的铁板卷成的，有的地方也会用方木条做成略似履形的木柜。田圈的直径约22厘米,上口稍大于下口,对中一边钻一个洞眼,另一边焊上钉条。此钉条约5寸长,上尖下扁,扁的与下口平,尖的高出上口很多,似小三角形的铁齿。用一根丈许的竹竿竿头对准铁圈内壁的洞眼,从外钉进一枚铁钉,把铁圈牢牢钉在竹竿头上;在距竿头约22厘米处钻一个洞,那根上尖下扁的钉子从洞中穿过去。这样,铁圈就牢牢地安装在竹竿的头部了。

◇田圈

农民在耘田时,将田圈放在稻行中来回移动,约推拉五六下,使泥土变得疏松平整,杂草连根拔掉后浮上水面。枯萎的杂草烂在田里,还可作水稻的肥料,真是一举多得。

耘田时必须精力集中,两脚在稻行中前后移动,既不能让脚踩倒稻苗,又不能让手中的田圈耘倒稻苗。

耘田后,紧接着是进行一两次追肥。将尿素或其他化肥撒到田里后,稻苗很明显地变成了深绿色,并且快速生长。阵风吹拂,绿浪滚滚,仿佛是稻苗正点头向庄稼人表示感谢呢。

耕种的过程并非一帆风顺,农民也不可能坐享其成。害虫时不时会出来侵食稻苗,我们必须时刻准备着与病虫害斗争。过去老祖宗传下来的除虫方法,是用菜籽油洒在稻田中,喷洒在稻苗上,让虫子粘在油水里飞不出来。但是,这种方法效果并不理想。后来人们发明了农药,如六六六粉、乳剂乐果等,将农药按比例配水,喷洒在稻苗上,就会有很强的杀伤力,灭虫效果显著。但是,在消灭害虫的同时,那些吃害虫的小动物,如青蛙、黄鳝等,也会成为牺牲品。

随着农业生产的发展和农业技术水平的提高,田间管理的每一道工序,技术含量都越来越高,我们再也不能将农活看成是简单的体力活了。科学种田,技术进田,早已是现代农业的发展方向了。

## 七、烈日下的"双抢"

在农村中,最忙的季节大概就是夏忙的"双抢"季节了。

小暑过后,所有的早稻都进入了成熟期。一株株稻穗都渐渐地低下头来,金黄色的稻浪开始向人们传递丰收的信号,准备开镰吧!

农民为了争季节、抢时间,争速度、抢丰收,开始没日没夜地蹲在田头。

为什么要抢?老天爷的脸,说变就变。如果不赶在暴风雨之前把稻子都抢回来,大家就彻夜难眠。风雨一来,大片大片的稻穗倒伏在水田里,那稻穗一旦浸水,就很容易发芽。一旦发芽,那稻谷就全完了,眼看到手的丰收就会化成泡影。

如果不抓紧时间收割,后面赶种的"二季稻"就赶不上季节,种晚了后续稻子就难成熟。"双抢"指的就是"抢收"和"抢种"。

一到"双抢"季节,农时不可违,农民犹如上战场,分秒必争,一点也松懈不得。

凌晨四点,太阳还在熟睡,大地还没有彻底苏醒之时,我们就在生产队队长的吆喝声中赶到田头了。这时候,天气还比较凉快,干起活来也比较爽快,一排排金黄色的稻禾,在嚓嚓嚓的镰刀声中倒下。多半人负责割稻,另有四个壮汉奋力打稻。紧张之下,大家都干得腰背酸痛,站起来擦擦汗,长长地透一口气,再弯下腰继续割那挺立的稻禾。

激烈的战斗大约会持续到上午十点,我们随后立即开始了晒稻草的环节,把脱粒的稻秆摊晒在小路田埂上,再迅速地将稻谷挑回生产队。大家挑着一担担早稻谷,走过田间小路,累得气喘吁吁。把打好的早稻稻谷全部挑回生产队后,人们忙着把稻谷倒在晒席上摊开,夏日的太阳似火炉,很快就能将稻谷晒干。这样,当天晚上就能确保粮食进仓。

上午忙碌完后，正午的烈阳煎烤得大地直冒烟，我们得赶快到田间小路去翻晒稻草，因为稻草可是生产队三头大水牛一年的口粮啊！

熬过中午这一阵忙碌，大伙儿可以回家休息两小时，等到下午三点半左右再次出工。

为了赶种二季稻，即晚稻，我们把上午割完稻子的田地进行翻耕。又是一番有程序的耕作，直到把晚稻抢种好。

一旦进入"双抢"，所有人起早摸黑，全身心地投入战斗。最难熬的，是要在烈日下接受煎熬。半天下来，全身都湿漉漉的，衣服就像从水中捞出来的一样，用手一绞，哗哗地流水，又苦又涩又咸。没经历这样艰苦的磨炼，就不会懂得当农民的艰辛；不经过烈日的暴晒，就不知道轻风的凉爽；不经过艰难的生活的磨炼，就不明白每天吃的饭菜有多珍贵！

# 八、吃大米饭是一种奢望

当年，村子里家家户户长年吃的都是番薯丝。

高墩可种水稻的田地，本来就不多，由于水稻产量不高，社员温饱问题没有解决之前，生产队想着还是多种高产的番薯作物。一年所收的稻谷上交国家之后，社员能分到的就少得可怜。因此，大米就显得特别珍贵，所分一点大米，供五岁以下的小孩吃都不够，大米成为人们心目中的宝贝。

一年365天，填饱肚子就靠番薯丝。尽管吃厌了，还得一日三餐把它当饭吃。家中的大米，只有等来了贵客时才拿出来享受，否则的话，人们要到春节时才能吃上一顿大米饭。

那时我正年轻，胃口很大，我的奢望就是能吃到大米饭。

有一天，生产队到大路湾去收割早稻。为了调动社员的积极性，队长破天荒地提出，明早生产队统一做大米饭吃。大伙儿听了非常兴奋，明早有大米饭吃了！我也很期盼明早的大米饭。

凌晨两点钟我就起床了。家里没有什么好菜，锦云给我煎了一个鸡蛋，让我带去当菜。到了生产队食堂，我发现社员们都早早地到了，而且已经闹哄哄地开锅吃饭了。那场面让人难忘，大家一个个都狼吞虎咽，可见是饿得慌了。

饭烧得干硬，许多人认为饭粒硬一些好，吃到肚子里不易消化，耐饿，且放在嘴里有咬劲，有香味。我却不喜欢硬饭。饭到嘴里，像咬石子一样，嚼不碎。在嘴巴里咀嚼了半天，就是咽不下去。

眼见别人都已吃了两大碗，要吃第三碗了，而我一小碗都还没有吃下去。更糟糕的是，我没有带下饭的汤来，只带了一个煎鸡蛋。鸡蛋配米饭更是咽不下。

我不是奢望吃大米饭吗？为什么大米饭在嘴中却咽不下去呢？看到别人不吃菜不喝汤，吃了一碗又一碗，我真是羡慕极了。

咽不下也要咽，我不能错过这次吃大米饭的机会。我努力吃，用力嚼，最后勉强吃了一碗半。

不管怎样，我们都放开肚子吃了一顿大米饭。这一顿大米饭，让我足足记了一辈子。

吃完早饭，时间才三点半。生产队的社员们一个也没落下，大伙儿挑着大箩，带着镰刀，扛着稻桶以及割稻用的农具，兴高采烈地向大路湾进军。

## 九、打稻农具：不仅是稻桶

早稻熟了，该割稻啦！这是大自然给农民的回报。

旧时高墩农业社的打稻农具就是稻桶，后来才改用脚踩打稻机。

稻桶是从祖上一代代传下来的打稻农具。

暑夏，天才蒙蒙亮，我们就出发割稻子。割稻，必须带割稻的各种农具。大家带着镰刀，挑着簟箩，扛上像戴帽一样的大稻桶，挑起桶簟、桶梯和桶拔。成群结队、浩浩荡荡地奔赴早稻田。

稻桶是个圆圆的、直径160厘米、高80厘米、由杉木板箍成的大木桶。要想搬动稻桶，就得在桶内斜撑一根两头扁的木棍子，把稻桶翻过来底朝天，用肩膀扛着那根斜撑的木棍子，像戴个大帽子一样扛着稻桶往稻田走。

所谓桶簟，是用薄篾条编织的簟席。张开桶簟，可以看到桶簟两头两根和当中三根等距离的竹竿紧紧夹住簟席，五根竹竿下头对半剖开做成大夹子，桶簟竖起来围着稻桶，掰开大夹子，夹在稻桶口上，有桶簟高高围着稻

◇稻桶里摆放着桶梯，上头围着桶簟，还挂着一个谷筛

◇打稻用的桶梯。该古旧桶梯中的七根竹片已经掉了

◇稻桶摆放在桶拔上面

这是摆在稻桶下面的桶拔

桶,这样打稻子,谷子就不会撒出去。竖起来后的桶簟正好留有一个门,这个门是摆放桶梯用的。

桶梯窄的圆木棒摆在稻桶的沿口上,宽的一头放进稻桶底板上,拱背朝上。稻穗用力打在梯背的竹片齿时,只要使劲一抖动,稻谷就从竹片齿缝中脱落到稻桶里了。

为了跟着割下的稻子往前走,稻桶必须摆在桶拔上,这样就能使稻桶向前移动。

这桶拔是用两根带头的毛竹做成的,毛竹头部像船头一样翘起,头上钻有洞孔,用两根麻绳的一头穿过洞孔,扎牢,在毛竹头部下面有一个缺口,让稻桶下口板头卡在桶拔的缺口里。两根桶拔摆在稻桶下面,扎有绳子的毛竹头对着桶门的位置,两人各拉一根桶拔上的麻绳,挂在肩背上,一手抓住前面的绳头,一手抓住背后的绳子,像牛拉车一样,头一低,两人异口同声地喊:"一、二、三,走!"大家共同一使劲,稻桶就向前移动了。

割稻子的人手握镰刀,唰唰唰不停地收割,打稻子的两人一组,紧跟着割下的稻子乒乒乓乓地打。半天的时间,两亩田的早稻就割完了,稻谷也全部打了下来。

割稻子的人低着头,弯着腰。一股劲地向前割,半天下来,别说要淌多少汗,腰酸背痛,走起路来腿也会发软。

打稻子的人也不轻松,两手拿着稻子,一上一下地甩着胳膊。不使劲,稻谷就不会掉下来。打了半天稻,两胳膊酸痛得不知道往哪里搁。

每当稻桶里的谷子打满了以后,就得把稻谷装进簟箩里。然后两人拉着稻桶跟着割稻人的步伐,继续向前、继续打稻。

待到两亩田稻子割完,二十多个人,每个人的簟箩都装满了稻谷时,大家的肚子早就咕咕叫了。然而,肚子再饿,半天打下来的稻谷,收工时一人一担也得挑回到生产队的晒谷场,倒在晒席上摊开晾晒,等到傍晚晒干过磅入库。

◇篾条编的晒席,摊开后可以用来晒稻谷

　　无论是割稻还是打稻,挑稻谷还是翻稻草,都是在最炎热的夏天。苦和累,饥饿和汗水,都是普遍存在于农民的生活中的。每一粒米饭,都渗透着农民的血汗。我站在阳光下,承受着艰苦的磨砺。我在这里走过的每一步,都记忆犹深。

# 十、上山拾柴

　　当过家的都知道一句俗语:开门七件事,柴米油盐酱醋茶。柴是排在首位的,可见柴在生活中所占据的重要地位了。

　　对于高墩人来说,烧柴确实是让人犯愁的大事。家中没有柴,总不能吃生米、生菜吧?可烧柴如何解决呢?生产队会分发一些稻草和麦秸之类的柴草,但这些远远不足以解决问题,各家各户还是得自己想办法。

　　俗话说:"留得青山在,不愁没柴烧。"可高墩离山远,远水救不了近火。

　　那时候,有钱人家会轻松地到山门街头的柴市去买柴。

　　没有钱的人怎么办呢?体力强壮的人就靠体力去贩柴。他们天一亮就出门,到顺溪街头买一担干柴,下午四五点钟挑到家,第二天再赶早把柴挑到水头街出售。因顺溪的柴比水头的柴便宜一半价钱,所以可以用赚到的钱去顺溪再买一担柴。他们花三天时间,赚来一担干柴。这对于有体力但是缺钱的人家来说,也算是没办法的办法。这样的人家,在高墩还真不少。

　　我呢?我怎么办?

　　我家没有钱,也就谈不上去山门街头的柴市买柴烧。

　　去贩柴嘛,我没有那么强壮的体力,自知走不了那么远、挑不了那么重的干柴。

所以，我只能走第三条路：上山拾柴。

我找到常上山拾柴的邻居曾余山和曾余模，请求他们传授经验。经商量，他们愿意带我一起上山拾柴。

上山拾柴，对我来说是第一次，压力太大了。我和邻居约定次日上山，出发前的头一天晚上，一夜难眠，脑海里反反复复就是一个"怕"字。一怕爬高山，在那高山陡坡上行走，宛如凌空走钢丝，令人心惊胆战，特别恐慌；二怕拾不到柴火，空着箩筐回来；三怕即便拾到了柴火，山高路远，也没有足够的体力挑回来。

夜想千件事，日归旧路途。第二天凌晨，我早早起了床，吃完早点走出门，只见满天星星，银白色的缥缈月光笼罩着平静的高墩人家。

我和邻居三个人挑着箩筐，在月光下走了大约十六七里路，夜色开始渐渐退去，一股沁人心脾的晨雾低低地弥漫在大地上空。大湖岭脚偶有一些起得早的人家已点了灯，慢慢地，远处传来了一阵阵鸡啼声。我爬到半山腰，往山下看，村庄的屋顶上，升起了一缕缕炊烟。这时我就想，这一缕缕炊烟，可全是靠柴火的燃烧散发出来的，千家万户正在烧柴火做早餐呢！

我们终于爬到了山上，开始了拾柴的活儿。我们按各自的路线寻找干柴枯枝。

初秋的山上，漫山遍野的繁茂枝叶，一片碧绿。这时候，我无暇欣赏郁郁葱葱的林木美景，而是牢牢盯着地上的枯枝败叶。我在山坡上的树丛中穿梭寻找，可哪里有柴可拾呀？

山林都归属于当地的公社集体所有，到处是封山育林的区域。除了枯枝落叶可以捡拾之外，柴草树枝是不能砍伐的。所以，我们当时谁也没有带刀具，只能靠双手捡拾。

我走了一坡又一坡，翻了一岗又一岗。偶尔看到有人砍的树头，还残留着一些风干的木屑碎片，就拾到箩筐里；有的松树下散落着松树蛋、松树毛，这些也可以拾来当柴火；有些长不大的小松树，使劲拔下来也好填筐底。就这样，两三个小时过去了，还没有捡到两平筐呢。

回头遇到曾余山、曾余模他们,只见他们拾到的柴火在箩筐里已叠起半人高了。我发现他们捡的有不少是生灌木和树头,不禁佩服他们的力气大,能将小树头连根拔起来。后来才发现他们都是在岩壁、石缝上拔的。岩壁上只有三至五厘米厚的土壤,土里长着大大小小的灌木树头,有的水分不足而枯萎,用不了多大的气力,摇几下就能连根拔起。

我发现了这个窍门,很快找到三四棵灌木,拔起来了。

正当我有所收获的时候,同伴们提出要下山回家了。他们拾到的柴火已将各自的两个箩筐叠到胸脯高了,而我的只是高出了筐面一点点。

时间不早了,是该收兵下山了。这次我大约拾到五六十斤柴火。我想,下次再来时我就有经验了,肯定能多捡一些柴火回家。

可是,没有下次了。以后我再也没有上山拾柴火的机会了。

有些事,可能在一生中只会经历一次,而这唯一的一次,会在我脑海中成为抹不去的印记。

# 十一、农民的困惑

离开教师岗位,回乡当农民,一年四季,尝尽甜酸苦辣。从家里到地头,再从地头到家里,我仿佛在一个无形的围墙里转悠。围墙内的各种生活和生产情景,无不让我感到辛酸和困惑。当我在困惑中沉默,又找不到方法逾越这无形的围墙时,我就更困惑了。

## 评工分不公平

当年,参加生产队劳动,如何计算报酬,都是以工分来计算的。而工分怎么计算出来呢?不是干一天计多少分,也不是干多少活计多少分,而是每次干活,都要干活的人来进行评议的,给你评多少分就是多少分。

一年干下来,一般来说,最强壮的劳力可得到3000多个工分;我不算强劳动力,最多只能得到2300个工分左右。

我们一队是整个大队分值最高的。遇到好年成,10分工可值一元钱左右。如果遇到灾情欠收了,工分就贬值了,10分工只值八九角了。其他生产队比我们低得多,10分工一般只值六七角钱。

这工分,在农民眼中就是金钱,就是劳动所得。每一个工分都是用时间、力气、汗水换来的。大家把工分都看得很重,这毕竟是养家糊口的本钱。

于是,每次评工分,都要经过一番争论。大家一起干活,虽然谁干多干少、干好干坏心中都有数,但到了评比时,就很难用"准确"和"公平"来衡量了。大家往往为评多评少争得面红耳赤,为此也免不了产生许多人为的矛盾。评工分不公平的现象多了,大家慢慢地也就见怪不怪了。

由于生产队人多地少,那么多劳动力都被捆绑在有限的土地上,且农活有忙有闲、有重有轻,许多社员天天都盯着生产队队长,打听有什么农活可做。即使有一点小农活,也会有许多人一拥而上。表面上看起来,社员的积极性很高,实际上都是为了挣工分。工分的积累,关系着每户人家的温饱。

### 交公粮叹苦经

当年,农业生产的成果有多少,收益分配怎么计算,农民是弄不明白的。大家都听生产队会计的,会计说多少就是多少。

每个生产队到了年终,都必须交公粮,这是农民对国家的贡献。公粮交多少,是按国家粮食统购统销的政策来计算的。生产队有多少亩土地,就摊派指标交多少粮食。

那时候,国家统购粮食,统一价格,稻谷每斤8分钱,番薯丝每斤6分钱。

生产队上交国家的公粮没有钱,统购派购粮食得到的钱,也要首先用来抵扣生产队购买的化肥、农药等成本支出,这大约占生产队总收入的40%。此外,大队干部一整套班子、生产队队长、会计、保管员等一班人马的报酬也要分摊到生产队的总收入里,这大约占生产队总收入的10%。因此,到了年终结算的时候,农民得到的只有总收入的一半。

### 物资少都凭票

在计划经济年代,物资严重紧缺,买什么都要凭票。

吃饭要粮票,穿衣要布票,吃肉要肉票,吃盐要盐票。数都数不清的票:如糖票、油票、酱油票,烧煤要有煤球票,点灯要有煤油票……总之,许多生活必需品都要凭票供应。别说你无钱买不到东西,即使有钱没有票,也照样买不到东西。

现在听起来,似乎都是笑话。但这却是我们这一代人在当时生活上的特有待遇。现在那些票,都成了收藏品,进了博物馆,值钱了!但是,我们不能忘记,每一张票的背后都有说不完的辛酸故事。

### 村干部权力大

村干部的权力究竟有多大?

之前说到,当时正值物资紧缺的年代,一切都要凭票供应,那么这些物资和票证的分配权在哪里呢?当然有一部分(不是全部)会经过基层干部的手。

国家每年都要给少数极困难的贫困户发放救济款和救济粮,有时还要发放冬衣、棉被等救济物资,那么谁家是贫困户,谁家应该发多少救济款和救济粮,当然只能由基层干部来决定。

有一个时期,甚至连学生升学,也要由基层干部来推荐。

社员之间发生经济纠纷或者利害冲突,也要靠基层干部来调解。

这些,一方面说明,基层干部的工作量大,责任重,按他们的话说就是"上面千条线,下面一根针""上管天文地理,下管鸡毛蒜皮",无论事情大小,都是一竿子到底。另一方面,基层干部如果利欲熏心、假公济私,遭受损失的自然是集体和社员。许多社员对基层干部的态度是:既敬畏,又不平。

# 十二、我能成为培养对象吗

1965年，根据当时的国内外形势，中央做出了要培养和造就千百万无产阶级革命接班人的决定。当时，我25岁。

根据我当时的条件，公社党委看准了我这棵苗子，把我选为接班人的推荐培养对象，并上报给山门区委组织部。

山门区委组织部通知我，要同我直接见面，进行谈话和面试。

对我来说，这是一个喜讯，也是能改变我前途命运的难得的机会。

我哪里想得到，社会复杂，人心难测。在我为获得如此好的机会而兴奋时，一股股冷风正在后背向我袭来。

有天晚饭之后，大队党支部书记和大队长找我谈话。他们把我带到油车外的溪滩上。大家席地而坐。他们分别对我进行教育，其实是一种训话，一种对我的警告。

其中一句话我记得最清楚，仿佛刺到了我的心坎上："我们现在培养你为接班人，将来你不能忘记，不能让我们养老鼠咬布袋！"

当时我听了特别不舒服，但再不舒服也不能流露出不舒服，更不能顶撞。

我当时表态说："我会尽最大的努力，多为大家出力办事。"

我隐隐感到，他们是极不情愿让我当接班人的。似乎一旦让我当上了干部，就会对他们形成威胁。

果然，时间不过半个月，公社就有人告知，我作为接班人的接受培养的资格被取消，原因是政审没通过。

政审没通过！难道我政治上有问题？

经过一番追究，我终于弄清了政审的前因后果。在政审中，有人说："庄华元的生父是被共产党枪毙的，这属于政治身份不清。"

我的生父当年被国民党抓走，被平阳县长、反动头子张绍武杀害，怎么能颠倒黑白说成是被共产党枪毙了呢?

原来是生产队队长举报,区委组织部到大队查证,让人不可思议的是,红的说成黑的,上面的人居然也信以为真了。

发生在我身上的这桩事,不得不让我思索,人世间的不平事,甚至那些冤假错案,为什么会存在,为什么会周而复始?

一棵庄稼能茁壮成长,离不开阳光雨露,离不开适合它生长的土壤。同样,一个农民能安居乐业,离不开政策的阳光雨露,也离不开良好的环境和氛围。

海阔凭鱼跃,天高任鸟飞。改变人生的命运,必须靠自己!

# 第六章　探索养蜂业

是风的翅膀

是雨的忧伤

是蜜蜂采蜜的模样

让平淡的日子轻舞飞扬


严寒赶走了酷暑

却挡不住冬去春又来

有花的地方就有芳香

招蜂引蝶给我新的希望

# 一、林老师指点我养蜂

毫不夸张地说，林垂富老师是我生命中最重要的贵人。

他是我的班主任，我的启蒙老师，还是我妻子锦云的老师。我做梦也没想到，若干年后，他又再次成为我两个儿子的老师。在我人生最迷茫彷徨的时候，他为我指点了方向。

二十世纪六十年代，是我一生中最贫穷、最困惑、最无奈的年代。当年，我与许多农村人一样，不仅要为一日三餐劳作奔波，还要为一家人的柴米油盐费尽脑筋。

我没有一天不为自己将来的前途命运而担忧。一辈子面朝黄土背朝天，我于心不甘。可是，在那计划经济的年代里，想找一份二三十元月薪的工作，真比登天还难。

那年，在一个春夏交替的中午，我在去山门供销社买布时，意外碰到了小学班主任林老师。他一眼就认出了我，我也立即迎了上去，与他相互问候并交谈起来。林老师十分关切地问我："你有没有搞一点副业啊？"

我被问得有些窘迫，一直被贫穷所困扰的我只能实话实说："没有。除了和社员一起出工干活，对于副业，我也不知道搞什么。"

善解人意的林老师对我增添了几分怜悯，他告诉我："腾蛟苏汝女也是一个教师，被辞退后，没几年工夫，已经赚到了很多钱。"

我大吃一惊："真的啊？"

"是啊！他现在每年春末夏初，都要去南雁荡山仙姑洞去游览、避暑。"

去南雁荡山仙姑洞游览、避暑？我心里嘀咕着，这如果是在新中国成立前，普通老百姓是想都不敢想的，就是有钱的地主绅士们，也不可能每年都去啊！

我不无好奇地探问老师："他怎么会这么有钱？"

老师一看我被他的话吊起了胃口，便正式向我传达了一个信息："多年来，苏汝女出外养蜂，靠养蜂赚了很多钱。"

和林老师分别后,我陷入了沉思。他的话一直在我耳畔回响:养蜂……养蜂……

林老师并没有直接鼓励我也去试试养蜂,却给我很大的启发,可谓一语惊醒梦中人!我的思维豁然明朗,世上竟有这么能赚钱的营生,那我何乐而不为!一时间,我有些想入非非……

其实,我当时对于养蜂毫无概念。怎么养蜂,如何经营,我一无所知。之后,待我冷静下来,仔细一盘算,此前养蜂的热情畅想,亦慢慢地归于平静。

在那信息闭塞的年代,各项政策条条框框地限制着日常生活,多少能人想发财,哪怕是干些"小生意""小买卖"也好。可大家却往往碰得头破血流,不是落下"投机倒把"的臭名声,就是被扣上"走资本主义道路"的帽子。要想赚钱发财,谈何容易!

然而,林老师带来的关于养蜂的信息,实在太有诱惑力了!白天干活时,我满脑子想着养蜂,夜里做梦,我还是梦见自己在养蜂。养蜂这件事一直困扰着我,简直是挥之不去,欲罢不能!

别人养蜂能赚钱,我为什么不能?

思来想去,冥冥之中我似乎感觉到,养蜂这件事,无论做成做不成,将是我的漫漫奋斗之旅中的第一份事业。

此后的事业发展,果真验证了我当时的感觉。

养蜂,使我闯入江湖,走进社会,开阔了眼界。

把事情想开了,便觉得精神为之一振。我决定跨出家门,去外面闯荡。

## 二、蜜蜂王国很神秘

几经探索,我好不容易找到养蜂这条致富之路。我憧憬着以后的日子,心里美滋滋的,急急忙忙赶回家,迫不及待地把打算养蜂的事情告诉妻子锦云。

谁知锦云倒是比我沉得住气,既不激动,也不兴奋,只是淡淡地说:"养蜂好是好,但我不知怎么做这件事。"

我跟锦云说:"养蜂是个技术活儿,如果成功的话,我们就能过上好日子了,将来还可以传给儿子,儿子再传给孙子……"

我把养蜂之路描绘成了金光大道。

锦云终于被我说动了,她似乎也看到了希望,说:"那我们的苦日子总算要熬到头了。"

那天晚上,我俩躺在床上,专说养蜂的事,觉得养蜂能赚大钱,以后盖房子娶媳妇都不用愁了。越说越来劲,越说越激动,都大半夜了,还久久难以入睡。

到底怎么养蜂?养蜂的路究竟有多长?我翻来覆去,总也理不出一点头绪。

常言道:千里之行,始于足下。脚下有了路,如何迈出第一步?我想,第一步应该是学习养蜂技术。可是,到哪里去学这门技术呢?别人肯不肯教?

天快亮了,眼皮有点打架了,我才突然想出个好主意,找一本养蜂的书来看,向书本学习……至此,我方才松了口气,慢慢进入了梦乡。

第二天一早,我叫醒了锦云:"你吃过早饭去山门中学走一趟,找一下黄型君。"

黄型君跟锦云关系很好,她的丈夫程式祥又是锦云初中时的数学老师,对我们一直都很关心,因此,我们两家关系很亲密。

锦云有些茫然:"找黄型君什么事啊?"

"让她到学校图书馆帮忙借几本养蜂方面的书籍。"

几天之后,型君果然不负我所望,找到两本小册子,专门送到我家来。

我如获至宝,激动得不知说什么好。

在锦云和型君聊天的时候,我赶紧到院子里,拿了一把凳子坐下,如饥似渴地阅读起来。

这两本小册子专门介绍了一些蜜蜂知识和养蜂知识。

我初步浏览了一下。关于蜜蜂的形态特征、生长环境、分布范围、养殖方法,书里都有详细的介绍。虽然很多内容还看不懂,但我大概了解到蜜蜂是一种对人类有益的昆虫,在很多方面都与人类的生活密切相关。

对蜜蜂,我印象最深的,就是它们的勤劳。它们不仅采花酿蜜,而且在采集花粉过程中,能为作物起到传授花粉的作用,提高作物的果实产量和品质。更重要的是,蜜蜂还为人类提供各种蜂产品,如:蜂蜜、蜂乳、蜂胶、蜂蜡、蜂毒……

难怪人们在歌曲中赞颂它"蜂儿酿就百花蜜,只愿香甜满人间"。

没想到,这小小的蜜蜂竟如此神奇!

这些资料激起了我对养蜂产业的浓厚兴趣。我从书中读到了曙光和希望。

蜜蜂的生活习性让我觉得非常有意思。它们是一种群居动物,每个蜂群都是相对独立的,蜂群之间不能相互串通。它们具有严密的组织性,一般来说,两个蜂群之中的蜜蜂是互不来往、互不干涉、和平共处的。

蜜蜂的庞大家族由一只蜂王,众多的工蜂以及少量的雄蜂组成。虽然它们的体态特征、功能作用截然不同,但它们分工明确,各司其职,令人称赞。

蜂王也称"母蜂",虽然被称为"王",但它并不领导蜂群,它的主要职责是产卵,蜂群内所有的工蜂和雄蜂以及新蜂王都是由它产卵发育而成,一只优等蜂王的年产卵总数可达十万粒以上,是名副其实的有功之"王"。

工蜂,顾名思义,就是工作的蜜蜂。在蜂群中,工蜂的数量多达几万只。它们担负着蜂群中各项繁杂琐碎的工作,如采集花蜜和花粉、酿蜜和加工蜂粮、饲喂蜂王、哺育蜂儿、修造和守卫蜂巢、调节蜂群内的温度和湿度等。工蜂无愧于"勤劳"的荣誉称号,它们除了白天出勤,晚间酿造、巢内清扫等工作,从不停歇,直至生命结束。

雄蜂虽然数量少,也不工作,但我们也绝不能忽略它的重要性。可以说,蜂王的能量大小,取决于雄蜂的作用和质量,以确保蜂王在交配中得到足够的受精卵,从而产下更多健康的蜂宝宝。

至于怎么开始养蜂,要具备哪些条件才能养蜂,养蜂需要什么样的环境,说实在话,我心里完全没底。

# 三、寻访养蜂人

周围的亲朋好友都没有养蜂的,在这之前,大家甚至都没听说过养蜂这件事。据说,养蜂的人都在山区。我突然想到了我哥哥住在顺溪,靠近山区。于是,我立马决定抽空去趟顺溪,了解一下那儿有没有养蜂人,顺便看望一下久别的哥哥。

我家高墩距离顺溪约有20里路,那时没有车,连公路都没有,只能靠双脚走去。彼时已是寒冬腊月,天气很冷。我走了大半天,倒也不觉得累,因为内心有个信念在支撑着我——养蜂。

哥哥见到我是又惊又喜:"这大冷的天,你怎么来了?快进屋里坐!"

我没顾得上和哥哥寒暄几句,直接把来意跟哥哥说了:"我想走养蜂这条路。养蜂能赚钱。"

哥哥根本不知道养蜂能挣钱,听我一说,他也欣然喜欢:"好事!我支持你!"

我向哥哥打听:"附近有没有养蜂的人?我想去拜访一下。"

堂兄的前嫂子是从泰顺双垟娶的,她的娘家人跟哥哥也有过来往。于是我们决定去那个地方探探信息。一来看能否找到养蜂人,请教一下怎么养蜂,并买两桶蜜蜂带回来饲养;二来如果有旧木板,我也可以买一些回来做蜂桶。听说养蜂的桶必须要用旧木板,新木板有异味,蜜蜂待不住。

第二天一早,我和哥哥立马起程,向着心里的目标出发。

记得那天是阴天,冷得出奇,山顶上还覆盖着昨晚下的皑皑白雪,刺骨的寒风直往脖子里钻,可我的心是热乎乎的。

去哥哥家走的是山路,而从哥哥家去泰顺就得徒步爬山。我们爬了足足四十多里的山岭,爬得气喘吁吁,衣服都被汗水浸透了。

到达山顶已是中午时分,我们坐下来歇脚,我把书上看到的关于蜜蜂、养蜂方面的知识给哥哥描述了一番,自己也通过讲述进一步加深了对知识的印象。

山顶上崎岖不平的羊肠小道覆盖着厚薄不均的积雪,有点湿滑。相较于爬山,走路还是轻松一些的。我们走得很慢,一直走到了下午四五点钟。天慢慢转晴了,远远地看见前面有一片平地。

哥哥说:"我们快到了,前面就是泰顺双垟了。"

一听说快到目的地了,已经两腿酸痛、疲惫不堪的我顿时来了精神:"哦!太好了!我都快走不动了。"

哥哥给我打气加油:"再坚持一下!快到了。"

我听哥哥这么一说,便不由自主地停下了脚步,环视四周,只见夕阳映照在白雪上,晶莹璀璨,再看周围连绵起伏的峰峦,景色异常壮美。因为要赶路,我一路上也顾不上欣赏美景。

正当我快要精疲力竭的时候,终于发现前方有一个村落,鳞次栉比的茅草屋上,压着一层厚厚的白雪。走进村子,我的双腿像是灌了铅,快要挪不动脚步了。走至一户人家门口,我们开始打听我前嫂子的娘家。

山里人果然质朴,一位大爷听说我们从远方而来,很热心地把我们领进我前嫂子兄弟的家里。

虽然此前并不认识,一家人还是异常热情地接待了我们。尽管吃的是粗茶淡饭,但这家人实在热心好客,甚至还邀请我们在家住了一夜。我们觉得心里暖暖的。

当天晚上,我便开门见山地打听山里人养蜂的情况,前嫂子的兄弟告诉我,山很大,养蜂人也不少,而我们要找的养土蜂的人,离此地至少还有十里路。

第二天,我们吃罢早饭便在我前嫂子的兄弟引领下,前往找寻养蜂人。大约是受到我话语的感染,前嫂子的兄弟出于好奇,也想对养蜂这件事一探究竟。于是,我们一行四人,一路上说说笑笑走进了丛林深处。

果真是功夫不负有心人,我们终于在一处深山坳里找到了一户养蜂人家。他家的矮墙上置有四桶蜜蜂,或许是因为天气冷的原因,蜜蜂都没有爬出桶外,我掀开桶盖往桶里张望,只见桶里许多蜜蜂一团团呈球状集结在一起。面对蜂群形状，我想，这大概是蜂群为了御寒，而在抱团取暖吧！

这家养蜂人告诉我，这是蜜蜂在过冬，它们这时候不会飞出来活动，一旦飞出桶外，马上就会冻死。因此，这个时候不能随便移动蜂桶。

我试着问养蜂人，能不能卖两桶给我们？

可养蜂人说什么也不肯卖。

我也弄不明白，他们为什么不卖。

养蜂人怕我们错怪他们吝啬，特地对我解释，现有的蜜蜂是三年前的，五六月份，山花盛开之时，突然飞来一大群蜜蜂，歇在家门前的一棵树上，自己用了一个蒸糯米饭的蒸桶，喷上些糖水，费了好大的劲儿才把它们收回来的。总的来说就是，这些蜜蜂来之不易！

我赶忙改口："那就卖一桶给我吧！"

养蜂人仍旧摇摇头："不卖。"

我几乎在恳求："我们大老远赶来……"

我话还没讲完，养蜂人就打断了我的话，直截了当地告诉我："这蜜蜂飞到我家来，证明我家的房子风水好，有发财兴旺的势头。所以，这蜜蜂是镇宅之宝，绝不能卖的。"

原来玄机在这里，我终于明白了。养蜂人之所以不肯卖蜂，绝非吝啬，而是担心财气流失。

看到养蜂人态度这么坚决，我知道做买卖是双方自愿的，也不好再勉强。

我们又走访了周围另外两家，不出所料，他们的说法与第一家如出一辙。我们一行四人遂只能无功而返。

我的心里沉甸甸的，感觉这一趟算是白跑了。既然蜂种买不到，旧木板也不用去打听了，买回来也没什么用。这两天的长途跋涉，让我感觉筋疲力尽。

乘兴而来，扫兴而归。我心里像打翻了五味瓶，真不是滋味。

哥哥问我："你下一步打算怎么办？"

我思索了半天，说："好事多磨，这次就当交学费吧！"

还真应了那句老话:万事开头难!

从泰顺双垟空手而归后,我已经有些灰心丧气,心里开始怀疑:养蜂这条路能不能走下去,这项营生是否适合我。

然而,已想好的事,我就不会轻易放弃。既然选定了这条路,岂能半途而废?我暗下决心,再大的困难,也要想方设法走下去。

于是,我依旧坚持到处打探养蜂方面的信息。

# 四、拜访林宏庄

功夫不负有心人,时隔不久,我终于打听到东屿供销社的营业员林宏庄,他曾经在县供销总社养蜂场养过蜜蜂。于是,我就心急火燎地去拜访林宏庄了。

林宏庄是高二村人,他还是锦云娘家族内本家,与我岳父住得很近,只隔了一条小路。他比锦云大两辈,按辈分要称呼他宏庄公。因为两人都姓林,说起来还有点沾亲带故。我在东屿小学教书时,他在东屿供销社当营业员,我常去买东西,一来二去就熟悉了。

我在供销社见到林宏庄时,大约是农历四月,天气有点热。或许是他的身体比较弱,也不知是得了什么病,说起话来,总是有气无力。

他比我年长十来岁,又是长辈,我很客气地向他打招呼:"宏庄公!好久不见了。"

林宏庄也很亲热地招呼我坐下,并问我怎么会有空来看他。

因为熟悉,我一落座,就毫无客套地告诉他:"今天是有事来向你请教。"

"那就别绕弯子了,说吧!"

我直奔主题:"听说你以前养过蜜蜂?"

"是的,以前县供销社有个养蜂场,组织上安排我去蜂场外出养蜂。"

"养蜂这个行业怎么样啊?"

林宏庄笑眯眯地说:"不错!蜂蜜是个好东西,吃了很滋阴养人,一般人吃不到。国家收购去专门出口的。我们养的是意蜂,好年头收入不错!"

意蜂?我听到一个新名词。

林宏庄解释说:"蜜蜂有两种,中国的蜂种叫中蜂,也叫土蜂。意大利进口的蜂种叫意蜂。目前在中国流动放养的都是意蜂。"

我这才明白,原来蜜蜂还有种类的区别。

我又好奇地问:"中蜂和意蜂有什么不同?"

林宏庄提起精神对我说:"中蜂的个头没意蜂大。个头大的,工作能力也就强得多,而且意蜂采蜜的吸管明显比中蜂长。比如,一种苕子花分泌的甜汁在花朵的深处,意蜂能够采到,中蜂就不行。"

哦!原来是这样!我算是长了见识。

林宏庄接着说:"还有,意蜂采集的量比中蜂大得多,所以,专业养蜂,只要条件许可,大家都会选择意蜂。"

听了林宏庄对蜜蜂的一番介绍,我心里开始嘀咕,去年在泰顺双垟看见的蜜蜂,也不知是意蜂还是中蜂,幸好没买成,否则……下次再买蜂就有经验了。

我们又继续寒暄了几句。我见林宏庄说话气喘吁吁,好像很累的样子,也不好意思再打扰他休息,于是便起身准备告辞。

林宏庄拍拍我的肩膀问我:"你是不是打算养蜂啊?"

我笑着点点头。

林宏庄眯起眼,笑着说:"你小子是个聪明人,一定能行,不过,养蜂也是一门学问哪!慢慢学吧!"

"宏庄公,你多保重身体!我走了,下次有机会再来看你。"

和林宏庄分别后,我心里想,今天大有收获,总算没有白来。起码,我懂得了养蜂就要从选择蜂种开始。常言说得好:"良好的开端是成功的一半。"

想着想着,走路都感觉轻快多了。我打算尽快着手养蜂,可仔细一想,问题来了,到哪里去买意蜂的蜂种呢?

哎呀!刚才太粗心,怎么不当面问问林宏庄呢?我懊恼极了,再原路返回去问林宏庄吧,又怕人家嫌烦,反复打扰,总是不好。

思来想去,觉得还是先回家沉静下来,把头绪理一理再说。

可是回到家,我还是静不下心来,烦躁之余,总想找人聊聊,找谁?我突然想到了一个人,邻居曾余山的亲戚吴崇富。

## 五、吴崇富谈养蜂

曾余山,因为家里失火,房子被大火烧毁,临时借住在我家房屋另一头,自然而然成了邻居,远亲不如近邻,我们彼此相处得很好,就像亲人一样。

因为是夏天,平时我们两家都早早地把竹床搬到门前庭院里铺好,吃过晚饭,大家都坐在竹床上乘凉聊天,等到半夜气温下降凉爽之后,才各自回到屋内床上去睡。

那天晚上乘凉,曾余山家来了个亲戚,是曾余山姐姐的小叔子,名叫吴崇富,住在五十丈。

乘凉时,我们坐在一起,边喝茶边聊天。我特意挑起养蜂能挣钱的话头,没想到却把吴崇富的话匣子打开了。凑巧的是,他正好也是干养蜂这一行的。于是,我们就有了共同的话题。

我现学现卖,把日前刚学到的知识就用上了,便随口问他,养的是土蜂还是意蜂?

吴崇富说:"土蜂。"

"那养蜂收入怎么样?一年能割多少蜂蜜?"

吴崇富没有直接谈收入,他只说,一年只在春夏之交收割一次蜂蜜。

我又问他,怎么把蜂蜜割下来?

他介绍得很详细:"首先,把上面的盖子揭开,用布袋罩住,布袋留下20厘米的空间,把布袋在圆桶上扎紧。然后,把蜂桶翻倒,把稻草塞进喷烟器内一烧,对着蜂桶轻轻地喷烟。蜜蜂怕烟,都会被赶到布袋里。我们就把蜜巢铲下来,这种方法就叫割蜜!"

他介绍得很仔细,我听得很认真,随后,我又问了个具体问题:一桶蜂能割多少蜂蜜?

吴崇富笑了:"哦,大概八九斤吧。把蜜巢铲下来之后,赶紧把蜂桶还原摆正,蜂子又会争先恐后爬回蜂巢,进行蜂巢修补。过了秋后还是那么一桶,我们也不怎么管它。"

吴崇富很健谈,遂又补充说:"现在的人办法多了,有专业养蜂的,他们用的是四方箱,箱子里有一片片巢脾,可以开箱提起巢脾来看,看看子脾大不大,看看蜜脾满不满,能及时看出问题。"

他还告诉我,中蜂也可以用四方箱来喂养。不过,要把蜜蜂从圆桶过到四方箱里去。

当时听了吴崇富的一番话,我脑子里还没有形成具体概念,因为尚不知圆桶、四方箱是什么样子?听他的话音,四方箱养蜂更好,要是有机会见识一下就好了。

吴崇富继续侃侃而谈:"蜂群强了,蜂子多了,就会产生新蜂王。老蜂王就会带领蜂群飞走。这个时候,要开箱找到新蜂王,给它另置一个新桶。"

我似乎听懂了他所说的意思,也就是新蜂王成家,给它安置一个新房。

吴崇富接着说:"然后,要把里面的所有王台都摘掉,再想方设法把老蜂王的蜂群收回来,老蜂王就不会再飞出去了。总的来说,就是一个蜂群只能有一个蜂王。这样,等新蜂王交配成功,就自然而然地分出一桶新蜂子了。"

我听了觉得很好奇:新蜂王是怎么生出来的?怎么找到新蜂王?老蜂王飞走了怎么吸引它回来?蜂巢是什么样子?里面的王台又是什么样子?

虽然没完全听懂,却也学到了不少新知识,我已经隐隐约约感觉到,养蜂这一行的学问很繁杂,很深奥,难怪人们常说要"活到老,学到老"。

这么多年过去了,那天晚上吴崇富谈论养蜂的情景还历历在目,仿佛就在昨天。

## 六、三访养蜂人谢作兴

夏天过后,就到了青黄不接的季节。家里没有猪饲料了,我去水头街上买番薯藤。附近农民把家里多余的番薯藤拿到街上卖,我买了一小担番薯藤往回挑。路过水头仕静村,看见路旁有户人家屋前院子里,那高大的柚子树下,有蜜蜂飞舞的迹象。

可能是我脑子里尽想着养蜂的事,所以,眼到之处就会对心想的东西格外敏感。于是,我停下脚步仔细观察,发现柚子树的树枝间有不少蜜蜂在穿梭飞行,我马上意识到这户人家在养蜂。

我隔着围墙往里面扫视了一下,看见柚子树下摆放着数十个蜂桶。我一激动,竟然不假思索把番薯藤担子歇在墙外,冒冒失失地走进院子,径直走到蜂箱跟前,蹲在蜂箱旁静静地注视着一群扇动着翅膀嗡嗡叫着的蜜蜂。

看了一阵蜜蜂,我又往屋里看看是否有人,心里想着最好能和养蜂人交流一下。

我随即喊了一声:"屋里有人吗?"

等了好半天,既没人答应,也没人出来。

我大失所望,只能挑起我的番薯藤离开了。

一路上我心里一直纳闷:养蜂人哪里去了?如果能打开蜂箱让我看个究竟,那该多好!

回到家,我不无遗憾地告诉锦云,在水头仕静村看到养蜂的人家了,可惜没看到养蜂的主人。

锦云看到我愁眉苦脸的样子,安慰我说:"过几天再去看看不就行了吗?说不定人家有事出去了。"

听锦云这么一说,我的心情才慢慢恢复了平静。

三天后,我又去水头街买番薯藤,经过养蜂的这户人家,就熟门熟路地进了院子,站在蜂箱跟前,好奇地看着蜜蜂在蜂箱周围飞舞着。

第二次登门，我更加迫切地想见到养蜂人，遂喊了一声："有人吗？"片刻，屋里走出一个年近六十的妇人。

我向大妈打听："蜜蜂是你们家养的吗？"

大妈告诉我，养蜂的是腾蛟缸窑人，有事回家了，过几天会来。

我心想，看来我要三顾茅庐了。

又过了数日，我再一次去水头，来到了养蜂人家的院子门口。心里暗想，老天爷看我心诚，一定会眷顾我，不会再让我扑空。

果不其然，我终于见到了养蜂人。

只见那人戴着黑丝网做成的面罩，面罩四周是白纱布做成的套子，套在斗笠上，下面两条白布带拦腰扎在背后，使面罩的黑丝网与纱布都绷得很紧，一看就知道是为了防止蜜蜂蜇咬。

养蜂人轻轻地揭开蜂箱在检查什么。

我怕蜂子蜇人，远远地看着。只看见蜂箱里有五六板爬满蜂子的片片，养蜂人一片接着一片检查，然后放回蜂箱，最后，把蜂箱的盖子盖上。

乘这个空，我上前跟他打招呼："对不起啊！我来了三次，今天终于见到你了。"

他摘下面罩，原来是个年轻人，二十七八岁的样子。

他很客气，且有礼貌地说："哦，我是腾蛟的，叫谢作兴，前两天家里有事回去了。你有事找我？"

我直截了当地说："我也想养蜂，想来跟你学。"

他没有吭声。

我又问："今年养蜂收入怎么样啊？"

他似乎有些心事重重："不好。你看我现在还在给蜂子喂糖呢！"

"什么情况啊？怎么还要喂糖？"

他摇了摇头："今年早春，油菜花和红花草子开花期间，天气不好，总是下雨，下雨天蜜蜂飞不出去，晴过几天，蜂子也采不到多少蜜，只够繁殖自给。现在转移到这里来采柑橘和柚子花，这几天观察下来，流蜜情况不是很好，蜂子根本不够自给，所以，还得喂些糖。"

我边听边思索,这养蜂跟天气有密切的关系。

小谢说:"你都来三趟了,对不住你,我们还是坐下来聊吧。"

我拿了个凳子坐下,又问:"在这里还能放多久?"

他说:"在这里繁殖好了,就转移到江南去采田青。"

他所指的江南是鳌江南面的麻步、肖江、宜山一带。至于田青是什么作物,我就不清楚了。

在交谈中,我们慢慢熟悉了。他姓谢,家住腾蛟,在家与母亲编草席为生。

腾蛟这个地方最先创办了养蜂场,养的都是意蜂,基本上都是外出赶花季放养。

不少人都挣了一些钱。之所以能挣钱,关键是养蜂这个行业,国家支持。县农业局开出全国放蜂介绍信,不管到哪里都与当地土产公司接洽,土产公司便会与当地各公社和供销社联络,再由各大队落实放蜂场地。只要具备了基本的养蜂条件,干养蜂这一行便没有什么后顾之忧,所以也就逐渐吸引了更多的人养蜂。

几年前,他也是听别人说养蜂收入好,就毫不犹豫地干了这一行。因为没有本钱,买不起意蜂,就东奔西走到各地搜寻土蜂,好不容易才买到10桶土蜂。为了能外出流动放养,又请人帮忙把土蜂从圆桶过到四方箱。

为了养蜂,他吃不好饭睡不好觉,历尽千辛万苦。两年过去了,没有收入,只多了10箱蜂种。

因为平阳本地蜜源不足,蜂子的繁殖就成了大问题。现在每箱只有五六脾,而且都是弱群。

看到小谢愁眉不展的样子,我也有些动容,不知道拿什么话来安慰他。

过了片刻,他稍稍提高了音量,说:"到今年冬天,要想方设法把蜂种繁殖得强壮点,如果能达到30箱,明年就能跟别人拼车,外出放养。我想问题总会解决的。"

我知道小谢这番话既是给自己鼓劲打气,也不想让我这个打算养蜂的人感到扫兴,看得出来,他是个善解人意的人。

我一边在听他讲话,一边在默默地思考养蜂这条路究竟该怎么走。

他突然问我:"你打算养什么蜂呢?"

"还没想好。"我真的有点不知所措,因为土蜂、意蜂分别是什么价格,前前后后一共要投入多少资金,我心里一概没有谱。

"腾蛟山边养蜂的人很多,他们养蜂场的规模都比较大,而且养的都是意蜂。"小谢的话音中对养蜂场尤为羡慕。

我问他:"你认识苏汝女吗?"

"听过这名字,但是不熟,据说他们蜂场收入很好,很有钱。"见我没有及时答话,他又问出一个话题:"你们山门亭后有个叫张玉容的,听说过吧?他和平阳二中陈启高老师的儿子一起外出养蜂。"

我摇摇头:"没听说过。"心里却在责怪自己太不留心,连家门口的人都不认识。

和小谢一番交谈后,我感觉这人很实在,我俩很投缘,或许是有共同追求的缘故吧。心里已经把他当作朋友了。随后,我们互相交换了家庭住址,相约要常联系。

临别之前,我提出,能否把蜂箱打开给我看看。

"当然可以啊!"说着,他就去打开蜂箱让我看。蜂箱里面有7张脾,脾上密密麻麻地爬着很多小蜂子。

俗话说,"内行看门道,外行看热闹"。由于我是第一次观看蜂箱里面的景况,小谢也没有做什么介绍,所以,我并没有看出什么名堂,只是开开眼界,满足一下好奇心而已。

这是我做出养蜂决定后,接触的第一个养蜂人。

和小谢告别后,回家的路上,我不断回味着他说的养蜂过程中遇到的困难,顿时觉得自己有必要重新考虑养蜂这件事。


# 七、山门养蜂人张玉容


我原本就是冲着能赚钱才决定养蜂的,吃苦受累倒是不怕,但如果像小谢那样,两年都没有收入的话,那养蜂还有什么意义呢?

可我一转念,又觉得自己想多了,什么都还没干,怎么就要打退堂鼓呢?再说,不养蜂,我又能干什么营生呢?

此刻,突然想到小谢刚才提到的山门养蜂人张玉容。可是,张玉容家就住在亭后村,离我家只有两里多路。而且,亭后村我还有几个关系不错的同学,如张玉蛟、张玉葵,我可以通过这两个同学认识一下张玉容,听听他对养蜂的看法。

几天后,我到亭后村找到张玉蛟的家,他是我矾山中等技校的同学。几年没见了,他还是老样子,我们聊了聊各自分别后的情况。

接着,我就问起张玉容的情况。说来也巧,张玉容竟是张玉蛟的堂哥。知道我的来意后,张玉蛟二话没说,就带我去见张玉容。

初见张玉容,我觉得他特别斯文,中等身材、笑容满面。张玉蛟对他介绍说:"这是我当年在矾山中等技校的老同学,家住高墩。"

张玉容关心地问:"你现在在做什么呢?"

我有些不好意思地说:"技校毕业回来后教了几年书,因为教师的工资太低了,看到不少公办教师都离职回家了,我也回家当农民了。"

玉蛟在一旁接着说:"我从矾山回来就一直当农民。"我知道他说这话是怕我尴尬,帮我解围。

于是,我便接过他的话题:"在你们亭后当农民不一样,现在即使是有工作的人,领的工资还不如你们亭后的农民。"

我的这番话引得他们都大笑起来,因为我没有言过其实。当时在山门各公社,亭后村赫赫有名,农民收入是最高的。亭后的带头人张大府是平阳县劳动模范,也是玉蛟的小叔叔。他带领大家改造农田、改良土壤,逐步提高粮食产量。相比较很多农业合作社的农民吃不饱饭的情况,亭后农民的日子过得红红火火,亭后农业合作社被评为平阳县先进农业合作社。

"前几天听腾蛟缸窑的人说你在养蜂,是吗?"我把话题转到养蜂上来。

"是啊,现在是我儿子在外面养,我们的蜂子现在在北方采荆条。"他很诚恳地回答。我又听到一个新名词"荆条"。

我自然不会忘记我最在意的问题："你们养蜂收入怎么样啊？"

他停顿了一下，说："我们养蜂的时间不长，也没有经验，养蜂的路线也没选好，收入只能说一般般。腾蛟蜂场这几年很兴旺，还有坎头陈基谦的蜂场也不错！"

看来，他对周边养蜂人的情况还是比较了解的，估计他们之间都保持联系，互通信息。

他见我问东问西，句句不离养蜂，遂反过来问我："你是不是也打算养蜂啊？"

玉蛟连忙说："哥，他今天就是为了这个来拜访你的。"

我接过玉蛟的话："是啊！听说养蜂很挣钱，我来听听消息，当了几年农民，日子不好过，来看看能不能找到挣钱的出路。"

"水头平阳二中有位数学老师，他的儿子张必少也在试着养蜂。他没有外出，就在浙南各地转转。如果你想学的话，可以先买几桶蜂试试。"张玉容很有诚意地介绍着。

我有点激动："好的！到时候一定请你来指教。"

张玉容很谦虚："我也懂得不多，互相学习吧！"

玉蛟调皮地说："哥，你谦虚个啥？能者为师嘛！"

我连忙趁此机会对张玉容说："那我就拜你为师了！"

"哈哈"，我们都大声地笑了。

我一看都快中午了，便告辞回家了。

后来我才得知张玉容原先是县文化局的一名干部，他的妻子在县文化馆工作。所以，从第一次见面，我就感觉到他的言谈举止与众不同，十分斯文。

访问张玉容之后，我方才得知，周边已有这么多人在养蜂，自己以前还真是孤陋寡闻。看来多出来走动走动，多交几个朋友，真的可以开阔眼界，接触一些新事物，拓宽思路，对自己今后的发展大有裨益。

## 八、张老师给我的启发

平阳县有两所重点中学。一是平阳中学,在县城坡南;二是平阳二中,在北港水头镇,它的前身是新中国成立前的雁荡中学。

张玉容所提供的平阳二中数学老师的儿子张必少也在搞养蜂试验,对我触动很大。我决定去拜访一下张老师。

一个星期天的上午,我走进平阳二中的大门,向门卫打听教数学的张老师,也不知张老师的名字,只知道他是天台人。

没想到很顺利地在教师宿舍里找到了张老师。他高高的个子,讲的普通话明显带着外地口音。一见面,我就自报家门,说自己是张玉容介绍来的,主要是了解一下养蜂的事情。

当他听说我是张玉容介绍来的,就显得格外热情,让我在那木制沙发椅上就座,并递给我一杯开水。

我有点受宠若惊,因为他是受人尊敬的老师,而我只是一个普通农民。

张老师挪了一张靠背椅子在我对面坐下,说:"你是怎么和张玉容认识的?"

我把认识张玉容的经过简单说了一下,然后问:"您儿子现在养的蜂子在哪里放养?我想抽空去看看。"

"我们是搞养蜂试验,就在浙南地区转转。目前蜂子在仙居那边放养。"张老师的话音里夹杂着浓重的方言口音。

我好奇地问道:"现在蜂子采的什么花?"

"山区的野花还是蛮多的,加上农民种的各种瓜类,足够我们那几箱蜂子采集了。"

我最关心的还是收入问题,忍不住问道:"那收入……"

"我们也是刚起步搞试验,收入多少还是次要的。现在养蜂的人逐渐多了,我们主要是大量繁殖蜂子。蜂子繁殖得多,也同样能赚钱。"

原来,他们已经敏锐地看到养蜂已经逐渐成为一种趋势,所以,他们另辟蹊径,以繁殖蜂子、扩大蜂群为目标。

张老师接着告诉我:"早春1箱蜂种,到冬天可以繁殖到4箱。"

这繁殖的速度还挺快的,有些出乎我的意料。

交谈中我得知,他们早春时只有3箱蜂子,到年底已经发展到15箱了。

这在我看来已经很有成效了,可张老师说他们的目标是18箱。

他们因地制宜,就近放养,目标很明确,就是发展蜂群数。

毕竟是教数学的老师,很会算账。虽然他嘴上说收入问题是次要的,但他心里有底,当时蜂种值钱,蜂群发展多了,他们自然也就赚到钱了。张老师说:"我们明年准备找人拼车去北方,长途转运放蜂,因为蜂群数量够了。当年要想全国长途转运放蜂,没放成,因为每个人至少要达到八箱以上才行。"

或许是看我对他的话题感兴趣,或许是他平时没机会谈这个话题,今天碰到了知音,遂不由自主地侃侃而谈。快到午饭时间了,可张老师谈兴正浓。

我几次意欲告辞,张老师再三挽留我吃午饭。

虽然我们俩是初次见面,彼此之间倒也不感到陌生,共同的志趣拉近了我们之间的距离。

至此,我已经结交了几位养蜂的朋友,感觉像吃了蜂蜜一样,心里甜滋滋的。

他们都从不同的角度,增强了我对养蜂的兴趣。我已经有了一些初步的概念,并得到了很多启发,心中对养蜂也更加渴望了。我暗暗下定决心,一定要实现养蜂这个梦!

# 九、邀约帮手

俗话说,"一个篱笆三个桩,一个好汉三个帮",可我却单枪匹马地闯荡。有时我也会想,要不要找个合伙人一起干?

锦云怕我憋坏了身子,劝我不要老闷在家里,出去走走。

是啊,成天窝在家里发呆也不能解决问题,还不如出去透透气,走访几个亲朋好友,或许能发现新的路径。

我漫无目的地四处闲逛,脑子里仍旧萦绕着两个字——养蜂。突然,我灵机一动,想到一句老话:"三个臭皮匠抵个诸葛亮。"对呀!我得找几个人聊聊,集思广益嘛!光凭自己一个人苦思冥想,岂不是钻进死胡同了?

记得那时,我去得最多的地方是东屿公社卫生保健所。东屿公社卫生保健所设在田中央黄家宗祠内,也就是我大儿媳妇黄爱民娘家隔壁,离我家仅有一公里多路。说起来,我和保健所里的人还真有缘分。

保健所里有四个成员。一个是叶桂兰,所长兼接生员;二是67岁的老中医林鸣谦先生;三是退伍军人吴邦朗,学西医的;四是接生婆翠花。这四个人与我的关系都很亲密。

所长叶桂兰是我小姨子林翠平的邻居,她的儿子是锦云小学的同班同学。所以,每逢见面,她都管我叫姨夫,对我特别亲切。

老中医林鸣谦,论辈分我叫他表叔,因他是我奶奶娘家内侄,叫我奶奶"姑姑"。他在当地是位德高望重的老前辈,家里世代中医,在山门街上开中药铺。因为医术高明,特别是小儿科最为拿手,人称"药到病除"。周围乡镇农村,凡是小孩患病,无不找林老先生医治。

新中国成立前,国民党政府的那些政客及地方绅士,经常光顾林鸣谦家。所以,林先生时不时地能听到一些反动政府残害地下党的信息,他会及时向地下党提供情报,还为地下党送医送药。

林先生的一家可以说是革命的一家,儿子是部队的营级干部,大女婿颜庆富是浙南游击队队长,为革命事业做出了极大的贡献。

新中国成立后,林先生被选为县政协代表,大女婿颜庆富成为温州市交通局局长。我和林先生是上下辈关系,我对他是既敬重又钦佩,他对我却以平辈和朋友相待,可以说,我俩是真正的"忘年交"。

退伍军人吴邦朗是个山里人。他入职时间不长,年轻有为,喜欢结交朋友。我们关系融洽,每次见面交谈甚欢,很快就成了无话不谈的铁哥们。

接生婆翠花为人厚道,淳朴善良。她常参与打预防针,每次打预防针都和锦云在一起,两人情同姐妹。所以,我们相处得也很和睦。

由于这些关系,我便成了保健所的常客。每次去保健所,林鸣谦先生都要留我吃饭,同饮一杯。闲聊中,我深深地感受到他对我的鼓励和关怀,至今想起来内心还是感到很温暖。

林老先生除了行医治病,别无所好,唯好一杯酒。于是,我便成为他喝酒的陪客。由于他医术高明,待人和蔼可亲,来访的人很多。一来二去,他的朋友逐渐与我熟悉,也成了我的朋友。

那接生婆翠花家就在保健所旁边,是一座古老的三进四合大院,这古老平房占地面积非常大,居住的人口数几乎等于半个生产队的人数。

院中有个叫郑润生的生意人,从前也是教师。他是南山寺和尚生的儿子,也曾出过家,法嚎叫得道。他返俗后去当老师教书,并且结婚成家,他也是保健所的常客。我们都当过教师,又都因为收入问题放弃了,可谓是难兄难弟,同病相怜。

郑润生的老婆是水头占家埠人,当年鳌江的潮水涨到水头,后来水头的江床填高了,鳌江到水头的小船只能开到詹家埠停靠。小船从鳌江口运来的贝壳,几乎都在詹家埠卸货。

所以,詹家埠有了这得天独厚的条件,占有先机,开办了螺灰厂。居住在山门的人所用的螺灰都得到詹家埠购买。

这螺灰还真是个好东西,既能在建筑行业用来砌墙,又能在农作物上用作肥料,记得当年连作早稻都要施一次螺灰肥。

因为郑润生在螺灰厂有亲戚朋友,"近水楼台先得月",他把螺灰贩卖到山门东屿公社各大队,虽然利润不高,但是销量很大,薄利多销,收益还是很丰厚的。

郑润生是万丰大队的农民,可他从来不干农活,常年在外面跑码头,经营螺灰生意,接触的人也多,消息灵通,算得上是个见多识广的人。

每当我们见面,寒暄几句之后,就不约而同说到养蜂这个话题。当年很多人都称养蜂人为"财子",可见养蜂多么能赚钱。

郑润生知道养蜂是最好的自由职业,每当谈到养蜂事宜时,他便明确表露出参与的意向,我俩的想法竟然不谋而合。

当年在一旁的林鸣谦先生听了我们的讨论,就对我说:"你是个穷书生,我要支持你一把!"话语虽简短,却深深地打动了我。

事后林鸣谦先生对我推心置腹地说:"现在我支持你,等你们发展得好了,如果我的外孙找不到工作,就让他跟着你们一起干。"

真心佩服这个深谋远虑、思路缜密的前辈。他知道"求人不如求己",一方面为我考虑,另一方面也为外孙的前途提早打算。

接下来的一段时间,我和郑润生频繁联系,不是他到我家来,就是我到他家去,主要就是商议养蜂的有关事宜。国家还要制定个"五年计划",我们也要有个初步计划。

我们商议的主要内容:早春购买蜂种,至少六桶,少于六桶的话就不划算了。另外,还得计算要添置多少蜂箱、多少巢框、多少小隔板,购买摇蜜机及装蜂蜜的不锈钢桶。

我们还要计算外出的运费,每人大约要投入多少资金等。不算还好,一算把我惊出一身冷汗!我上哪里去筹集这么多资金?

到了1965年腊月,我和郑润生商定,两人合股购买四箱意蜂蜂种,开始搞搞试验,由他去水头联系卖家。当时蜂种价格是每箱70元,每人2箱就是140元,这个数字对我来说是个天文数字!我忐忑不安地回到了家。

晚上,躺在床上,我一直在琢磨如何筹钱,不管怎样,既然决定了要养蜂,就豁出去了,砸锅卖铁也要干。和锦云商量后,我变卖了作为家庭副业收入的母猪,卖掉了多年积累的蚕丝,还有花生、大豆、小麦……家里稍微值点钱的东西都卖了,凑起来还不足100元。

我心急如焚,恨不得要去卖血。

关键时刻,锦云出来为我分忧,她出面跟要好的姐妹阿咪借了20元,另外,又东拼西凑了10多元。我和锦云轮流数了好几遍,共计133元。

腊月初的一天,天气阴冷,因为没有凑够钱,我心里闷闷不乐,打不起精神来。

郑润生约我一起到山门牌坊内的一户人家去接收已买好的四箱蜂种。

卖蜂种的是水头中街人,名叫张仁启,见到我们也是笑容满面很客气。

由于天气很冷,如果打开蜂箱拿出巢脾来看,蜂子就会飞起来,冻死在外面。再则,即使有什么不妥之处,我们也看不懂。

我们只是打开大盖,听到副盖纱网下有蜂子发出嗡嗡声,顿时觉得心也在怦怦地跳。这可是我掏心掏肺,倾家荡产买来的宝贝啊!

或许是因为郑润生和他是朋友的关系,我也对他很信任,我和郑润生对视了一下,什么话也没说,也就没有仔细检查,就冒冒失失地把蜂种接收了。

我和郑润生各自挑了两箱蜂种,往东屿保健所走去。

山门牌坊内到东屿保健所有五里多路,两箱蜂种约50斤,我挑在肩上也不觉得累,一路上看着平日里看惯的风景,突然觉得视野开阔,心情大好。

到了保健所,只有林鸣谦先生和吴邦朗在。他俩看到我挑来蜜蜂,高兴地迎了上来和我打招呼。我刚把蜂种担子歇下来,张仁启就开口问我要钱。

我掏出钱要他数一数,并说还欠他七元钱,等过几天再给他。

谁知张仁启当即沉下脸,冷冷地说:"不行!一手交钱,一手交货。"

我一再向他保证:"放心好了,过一个星期保证给你。"

未料,刚才还笑容满面的张仁启,翻脸比翻书还快:"不行!哪有你这样做生意的!"

看那架势,没有回旋的余地。屋子里的空气有点紧张,我的面子也搁不住了,林鸣谦先生意识到场面不可收拾,挺身出来打圆场:"别急别急!你们都坐下来,有话好好说嘛,别伤了和气!"

林老先生转身到保健所隔壁人家黄美昌家借了七元钱回来,交给了张仁启,这个不愉快的局面总算平息了下来。

当时,我真想跪下来,给为我解围的林鸣谦先生磕个头表示感谢。现在回想起来,很是有趣。这件事竟然让我和黄美昌家结下不解之缘。当年他家还没生下的孙女黄爱民,后来竟成了我的大儿媳妇,这是后话。

蜂种的事情终于落实了,心里的一块石头也落了地。

我终于以实际行动,在这条养蜂道路上,跨出了第一步!

## 十、挡不住的诱惑

夙愿已偿，我乐了好几天，除了睡觉，几乎都是围着蜂箱转。

由于没有养蜂经验，我心里着实没底，生怕养不好，毕竟这两箱蜂子是我家的全部资产呀！

记得那卖家张仁启曾有交代，饲料不足，要喂点糖。我突然想起那小谢也是这么做的。所以，也没多加考虑，更没有去请教一下有经验的养蜂人，只等着天气好就把蜂子从保健所搬出去。

可现在回想起来，这是我在养蜂事业中，犯的第一大错。

好不容易等到冷空气过去，天晴了，太阳出来了！我和郑润生商量了一下，决定把四箱蜂子移到他家后门的小菜园里去。

我们把蜂箱摆在菜园的围墙下，面朝南，这样可以避风向阳，太阳一出，就可以把蜂箱晒得暖暖的。

蜂箱摆好后，我蹲下身子仔细观察了一番。原来集结成团的蜂子由于受到震动，慢慢地散开了。等它们安静下来，我轻轻地打开巢门，看见每箱有几只不怕冷的工蜂蠢蠢欲动，在箱子的正面巢门飞出，回头旋转辨认方向。

中午时分，蜂箱被晒得有些热度了。我们第一次戴上了防护面罩，小心翼翼地掀开蜂箱的大盖，轻轻地揭开纱盖，近距离观察蜂子的情况，发现散开的蜂子又慢慢向巢脾中间聚拢，重新抱团取暖。偶尔有几个受惊的蜂子飞到蜂箱外面，被冻得掉在地上，我们小心地一个一个捡起来放回蜂群中去。

四个蜂箱被我们逐一看过，发现两个蜂箱内各挂着四张脾，中间三路有蜂子结团蠕动；另外两箱各挂三张脾，中间两路有蜂子。提起巢脾来看，只见每箱的蜂王都健在。

至于蜂王的质量好坏，蜂群存在什么问题，巢脾上的存蜜有多少，够蜂子吃多久等问题，凭我们两个新手，自然是看不出来的。

我特别关注蜂王的行动，只见它缓慢地爬行，巡视着一个个巢房，蜂王每往前一步，小蜜蜂嘴对着蜂王的嘴，倒退着走，而且都和蜂王保持一定的距离，围着蜂王转……

我都看得入了迷，这就是外行看热闹吧！

随后，我再按照原样放回去摆好，生怕看的时间长了会影响蜜蜂的生活，更怕蜂子被冻死。

总之，对于养蜂的知识和经验，我们实在是知之甚少。

当晚，我们熬制了一壶糖浆，放凉后轻轻淋在巢脾上面的木头梁上，蜂群立马活跃起来，发出嗡嗡的声音，一个个爬上来伏在木梁两边排队吃糖浆。蜂箱内的温度也明显提高了。

我也松了口气，这下蜂子不会饿死了。我喃喃地对蜂箱内的蜜蜂念叨："你们都快点儿吃，吃饱了，早点睡吧！"

以后，每隔几天，我就来喂一次，殊不知这样的做法打乱了蜜蜂的生活规律，对于过冬的蜂子有害无益，甚至会带来致命的伤害。其实，给过冬期蜂子喂饲料，和给早春繁殖期蜂子喂饲料是完全不同的。我们几天喂一次的做法是早春繁殖期的饲养方法。

过冬期的蜂子如果缺乏饲料，必须在越冬前加入库存的蜜脾，如果没有蜜脾，就要找准最佳天气，一次性用高浓度糖浆灌注在箱内蜂子稀少的空脾上，然后插进靠近蜂群的边上，让蜂子一个晚上搬完，酿成蜂蜜，供蜂群在剩余的越冬期慢慢消化，直到早春繁殖期前不再喂糖，也就是要让蜂群结团静养，不消耗体力。这样，才能让它们延长寿命。

我们用低浓度的稀释糖液接二连三地隔天饲喂，更是错上加错，导致了一系列不良后果。

蜂王腹部逐渐增大，开始繁殖产卵，三天后孵化成幼虫。夜间巢内温度较低，缺乏花粉，导致幼虫发育不良。即使勉强出房的小蜜蜂也是个头特小，有的甚至于没有长出翅膀。这些发育不良的幼虫或小蜂子，全部被工蜂赶出巢外，让它们自生自灭。

此外，大量的蜂螨与蜂王同时在蜂房内产卵，蜂螨幼虫寄生在蜜蜂幼虫身上，吸取蜜蜂幼虫身上的营养，导致蜜蜂幼虫不能成活。

最致命的问题是,过冬蜂种的寿命大受影响。这些蜂子在该静养的时候没有好好静养,而是在加班加点地工作。到了早春繁殖期,新蜂尚未出来接班,过冬老蜂已逐渐衰老。

蜂王产下的大量蜂卵,由于失去越冬蜂种的养殖,蜂群就无法强盛起来,这些知识,都是我们在上述操作失败后,方才知道的。

在这里还要说一下,虽然我和郑润生合股购买的蜂种,但他依然做他的螺灰生意,不曾插手养蜂,蜂群全由我一人照顾。

常言道:"师父领进门,修行在个人。"可见,干任何一行都要拜师学艺,当三年学徒,学习技术,而我是完全盲目地在养蜂。

蜂螨也让我们受害不浅。正常情况下,在蜜蜂早春繁殖期前,首先要做到彻底消灭蜂螨,它们是蜂子繁殖期间危害最大的寄生虫。其次,对巢脾进行熏杀消毒处理,用带有花粉蜜糖的巢脾替换过冬的老脾也特别重要,蜂子需要一个舒适、干净、有营养的环境,这样才能保证蜂群的壮大发展。

我既没有除螨也没有消毒,致使蜂螨泛滥,出现了烂子脾,蜂群连健康都不能保证,又谈何发展!其中就有一群螨虫和烂子脾最严重的一箱蜂子,整个蜂群蜂子越来越少,最后连蜂王都死掉了,全群覆灭。蜂王的生活是靠工蜂照顾的,但这时工蜂自顾不暇,又怎么能照顾蜂王呢?

其间,我尝试过除螨的补救措施,但那也只是亡羊补牢,最多不致全军覆灭而已。就这样,我们幸运地保留了三箱蜂子。我的合伙人郑润生虽然没有责怪我,可我心里也不好受,羞愧难当,毕竟,我们两人都遭受了很大的损失。若是有经验的养蜂人还是有办法挽救的,我们却束手无策,回天无力。

到了浙南第一季油菜花和红花草子的蜜源采集结束,大部分养蜂人都在准备转运到上海郊县采胜利油菜花。他们启运前蜂群已发展壮大,开始加继箱了,而我们的平箱都不满,只有七八脾,好懊恼啊!

当年一人外出养蜂,起码得有六箱蜂种的资本。否则的话,收入不抵付出,难保生计。我和郑润生经过商量,决定把这三箱蜂种托人代养。根据代养的规定,春天带去一箱,到冬天回来返还两箱。这事情只能拜托郑润生,他熟门熟路熟人多,詹家埠早就有人外出养蜂,那里有他的亲戚,终于找到一个可靠的代养人陈国鼎。

回想几个月下来，自己一个人起早贪黑，像勤劳的小蜜蜂一样忙碌着，多少个夜晚，睡梦中都会惊醒，不是梦见蜂子不见了，就是梦见蜂子养死了，常常惊出一身冷汗。

如今，担心的日子真的到来了！记得那天，来的人把三箱蜂子带走后，我觉得仿佛是自己正在哺育的幼儿被人抱走寄养了，心里空落落，像丢了魂似的，说不出是什么滋味。

反思几个月来的养蜂历程，方才找到了受挫的根源。

主观原因，是我没有经验，喂养方法不当，导致蜂群不但没有发展，反而从四箱缩减至三箱。客观原因，是卖给我们蜂种的人居心不良，给我们挖了个坑，让我们掉进坑里，卖给我们的都是弱蜂。

由于当时我们都是外行，这才吃了个哑巴亏。也好，吃一堑，长一智，算是为学习养蜂交了一笔高昂的学费。怨天尤人也没用，向前看吧！

我期待着今年冬天早日到来，让我接收六箱新蜂种，一切从头再来！

# 第七章　漫漫打工路

听一阵阵风声呜咽

如母亲的呼唤从原野上传来

游子在外随遇而安

何惧那山高路远


浪花散开,风雨安静

如今为命运所驱赶

踏上漫漫打工路

追寻神秘的召唤

# 一、为未来的甜蜜事业寻找资本

自从蜂子托人代养后,我的心情也慢慢平静下来。虽然养蜂一时受挫,可我并不气馁,来日方长,我将会坚持下去。

接下来有两件事要慎重考虑:一是拜师学艺,因为没有技术养不好蜂;二是筹集资金,添置养蜂用具。

我估算了一下,怎么着也得有800元资金。在当时的社会环境下,一年不到的时间,去哪里挣得到这个天文数字?当年公社书记、主任月工资不到50元,最强壮的劳动力一年的收入不到200元。所以,对我来说,首先要解决的问题是筹集资金,因为拜师学艺也必须花钱。

思来想去,只有一条路可走——外出打工。

那时候,不少年轻人为生活所迫,都去福建打工修公路,当时叫流动工,现在称为农民工。

说起来,流动工和农民工也不尽相同,现在的农民工只要自己想出来,肯吃苦,就能在城市里找到活干。而在上个世纪六十年代,如果没有门路的话,根本就无处打工。而且,流动工赚不到多少钱,工伤事故多,风险大。能挣大钱的都是包工头。

在农村,还有什么赚钱的活儿呢?我搜肠刮肚地思索,怎么也想不出,还有什么活计能赚钱?

由于在家无所事事,我便常去保健所闲聊解闷,也喜欢到公社去跟那些干部聊天,通过干部了解一些国家政策,希望能听到些有用的信息。

果然是功夫不负有心人,在此期间,我结识了公社副书记林垂连。他在公社负责分管农村搞副业、创办工程队的工作。

这个人平易近人,善于交谈。每当我到公社去的时候,都会到他办公室坐坐,听他滔滔不绝地说些他看到的、听到的故事。

至今都清楚地记得他说,他家乡村上,有个不务正业,专动歪脑筋的人,常干一些骗人钱财的勾当。他曾经用人丹和面粉搭配,再用水掺和好搓成小丸子,在街上摆地摊,致使不少人上当受骗。

我明白他对我说这件事,不是倡导这些行为,而是在说明社会的复杂性,也在提醒我,要走得稳,行得正,千万别走歪门邪道。

林垂连同志是老好人,没有架子,找他办事的人很多,所交的朋友非常广泛,在群众中颇有威信。

那年五月的一天,我一进他办公室的门,他便热情地招呼:"老庄,你来得正好,有件事情想告诉你,看你想不想干?"

我正愁没事可干,一听这话好激动:"什么好事情啊?"

他兴致勃勃地说:"我在青街睦源公社工作时,有位朋友,他从外面带回来一个工程项目。改日他到我这里来,我介绍你们认识一下。"

我一听就傻眼了:"可是我对工程方面一窍不通啊……"

"这没关系,你不要有顾虑,一切事情由他负责。"

接着,他便向我介绍了这位朋友的概况。

此人名叫张友善,30多岁,是革命烈士的后代。他多年来都在外面闯荡,主要是做工程,修建公路,是林垂连在睦源公社工作时结交的一位朋友。这次回来带回一个工程业务项目,他有意向和我们东屿公社合作承包。

这可是千载难逢的好机会,岂能错过!何况林垂连同志分管这项工作,由他出面安排,肯定错不了。

只是,我苦于自己不懂工程,只怕是心有余而力不足,承担不了这一项目。

林垂连见我有顾虑,立即给我打气:"你放心,我们不是单干,要和睦源公社联合成立一个基建工程队。"

至此,我的顾虑全被打消,满口答应了他。

林垂连同志初步指定了三个跟他关系较好的人员组成工程队筹备组。成员有本公社大屯大队会计黄兆沛、赤脚医生翁仁君,还有我。

林垂连同志通知我们改日去公社见面,协商相关事宜。

这事让我喜出望外,我急忙跑回家把消息告诉锦云。锦云听了眉开眼笑:"好事嘛!你就跟着垂连同志,他说怎么干,你就怎么干!"

锦云的一番话,给了我很大的鼓舞。

何况,为了养蜂,我正愁没有资金,穷途末路之际,逢此际遇,岂不说明"天无绝人之路"?

## 二、打工前的周旋

我要抓住这次来之不易的机遇,放心大胆地干一场!我劲头十足,信心满满,就等林垂连同志的通知,跟当初乍闻养蜂信息时一样,兴奋得一晚上都没睡好觉。

隔了两天还没消息,我又担心事情是不是有变化,毕竟,世事难料。

第三天一早,林垂连通知我们去青街南岗张友善家。

当年还没有公路,到张友善家约有30里路,林垂连同志带领我们徒步走去,到了青街还得爬三里山路才到他家。

他家住在山上,周围风景很美,很幽静,能不时听到鸟叫声。那时,风华正茂,走了那么远的路都不感觉累。

他家住的是木质小楼,家里收拾得倒也干净。

一进门,便看见张友善穿着一身浅灰色中山装,30来岁的年纪,个子瘦削,肤色较白,一看就知道是不见太阳、不干体力活的人。

他一见我们,遂笑脸相迎,说起话来彬彬有礼,看上去是个很有交际能力的人。

林垂连同志向他介绍我们三人的情况时,一个七八岁的孩子跑到他跟前,要钱买零食。他不紧不慢地从钱包里抽出一张一元钱给他,那时的一元钱差不多相当于现在的一百元。

我吃了一惊,一般人家孩子向父母要钱,最多给个五分钱。他出手这么大方,想必他日子过得很滋润,衣食无忧,看来在外面做包工头赚钱很容易。

我们初次见面,大家寒暄了几句,也没有更多的话。

正在冷场的时候,张友善清了清嗓子,说:"江西黎川到南丰的一条公路马上要开工建设,已经联系好公路建设单位,如果是正式的基建工程队,就可以承包其中一段公路工程。当然,要签合同的。"张友善说毕,又转身对林垂连同志说,"必须要持有有效证件,才可以去签订公路基建合同。"

我们一听要签订合同,就觉得这事做得相当规范,同时也感觉张友善这人也很可靠,他的每句话听起来都很入耳,似乎跟着他就能赚钱了,我完全置身于幻想之中。现在想起来,当时的自己是多么天真可笑。

林垂连同志也对他很信任,把他当成了财神爷:"对对对!签订了合同大家都有保障。"

那时候,听说在外面的流动工,出了工伤没人管,甚至干到了年底还拿不到钱,起先,我们都顾虑重重。现在,一听说要签订合同,大家都信心十足,脸上绽开了笑容。

林垂连同志当机立断:"那我们马上成立基建工程队。"

张友善略加思索,随即道:"林书记,我有个建议,我想睦源跟东屿两家合作,成立联合基建工程队,人多力量大嘛!"

林垂连同志忙加附和:"那也可以呀,就叫东睦工程队。"

张友善不失时机地向林垂连同志提出要求:"你是书记,睦源公社这边你去联系比较有把握,我去说恐怕不合适。"

林垂连同志满口答应:"没问题!这个工作我去做。"

事后,我们才知道,睦源公社领导对创办基建工程队是不感兴趣的,他们对这些在外面的包工头非常不信任。张友善心知肚明,知道如果自己出面申请,十有八九要碰钉子,而林垂连原来在睦源公社当过领导,如果由他出面,事情便十拿九稳。

至此,我们方才明白,张友善是想利用林垂连同志疏通睦源公社,以促成联合东屿共同承接工程项目的名义,开具合法的承接工程资格证明……

见我们找上了门,张友善遂客气地说:"你们远道而来也累了,就在我家吃个便饭,下午我们一起到睦源公社去签个协议。"

吃过午饭,我们几个人随着张友善去了睦源公社。林垂连同志被公社吴主任迎了进去,在办公室谈事情。我们就在会议室喝茶闲聊。

没过多久,吴主任和林垂连来到会议室。通过林垂连同志介绍,我们认识了吴主任。林垂连同志笑呵呵地说:"刚才我已经和吴主任商量好了,东屿公社和睦源公社成立联合基建工程队。"

我心里暗喜,这工作效率还挺高,看来一切都很顺利。

吴主任微微点头并没说话。只听张友善应声说:"好啊,今天我们两个公社签订一个联合协议,这个工程队的名称就叫睦东联合基建工程队。"

我有点疑惑,上午林垂连同志不是说叫东睦联合基建工程队吗,怎么一转眼,他又要改成睦东联合基建工程队呢?变得好快呀!

当时我心里虽有点不爽,却也不好说什么。

我们几人都看着林垂连同志,看他有什么反应,估计他也会有点想法的。

张友善见大家有些不悦,遂连忙解释:"今天这个协议因为在睦源公社签订,就叫睦东吧!"

林垂连同志倒是大度:"没有关系!谁前谁后不要紧,关键是把事情办好。"

林垂连同志说毕转身对我说:"老庄,你来起草这个协议。"

"好的。"我随即拿起纸笔,在会议室桌上提笔写下了"睦东联合基建工程队协议书"。

我边动笔边与大家讨论联合协议书的有关条款,具体内容现在已经很模糊了。但是,工程队的总负责人是张友善,我记得一清二楚。

另外,由睦源公社文书起草了一份《关于成立平阳县睦东联合基建工程队的申请报告》。协议书、申请报告以及工程队从业人员登记表,都要双方公社盖章才能生效。我们还是第一次搞这些文件资料,一直忙到第二天下午,我们四人才离开睦源回家。

所有的文件资料,睦源公社一方已盖好公章,由林垂连同志带回东屿公社加盖公章。

第三天上午,张友善就急急忙忙从林垂连同志手里把文件资料拿走,说是时间紧迫,要赶紧送达平阳县民政局注册登记。

林垂连同志似乎有点不太放心,催促我们几个人赶到平阳县民政局,和张友善一起办理。

我们刻不容缓,立即动身。当我们赶到平阳县城找到张友善时,他却轻描淡写地说:"我已经把文件资料全部交上去了,很顺利。我还去了一趟公安局。"

一听"公安局"三个字,我们都傻了,去公安局干什么?

张友善看我们愣在那里,便说:"去开个证明,要刻公章和财务章。"

我们这才如释重负。我问:"还有什么事情要我们办的?"

或许因为协议书上已经明确张友善是总负责人了,听他说话总感到有点居高临下:"没什么事了,我都办妥了。十天以后等拿到批文和公章,我们就可以去江西签订合同。"说完,他就急匆匆地走了。

我们三个人找了个小饭馆,吃了午饭,就搭乘平阳至山门的班车回去了。

在车上,我对张友善的印象有了一些改变。第一次见面听到他讲签合同时,还感觉这人很可靠。今天的言行举止,让我感到他对我们有点漠视,也可以说是对我们不够尊重,什么事情他都一手包办了,无形当中显得我们很无能。我甚至感觉到我们三个人来县城好像是多余的。

同行的另外两个人也是打不起精神,一上车就昏昏欲睡的样子。我默默地想,十天后谁来拿批文和公章?具体什么时间去江西?是我们几个人一起去江西签合同,还是他一个人去?

回来后,还是找林垂连同志,把去县城的情况简单地跟他汇报了一下,并说十天后去县里拿批文和公章。

本来想谈谈对张友善的看法,转念一想,他们是多年的朋友,毕竟我和张友善接触时间不长,还不够了解。再者,他一手包办也没什么错,也许是我自己敏感或者是看问题有片面性,考虑再三,还是选择了沉默。

十天之后,张友善并没有等我们这些人到齐,就独自一人径直到县民政局领取了所有批文和公章,然后对我们说:"江西那边等着我去签订合同。办理这些手续已经拖延了很长时间，所以，我只能先走一步。你们跟我南罔的几个亲友定个日期，一起动身出发。"

没等我们几个人反应过来，他已经拎着提包扬长而去。

我们几个人你看我，我看你，都蒙了，站在那里不知所措。

后来才知道，张友善和他老婆头天晚上就到了鳌江，住在鳌江旅馆。鳌江到平阳县也就18里路，他拿到证件便匆匆回到鳌江，夫妻两人乘坐汽车经福建直奔江西黎川。

后来我在外面闯荡了一段时间才知道，这些证件对他来说是何等重要！很多有能力包工程的人，因为缺乏证件，只能以个人信誉挂靠在正式单位上，利用人家的证件承包工程，有的甚至伪造证件蒙混过关，承包一些小工程。

对于组建基建工程队，当地政府多半不重视，这次要不是林垂连从中牵线，睦源公社根本不会相信张友善，更不会让他当上总负责人。

张友善其人，常年在外，摸爬滚打，练就了一套看人眼色、见风使舵的本领。

他利用林垂连同志想搞活公社经济，为农村年轻人找出路，在合法路径上也能挣钱的心理，加上自身巧舌如簧的交际能力，很快与多年不联系的林垂连同志拉上关系，并且让林垂连同志对他另眼相看，被他利用，从而顺利达到组建基建工程队的目的。

林垂连同志的初心，是为公社组建一支有实力的工程队，把很多常年在外的有经验的流动工组织起来，成为名副其实的基建工程队，而不是"游击队"，从而为东屿公社的经济发展打下基础，增加公社的财政收入。

数日后，张友善的两个邻居来与我们商量动身去江西的日期，我们约定1966年6月6日起程。选定这个日期，也算是图个吉利，寓意是"六六大顺"吧！我们约定在鳌江车站旁的雁门旅馆集合。

鳌江是平阳县的客运中心，去福建的长途汽车都在鳌江发车。

我和黄兆沛、翁仁君去公社开了外出介绍信。

出门的时间已经定了，可我出门的路费还没着落。

我想，为了养蜂，家里能卖的都卖了，这一时半会去哪里筹钱呢？无奈只能跟锦云商量。锦云低着头，沉默不语。过了好半天，她说去跟老同学郑金枝借20元给我做路费。

郑金枝的老公是兽医，家里经济条件不错，爽快地答应了。

我心里别提有多高兴了！要知道，没钱是寸步难行啊！

我简单地收拾了一下行李，两件夏天的替换衣服，一个小旅行包。

临行之前，锦云愁眉不展地在屋里踱步思索，想给我带点东西在路上吃，可是，家里什么都没有。她盛了一碗白粥摆于桌上，哽咽着说不出话，勉强挤出一句："喝一碗再走吧！"

我心想，锦云跟着我没过上什么好日子，上次养蜂是她出去借钱，这次我出去打工又是她去借钱。我也知道她是个要面子的人，是硬着头皮去借的。等我以后在外面挣到了钱，再也不能让她过这种苦日子了。

锦云赶快去生产队瓜田买了两个大菜瓜，让我带着路上吃。我一看足有五六斤，我说太重了，只切了小半条放在包里带走。

这时，我看到锦云呜呜地哭了，眼泪一串串流下来，极为伤心。我也鼻子酸酸的，喉咙哽住了无法言语。我俩结婚多年，从没有分开过。这次出远门，一年半载回不来，我们都依依不舍。

分别的时候到了，我拎起旅行包，硬着头皮离开了家。

我走了几步，回头看看，只见锦云站在家门口以目相送，我向她挥挥手，示意她回屋，我走了。

走了很远很远，我再次回头，看见锦云依然站在家门口眺望着。

## 三、步入南丰的苦旅

下午五点多钟，我们三人及睦源的五人来到鳌江雁门旅馆会面了，买了第二天清晨到福建福安的车票。之后，我们各自在旅馆住了下来。

生平第一次出远门住旅馆，离家的不舍情绪很浓，加之住宿条件又很差,我的心情甚为郁闷。

盛夏的夜里,四人一间,环视一下房间,窗户又小又高,四面不通风,不要说空调,就连电风扇都没有,热得不停地冒汗。上半夜躺在床上翻来覆去,又热又想家,怎么也睡不着。

待到夜半之后,天稍凉快了些,正睡得迷迷糊糊,听到房间有动静时,睁眼一看,天亮了,方知道该起床了,一夜没睡好。

我们一行八人到了鳌江车站,上了大客车。车子在石子路上颠簸,坐得很不舒服,我们晃晃悠悠的,一直到下午四点多钟才到达福安。

第二天从福安起程,经周宁去建瓯。

抵达建瓯地界,我才知道这里是流动工的世界。有很多老乡在建瓯做流动工,有做松香的,有伐木的,也有修公路的。在旅馆里碰巧就遇到一个山门金乡里人李仁庆,他常年在外做小包工头。

老乡见老乡,感到格外亲切。我们乡里乡亲的,自然有不少话要说,这也是出门几天来最开心的一刻。

李仁庆滔滔不绝地介绍很多情况:"流动工也有很多规矩,比如,不管你认识或者不认识的,凡是老乡到来,就得管吃管住,热情招待,这是最起码的。

"另外,来人要是愿意留下工作的,可以安排在自己工地的队里一起干,工资待遇和其他人一样结算。如果不愿意插队做工的,多少要给点路费让他离去。

"这条不成文的规矩,流动工们都知道,并且也都是这么做的。这是出门在外老乡相遇,保有的一份守望相助、互助互济的老乡感情。"

李仁庆说:"如今你也成为流动工群体中新的一员了,就算口袋里没有一分钱,也能在建瓯生活半年。"

李仁庆最后这几句话,让我精神一振。我也知道,没有一分钱在建瓯生活半年的前提是:必须工作。

由此想到,很多人在外面打工没挣到钱,照样可以混得下去,靠的就是老乡之间互助互济的精神。

李仁庆问我们怎么会到建瓯来的。我把组建基建工程队的情况一五一十跟他说了，告诉他，我们要去承包一个公路建设工程。

李仁庆是个有心人，立即用本子记下了我们工程队的名称后，叮嘱说："将来有机会我们一起合作。"

看他的神态，很羡慕我们是一支有资质的基建队伍。

我也很诚恳地说："都是老乡嘛，我们初来乍到，什么都不懂，还靠你多指点。我们工程队现在人也不多，看工程的情况，以后大家可以联手合作。"

李仁庆热情地邀请我们在建瓯玩两天，还给我们介绍了建瓯金龙府的历史地位，带领我们游览了建瓯全城最宝贵的古建筑，非常雄伟壮观。

全城临河，建有水南、水北、水东、水西四座城门。城门的大桥上车来车往，川流不息。建瓯是一个具有考古价值和旅游价值的古城。

我们这几个乡下人虽然对这座古城恋恋不舍，却因为囊中羞涩，无心游览，急切地想早日赶赴江西，尽快投入公路建设。

李仁庆看出我们的心思，也就不再挽留。

离开建瓯，我们经过南平市，又逗留了一天，最后到达福建泰宁。

那时的交通状况可不像现在这么发达，既没有高铁也没有高速公路。屈指算来，我离家已经六天了。

我们一路上坐汽车、乘火车、吃饭、住旅馆，我和黄兆沛从家里所带的路费已经全部花完，翁仁君口袋里也所剩无几，我们心里发愁，这可怎么办？

人说，在家靠父母，出门靠朋友。可我们人生地不熟，大眼瞪小眼地干着急。

天无绝人之路。此刻，幸亏黄兆沛的小舅子在泰宁当伐木工人，黄兆沛提议去他小舅子家借点路费，一合计，我们都同意。

谁知黄兆沛小舅子家住在林区深山里，交通不便，我们三人徒步走了整整一天，又饿又渴，腿脚酸痛，好不容易走到了他小舅子家。

黄兆沛的小舅子翁德兴，40多岁，高个子，是伐木小组的负责人。对我们这三个不速访客，热情相待。他性格直爽，一再提醒我们要多个心眼，因为包工头里的人也是良莠不齐，有的人利欲熏心，只顾自己赚钱，不顾别人死活。

我想，我们是正规的基建工程队，应该没有什么大问题。可是这工程还没正式开工，能不能算是正规的基建工程队还是个未知数。

当务之急是钱的问题。我们在伐木场休息了一天，黄兆沛帮我向他小舅子借了15元钱，我的心里才踏实了一些。

正准备离开时，翁德兴告诉我们，伐木场有条山路可直达建宁县，就是山路狭窄，但比走公路要近很多。我们顺着他指引的方向，朝着一条羊肠小道走去。

这条山路应该是那些伐木工人走出来的吧，一出门就是爬山，这山路果然狭窄而且陡峭，两人相遇都得一人靠边停下，让上坡的人过去之后方能通过。

中午时分，我们终于爬到山顶。山路平缓了不少，我们仍在树林底下的小路上快步前行，一个个都累得气喘吁吁。

午后，我们终于走出了林间的小路，看见了通往建宁的古老大道。

这时，我们已疲惫不堪，稍事休息，吃了点东西以补充体力，不敢懈怠，继续赶路。

到了福建省最西北与泰宁交界的建宁县，已经是下午四点多。

当赤脚医生的翁仁君从没吃过这样的苦，皱着眉头说："我真想回去了。"他话音刚落，黄兆沛也连连叹气："唉！在家千日好，出门一时难哪！"

我心想，怎么刚出来没几天，就要打退堂鼓啊？但是嘴上也不好说什么，只能安慰他们："这两天连续赶路，确实太累了，晚上我们大家都早点休息，好好睡一觉，明天就缓过来了。"

于是，我们赶紧找个小旅馆住下来。

第二天，我们都醒得很早，或许那时年轻，睡一觉体力就完全恢复了，起来后都感觉意气风发，精神饱满。

我们三人来到建宁县长途汽车站，见售票处窗口挂着一块告示牌"江西南丰方向今日停开"。看来别无选择，只能步行了。

我们的心情和脚步一样沉重。

正当我们无精打采地走向南丰方向时，看见后面竟有一辆拉货的敞车慢慢地开过来,三人一合计:拦车!

我们同时挥手示意,没想到那司机看我们三人提着行李,估计我们是外地来的,他居然停车了!我们赶紧上前向司机说明我们去南丰打工,因为长途汽车今天停开,实在没办法,恳求他捎带我们一下。

司机点头同意了,说:"我的车只到满园,不到南丰。"

我们激动得几乎要跳起来了:"我们就到满园下车好了!"

司机招呼我们三人上了车,我坐副驾的位子上,对司机一再表示感谢。司机问我:"你们是从哪里来的?"

我说:"我们是从浙江来的。"

他说:"哦,你们出门在外不容易啊!"

我说:"我们都是初次出门,谁知会有这么多困难!今天谢谢你啊!"

我们三人心里都在感叹,今天运气真好,遇到了好心人。

大货车在石子路上慢慢行驶,车后卷起滚滚灰尘。

上午十点多钟,满园到了,车子在一路口停下,我们三人先后下了车,与司机告别并再三道谢。

几十年过去了,现在回想起拦车的那一幕,依旧感到很温暖。我们也是粗心大意,连司机的名字都没问。

到了满园街上,我们各买了一碗面条吃,权当午饭,边吃边问店老板,到南丰去还有多少路?他说还有20公里。

上午遇到好心人也带给了我们好心情,我们继续赶路。走了约五里路,迎面来了一群人,挑着大包小包的行李,携妻带子,说话大声嚷嚷。走近一听,说话的口音竟然是我们的家乡话。

哎呀!碰到老乡了。我刚想上前打个招呼问问情况,做梦也没想到在人群中看到了张友善。

我们大吃一惊,喊道:"张友善!"

张友善听到有人叫他,抬起头张望着,看到我们后,脸上现出一丝苦笑:"你们到啦?"

我急切地问:"怎么回事啊?"

张友善紧皱眉头,说:"南丰两派武斗厉害,当权派被揪斗,发包的单位头头都靠边了,公路建设的工程全部停建。现在南丰很乱,我们只能先去黎川暂避风头。"

听张友善这么一说,我们都傻眼了。世事难料,怎么也没料到这个情况。

这下该怎么办?我们三个人面面相觑,不知说什么好。看来走投无路了,只能跟着张友善去黎川,我们的情绪一下子低落到了谷底。

我们一行人垂头丧气地走着,不远处的田间小路上出现一支背着步枪、穿着便装的队伍,向着我们快步走来。很显然,他们是冲着我们来的。

到了我们面前,他们立即放下步枪,横着枪堵住我们的去路。张友善看势头不对,不知是心虚惧怕还是另有隐情,慢慢地退到人群的最后面,不再吭声。

我们是初来乍到,没做什么亏心事,所以胆子也大。我站在前面与这帮人理论,并且拿出介绍信告诉他:"我们是刚从浙江平阳老家出来找工作的,你们为什么不让通行?"

"你们必须全部回到南丰去,接受我们的检查,一个也别想跑!"他们非常严肃地说。

我气愤至极:"我们刚到这里,我们做错了什么要接受你们的检查?简直岂有此理!"

"老庄,别跟他们争了,我们回南丰就是了。"张友善怕我和他们搞僵,出来打圆场。

结果,听张友善这么一说,所有人都掉转方向。这帮背枪的造反派,在我们队伍后面押送我们朝南丰走去。

我不由自主地回头看看,感觉很委屈,明明出来找工作的,怎么一下子就被人拿枪押送着像个犯人?秀才遇到兵,有理说不清。

事后才了解到,南丰确实有一个工程队帮着保皇派打造反派,据说是拿着工地上的棍棒,把造反派打败了。于是,造反派就要封锁工程队。因此,张友善非常害怕,因为他也是做工程的,恐怕受到牵连。

还是老谋深算的张友善识时务,不声不响地躲在后面。

我一生清白,天不怕地不怕,挺身而出为张友善做挡箭牌,事后想想还真有点后怕。那些造反派个个真枪实弹,万一把他们惹火,真的开枪,那我岂不是白白"牺牲"了。

张友善带着我们到南丰郊区一个工程队的驻地。工程队负责人是水头凤卧公社的翁时钦,这个人在包工头群里已经小有名气,与张友善关系亲如兄弟。

在这里,张友善就像回到自己家里一样,那神态自若的样子与先前遭遇造反派的时候简直是判若两人。

第二天上午,张友善就像做报告一样对着我们讲话:"当前形势有点紧张,你们也都是亲眼所见。当权派都靠边站,受到了批斗,所以工程无法承包,请各位多多谅解。现在要想找些小工做都很困难,我实在无能为力,你们只能自己想办法。"

这时,翁时钦在一旁插话:"仁君,你是当医生的,在这里真没有你做的事情,依我看你还是先回去吧!等到工程承包下来,我们再发电报通知你出来。"

翁时钦与翁仁君是本家,原来就相识,所以说话直言不讳。

只见翁仁君面无表情,一言不发。

黄兆沛是个会计,组建工程队时就考虑他负责财务并参与工程队的管理工作,现在工程队只是一纸空文,他感到自己留在这里也无事可做。何况,这"文革"运动何时结束,谁也说不清,原先打算承包的工程已是遥遥无期,于是他提出和翁仁君一起回去。

翁仁君见自己不是孤身回去,有黄兆沛相伴,也就答应了。

张友善用眼睛瞄了一下我,想让我表态。

我没有马上说话,而是冷静地想了想。出门的路费都是借来的,就这样两手空空回去,怎么还钱呢?再说,也没法向锦云交代。

我告诉他们:"我是出家容易归家难,我实话跟你们说,来的路费都是跟别人借的。"

说完,我转身看了一下张友善和翁时钦,又补充道:"我不想马上回家,请你们帮我想个办法,哪怕能赚个路费也行。"

在我明确表态要留下后,他俩是不阴不阳,既不说可以,也不说不可以,而是为难地说:"那就先留下吧!"

就这样,我留了下来。

## 四、落进赌徒包工头的圈套

黄兆沛和翁仁君在南丰住了三天,附近也没什么地方可玩,就在工程队驻地聊聊天,打发时间,以恢复连日来的疲劳。

其实,他们对翁时钦的工程情况多少也了解一些,觉得再耗下去也没什么意思,于是便收拾行李,打道回府。

至于张友善是否给他们一些路费,他们回去又如何向林垂连汇报,我都不得而知。

翁时钦的工地距离他们住的地方不到二里。我也不知道自己能干什么,遂跟着工友们出工去看看情况。

只见20多个工友都在劈山开路,开出来的石块用小推车运往不远处,倾倒在一块空地上。有的工人在打钢钎、开山放炮,有的人在推着小车来回跑,还有的人负责装车,干得热火朝天。

我心想,这些活我也能干,可我是公社派出的代表,是来参与工程管理工作的,不是来干这些体力活的。

我知道现在干的工程不是以睦东联合基建队的名义承包的,应该是翁时钦从别人手里分包的,张友善是否参与其中,我也不便多问。

总之,大家在干我在看,上班就在等下班。回来与工友们同吃同住,当然,我是拿不到工资的。

终日无所事事,这日子还真不好过,我的心情郁闷到极点,又能向谁诉说?

原是为了出来打工,赚取养蜂的资本,才背井离乡大老远地来到这里参与承包工程的。谁能想到,如今却落到这般境地。按眼下的情况来看,不但挣不到钱,还被工友们看成是一个吃闲饭的人。

就这样过了好几天,我表面平静,内心却急得火烧火燎。

我想瞅个机会与张友善谈谈,可他冷若冰霜。几次见到他,还没等我开口,他就抢先说:"不要急,先等等,等形势好转再说。"

我只能闭口不言,可我怎么能不急!出来这么多天,一分钱没挣到,要我如何向家里交代?万般无奈下,只能再等等,真是度日如年哪!

据我观察,翁时钦倒是个人物。此人个子很小,能量却不小。或许是印证了"浓缩的都是精华"这句话。此人口齿伶俐,能言善辩,论本事,似乎比张友善更胜一筹。

我本想找他聊几句,探探口风,可此人平日里总是行色匆匆,很难找到他,最后只得打消了这个念头。因为和他没有交情,我又能对他说些什么呢?即使说了,他也不会表明什么态度或做出什么承诺。

几天后,有三桌人一起吃晚饭,大部分是翁时钦的工人,还有五六个客人。每桌有三个大菜,都用小脸盆装着:红烧肉、大白菜炒肉片、红白萝卜炒辣椒并夹有少量肉片。因为难得吃到这么丰盛的菜,大家都特别开心,气氛也随之活跃起来,谈论最多的就是找工作,这也是我最关心的话题。

有人说,眼下找工作太难,还有人说,即使找到一份工作,工资也很低。大家七嘴八舌,议论纷纷。张友善和他老婆另外打了一盘菜,单独坐一边的小桌上吃,也不搭腔,静静地听着大家议论。

我也插不上嘴,只顾想自己的心事,找不到工作怎么办?这样下去也不是长久之计。正想着,听到张友善发话了:"我昨天遇见施巨凤,他那里的工程需要一些粗石子,要不我们把它接下来,组织几个人去干,工资不高,吃饭钱总是有的。"

施巨凤名声在外,工作能力强,承包的基建工程不少,在他的队伍里干活的人不计其数。但此人的致命弱点是好赌,经常把工程款拿去当赌资,拖欠工人的工资。所以,此人在圈内信誉度不高,在工资得不到保障的情况下,很多人都不太愿意去他那里干活。在场的工友们听了这个消息,大都沉默不语。

张友善看着我说:"眼下真没什么事情可干的,要不,老庄你带几个人去试试?"当时我对施巨凤的人品,根本不了解,只推测张友善是在给我找份活干,也没多加考虑,遂脱口答应:"好啊,那我就去试试,反正混口饭吃也是好的。"

趁大家吃饭还没有散去,我当即征询工友:"有谁愿意跟我一起去敲石子?"

席间,原本就没有工作的人中,有三个人自告奋勇要参加。他们都40岁左右的年纪,在外面打工多年,凡属修公路的各种活计,都能驾轻就熟。

既然他们都乐意参与,证明这个活儿可以干,这无形中也增加了我的信心。

另外还有四个在工程队里打小工的也积极响应,估计这活儿比他们原来的工作要轻松一些。这么一来,就有七个人,如果再能招到三个人就差不多了。

第二天,又有一男一女来到翁时钦的工地找工作,彼时,他们原来的工程队已完工散场。

我一打听,他们都是山门金乡里人,感觉一下子亲近了很多,男的叫李仁标,女的是他老婆。我仔细打量两人,30岁左右,从穿着打扮来看,较为穷困,没有挣到钱的样子。

正好我这里敲石子还缺人手,就问他们是否愿意参加。

他俩毫不犹豫地同意了。

昨晚一宿还在发愁招不到人怎么办,没想到如此顺利又招到两个人,就这样,连我在内组成了十个人的敲石子组,由我当组长带队。

我想,虽然我在工程方面是新手,好在这项工作没什么技术含量,而且又有几个老工人参与其中,自信这项任务应该能完成。

吃过早饭,张友善带着我们走了20多里路,来到施巨凤的工程队驻地。

施巨凤见到张友善甚为热情,中午在食堂,我们看到有酒肉招待,想着又可以美餐一顿,心里甚是高兴。张友善和施巨凤三言两语寒暄叙旧后,就直接说明来意："你们工程队还缺敲石子的人手吗?"

"还缺不少,一下子专招敲石子的工人还招不到,老弟你有人吗?帮我找几个。"施巨凤说话倒是很爽快。

"有是有,不知能否搞到饭吃?"张友善含糊其词地询问工钱。

施巨凤口气不小："还会没饭吃!熟练工每天块把钱应该有的。我现在的工程粗石子缺口很大,你有人的话,就帮我组织一个敲石子小组。"

张友善喊我过去向施巨凤介绍："这位老庄也是我们山门人,从老家刚出来,是我们刚成立的睦东工程队的骨干,要不请老庄带一组人专门为你敲石子,你觉得怎么样?"

"好啊!"施巨凤笑着看看我,又看看张友善,"原来你们是有备而来的!"

我点点头："还真被你说中了!我们都是老乡。我的姐夫施巨帅也是凤卧的,你应该认识的。"我有意提及施巨帅以便认个亲,以后能得到方便与照顾。

"认识!认识!我族内大哥,都是自己人!"施巨凤话语中立刻显得很亲热。

"先小人后君子。"张友善直接与施巨凤谈好5元每立方米的价钱,并签订了一个简单协议:

施巨凤(甲方):提供石块、打石场所及打石子工具,每月验收两次。

老庄(乙方):自行解决食宿问题。

付款方式:每月预付伙食费、两个月付二分之一工资款,余款等工程完工结算付清。

双方签字后,我和张友善即刻去打石场转了一圈,又去附近租了房子,把工人们安顿好,前期工作就算基本落实了。

现在说起来都令人难以相信,我们九个男人和一个女人居然共住一间房子。

这房子的三分之二是我们休息睡觉的地方,大家全都打地铺,李仁标夫妇睡在靠墙的位置。另外三分之一做厨房用,也就是说,我们吃饭睡觉都在一起。

做饭的任务自然分配给李仁标的老婆周阿英。李仁标帮忙买菜、记账、记工(相当于现在的考勤),干完分内的事后再去工地打石子。

我虽为带队的组长,有空也照样要去工地干活。

第二天,我带领工人去施巨凤处预支了100元钱,领了大小铁锤及小钻子、小板车等工具后,便进场开工了。

因为是第一次领队干活,有几个老工人的名字还记忆犹新。如温德林、黄友才、廖象文三人原来是过路客人,他们虽然不是同一个地方的人,但是在外多年打拼,朝夕相处,同甘共苦,已经成为老朋友。

他们干过很多工种,还具有打钢钎开石、装炸药爆破等硬功夫。因为在那动乱的年代,很多工程下马停工,他们一时找不到活干,想在施巨凤这里找点小活,无奈施巨凤这里也是庙小僧多,万般无奈之下,他们只能来敲石子。

他们也是把敲石子这项临时工作,作为一个过渡。施巨凤承诺过,等到有其他工程,一定会优先安排他们去做。因为他们肯吃苦、有技术、有经验。可以说,这三个老工人是我们这个队伍中的骨干力量。

至于那四个年轻的小工,他们认为敲石子相对于其他的工作来说不那么累,后来干了几天以后,才知道这项工作也并不轻松。

为了生存,我们每天早出晚归,除了吃饭时间,都在干活,一天起码干10个小时以上。虽然说是坐在小凳子上拿着小锤子敲石子,看起来很轻松,其实一天下来腰酸背痛,浑身不舒服。

当然,要比那些开山、拉石、铺路的活要轻松多了。

我们辛辛苦苦地干了两个月,对方来验收了四次。

我们交给对方50立方米的石子,按协议,对方应该付给我们250元,扣除预支的100元,只付了我们100元。

也就是说,我们干了两个月,每人只分到10元的血汗钱。

为了这区区小钱,我们照常吃苦受累,把这硬石头,一锤一锤地敲下去。

又一个月过去了，石子堆了很多，但是甲方一直没有人来验收，当然也不会付钱。我是组长，只能由我出面。

我不间断地往施巨凤那里跑，但始终都没有见到他本人的面。我心急如焚，一再追问工地的生产干事，打探施巨凤的去向，生产干事说有工程业务去南丰城里了，又有人说他去建宁了，究竟去了哪里，什么时候回来，谁都不知道。

这一下，我可算陷入了进退两难的境地，继续干吧，没有人来验收，自然没人付钱。如果停工吧，我们又没有其他活干。我也不知道怎么面对工人，看着他们失望的表情，我心里非常难受。

看着他们低着头，继续顽强地一锤一锤地敲石子，我感觉他们像是敲在我的心头一般。

实在走投无路了，我只好宣布暂时停工。

又是半个月过去了，施巨凤仍然杳无音讯。

三个有经验的老工人感觉情况不妙，就向我提出："年关近了，我们先去泰宁一趟，把那边的工资结了。如果能找到工作，我们就不回来了。如果找不到工作，我们就回家了。"

总而言之，他们的意思很明确，不再回来了。

我心情很沉重，知道挽留也是为难他们。

于是，我让他们把家庭地址留下来，说："等这里结算后，我就把钱寄给你们。"毕竟和他们在一起共事了三个多月，大家同吃同住同劳动，虽然心有不舍，但还是只能让他们离开。

看着他们渐渐远去的背影，我的心里也蒙上了一层阴影。

其实，我内心也想走，可是我又怎么能走！打石场有几十立方米的石子还没出手，还有六个眼巴巴地等待结账拿钱的工友。所以，我别无选择，只能留下来守着这个烂摊子。

天气逐渐转凉了，已经是农历十二月初了。

有一天，我接到锦云的来信，说我们代养的蜂子已经回来了，人家催我们去接收。因为锦云对养蜂的事情一窍不通，所以，她也不敢贸然去把蜂子接回来。

那天,她正匆匆忙忙赶到山门邮电局,准备给我发电报,催我赶紧回去。路上正好碰到曾永素,曾永素是她小叔子的亲戚,看到她神色慌张,就问她什么事情。锦云把情况一五一十地跟他说了。

曾永素安慰锦云不要着急,"我看能不能帮帮你"。他提出去矾山茶场养蜂场找人继续帮我们代养蜂子。

锦云信中说,他们已经同意了。仍然按照人家代养的规定,今年我们三箱蜂子,明年冬天还给我们六箱。看到这个消息,我心里的一块石头终于落了地。

我望眼欲穿,盼望着施巨凤早日回来给我们结账。

几个小工说:"这么等下去,我们喝西北风啊!"

最终,四个年轻的小工又相继走了三个。

我内心总觉得有愧,大家跟着我干了这么长时间,没有拿到工钱。让他们两手空空地回去,太对不起他们了!

剩下我、李仁标夫妇及一个年轻小工,我们四个人死心塌地苦苦坚守。

我到打石场去转转,看着那堆石子,初步估算了一下,有好几十立方,一旦验收,至少能值600元,加上先前验收未付的款,将近1000元,对我们来说,是一笔数字可观的巨款。可是这笔钱就像是水中的月亮,怎么也捞不到。

年关已近,我们无处可去,也不愿一走了之。因为我们都不甘心自己的血汗钱付之东流。

"我再去找找施巨凤,估计他应该回来了吧!"我这样安慰大家,其实也在安慰自己。

没想到施巨凤始终没有出现,似乎已经人间蒸发了。

无奈之下,我只能去找张友善,没想到又是无功而返,心情郁闷到了极点。

天寒地冻,当地人家里都打着火盘、烧着木炭,烤火过冬。而我们四个人身无分文,衣衫单薄,感觉格外凄凉。

冬天晚上下了一场大雪,大地覆盖着皑皑的一片白,我们被困在屋里寸步难行。很多人家都在准备年货了，好心的房东看我们几个人愁眉不展甚是可怜，送给我们几个糯米糍粑。

我们吃着糯米糍粑，心里却不是滋味。周阿英甚至一边吃一边抹着眼泪。

外面鞭炮阵阵，响成一片，还能听到孩子们的欢笑声，而我们这间空空荡荡的出租房里，凄凄惨惨，冷冷清清。

除夕这天，我们就称了两斤肉，其他蔬菜与平时没有什么区别。就这样，我们四个人相互安慰，相互温暖，过了一个终生难忘的春节。

夜深人静，我想起了父母、妻子、儿女，心里好不凄凉！

身在远方的我，独自感叹命运多舛之际，只能在心里默默地为全家人送上祝福——新年快乐！

## 五、峰回路转遇贵人

过了春节，云开日出天晴了。我在心里暗自祈祷，但愿新的一年能逢好运。

于是，我便赶到翁时钦的工程队驻地，一是看望张友善和翁时钦，老乡之间拜个年；二是了解一下翁时钦的工程队动态，看看有没有什么活干；更重要的是打听一下有没有施巨凤的消息，因为我们的血汗钱还没有结算，总是耿耿于怀。

翁时钦的工程队，年前年后运作还算正常，没有多大变化。张友善的睦东工程队目前还没有启动，他带来的几个人仍然在翁时钦的工程队里干些零活。

说到施巨凤，他们俩都说不知他的去向，只知道他的工程队已经散了，工人已经走了一大半，欠工人的工资都没有结算。

估计施巨凤又把工程款拿去赌博输掉了，他的工程路段还没有完工，已经处于停工状态，不少工友都骂施巨凤不是个东西，是个不折不扣的黑心老板,只顾自己玩乐,不管工人死活。

我告诉张友善我们敲的石子没有验收,施巨凤已欠我一大笔钱,张友善只是皱皱眉,摇摇头,表现得爱莫能助。

一提及施巨凤这个赌鬼,我心里真是懊恼,自己不应该还没有打听清楚这个人的来历,就轻易地接了活。与此同时,我又非常怨恨张友善,他明知施巨凤的底细,却还要把我引进这个坑。

往日无冤,近日无仇,何苦要居心险恶地对待我这个无辜的人呢?只怨我自己年轻单纯,没有记住那句老话:"害人之心不可有,防人之心不可无。"

我们正在聊天的时候,从南丰城里来了一位客人。此人风度翩翩,留一头长发,白净方脸,三十开外的年纪,中等身材。一开口就眉开眼笑,让人感到非常亲切。大家都客气地向他打招呼:"老蔡新年好!稀客!稀客!"

然后,张友善转身向我介绍说:"老庄,我来介绍一下,老蔡是我们山门后仓人。"

一听到是后仓人,我不禁一阵兴奋,因为后仓与我们高墩只有一溪之隔。我立即站起来与他打招呼握手。

随后,我问他:"后仓蔡侠来老师你可认识?他是我在腾蛟读初中时的老师。"

老蔡连忙对我说:"认识!认识!我们自己人,兄弟辈,年龄比我大,现在一家人都住在他的老家古屋。"

"去年油菜花期,我有四箱蜂子就摆在它隔壁大粮库的院子里,我还到他家吃过饭。"

老蔡问我:"你是哪里的?"

我告诉他:"我是高墩的,和你家离得很近,只隔一条溪。"

老蔡甚感意外:"哦?那高墩的曾余印你认识吗?"

"怎么会不认识?"

他笑了起来:"哈哈!他是我舅舅呀!"

我越发兴奋:"他是我表姨夫,他老婆是我妈亲表妹。"

老蔡更惊讶了:"这样说来,我们是亲戚啦!"

我们都感到很突然,在异地他乡能遇见这么近的亲戚,实在难得,我们格外亲近地交谈起来。

交谈中,我们互相介绍了各自的情况。我得知,他原先也是在施巨凤的工程队打工,当生产干事。我有点激动,终于找到一个能说心里话的人了。于是,我把组团给施巨凤敲了很多石子,他不验收结账玩失踪的事,从头到尾地说了一遍。

老蔡对我使了个眼色,让我出去说话。

我们慢慢走到大门外,他向我透露:"施巨凤的工程队已经倒闭了,欠了工人好多钱没法还,现在人影也不见了。你不要再等了,他是不会来跟你结这个账的。"

我一时目瞪口呆,半天说不出话来。因为之前多少还是对施巨凤抱有一丝幻想,说不定早晚有一天,他良心发现,会来结账。现在,希望就像肥皂泡一样彻底破灭了!

老蔡看我老半天不吭声,又说:"张友善和翁时钦这些人都不是省油的灯,都是人精,你跟着他们是赚不到钱的。"

我一筹莫展:"那怎么办呢?"

老蔡斟酌了一下,低声道:"你跟我走吧!"

我似乎在黑夜里看到一丝光亮:"去哪里?"

老蔡望着我:"邵武。"

我顿时有些为难:"可我现在身无分文。"

老蔡安慰我:"没关系,到邵武用不了多少钱,我带你走,你不用花钱。"

一想到就要离开这个几番陷我于困境的地方,心里顿时轻松了许多。

老蔡告诉我:"明天还有些事要办,走不了,我们就后天动身吧!"

老蔡约我,在去泰宁的路上,有个凉亭,离此七八里地,后天在那里碰面,不见不散。

我和老蔡有说有笑地回到屋里。

翁时钦不紧不慢地开起玩笑:"真是巧啊!想不到你们两个人在这里认了亲戚,下次你们可要请客啊!"

屋里几个人都笑着附和:"是呀!要请客的哟!"

我的心情自是由阴转晴。想想也是有趣,在我陷入人生低谷之时,要不是遇见老蔡,我都不知道怎么爬上来。突然间,邂逅老蔡,不但认了亲戚,还有了一个新去处,真是特别开心。

毕竟还在春节期间,还要顾及老蔡的面子,张友善和翁时钦专门开了小灶,为我们做了好几个菜,有鱼有肉,有白菜、豆腐、笋干等七八个菜。大家互相敬酒,互相祝福新年,说一些工程顺利、大家发财等的吉祥话。谁曾想到,这顿饭竟是我和张友善、翁时钦一起吃的最后一顿午餐。

后天决定跟着老蔡走的事情,我对张友善只字未提。对其他三个人,我担心节外生枝,也就暂时没说。

出来打工几个月了,既然是一无所获,也就没有什么好准备的,只有一个黄色的帆布旅行包,包内一套劳动穿的衣服,一把手电筒,以及牙刷毛巾等生活用品。

那天早上,吃过早饭,我对李仁标夫妇说:"我有事要去泰宁一趟,施巨凤欠我们的钱,李仁标你去想办法结算一下。"

交代完毕,我拎上旅行包,向他们匆匆告别,出门走了。

还没走出多远,那个年轻的小工赵勇刚急急忙忙赶了上来,气呼呼地说:"你是我们的组长,你应该负责给大家要回工资,你怎么可以自己一个人走呢?"

看着那小工可怜的模样,我无可奈何地解释:"对不起!我自己也拿不到工资,现在根本找不到施巨凤,你叫我怎么办?"

赵勇刚看我坚持要走,感到有点绝望,大声地说:"不行!你不能走!"

我好说歹说,他就是不让我走,并且强硬地说:"你真要走,那就把你的行李留下!"

他的力气比我大得多,强行把我的行李包抢走了。

其实,他也知道我的行李包内没有值钱的东西,只是用这个行动来表示他内心的不满和抗议。

我怕再纠缠下去会耽搁时间,就忍痛放弃了那个旅行包,虽然没有值钱的东西,但里面有我的生活用品。

我不时地回头看看,那赵勇刚有没有追上来,还心存侥幸,或者他改变了主意,把我的旅行包还给我。

最后,我还是两手空空地上路了。

我走了大约半个小时,到了与老蔡约定的凉亭,只见老蔡已经在那亭子里等候。他问我:"你的行李呢?"我心里一阵心酸,就把刚才赵勇刚抢我行李包的事情叙述了一遍。

老蔡听后,非常生气:"太不像话了!欺人太甚!我们回去把它要回来,又不是你拿了他们的工资。"

我想了想说:"算了!已经走这么远了,行李包里也没什么值钱的东西。他拿去,能消消气也好,以后要不到钱,他也不会再怪我了。"

老蔡想想我的这番话也有点道理,于是,就打消了回去拿包的念头:"那我们就轻装上阵吧!"

我和老蔡沿着去年来的方向往回走。

记得去年来时,是在森林中爬山走上坡路,现在相反,在森林中走下坡路,感觉要轻松许多。老蔡这个人性格温和、乐观开朗,我们又是亲戚关系,所以,一路上两人有说有笑。

大森林中的清新空气,让我们感觉神清气爽,走了三个多小时,也不觉得累。不知不觉就从大森林中走了出来,很快到了建宁至泰宁的大路上。

正当我们想找个地方稍稍歇歇脚的时候,看见一辆从建宁方向开来的放空的大卡车,老蔡很机灵,急忙上前招手拦车。

当年这些公路上来往车辆很少,在这偏僻的盘山公路上,如果有人拦车的话,一般司机都会停车。这位好心的司机也不例外,停车问道:"你们去哪里?"

老蔡回应说要去泰宁。

我们明明是去邵武,不知为什么老蔡说去泰宁。

司机招招手让我们上车,我们顿时喜出望外,连声道谢。

老蔡赶紧把行李往车上扔去,那车栏杆不高,我们俩先后爬了上去。上车后，老蔡掏出一包香烟，从驾驶室的玻璃窗中扔了进去，以表示我们的谢意。

车上有一捆卷得方方正正的绿色篷布，还有一捆大麻绳，一看就知道那篷布是用来遮盖车上货物的。

我和老蔡在车上站着，车速虽然不快，但迎面吹来的风却很大，把我们的头发吹得直往后飘，吹得我全身冷飕飕的。

站的时间长了感觉有点累，就在篷布上坐下来，风也就小了，感觉舒服多了。

卡车奔驰在蜿蜒的盘山公路上，车外山峦起伏，满目青翠，风光无限。一幕幕，像电影的镜头一般，不断地往后移去，令人心旷神怡。老蔡的心情很好，没想到他还是个文艺青年，喜欢唱歌，一路上他的歌声在我耳边回响，驱走了我心头的忧愁和烦恼。

我突然有一种奇妙的感觉，身无分文的我，竟然也能行走于这千里之外，领略闽北的大好河山。

我们很快到达了泰宁县城，司机把车靠边停下，开启车门，探出头来跟我们说："泰宁到了。"

我们问司机："你的车往哪里去？"

司机说："我去邵武。"

我们俩激动地大喊起来："我们也是去邵武的，请求师傅再带我们一程行吗？"仁慈善良的司机没说二话就点头同意了。

我知道，这司机走南闯北，见得多了，知道我们这些在外面做流动工的人很不容易，出于同情，伸手相助。

我们在泰宁县城一家饮食店跟前，停车吃饭。老蔡热情招呼司机跟我们一起吃面条，司机欣然同意。他知道老蔡这么做，是为了报答他给我们提供的方便，所以没有推辞。

我们三人各吃了一碗青菜肉丝面，司机用自己的茶杯到店里倒满了一杯开水，然后，我们准备继续赶路。

我们正欲上车的时候，出乎我们的意料，司机居然叫我们坐到驾驶室里去。上车后，我们向他说了很多感谢的话。

司机连声说："不要谢，不要谢！出门在外，谁不会遇到一点困难，能帮忙的，我就尽量帮一下呗。"

路上，司机问我们是从哪里来的，为什么在那前不着村、后不着店的地方等车。

我们向他简单介绍了情况，说我们来自浙江平阳，去年到这儿来找工作，因"文化大革命"，好多工程都下马停工。好不容易找到一个工程队辛辛苦苦干了半年多，到了年关，工资还没有结，包工头就跑了。

当我说到没钱回家过年，只能在出租房里冷冷清清过年的情形时，我的声音都哽住了，说不下去。他们俩在一旁也是默默无声。

司机听了我的诉说之后，也很气愤，脱口就骂："这个王八蛋！把人不当人，良心给狗吃了！"

司机又问我们："这次去哪里？"老蔡说："我们有一个朋友在邵武红东公社，说有个办公大楼要装修，要我们过来看看，能不能承包下来做。"老蔡又补充一句："我们上午是从江西南丰那边一直从山林中走小路过来的，刚到路口，看到你的车开过来，所以就冒昧地拦你的车。今天要不是你带我们，我们真不知走到猴年马月才能到达邵武。"

司机说："来福建做流动工的，都是你们那边的人，你们来这里修马路也非常不容易啊！我现在开的这条路，当年都是你们那边的人过来修的，我们也感谢你们为福建修建了这么好的马路。多亏了你们，我这车才能开进大山，为闽北的几个县城送货。"

听了司机的这番话，我意识到他是一个懂得感恩的人。

我对司机说："我很羡慕你会开车，开车是一门技术，到哪里都有饭吃。"

司机说："开车是不错，但开长途车也很容易疲劳，有时候一整天都没人说话，就像哑巴一样。所以让你们坐进来，可以聊聊天、解解闷，你们也可以舒服点，一举两得嘛！"

泰宁上车之后，一路上，我们跟驾驶员聊得还是蛮开心的。一直到晚上七点多，车子开到邵武火车站附近，我们下车与司机挥手告别。

老蔡说:"今天我们挺累的,要不然就在火车站附近找个旅馆住一个晚上,好好休息休息,明天上午早点走。"

我想到自己身上没有钱,吃住都得花他的钱,心里过意不去。所以,我就提议:"老蔡,别住旅馆了,今晚在火车上过一夜,省了旅馆费,想睡就在火车上打个盹,明天上午就可以到红东了。"

老蔡是个能吃苦的人,再说也不是很富裕,能省则省。我这么一说,他也欣然同意了。

我们按照司机指引的路,走了半个多小时,到达邵武火车站。我们到一家饮食店填饱了肚子,然后才去售票处买了两张晚上10点30分到卫闽的火车票。

候车室内的旅客不少,我们找了半天也没找到椅子坐,只能站在那儿聊聊天。偏偏火车又晚点了,上车后到11点15分才开车。

我们乘坐的是普客,也就是慢车,无论大站小站都要停车,本来想在火车上打个盹,看来根本不行。人们习惯于大声说话,甚至有的人说话就像吵架一样,噪声扰人,加上每站都有人上车、下车,闹哄哄的根本没法入睡。

有时停车时间很长,后来才知道是给快车让道。火车就这样开开停停,一直到凌晨4点20分才到达卫闽站,我们下车时,天还黑乎乎的,我们只能到站内候车室坐等天亮。

一天一夜的旅行,舟车劳顿,没有得到片刻安宁,此时感觉疲乏不堪。

候车室内,灯光暗淡,旅客稀少,我们巴不得赶快找个地方落脚休息,最佳地方就是靠边的空座椅。一落座,睡意迎面袭来,我们很快就进入梦乡。

当我们还在酣睡做着美梦之时,有人拍拍我的肩膀,把我惊醒了。蒙眬中睁眼一看,是站内警察。我们一下子坐起来,看见窗外阳光四射,这才知道,长夜已过,新的一天又开始了。

老蔡笑着说:"太好睡了!太好睡了!"

我跟老蔡说:"是啊!昨天在汽车上就有点犯困,但是想到司机好心让我们坐进驾驶室,目的也就是想和我们说说话,所以,再困也得打起精神陪他聊聊天。"

老蔡感叹着说:"这司机真是个好人哪!"

我们一边说着,一边进入了卫生间。老蔡刷牙洗脸,我什么都没有,只能拿手捧着水在脸上擦了两把。那水是冰凉的,洗过后顿时觉得头脑清醒起来。

我们走到车站广场,看到有卖早点的,直感到饥肠辘辘。我们每人两个馒头、一根油条、一杯豆浆,自然又是老蔡付钱。

现在看起来很平常的早餐,在当时来说,油条和豆浆,都是美味佳肴啊!我们两人狼吞虎咽,吃得津津有味。

我们精神抖擞,意气风发,迎着初升的太阳,向着红东公社出发。

我们的目的地是红东公社王玢大队。

由于当年交通不便,途中我们要摆渡过河,每人五分钱。然后乘坐人力三轮车,每人七毛钱。

至今都记得很清楚,我们是1967年2月13日上午九点左右,到达红东公社王玢大队的。

# 六、承包办公大楼的装修

我们来到王玢大队,眼前的办公楼,三面环山。和煦的阳光照耀在山林上,山峰间紫烟缭绕,像一层薄薄的轻纱。周围环境优美,空气特别清新,令人心旷神怡。

已经竣工的办公楼,黛瓦白墙,屹立在平地上的小村落里,显得格外醒目耀眼。大楼前的场院里,大大小小的杉树木条,横七竖八摆了一地。只见几个木匠师傅在那儿忙碌着,墨斗弹线的、斧头劈木的、长刨推刨的……

我们一走进场院,老蔡一眼就认出了他的老朋友陈成森:"陈师傅!"

陈师傅抬头看到我们,当即丢下手上的斧头,笑容可掬地迎上前来,与老蔡亲切地握手:"春来!昨天我还跟他们说,你怎么还没到呢!几年不见,长胖了。"

这时候,我才知道,老蔡的大名叫蔡春来。

老蔡说:"你不是来信说,要我为你找帮手吗?这不,我把人给你带来了。"老蔡随即介绍了我,"这就是我的表弟庄华元,是来给你做帮手的,你看怎么样?"

陈师傅转身握紧我的手,用温州话说:"欢迎!欢迎!"

"走!我们到屋里坐。"陈师傅伸手接过老蔡手上的行李,在前面引路。

我们跟着陈师傅,跨过高高的木头门槛,走过开启着的双扇大门,看到屋内宽敞无比,简直像个小戏院。

入门后,我稍停片刻,环视一下周围环境。只见水泥地面非常平整,目测中间的大厅起码有五米半宽,两边稍窄,也有四米半。当年大队的办公楼能有这样的规模,可见这个大队的经济实力非同一般。

陈师傅便向我们介绍起建造这座大楼的经过。

我看着这位40多岁的陈师傅,穿一身已经褪色的劳动布工作服,一双粗糙的手,手上残留着他几十年来拿斧头、拉锯子、推长刨留下的印记。

他说话朴实,不张扬。交谈中,我才知道陈师傅是平阳县鳌江镇人,讲着一口很浓的温州腔的普通话,是老蔡多年的好朋友。

我很好奇地问陈师傅:"这么高大的木屋大楼,你是怎么盖起来的?"

陈师傅慢条斯理地说:"我承接的这栋大楼的建造项目,大楼的建筑面积和高度,都是由甲方定好的,我负责设计方案和具体操作施工。"

我又问:"这么大的工程,你有多少工人?干了多长时间?"

他告诉我:"当时一共招来十几个木工,来来去去,有的来了只干几天就走了,平均十几个人吧,差不多干了一年多时间,一直到去年十二月初(按农历时间)才全部完工。工人们结算了工资,都回家过年了。"

"工人的工资怎么样?"这是我最关心的问题。

陈师傅实话实说:"哎呀!工资都不是很高,一天一块多钱。"

"那还不错!现在还有几个人?"

"一期工程已经结束了,现在要进行室内装修,目前只留下三个人。"

听了陈师傅的介绍,我对大楼的建设情况有了初步的了解。大楼的木工部分,是陈师傅承包的。泥水部分,如打土墙、盖瓦片、墙面粉刷等,都是甲方另外招人干的。

这时,老蔡在一旁插话:"陈师傅的一期工程干了一年多,他给我来信说,二期的室内装修工程,他不想干了。原因是他的手艺是大木匠,室内装修是属于小木匠干的活。另外,他也想回老家去看看妻子儿女。于是,他写信叫我来接手,他觉得如果把这里的业务送给别人干就可惜了。"

老蔡说毕,又转身对我说:"在江西的时候我就想好了,我们两个人来接手。"

"老蔡,谢谢你啊!"老蔡对我如此信任,我非常感动地说。

老蔡笑道:"谢什么谢!别说我们是亲戚,即便是老乡,到了外地也都是自己人,能帮忙就得帮。"

我也理解陈师傅离开的原因所在。的确,同样是木匠,确实有大木匠和小木匠之分,这一点我从小就知道。

所谓大木匠,是专门用整根大木头,做立柱、横梁、檩条、脊檩、门框等料件,两头做好榫头和柱头凿洞、装搭成整座房屋框架,这是属于大木匠的工艺。

至于小木匠,是专门做家具、箱柜、桌椅之类的。

室内装修,其实两种木匠都能干,可能是陈师傅想回家找的借口而已。

我提议到楼下去看看。

下楼时,我轻声对老蔡说:"我不会木工,这怎么接啊?"

老蔡说:"陈师傅一下子不会走,他会等我们木工师傅基本到齐,一切安排停当后,才会把整个工程移交给我们。"

跟在我们身后的陈师傅不失时机地补充道:"二期工程,我们三个人正月初六就开工了,现在一直在干,我会干到你们没问题了再放手。"

我又问:"装修工程有合同吗?限期多长时间完工?"

陈师傅说:"今年一年时间要干结束。装修合同我和对方签好了,你们来了以后,就转手给你们。改天和王玢大队领导说一下,把协议的承包人名字做一个更改就行了。"

老蔡问陈师傅："接你这个协议,我们这方有盈利吗?每日工资大概有多少?"

陈师傅说："你也知道,我们做木工的赚不到大钱,大工资是没有的,搞个吃饭钱没有问题。"

老蔡转过身来,用家乡的闽南话对我说："当前这个形势,找工作很难。先安下心来,混口饭吃,看看以后有什么机会,我们再做打算。总之,骑驴子找马,总好过漫无边际地找事做。"

我心想,老蔡说的有道理,对我而言,这也是一次求之不得的机遇了。

陈师傅在楼下大厅里,向我们介绍一楼如何布局。

听完陈师傅的介绍,我心中略微有了底,只要找到手艺好的小木匠,这工程就不会有很大的难度。

我们又走到大门外的场院里,看见两个木工师傅正在干活。看到我们走到跟前,他们抬起头来跟我们打招呼。

陈师傅指着那个劈方料的人说："这位是林基良师傅。"

看着林基良,我们两人不约而同地笑起来："哈哈,怎么这么巧,在这儿碰到你!"

陈师傅亦觉诧异："原来你们认识啊?"

我说："我们都是一个地方的,怎么会不认识!我是高一大队的,他是高二大队的,都是高墩人。"

异地他乡,遇到自己本村人,别提有多高兴了!

我对老蔡说："这个基良师傅,就是你舅舅的邻居,当中只隔一栋房子。"

老蔡也特别高兴,赶快过去握住林基良的手说："真没想到,碰到的都是自己人!"

我们又看了一下周围的环境,大楼后面有座小房子,里面有锅有灶,那就是工人的厨房间。有个女人正在忙着做饭,陈师傅大声说："阿霞,中午多做两个人的饭,再多做几个菜。"

那个叫阿霞的女人立刻答应："好啊,有客人啊?"

"是的,家乡来的客人。"

我们在外面转了一圈，从后门进来，仍旧回到楼上，重新谈及二期装修工程的有关事宜。

陈师傅较为详细地说明二期装修工程的具体操作问题。甲方负责提供大小杉木原木，及时把原木送达工地。我们乙方根据各工种的需要进行排料，拼大小方料、锯板、拼窗门玻璃框等，还要负责采购小五金，如大小铰链、门锁、插销、风钩等。玻璃由甲方采购、裁割，我们负责安装和钉压条。

听起来这二期工程挺简单的，当时我感觉操作起来不是很难。于是，我和老蔡商量："不知道这工程我们能不能做下来？"

老蔡很果断地说："做吧！明天就去找甲方，把工程协议承包人更换一下。"

我是初生牛犊不怕虎，又有老蔡可以依靠，也没多加考虑，就答应了。

老蔡把我们两人商量的结果告诉陈师傅。

陈师傅高兴地说："这下好了！我终于可以脱手了，不然甲方不让我走。"

陈师傅拍拍老蔡的肩膀："这工程让别人做，我还真不放心，现在有你蔡春来在这里坐镇，我就可以把心放在肚子里了！哈哈！"

第二天，陈师傅请来王玢大队支部书记林茂生和大队长吴土生。陈师傅首先把两位大队干部介绍给我们，然后指着老蔡和我介绍说："这两位是我的老乡，我们平阳县东屿公社基建工程队的管理员。这位是老蔡，蔡春来，是我多年的老朋友。这位是老庄，庄华元。他们俩是我专门从江西那边请过来的，继续负责我们这栋办公大楼的室内装修工程。"

两位大队干部客气地说："欢迎你们！你们来了，帮了老陈的忙，当然也是帮了我们的大忙。"

这个大队书记，个子较高，很面善，开口说话带有笑容，穿一身深蓝色便装，一看就感觉平易近人。

另外一个大队长，有点不一样。个子不高，冷冷的脸上显得很严肃，穿一身土布衣服，前面连口袋都没有，是农村最简易的服装。

只见他似笑非笑地说："老陈介绍来的人做事，我们是放心的。陈师傅手艺不错，这大楼盖得我们也很满意，不过室内装修也很重要，现在就看你们的本事了。"

陈师傅诚恳地说:"大队长说得对!不过,请你放心,如果干不好,我也不会请他们来。"

林茂生笑着说:"老陈介绍来的人,我看错不了!一年多来,老陈很辛苦,为建这栋大楼,立下了汗马功劳。也该回去休息休息,看看老婆孩子。再不让你回去,我们可就太不近人情了。"

大队长接着说:"好吧!既然书记都发话了,我没有意见。可以把承包人改一下,其他内容不用改。我重新抄一份,你们来签个字就可以了。"

大队长立即从自己的提包里拿出合同来,对照着重新抄了一份。合同稿是用复写纸写的,一式四份。

尽管看大队长的外貌有点不顺眼,可是他的字写得非常工整。写完后,又把合同递给老蔡。

老蔡看了看,说:"行!老庄,你签字吧!"

这时,我必须听老蔡的。所以也没有推辞,接过合同就在上面签下了我的大名。

随后,大队长也签了名字。

然后,他把第二联、第三联撕下来交给我,让我寄回公社盖上工程队的公章。

当天,我就去邮局把合同寄回去。

王玢大队办公大楼室内装修承包人改签之后,陈师傅把施工方案全部移交给我们,随之交代说:"我会把你们扶上马,再送你们一程。不要有顾虑,有什么事,就来问我。"

陈师傅短短的几句话,像是给我吃了定心丸。

老蔡对我说:"这个工程管理,由你来负责,我给你当助手。这个工程虽然不大,但是想干好,我们的担子也不轻!"

听了老蔡的话,我思想上还是有压力的。毕竟这一行我不熟悉,我这肩膀能不能挑起这个担子,还是个未知数。

我当即找陈师傅商量关于装修的具体步骤。他提出,当务之急是解决熟练的锯板工人问题。

室内装修的主要材料是大量的木板和大大小小的方料。当年没有机器锯板厂，木板、方料全靠木工专用的原始锯板大锯。用两个工人，面对面，两手平衡地托扶着锯把子，锯牙对准木头上的锯路线，一来一往，拉动锯子，使劲地往下锯，一块一块木板就这样锯出来了。这种场景，现在只有在电影里能看到了。

陈师傅说，在原木上弹好锯路线的木头已经不少了，现在就等熟练工人进场，算下来起码要找十个工人。

我知道老蔡有这方面的人脉资源，所以，这件事我并不发愁。

老蔡说："锯板工，我负责去找。"

我从大队出纳手里领到第一笔工程款100元，付了20元给老蔡做旅费开支。

第二天，老蔡风风火火地赶去建阳，因为建阳那边，我们家乡的流动工人最多。

老蔡去建阳招人，一走就是五天。没有消息，也没把人招来，也不知他在哪里？当年联系方式只有写信和发电报，可是没有他的地址，根本无法联系。

我心急火燎却又万般无奈，幸好陈师傅还在继续干着，工程还不至于到停工的地步。

盼星星、盼月亮，到了第七天，终于来了八个人。

一见面，听他们说话的口音都是家乡山门人，其中一个叫曾永不，还是老家一个大队的，我终于如释重负。

我问曾永不："蔡春来呢？他怎么没和你们一起回来？"

曾永不说："老蔡可能去泰宁了，他叫我们先来你这里，到时他会给你写信的。"

我想，老蔡可能另外找到工程了，先不管他的去向。既然他把工人招来了，也就解了我的燃眉之急，无论怎么说，我从内心对他还是很佩服的。

一下子来了八个人，加上我们原来五个人，已经有十三个人。所以，头等大事就是把食堂办起来，解决工人吃饭的问题。

说到办食堂，我第一个想到了曾永不，他50来岁，忠厚老实。1958年，人民公社化运动期间，我们高一大队办食堂，曾永不和我父亲一起在食堂做饭，厨艺说不上高超，但是家常菜他还是拿手的。应该说，他是个合适的人选，但我不知道他是否愿意做这项工作。

我跟曾永不一提食堂工作，没想到他二话不说就接受了。

后来的日子，曾永不一直都在为工人做饭，直到这栋办公大楼装修结束。

接着，要解决工人住的问题。我们因地制宜，就近取材，临时借用装修用的木板，隔成五个房间。再用木板搭起简易的床。这样，工人睡觉的问题，也就基本上解决了。

这八个新来的工人，我还没有全部认识，而他们通过曾永不的介绍，都已经认识了我。其实，他们出外做流动工的工龄都比我长，资质都比我深，一个个都是"老江湖"。

第二天，我把新来的工人都集中在二楼一个房间，给大家开一个小会，说明这栋大楼装修工程，需要大量的木板和大大小小的方料。

我告诉他们，招他们来，就是要他们当锯板工。

我认真地问他们："你们会不会锯木板？"

没等我把话说完，他们就七嘴八舌地嚷开了："老庄，你还不知道吧？我们这些做流动工的人，除了生小孩不会，其他什么事都会干。"一句玩笑话，不仅说得哄堂大笑，也拉近了彼此间的距离。

我知道，其中有的人很会吹牛，但无碍大局，又何必当面说穿。

是骡子是马，等到时候拉出来遛遛就行了。

我顺着他们的话说："好！希望你们说到做到，大家合作愉快！"

然后，我又跟他们说清楚，这里工程队的规定，是根据锯出来的木板数量和质量来评定工分算工资的。也就是说，锯出来的木板数量多、厚薄一致、板面平整，工分就高。

这八个工人中，有个叫陈明法的，他很有把握地说："这锯板的道理，我们都懂，肯定能锯好！"

我说："那就好!没有问题的话,那就请陈师傅给你们搭配一下,马上开工。"

这时,我让曾永不到大楼后面的食堂,找阿霞把食堂余下的食物进行盘点。同时带他去认识大楼门口的小店,认识一下小店的营业员老梁。

老梁的另一个身份是大队出纳。这样以后食堂购买什么食品,找他可以行个方便。

另外,带领其余七个人找陈师傅,给予安排工作。

陈师傅说,两人一组,自愿组合。

三组人员分别是:黄加施与王汉轮、陈明法与王美贺、李仁真与杨汝笛。郑合茂负责排料,用墨斗线弹出原木锯路线。

分组搭档确定后,一切就绪,几个工人跟着陈师傅到场院外面,正式开工。

我在一旁仔细观察,看他们手艺到底怎么样。陈明法一组还算可以,锯了有十厘米长了,可是一看,不在线上。另外两组把原木的头部都锯绒了,怎么也对不上线。

几个人都傻眼了,不知所措,只能停下来。

我一看这情形,头上都冒汗了。怎么办?只能硬着头皮去请陈师傅和林基良过来给他们做示范,每一块板都给他们开好头,然后让他们接着锯。

后来才知道,这种横着木头平着锯的方法,确实与我们老家的方法不同。

我们老家,锯板的木头是竖着锯。让板料原木下端站在一个二十五厘米高的四方木墩上,紧靠前方柱子,用麻绳把一个虎嘴形的木卡子紧紧绑在柱子上,板料原木的上端顶在这个木卡子的虎嘴里,木卡子的背后再用木楔子狠狠地往下敲,使这个木卡子牢牢地咬住板料原木上端口,这样把板料原木稳定住了。然后,两人抬起大锯,站在高凳子上,把锯牙对准板料原木的锯路线,两人很轻松地把大锯子一来一去地往下拉动,木板很快就锯出来了。

如今这里横着锯板,一是使不上劲,二是对路线难以控制,容易跑偏,操作起来很不习惯。

陈师傅和林基良帮他们把已经绑好的原木,都锯进去十几厘米,这样,他们抬上锯板,嵌入板缝,对准板线,一来一去地推拉,就比较容易把木板锯出来。

三组相比较而言,黄加施和陈明法两组稍微好点,李仁真这一组跑偏特别多,木板的厚薄上下误差比较大。

我鼓励他们说:"这项工作,与你们原来的做法不同,一下子难以适应,以后慢慢熟练了,就能熟能生巧,摸到规律,做起来就容易多了。我看你们有的人锯板的时候,手还在发抖。我觉得,首先要调整好心态,心情稳定了,才能稳定手势,这样才能牢牢控制着锯板在线路上往前走。"

几个锯板工人听了以后,都哈哈大笑起来,说:"有道理!有道理!"

一星期下来,黄加施和陈明法两组比较熟练了,很少出次品板,不过速度还不够快。

李仁真、杨汝笛两人都是二十出头的毛头小伙,不思长进,不仅不努力提高自己的技术水平,还在算计,如果拿不到他们心理价位的工资,将要放弃不干了。

本来进度不快,就够我发愁了,现在两个小伙子又要离开,我一时半会又找不到替代的人,真是愁上加愁。

黄加施一看缺乏人手,征得我的同意后,立即写信把建阳的老乡林桂眉叫了过来。

别看林桂眉瘦瘦的身材,一上手,马上就成为这群工人中最熟练的角色。不知道他曾经是否干过这个活,看他操作起来非常老练。他和黄加施搭档,锯板的速度非常地快,而且锯出来的木板,两面平平的,一点也不跑线。

黄加施有个儿子名叫黄兆垦,十八九岁,也在建阳那边做流动工。林桂眉就向黄加施提出:"我们这儿还缺人,把你的儿子也叫过来吧!"

黄加施有点顾虑:"不知道这个孩子能不能吃得了这个苦?"

林桂眉说:"你放心!我来带他锯木板。"

一周后,年轻的黄兆垦来了。个子不高,长得结实,不善言语。林桂眉兑现了诺言,要了黄兆垦做搭档。当然,他们是一个村的,关系很好,要不然谁愿意跟一个新手做搭档呢。

再说黄兆垦也没有辜负林桂眉的希望,聪明好学,吃苦肯干,没多长时间就学会了锯木板,而且和林桂眉配合得相当默契,锯出来的木板都是标准的。

黄加施还是与王汉轮搭档。

我看三个组的锯板都非常熟练了,每天的工作有条不紊地进行着,我心里也感觉踏实多了。

一个多月下来,林桂眉突然提出,他这一组不参加记工评分,他要按照锯板的数量多少,按平方算工资,专门把工程所需板料全部承包下来,原木锯路线也由他自己来弹,这样就等于按计件算工资。如果不同意的话,他就辞工不干了。

当时真把我给难住了!他们这一组已成为锯板的主要力量,如果辞工不干,今年这个装修工程就无法完成。

我前思后想,实在没有什么好办法,只能答应林桂眉的条件,按产量定工资。

但其他两组不变,还是记工评分。

上半年的备料任务还是很艰巨的。因为甲方提供的木头全是山上现砍下来的鲜活木头。

所有厚薄板料、大小方料,锯好后都要堆放在院子的角落墙边,横两块、竖两块,叠放起来,搭成两米高的木板塔子。让这些板料露天雨淋日晒,过了三伏天之后,才能使这些木料性能稳定,做成门框、门架不变形、不裂缝。

按照目前的进度,三个组锯板的力量还远远不够,必须再增加锯板工。临阵找人好难,我不禁又想起老蔡。

老蔡给我来过一封信,说泰宁那边有段公路,路基已经开好,路面还没有铺设。他的朋友邀请他一起把这段路面工程承包下来,工程量不小,价格也不低。所以,他决定去修那条公路。

至于王玢大队这个内部装修工程,他觉得工作量不大,管理难度也不大,让我一个人守住就行了。

我知道，老蔡似乎看不上这个小工程，决定放弃交给我了。而我却只是个初出茅庐的新人，单独接手这个工程对我而言是一次极大的考验。

老蔡不回来，确实对工程不会产生什么影响，自从我把承包合同寄回公社盖章后，公社的工程队管理干部林型传，就对外宣称我承包了一个装修工程，好像我很有本事似的。

消息一传开，在外做流动工的家乡人就都知道了。

另一方面，老蔡在建阳招工时，也说了我们的工程情况。尽管是个极其微小的工程，可当时在邵武、南平、三明这三个地区做流动工的老乡间传了开来。

所以，一时找不到事做的老乡都慕名而来，想在我这里落脚做个临时工。因此，招工就不成问题了。

每隔三五天就有家乡人光顾，这已成为常态。

翁仁君在老家得知消息后，以为我承包了什么大工程，也从老家特地赶过来。

诚然，对于我来说，生平第一次在外面承包工程，我完全不知道应该怎么搞好人际关系。拍马屁、互相吹捧、小恩小惠……这些"本事"，我都没有学会，却唯独把流动工不成文的规矩牢记在心，并严格执行。

不管认不认识的，不管他抱着什么目的前来，我都一概热情接待。来人吃饭，都记在我的账上。愿意在我这里干的，就留下来锯木板。不想干的，住两天，给人几元钱做路费离去。

这样一来，粥少僧多，不堪重负。

最关键的是，备料进度非常缓慢，按照五月份之前的进度，很难完成装修工程任务。

因此，大队长吴土生很不满意。每次来到现场，他都是绷着脸看我们，既不打招呼，也不说话。我知道情况不妙，但是也不知道跟他说什么好。没过几天，他竟然通知出纳老梁，暂停支付我们的工程款。

我一听说这事，非常生气。工程进展再怎么慢，但工人每天高强度工作，汗流浃背，为什么你大队长熟视无睹？为什么这么不近人情，做事这么绝？难道让工人饿着肚子干活吗？

还真是没有不透风的墙。工人们听到这个消息，一时间，人心惶惶，有的干脆提出辞工不干了。

情急之下，我想找他当面理论，请他做出解释，可冷静下来一想，不行，自己那种直白的为人处事方式，在这里行不通。

人在屋檐下，不得不低头。情势逼迫我只能买些礼物，厚着脸皮，趁着夜色，第一次登上大队长吴土生的家门。向他求情的同时，也向他解释了一些进度缓慢的客观原因，并向他保证在八月份前完成所有的备料工作。

吴土生，表面上看是个土里土气的土农民，其实，他是一个心有城府、颇会算计的农村基层干部。

登门拜访之后，收到了立竿见影的效果。第二天，我们就领到了50元伙食费。朴实的工人们只要有饭吃，情绪就能很快稳定下来。

那段时间，人来客往很频繁，生活开支比较大，这是对我不利的一个方面。但事物总是一分为二的，对我有利的一面，就是大多数找不到事做的老乡，到我这儿来有了工作的机会，他们都非常珍惜，勤奋卖力。

这期间，先后来了卓文萱、陈文凯、庄瑞俤等八位老乡，他们都表示愿意留下来锯木板。

其中卓文萱、庄瑞俤本来就是木工，他们干起活来，驾轻就熟，没有问题。

其他六个人也非常卖力，勤学苦练，一丝不苟。功夫不负有心人，他们很快就掌握了锯木板的要领。

锯木板的队伍扩大后，备料的进度十分迅速，成效显著。

大队长也时常前来光顾，视察一番，他的脸上终于有了一些笑容，再也不说什么了。

按照工程计划的进度，八月底前的备料工作基本完成。

接下来，我们工作的重心将正式转入内部装修。

# 七、建阳搬兵

这座办公大楼,共计18个办公室,内部装修的任务还是很繁重的。我想,不能掉以轻心,当务之急,是人员配备问题。

装修工作开始之后,原来六个锯板组,撤掉了五个,只留下林桂眉和黄兆垦一组。初步估算,剩余的缺料部分,他们两个人应该能完成。

其他的木工,我精挑细选,最后只留下林基良、卓文萱、庄瑞俤、王美贺和郑合茂等五个人。

他们按照陈师傅的装修设计方案,根据实际隔间尺寸,进行排料和制作。

这些隔间制作工序,看似简单,其实做起来相当烦琐。框架的横条方木接头是做榫头的,跟柱子凿有不大不小的洞孔,紧紧吻合连接。同时,这横条方木的上下方整条都得抽槽,让壁板两头正好插入槽内,每块木板的拼缝根据合同要求,都得做上雌雄缝。

做雌雄缝比做平缝又要麻烦得多,整个装修工艺制作是很精致的,毫无疑问,所花的工时当然会更多。

不知不觉,时间已经过去三个月了。天气逐渐变冷,白天也逐渐变短,可是大楼的装修工程才完成一半。

我开始急躁起来,按这样的进度,再干两个月,都不一定能完工。况且,距离竣工验收的日期只有一个多月了。

眼下的燃眉之急,是组里缺乏高水平高技能的木工技师,快到年底了,大部分流动工都要准备回家了,到哪里去找这样的工匠?

我一筹莫展,大队长的脸色又变得难看起来,每次看到他,我总有一种不寒而栗的感觉。

我知道,开弓没有回头箭,现在已经没有退路。

本来,我想去找大队书记谈一谈,把工程的进展情况向他汇报一下,突然听到王玢大队的一些干部，都在议论纷纷，说我们工程肯定无法按时完工。

想去找老蔡吧，又觉得远水解不了近渴。再说，他自己也有工程在做，哪能顾得上我！

我有一种预感，大队长他们正在酝酿对我装修违约处置的办法。

我心急火燎，整日茶饭不思，夜不能寐。

有一天，大家都吃完饭了，我才慢慢吞吞地走进食堂。

曾永不关切地问我："怎么回事啊，整天愁眉苦脸的？"说完就要帮我打饭。

我有气无力地摇了摇头："我不想吃。"

曾永不不以为然："不吃饭怎么行！工作再重要，也得吃完了饭才有劲干哪！"

"晚上你和林基良过来一下，我有话要对你们说。"

我知道，再这么下去，真要把自己憋死了。

晚饭后，曾永不和林基良来到我的房间，见我心事重重，总有些放心不下："我们都是一个村的，如果有什么困难，说出来，我们可以一起想办法。"

林基良和曾永不都是老实人，一个只顾埋头干活，干一天算一天，从不关心工程的快与慢。另一个只管烧饭做菜，做好分内的工作，工程的事也从不插嘴过问。

我跟他们说："工程的进展不顺利，如果不能按时完工，将会受到违约处理，也就是罚款。当务之急，就是看能不能再找几个手艺好、干活麻利的木工。"

没想到，我这几句话，立即引起他们俩的高度重视。因为年底的利润结算，也跟他们的切身利益有关。

林基良长期干木工活，认识不少人，他思索片刻，说："我认识的这帮人都是老师傅，眼光很高，不知能不能请得动他们。"

我急着问："是哪里人？现在在哪里？"

林基良说："坑东南山黄增友师傅，你认识吧？"

坑东南山是我们一个公社的,我们大队的土地都在那周围,我认识很多人。

林基良说:"他现在带领一班手艺很高的木工,都在建阳麻沙一带做工,他们做的都是大工程,像我们这样的小工程,不知他能不能看得上眼。"

曾永不说:"他们这个班子赫赫有名,个个都是能工巧匠。"

我想了一下,说:"黄增友我不认识,我认识坑东南山的黄美住,还有他的哥哥黄美居。"

林基良一拍大腿,高兴地笑着说:"怎么这么巧!这兄弟俩正是黄增友的儿子,现在小儿子也在做木匠。"

我想,那就好办了,黄美住是我在东屿中心小学教书时的学生,黄美居是我在山门小学读书时的同班同学。事不宜迟,明天就去找这父子俩。看来,我这里眼下还真的要靠这对父子兵上阵了!

1967年12月5日一早,我急匆匆地从王玢出发,跋山涉水,径直前往建阳麻沙搬救兵。

按照林基良提供的地址,我顺利地找到了黄增友的驻地。

黄增友,50来岁,中等身材,和蔼可亲。他得知我是他小儿子当年的班主任老师,又是本公社邻近村的老乡之后,对我是热情相待。

黄美住当时上五年级,自从我辞职回乡后,就一直没见过面。不承想几年后我们会在异乡相遇。当年的师生感情,顿时涌上心头。他感到特别惊喜,他万万没有想到,我会前来麻沙登门造访。

黄增友和工友们在麻沙的住房,是一连排的工人宿舍。砖瓦结构,单开间,每人一间。前面一半是厨房兼餐厅,后面一半是卧室。

我向黄增友说明来意,并介绍王玢大队办公楼的装修情况,因为合同期已经临近,工程还有一部分没有完成,所以特地赶来,请求黄师傅出手援助,解我燃眉之急。

黄增友听完我的介绍之后,二话没说,一口应承:"我们是'老福建'了,你初来乍到,有啥困难,我会全力帮助。今晚,你且安心喝一杯,明天一早,我就带班子出发。"

黄增友说完，就招呼我坐下来吃饭。席间，还有另外五六个工人。

见他如此仗义豪爽，我顿时有些过意不去："那你们这里的活怎么办呢？"

"救急如救火，管不了那么多！"黄增友果断决定，把大家所有的手头工作暂时停下，去王玢支援我。

在座的工友没有一人发表不同意见，还一边喝酒，一边安慰我："不要着急，有黄师傅出马，你尽管放心！"

这一刻，我真正体会到了"雪中送炭"的温暖。

我们一边吃饭，一边说说笑笑，就像是认识多年的老朋友一样。我笑着对坐在旁边的黄美住说："你现在是小木匠，过几年你就是大师傅了！"

黄美住有点不好意思地说："我还不知道能不能学会呢！"

我给自己的学生打气："别担心！名师出高徒！跟着你爸爸好好学，肯定有出息。"

黄师傅和工友们都哈哈大笑起来。

第二天清晨，大家都很早起来，各自准备好自己的一担木匠工具。一头是木笼，一头是长短锯子、长刨、斧头之类。

六点半都在门口集中，黄师傅一声令下："出发！"八位木匠师傅各自挑起自己的一担工具，浩浩荡荡地向着麻沙汽车站出发。

从麻沙坐汽车到邵武，再改乘火车到卫闽。辗转反侧，一直到第二天上午，我们像一支部队一样，开进了王玢大队。

工地一下子来了这么多人，人声鼎沸，热闹非凡。

第一个看到这个场景的是大队书记林茂生。

他对我哈哈大笑："老庄，你真厉害！一下子从哪里调来这么多木匠师傅啊？"

我说："为了按时完工，我到麻沙去讨救兵的。"

林茂生赞许道："看不出来，你还真有一手！"

"我这是逼上梁山哪！"我说得底气十足。

兵马未动，粮草先行。我立即找来曾永不和林基良，让他们赶快去安排工友们的吃住。在工友们休息的时候，我陪同黄增友在大楼上上下下都浏览了一遍，好让他心中有数，便于开展工作。

等大家安顿下来后，黄增友师傅胸有成竹地对廖象琢交代说："从现在开始，这里的工程全部由你来负责。包括原来的五个木工，由你统一安排。要分工明确，各尽其责。争取在二十天以内，把剩余的工程全部完成。"

在他们的班子里，不论是手艺技术，还是人员管理，廖象琢都是一把好手。他首先清点、估算剩余的工程量，根据工程量，计算出还需要制作多少方料、板料及各种料件。

然后，他把十三个木工召集起来开会，分配任务，责任到人，大家分头制作，限期十天内完成。后面十天，全面进入隔间装配。

工友们各就各位，各做各的活，井然有序，忙而不乱。

原本场院上搭晒的木塔，日益减少，不过短短五天，木塔就消失不见了，全部做成了隔间的天花板、门框及各种料件了。

"众人拾柴火焰高"，工程的进度快得惊人，完全出乎我的意料。

到了第十八天，已基本完工。最后，我们把每扇门的弹子锁、窗门的玻璃压条以及窗门的风钩、插销全部钉好，终于赶在工程合同期限内顺利完工。

1968年1月2日，是我终生难忘的日子。

书记林茂生、大队长吴土生带领民兵队长、妇女主任等多位干部，对大楼内部装修工程，进行认真查看验收。

由于工程质量高超，隔间板壁非常平整，找不到一条缝隙，所有榫头严丝合缝，办公家具美观漂亮。大家对工程质量非常满意，一致通过验收。我们得到了大队领导的高度评价。

通过一年的艰苦拼搏，王玢大队办公楼室内装修工程完美收官。这是我平生第一次承包的工程，能取得圆满成功，我实在感到非常自豪！

首战告捷，正想着用什么方式来庆贺一下的时候，工程款的结算又遇到麻烦了，就像一盆冷水浇在了我的头上。

原来多少有点盈利的工程，在工程款结算时，大队长吴土生竟然节外生枝，通知红东公社税务所来人，收缴工人工资所得税，理由是未办理跨区手续。由于他们是政府行为,在当年法制不健全的情况下,我方无力争辩,只能是哑巴吃黄连。

这项工程总收入是3031.15元,结果按5%征税,缴纳了153.05元税款。

这样的结果,导致我本人工资分文未得,另外,还亏欠两个工人的工资款。

其结局,是我做梦都没有想到的,实在令人遗憾伤心。

王玢大队室内装修工程,终成空欢喜一场。

# 八、王玢工程成与败

晚上,我躺在床上翻来覆去,苦苦思索。

一年来,我拼死拼活,吃苦受累,辛勤劳动。到头来,却是一无所获,得到的只是经验和教训。

我没有学过建筑工程,也没有学过企业管理,生平第一次走上复杂的社会,不知人心险恶,纵身跳入商海,承包下王玢大队办公大楼装修工程,甚至签订承包合同时,我都没有仔细看一眼合同的具体内容,就稀里糊涂地签了字。

我从没做过装修工程,对王玢大队的工程量的估算是盲目的,以致到不搬救兵就无法完成的尴尬局面。我也完全没有自我保护意识,不懂得如何维护自身的利益。要是老蔡在的话,或许自己能少走点弯路。

然而,纵使自己不懂技术、不懂管理,甚至工程队资质都没有,一切从零开始,纵使施工过程中遭遇了重重困难,从一开始工友们的锯板技术不娴熟,搭配途中又有人辞工不干,到最后工程的进度缓慢,差点完不了工,我依旧边学边干,毫不气馁,在实践中不断摸索,充分利用工匠们的技术力量和集体智慧,克服了种种困难,终于把王玢大队这座办公大楼室内装修工程圆满完成。

不管怎么样,也算是旗开得胜,万里长征迈出了第一步。

任何工程,都要讲社会效益和经济效益,现在看来,社会效益显著,我们的装修工程得到了王玢大队领导的高度评价,经济效益则另当别论。

王玢装修工程验收完毕后,当晚支付了工程款。除了向东屿公社建筑工程队交纳了285元管理费之外,其余的钱,我都用在工程费用和支付给工人的工资上了。让所有的工人都高高兴兴地领了钱。

看到工人们喜笑颜开地在收拾行装,我心里一阵自豪,大家跟着我,总算没有白辛苦。未料,尚未来得及结算我自己的工资,税务部门就派人前来征税,结果,把所剩下的工资款全部抵作税款。我不仅分文未得,还欠了林桂眉和黄兆垦两人工资20元。

当年,各地包工头的做法是,先己后人,就是把自己的工资预先留好,保证自己的利益不受损失,然后再发放工人的工资。

我当时因为新入行,不了解当时包工头的隐秘规则,以我做人的原则,先人后己。故而,到头来落得分文未得。

向谁诉苦?只有打落牙齿往肚子里咽。

由于那个年代,有的包工头未等工程完工就卷款跑路的事时有发生,很多工人深受其害,领不到自己的那份血汗钱,有家难归。

有的流动工就想出了对策,干活不过五六天,就千方百计找各种借口预支工资,想防患于未然。诚然,这种对付那些无赖包工头的策略倒也无可厚非,可是还有一些人的赖皮做法,则不敢恭维了。

他们不论加入什么样的工程队,都要设法预支工资,其后不久,即辞工走人,预支的钱也赖着不还。王玢的装修工程中,也出现过这样的人,例如本村的曾大全,刚来落脚时甚为落魄,恳求我收留。因为是本村老乡,又是少年时的伙伴,我就把他留了下来。

未料,还没干几天活,曾大全就开始玩起花样经,先是假模假样地拿出三床被单欲卖给工友,说父亲病重急着回家,接着便装着可怜,提出要求,向我借钱,声称到家后定会如数归还。

尽管资金十分拮据,出于同情,我的心一软,竟然经不起他的哀求,借给了他20元。

直到完工结算时，曾大全方才暴露出真面目。

对于林桂眉和黄兆垦的欠款，我计划着讨回曾大全预支的20元来解决。

谁知曾大全拒不还钱，后来我去他家里催讨，他不仅不给钱，反倒打一耙，指责我不应该上门讨钱，声称没有人会偿还在外地借的钱。

这是什么逻辑？欠债还钱，天经地义。借钱岂有本地、外地之分？真是岂有此理！这不就是典型的耍无赖吗！面对如此素质低下的人，我不想和他吵架，怕有失我的人格。

"吃一堑，长一智。"这个教训，让我进一步认识到，在复杂的人际关系面前，对那些居心叵测的人务必要提高警惕，多长一个心眼，谨记《农夫和蛇》的故事。

其实，不少流动工都曾玩弄过这种把戏。后来我粗略计算过，此类的预支款共损失134元。

王玢装修工程结束后，只剩下我和林桂眉、曾永不三人没走。原因是他们未领到最后一笔工资。

林桂眉20元、曾永不5.17元，无法解决。

林桂眉不肯罢休，他说拿不到这笔血汗钱，死也不甘心。

我又气又急，却又无可奈何，因为我自己分文未领啊！

这时，听说东屿公社建筑工程队负责人林型传在江西黎川，林桂眉就软硬兼施，逼着我带他去黎川解决。

我非常沮丧，难道到了江西黎川就能解决问题吗？

# 九、在黎川过年

1968年的元旦是怎么过的，已经记不清了。只清楚地记得那年1月5日那天，我起得很早。在王玢大队已经一年多了，终于到了离别的日子，心里总有点依依不舍。

收拾好行李,然后在办公楼的楼上楼下,仔仔细细、认认真真地看了一遍。这个办公楼,是我花了整整一年的心血,是我带领十几名工匠,出大力流大汗把它装修起来的。这里的每一块木板,都留下了我们工人的手印。

我知道,这一离开,将永远不会有机会再来这里了。

可惜那时候没有相机,要不然,拍张照片留作永久的纪念,现在翻开看看,也是很有意义的事。

我提着行李,领着林桂眉和曾永不,走出大楼的大门,还一步三回头,离开了这个既令我伤感,又让我引以为傲的地方。

途中,我跟在林桂眉身后,望着他瘦削的背影,不禁想起他刚来时的情形。50多岁,中等身材,胡子很长,穿一身藏青色便装,外表看起来比他实际年龄要老一点。印象最深刻的,是他愿意带着不满20岁、没有技术的黄兆垦做搭档,两人非常协调,锯出来的木板均匀平整,装修工程所用的板料,他们俩完成的几乎占了四分之一还多。

多好的工人哪!在我心里,林桂眉就是个有功之臣。可到头来,他非但没有得到额外的奖励,反而还拖欠了他应得的工资。作为他的领队,我内心好不愧疚!

然而,一分钱难倒英雄汉,我万般无奈,却又总是于心不安。

回家后,我只好和锦云商量,把家里的十斤黄豆给林桂眉家送去,稍稍减轻些我心中的愧疚。

离开王玢的前一天,收到锦云的电报,说我今年要是再不回去,就把蜂子继续委托矾山茶场养蜂场再代养一年,明年冬天他们可以还给我们12桶蜂子。

我马上回电报,说"今年回不去,还是委托代养吧"。

蜂子代养的问题解决了,可是,心里总是酸酸的不是滋味。

为了养蜂,出来寻找养蜂资本,一年多时间过去了,不但没有挣到钱,还白白浪费了时间。

眼看就要年底了,去年那冷冷清清的春节,还历历在目。今年这个春节还不知道怎么过,也只能顺其自然,走一步算一步了。

我们三人辗转抵达闽北光泽县,当时有消息说,我们高墩高二大队的林基接在光泽郊区有个马路工程正在施工,工程是以东屿公社建筑工程队的名义承包的,林型传正在那里收缴管理费。

林基接住在光泽县城的西北郊区。我们找到了他,并在他家巧遇林型传。

我快步走上前招呼:"好久不见了!"

林型传笑着问我:"工程结束了?一切都顺利吧?"

看他的笑容,一定是以为我赚了钱。

我向林型传详细汇报了王玢装修工程情况及结账情况,特意向他说明我白干一年,一分钱没拿到,还欠下林桂眉、黄兆垦、曾永不三人工资25.17元,至今没有解决。

因为林型传早就从王玢工程收取285元管理费,加上林型传跟我个人关系还是不错,所以,我斗胆提出向他暂借25元,想把拖欠工人的工资付掉。

他没有直接说不借,只是委婉地解释:"林基接的工程管理费还没收到,现在他们工人的工资都没钱付,伙食费都很困难。要不等几天,看看林基接这里的结账情况再说。如果收到管理费的话,可以借给你。如果收不到,我们就一起去黎川找张友善。"

听了林型传的答复,我也没有别的办法,心里很郁闷。为了这区区25元,只好苦苦地等待。

林基接家里每天晚上都聚着很多人,在搞赌博。

我很无聊,又没处可去,只能站在一旁看热闹。

林桂眉和曾永不两人在客栈等我的消息。

林基接是带队的小包工头,这人性格开朗,为人豪爽。所以,晚上有很多老乡都到他那里去玩。当年没有电视,也没有卡拉OK,工友们不是喝酒就是赌博。林基接也好这一口,参与其中一起赌博。

那天晚上大家正赌在兴头上,时间已过零点,还没有散伙。

突然有人进来告诉林基接:"你老婆被人领跑了。"

林基接的老婆是外地人，他觉得情况不妙，马上纠集了一帮要好的工友，兵分几路，连夜追赶。光泽县是个山区，大家也不知往哪个方向跑。有人分析，可能是往江西资溪方向跑了。

由于出了这种丢人的事，聚在他家里的赌友一下子全散了。对于这种事，我插不上嘴也帮不上忙，只好回客栈。

第二天，我碰到林型传，问他："林基接的老婆找到了没有？"

林型传皱着眉头叹了口气："唉！被人带到江西资溪那边去了，怕没那么快找回来吧！"

林基接这么一走，他的小队人马拢不住了。他们工程的账没法结，工人的工资也没法支付，一切全都乱套了。

林型传发愁的是管理费打了水漂，见到我只是连连摇头，唉声叹气，什么话都不说。

林型传常来他们工地，与工人们都熟悉了，现在大家无事可做，便向他打听江西黎川那边是否有可续工程。林型传告诉他们，等到明年，也就是春节后，黎川燎原水库工程还有事可做。

工友们一听，都热血沸腾，向林型传提出："我们没挣到钱，也没脸回家。你就带我们到黎川去过年吧，年后就在那边做工。"

他们知道反正黎川离光泽很近，只有70公里路程。一旦听到林基接这边问题解决，就再回来结账要工资。

没想到林型传竟爽快地答应了大家的要求，同意一起去黎川。

林桂眉和曾永不目睹了一切，知道我为了他们工资的事，尽了最大努力。现在又听到去黎川的消息，也不跟我要钱了，说愿意和大家一起去黎川。

1968年1月10日，林型传带领我和几个工友一起去黎川。我们直接到燎原水库工地的工棚内住下。燎原水库工程是施巨旺以东屿公社基建工程队的名义承包的。到了年关，林型传都要例行公事，去催收管理费。

他对我说："过两天，我们到张友善那儿去一趟。"

一提到张友善，我心里就有一股无名火在升腾："我不想见到这个人。"

林型传说："那怎么行！你是睦东联合基建工程队东屿公社的代表。"

　　张友善的工程是以睦东联合基建工程队的名义承包的，东屿公社应该占有一半股份。当初筹建这个睦东联合基建工程队，我是直接参与人。林型传带我一起去收缴管理费，是名正言顺、理所当然的。

　　于是，两日后的晚上，林型传带着我及另外几个工人，一起来到张友善黎川工程队的住处。林桂眉只知道是去借钱还他们的工资。其实，林型传是借助我等众人的力量，去催收管理费，大家是各取所需，各有所图。

　　那天晚上，我们远远就听到一片熙熙攘攘的吵闹声。原来是他们工程队的人吃完饭，都还在餐厅逗留。餐厅内的几盏15瓦灯泡，灯光昏暗，加上好多人在抽烟，屋内一片乌烟瘴气。

　　等我们走到屋内，仍然看不清这些人的脸庞，只看到张友善轻声地对工人们说着什么。当我们走到他跟前时，他这才发现我们，随即冲着林型传和我，伸出双手，与我们一一握过。

　　那架势，倒像他是领导，接见我们这些来访群众。

　　张友善假装糊涂，却故作热情："哟！什么风把你们吹来的?"

　　林型传开门见山："你是个聪明人！我们来的目的，你当然很清楚。"

　　在场所有人，看到我们一下子来了五六个人，不知道发生了什么事情，顿时平静了很多。我们寒暄几句之后，林型传开门见山："去年你们的工程管理费，应该有一半交给东屿公社。"

　　我马上接过话说："就是啊！睦东联合基建工程队，管理费应该交一半给东屿公社，合情合理。另外，工程队一年多来的账目往来，也应该给东屿公社一份报告。"

　　我们的话，说得很直白，索取被他扣取的部分管理费。

　　张友善词穷理屈，低着头默不作声。

　　我继续说："实不相瞒，今天我来这里，是公私兼顾。一个是管理费的问题，另外，我在邵武搞的那个小工程亏本了，还欠两个工人的工资。快过年了，他们向我要钱，你能否先拿25元，把他们的工资还上。"说着，我就把林桂眉和曾永不拉到跟前。

　　"至于当初，我跟你出来到江西，不但没有拿到工资，甚至连路费也没有给我报……"

张友善没等我说完，沉下一张苦脸，指着室内这些工人："他们也正在闹着要发工资，今年工程效益不好，欠了很多工人的工资。年前是无法解决了，请大家原谅。"

人群中一阵窃窃私语，都表示不满。但是，也没人敢大声说话，敢怒不敢言，恐怕得罪了包工头张友善。张友善到底是久经沙场的，从容应对现场工人，挥挥手说："你们先回去吧，我这里还要谈事情。"

工友们觉得继续待下去也是无趣，就慢慢地散开了。

张友善很能沉住气，悠悠地对我们说："我也不想为难你们，我是实在没有办法。这个年大家各自先想想办法对付，过了年，再争取解决。"

张友善说完又转身恳求林型传："老林，请你给东屿公社捎个话，今年的管理费要求暂欠一下，明年一定想办法补交上去。"

这是缓兵之计。诡计多端的张友善，三言两语，就把所有上门讨债的人都给打发了。

当晚，我们在张友善那里磨了很长时间，费了不少口舌，也没有任何结果。我实在是忍无可忍，便把从老家出来打工一年半，所经历的种种困难和坎坷，特别是他推荐我去敲石子，让我深受其害的事，重点地说了一遍。

我诉苦的目的，不过是想博取他的一点同情心，让他顾及我们先前一起创办联合工程队的情分，或者缴纳一半管理费，或者是借给我一点钱。想不到，张友善不为所动，始终不松口。

到最后，林型传说："你是个革命烈士的后代，思想觉悟要比一般人高，这该缴的管理费你还是得缴。要不然，我回去也没法交代。我大老远地跑到你这来，你总不能两手一摊吧！"

任我们说破嘴皮，张友善仍然无动于衷，一个劲地推诿。最后竟然摆出一副"死猪不怕开水烫"的无赖架势："我现在就是没钱，你们爱怎么办就怎么办吧！"

我们都知道，这些包工头，应对老实巴交的流动工人，有的是办法。张友善在道义面前，与其名字相悖，没那么友善。

鉴于当时法制尚不健全，加上我们又不太懂法，不知道如何维护自身的合法权益，因此，面对这块又臭又硬的"茅坑石头"，我们几个人都很无奈，唯能自认倒霉，垂头丧气地回到燎原水库工棚。

张友善的无赖手段和冷漠态度，引起了林型传的强烈不满。

他反省，当初就不该不考察人品，就帮他说服睦源公社党委，并且以东屿与睦源合办工程队的名义，为他张友善承包工程提供方便，以至于发展到今天，害得几个熟悉的朋友白白地为他辛苦了两年。

是啊，林型传的话不无道理，张友善打着睦东联合基建工程队的旗号，做他自己一个人的生意，对我们不闻不问，完全把我们抛在了一边。这件事也让我得到了深刻的教训。

快过年了，原来在燎原水库工程做工的人都回家过年了，好多工棚都空了出来，锅灶、餐具都是现成的。我们几个人重新把食堂开起来，林型传垫付了50元钱，买了食物，仍旧由曾永不负责做饭。

食堂一开张，我们几个人好像都有了家的感觉，自然也就安下心来。大家决定在这里过年，也是对年后燎原水库的工程满怀憧憬，希望明年时来运转，能有好运气，最起码干活能拿到工资。

几经辗转，四处漂泊，这是我在外面过的第二个春节。

我们十几个人，都是本公社的老乡，大家在一起说说笑笑，都把烦恼埋藏在心底，相约谁都不许提那些不愉快的事情。所以，这个春节过得还是挺开心的。

林型传是我们这里的主心骨。他新中国成立初期就参了军，他父亲是地方上一名绅士，新中国成立初，不知为何自缢身亡。

其后不久，林型传从部队转业到西安工作。人民公社化运动开展以后，他带着老婆儿子下放回到家乡基层任职，未料却因与本大队干部关系搞得很僵而遭到排斥。好在他与公社书记、主任相处得不错，公社领导为了照顾他，把他调至公社，给了他一个有名无实的公社基建工程队管理工作。管理的主要职责，就是收取各基建工程队的管理费。

其实，这个基建工程队尽是些散兵游勇，很难管理。

我从教师队伍辞职，回家当了农民后才认识他。"同是天涯沦落人"，或许是相似的经历让我们彼此惺惺相惜，一来二去，跟他关系处得挺好。

林型传本来是来收管理费的，谁知管理费没收到，也就耽搁了没走，或许是怕回去没法交差吧。

# 十、第二回敲石子

过了几天，林型传对我说："春节一过，燎原水库就要开工了，我接了一个敲石子的业务，你来带队管理。"

我一听"敲石子"三个字就来气。去年敲的那一堆堆石子，就在我的眼前，挥之不去。那时，日复一日，眼巴巴地等着别人来验收付款，结果希望终成泡影。工人们都没拿到钱，大家不欢而散。

我纠结了好半天。干吧，如同未痊愈的伤疤又被揭开，去年工人拿不到工资的事情，我心里还一直在隐隐作痛。

不干吧，一时半会也找不到新工作，这样耗着闲着也不是个事，看来，只能"骑着毛驴找马"，边干活边等待更好的机会吧。

于是，我一咬牙一跺脚，就把这任务接过来了。

林型传说："每天大家都出工，你是带队的，你就能得10分，其他的工人一般只能记8分或9分。最后的盈利由我来结算。"

我这个人凡事总爱往好处想，认为自己虽然身为队长，如果发生什么意外的事情，上面有林型传扛着顶着，我不用担什么责任。所以，当时也就感觉不到什么压力。

一转眼，春节就过去了。

林型传去燎原水库工程总指挥部了解到，整个水库工程2月16日开工。我们敲石子的也不例外，同时开工。

林型传从水库工程总指挥部领了工具、运石块的小板车以及工人们的伙食费。

12个人组成的敲石子组，就此开张运作了。

一开始，工人们情绪高涨，干得挺欢。大部分人都是老流动工，敲石子的活，对他们来说，都是小菜一碟，根本不用我这个队长操心。

我主要就是想办法，提高大家的工作积极性，从而提高工作效率。首先，要管好食堂，在家常菜的基础上，尽量要求曾永不换点新花样，给大家改善伙食，让大家吃得满意。其次，我有空就到工地上去转转，提醒大家注意安全，让他们感到有人关心，有人体贴。

敲石子刚刚走入正轨，便是二月末了，林型传立马请工程处来人验收。

验收结果：12个人敲石子40方，每方5元，价值200元；开块石53.4元，总计收入253.4元。扣去工具费4.6元、管理费25.3元，工人们年前年后40天吃饭费用，过年加餐费用，再加上其中9个人欠款82.05元，结果是收不抵付。

小队的亏本，全部由林型传负责处理。当然，我的心里也很不好受，毕竟工人们吃苦受累干了十天，没有赚到钱。

林型传这个人表面上大大咧咧，为人大方，见了面嘻嘻哈哈，不怎么计较。可他骨子里还是精明细致的，不赚钱的事情是绝对不会干的。

于是，他果断地停止了敲石子工作，小队散伙，大部分工人由水库工程处接收。林桂眉和曾永不两人，也跟着转移到水库工程处去了。我正发愁，心里盘算着自己的出路，是回老家去呢，还是继续留在这里做流动工？

林型传是个消息灵通的人士，他向我透露："黄兆达在宁德承包了一个很大的隧道工程，交给曾起权带队施工，那里很需要人手帮忙。你去吧，到那儿有用武之地。"

林型传对我是另眼相看，他的这番话，对我是极大的鼓舞。

一来，曾起权原来是我们生产队的会计，跟我关系还可以，去他那里，多少有一线赚钱的希望；二来，我也懂"树挪死，人挪活"的道理，况且那里不管大小，是个军事工程，施工、管理各方面应该是比较正规的，至少不会拿不到钱吧。

于是，我决定马上动身，去碰碰运气。

# 十一、神秘的隧道工程

1968年3月末,我只身一人,从江西黎川出发,途经光泽、福州到达福建省霞浦县。

霞浦县地处沿海,呈半岛形区域,海岸线长几百公里,大小岛屿一百多个,距离台湾很近,是福建最早开放的对台贸易口岸。

第二天清晨,我从霞浦县城乘车赶到沙江镇,再摆渡过海,到达下浒镇。

位于东海岸的下浒镇,是一个海滨城镇,也是霞浦县南部沿海乡镇的交通枢纽和物资集散地,是著名的海带之乡。

这里有一个非常神秘的隧道工程。长长的海岸线,唯有一座巍峨的高峰。幽静的山路上,空无一人。我很顺利地上了山,到了工程所在地,看到一群施工人员。

曾起权和他老婆林胡兰,见我前来,表现得热情可掬。

曾起权,新中国成立初期就去参了军,在部队干过建筑工程施工工作。所以,他看得懂施工图,也懂得工程施工的管理方法。

我心里直纳闷,在农村,会计就是一份很不错的职业了,曾起权为什么好好的会计不当,跑到这儿来承包工程?

可仔细一想,又觉得不可能,因为曾起权是个既有经济头脑而又"无利不起早"的人。正因为如此,他肯定通过对工程的整个预算和成本核算,确认经济效益好才会承包的。

对于这个工程,他肯定是胸有成竹。

曾起权为该工程施工队队长,掌控着施工队的大权。工程队招工用人,都由他一人决定。他对我说,来得早不如来得巧,你来了,正好补上一个缺。

而这个缺,就是大宗物资的采购与运输。

我自认为也不是一个有多大能耐的人,没想到有这么好的一个差事等着我,我心里自然是在偷着乐。

更没想到的是,这个工程队的人员,虽也有邻近村的人,但大部分都是我熟悉的本村人。对于我的到来,他们都非常高兴,嘘寒问暖。

这一来,之前的所有烦恼和郁闷,一下子烟消云散,我就像回到了家里一样,心里格外轻松。

工程队的工种有:泥水工、石料工、木工,还有干重体力活的粗工。

在食堂做饭的是曾起权的老婆林胡兰,另外一个是我发小的老婆阿玉。因为条件限制,在工地,我和一个名叫曾善解的17岁孩子同床睡觉。

曾善解跟着大家干着重体力活,却从不叫苦叫累,整天乐呵呵。我很喜欢他,他也喜欢黏着我。

这个时期,"文革"正在进行,两派斗争十分激烈,国家各项建设项目遭遇停顿,唯有这个工程没有受到影响。有一个工程技术人员,常驻工地进行技术指导,并对工程质量进行监督。

这是一个隧道工程。从西到东约有两百多米长。隧道的顶部距离峰顶至少还有五六十米,整条隧道都是硬岩石,工人们是用炸药爆破的方法,把这条隧道打通的。

隧道的巷道开凿工程原来是东屿基建工程队黄兆达承包的。巷道打通后的装修工程,是曾起权从黄兆达手里转包过来的。

诚然,这个转包过来的隧道装修工程,肯定是有利可图,否则,曾起权绝不会签字办理这个转包手续。至于转包的具体情况,只有他们俩清楚,外人不得而知。

至于我和工人们每个月可以拿多少工资,我一直不好意思细问,但我相信,曾起权绝不会让我吃亏。于是,我出差办事,需要领多少钱就领多少,从不多领多支,老老实实地为他办事,一心一意为他的工程出力。

从这项隧道装修工程中,我清楚地看到,干体力活的流动工人,工作非常繁重。不要说他们干活的人,就是我这个旁观者,都有些看不过去。

隧道两边一米八高的防护墙,都是用大块大块的条石砌成。这些条石是从隧道外面半山坡上的大岩石上打开的,从半山坡的采石场到隧道至少有三十多米的陡坡。

　　工人们两人一对,用粗麻绳套住条石,用竹竿硬是把每块一百七八十斤重的条石,用肩膀抬到山顶的隧道内。

　　两百多米长的隧道以及隧道两边的四个小房间,全都是用条石砌成的。

　　还有砌墙用的水泥、沙子、石子……也都是工人从山下的海边码头,抬、扛、挑,搬运到山顶的隧道内。夏天里,他们不知流下了多少汗水,磨红了肩头,磨破了衣服。

　　隧道的拱顶是用钢筋混凝土浇筑而成。工人们扳钢筋、扎钢筋、搅拌水泥,用一桶桶水泥浆,把隧道整个拱顶浇筑得严严实实。最后,还得把水泥拱背顶上与隧道拱顶下的空间,用石块来填满。

　　这项工作特别地累人,真不好做,石头从洞口一畚箕、一畚箕地往里面送,人又站不直,只能弯着腰,把畚箕里的石块挪到洞底,填满空间。

　　可以说,在整个隧道装修工程中,没有一样活是轻松的。

　　我不禁担心,如果以这样的进度,猴年马月才能干完?

　　工人们实在吃不消,就想出了一个急功近利的损招。他们趁工程技术人员不在时,填一段,空一段。

　　说白了,就是偷工减料。如此一来,进度是快了些。

　　可是,那位工程技术人员非常精明,他知道这项工作的进度是很慢的,为什么一下子就变快了呢?他吃准了其中肯定有"猫腻"。

　　于是他便提着钢钎,爬进去检查。这一查,漏洞百出,真相大白,曾起权也被劈头盖脸狠狠地批评了一顿。

　　那位工程技术人员告诫曾起权:"你们做的是国家重要工程,如果以后出了什么问题,你是要负法律责任的!"最后,那位工程技术人员还警告他,要进行处罚,扣减工程款。

　　曾起权被批得灰头土脸,半天说不出一句话来。工人们非常尴尬,只好全部返工,把没有填上的部分全都补上。

　　看到这一幕,我不禁忧心忡忡。一方面,是为工程进度缓慢担忧,另一方面,是担心工人们负荷太重,苦不堪言,能否坚持得下去。

　　于是,我开动脑筋,想出一个办法,制造了一辆小平板车。

用一块60厘米×70厘米的厚木板,下面装上四个木轮子,平板车的前后两头钉上挂钩,系上长绳,前头绳子拉到洞底,后头一条绳子留在洞口,在平板车上面装上满满两畚箕的石块,大喊一声:"拉!"洞底的人把绳子一拉,平板车载着石块,被轻松地拉了进去,到了洞底,卸下石块后,再喊一下,外面的人把空平板车拉出洞口,然后再装两畚箕石块继续拉进去,然后空车又拉出来再装。

就这样不断地循环往复,人也轻松多了,效率一下子增加了几十倍。

最后,拱背的回填工作,做得严严实实,工程技术人员看到后非常满意。

没想到,我的小发明,竟然发挥了大作用。工友们对我是啧啧称赞,我内心也有一点小小的自豪。

这项隧道工程,工作环境差,工作强度大,工人们没有星期天,也没有节假日,大家都觉得有些不堪重负,幸好都是年轻人。

但是,他们的情绪很不稳定,有的想回家不干了。曾起权也是早有察觉。于是,趁着我的到来,想让我给工友们做做思想工作,稳住人心。

我到的第二天晚上,曾起权就通知全体工人,召开一个座谈会。

工友们是一群年轻的小伙子,大都没有什么文化,他们都住在山脚下渔民小木屋的阁楼里。阁楼里没有窗,也没有床。大家一连排地在楼板上打着地铺,开会就坐在被窝里,围成一圈。在昏暗的灯光下,会议开始了。

首先,曾起权以工程队领导的身份,做了一个引导发言。

他说:"大家辛苦了!为了我们这个国家重要建设工程,庄华元从江西那么远的地方,赶过来支持和帮助我们。他这两年走过很多地方,也了解当前国内的形势。今天来到这里,我们请他谈一谈对我们隧道工程的看法。"

工人们以热烈的掌声,表示了对我的认可和欢迎。

曾起权点名要我说话,我也就不能推辞。我就把自己这两年来在外面闯荡的经历,以及其他流动工的遭遇,给工友们大致说了一下。

谈话中突出的重点,就是工作难找,即使找到了也很难拿到钱。然后我把话锋一转,说到目前我们所进行的隧道工程。

我强调,我们这里的工程,是国家重要工程,我们能为祖国、为人民干这样的工程,大家应该感到光荣。虽然苦点累点,但是我们工作稳定,应该好好珍惜。希望大家安安心心工作,不管怎么说,要比在老家干农活一天只挣几角钱强很多。

最后,我表示,能来这里跟大家一起干,我很高兴,希望我们共同努力,把这个隧道工程早日完工。

我的一番话,鼓舞了大家的士气。工友们纷纷表示,继续干吧!不回去了。

曾起权特别高兴,因为他开这个会的目的达到了。

在这里值得一提的是,所有人一直干到工程全部结束,才一起回老家。

这个工程不仅干活累,而且生活也不习惯,在老家,大家都是吃大米、番薯丝长大的,现在一天三餐全是吃面粉,总有些不习惯。

而食堂里两个烧饭的女工,她们既不会做包子、饺子、馒头、花卷,又不会做葱油饼等面食,只会用面粉做成面疙瘩、面糊糊。再加上,本来蔬菜也不多,总是吃些小鱼、小虾之类的海鲜食物,饮食结构就显得非常单调。工人们见到这些饭菜就反胃,有的还出现了拉肚子的现象。

时间一长,干着重体力活的工友们,都心生怨气,牢骚怪话也多,这也是老乡们不愿继续干下去的一个原因。

我来了之后,向食堂提出建议,用面粉做成面包、包子、面条。我亲自下厨擀手工面条,并去一家包子店花50元钱学习做面包,把做面包的方法学回来之后,教那两个食堂女工,让她们学会制作。

那时大米很紧张,我尽量想方设法买些大米,和面粉穿插搭配,再多买些蔬菜和猪肉,三天两头地变点新花样。

工友们看食堂的伙食有了明显改善,吃起饭来津津有味,顿时饭量倍增,干活的劲头调动起来了。从这以后,再也没有人提出要回家了。

曾起权看到我来后这几天,在鼓舞士气、稳定人心、设计制作小平板车、提高工作效率以及改善食堂伙食等方面,都做出积极的努力并收到了显著的效果,心中很是高兴。

所以,当他得知我已经一年多没回家了时,非常理解我的心情,同意让我回家一趟，也算是对我的一种额外奖励吧。

与此同时，他还交给我一个任务，在回工地的时候，买几件泥水工用的工具，并想办法找一个泥水工。

第二天，我非常高兴地踏上了回乡之路。

# 十二、短暂的探亲

前年夏天出门去江西时，锦云已身怀六甲，待到冬天，因为没有挣到钱，在江西回不去，她来信告诉我，已在家中平安地产下了我的第二个儿子。当时我得到消息之后，感觉既高兴又心酸。

这次回家，孩子都一周岁多了，应该会喊爸爸妈妈满地跑了。

当我回到家，一眼看到了我那个天真可爱的儿子时，心里特别高兴。这时，大儿子已经会走路了，且家里又添了一个男孩，我真的特别兴奋。

我一年多不在家，锦云独自勤俭持家，很辛苦，既要带孩子，还要耕种生产队分给我们的土地，而她竟也无怨无悔。

面对锦云，我心里好不歉疚。我亏欠妻子太多了，我再一次在心中暗暗发誓，日后要更加努力创业，对妻子加倍补偿。

对于庄稼人来说，人丁兴旺比挣钱更重要。挣钱的目的，无非是想让家里人生活得更好一点。眼下在下浒的国家重要工程做事，多少能挣些钱回来，应该不会有悬念。

尽管回乡与家人团聚，感觉格外开心与幸福。然而，毕竟是请假回家，还是一心惦记着当前的工程。所以，我在家只待了短短三天，去买了十个黑塑料沙灰桶，五把粉墙滚刷，约好泥水工郑昌杰，就风尘仆仆地起程返回工地了。

当年去下浒的路线，是从鳌江经福鼎，过夜转车，第二天又从福鼎坐车经福安，下午三四点才能到达霞浦县。当时听人说走矾山马站去沙埕，再乘船到霞浦县要近不少路程。

我考虑再三，决定冒险抄近路，既快又省路费。

郑昌杰是个小年轻，从没出过远门，他一切听从我的安排，跟随我走。

那天，我们从鳌江坐车直达马站。下车后，挑着塑料沙灰桶，摇摇摆摆地走了15里山坡羊肠小道，午后到达沙埕港码头。

我第一次来到沙埕港，哇！让我大开眼界。这沙埕港原来是深水港，几十万吨大轮船都能停靠。码头非常气派，停泊着大大小小的船只，数不胜数。

这里的海水是深蓝色的，清亮亮的，深不见底。尽管是风和日丽，海浪仍是一波接着一波，不断地拍打着船舶和码头，使得所有停泊的船只，不停地摇晃摆动着。

生平从未见过大海的我，举目远眺，辽阔无际的大海，水天一色，非常好奇。对于乘船，我自然也很感兴趣。因此，便没有什么警觉性，完全不知大海的可畏。

几个船工上岸来招揽顾客，问我们去哪里，我们说去霞浦县。

他们告诉我，没有直达霞浦县的船，坐船到三沙后再坐十分钟的车就可以到霞浦县。船工们还说，他们的船就是专开三沙的。

我看到船上已经有四个客人，再加上两个人，就马上开船了。

他们的船真的很小，桅杆竟然是用一根很粗的毛竹竿，我心里有点忐忑，这样的小船不知是不是安全？

船老大一再承诺，说他的小船专走三沙水路，每天来回一趟，下午五点之前就可以到达三沙，让我们不要有什么顾虑。此时我看着大家都已经坐上船去，眼见着别无选择，就带着郑昌杰，提心吊胆地登上小船。

刚上船的时候，小船还比较平稳。当船离开码头慢慢驶向外海之后，小船开始像一片树叶似的在海面上漂浮。

一阵阵汹涌的波涛，冲击着前进的船头，激起巨大的浪花，发出剧烈震荡的声响，高高的海浪制造出了巨大的浪峰与浪沟。

小船随着海浪扬上风口浪尖，转眼又掉下深深的浪沟里。当船扬上浪峰时，我们便能眺望到漫无边际的海洋以及海洋上大大小小的船只；当船落下浪沟时，我们只能看见船两边的海浪高出了船的桅杆，忽上忽下，此起彼伏。

仗着年轻力壮,我以为自己不会晕船,可是随着这小船在茫茫的大海里,像荡秋千一样不断地摇晃,我便开始感觉头晕,呼吸急促,反胃恶心。

我瞄了一眼船老大,只见他面不改色,稳稳地把握着舵向。

此时,我再也不敢睁着眼睛看那浪起浪落,只能老老实实闭上眼睛趴在船老大的被子上,强忍着胃部的悸动与不适,晕晕乎乎地睡着了。

从中午离开沙埕港码头之后,一直在动荡不定的船中度过,直到下午四点多钟,小船缓慢而平稳地在江上行驶的时候,我才大胆地睁开了双眼。

当看到太阳的余晖斜照在船上,海水波光潋滟时,我才放下心来,惊涛骇浪的风险已经过去,我们也已经平安地到达三沙码头。

我和郑昌杰相互搀扶着,摇摇晃晃地下了船。郑昌杰脸色发白,上岸后,小声嘟囔着:"坐这小船简直比死还难受。"他发誓说今生再也不坐这样的小船了。

想起刚才在海上船小浪高的情景,我也是惊魂未定,但我只能轻声安慰他:"没事!没事!有惊无险!"

到了三沙很容易就坐上了面包车,不到半小时,到了霞浦县城。这时,天色已晚,我们只能在霞浦县城住上一宿。

第二天一早,我和郑昌杰来到沙江,摆渡到达下浒镇,上山到达工地差不多十一点了。

曾起权和林胡兰见我这么快就回来了,非常高兴,赶快招呼我们坐下来吃饭。

曾起权笑着问:"怎么不在家多住几天?"

我说:"知道工地很忙,我也不敢耽搁,还是赶紧回来。按你的吩咐,泥水工带来了,工具也都买齐了。"

曾起权说:"好!好!回来得正好,明天安排船只,让你跟船去宁德仓库提货。"

听说又要坐船,我的心一下子提到嗓子眼,刚才在船上胃里翻江倒海的那股难受劲,还没缓过来呢。

曾起权见我没搭话,便问:"怎么啦?"

我就把这回从沙埕到三沙坐船的情况诉说了一遍。

他笑着说:"那是外海,下浒到宁德仓库是内海,没有海浪,很平稳的,不用怕。"

我还是心有余悸:"郑昌杰说,他这辈子再也不坐这样的小船了。"我只能拿郑昌杰的话来说事。

"你呀!真是一朝被蛇咬,十年怕井绳。没关系,放心去吧!"经他这么一说,我壮起胆子,应承下来。

# 十三、出入海边码头

第二天清晨,我拎着装有生活日用品的小包,跟随山下渔村的四个船夫,到达海边码头。

他们有一条小船,比沙埕港来的船还要小很多,而且连桅杆都没有。船的形状也不一样,船头船尾一样宽,船舱倒是宽敞了很多。船尾的甲板上还放着一台小型柴油机,不用问我就知道,柴油机一发动,船就能起航。

清晨的海面上弥漫着一层淡淡的雾纱,不少渔船在那里撒网、捕鱼作业。

海面并不平静,小小浪花的冲击,也会发出啪啪的声响。

我和船夫们没有多说话,他们把套在码头石柱上的绳子解开后,严肃地喊了一声:"开船!"船夫迅速地发动了柴油机,"砰砰砰"的声音有点刺耳。

小船立即启动,缓缓地离开码头。小船后面现出一路滚滚的浪花,很多海鸥翻飞盘旋,嘎嘎地叫唤着。

小船在平静的海面上缓缓地前进,我坐在船舱内,觉得船身非常安稳自如。

大概船夫们有规矩,早晨上船时不宜多说话,每个人的神情都特别严肃。当小船开出十多里路之后,他们的精神好像轻松了许多,开始聊天拉家常。

我抬头看着蓝天上飘浮着朵朵白云,看着小船后面出现的一浪追一浪的情景,看着天空中飞翔的海鸥突然俯冲到海面,心情豁然开朗,似乎找到了少年时代划小船的感觉,情不自禁地哼唱起:"小船儿轻轻,飘荡在水中,迎面吹来了凉爽的风……"

离开下浒镇两小时后,船速逐步加快,原来还是三面环山的海面,顷刻间,那山峦竟都渐渐地远去。从东边看去,视线中出现了一个大大的门户,从门户望出去,便是那无边无际的大海。

我问船老大:"这里是什么位置?"

船老大说:"这东面叫东窗口,窗口外就是东海连着太平洋了。"

哇!大海可真的大!无边无际。在这大海里,我坐的小船竟然这么小,名副其实的一叶小舟。

船老大还告诉我,现在这一带的海里,黄鱼很多,他让我把耳朵贴在舵把手上仔细听,可以听到海里面有很多大黄鱼沙沙的叫声。不一会儿,船边就有几条大黄鱼,欢蹦乱跳地跃出水面,刚好船上有只小篮子,船老大赶紧用篮子去捞鱼,竟然一下就捞上来两条,这意外的收获,立即让大家兴奋起来。

可惜船上只有盐,其他什么调料都没有。

我以为刚出水的新鲜黄鱼一定很美味,未料却大失所望。

船夫用盐和水煮出来的黄鱼,真不是太好吃。因为鱼肉不结块,绵绵的,没有咬劲。可见,再新鲜的鱼,如果没有好的调料,也烧不出好味道。

而船夫们却吃得津津有味,并啧啧称赞:"味道鲜极了!"又可见,每个人对同一事物的看法和感觉,也都是不尽相同。

临近宁德仓库码头了,这里的内海又大又宽,只见海面上好多条大鲸鱼在戏水,一会儿高高地跃出水面,一下子又一头钻进水中,激起大片雪白的浪花,场面非常壮观。船夫们因为经常出海,对这番景象已经司空见惯,不足为奇了。而我是第一次近距离观看鲸鱼表演,不禁感叹那鲸鱼的体积比我们的小船还要大很多。要是那鲸鱼触碰到我们的小船,后果将不堪设想。

我正看得饶有兴致,小船已经靠上宁德仓库码头了。

我上了码头，可是船老大只能在船上待着，不能上去，因为这里是重要的物资仓库。

刚上岸，立即有两位军人迎上前来，问我干什么的。我拿出工程队开出的介绍信和提货单给他们。他们看了后，还是很热情地带我到部队招待所住下。

我没有当过兵，对部队生活极为好奇。这里大概有一个连吧，守卫着这个重要的物资仓库。

给我睡的床像军人的床一样，被子叠成四四方方的一块，像是用刀切出来的。我摸了一下，被子很薄，不那么暖和，幸好那时已是四月天气了。

没多大一会儿，只听军号吹响了。所有当兵的都在操场上站队集合，听他们的领导讲话。然后，喊着响亮的口号。最后，一曲"大刀向鬼子们的头上砍去……"唱得振聋发聩。唱完后，队伍解散，去吃晚餐。

我很荣幸，有机会和当兵的在一起共进晚餐。当时我看到他们的伙食真不错，大米饭随便吃，菜由厨师分给，一荤两素，油水很足，我觉得特别好吃。

第二天，天一亮，就听到起床的军号响起。当兵的一个个生龙活虎，行动迅速，很快洗漱完毕，紧接着在操场上集合跑步，不时传来铿锵有力的"一二三四……"的喊声。然后与昨天餐前一样呼口号、唱歌、吃饭。

我想，要是有机会到部队锻炼一下，该有多好啊！

我是最后一个去吃早餐的人，食堂里只有一个厨师，他不是当兵的，是专门聘请来为部队官兵做饭的。他很年轻，是福建人，一开口说的是闽南话，顿时感到非常亲切。我夸他饭菜做得好，他满脸是笑，说："我想尽办法，希望每个当兵的都能吃得好，吃得胖胖的，可是他们怎么也胖不起来。"

我不知怎么接他的话题，只是说："吃得这么好，肯定能胖起来。不过，要是胖了，他们出操跑步就跑不动了。"

厨师听了，哈哈大笑起来。

刚吃完饭，码头上已经开始装船了。这次提取的十吨材料，是五吨水泥、五吨钢筋，水泥和钢筋两船都各装一半，这样有利于行船的安全。

不到两小时，全部装完。仓库保管员拿了材料出库单与我核对数字，然后,要我在出库单上签字。同时,把出库单的提货联交给船老大核实,并让他带着提货单,随船到下浒镇工地交货。

办完手续,船老大载货回下浒去了。我到宁德汽车站,坐客车回霞浦县工地。

## 十四、帮扶落魄人

客车到了霞浦县车站,出站后,我急匆匆去沙江镇赶轮船摆渡,凑巧在街上遇见了高二村的林基泉。

这林基泉原是我姑姑前夫的弟弟,虽然与我没什么关系,可多少还有一丁点沾亲带故。我们相互认识,又是一个地方的人,在异地他乡相遇,彼此都热情地打招呼。我知道他原来是个木工,不知道他这次是从哪里来到霞浦的。

我们寒暄了几句后,他说,现在流动工都不好找工作,他想求我把他带到海军工地挣口饭吃。我不敢自己做主,说要回去问问曾起权,看他那里需要不需要再增加人。

林基泉倒是个爽快人,说跟我到工地看看,要人就干,不要人住一夜就走,我说这样可以。

我们刚要动身,他又悄声地说:"你看看,后面还有一个人是谁?"

我转身往后一看,原来是我家族隔五代的堂弟庄男谱。

庄家人丁不旺,我们算是最亲的族内兄弟。

林基泉在我耳旁小声说:"带不带我不要紧,庄男谱一定要带去。"

林基泉这么一提,我心里也十分明白,也让我左右为难。

事情发生在我去江西那一年的十月间,高一村曾永昊家的一头黄牛丢了。有人说是水门头村林乃传偷的,有人看到林乃传曾经在高一大队第一生产队的牛栏边转悠过。

老话说,"捉贼拿赃",没有证据是不能随便怀疑是别人偷的。但是,怀疑林乃传就没关系，因为他平时就有小偷小摸的坏习惯，臭名在外，即使冤枉了他，也没有人出面为他辩护。

何况曾姓家族大，有些喜欢看热闹的人不嫌事大，一下子闹哄起来，急匆匆赶到水门头村去抓人。

水门头村距离高墩只有两里路，一抓一个准。林乃传光棍一人，水门头村也没人护着他。抓到林乃传后，大家就把他带到我家堂屋。当时农村没有专门办公的场地，大队部就设在我奶奶的北边两间屋内。所以，村里发生大小事情，都要到我家堂屋来处理。

这偷牛事件在本村引起了轰动，好多人来我家看热闹。林乃传被五花大绑，审问时，林乃传矢口否认，说没有偷牛。

有人问："你没有偷牛，为什么到牛栏边转来转去？偷了牛还不老实，把他吊起来打！"

几个人用粗麻绳穿过堂屋的梁上，拉下来绑在林乃传的两条腿上，倒挂着把他吊上去，再进行审问："你究竟有没有偷曾永吴家的牛？"

林乃传声嘶力竭地大喊："我冤枉啊！我冤枉啊！"

"冤枉谁也不会冤枉你！原来就小偷小摸，现在胆子越来越大，竟敢偷牛！"

林乃传说："牛真的不是我偷的！快放我下来！"

"不是你偷的，那是谁偷的？不说实话，不会放你下来的！"

林乃传说："是谱偷的。"

高一村有两个人的名字带有"谱"字。一个是曾善谱，另一个叫庄男谱。

此时曾善谱的父亲也在场，便着急地问："你快说！是曾谱还是庄谱？"

林乃传说："是庄男谱。"

这样一来，便真相大白，原来是庄男谱偷了曾永吴家的牛。

林乃传还说，他接到庄男谱偷出来的牛后，把牛赶到山门上垟村转交周某某，他们往怀溪那边去了。

这么说起来，林乃传也脱不了干系，他是庄男谱的同伙。

事不宜迟，当晚曾氏家族组织了大队人马，带上林乃传连夜追赶，终于把牛追了回来。等到曾家人去找庄男谱算账时，发现他早已不知去向。

庄男谱偷牛的事已然暴露,他自知往后在高墩无脸见人,于是连夜出逃。幸亏他跑得快,要是被人抓住,非得把他打个半死,甚至残废不可。

在乡村,如果偷点瓜果蔬菜之类的,还不怎么丢人。可是,偷牛就算是大盗了。

要知道,当年的一头牛,可是庄户人家无可替代的壮劳力呀!所以,偷牛将毁掉自己一生的名声,所有人都会对他嗤之以鼻,一辈子抬不起头。

庄男谱为偷牛的事付出了惨重的代价,娶不到老婆,没有结过婚。

这次在霞浦县不期而遇,我想,如果我不伸手拉他一把,他真的是无处可去了。要带他到隧道工地去吧,恐怕曾起权不能接受,我了解曾起权这人,为人正派,眼睛里揉不得一点沙子。他最不能容忍的是社会上那些不干正经事、游手好闲、品行不端的人。万一曾起权不接受,我该如何是好?

记得有一年,农业合作化期间,粮食非常紧张。村里有个叫林木森的,偷割了我们生产队的稻穗,藏在他家床底下,结果被搜出来了,抓到大队办公室,绑在一根柱子上。曾起权性格刚烈,疾恶如仇,拿起毛竹枝条狠狠地抽打林木森的大腿,只见血珠一串串地冒了出来。这事我至今依旧记忆犹新。

我考虑再三,心想,这回如果不伸手拉庄男谱一把,恐怕他这一生都不敢再回高墩老家了,与其母不能相见,与其兄弟不能团圆。

"一失足成千古恨",这么多年,他四处漂泊,日子肯定不好过。他犯的错,也受到了应有的惩罚,即使坐牢也应该刑满释放了,应该给他一个改过自新、重新做人的机会。

于是,我答应了林基泉:"好吧!我带他到隧道工地去。到时候曾起权如果不肯收留,我只能厚着脸皮跪求于他。"

我迎了上去,与久别重逢的庄男谱打了招呼,只当以往什么事都没有发生,并且问他今天从哪里来,又准备到哪里去。

当我正面注视他的时候,他脸上红一阵白一阵,浑身不自在。顿了一会儿,才垂头丧气地说自己到处流浪,流动工的工作难找,问我能不能帮他一下。

我说:"你跟我到隧道工地去,我去求求曾起权给你一次机会。不过,以后你再也不能干那偷鸡摸狗丢人现眼的事了。"

庄男谱点头如鸡啄米："不会了!不会了!再干那缺德事,天打五雷轰!"

就这样,我把林基泉、庄男谱一起带到山上工地去。一路上,我在心里斟酌着,如何向曾起权开口。

在曾氏家族中,曾起权的辈分最高,所有人都尊称他起权公或起权太。我与他不同姓,排不上辈分,还是叫他起权公。

曾起权见我这么快就完成仓库提货任务,本来是满心欢喜,还高兴地说:"感觉怎么样?没有晕船吧?"

我应和着说:"没有,没有。内海行船很稳当,没有一点颠簸。上次坐船是受罪,晕得难受。这次坐船是享受,还欣赏了大海的景色,很壮观啊!"

"我说得没错吧?"曾起权边说边打量着我身后的两个人。

我说:"没错!没错!"

曾起权问:"你带来的两个人是干什么的?"

我说:"正要向你汇报呢,一个是木工林基泉,不知道工地是否需要木工?如果不需要,我让他明天走人。另外,我把男谱带来了。"

一听说把男谱带来工地,曾起权的脸一下子就拉了下来,冷冷地说:"你把这货带来做啥?败类!"

曾起权很清楚,当初庄男谱的哥哥庄男语和生产队队长甄于强,欺人太甚,强行把我家门口世代留传下来的最肥沃的菜园地,让给他们建房子,另外给我们一块连草都长不活的劣质地抵数。他知道庄男谱一家与我们家结怨很深,所以,他怎么也想不通,我为什么会带庄男谱来工地。

这时我拉着曾起权的手,走到一边悄悄地说:"求求你!做点好事吧!他已经走投无路了。其实,我也不喜欢他,看在一个生产队的分上,就给他一次重新做人的机会。等这里工程结束,我把他带回老家。要不然,他一辈子也不敢回家啊!"

经过我一番苦苦劝说,曾起权勉强接受了:"看在你老庄的面子上,留下他。但是你一定要警告他,再不能干那丢人现眼的事了!"

"我知道!我知道!来之前我已经教育过他了。"

曾起权说："现在正好建造露天天线库,要搭建格子板、框架,林基泉会木工,就让他配合胡师傅一起干。庄男谱嘛,就让他干点粗活吧。"

我很感激曾起权："好的!好的!就按你的吩咐去做。"

林基泉、庄男谱听说给他们都安排了工作,非常高兴,他们也很感激我。

尔后,庄男谱在工地埋头干活,还是很卖力的,说明他也很珍惜这次工作的机会。曾起权也就不再说什么了。

## 十五、完美收官隧道工程

宁德仓库提货,我共去过五次。两次运载钢筋、水泥,两次运载木头、方料、板料,最后一次是乘坐登陆艇提取防护门、木门、电器预埋线等配件,自此,工程所需材料全部提取完成。

这时,下浒镇隧道工程的人员与材料全部齐备,每天紧锣密鼓、有条不紊地赶进度,大家都想早日把工程干完,可以提早回家。

后期工程是最关键的,工程技术人员整天盯着每一个环节,寸步不离地监督着施工。所有参与施工的工友们,个个认真负责,尽心尽力,决不让工程出现丁点瑕疵。

工程已接近收尾阶段了。隧道拱背上的石块回填结束后,就开始进行内墙顶板全面粉刷、白灰粉面、平整修饰的工作。

还有木工在为小房间安装木门,他们每装上一扇门后,我就帮着木工师傅安装门上的弹子锁。我安装的弹子锁准确而平整,易开又易关。

最后还有一个最关键的环节,那就是用水泥钢筋浇筑隧道口第二道防护门。

这扇防护门真是挺特殊的。它的形状为龟背形,门是单向往外开。门的骨架、外框四边对向两层都是5厘米×7厘米的角钢焊成,框内又是特殊钢筋做的骨架,再用粗石子、高标号混凝土浇筑,足有30厘米厚,都用手臂般粗的专用铰链与隧道墙相连,约有六吨多重,四边还有橡皮密封圈。

当时，我们都对郎德兴的施工本事佩服得五体投地，居然能够把这扇防护门按施工图纸，保质保量地浇筑成功。真是"没有金刚钻，不揽瓷器活"。在当时的年代，能看懂施工图纸，并且能够按照图纸施工的人，可谓寥寥无几呀！

最后的任务，是在隧道口连着山体区域的块石浆砌山墙。隧道口特厚的第一道木门安装成功之后，这个隧道工程才正式宣告胜利收官。

工程结束后，大家选定了退场的日子，此时已经是九月下旬。

工友们都兴高采烈，盼望已久的回家的日子终于到来。

至于工资结算，郎德兴承诺，等回家再结算。由于大家对郎德兴的为人充分信任，啥话都没说，各自打好行李、卷好铺盖，准备起程回府。

正当大家都非常轻松开心之时，人群中却有一个人闷闷不乐、心事重重。他就是我的堂弟庄男谱。他来到我面前，吞吞吐吐地说："我昨晚想了一晚上，我还是不回去。"

我问："你怎么了？"

他其实是思想压力大，觉得抬不起头来去见江东父老："我回去没脸见我妈、我哥，还有……"

我很理解庄男谱的心情，这的确是他的一块心病。我对他说："今天我带你回去，什么话也不说了。你在这里工作了这么长时间，大家也没对你怎么样，说明大家对你不计前嫌。这次那么多人和你一起回家，也是难得的机会。你放下思想包袱，跟着我走，什么事都没有。没有人敢对你怎么样，你再仔细考虑一下！"

在我的劝导下，他终于振作起精神，同意和我一起回家。

是日，郎德兴在下浒镇包下一条大篷船，上午九点从下浒出发，到第二天下午，大篷船顺利到达鳌江码头。再从鳌江乘汽车，下午四点左右，大家全部平安到家了。

我们高墩老家，自古以来就有一个传统习惯，村里人有出门在外当兵、打工赚钱，或干别的行当，一旦回老家，就会带点糖果饼干，分给左邻右舍的孩子们。

那时候住房都很集中,谁家有点什么事,消息很快就会四处传开。那天下午,村里有十几个人在外面打工同时回来,孩子们都乐翻天了!因为平时根本就没有什么零食吃的,知道我们不会空手回来,都赶来分糖果。每家抓一把,孩子们像过节一样高兴得又蹦又跳。

我把庄男谱带回去,他的哥哥庄男语和他母亲可高兴了!因为庄男谱离家出走已经三年了,音信全无,全家人都为他担惊受怕,不知他在外面怎么样,又怕他再走上歪门邪路。现在庄男谱安然无恙地回来了,大妈嘴里直念叨:"回来了就好!回来了就好……"

看着他们一家人团聚,我也是说不出的高兴。

一位邻居阿婆走到我面前说:"这次男谱要不是你,他还不知道什么时候才能回来,男谱妈不知流了多少眼泪。他们应该谢谢你!"

因为事情已经过去了好几年,当时的牛也已经追了回来,毕竟都是乡里乡亲,抬头不见低头见,所以也就没有人再追究庄男谱的往事了。

# 十六、关于人性的思考

回家已经两天了,郎德兴还没有给大家结算工资。有的人就开始着急,三三两两地跑到他家去讨要工资。

谁能料想得到,郎德兴说没有钱付工资,原因是剩余的工程款,全被公社工程队管理员梅兴慧作为管理费,从华仕达那里领走了。

这个消息,对大家来说无疑是晴天霹雳,一个个都傻眼了。

我这才想起,郎德兴的隧道工程,是从华仕达那里转包过来的。梅兴慧没有经过郎德兴的同意,就直接从华仕达手里收取了所谓的管理费。与年前从我邵武王玢的装修工程收去286元管理费是一样的方法。

当大家找到梅兴慧时,他振振有词,说按工程款总数的比例收的管理费。至于施工队能不能发出工资,与他无关。

郎德兴与梅兴慧两人互相扯皮,怎么也扯不清楚。郎德兴发不出工资,也不能按规矩公布账目。

大家出大力、流大汗，辛苦劳累，却没有拿到应得的报酬。因此，郎德兴的声誉一落千丈，与所有的工人发生了激烈的冲突，结下了深深的怨恨。

我的工资也同样没有拿到分文，我不甘心，再次上门索要。

未料郎德兴翻脸比翻书还快，他反问我："你也来跟我要工资？要工资可以，你去梅兴慧那里把工程款要回来，我就把工资发给你。"

"简直是莫名其妙！我是给你郎德兴打工，当然要向你要工资了！"

过了几天，郎德兴去了宁德华仕达工程队总部，跟华仕达结账。账怎么结的，谁也不知道。只见他回来后的状态不好，始终闷闷不乐，见谁都不高兴，似乎是别人欠他的钱一样。

想当年，郎德兴在我们生产队是一个很厉害的角色，平时态度严肃，谁都不敢惹他。这一回，跟华仕达结账，空手而归。或许是转包协议签亏了？只能哑巴吃黄连，有苦难言？

在这次事件中，郎德兴特别憎恨的是梅兴慧，甚至破口大骂他不是人，做事太绝。我跟梅兴慧关系本来还不错，我想与他疏通一下，让梅兴慧退回一部分管理费，给郎德兴发工资，以缓解与工人之间的矛盾。

于是，我傻傻地跑到梅兴慧家里去，向他说明工人们在工地上如何辛苦地工作，如今一分钱报酬都拿不到，以及郎德兴与工人之间难以化解的矛盾。

我费尽口舌，说了大半天，没想到梅兴慧却是铁石心肠，无动于衷。

在和他没有利害关系时，他是个很好相处的人。如今我提到钱这个问题，他一反常态，很不爽地说："我已经把钱交给公社了，没办法了！"

我坚持跟他据理力争："你收工程管理费，也不能把工程款全部收去啊！"

他板着脸说："你不了解情况！要不这样，我把老婆的手表给你，拿去给郎德兴抵债。"

当他拿出手表时，我就认定他这是做贼心虚，如果他不理亏，自然就"身正不怕影子斜"，何必拿老婆的手表出来抵债？

我对他说："那不行！你老婆的手表怎么可以抵工程款呢？"

梅兴慧故作无奈："不要?那我就没办法了。"

看着梅兴慧一副无赖的样子,为了说明我去跟梅兴慧交涉过,我只能收下梅兴慧这块手表,回去向郎德兴交差。

没想到我回头交差时,郎德兴二话没说,立马接过手表,随之,当场给了我150斤全国通用粮票,说是用以抵消我的工资,并低声向我致歉："我真的没有钱付你工资。"

这种情况下,我不要白不要,只能收下粮票再说。

看来,这个贪污工程款的源头,乃是梅兴慧。

这时,我对梅兴慧的最后一点好感都荡然无存了。

他收过我王玢大队工程的管理费,让我无法付清工人的工资。现在又收了下浒工程大量管理费以及全国各地工程的管理费,估计大部分都落入他的私人腰包。

当年还是"文革"时期,公检法都被砸烂了,有的人目无法纪,浑水摸鱼,也没有人能出来主持公道,我们既不懂法,也没有胆识去公社反映情况,此事就这样不了了之了。

通过这件事,我也看清了梅兴慧这个人的真实面目。后来,我不知道郎德兴如何应对欠这么多人的工资款。如果梅兴慧确实不合理地收取了他的管理费,以他的性格,怎么会善罢甘休?我想,郎德兴是否也昧着良心,趁机浑水摸鱼捞上一把呢?或许,他是拿梅兴慧收取管理费为幌子,转嫁责任,来应对大家讨要工资。

后来,村里的曾善涨和他老婆阿玉,夫妻俩辛辛苦苦干了一年多,没有拿到工资,愤恨难平,到郎德兴家中大吵大闹。

曾善涨随身带着绳索,对郎德兴说："如果再不给我工资,我就在你家上吊自尽。"他老婆阿玉更是在一旁哭得昏天黑地。

这样一来,周边好多人前来观看。听到阿玉的哭诉,看到曾善涨寻死觅活的惨状,看热闹的人不禁唏嘘不已,议论纷纷。

同时,这件事也惊动了住在隔壁的村长。毕竟是人命关天,作为一村之长,他无法充耳不闻,只得出面帮助调解。

村长花了很长时间,好说歹说,并答应帮他们解决工资问题,终于把曾善涨夫妻俩劝回去,暂时平息了这场风波。

由此看来,下浒隧道工程真正的秘密,是郎德兴、梅兴慧以及华仕达等三人对于工程款的暗箱运作,有着不可告人的经济秘密。

参与建设者最终都没有拿到一分钱的报酬,成为他们永远的伤痛。

郎德兴和梅兴慧两人为此事,互相推诿扯皮,一直到郎德兴逝去,这个账都没有扯清楚。从那以后,郎德兴头上正直无私的光环消失了,由于名誉扫地,他从此被全村人孤立。

梅兴慧也是在被人戳着脊梁骨的日子中度过余生。

梅兴慧、郎德兴,这两个人的前后变化,一时间使得我百思不得其解。此前,这两个人几乎都是我的偶像,一个为人热心,一个做人正直。可今天,这两个人在我心里的高大形象一下子轰然倒塌。

这是怎么了?好人都去哪儿了?良心丢到哪儿了?你们要养家糊口,别人也有妻儿老小呀?你们为了自家活得滋润,就可以不管别人家死活而贪图黑心钱?平日里道貌岸然,一碰上钱,咋就立马变得狼心狗肺了?

时隔多年,往事如烟,多年来,那些让我想不通的,随着我阅历的积累,也已经慢慢释怀。

记得有一位哲人说过,"人的一半是天使,一半是魔鬼"。其实,天使和魔鬼之间,也就是一线之隔。

回顾两年多所走过的路程,起因是为了能够快速地找到养蜜蜂的资本,我图谋捷径,远离家乡,参与到流动工的行列。结果,白费两年光阴,遭受了不可想象的艰辛、劳苦和委屈。转了一大圈,最终又回归到起点。

我不禁感叹:早知今日,悔不当初!

但回头再一想,也不错,可谓不枉此行!

所有的苦难也是一笔财富,它让我对于人生百态,有了更透彻的了解。

# 第八章　跟蜂游世界

每一次放飞

不知道有无欣喜

每一次分别都随风而至

每一次重逢却无法预期


蜜蜂与花朵结缘

人与人命运相依

远方的朋友,远方的花朵

永远是甜蜜的记忆

# 一、亏在起跑线

蜜蜂是有益的昆虫,它勤劳、团结、无私奉献,能以付出生命的代价捍卫自己的家园(蜂巢)。

蜜蜂也是人类的好朋友,园艺家米丘林专门请养蜂人把蜜蜂引入他的农场果园,为果树传粉受精,通过蜜蜂作为媒介传粉,能大大提高农作物的产量。

蜜蜂还能为人类创造宝贵的财富,由此产生的蜂蜜、蜂蜡、蜂王浆、蜂毒、蜂胶等,都是人类生活中最珍贵的养生物品。

发展养蜂业,有利于人与自然和谐共生,我认定养蜂是一个最甜蜜的传世产业。

由于养蜂需要很多资本投入,家无隔夜之粮的我,为了快速挣到养蜂资本,曾离开妻儿老小,走黎川,下邵武,上下求索找出路。然而,辗转流离两年多,吃苦流汗,走尽冤枉路,到头来,未得分文,虚度了光阴。转了一圈,终又回到老家这个原点。

两年多时间不在家,养家的重担全落在妻子锦云身上。生产队分来的土地,靠她安排耕种;生产队分来的稻谷,靠她挑回来收晒;寒冬时节分来的番薯,也得靠她自己挑回来,刨成番薯丝晒干。

忙不过来时,她便招呼弟弟前来帮忙。那时,她已是三个孩子的妈妈,况且三个孩子都小,寸步难离。但凡要上街买菜,只能请老母亲帮着照顾三个小孩。有时候,三餐菜蔬不能周全,她便会让孩子去奶奶那边求助。

一个瘦弱的女人,在家庭经济如此拮据的情况下,想要当好这样的家,谈何容易啊!为了养家糊口,她不得不精打细算,一分钱,掰成两半花。

如此情境,看在眼里,着实让人心疼。半个世纪过去了,她已经离开了这个世界,现在回想起她来,我依然愧疚。

从霞浦归来之后,田园里的农活,我便立即揽了过来。当时正值秋收冬种季节,我适时赶到家,开始割稻、挖番薯、种油菜、种小麦,好在这些农活,我都不陌生。

我拼尽全力,恨不得把所有的农活全干完,想以此弥补一下对于妻子的亏欠。

或许是住在高墩的人都属于劳碌命,所有的田地都离家很远,最远的相距五六里,最近的也在三里开外。春种冬收,送肥收粮,全靠一根扁担挑来送去。那些身强力壮做惯农活的人,倒也罢了,可像我这样还带有书生气的半吊子农民,应付这样的劳累活,着实有些吃不消。

摆脱高墩这个贫苦不堪的地方,找个适合的差事,这个念想在我心田里萌发。

由于我从福建把庄男谱带回家,或许是感激我关键时刻帮了他一把吧,整个秋收冬种时节,他多次前来我家地里帮忙。看来帮人帮己,这话一点也没错。

冬季很快忙过去了。委托曾永素矾山茶场养蜂场寄养的蜂种,很快就可接收回来。明年外出养蜂,即将水到渠成,三年来的梦想,眼看就要实现。那是腊月初的一天傍晚,终于盼到曾永素的到来,我们全家忙不迭地招呼这位贵客进门。

他一进门便微笑着说:"祝贺你们啦!蜂种过两天就可以接回来了!"

听到马上就可以接蜂子的消息,全家人心里都暖暖的,万般烦恼全丢在了脑后,我们立马迎上前去,让座,泡茶。

曾永素落座后,轻声对我们说:"蜂种已繁殖到十二个王,也就是有十二群蜂了。不过矾山茶场养蜂场是国营的,当时托养时,只有场长和他的学生知道,其他人都不知道咱们蜂子托养的情况。由于国营蜂场不能夹带私人的蜂子代养,我们只能在蜂场的人回家轮休时,让场长跟他几个学生,把蜂种悄悄接出来。我今天先来通个气,至于到底哪一天可以让你们接收蜂种,到时候我再来通知你们。"

听到曾永素的介绍,我们非常感谢他的帮助。本想好好地招待他吃顿饭,可他说什么都不肯留下。

当天,我和锦云的心情激动不已。现在,我们已经有了十二群蜂种,明年春天就能外出养蜂,幸福真的触手可及了!

晚上好长时间睡不着,跟锦云尽在盘算接下来应做哪些准备:应增加多少只蜂箱,多少只继箱,多少个巢框,多少张隔王板、小插板,还有巢础,最后算到还要增加多少资金费用。

第二天早早就起床,找一些可做蜂箱的材料。当时的理解是旧料比新料好,蜂子容易接受。于是,我专门寻找旧木料来做新蜂箱及蜂具,开始把我们家里所有留下来没用的破旧板壁的木板、旧木箱和旧楼板等归置好,凡是闲置的,够厚度的木板统统收集起来。

我家住的木屋房子面积大,四处散落着这样的旧木板。高兴的是,还有两棵旧的桐子树木材,搁置在一边,不知多少年都没有用上,现在正好派上用场。把这些材料统统集中在一起,堆成一大堆,可用以打造明年外出用的蜂箱、蜂具。

一切就绪,接下来就是筹集启动资金了。由于我家几乎六亲无靠,借贷无门。父母亲已是60多岁的老实农民,眼下不要我来赡养,已是谢天谢地。锦云的娘家,更是老实巴交的庄户人家,田地里的点滴收入,能维系自家生活亦是不错了。还有住在大山上的母亲娘家几个舅舅们,几乎家家都是贫困户。即便稍好一点的话,当外甥的哪有脸面向他们开口,可是求助无门呀!在这样的情境下,根本不可能在动手养蜂之前把钱筹够。

这可怎么办?在一筹莫展、万般无奈之时,只能走一步看一步了!

记得那是1968年冬天的一个傍晚,曾永素又送来喜讯,他告诉我:"你家的蜂子已经运到水头占家埠了,我已经跟蜂场两个学生约好了,明天下午带你们去接收。"

见我们喜笑颜开,曾永素又神秘兮兮地说:"这两天蜂场领导都不在,只有我两个学生在,你们可以接收了!好了,我也终于给你办完这件事情了!"

好事又临近了一步,全家人的喜悦心情自不用说。

曾永素帮了我们这么大的忙,他对我们来说,算是有恩之人,当时我不知道该说些什么样的话,才能表达我们对他的感谢。

曾永素原是矾山茶场的中学教师,"文化大革命"中下放茶场劳动。由于曾永素与茶场领导过往甚密,所以,能有办法把我的蜂子带到茶场养蜂场托养。

听到明天就可以把蜂子接回来,我和锦云好一阵高兴,但不知给我们的蜂种会是什么样子?只能等待接回来后,才见分晓。

冬季的天空,始终阴沉着脸,寒风冰冷刺骨,侵入外衣,浑身冷飕飕的,可我的心却是热乎乎的。

第二天跟随曾永素去接收蜂子,接回蜂子后,我便能正式走上养蜂之路了。每每憧憬养蜂以后的情景,我就心跳加快,激动不已。

我请了山门亭后奶奶娘家远房干亲表弟林垂艺帮忙,并用他家的板车把蜂子运了回来。山门亭后到水头占家埠二十多里,拉板车走公路,要上下坡翻过梅岭山,下午两点半我们到达占家埠。

我不知道,也没有问清楚矾山茶场养蜂场是怎么把我的蜂种放在离公路不远的一户人家堂屋里的,想必这户人家应该是曾永素的朋友或熟人。我们走进堂屋大厅内,见到整齐地置放着六只蜂箱。曾永素指着蜂箱小心翼翼地说:"这六个箱子,每箱两只王,共十二个王。"

蜂是以王为单位,一个蜂王配一群蜂子,一群蜂子在一只蜂箱内,就叫一箱蜂。今天这六只蜂箱十二个王,分开来就是十二群蜂子。

我立即把其中一箱的大盖揭开看一下,里头加空巢脾,每箱都装得满满的。因为天太冷,蜂子都抱团在巢脾当中冬眠,看不出这每群蜂究竟有多少蜂子,更看不出蜂群的强弱,只能揭开纱盖(纱窗副盖),提出巢脾来才能看出蜂群状态。

此时是在转运路上,脾与脾之间都是用小木头夹子夹得紧紧的,再用钉子钉好固定住,根本不好开箱敲动,如果揭开副盖一震动,蜂子就会散开飞起来。蜂群一旦飞起,就会被冻僵,并掉落在箱子外面飞不回来,最终冻死在箱子外头。所以,我没法查看蜂群的强弱和具体数量。

不管蜂群强弱好歹,反正这六箱十二群蜂种属于我了。即便都是弱群也无法改变,更不能与矾山茶场养蜂场调换。说白了,无论是什么样的结果,我也只能认了。

当时的情形怪怪的,就好像这些蜂子不是我托养的,倒像是曾永素从他们蜂场偷出来给我似的。

我还能说什么呢?曾永素费尽周折好不容易把蜂种给我提了出来,我对他除了感谢,哪还能有任何不信任的想法呢?

我当即高兴地叫林垂艺装车。六箱蜂子装好车,用绳子捆绑牢固后,林垂艺在前面拉着板车上了公路,我跟在板车后面,扶着蜂箱推着板车走。

一路颠簸,终于把六箱蜂子拉了回来。

我千恩万谢,让曾永素坐公交汽车先回去。

傍晚时分,我把蜂子拉到了林垂艺家里。

高墩老家没有地方可以摆放,而林垂艺家距离公路近,早春后便于装车起运。同时,林垂艺家周边有大面积的油菜和红花草子,丰富的蜜源便于蜂子早春繁殖。况且,他家又是有大围墙的院落……这一切,对于蜂群的早春繁殖,有着得天独厚的条件。因此,我决定把蜂子放在他家房前的场地里。

尽管是寒冬腊月,浙南的天气总会有日出温暖的时刻。

大约过了一星期,老天放晴出太阳了!我赶紧检查一下蜂群。

我首先把纱窗副盖上的四枚圆钉拔掉,将纱盖轻轻地揭开。然后,又把巢脾两头的钉子拔掉,再把巢脾之间固定的木头夹子取下来。这样,便很容易一脾一脾提出来观看。由于揭开蜂箱的震动,窝在巢脾上的蜜蜂,立即散开了。这时可以看看蜂群的强弱了。

六箱蜂子,每箱两群则有两个蜂王。当中用大隔板隔开,副盖当中的板条正好对准蜂箱中的大隔板,把两群蜂种隔得严严实实,互相爬不过来。前面巢门也是开两个,两群小蜜蜂各飞各的门,相互不会飞错。

大约用了一个多小时,我才把六箱蜂子全部检查完毕。

不看不知道,一看傻了眼。六箱十二群蜂子,只有四群稍微强一点,到早春繁殖可以整出两脾满框的蜂子开始繁殖,其余八群全部是弱群。早春开始,能整到一张脾都很困难,有的甚至是交尾箱的蜂群。

过冬的蜂种是最宝贵的啊!同是一只蜂王,强群的开始繁殖,发展得就会很快。到早春起运前,有的可以加上继箱,稍差的至少可达九脾满箱。而弱群开始繁殖就非常慢,强群的加上继箱能发展到十二至十三张脾,而弱势的只能发展到六至七张脾。

看着这样差的弱势蜂种,我的心凉了半截。四箱即便能整出两脾,也只能算作中等群。十二箱蜂子没有一箱能整到三脾以上的强群。这个早春从繁殖到起运、到上海,最好的也只能每群发展到七至八脾,弱群最多只能发展五至六脾。

蜂群越强,采蜜量越大。反之,蜂群越弱,采蜜量就越小,最后只能让其继续再繁殖。这样的弱势过冬蜂种,给我造成巨大的心理压力。找谁去理论呢?无奈,我只能“打落门牙往肚里咽”。没办法,现在已经是既成事实,早春第一季收蜜无望。

回想当年,曾永素好心好意地帮我把三箱蜂子带去矾山茶场养蜂场代养,第二年是一箱还两箱。当时,我对他的信任可谓毋庸置疑并感激不尽。我把蜂种交给他,根本没有考虑到届时还我蜂子时,蜂种群是什么样的蜂子。何况,曾永素又是锦云四婶婶的亲弟弟,有了这一层亲戚关系,我当然是放心的,觉得他绝不会亏待我,肯定错不了。可是,我真的未曾料到,到头来,他竟会拿这么差的过冬蜂种群还给我。

此后,我见了曾永素,竟还不好意思提及蜂种群势太差的问题。因为据他所言,能从矾山蜂场提出蜂种还给我,其中难度有多大!

以此,我确实在感念他的大恩,常感念他是让我顺利走上养蜂事业的最大功臣。


## 二、“巧妇”勉为无米炊


蜂子在亭后林垂艺家屋前放着,高墩距离林垂艺家至少有三里路,不管晴天下雨,我天天都得往返数次,往林垂艺家来回奔跑。

每天清晨,我一起床,顾不上吃早饭,首先去把蜂箱搬到房前场地摆好,然后回高墩家里吃早饭。饭后再到林垂艺家去看蜂子，晚上等所有蜂子回箱之后，又把蜂箱端回屋内。天天如是，乐此不疲。

好不容易熬过这个大冬天，终于到了可以繁殖新蜂群的第一个春天。常言道，一年之计在于春，养殖蜜蜂更是如此！

春天养蜂比饲养任何生物都更为关键。早春蜜蜂繁殖的好坏，决定着一群蜂子全年的强弱趋势，直接影响全年的养蜂收入。

有经验的人都知道，强势过冬蜂种好管，弱势过冬蜂种难管。

常言说，万事开头难。由于事事处在劣势，这个开春养蜂繁殖第一季，可想而知，是难上难哪！

第一难，过冬蜂群基础太差。它们就是蜂群中的弱势群体，这个早春将输在起跑线上。

第二难还是缺乏早春繁殖管理经验。早春蜂群基础好，强群容易管理，弱势蜂群哪怕你技术再高明，仅凭上半年的繁殖，也很难发展到高峰强群。但是如果是很有经验的养蜂能手，到第一个采蜜季之后，也许能让蜂群质量逐步赶上来，成为强群。中间只差一个花季，能很快弥补早春过冬蜂群的弱势处境。

至于我，尽管三年前动手经历过一个早春的繁殖，可那是一个失败的早春，因为没有得到高技能养蜂师傅的直观示教，总结不出经验教训，只知道养蜂的一点皮毛知识而已，抓不住蜜蜂早春管理最关键的要点。总之，全部过程也只是浅尝辄止。因此，在蜂群管理技术上，我还是一片空白。我如果精通管理的话，这个早春也许能顺利地弥补弱势的缺陷。可是，我没能做到。

整个春季，我只是按照常规程序走，换脾消毒、缩小蜂巢、巢内保温、除螨、喂糖，连日奖励饲养等。可我还是没弄懂这一系列程序中，哪一点应做到精准到位，哪一步该怎么做才准确无误。

蜜蜂不会告诉我，我也不知道去拜师学艺，只是每天闷在家里闭门造车，小心翼翼看守着这十二群蜂子。

虽然我也在不停地动脑筋，却只是为如何四处借钱买糖养蜂、添置生材而苦思冥想。

早春繁殖开始,时间就显得非常紧迫,一要成天盯着蜂群管理,二要立即准备蜂箱、蜂具。十二群过冬蜂种,六只蜂箱还是无法出远门放蜂的。十二群蜂种早春繁殖发展后,马上就得分箱,一箱一群。蜂群本身就需要十二只蜂箱。一年出外放蜂繁殖,再发展到增加六群蜂子回来,这是最起码的要求。

按这样的发展规划,备办赶制蜂箱、蜂具才是当务之急。

常言说,"有钱能使鬼推磨",此话不无道理,有了钱什么事都好办。可是,我当时最缺的就是钱。然而开春买糖、养蜂、赶制蜂具……什么都要花钱,没钱寸步难行呀!

时间紧迫,到了起运时,按这十二箱基本群蜂子出外放养计划测算,必须具备新蜂箱12只、继箱8只、隔王板8张、巢框140个、王浆框8只,必须如数配齐,缺一样用具都不能出行。而要备齐这些用具,请木工,买木料,付工资,出行运费,加起来约合400多元钱。当时家里50元现金都没有啊!如何运作?巧妇难为无米之炊呀!

在这个万物复苏的春天里,我肩负巨大压力,可谓压力山大,几乎压得我喘不过气来。可是我心里实在不甘,我偏不信,"大活人能让尿憋死"!

后来的事实证明,办法总比困难多。比如买糖养蜂,当时一次次把家里一点点储存的黄豆、小麦、花生先后变卖些小钱,用以买糖。

其实,早春奖励饲养用量并不大,每晚两三斤糖而已,花不了很多钱。维持一个月以后,油菜花开了,蜜蜂勤劳,好天气里自行出去采蜜补给,就不需要很多饲喂。每晚只要一斤多糖,化成稀薄糖水奖励一下,就可以了。

待到油菜花盛开之际,这时早春繁殖的第一代新蜂子出来了,蜂群壮大了一点。会采蜜的工蜂逐渐多了起来,采来的花蜜绰绰有余,便无须再买糖饲喂蜂子。这么一来,买糖养蜂的开销也就没有了。再往后,赶制蜂具已成燃眉之急,购置蜂具也确实需要大笔资金支出。其实,我早就为做蜂箱、蜂具做了些准备。

我把老家几代人留下来的一直舍不得扔,也舍不得烧的旧木板、旧木料、散箍的旧稻桶、零星的旧楼板、旧木箱统统集中起来,再加上两棵多年在墙壁边闲置的桐子树和几棵前些年被台风刮倒的桉树木材。这些都成了我做蜂箱蜂具的主要材料,这样一凑合,买木料的大笔资金支出就省下了。

最后就是请木工上门制造,当然,那是要付工资的。这笔钱又从哪里来?我正急得晕头转向,突然想到顺溪有一个姑表姐住在五十丈村,表姐夫黄德姜正好是个方木木匠,不仅手艺好,而且还开了个木匠家具小作坊,专门为周边乡里待出嫁的姑娘们做嫁妆,两个儿子也都传承了他的木工手艺。

隔日,我兴致勃勃来到五十丈,找到表姐家,当我提出请表姐夫帮我做蜂箱、蜂具的事情时,他们二话没说满口应承。当场约定五天内上门开工。制造蜂箱、蜂具的工资,不用立即现金支付,这一来,资金困难的窘境暂时得到了缓解。

谢天谢地,压在我心里的石头终于落了地。

我这位表姐夫为人十分和善,说起话来轻声细语,而且很讲诚信,说好五天之内来,果真没超过五天,他便带领伙伴和自己的长子、徒弟四人,挑着木工工具来到我家。

这四个木匠,都是年轻壮汉,他们的到来让我喜出望外。这对于我驾驶的等待起航的养蜂小舟,无疑是保驾护航啊!他们卸下工具担子,立马要我搬出木料,就要开工。我指了指堆在堂屋内那一大堆废木料。

只见他们师徒四人,目瞪口呆,无不惊诧。这是什么样的木料啊?破烂不堪,又黑又脏,上面还粘附着厚厚的灰尘。

原来他们这些木工,从来都是用新杉木木料制作新家具,从来都不曾用过如此废旧的木材来制作用具。好尴尬!其实我也能理解他们的心情。堂堂的木工大师傅,动用这样的破烂木料,一是脏,二是没面子。

这时我只能厚着脸皮解释:"哎呀!表姐夫,你们不知道,做蜂箱旧木料比新木料适用。因为新木料有异味,蜜蜂不能接受。你看那些养土蜂的,蜂桶全是用旧木料做成的。没有一个是用新木料来做的。所以旧木料制成的蜂箱适应蜜蜂的生活。这些木料确实没有新木料干净,但是,只要把表面刨掉一层后,里面木头还是好的,做好了跟新的一样。不过,让你们大师傅受委屈了。灰尘多了,手染黑了,确实有些不干净。再说,眼下我的资金紧张,买不起新材料,只能就地取材,对不住!将就将就了!"

这番话,我说得结结巴巴,底气不足,可我的一番解释,显然得到了表姐夫的同情,他看出了我的无奈,片刻,终于开口发话:"大家做吧,刨一刨就新了,动手吧。"

表姐夫说完,便拿出木工笔,按我提供的蜂箱上下内外尺寸图纸,亲手选材、排料画线。老师傅一动手,三个徒弟便立马跟着行动起来。

一个下午,一堆废木料就变成长长短短的蜂箱毛坯板料。第二天一早,表姐夫把桐子树、桉树用斧头劈成方料,弹上板料线,让锦云带领他的儿子黄招良,拉到山门锯板厂,锯成所需厚度的板料与巢框、插板等配件。

这两种木材锯成板料拉回来后,根据我的所需件数,大致相差无几。表姐夫在排料计划上,是行家里手,精打细算,终于帮我攒齐了今年所有蜂箱蜂具的用料。

三天之内,表姐夫把材料拼排结束,由三个徒弟刨平、做缝,连接、做榫头,装料,一气呵成。

仅仅七天时间,十二个平箱、八个继箱,还有巢框和大小插板,包括起运时固定巢框用的若干小木头夹子等,全部完工结束,刚好能赶上早春繁殖分箱使用。

这四位有亲戚关系的木匠,为我尽心尽力赶制蜂箱、蜂具。让我愧疚的是,当年限于家境条件,一日三餐未能好生招待。番薯丝掺和很少的大米煮成饭,再配着豆腐、豆芽、带鱼咸菜汤,便是当时的三餐。或许是对我当初家境的怜悯,极难得有碗猪肉上桌,尽管我与妻子殷切劝菜,可他们师徒就是不肯动筷子夹肉。

完工之后,他们收拾好行头,挑起工具向我辞行时,没有一人向我提及结算工资的事。我为当时不能及时兑付他们的工资而惭愧至极,我唯能低声下气地喏喏地关照:"对不起,你们的工资到时候我会与你们师傅结算。"

而他们都善解人意地抚慰我:"没关系,不要着急。"后来我不知拖欠多长时间,也不知分成多少次,方才给他们付清了工资。

时隔数十年了,每回想起这件事,我便于心不安,总觉得亏欠他们四人太多太多。

## 三、蜂儿酿就百花蜜

春天里,和煦的阳光催生了大自然的苏醒,让大自然的生态环境分分秒秒地发生着变化,油菜苗长大了,缓缓地绽放出金黄色的花朵,舞动的春风又慢慢地把这金黄色花朵镶嵌在一片又一片翠绿的田野里。

殊不知,这般如诗如画的美景,已经为小蜜蜂的早春繁殖创造了最适宜的条件。小蜜蜂努力地寻寻觅觅,采集每朵油菜花分泌出的诱人花蜜及花粉,一天无数次来来去去地飞行采集。

春天的温暖,还给每群蜜蜂创造了旺盛发展的勃勃生机,蜂巢内的热量升高了,蜂蜜花粉充足了,蜂王的体质立即强健起来,开始积极地产卵,繁殖后代。

一个多月时间过去,新老蜂子逐步更迭换代。蜂群中新生力量不断增加,原来的两群一箱的双王群蜂,逐步分成一箱一群。

春暖花开,使那广阔的土地,成了金黄色的海洋。这里油菜花还没有凋谢,那边的紫云英(又名红花草子)已开始含苞待放。花源多了,巢内蜂子也多了,扩大蜂巢加脾,正是养蜂人最有盼头的工作。

春暖花开,最令人期待的是看到亲手培育出的成果,我期待早日摇到蜂蜜。彼时,我很想很想到黎正植那借用摇蜜机。摇一次蜂蜜,尝尝自己培育出的蜜蜂酿出的蜂蜜是什么样的味道。

1969年3月中旬,正是浙南油菜花盛开的季节。我的过冬蜂种基础太差,大多数蜂群只有三四脾,最好的蜂群也只有六脾。

这时,人家的强群蜂子已经满箱(满箱是九至十脾),有的甚至开始加上继箱。跟他们相比,我的蜂子落后了一大截。

由于天气好,温暖的阳光晒得浑身热乎乎的,这样的温度是油菜花流蜜量最佳的时日。虽然蜂群不强,每脾上头两个角落的蜂蜜已经灌满,蜂子已把脾上两角的蜂房加高装蜜,而且框梁上顶和两边也添造了不规则的巢房,这些征象告诉我,摇蜜的时机来了。

我兴奋地告诉锦云,明天天气好,我们可以摇蜜了。

听说可以摇蜜了,锦云的心情也跟着激动起来。可不是吗!养蜂就是为了摇蜜,如今真的可以摇蜜了,可不是理想实现了?

我当即去屿边,向黎正植借来了摇蜜机。第二天吃过早饭,我便兴致勃勃地带上一个搪瓷大脸盆,来到林垂艺家去做摇蜜前的准备。

那天的天气果然很暖和,蜂子出勤也特别早。八点多钟,太阳已升得很高,蜂子正在巢门口进进出出,非常繁忙。它们带着满腹饱饱的蜜糖与两腿沉甸甸的花粉钻入巢内。

时至九点,我戴上面罩与白袖套,执起刮刀和蜂扫,揭开了蜂箱大盖和副盖,开始一脾脾地检查寻找。寻找那较大面积储蜜的巢脾,随之,我提起巢脾两端,使劲一抖,便把附在巢脾上的蜂子脱落在蜂箱里头。

然后我用蜂扫把剩余蜂子扫下去,锦云立刻接去巢脾,拿到屋内插入摇蜜机内,轻轻地搅了几圈,脾上的蜂蜜很轻松地甩了出来,流入摇蜜机里头。

摇完后,我把巢脾从摇蜜机内抽出,插入原本的那个蜂群之中。小蜜蜂很快爬上摇蜜之后的巢脾,开始修缮破损的巢房。接着,我又用同样的操作方法,把十箱蜂子都找了个遍,把有储蜜可摇的巢脾都摇将下来。

真可惜,灌满的巢脾太少,不到一小时,第一次摇蜜工作就结束了,从摇蜜机倒出来的蜂蜜,还没有装满一脸盆。

这是我们第一次收获自己养蜂的成果。尽管收获甚微,可毕竟是自己养殖起来的蜂子所采来的蜂蜜,看此淡黄如糊状的蜂蜜,我心里的喜悦,自是无可言表。

这一盆的蜂蜜可谓是多年来心血的结晶,来之不易。我们简直视之为宝。我与锦云,各自只舍得尝了一口,哇!透心地甜啊!简直就是世界上最鲜美的滋味。我们把这一脸盆蜜糖带回高墩家中,让父母也品尝品尝,使他们看到我们养蜂的成果,也尽我们的一片孝心。

其实蜂巢内储存蜜糖越多,对蜂群的繁殖越好。由于我们的蜂群依然很弱,我们就不敢再摇,还是以繁殖为主。同时,我也想多储存些蜂蜜,以便应付起运途中的消耗。

浙南的春天,是个多雨的季节。一旦下雨,蜜蜂就出不去采蜜,只能窝在巢内吃老本。因此,早春摇蜜可得格外小心。尤其像我们这样的弱势蜂群,首先应考虑好自身的蜂粮安全,必须做到万无一失。一旦蜂群缺糖,巢内温度便会立马降低,蜂群就会保不住巢脾上的幼虫,将会严重地影响幼虫的生存。若是这样,损失就大了。因此,我每天都盯着蜂子看,认真关注蜂子状态的变化。整个过程可比养护儿子还要小心。

真可谓天有不测风云。摇完蜜的当天下午,天气陡然变化,冷风骤起,阴云密布。

蜜蜂最敏感于天气变化,只见它们一只只飞回巢中,不再飞出。

我即刻意识到瞬间就要下雨,我深知上午摇下来的蜂蜜,小蜜蜂还未能采回补上。我很小心地打开一只蜂箱,轻轻地提起巢脾查看一下。啊,坏了!那些上午摇了蜜的蜂巢角落,仅剩下稀稀拉拉的几滴蜂蜜。

大事不妙!维持两三天没问题,若是五六天天不晴,蜂子就缺粮了。我不放心,第二天晚上,赶紧把摇下来的蜂蜜,全部还给蜂子,待把蜂蜜全部喂下去,我方才放心。

一场春雨过后,油菜花很快就谢完了。可是,遍地红花草子已接踵盛开。这是春天蜜源作物快速变化的自然景象。

红花草子的花盛开了,而农民春耕生产的脚步却全面迈开。一块块盛开的红花草子,被农民翻耕、泡水,变作早稻种植的绿肥。紫红鲜艳的红花草子,每天大片大片地减少,最后只剩寥寥无几的几块红花草子种子田了。

大晴天,蜜蜂还能抢着采集到良好的紫云英花蜜。可一转眼,一块块红花草子变成汪汪的水田,家乡的蜜源作物便很快消耗殆尽。这样一来,自然的变化迫使蜜蜂必须赶快起运,转场赶赴上海郊外,去采集油菜花。

时间紧迫,起程的日子迫在眉睫。

出行前的各种蜂具配备,必须样样齐全。不然,待到需用之时必将措手不及。

可我们除了蜂箱和木质蜂具已经完成外,还有两件用品尚未买到,一是需购置8张隔王板,二是要备购100张巢础,这两样物件,约需支付150元现金。

正当最为难之际,有一条好消息传来。

近年来,我地养蜂业蓬勃发展,矴埠头村有几个头脑活跃的人,抓住这个商机,创办了一家隔王板生产厂,开始批量生产隔王板销售给周边的养蜂人。

更有幸的是,这个小厂还有锦云姨夫陈绍厚参股。而且,这位姨夫与我家关系甚好,经常走动。我想让锦云登门找其姨夫商量,能否让我们赊账购买几张他的隔王板。

锦云去了,果然如愿以偿,她姨夫满口答应我们的请求。

只因他们初办这种工厂,少技术,缺经验,做出来的隔王板的质量,还不怎么标准,所以销路不畅,因此价格便宜。他们内部还有个不成文的规定,谁卖出产品,收入归谁。姨夫一口答应我们,可以赊账买几张。

当时我们尚不知他们的产品质量不好,只要不付现金,勉强可用就行,我们非常高兴地把他们的隔王板买了回来。

后来,我们在使用其产品的实践中,方才知道,他们的隔王板不隔王。蜂王在平箱与继箱内竟然可以上下通行无阻。蜂王依然可以爬上继箱顶端的巢脾上产卵,还可以为所欲为地破坏制造蜂王浆的王台。诚然,这个隔王板失去了它的功能作用。不过,我们当时不了解这种情况,只图不用付现金,便将就着买来使用。

总之,当时的隔王板问题总算解决了。剩下的就是购买巢础的事了。

踏上征途之前,必须跟最关心我事业发展的东屿卫生院林鸣谦老先生告别。

他是我的前辈,是我的亲戚,也是我的好朋友。应该向他报个喜讯。

我选了一个天气好的晚上,前往卫生院登门拜访。

卫生院在田中央黄氏祠堂。一跨进卫生院门厅,已躺在床上休息的老医生,一听到我的声音,就兴奋地喊出我的名字,招呼我进屋。

我走进他的房间,坐在他的床沿,与其交谈甚欢。他关切地询问我近期的养蜂情况。为让老人家放心,我则"报喜不报忧"地汇报了这一路走来的行程。

继而,我怀着喜忧参半的心情告诉老人:"生不得志,我只能苦苦求生啊!"

老人接过我的话语:"快别这么说,你是个有志气、能坚持的年轻人,无论我能不能看到那一天,你一定能够成功!"

老人的鼓励让我心里一热,我告诉他:"不用多日,我即将跨出家门,去往他乡闯荡,前程未卜。"

老人已听出我的话语中夹杂着些许忧伤,遂诚恳地问我:"出行前还有困难吗?我来帮你一把。"

真不愧为坐堂数十年的老中医,搭人心脉竟能准确无误。唯恐我内心尴尬,不待我开口相求,竟主动发问。

我唯能怯懦地回应:"不好意思,只差起运前一笔费用和购置备用巢础的资金,大约100元。"

"行,我帮你解决!"他毫不犹豫地一口应承。

雪中送炭啊!我铭记终生。

一个多月来,我和锦云已做足各项准备。

先头出去查看场地的人传来消息,上海大面积油菜花已经含苞待放,催我们必须抓紧起运;共同拼车的屿边秦长斯、窦绍来传来消息说,出行起运装蜂的汽车,窦绍来的父亲窦闰乔已经备好载重量七吨的带斗货车,准备于4月3日装车起程。

我早已把备用的蜂箱蜂具,全挑到林垂艺家里等待装车,与此同时,我已经把平箱蜂群用小木头夹子全部夹紧钉牢,以防装车运输松动,伤害蜂子。

4月3日清晨,林垂艺用板车把蜂子、蜂箱、蜂具全部运到马路旁边,等候装车。他们把我的蜂箱与甄尚贝、黎正植三家的蜂箱安排装在拖斗车上,而秦长斯、窦绍来他们两家的蜂箱则安排装在主车上。

上午九点半左右装车完毕,我们的养蜂大车离开山门,浩浩荡荡地向上海出发。我们一行八个养蜂人全都坐在主车上押运。

这是我人生第一次扛着蜂箱装上大汽车,也是我第一次坐上这样的载货卡车,到中国最大的城市大上海郊外去放蜂。第一次出行时,锦云送的干粮点心没有赶上,我们的蜂车已经开走了,她含着泪把点心带回家去。

大家都坐在装满蜂箱的卡车上,随着卡车的颠簸,一路上,我的心里无比激荡,走出家门了!我即将为我的理想放手一搏!

## 四、放飞蜜蜂,放飞理想

起程出外放蜂的路上,粗沙石子的马路,坑洼不平,汽车颠簸着行驶,人随车左右摇晃,车轮扬起滚滚烟尘。大家拿着毛巾捂住嘴和鼻子,灰尘仍跟随空气吸入咽喉。轻轻一咳,气管里就有不少黄黄的灰尘咳出来,甚为难受,有的人已经开始抱怨。

既然是自愿走上这条路的,又岂能在乎这点艰辛,怨天尤人还不如高高兴兴地面对。

看着公路两边一幕幕转瞬即逝的风景,我想起这些年走过的人生之路:五年教师,三年农民,三年流动工……青春年华多么像这路过的风景,一幕幕浮现在眼前。

想至此,我不禁唏嘘,扪心自问:你的前程在哪里?除了耳边呼啸而过的风声,我听不见任何回答。

蜂车驶到金华郊外,大好的天气,蜜蜂已关了一天一夜。黎正植与秦长斯他们唯恐蜂子关闭时间太长闷死,提议中途停车临时放蜂。放蜂一天,再装车继续行驶。毕竟他们有过放蜂的经历和经验,我唯有听从他们。

车停了,人员全部下车,松开绑固蜂箱的大绳子。大家从容有序地把蜂箱一箱箱轻轻地卸下,所有过程都得小心翼翼,轻拿轻放,绝不可以让蜂箱摔落地下。如果不小心让蜂子破盖而出,那可就损失大了。

当我端着他们的蜂箱时，觉得很吃力，尤其是加了继箱的高箱，特别重。

可是卸到我自己的蜂箱就觉得很轻很轻，这说明他们的蜂群强壮，脾多蜜糖多。而我的蜂子则是群弱、脾少，存蜜更少。

卸车时，我听到蜂箱内的蜂子在活动，嗡嗡嗡地吵得特别厉害，那是蜂箱内的温度过高，蜜蜂耐不住热的缘故。可见这临时放蜂的决定，正确而及时，避免了损失。

大家一起把蜂子卸完之后，各自在公路边寻找适合自己摆蜂箱的位置，再把自己的蜂箱挑过去，将蜂巢的门朝着路边的田野一字儿摆开。然后在巢门口喷些水，稍停片刻后，开门放蜂。

起运前，我因为有两个弱群，又是两年的老蜂王，产卵缓慢，繁殖不起来，于是我合并掉两箱蜂种，仅剩十箱。巢门开了，每箱的小蜜蜂因为关在蜂箱内一天多，憋得难受，所以急匆匆地向外涌出。

每一回转移位置，到达新场地放蜂的时候，小蜜蜂在飞离自己所在蜂箱位置时，都会首先回头辨认自己的蜂箱位置和方向，然后在自己的位置上空盘旋几圈，再往周围五里地之内，寻找蜜源和水。半小时之内，准确无误地纷纷带着水和花蜜，两腿裹着花粉回归自己的蜂箱。

它们一般不会错飞进人家的蜂箱之内，除非碰上特殊的自然环境。比如，被剧烈的逆风吹乱方向，小蜜蜂要是视觉错乱了，就会跟风混入他人蜂箱。所以，在摆放蜂箱并开门之前，必须特别注意风向，尽量避免在很多养蜂人一起临时放蜂之时，与他人蜂箱同方向呈直线摆放。

这些飞走的工蜂，都是即将进入场地采蜜的强大力量，若是这批强壮的劳力流失了，就会大大减少将要进入采蜜季的采集力，这将会给养蜂人带来直接的损失。

蜂子放出去了，养蜂人就可以休息啦。

金华郊外临时放蜂，与今年放蜂路线一块儿走的南雁公社垱头村几个同行都在这里相会了。他们先到，已经把蜂子放了出去。从我们这一头远远望去，他们一路摆开的蜂箱，大都加上了继箱。他们的蜂箱上空漫天飞舞的蜂子，似乎沙尘暴来袭一般，遮天盖日，而我们这边的蜂子稀稀拉拉，寥寥无几。

早春起程就能有那么强壮的蜂群，自然是丰收在望。我对此羡慕不已。

当年我真想不通，他们怎么能够培养出那么好的蜂群？

我听说，垟头陈基谦老先生是平阳养蜂界赫赫有名的养蜂高手，早就想登门拜访求教，只恨无人引荐，不得入门。而今，与我一路同行的几个养蜂人，也是家住垟头，说不定其中就有陈基谦老先生培养出来的得意门生。机不可失，我立即寻师访友，虚心求教。

我招呼了一起拼车的秦长斯做引导，前去结识同行的朋友。他们中一名叫陈厚资的后生，负责看场地。另一个青年名叫陈积滔，他父亲陈宝卫，当年我在东屿小学教书时，他是山门区小的财务总监。由于上述原因，交谈中认识了陈积滔，并跟陈积滔有了亲热的话题。

交谈中我得知他们已经有了三年养蜂经验。第一年收入差些，后两年都很不错，大约每箱可收150到200元之间。他们这个早春开始，最好的过冬蜂种整脾后四脾开始繁殖。他们没有单脾的过冬蜂种，最差的也有两脾。

一进入冬眠阶段，他们就开始除净最大的敌害蜂螨。换上消毒好的可用于早春繁殖的好巢脾，留足或补足过冬饲料，并储存足够的花粉脾。他们在立春前十天开始整脾，抽掉巴掌大的小子脾。然后加入花粉脾，开始奖励饲养，蜂箱内外加强保温。待到油菜花初开，第一代子脾新蜂大量出房，新生力量提早接任，这样，早春就能强劲繁殖。

他们能达到现在这样的强群状态，与他们的过冬蜂种强势，以及越冬前的精准管理是分不开的。

我揭开他们的高箱大盖看了一下，哇！副盖下面厚厚的一层蜂子，多半是达到十二至十三脾。再看看蜂箱门口成群结队的蜂子，那才叫蜂拥而入。

他们的平箱都已达到八张脾之多，而我最好的蜂群也只有八脾，而且远没有他们蜂子数量多。

像他们这般强势的蜂群，进上海油菜花第一个场地，丰收在望将是毫无悬念了。

听到他们的一番介绍，让我心头一亮。我听懂了他们早春繁殖的饲养管理方法,通过一个早春的繁殖实践,我也认识到我的管理缺陷所在。

果然是"三人行,必有我师"。外运放蜂第一天,就让我受益匪浅。

心情好的时候,我便有些想入非非,觉得外出放蜂的养蜂人,如同关外游牧生活一般,四处迁徙,八方游荡,挺浪漫。只不过人家在牧马放羊,而我们则是放养小蜜蜂……

其实牧马人也好,放蜂人也罢,风里来雨里去,其艰辛苦涩,自己最清楚。

放蜂的第一天,小蜜蜂兴奋地来来去去飞舞着,我们养蜂人只能安心等待休息。

我们戴着草帽,在阳光的照射下,站在蜂箱背后关注着蜂子,看它们有没有采回蜂蜜。站累了,我们就提着工具箱,当凳子坐一会儿,困倦时,低下头打个盹,再与同行聊聊养蜂经。

待到太阳西下,夜幕降临,蜜蜂归巢。我们则在蜂巢门前喷洒清水,警告蜂子,外面下雨啦,再不得外出。随之,便关上蜂门。

在召集人统一的口令下,大家又开始装车,我们小心翼翼地将蜂箱一箱箱端起,递到高于肩膀的车斗上,由具备装车经验的黎正植在车上接过,最后,在车斗内整齐地叠加起来。

这又是一个紧张的统一装车环节。待把所有蜂箱一起装上车后,大家还得一起出力,用大绳子把蜂箱一摞一摞地捆绑在车架外面的挂钩上,以避免行车时蜂箱松动或者跌落。

果然是"天有不测风云"!正当我们捆绑蜂箱之时,风云突变,一时间狂风大作,电闪雷鸣,随之大雨倾盆而下。

大家被弄得措手不及,一下子找不到遮风挡雨的地方,只好钻进车斗下面。

大约半个小时后,风雨稍缓,大家顾不得衣裳湿透,继续把没捆绑牢固的绳子拉紧扎牢,连夜行车。

我们仍然坐在主车后排的蜂箱上,司机白天已在驾驶室内养足了精神,现在自是精力十足地开车上路了。

大家的外衣全都被雨水浇湿，一时找不到衣服更换，只能咬紧牙关，抱紧双臂，冒着凛冽的冷风，瑟瑟发抖地窝在车上，熬过这个春寒料峭的夜晚。

## 五、循序渐进，厚积薄发

经过一夜的颠簸，天亮时，我们已经到了上海松江县柳港镇下面的一个村庄。装满蜂箱的卡车停在靠近一条小河的公路上。一个晚上过去，身上的衣服已经被我们自身的热量焐干。身上没有了不舒适的感觉，只觉得肚子饿了。可这是个陌生的地方，又是个雨后的拂晓，去哪里买吃的呢？然而，时间不等人，按计划，转运蜂箱的小船即将开来。

于是，大家只能忍着饥饿，提起精神卸车。把一箱箱蜜蜂小心地卸下，最后才把所有蜂具卸完。

不一会儿，只见河上有条小船慢慢地驶过来，在我们附近的河岸边停下。一个40多岁的中年人下船上岸来到我们面前，打听谁是浙江平阳来的甄尚贝？甄尚贝连忙上前接头："我就是。"

原来是二十多天前来这边看场地的陈厚资，在当地供销社采购人员的带领下，由当地生产大队安排，计划把我们这一组的蜜蜂安置在这个上海老乡家门口的场地上摆放。因此，对方按计划安排，用他的小船前来接运我们的蜂箱。

这里正是我们今年外出放蜂的第一个场地。尽管还没有吃早饭，我们也只能忍着饥饿搬蜂箱装船。

雨后的早晨，上海郊外的大地上，笼罩着朦胧的雾纱。水泥船上架着一块上河岸的小跳板，与带有斜坡的田间小路连接到公路。走那湿润泥泞的路，非常滑。

挑着蜂箱上船，走过这一截路段，非常艰难，必须倍加小心，千万不能滑倒。倘若滑倒摔坏了蜂箱，蜂子便会立刻拥出，那样的话，损失可就大了！要是蜂箱掉进河里，就会把蜂子泡死，那可就更糟糕了。

从公路边每挑上一担蜂箱,走过这雨后泥泞打滑的斜坡路段,颤颤巍巍地往船边挪步,再踏上船头那块窄窄的跳板,提心吊胆,真好比走钢丝,丝毫不能懈怠。

大约不到三里地水路,小船便划到房东沈良根家门口的河边。待船一靠岸,我们便一箱一箱地从船上端起蜂箱,走过跳板,摆到屋前的场地里。小船运了三个来回,我们就把一大卡车蜂箱、蜂具及日常生活用品全部搬完,置放于沈良根屋前的场地上。

摆好蜂箱,放出蜂子,我们这才真真切切地感觉到了饥饿,筋疲力尽。

于是乎,赶快取米,借用沈良根家的锅灶、柴火,烧一锅稀饭。

一顿早餐,大米粥加咸菜,是我的拙作。虽然简陋,可由于饥饿,四个人照样吃得津津有味。

早饭后,大家迫不及待地巡视了一遍沈良根家的房前屋后,哇!周围一望无际,尽是胜利油菜,一眼望去,犹如金色的海洋。在那绿油油的油菜苗的顶尖上,已开出一串串金黄色的花朵。

我们的小蜜蜂已经光顾所有绽开的油菜花,在那里狂飞乱舞,轮番采集每朵花上的花蜜、花粉。如果日后的天气继续晴好,南雁蜂场那么强盛的蜂群,这个春天第一个场地可就丰收了。

看来,在这第一个场地,已初战告捷,大家丰收在望。此情此景令我心旷神怡,两天来的疲惫辛劳已荡然无存。

进场后,养蜂人最要紧的事,就是拆掉每只蜂箱里转运时用于固定的木夹子。然后把每箱巢脾摆放的位置做适当的调整。

当我取出巢脾,细心查看蜂子的动态时,令我感到好奇的是,好多采集回巢的小蜜蜂,肚子圆鼓鼓的,两条大腿上沾着颗粒粗粗的花粉。它们在巢脾上舍不得一下子吐尽花蜜,更不肯一下子卸掉腿上的花粉,而是兴高采烈地在巢脾上扭动屁股,转圈圈跳舞,以此动作传播外界有着大量蜜源的信息,并以此激起蜂王和全群蜂子的兴奋。这就是这些小精灵的灵性!

拆完用于固定的木夹子,检查过每箱蜂群的变化状态后,我不仅发现转运途中耗掉很多蜜糖,还发现已有大量新蜂子出房。我们预期,一星期后将有更多劳力参与采蜜工作。由此可见,蜂群的发展趋势向好。

我们住进了接待我们的沈良根家中。中等身材、长相淳朴的沈良根,是个憨厚老实的农民。他家一共五间平房,他和老婆一起住到他老丈人家(本村)。家里的房子连同厨房所有的用具,都腾了出来让我们使用。

这样的住房条件,对于我们这些外出的流动放蜂人来说,简直是有些奢侈了。

一天忙碌过后,第二天蜂子照样忙着出勤,而我们养蜂人倒不太忙碌,可以放松一下,打理自己的生活了。我们开始到邻近集市上买肉、买菜,洗涤几天换下的脏衣服。这算养蜂人进场后最轻松的一段时光了。

接下来的三天,仍然是春光明媚,油菜花在温暖的阳光下争先绽放。

目睹我们放飞的蜜蜂在蓝天下飞舞,就如同欣赏自己的孩子在快乐地玩耍。

时隔四天,揭开蜂箱大盖,又见一番景象:好多巢脾角落可灌蜜的巢房普遍加高;巢脾两边外侧以及框梁上,都添加了不规则的巢房储蜜。这充分说明蜂群正在急剧壮大,野外蜜源大流蜜即将来到。由此看来,蜂群急需大量的储蜜空间。

于是,我们立即钉巢框,拉铅丝,埋巢础,要抢在蜜蜂收工之前把巢础框插入蜂子旺群之中。

在这造脾条件十分成熟的情况下,只要一个晚上,蜂子就能把一张新巢脾成功造好,蜂王也可以立即在新巢脾上产卵。只有在新巢脾产卵孵化出来的新蜂子,才是最健康、采蜜能力最强的劳动工蜂。

待到第五天,每箱蜂群除了子脾外,所有能装蜜的巢房普遍加高。这表明摇蜜的时机成熟了,我们决定开始摇蜜。

摇蜜需几个人互相配合才能完成。其操作程序是抽脾、传脾、摇蜜三个。

进场只有五天,马上就能摇蜜,这当然令人兴奋不已!

甄尚贝与甄启楠,他们是自家人合伙养蜂,养得很好,蜂群强势,群数也多,于是先摇他们的蜂蜜。由甄尚贝抽脾,黎正植传脾,我操控摇蜜。仅用了一个小时,就把甄尚贝的25箱蜂子全部摇完了。接下来是摇黎正植的蜂蜜,最后摇我的。我的蜂群弱,脾数少,不到半小时就结束了。

不到半天,三家全部摇蜜完毕。

这是本次出行放蜂的第一次摇蜜,其收益大相径庭:甄尚贝平均每箱收到八斤多蜂蜜;黎正植每箱收到六斤半;我的每箱只收到四斤,只有甄尚贝的一半。

同样的天时地利,不同的蜂群,收益竟然如此不同。不过,我还是挺高兴的。为了养蜂,我已准备三年之久,今天终于梦想成真,总算收获第一份养蜂成果,收获了第一桶金。

初战告捷,夫复何求!

我的早春蜂群基础差,只因为我出道晚,技不如人,缺乏早春繁殖的管理经验,没能把蜂子繁殖旺盛。不过我绝没有气馁,我定当虚心向老养蜂人学习养蜂经验,只有把蜂子养好,才会有更多的收益。

养蜂人需要好蜜源,更需要好天气。养蜂人的成败与蜜源和天气息息相关,越是蜜源旺盛的季节,再加上好天气,蜂子繁殖得也越是快。遗憾的是,我的蜂群还是需要以继续繁殖为主,为此,采蜜就少了。而同车的他们,大多加上了继箱。他们当然是采蜜为主。

采蜜是养蜂的目的,大流蜜期间,他们继箱多,不仅收蜜多,而且还能生产蜂王浆。因此,他们的收入会更多。

高质量的继箱(高箱)群,三天可收取一次蜂王浆,如果有二十个高箱,三天就可以收到一斤蜂王浆。优质的高箱群,好的天气,三天便可以摇到十三到十五斤蜂蜜。

好蜂群收入是很可观的。所以把蜂群养好养强,这是养蜂人全力追求的目标。

进场一星期之后,我们这个场地的四周已经全是花的海洋。我的蜂群未负我所望,也在快速发展,开始加上了四个继箱。其他弱群也很快地满箱,刚加上了继箱,才发展到十一脾。属于继箱的弱群,目前还不能生产蜂王浆,所以,我自然比其他人空闲。

其他人比我忙,我就去帮他们做事。我用王浆棒沾蜡制造王台盏,又把王台盏粘在王浆框上，或收取蜂王浆时，帮他们从王台盏中夹出幼虫。

花季的大流蜜期到来之际，排列在门口的一排排整齐的蜂箱，形成了一道道最亮丽的风景线。千军万马一般的采蜜工蜂大军，以箭一般的速度，在蜂箱上空川流不息，又似暴雨般汇入自己的蜂群中。这样的旺季里，蜜蜂每天采回的蜂蜜，如同流水般流入蜂箱。

未料，天公不作美，流蜜旺盛期间，竟然下了几场雨，给我们养蜂人造成不少损失。二十多天的油菜花期，我们只摇了三次蜂蜜。

这第一个场地，下了几天雨不能采蜜，好可惜。尽管摇蜜少了一两次，但今年出门放蜂的第一炮算打响了，我们还是非常满意的。

我的蜂群虽然没有条件做蜂王浆，可我的蜂子已经发展起来了。平均每箱增加了两张脾多的蜂子，而且还分出一个箱四个王的交尾箱。到时候，新王交配成功，每个王再补充一张脾刚出房的蜂子，冬天回家可就多出四箱新蜂群了，这也算是一种发展和收入了。

到了第二十三天的下午，老天突然变脸，一通雷电交加，一阵狂风暴雨，把四野的油菜花一扫而光，仿佛是在向我们宣告，上海第一场地的放蜂结束了。


# 六、渡江北上放蜂忙


场地转运，对于养蜂人来说，是最麻烦、最辛苦的活计。可是对于刚刚从事养蜂的我，不仅没感觉有多累，还觉得挺有乐趣的。由于我的好奇心强，各个地方的新鲜事物，风土人情，以及生活习惯，无不深深地吸引着我。

比如，初到上海郊区松江县，我发现这里的乡民们每天一早，便在自家门前的河里，把那浑浊的河水挑回去，倒在自家水缸里。待把水缸装满，再撒一把明矾在缸里搅动一下。不一会儿，缸里的浑水很快就变得非常清澈。水里的泥浆杂物都沉淀到水缸底下，上面的清水就可以用来煮饭烧菜。我们老家有的是非常清澈的井水，人们不需要这样净水，相比而言，老家的井水该有多好啊!

这里的民风很淳朴,乡民的衣着布料,多半是自家织的土布,蓝色底,镶嵌着白色条纹的格子布,一派江南水乡的民俗气息,很接地气,有着古朴的男耕女织的氛围。

这里的乡民,无论男女都很好客,对我们外来养蜂人非常友好。尤其是这位房东,对我们十分友善、客气,好像我们就是他家的客人,不间断地给我们送来莴笋、小青菜。如此盛情,令我们感动不已。

临走之前,我们给房东送了蜂蜜。可在与房东结算进出场的小船运费和一个月房租时,他们只肯收下小船运费,却无论如何都不肯收取房租。直至我们以"不收房租,明年绝不再来"相"要挟",他们才勉强收下房租。

分别前,房东一再叮嘱:"明年再来,我把场地给你们留着。"

又要起营拔寨,开始转场了。沈良根的小船早已停靠在门口的河边等候。

紧接着又是一阵搬箱,装船装车,装卸蜂箱的紧张运作。只不过大家已经操作熟练,节奏迅速地搬箱装卸,整个过程只用了一个半小时便完事大吉。

今晚是短途运输,只运到上海火车西站,把蜂箱装上火车。和我们一起装车同行的南雁蜂场陈厚资,他把报批手续提前办好了。

听说这是经上海铁路局审批的车皮,今晚九点就可把车皮送达货场边道,让我们装车。

由于南雁蜂场早已用火车长途转运蜜蜂,他们因此积累了丰富的装车经验。我们都听从他们的指挥,把敞车下半部分两边的四块栏板向上翻,用绳子紧紧绑定在上半截车斗的栏板上,以保持车厢内外四面通透。再爬进车内,我们将积落在车厢底板上的粉煤打扫干净,最后再将各自的蜂箱,依次装在车厢中央。

中央有车窗通气,蜂具空箱放置两头,铺平当床睡。再搭起篷架,盖上车载大篷布,我们就装车完成了。

装车完成,南雁蜂场负责人立即前往车站调度室,报告蜂场货物装车完毕。

至此，调度室即刻安排火车头，把我们这个停在边道的车皮拉走，去连接上整个列车，起程远行。

第二天上午五点多钟，我们跟随的列车开到南京下关渡口就被拆散了。一节节车皮被推到轮渡船上，火车皮乘渡船行至长江对岸的浦口火车站。

浦口那边的火车头再把这运过去的一节节车皮，拉到铁路编组站，重新编列。

等到把我们的蜂车运过长江抵达浦口，已经是下午一点多了。又等了一个多小时，我们这一列车编组完毕，终于驶离浦口车站，向着北方飞奔而去。

火车摆渡过江之时，我亲眼看见南京长江大桥的桥墩早已造好，只剩下几孔桥梁未曾架设。待那几孔桥梁铺完，整个大桥便可贯通。到那时火车就不用渡轮过江，我们的蜂车也就不用花这么长时间折腾了。

我坐的火车，感觉不出火车跑得究竟有多快。后来我才知道，我们蜂车搭的是货运慢车，多半车站都得停车让路。再加上要把中途车站装完货物待发的车皮带走，所以行车速度特别地慢。

整列火车到了徐州这个枢纽中心大站，再一次经历拆散重新编列。我们的蜂车所去的是连云港方向。到了徐州，编组站已经把经过徐州的所有同一方向去的车皮，重新编成一列，等待满列够数之后，才重新发车起程。

起程后的第二天凌晨，我们的蜂车才被丢在邳县车站的边道上。这就意味着我们的蜂车已经到达目的地苏北邳县。

从真如火车站（即上海西站）发车，经南京浦口，到达苏北，我们整整走了一天两夜。苏北是我们今年出外放蜂采蜜的第二个场地。

邳县议堂公社，坐落在江苏北面，靠近山东。这里当年是大面积旱地，种植的都是番薯。人民公社化运动开展之后，经过农田改造，旱地变水田，种上了水稻。

红花草子是种植水稻的基肥。水稻收割前半个月二十天，农民就把红花草子的种子撒在稻田里。农民收割晚稻之时，红花草子的苗已在稻田里长出一寸两叶的小幼苗。此后，农民会给小苗追加磷肥或草木灰。待到来年四月份，红花草子自然成长得很茂盛。当我们蜜蜂运到时，遍地开放出紫红色的花朵，抬眼望去，那连绵成片的田野，便成了红花草子紫红色的海洋。

毋庸置疑，那一望无际的花海，成了我们放蜂采蜜良好的蜜源场地。

汽车把我们的蜂箱拉到一条长长的防洪大堤上，到了，停车。此时，我们如临战场，快，卸车！赶快选好摆蜂箱的位置，一卸下蜂箱便立即摆好，箱门口喷水，打开巢门。已在箱内憋了两天的蜜蜂，顷刻间蜂拥而出，飞向天空，扑向田野。

不用多时，雨点般的蜂子就从草子花丛中，采集到满腹鼓鼓的蜂蜜与花粉。待它们把蜂蜜和花粉卸载在蜂房内后，便又匆匆地重出巢门，奋不顾身地采集大自然恩赐的甜蜜佳品。

就这样，我们的小蜜蜂忘我地来来去去，周而复始地奔忙。

第二场地进场后，又是一个循环，首先就是把转运中的固定夹子和钉子拆掉，立即调整好子脾和空脾的位置。

蜂子安排妥当，然后露天搭棚做饭，安排人的生活。

进场后第五天，又可以摇蜜了。

出乎我的意料，到了苏北，我的蜂群规模竟然也有了上升的势头。已经加上了六个继箱，第一次摇蜜，平均每箱达到七斤，一共收获了70多斤蜂蜜。第二次摇蜜，每箱竟然有所增加，这是令人欣喜的事。

进场八天后，天空又下起了小雨，遗憾的是农民开始把大片的红花草子翻耕做绿肥了。

农业生产合作社的生产速度足够快了，大片大片的红花草子在犁耙下迅速减少。仅仅半个多月时间，红花草子剩下的寥寥无几。唯独几块留种的草子田，还在盛开着鲜艳的花儿。对于这样数以百万计的蜜蜂采集大军，仅仅几丘留种田，自然是杯水车薪，这态势等同于外界的蜜源中断了。

蜂子采蜜无望，大量蜂群极其恐慌，并立即引起相互盗抢。对于这突如其来的蜂场上的不安定气氛，无疑也引起了我们养蜂人的紧张。

怎么办？养蜂人必须当机立断，立即转移放蜂场地。

苏北议堂公社红花草子场地，给我们的时间太短暂了。

来也匆匆，去也匆匆，令人好不遗憾！

由于农业时令的原因，把那正在盛开的红花草子翻耕做了绿肥，这对于我们养蜂人来说，实在是太残酷了。

我们在防洪大堤上搭的篷、铺的床还没有焐热，我们仅仅才摇了两次蜜糖。如果能将红花草子田，再推迟一星期翻耕，我们还能多摇两次蜜糖。可是"不如意事常有八九"，养蜂人自是遇不着那么多"如果"，我们只有一个选择——搬家转场。

每次搬家时的进场出场，是养蜂人最紧张的时刻。钉夹子、高箱钉连条、收拾蜂具和铺盖行李、装车、卸车，统统都是繁杂又费力的苦差事。

然而，这一切对于养蜂人来说，早已经习以为常。苏北农村的运输工具，多半是拖拉机和马车，所以这次出场就用上了两个拖拉机，来运送我们这个组的蜜蜂出场。

苏北的道路多半不是正式公路，一路开过去，颠簸摇摆。随着车身的晃荡，车上的蜂箱不停地发出吱吱的声响。所幸路途不远，三十多里路，一个多小时就到了邳县火车站。

我们坐在车上，一路上观赏着苏北农村的景象。住房全是土墙砌成的，屋面盖着厚厚的小麦秸，每幢房子中间，前后开出大门，南北通透。房子没设玻璃窗，只在东西两间开个木头格子小窗。可想而知，苏北农村贫穷而落后。我不禁感慨，同样是农村，仅隔了一条长江，江南和江北，贫富之差，为什么就这么大呢？

可是，养蜂又何尝不是如此呢？贫富养蜂与蜂群强弱的收益就有着悬殊。

## 七、沧州之地的滑铁卢

下一个场地是河北沧州，目的是采枣花。

乍一听沧州，我心里隐隐地有一种失落感，据悉沧州在古代就是罪犯发配之地，尤其是老戏文中呈现的林冲发配沧州之情境，风雪夜、山神庙……

真有些让人对于此行,有一种不太好的预感。

邳县到河北沧州要穿过山东省,只能装火车走。我们把蜂子卸在铁路边道的货场上,立即摆好蜂箱,临时放蜂。

我也从未见过南方的枣树,更不知道枣树开花是什么样。这次陪蜂子去采集枣花蜜,能有机会见识枣树开花,倒是一件赏心悦目的事。

夜半时分,装蜂子的火车皮来了,大家一如往常,紧张装车。天亮之前,我们的蜜蜂车厢又被拉到了徐州车辆编组站,重新编列到北上一线的列车中。我们搭乘的列车一路向北方飞奔。列车通过山东的滕州、兖州到达泰安。

有幸的是,行进途中,我在火车上还能远远地看到五岳之首的泰山。蓦然间,我情不自禁地在心里吟出唐诗《望岳》中"会当凌绝顶,一览众山小"的诗句。

是啊,我在养蜂之路上,何时能达到"会当凌绝顶,一览众山小"的境界呢?

火车一路飞奔,跨过济南黄河大桥,穿过德州辽阔的原野,第二天上午,我们便到达了沧州火车站。当时已是五月末,这一带是今年中期的第三个场地。按照养蜂转场惯例,每逢临近新场地,理应先派人去这个场地勘察一番。此一回,亦不例外。

况且此时天气炎热,据说枣花期花粉稀缺,枣花蜜黏稠度特高,蜜蜂采集后不易吐出,且有毒性,会大大缩短蜜蜂的寿命,对蜜蜂繁殖非常不利。因此,我们两拨养蜂人经研究决定,不急于进场,且在车站货场放蜂三天。明天派人前去实地察看,了解当地枣花蜜源场地的情况。

当天下午,察看场地的人回来报告,我们的放蜂场地,坐落在河北献县韩村乡公社。那里有成片枣林,应该说是比较好的枣花场地。但是因为枣花尚未盛开,对于枣花流蜜好坏,一时无法判断,需待满树枣花盛开之时才见分晓。

只是蜂群大队人马千里迢迢而来,若采不着枣花蜜,恐无退路。但愿天公作美,能在枣花绽放期间,下点小雨滋润花朵,这样就能使枣花有蜜可采。

在货场放蜂了两天,第三天一早装车,中午就到达了目的地韩村乡公社。蜂箱就卸在一大队部小晒场周边的小刺槐树下。落脚后，我仔细查看了周边的枣花情况。

这个村庄的家家户户，屋前屋后，全是枣树。就连田边地头菜园当中都有枣树。枣树的树干枝条弯弯曲曲，而枣树的树叶，则呈椭圆状卵形。有的枣树枝条根部已萌出一串串花蕊，并开始绽放出黄绿色花瓣。

不论怎么说，枣花总是没有油菜花与草子花那么鲜艳诱人。

到了河北，便觉得空气极其干燥。太阳当空，万里无云，每天都会觉得非常燥热。

于是我们就在临近蜂箱处挖了几个小坑，摊下塑料布，在塑料布里灌满水，撒下一把小麦秸，很快就引得小蜜蜂前来采水。

同时，我们每天还在蜂箱内喷些水，以此保证蜂箱内的湿润度。这是我们在夏天的特殊环境里，对蜂群采取的特殊管理方法。

自从在枣花场地开始放蜂之后，我们总会在巢门口观察采集回巢工蜂的状态。我们发现除了个别带水回巢的工蜂腹部是鼓的，大多数都是空着肚子，很少带着花粉回来。即使有花粉，那也是黄颜色的瓜类花粉。

由于枣花不产生花粉，所以枣花对于蜜蜂的繁殖，很不理想。

五天时间过去了，枣花逐渐盛开，花蕊却始终不滋润。巢内储存的蜜不但没有增加，反而明显地减少。我们全都担心起来。又过了十天，枣花大面积盛开，而且开始流蜜。

只不过仅在上午九点前后，花蕊中才稍有点滋润、黏稠，不到十点就干巴巴的，一点滋润也没有了。

蜜蜂经过枣花花朵，未经采集，只闻了一下，便又飞走，根本没有采到甜汁。

我们的每个蜂箱门口地上，尽是采集归来的蜜蜂死尸。因为枣花蜜汁太黏稠，蜜蜂采集之后，却在蜜囊中吐不出来。且枣花蜜带有一点毒性，从而导致采集的工蜂死于非命。蜜蜂所需的花粉供不应求，光靠一些瓜类花粉，杯水车薪，难以接济。花粉严重不足，封盖子脾特别小。

蜂群数量开始下降，枣花摇蜜无望。仅仅早上一个多小时流蜜，蜂群自给都不够,哪里谈得上摇蜜。在枣花场地已熬过二十天,由于野外蜜源太少,时日特别难度。此回遭遇枣花景况之后,大家的心里无不沮丧。

几十天来,两度转场,一路奔波。吃不好,睡不足,图什么呀?不就图个"风调雨顺蜂蜜满仓吗"?枣花有毒,不宜放蜂。对我们来说,是个意外。不怨天尤人,只怨我们知识不够,才在枣树前栽了跟斗。看来活到老,学到老,对于我们养蜂人,尤为必要。

我们两组放蜂人紧急商量,决定提早出场。本来枣花期是六月底结束,我们迫不得已,只得提前于六月中旬草草收场。

我们仅用了一天时间,就收拾好了一切,做好了转运准备工作,迅速离开枣花场地。

在此之前,南雁蜂场已把出场去东北的火车皮计划向北京铁路局报批过,因此,我们无论何时出发,都可以向调度室索要车皮。

6月18日,两组人马,又一起来到沧州火车站货场,等待车辆装车起运。看来蜂子度夏,也是一个不太好过的关口。

每年六月份,北方那边如果有良好的蜜源场地,可以替代枣花场地,我想也许蜂群就有可能恢复元气。当然,一年在外收入好坏与否,跟全年放蜂路线安排有着直接的关系。这是我第一年外出放蜂最大的感受。

可对于放蜂路线的选择,我心里清楚,无论是蜂群数量、经济实力,还是养蜂资历与经验,我都没有多少话语权。今年的放蜂路线,全是由南雁蜂场一方规划好的,我只能按照他们排好的路线走下去。

当晚正待起行,从火车站货运调度室得到消息,今晚没有车,要等到明天傍晚发车。无奈,大家只能在沧州货场度过一宿。

第二天一早,大家临时放出蜂子。也好,还有一整天时间,难得清闲一次,索性去逛逛大街,领略一下当地的风土人情,也不枉此生来过沧州。

中午时分,车站传来消息,今晚有车。下午太阳还没有下山,蜂子还没有全部归巢,装蜂的车皮已经推到我们蜂箱旁边。

于是,大家忙不迭地清理车厢,待到蜂子全部归巢,我们便可很快地把蜂箱及用具装上车。我们刚把蜂箱绑好,火车头就鸣笛启动,向着北方一路奔驰。

夏天的蜜蜂火车转运,养蜂人必须不间断地给蜂箱喷水降温,同时还要对着窗门的纱窗向蜂箱内喷些水,给蜂子补水哺养幼虫。空余时,大家都站在车厢边沿,向外瞭望,欣赏起北国的风光。

华北平原一望无际的土地上,农民用黄牛、毛驴耕耘着土地。田地里长着玉米、番薯、棉花、花生和豆类等农作物。民屋住宅大多是矮小的房屋,看不见青砖黛瓦,多半都是泥浆屋顶泥巴墙。

一户人家,一幢小屋,一栅栏,小围墙。围墙内外几乎都绿树成荫。村庄的道路,尽是沟沟坎坎的土路,大车拉过留下两条深深的轮沟,特别显眼。

列车从天津城区蜿蜒而过,我们只能浏览到铁路沿线的街景,而看不见天津市全貌。吸引人眼球的还是郊外那庞大滚圆的冷却炉,炉顶口冒着热气,冷却炉旁边还有一个很高很高的大烟囱,顶端黑烟滚滚,直冲云霄。经打听方得知,原来是一个发电厂。

更令人感到稀奇的是,在这大平原上,竟然凭空冒出几座尖头小山,山顶不间断地有着明火燃烧。从山脚到山顶,还架有皮带运输机,运输机顶端不断地从山尖流下黑色的渣渣。

我当时猜想,或许这是从地下矿洞中拉上来的废矿石,经过连年不断的积压,形成了这么几座高大的黑色小山峰。后来经人介绍,我方才得知,原来这就是闻名遐迩的唐山开滦煤矿。

北戴河是老百姓心中最神奇的地方。我以前不知道北戴河环境有多美,只知道那里是避暑疗养的好地方,许多人都对那里有着美好的想象。

未待我理清思绪,列车已经抵达秦皇岛了。一听到秦皇岛这个名字,我的大脑中浮现出毛主席的诗词:"秦皇岛外打渔船,一片汪洋都不见。"

一叶小舟,茫茫沧海,多么美妙的意境!难怪古代方士徐福会在此处登船渡海,寻找仙境。难怪当年秦始皇,为寻找长生不老之仙药而伫立小岛的山岩之上,瞭望远方。往事越千年,潮起潮落,几经沧桑。当年的小岛早已经与陆地相连,被后人称之为秦皇岛。

因为没有停车,我无法在此留下足迹,唯有在心里默默地写下"庄某人到此一游",以作纪念。列车一路奔驰,不时便看到蜿蜒万里的长城。仰望长城,一幢幢城楼从眼前飞驰闪过。

没多久,列车已越过山海关,我们算是到达关外了!

◇1972年北上养蜂,途经山海关,庄华元特在"天下第一关"——山海关前留影

脚下的土地,真是神奇。沧海桑田几千年,它见证了这块土地上发生的多少故事。

秦始皇横征暴敛,兴师动众,强征天下数十万百姓修筑长城;千百年来,外夷番邦多少次发兵冲关夺隘,入侵中原,全被这铁壁铜墙所阻挡;明朝守将吴三桂,引清兵在此入关,导致中国改朝换代,被清朝统治近三百年。

啊!多少年,多少代。万里长城今犹在,不见当年秦始皇!

如今,万里长城已被列入世界非物质文化遗产。

难怪毛主席说:"人民,只有人民,才是创造世界历史的动力。"

## 八、荆条蜜源藏玄机

列车到达今年放蜂的第四个场地——辽宁省绥中县。

我们放蜂的位置处在松黑山脚下的天王庙公社,那里是满族人居住的地方。我们的蜜蜂直接用拖拉机拉进山里,卸在一片梨树园旁边。这里离村子有些远,很少有人来。我们便在这偏僻的山沟沟里搭篷居住。

这里的山不高,树也不是很大,漫山遍野丛生着各种各样的灌木和杂草,其中夹杂不少荆条,看样子应该是荆条蜜源的好场地。梨园旁边有大片的山坡草地,我们一组四人各自选择一块草坪,把自家的蜂箱摆好。然后按照每次进场时一样的方法,处理各自的蜂群。

这一次蜂子是从枣花场地来的,跟以前两次进场时的蜂群形势全然不同,所有蜂群数量都下降了。

枣花出场时,十二脾的蜂群,只有九脾平箱的蜂子。原来六脾七脾的平箱蜂群,现在只剩下五至六脾。所有的继箱全部撤掉。

这就是今年采完枣花后的结局。花了半天时间,我的十箱基本群和两个交尾群,全部检查处理结束。

现在巢内封盖子脾不多,老封盖子脾新蜂都快出完了。

从上海经苏北直到沧州,这一路走来的,三家的蜂群繁殖管理理念大致相同。三家蜂群强弱虽然还存在差距,但蜂群内部繁殖发展趋势十分相似。现在跟他们在一起,秋季蜂群如何管理,已有模式参照。于是拆掉夹子,压缩蜂群之后,必须抓住子脾圈已萎缩到最小的机会,进行一次彻底的削脾除螨处理。

我们三家联合互助行动,才能快速地完成每箱蜂群的处理工作,使每群蜂子的生活不受很大影响。

蜂螨是蜂群最大的敌害,仅有一毫米大小的蜂螨虫,就能缠在蜂子身上,钻进蜜蜂腹部的鳞片底下或翅膀窝内吸取蜂子身上的营养,影响小蜜蜂的体质健康,从而削弱蜂子的采集力。

雌螨跟着蜂王在蜂房内同时产卵,并且与蜜蜂幼虫同时孵化。雌螨还吸取幼虫身上的营养物质,导致幼虫不能健康孵化发育。严重的会使幼虫成蛹前在蜂房内死亡,腐烂在封盖子脾之内;不严重的也能使幼虫体形缩小,或在出房时爬出巢外不能成活,有的出房时就失去翅膀,爬出箱外死掉。因此,蜂螨是蜜蜂的天敌。

消除蜂螨是养蜂人最棘手的管理工作。所谓削脾处理,就是割掉子脾,把集中隐藏在子脾内的幼虫蜂螨,连同子脾的幼虫和成蛹一起敲出来,然后把巢脾放入空继箱内密封,箱底用碗装硫黄点燃熏蒸。

　　我们需要用同样的方法,把每箱蜂群的巢脾统统抽出来处理一遍。这样既能杀死巢脾上爬行的雌螨,又能杀死巢房内将要孵化的幼螨。当晚再在蜂子身上撒些樟脑粉,以去除寄生在蜜蜂身上的成虫蜂螨。全面处理一次蜂螨之后孵化出来的新蜂,才是健康的蜂子。可是,想把蜂螨完全消除干净,是一件非常不容易的事。

　　隐藏在蜂子身上的蜂螨始终难以除净,所以,第一次处理之后,等到越冬换脾,早春繁殖开始之前,还得再来一次。

　　除螨之后,接下来每天晚上还需进行一次奖励饲养,以促使蜂王积极产卵。

　　工蜂兴奋哺育,方可培育出一批强壮的新一代蜂群。

　　蜂群进场之后,荆条已陆续开花。野外还有一些不知名的野花,相继开出。小蜜蜂已经能够采集到足够的花粉,哺育幼虫。

　　管理过程中既不能摇蜜,也不能做蜂王浆,因为蜂子又转入了以繁殖为主的生活状态。养蜂人只需三五天检查一下,观察蜂巢的产卵圈大小,封盖子脾多少,调整一下各巢脾的摆放位置,再抓紧把撤下来的多余巢脾进行一次硫黄熏蒸,消毒处理,以备蜂群壮大时,能够得心应手,取出来就能派上用场。

　　除此之外,我们每天总是认真观察蜜蜂是否采到荆条的花蜜。待到傍晚时分,揭开蜂箱抽出巢脾看一看脾上的蜜糖是否增多,巢脾上的蜂房有没有加高,加高了就是好的征象,我们的心情就高兴。若是每天都没什么变化,我们就会感到很郁闷。

　　总之,我们别无他求,只希望看到蜜蜂采到更多蜜糖。

　　自从今年离家外出,正式走上养蜂这条生财之道,屈指算来,历时已达三个多月。

　　三个多月来,转战三个场地,历尽艰辛,并没有获得多少经济效益。看来,出外放蜂赚大钱,没有人们传说的那么容易。现实告诉我,要想养蜂赚钱,首先要钻研养蜂技术。不懂养蜂,不可能在这个行业中发展。

　　对我来说,养蜂实践才刚刚起步,所要学习掌握的养蜂知识还有很多。

例如,掌握一年四季蜜蜂的生活习性及不同的管理方法;了解蜜蜂得病的规律并对症下药治疗;学习对付天敌蜂螨的有效方法;培养流蜜期的强群诀窍。

所有这一切,都有十分深奥的学问,如不下苦功夫深入研究,是难以成功的。

事实证明,任何行业都没有捷径可走。凡事只有首先当好小学生,吃尽所有甜酸苦辣,一步一个脚印往前探索,才能成事,才有将来。

眼下已是入秋时节,今年的效益如何,大局已定。

从现状看来,当下的蜂群繁殖管理与保护好蜂群入冬,尤为重要。让蜂群发展强大,多分出几箱蜂种,这也等同于养蜂增加收入。然而,欲养好蜂子,实现个人理想,单靠人的努力,还远远不够,"天时、地利、人和"缺一不可。

好年景,风调雨顺,加上放蜂时的好天气,是天时;选择正确的放蜂路线,具有广阔丰盛的蜜源场地,这是地利;养蜂人之间齐心协力和谐相处,以及与当地乡民关系融洽,这是人和。只有这三者具备,方能保证养蜂事业的圆满成功。

按当前的现实推测,今年这个荆条场地,能否收到蜂蜜,尚无把握。

目前我们已经把进入秋季繁殖管理的第一步除螨处理做完了。尽管效果还不算十分理想,但起码控制住了螨虫的大害。当前的天气风和日丽,雨水均匀,只是荆条流蜜不大好,未能激起蜜蜂的高度兴奋,不能促使蜂王积极产卵,对蜂群繁殖有一定影响。

可是,时间一天天过去,却始终看不到巢脾的蜂蜜增多。我们一日三餐后,总是不间断地盯着蜂箱巢门查看,遗憾的是看不到大流蜜的迹象。又是半个月过去,巢脾的角落似乎有增高的现象,这说明蜂子采回来的蜂蜜有点积余了。而我们由于心急,总希望在荆条场地能采到较多蜂蜜。

于是,三家商量,决定抽脾摇蜜。结果,不到半天工夫,三家的蜂子摇蜜操作就宣告结束。他们两家比我多摇出一些蜂蜜,我只摇到30来斤。也许这就是在荆条场地的最后一次摇蜜了。

摇蜜两天后，天下雨了，气温开始下降。

雨后天晴，再也不见蜜蜂采到蜂蜜的状态，看来花蜜只能维持当下的生活了。

在这荆条场地，我们咬紧牙关，坚持到了四十五天后，就断蜜了。巢内的蜂蜜再也多不起来。临近出场时，为了长途转运的安全，我们把摇下的蜂蜜还给蜂子，分两个晚上全部给蜂群喂了下去。

# 九、天有不测风云

八月中旬的北方，迎来了"一阵秋雨一阵凉"的季节。按照南雁蜂场的放蜂路线，我们准备南下安徽宿县（今宿州市）采荞麦花蜜。

两天的准备工作之后，我们又回到绥中火车站，搭乘入关的货运列车，浩浩荡荡地入关南下。

前后五天时间，我们来到安徽宿县大店公社，采集荞麦花蜜。我们这一组是在一条小河边的堤内坪地上摆放蜂箱的。此际，皖北大地的高粱、玉米等秋收作物，差不多已收割完毕。大片空出来的土地，农业生产合作社已经种上晚秋荞麦作物。我们进场时，荞麦刚刚露苗三四寸，还处在长苗阶段，或许还需待一星期，方能萌出花蕾，十天以后，才能有希望大面积绽放。

小蜜蜂急不可耐，总是在荞麦地上空盘旋飞舞。

其时的天气，秋高气爽。田园边上堆放着一捆捆高粱秆。我们便借用农民的高粱秆子，搭建起我们的极其简陋的小屋，并在小屋里席地铺床。

我们露天生火野炊，那一缕缕袅袅升起的炊烟，给我们流动养蜂人风餐露宿的生活，平添了几分浪漫。遥望远处的座座村落，绿荫树下一幢幢茅屋，走近一看，茅屋的庭前屋后，种有向日葵、瓜类等作物，枝蔓尚存，残花未尽。

因此，我们的小蜜蜂尚能采回金黄色或粉白色的花粉。这样，便能弥补晚秋季节繁殖蜂粮不足的问题。大地上还有不少秋天绽放的野花，小蜜蜂环绕其间，不会轻易放过一株迟开的花朵。

养蜂人更是期盼荞麦花早日绽放,寄希望于今年最后一个蜜源场地能为全年增加收入。养蜂人心很急,可荞麦花不急,它们漫不经心地等待绽放时机的到来。

虽然大地提供的花粉并不匮乏,但是小蜜蜂却贪心不足,我们只能耐心地等到荞麦花开,给予小蜜蜂今年最后一季的采集花蜜的机会。

十天之后,荞麦开始露白,渐渐地绽放出一串串白色的碎花。

其实,小蜜蜂早就获悉花讯,并已经逐一攀枝拜访。可是刚刚开出的荞麦花却吝啬得很,没有给登门拜谒的小蜜蜂准备一丁点礼品。

养蜂人的认知,似乎在告慰麾下的蜂群:小蜜蜂,别泄气,这才刚开始,人家没啥表示,很正常。等到荞麦花开烂漫时,肯定不会让你们失望,放心吧!不会让你们白来一趟。

九月中旬了,荞麦地一夜之间,犹如下了一场小雪,远远看去,绿叶中呈现出一片白色。小蜜蜂着急了。在这荞麦花开初盛之期,流蜜甚少,小蜜蜂极其纠缠,闻了闻花瓣,舔了舔花蕊,最后,极不情愿地离开花朵,飞回蜂巢。

大半天白忙活,纵然回巢,肚腹仍是干瘪的,这样的采蜜,看来只能是暂时的望梅止渴、画饼充饥了!

又过数日,一场大雪过后般的荞麦地,已经看不到绿色的茎叶。我们的蜜蜂采集大军,几乎倾巢而出。可是连日来,天总是阴沉着脸。荞麦花必须晒太阳,才能多流蜜。这样的天气如何能满足荞麦花季的要求?由于荞麦花季的供应量极差,只能使蜜蜂自食稍余,却不能为今年末季创造满意的财富。

不久,荞麦花已盛开到巅峰时期。可由于天气的原因,我们摇蜜无望。

蜂子自然繁殖还可以。然而,对于天有不测风云,养蜂人则是无能为力。既然是谋事在人,成事在天,我们只好顺其自然,把眼下的工作重心,放在过冬蜂种的繁殖上。

一年的放蜂期,已达尾声,唯能把丰收希望寄托在明年春天了。

由于去年的过冬蜂种太弱,导致今年早春的繁殖缓慢,因此,来安徽宿县放蜂采荞麦,是全年最后一个花期,虽然花不流蜜,但为了打好明年养蜂基础,这一场地抓好过冬蜂种的繁殖,尤为重要。

一年下来，我从十群蜂种开始，到现在已经发展到十六群蜂子了。我不仅新分出六群蜂子，同时还把原十群中较差的五只老母蜂换掉。这样，明年的蜂群繁殖，蜂王产卵就能确保长盛不衰。

在这个荞麦场地，我们的放蜂重点从以采蜜为主到后来转为以繁殖为主。我把这十六群蜂子的子脾进行了一次比较平衡的调整，让过冬蜂种能得以平衡发展。

时至八月末，外界蜜源基本结束。巢内繁殖还在进行，可子圈已逐日缩小。据此实际情况，我们与南雁蜂场方面商量，可以出场了。

这是全年最后一次转运。我们还是到宿县搭乘火车南下到上海，再从上海十六铺搭载客运大轮船到温州，然后用汽车把蜂箱装运回家。

回家的转运计划已定，我心里一阵高兴。不日便可以途经上海，以了却多少年来逛逛大上海的心愿。

辛苦了一年，今年的收入一共只有250多元钱。大家伙儿无不沮丧。可很快，我们都想通了，何苦呢，郁闷也是这些钱，开心也是这些钱，与其苦闷，还不如黄连树下弹琴——苦中作乐。

回家途中所幸能顺道逛逛上海，安慰一下自己那颗受伤的心。想着就要逛上海，我们遂于当天下午，把各自没有补丁的衣服，洗涤干净，晾在高粱秆屋外河堤边的草地上。或许是那天晚上睡得特别深，没听见任何动静，第二天一早起来才发现，晾在河堤边的衣服不翼而飞了。

不用查问，大家心里都清楚，我们遭贼偷了。

"不好！快查看蜂箱。"大家无不警觉起来。

幸好，蜂子没有损失，不幸中之大幸。

如果蜂箱被窃，我想我们这拨人当中，该有人想跳河了。眼下，我们的蜂箱，仍旧摆在这前不着村、后不着店的河堤边，一旦小偷二次来访，后果则不堪设想。

有了这些顾虑，我们便睡不安宁了。况且，离家快一年，该是回家的时候了。

已是深秋，四野的蜜源已经断绝，在此久留，对人对蜂都毫无意义。

大家商议,抓紧退场。说干就干,我们当即行动,仅用了三两天,就准备完毕。

于是,我们便在10月3日出场装车,告别了这个穷乡僻壤。

10月5日清晨,我们的蜂车跟随着七十多节长的货运列车,像一条黑色巨龙,穿游在华东平原的大地上。令人难忘的是列车穿过南京长江大桥的那一刻,大家无不兴奋地仰望着大桥的构造。

上有公路桥,桥头间,铁路桥与公路桥分道,公路桥斜坡而下延伸到地面。

列车过后,我们还在回头观望,只见那桥头堡上的三面红旗迎风招展,特别壮观。正当大家目不转睛地观赏桥景时,列车已在不知不觉间驶过大桥。

记得春天里,我们押运蜂箱转场北上时,在南京下关渡口,随火车摆渡去浦口。为了过长江,花了一整天时间。可今朝过长江,长龙飞渡,风驰电掣,不到五分钟,长江大桥已被甩在身后。从春天蜜蜂摆渡过江至今,这才半年时光,就已经"一桥飞架南北,天堑变通途"了!

从此,摆渡火车已成为历史。

这是什么样的建设速度?简直是日新月异呀!

当大家赞叹祖国的建设速度与辉煌成就之时,我却在心里暗自反思。我们的养蜂业,什么时候也能与时俱进,跟上祖国的建设速度,那才是我们的意愿!

凌晨时分,火车到了上海,列车把我们这节车皮推到货场边道,我们就在宽敞的货场里卸下并摆放好蜂箱,以便临时放蜂。南雁蜂场方面派人,前往上海十六铺轮船码头客运中心联系,为我们安排回温州的船运。

我是第一次来上海,对于这个曾经的花花世界,曾经的十里洋场,早就有着太多的幻想与好奇。我们徒步从上海站货场大门口走出,小心翼翼地看着路牌,一条街一条街地记下,生怕找不回来。

过了苏州河大桥没多远就是北京路,再往南一个路口就是天下闻名的南京路,上海最繁华的市中心。向左转弯,一直逛到外滩,只见外滩人流潮涌,车水马龙。好宽阔好热闹的大马路!

我像是刘姥姥初进大观园,一下子晕头转向。

这里曾经是十里洋场的风景带,黄浦公园就在其中。

那个"华人与狗不得入内"的屈辱年代,一去不复返了!我们这些乡下人也可以大大方方地从人潮中走过这条大街。

登上几级台阶,便是一条很长的观光大走廊。走廊外边是高过胸腹的围栏墙,围栏外面就是连着世界各地海运大通道的"上海母亲河"——宽阔明亮的黄浦江。

机帆船、万吨大轮船,乃至扬帆的大木船,鸣着汽笛,从我们面前一一驶过。

好一派壮丽的黄浦江景图,我们一行人无不流连忘返。直至华灯初放,夜幕降临,我们这才依依不舍地相互招呼着,返回我们临时摆蜂的地方——北站货场。

没想到我们在上海各处转悠了一天,尽管跑得筋疲力尽,大家却还是很高兴。连日来奔波的辛劳,蜂途坎坷的沮丧,竟一下子被游上海的兴奋所冲淡。

# 十、海上归来

或许是我们离家出行时日已久,抑或是大家归心似箭,于是我们每天都派人去轮船客运中心探听起程消息。

我们一直等到第五天,终于从客运中心办公室外面的小黑板上看到通知,南雁蜂场10月22日上午九点进码头装船。押运人员另行购票,下午四点半开船。

当天南雁蜂场连同我们两个组一起购买了押运人员的船票,以及托运蜂子的所有船运手续。码头车队两辆四吨货车将于10月22日上午七点前到北站货场接运我们。12日上午九点,我们的蜂车准时到达十六铺轮船码头。

客轮甲板上的吊车放下了吊篮托盘,吊篮托盘每次可装上48只蜂箱。

我们把汽车上的蜂箱直接卸在吊篮托盘上,由吊车一下吊上客轮船尾甲板,连同吊篮托板,一起放在甲板的货位上,第二篮吊上去置放在第一篮的上头。

如此置放,网状吊篮上蜂箱被网拉住,不会崩塌。我们这一组蜂箱蜂具只需三次便吊装完毕。前后不到一小时,装船结束。

下午,我们十几个养蜂人来到十六铺码头候船室,等候下午登船开往温州。

我是第一次乘坐这样的大轮船,登上客轮后才发现这客轮好大,简直像座高楼大厦。

虽然我们买的都是五等舱船票,可船上的电影厅、小卖部、健身娱乐厅,还有看书看报的阅览室以及乘客用膳的大餐厅,我们同样可以享受。

这一回,我算是"土包子开洋荤"了!

我们买的五等舱船票,也叫大众舱。这五等舱的床是上下两层格子铺,大统间。不知这个大房间里密密麻麻摆了多少张格子床,数都数不清,两张床中间的过道很窄。床上放着席垫、毛毯以及枕头。

船舱还有小脸盘大的玻璃窗,从这个玻璃窗往外看去,正好与大海那一望无际的水平线同高。一个海浪打来,玻璃窗就被海水淹没,我们连同床位,便沉没在大海的水平线下面了。

大家爬上四等舱,拥出舱门站在走廊甲板上,观赏黄浦江两岸的景色。大客轮似乎有意识地缓慢地游弋在江面上,让所有站在各层走廊甲板上的旅客,全方位多角度地观看黄浦江两岸的风光。

大船开出了吴淞口之后,上海景区渐渐淡去,迎来的是碧波万里的大海。轮船的航速逐步加快,走廊上,海风呼啸,船尾激起两路滚滚的浪花。无数只海鸥一边追逐海浪,一边嘎嘎地鸣叫。

大船在乘风破浪,船头接二连三地传来浪头拍打船体的冲击声,以及大船两边哗哗的流水声。轮船正朝着温州方向快速航行,走廊上的旅客争先恐后地躲回船舱内避风。

餐厅内已有旅客排长龙打饭。哦!吃晚饭了。每个旅客都端着两荤两素的快餐,各自寻找座位。看着别人都吃得津津有味,我亦感觉胃口大开。

累了一天,我终于回到自己的舱位,躺下身来合上眼睛,任由自己的思绪随波逐流。一觉醒来,又是一天的早晨。走廊甲板上海风仍然呼啸。在晨曦的映照下,海面上特别寂静,唯见远处的渔船,白帆点点。

餐厅正在供应早点,稀粥、豆浆、油条、面包,各具特色。

两天一夜的船上生活,有些人经不起船体颠簸,躺在床位上休息;还有人趴在甲板的栏杆上呕吐不止。可能是长期艰苦生活的磨炼,把我的身体锻炼得格外强壮,对于海上颠簸并不敏感,该吃时吃,该喝时喝,竟把这一次船上的行程,当成是快乐的旅游。

十点左右,客轮进入瓯江口,速度逐渐变慢,缓缓地转入瓯江航道。

由于客轮的船体巨大,必须等候瓯江涨潮,方能跟随大潮进入温州安澜亭码头。

下午两点,船头上的大缆绳已经扎牢在码头的圆柱墩上。

毋庸置疑,我们已经到达温州了。

本来在我心中温州就是最大最热闹的大都市。可是,看过上海以后,从海上归来,站在大轮船上,居高临下看温州,便觉得温州的房子变小了,高楼变矮了,马路变窄了……温州城顿时变得如此矮小。

轮船靠了码头,旅客下船,我们等待着卸货。


船头上的吊车启动了,还是把原封不动的吊篮托盘中的蜂箱,一篮一篮地往下吊。我们喊来码头上等候拉货的大板车,把吊篮里的蜂箱蜂具装上大板车。温州码头大板车,车大轮也大。我们一组的蜂箱蜂具三车就装完了。

伙伴们问我拉到哪里去,当时我灵机一动,想到中山公园很空,可以拉到市中山公园卸货。这个建议立即得到大家的赞同。事实也证明,这是一个最佳的选择。因为当时"文化大革命"还没结束,中山公园仍处于瘫痪状态,无人管理。拉板车的码头工人也证实说,中山公园的大门整天开着,里面一片荒凉。正好让我们在那里临时摆放蜂箱,临时放蜂。

说走就走,仅十来分钟,已到达目的地,蜂箱便在公园卸下。

待到摆好蜂箱,打开巢门放蜂之时,便立即引来好多市民围观,看热闹提问题。

有蜂蜜卖吗?蜂子咬人吗?箱里有蜂王吗?你们从哪里来?到哪里去?

我们都一一做了回答。

谁都不想在这荒废多年的中山公园内耽搁太多的日子,大家只想抓紧时间联系货运汽车,早一日把蜂子拉回家去。正逢动荡之时,有的部门瘫痪,有的单位关门,此时找车,可是十分不便。必须尽快找到有能耐的熟人帮忙。

我在心里默默地梳理起我在温州的人脉资源,我首先想到的是温州市乡镇企业局局长林开知。他是高二村人,是我妻子少时闺蜜林素华的哥哥,我妻子与他们也常有往来,相处甚好。而且,这位老大哥素来没有官架子,平易近人。

于是,我们当晚便直接登门求助。

林开知果然是热心人,当我说明来意后,他二话没说,立即带我去找温州市一建公司的池云义,他认为一建公司一准有车,而且,池云义是高墩的邻村矿埠头村人,家门口的老乡,自然好商量。

池云义家住在温州市大南门花柳塘。一进门,林开知立即把我介绍给他,并说明来意。

四十七八岁的池云义热情爽朗。一听说要他帮助安排两辆车,把我们放在中山公园的蜂子拉回家乡,他也很想帮上这个忙,奈何心有余而力不足。因为他无权动用他们一建公司的车辆。他提议我们去找温州交通局局长颜庆富。他是东屿公社建坑人,也算是老乡,温州的汽车运输,客运货运都由他管辖。

第二天晚上,林开知又带我到颜庆富同志家里。很幸运,颜庆富的老婆林秀珠,正是我最要好的老前辈林鸣谦先生的大女儿。只是,我未曾与她相识,也不便自我介绍,只能通过林开知小心翼翼地向她说明来意。

林秀珠一听就懂,非常机灵敏捷地点点头,然后叫我们等待她的消息。

这次运作很顺畅,次日上午,林开知便通知我们去车站货运调度室办理货运与开票手续。我与秦长斯、甄尚贝一同前去,办完之后,调度室告诉我们明天一早可以装车。

通过这一层关系,我们非常顺利地把蜂子拉回了山门老家。

窦绍来、秦长斯和黎正植的蜂子就在东屿供销社门口的马路边卸下。卸蜂之时,他们的亲人和好多邻居、小孩全都拥过来看热闹,并帮着卸车。

面对如此情形,我自然想起今日回家,也会遇上同样情景,邻居和小孩子们也会前来探访,问好,看热闹。对于乡亲们的热情捧场,我必须想好怎么应对,这也是人之常情。

然而,人和蜂是到家了,我身上的钱却已全部花完。怎么办呢?

万般无奈,我只能厚着脸皮向秦长斯的爸爸秦克先借了五元钱,跑到东屿供销社买了三包香烟,三斤糖果带回家去,以解应酬之急。

我的蜂子卸在万丰大队书记郑昌晓家门前的大场院里。

巧得很,住在这大场院古屋内的四户人家,都与我关系很友好,这里有我的学生郑乃取,有我的老师郑昌信,还有我的同学郑春梅,另有一家女主人名叫秀兰,是我妻子锦云的同学。鉴于我与这几家的特殊关系,我把蜂子摆在这一大场院里,自然是毫无后顾之忧。

摆好蜂箱,开门放蜂之后,我便收拾好随带的行李箱,急急忙忙奔回家去。

从今年春天离开家出外放蜂,屈指算来已经大半年过去。虽然多年的养蜂意愿得以实现,虽然走南闯北,历经艰辛,可是到头来并未能盈利。今天身无分文地回家,将如何面对父母和妻儿?

未料,我的父母,我的妻子锦云,真的是善解人意,他们似乎发现了我的窘境,不但不提及赚钱的话题,反而安慰我说平平安安地回来就好。回家了,一家团聚就好。

尽管如此,我仍然于心不安,在心里狠狠地责备自己:"百无一用是书生,我怎么会这样没出息,没本事!"一时甚为懊恼!

这第一年出外养蜂,未能赚钱,可我从未后悔,就算是交了一年学费,因为我毕竟从实践中学到了一些养蜂知识和经验,为今后的养蜂之路打下了坚实基础。时刻准备着,迎接明年放蜂的春天!

有人说,养蜂人圈子不大,在社会群体中只是一小撮,属于弱势群体。

可是那又怎么样?我们照样跑码头,见世面,行走江湖,南北闯荡,活得艰辛,可也活得潇洒。

# 第九章　不寻常的蜂事人事

是谁泪眼婆娑，

心绪如麻？

是谁心雨滂沱，

泣血天涯？


没有什么可以阻挡，

一切都为了梦中的家园；

我坚信我的信念：

奋发图强，石头开花！

# 一、创办公社养蜂场

应该说创办公社养蜂场是那个年代的创举。养蜂一直是单枪匹马干的，是成功还是失败，全靠个人的能力和运气。把养蜂人组织起来，成立集体组织，这个主意出自一个让我非常钦佩的人，这个人就是甄雍曙。

## （一）

甄雍曙突然来到我家。自从收回矾山茶场养蜂场代养的蜂种之后，我没有再与甄雍曙见过面。

这个冬天有些冷。一天，甄雍曙突然很热情，我和他一见面就很客气地相互问候。

话没说上几句，他就直奔主题，问我今年外出放蜂收入情况怎样、一箱收入多少钱、放蜂路线怎么走。

我也竹筒倒豆子，将养蜂情况一一做了介绍。

我问他们矾山蜂场今年的路线与收益情况。他说，他们矾山蜂场情况很好，平均一箱收入200元左右。我听了羡慕不已。

他说，个体养蜂本来就有很大的局限性。蜂群数量不等，蜂群的管理技术跟不上，全年放蜂路线安排得不到科学的论证，方方面面的力量都非常薄弱，养蜂业的优势得不到发挥。这是个体养蜂的缺陷，所以收入有限。

他喝了口茶，继续说道："要想把蜂子养好，增加收入，最好还是组织起来，走集体养蜂的道路。互助合作，才有可能得到好的收成。"

他的话让我眼睛一亮。我饶有兴趣地问："那该怎么组织呀？"他满有信心地说，只要将我们公社几个养蜂人组织起来，成立公社养蜂场，走社会主义集体化道路。集体养蜂，人多力量大，大家可以集思广益，互相交流经验。可以统筹安排，选择全国最好的蜜源，安排最合理的放蜂路线。这样一来，发挥了集体优势，把蜂子养好，收入才比较有保证。

甄雍曙说得头头是道，我当即表示赞成。

怎样把蜂养好，本来我就缺乏自信，现在听甄雍曙这一席话，顿觉思路清晰，一下子减轻了我的思想压力。于是，我说，我们公社缺少一个代表大家利益的带头人。我又说："要是你能回来参加就好了。"

他很诚恳地说："如果大家喜欢，我可以回来帮助组织。"

（二）

看来，对于创办公社养蜂场，甄雍曙早已布好了一盘棋。

东屿公社的养蜂人只有秦长斯、窦绍来、黎正植和我四人。

秦长斯才二十出头，还没结婚。他的父亲秦克先在粮管所工作，有丰厚的收入，再加上他有南洋华侨亲属的支撑，他们家有雄厚的资本。

窦绍来不到20岁，其父窦闰齐是山门区供销社批发部经理，管理着社会生活物资。

黎正植年龄比我大，但并不富裕。可是，他有个好哥哥在鳌江工作，能得到哥哥的支持，也能坚持搞养蜂这个行业。

四个人中，我最穷。如果来年再没有好收益，我的家庭处境将更加艰难。

秦长斯和窦绍来在东屿搞养蜂业，走在最前头，其次是黎正植。我虽然与他们同年开始养蜂，但我缺乏资本，推迟了三年才成行。

他们早于我出外放蜂。去年一起拼车，一起走一条路线，大家都是个体户，各管各的蜂子，都没有把蜂子养好，都没有得到好的收入。究其原因，是个体力量小，在有些困难面前，个体无能为力。

想到这些，我就更加相信甄雍曙的话：组织起来，走集体化道路。

据初步了解，甄雍曙原在矾山一所中学教书，"文化大革命"期间下放到矾山茶场劳动，之后一直跟随矾山茶场养蜂场外出养蜂。不管是养蜂管理，还是对全国主要蜜源分布状况的了解或放蜂路线的选择，他都有成功的经验。如何推动养蜂业来挣钱，他更有独到的想法，而且胸有成竹。因此，我十分看好他。

他当着我的面说愿意回来帮助组织，增强了我的信心，让我看到了养蜂这条路的希望。对来年早春繁殖的管理,我感到有了定力。

我相信,在组建公社养蜂场这件事上,我们会成为志同道合的合作伙伴。

很快,我们就开始商议筹建公社养蜂场的组织方案与策略,并立刻实施行动。

我们认为,创建公社蜂场,必须得到东屿公社官方的支持,然后由公社革委会牵头召开公社养蜂人会议,正式宣布成立东屿公社养蜂场。就这些问题,我俩达成了一致,决定改日一起去公社,向公社主管领导提出我们的建议。

（三）

养蜂业在当时是一个被人羡慕的行业,特别使人向往。在不少人的眼中,养蜂人聪明能干,有经济头脑,在社会上的地位也渐渐提高。

公众都这么看好养蜂业,那些公社干部何尝不是这样。

当我们提出要创办公社养蜂场时,公社干部没有异议。就这样,公社主任林垂法在一次公社革委会工作会议上提出要创办公社养蜂场,立即得到在场干部的一致赞成和坚决支持。

后来,林垂法主任联系我们通知几个养蜂人,立即参加公社养蜂会议。

我以召集人的身份,把公社准备成立养蜂场的信息传递给秦长斯,然后由秦长斯转告窦绍来、黎正植,以及他的哥哥秦长成,到时一起到公社参加会议。

1969年腊月中旬的一天上午,我们几个养蜂人在公社会议室,围着一张大台桌就座。公社主任林垂法和公社副书记吴荣开参加会议,林主任主持会议。他首先宣读了最高指示毛主席语录,然后导入今天会议的主题。

林主任说了很多走集体化道路的好处后,加重语气说:"你们几位养蜂能人,要组织起来,成立东屿公社养蜂场,这对公社经济发展、创造收益,对你们养蜂人创造条件、提高养蜂收入,都有很大的好处。"

林主任说完后,指名请甄雍曙把如何创办公社养蜂场的有关方案做了说明。

之后,甄雍曙分析了几年来几个养蜂人的收益都不高的主要原因。他说:"养蜂最关键的一步是要找到好的放蜂路线,而现在恰恰是由于掌握不了各地最优越的主要蜜源、选择不到好的放蜂路线,才会这样。"

甄雍曙接着说,由于单干养蜂,在技术管理上缺乏相互交流,这也使养蜂人得不到取长补短的机会。

甄雍曙提高嗓门说:"只有组织起来,发挥集体的优势,才能克服种种缺陷。只有这样,才能提高我们的养蜂收入。"

甄雍曙还说:"这些年来,像我们矾山茶场养蜂场每年的收入都比较稳定,每个基本群一般都能在150元以上。收入好了,蜂群的发展也能得到保证。因此,组织起来,集体养蜂,有更多的好处。"

甄雍曙最后还谦虚地说:"这可能是我片面的理解,对否,请大家斟酌,也请大家提提自己的看法和意见。据了解,县农业局今后只给集体蜂场开具全国流动放蜂介绍信,不再支持个人单干养蜂。"

甄雍曙的一番话,说得大家心里热乎乎的,大家一致认为他说的有道理,非常赞同与信服。

秦长斯首先发表看法。他说:"集体养蜂有专人看场地,能选择好的放蜂路线,收入肯定稳定,我们专门把蜂管好就行,不用担心放蜂场地的问题。我同意参加公社蜂场。"

窦绍来当即表态:"集体养蜂肯定好一些,你们都愿意参加,我也参加就是了。"

这时,我也发表了意见,表示愿意参加公社养蜂场。

最后是黎正植发言。他认为集体养蜂将会影响个人收入,担心投入集体后,成为集体资产,对蜂群管理就不会像管自己的蜂子那样用心,担心集体心不齐,像农业社一样,集体的东西损失了,没人心疼。如果人与人之间有意见,不是生人的气,而是把气撒在蜂子身上。大家都认为是集体的东西,不去认真管理,组织起来的集体蜂子也是养不好的。

没想到黎正植能说出同大家不一样的话来,大家认为他的话不无道理,能不能把集体蜂子养好,人是第一因素。大家要有集体观念,统一思想,热爱集体,把集体利益与个人利益紧密相连的关系搞明白了,一定能把集体蜂场办好。

接着讨论的话题,就是由谁来带领大家组织集体养蜂场了。经过甄雍曙的一番动员,大家一致要求甄雍曙回来参加公社蜂场工作,如有他来帮忙,公社蜂场有希望办得更好。

会后,林垂法主任看好甄雍曙的水平与能力,也殷切希望他回来参加创办公社养蜂场的工作。

(四)

经过多次协商,公社养蜂场终于应运而生。

公社指定年轻干部郑合昂办理养蜂场有关审批手续,并报县农业局给东屿公社养蜂场开具1970年外出放蜂的介绍信,同时给每个养蜂人发放盖有县农业局钢印的外出养蜂工作证。凭这一套手续,到全国各地都能找到放蜂场地,有人接待,有人帮忙安排。有了养蜂工作证,住旅馆、买车票,都可以全国通行。

公社指定甄雍曙为公社蜂场负责人,主管蜂场工作。公社指定由我负责蜂场的财务兼记账。

就这样,我和甄雍曙成了养蜂场的核心成员。

甄雍曙为人处事得体,他不仅口才好,而且写得一手好字。我十分尊重他,因此也增强了我对办好公社养蜂场的信心。


# 二、他也想养蜂

公社创办养蜂场,这个消息不胫而走。养蜂似乎是一块肥肉,好多人眼红,甚至一些精明的有识之士和政界人员的子弟也纷纷加入这个行列。一时,平阳县各地,乃至全省各地也都兴办起大大小小的养蜂场。

然而，又有谁能知道，我养蜂已经吃过不少苦头，至今还没尝到甜头呢！

一天晚上，甄尚杰的父亲甄益钿热情地邀请我到他家喝酒，这真是太阳从西边出来了。这是我离职回家务农后，第一次得到别人的尊重，我感到受宠若惊。

甄益钿为什么请我喝酒？没缘由，我自然就不想去。可是，他的劲可大了，连拉带推，一直把我拉到他家里。

甄益钿原本是高一大队第四队的一个农民，在本村古老的榨油厂持有股份。每年油菜籽出产时，榨油厂就特别忙碌，成为本地与周边压榨菜籽油的主要加工厂。他从中也得到了不少收益。

二十世纪五十年代，榨油厂还专门承接国家粮油部门代工压榨谷糠油的项目。真幸运，这谷糠油一榨，他后来竟成为国家粮油部门的人了。而后，甄益钿又被调到山门区打击投机倒把办公室（简称打击办）工作，打击办人员负责管理市场。打击办规定：不准在街道市场上自由买卖农副产品和粮食制成品。他们沿街监督，发现有摆摊买卖面条、粉干、小麦、花生、粽子、清明粿之类的，他们都管。

当晚他这么热情请客，真是让人意外。我吃惊地说："你这么客气，我真受不了。"他却坦然地说："我早就想请你到我家来坐坐，跟我说说话。在霞浦，你对尚杰那么好，那么照顾他，我很感谢你！"

提到他的儿子，我耿直地说："尚杰是个很乖巧的孩子，聪明，肯干，能吃苦，有出息！"

甄益钿笑着说："是你对他好，还给他劳动的衣服穿。你这么关心他，我们一直说你好！"

我说："这些都是过去的事了，小事情，不用提了。"

他挺严肃地说："这不是小事，我们一直记在心里！"

关于他的儿子，我说的是心里话，不是我当面恭维他。

甄尚杰虽然书没读几年，只有小学毕业，但他小小年纪就能明辨是非，深明大义，且很有想法。在"文化大革命"期间，他参加了红卫兵组织，反对过大队一些干部多吃多占的不良作风。在霞浦时，他才十七八岁，肯出力，肯吃苦,挺可贵的。因为我对他儿子有较好的评价,作为父亲的甄益钿自然很满意。

那晚桌上摆着四五个好菜:炒粉干、炒兔子肉、淡水溪鱼干、烧煮明甫干和炒鸡蛋,都是下酒的好菜,加上温热的自家酿制的糯米黄酒,在农村,这已经是规格很高的招待了,在那缺吃少穿的年代,更是最高级的待遇。

我心里明白,为答谢以前我对他儿子的好,不至于专门请我喝酒。以往我们之间从没有过人情往来,我也配不上他对我这么看重。席间,他不停地劝酒。当年,我也确有点酒量,经不起他的一再相劝,自然多喝了几杯。

边喝边聊,慢慢地聊到公社创办养蜂场的话题。

我猜他很想了解公社养蜂场是怎么创办起来的,果然,他用奉承的语气说:"你真能干,把公社养蜂场创办起来了!"

我坦然地说:"这不是我一人创办的,是公社几个养蜂人共同创办的。"

他立即说:"总要有一个人带头的。"

我笑着说:"带头的不是我,是甄雍曙。我只不过非常支持甄雍曙来带头。"

"这说明,创办公社养蜂场,你也出不少力了。"他始终拣夸人的话说。

他喝了一口酒又说:"现在很多公社都创办了养蜂场,山门街路大队办了,南雁垱头办了。这个行业真好。现在想找正式工作很不容易,你看尚杰在霞浦做工回来后就找不到什么事做,我想有没有办法让他参加公社养蜂的工作?"

他终于把今晚请喝酒的目的说开了。

我并不赞成尚杰来参加养蜂。说实话,养蜂没有人们想象的那么容易赚钱,我把几年来养蜂所有的困难和遭遇说了一遍。

他很机灵地说:"以前单独养蜂确实有困难,现在组织起来了,有集体的力量,应该好一些。"

我实话实说:"公社养蜂场都是依靠几个养蜂人把自己的蜂子投进去创办起来的,你没有蜂子,也没有养过蜂,怎么参加呀?"

他却很有策略地说:"你一直以来最疼爱尚杰,尚杰在家真找不到事做,天天流浪着也不好,我想请你跟公社养蜂场的人一起商量商量,让尚杰也进养蜂场学学养蜂。他不要工资,帮公社养蜂场做做事。我们虽没有蜂子,但可以出钱投入公社养蜂场。需要多少钱,我照出。你只要跟大家提出商量商量,也请甄雍曙帮帮忙。"

我觉得他很有点子,说得也在理,一下子心软了。我说:"养蜂也是很吃苦的呀!能否挣钱,没有保证的。"我又说,"你人面广,在家能找到工作,会比外出养蜂好得多。"

他顿了一会儿,很认真地说:"农业户口不好找工作,我都想过了,还是跟着你学养蜂比较自由。你就帮我说说话,头一年当学徒,不用给工资,拜托你了。"

他真有求人的一套办法,说得我无法拒绝。

我想了想后,松口说:"公社养蜂场刚刚创办,不缺人力,你真想让尚杰学养蜂,按你的想法,我跟大家说说,看大家什么意见,到时再回你的话。"

他眼光锐利,看准了我心软,便有些激动地说:"这样最好了,自己地方的人总比别人好说话,我和尚杰会领你的恩情。"

甄益钿是个很有计谋的人。我当初想养蜂,变卖家产,艰难筹钱,先买蜂种入门,好不容易走上这条养蜂路,而他现在的想法与我完全不同,先设法进入养蜂场学习,并以投入资金作为条件,这是非常保险的一条捷径,我不得不佩服他的精明。

当然,对甄尚杰,我是再了解不过了。他是个英俊的小伙子,与其父一样,机灵、聪明。说实话,我当时对他疼爱有加,还真是因为比较喜欢他。所以受其父亲之托,很放在心上,并非只是因为当晚几杯酒。

这个春天,由于一直在进行蜜蜂繁殖管理,我夜以继日地跟甄雍曙在一起。每次在聊天时,我有意无意地会提及甄尚杰的事,并站在尚杰的角度,夸他诸多的优点,使甄雍曙对他也产生了好的印象。直到最后,谈及尚杰父亲提出让尚杰参加公社养蜂场、学习养蜂有关的事:甄尚杰的加入是有条件的,头一年当学徒,一不领工资,二需投入资本金。甄雍曙很认真地听我说话,他当时没有表态赞成,但也没有反对。我想这一关基本过了。

在第一次早春外出放蜂起运前的公社养蜂人会议上，大家讨论了起运前的准备工作，在谈及筹集运费预备金时，大家都有点踌躇。借此机会，我提出甄尚杰要求参加养蜂场学习养蜂，当学徒不领工资，而且还愿意投入适当资本金的事情。

我把这件事刚说完，秦长斯首先表态："这样可以呀，你叫他来嘛。"

窦绍来最听从秦长斯的话，跟着说："多一人帮忙也好，反正不用付工资。"

大家都同意让甄尚杰进养蜂场学养蜂，决定把他招进来，把他投入的资本金作为今春外运起程的费用。这样一来，既增加了一个劳动力，又不用再筹集资金，一举两得。

甄雍曙在总结这次会议时宣布，大家同意这个决定。

这样，甄尚杰终于加入了公社养蜂场学习养蜂，大家决定在早春起运时让他一起出行，并让我去通知甄尚杰。

我首先告诉甄益钿他的意愿达成了，他非常高兴和感谢。从此，他对我们全家都非常友善。

## 三、迎着春风出发

蜂箱里的蜜蜂开始有动静了，春天的脚步就近了。

这是1970年的开春。小草从泥土里探出头来，嫩嫩的、绿绿的，风悄悄地吹过，我们养蜂人已闻到了初春的花香。

（一）

起程外出放蜂前半个月，我和甄雍曙首先把蜂群转移到塘北公社朝贡村靠近马路的一处农家大宅院场地。这里盛开着大片大片的红花草子花，非常鲜艳。这是甄雍曙选择好的过渡场地。

甄尚杰背着行李兴冲冲地来了。他没养过蜂，不懂技术，一时插不上手。不过他也算机灵，穿上白围裙，下厨房为大家烧菜做饭。后勤也需要帮手，他来正好派上用场。

一星期后,秦长斯、秦长成兄弟俩,还有窦绍来和黎正植也来了。他们的蜂群都被运来朝贡村,与我们的蜂群摆在一起。

各家的蜂群集中在一起,是集体养蜂场的象征,表明这些蜂群已经是公社养蜂场集体所有了。我们对各家的蜂群进行了评估登记、造册入账,这也是各家资产投入的依据。

经统计,一共有98群蜂子,其中,我和甄雍曙30群,黎正植18群,秦长斯兄弟俩30群,窦绍来20群。

然后,我们开始进行蜂群的分组管理。我和甄雍曙、黎正植,以及甄尚杰为第一组,秦长斯兄弟俩和窦绍来为第二组。第一组由黎正植负责蜂群管理,甄尚杰充当学徒,学习养蜂。第二组以秦长斯为主导,秦长成和窦绍来配合。

公社养蜂场的总负责人由甄雍曙担任。甄雍曙还负责养蜂场蜂群技术管理的总辅导,同时,全年的放蜂路线和蜜源场地选择,汽车、火车运输的安排,一揽子工作都由他一人承担。甄雍曙虽然常驻我们第一组,但他多半时间都在外跑业务,寻找蜜源场地,安排车辆。每当安排好下一个场地后,他才回到蜂场。脚还没站稳,他又要安排车辆准备出场,转运到下一场地。可以说,甄雍曙是最忙碌的人,也是一个出色的当家人。

(二)

公社养蜂场起步,正值春风携带着花香迎来的早春时节。

迎着春风出发,我们都充满了信心。

蜂群长途转运都要用火车运输,我们公社的蜂群还不够装一个车皮,于是,足智多谋的甄雍曙找到了鳌江区梅源公社养蜂场,让他们跟我们拼车。为此,老甄也要为他们寻找好的放蜂场地,并一起安排好汽车和火车运输。这一切,他都做得非常周到细致。大家看在眼里,既感动又佩服,这一举动深得梅源养蜂场兄弟们的厚爱和好评。

春风吹拂大地,满眼郁郁葱葱,花的芳香吸引着我们向嘉兴平湖县(今平湖市)进发。那里的大桥公社卫国大队,是我们迎着春风到达的第一个场地。

一片片油菜花,在一阵阵春风的吹拂下,泛起了金色的浪花。一群群可爱的小蜜蜂,徜徉在金色的海洋。

阳光灿烂,似乎为我们而露脸。天气晴好,蜜蜂采蜜也多,我们摇蜜三次,每群蜜蜂可以收到25斤蜂蜜。大家心花怒放,好似都吃了蜂蜜,甜甜的。

今年的蜂群繁殖管理是在甄雍曙的指导下进行的。早春蜂群的发展趋势特别好,赶上了其他具有优势的养蜂场的发展水平,收益、发展双丰收,打响了公社养蜂场开门的第一炮。大伙儿精神振奋,对养蜂场的前景充满信心。我们高兴,与我们拼车的梅源公社养蜂场也高兴。大家感谢老甄选择了好场地,感激他管理有水平。

## (三)

阳光从云朵里露出笑脸,我们迎着春风继续出发。

我们进发的第二个场地,是江苏省江阴县(今江阴市)华士公社东方红大队。

江南的春风伴随着春雨,滋润着美丽的江南水乡。成片的大号红花草子点缀着绿色的田野,使我们感觉仿佛来到了另一个世界。

春雨绵绵,把乡村的道路与河床打扮成朦胧的幻景。

蜂群进场,需用小船摇两里长的小河道。我们忙着卸车装船,一箱箱蜂群在平湖出场时,我们都备足了饲料,所以肩上的蜂箱特别沉重。

雨天的小路很泥泞,容易打滑,我们每扛一箱都得特别小心。尽管如此,当我扛着一平箱蜂子在岸边上船时,只觉脚下打滑,直接一屁股坐在岸边的泥巴路上,幸好没掉进河里。一屁股的烂泥巴,在我脑海中留下了难忘的印记。

我们好不容易才将蜂子和蜂具搬进了东方红大队第十七生产队的场地。

江南的春雨接二连三无尽期。我们进场十三天,只见过三个半天的小太阳。大号红花草子正是鲜花盛开的时候,老天爷硬是将蜂群堵在蜂箱内,我们急,但也无奈。

养蜂人在屋内急得心焦,蜜蜂们在蜂箱内却不能偷闲,这时候,正是它们忙着大量繁殖的好时候。有失必有得,蜂蜜减少了,蜂群可发展成强群了。同时,我们积极做些蜂王浆,箱外损失箱内补。另外,我们造就新蜂王,发展新蜂群,用各种措施弥补雨天造成的损失。

种田人不违农时,待到天晴,社员们把红花草子翻耕当作绿肥。当我们收拾蜂群出场时,红花草子已寥寥无几。

俗话说,农民种地,看天吃饭。其实,我们养蜂人何尝不是看天吃饭。在江阴待了十三天,老天没给好脸色,我们只能顺应自然。

(四)

甄雍曙将放蜂的路线安排得十分紧凑,一个场地转移到另一个场地,好似打仗,没有空隙的时间。5月14日白天准备,夜晚装车,紧接着连夜赶路。第二天,即5月15日清晨,我们就到了新的场地。

春风不负有心人,它总是能够让人闻到弥漫在空中的花香。

我们到达的第三个场地是江苏省灌云县沂北公社渔林场。

时间就像采到的蜂蜜,代表了效益。在十分紧张的状况下,我们把蜂子卸在渔林场的大晒场边上,一路排开。这里的一条大长堤上,两头看不到边际的杨槐花正好吐苞绽放。进场之时,尽管天色不怎么好,杨槐花也一清早就散发出扑鼻的清香。天才蒙蒙亮,蜜蜂迫不及待地争先出勤采蜜。

杨槐花流蜜欲滴,正好遇上这期强势的蜂群,小蜜蜂个个仿佛在贪婪地抢收,回巢的蜂子个个肚子滚圆滚圆的,装着饱满的蜜糖,回巢卸载。所有空的巢脾一天之内全部装满,而且蜂蜜都溢到了边框上梁,于是它们在各处加造了不规则巢脾来装蜜。

杨槐树上,成簇状的槐花重叠悬垂,别说小蜜蜂都拍翅起舞,我们见了都心花怒放。

这个渔林场周边的杨槐树太多了,村庄的房前屋后,都被大片大片的槐树所包围。我们这期强盛的蜂群,可有用武之地啦!

这时,巢内的空脾全被蜂蜜装满了,造成蜂王没有地方产卵,出现了蜂王产卵与工蜂装蜜抢占蜂房的状态。这真是养蜂人最高兴、最乐见的场景啊。

然而，令人感到美中不足的是，采回来的蜜糖度数太低，一般都达不到37度，虽然天天可以摇蜜，但达不到国家收购的最低标准。一般只能等两个晚上，让蜜蜂夜里在巢内深加工，去掉水分，等到第三天，达到了38度，才能把蜂蜜摇下来，这是养蜂人必须严格把控的。

杨槐花期虽短，只有七天时间，但在这样短的时间内，也可摇到三次蜂蜜。这个花期，蜂群发展鼎盛，加上继箱的，一次摇蜜可达400多斤。这是上半年一个花期最丰收的场地。除了摇蜜，我们还可大力做蜂王浆，真是忙得不可开交。

在我们一组，新手甄尚杰发挥了作用，比如在江阴华士进场、装船时，小伙子个子高，有力气，他和黎正植装卸蜂箱，都能挑重担。进场之后，他不仅包揽大家的伙食，烧菜、做饭，而且在做蜂王浆、移虫取浆方面都是一个好帮手，跟大家都配合得挺好。

再说这个渔林场，是隶属人民公社管辖的。因为，渔林场农民既管理鱼塘养鱼，又管理河堤坝上大片防护洋槐林，故名渔林场。

我们住在渔林场的两间茅草屋里，不久就跟渔林场的农民们打成了一片。甄雍曙热情的为人与和蔼可亲的性格，让他们把我们当成了自己人。在我们进场后的第二天，他们就为我们接风，备办了一桌丰盛的晚餐。

那晚一桌美味佳肴，都以鱼为主。有红烧的，有油炸的，有清炖的，再加多样自种的蔬菜、炒肉及豆制品等，丰盛极了。饭桌上气氛热烈，笑声满屋，大家开怀畅饮，有的人还喝醉了。

当地的主人宴请了我们，我们哪有不回请之理？再说，酒是有温度的，到了一定的程度，就会让我们双方的感情融为一体。

第二天，我们派甄尚杰上市场采购蔬菜、鱼肉、鸡肉等食材，准备回敬招待渔林场的农民朋友。甄尚杰下厨烹饪，这一餐比昨晚那一桌的佳肴更丰盛，菜好，酒也好。甄雍曙能喝酒，也擅长劝酒，他们个个喝得酩酊大醉。两个晚上的聚餐，喝出了感情和友谊，我们与渔林场的关系更紧密了。

渔林场的农民兄弟一再说："明年你们再来放蜂，这场地专门为你们留着。"

　　我们在这里七天时间,大多吃他们种植的新鲜蔬菜。经过七天时间的相处,大家觉得非常温暖、亲切如一家,只恨时间太短了。

　　当我们转移场地时,渔林场全员出动,帮我们一起装车。大家依依不舍、不忍离别。

　　杨槐花期虽然短暂,但结下的友谊种子却能长久不衰。

(五)

　　当晚,我们雇用三辆马车,装上所有的蜂箱和蜂具,连夜转运,向新的目的地进发。

　　春天,是百花竞放的季节。春风吹拂,此花开罢,那花又登场。花儿永远等待蜜蜂的到来。

　　沂北公社何庄大队第一生产队,是我们放蜂的第四个场地。

　　甄雍曙事先联系好后,何庄大队书记王德高与会计郭家芝在一大队晒场等待我们的到来。

　　当我们卸完蜂箱和蜂具,王书记和郭会计把我们安排在生产队库房住下后,已是深夜了。

　　不相识的异乡人,那么朴实、热情,又让我感动不已。

◁庄华元身后的花,就是当年蜜蜂采集的苕子花

苕子和红花草子是同科,都是农民种植用来做绿肥的。

成片成片的紫色花海,好一幅天然美景!群群蜜蜂遍访这千朵万朵,一朵都不愿放过。它们拍着翅膀翩翩起舞,欢歌采食,可谓是一幅美好的春光群蜂采花图。

万事都有两重性。

紫云英盛开之时,流蜜量都很好。但今年的苕子却遭受到严重的虫害,流蜜又被虫子分食了,这就影响了我们的蜂蜜产量。

蜜不足,但有足够的花粉。从杨槐出场以来,蜂群保持着强盛的势头。由于繁殖好,满足了生产蜂王浆的最佳条件,于是大家积极生产蜂王浆。

从5月15日出场,到6月10日苕子花出场近半个月时间,苕子花虽只摇了一次蜂蜜,但是做了四次蜂王浆,两者加起来,这个场地的收入还是蛮不错的。

在何庄,我们很高兴认识了邻村兴联大队五队一个下乡知识青年张银柱,他是个非常热心肠的小伙,对我们放蜂人特别友好,经常来玩,喜欢跟我聊天。看得出,他对养蜂很感兴趣。有时他还给我们送来他自种的小菜。因为苕子遭虫害,农民也会打农药杀虫,可是打了农药,对蜜蜂会造成致命的伤害。一旦有人打农药,他会第一时间前来告知,要我们赶快把蜂子关起来,不放出去,以免遭受损失。他很喜欢帮忙,从苕子花采集到结束出场,他总是同我们在一起。临别时,他还特地来帮忙装车。我们一直牢记他的好。

人们都知道,一年四季,最好的时光是春天。春天的时间比金贵,我们养蜂人,更是与老天争分夺秒,珍惜春季的每一天,即使到最后,也要竭尽全力抓住春天尾声的美好。

(六)

当第四个场地告一段落后,我们紧接着就赶往第五个场地——山东济南茌平县杨屯区初庄大队。

这是甄雍曙看好了的枣花场地,要让蜜蜂采枣花。

我个人对采枣花真没好感。

去年在河北献县采枣花的不幸遭遇，造成了很大的损失，我至今记忆犹新。

我对采枣花太没有信心了。

既来之则安之，只能期待今年有好运。

这里的枣花6月7日开始大流蜜，没有想到今年流蜜情况特别好。一个月流蜜期，我们摇了五次蜂蜜，而且蜂蜜都非常稠，度数都在39度以上，创造了每群高产30多斤蜂蜜的好成绩。今年枣花蜜的高产令人难以想象，打破了我对枣花出蜜少的偏见。

出外养蜂跑过这许多地方，我感叹世上总是好人多。在这里，我们又结识了一位耿直的山东汉子——大队书记初长友。

初长友把我们的蜂子安排在大队的晒场上，把人安排在仓库里住。这个晒场跟村庄相距较远，可他接连来场地看望我们，问我们有什么困难，他会尽力帮我们解决。他还不准其他社员到蜂场来打扰我们，怕影响我们的工作。

有一天傍晚，他又来探望我们，我们特意多做两个菜留他吃饭，可他怎么也不愿意。最后勉强留下，喝了一杯小酒。

一个月的枣花期临近结束之时，一天下午，天空乌云密布，狂风大作，雷电交加，一阵大冰雹过后，又是一阵暴雨。一个多小时的雨势，水漫金山，遍地一片汪洋，每个蜂箱都进水十多厘米深，把我们都吓坏了。我们只觉得蜂场这下完了，这么多蜂子，一下子也无处可搬，因为这里是平原哪！在这最紧急的关头，只见初长友书记来了。他很有把握地安慰我们，叫我们别紧张，他说："就这么一阵，大水很快就会退去。"果然，半小时左右，大水就慢慢退了，有惊无险。只不过每个蜂箱底下都留下了一层厚厚的黄泥浆。第二天，全员处理了一整天。

这场狂风暴雨之后，枣花采蜜宣告结束，我们抓紧动手收拾，准备出场。

枣花出场，大家又来到济南火车站。人人心情喜悦，欢声笑语。

上半年我们已经跑了五个场地，平均每群蜂子的收入已达100元以上，这是养蜂人上半年最好的成绩了。

梅源公社养蜂场场长林光景与陈有酒、陈有见,无不夸赞甄雍曙,夸他放蜂路线、蜜源场地选得好,同时又夸他人缘好,让大家极为佩服。

我们养蜂场的秦长斯、窦绍来养蜂三年来,都没有这样的好收成。今年的好收成,让我们对甄雍曙佩服得五体投地,内心充满感激。

一开始,黎正植对甄雍曙的养蜂技术管理虽不是很认可,但对放蜂路线、蜜源场地的选择,还是夸赞不已。

初春出场,现在已到初夏了。我们转战南北,一路上春风满怀,春意荡漾。蜜蜂在蜂箱里,也一定在做它甜蜜的梦吧!

# 四、异地风情异乡味

中国地大物博,我们随着蜂群周游花的世界。

要说蜜蜂寻觅花源,还不如说是养蜂人在当蜜蜂的引路人,甄雍曙,就是我们的"蜜探"。

## (一)

甄雍曙实地考察后,选定的今年第六个场地是辽宁省建平县万寿公社扎寨营子大队。

这里种植的草木樨耐寒、耐旱、耐盐碱,是适应性非常强的豆科草本植物,既是农家饲草,又是优质绿肥。每到花季,大片大片的草木樨花,远远看去,像一条金黄色的长龙出现在河滩上。草木樨花的香味随风飘来,最先吸引到的无疑是我们的蜂群了。

这地方的人有一多半是蒙古族人,大队全主任、陈士元会计等都热情地接待我们。

给我印象最深的是大队妇女主任韩主任,这位蒙古族的妇女非常可爱,对人特别亲热、温和。凡是向她打听什么事,她都不急不躁、心平气和地跟你说得清清楚楚、明明白白。

这里的农民吃的是窝窝头、南瓜、白菜,住的房子全是泥巴墙砌的,屋面是厚厚的高粱秆、玉米秆,上面涂上厚厚的泥巴,房子又矮又小。

这里没有一条像样的路。一下雨,人们都是蹚着泥巴浆走路。路面上有两道浅窄的车轮沟,这是小骡车拖过的痕迹。遍地都是一堆堆牛粪和一粒粒羊屎。

我们来到此地,最不习惯的是找不到厕所。当地人都是在自家屋后,用铁锹挖一个坑,不遮拦,便后铲些沙土掩埋一下就完事。他们没有厕所这个概念,但我们这些南方人就犯了难。无奈之下,我们只能跑到村边的小树林去方便,跑进跑出,多有尴尬之处。

一个地方有一个地方的风情,地域之间、人与人之间,总是因为环境不同,生活方式也有所不同,我们无论到哪里,都只能入乡随俗吧。

令人欣喜的是,这里的草木樨花,花粉充足,气味芬芳,特别能激发蜂子采蜜的兴趣。

这里的气候格外适合蜂群的繁殖,蜂王产卵圈特别大,全面恢复壮群指日可待。

从7月5日进场到8月4日出场,我们在这里整整待了一个月时间。尽管进场时蜂群数量普遍下降了,继箱没了,全部都是平箱,可是在这里每箱也收到十多斤蜂蜜,这已经是很不错的成绩了。

除此之外,草木樨蜜,蜜质优良,芳香扑鼻,口感柔和,营养丰富,加上其色泽呈琥珀色,特别招人喜爱。我们不仅领略了异地风情,而且带回了异乡的甜蜜风味。

(二)

离开万寿公社扎寨营子,我们赶赴第七个场子——内蒙古敖汉旗。

我们在建平搭上火车,到了辽宁北票,然后用大型拖拉机从北票火车站一直把蜂子运到敖汉旗岗岗营子公社前进大队。蜂子放在光明生产队,所在村也叫大哈来村。

村外有大片的沙丘地,稀稀拉拉地长着一丛丛半人高的像芦苇又不是芦苇,很硬又带刺的大蓬草,蜜蜂就被放在一丛丛大蓬草中间。除去大蓬草及其他各种各样的杂草,这里就是沙漠。

在这里生活,遇到的最大困难是喝水。住地周围既没有河,又没有水沟,更没有我们南方那样的水井。可是,生活离不开水。我们要走到一里半路以外,到大哈来村去挑水。别看这区区一里半路,全都是软软的沙子路,一脚踩下去就是一个大窟窿。别说肩上挑着水,就是空着手走路也很累。自行车根本推不动,车轮陷进沙里,就像踩了刹车一样。路再难走也得走,我们每天要挑好几趟水才能满足一天的需要。

我们在露天搭篷,在野外垒灶做饭。甄尚杰烧菜做饭,表现得还是很积极。生活虽苦,但露营也是体验蒙古牧民的生活方式,是难得的异乡趣味。

这个村西北面的土地较好,可以种高粱、玉米、小米、豆类、瓜果等作物;东南面可能是沙漠改造过来的,所以大面积的荞麦地都分散在这个方向。因此,我们把放蜂的地点选择在距荞麦地最近的地方。

记得去年,我曾在安徽宿县采集荞麦花,那里的荞麦不流蜜,主要原因是天气寒冷,那里的荞麦茎细,长得很高,叶子茎秆不健壮,风一吹就倒伏了。另外,那里都是湿润黏质的黑土地,不适宜种植荞麦。这给我的印象很深。

内蒙古的八月天,气温还挺高,不下雨,天天好天气,让我们得了天时。这里的土地适合种荞麦,荞麦虽长得不是特别高大,但很健壮,粗红粗红的茎,绿绿的带点橘红色的厚实的叶子,长得很有劲。这是得了地利呀!再加上这里面积辽阔,农民不洒农药,这又是人和。天时、地利、人和三者俱备,为我们创造了丰收的愿景。

也许是为了迎接我们蜂群大部队的到来,荞麦的顶尖绿叶迎风摇曳着向我们点头,村庄里已有不少向日葵迎着太阳绽开。我们的小蜜蜂早已光顾,把向日葵的花粉采集回来。

进场的第二天晚上,大哈来村会计李景云来看望我们了。他对我们南方来的放蜂游民感到非常好奇。

他想看我们的蜂子是什么样的,我们晚上是怎么住的,饭是怎么烧的,吃的是什么饭,烧的是什么菜,样样都稀奇,因为我们跟他们样样都不同。

他们吃的是土豆、南瓜、窝窝头、荞面窝窝和莜面鱼鱼等等,很少吃上白面,更没见过大米饭,看到了我们的大米饭,他的眼睛都舍不得移开。

甄雍曙为了与他们亲近,晚上特地留李景云一起吃晚餐,他豪爽地留了下来。

当天晚上还是甄尚杰掌勺做饭烧菜,记得当时有土豆炒肉丝、韭菜炒鸡蛋、肉片炒白菜、肉片炒大葱,再加一个紫菜烧蛋汤。

两只空蜂箱合并当桌子,四菜一汤摆起来。小工具箱当凳子,还有帆布条钉成的张合小凳子都一一摆好。甄雍曙拿出65度高粱烧烈性白酒,与李会计对着坐。我们三个人不喝酒,赶快吃完饭就离席做事去了,让甄雍曙和李会计放开喝、尽情聊。

他俩称兄道弟,喝得很起劲,喝着喝着,还划起拳来了。

内蒙古人酒量大,甄雍曙会劝酒,两人面对面把一瓶白酒差不多喝完了。谁都没想到甄雍曙是劝酒高手,他把客人劝得一杯又一杯,自己后来都是掺着白开水陪着喝。酒喝完了,还请对方吃了两大碗大米饭,把四菜一汤全部解决了才尽兴。

内蒙古人耿直,经不起甄雍曙的劝酒,一瓶酒大概喝了八两,酒醉饭饱,看样子有点迷糊了。送李会计回家时,他留下一句热情满怀的话,说改天请我们到他家去喝酒吃饭,请我们吃羊肉。内蒙古人的朴实与淳厚的性格,让我记忆尤深。

在内蒙古敖汉旗,我们领略了牧民的生活风情,也建立了友谊,异乡风情别有风味,这可是珍贵的养蜂之旅带来的乐趣。

(三)

进场不过五天,荞麦地上似乎覆盖了一层薄薄的小雪,绿叶之中一片雪白。一阵阵荞麦蜜香味飘散在周边的空气之中,这气味告诉我们,开始流蜜了。

清晨七点之后,勤劳的工蜂采了荞麦蜜,已陆陆续续带着鼓鼓的肚子回家。蜂箱的巢门口,散发出一股浓浓的荞麦蜜般的香味。

　　来到内蒙古，草木榫场地繁殖的蜂子大量出房，蜂群很快发展壮大，我们把所有的继箱全部加上了。

　　这里天天晴好，最适合蜜蜂采蜜。又过了三天，所有的空脾全部灌满了蜜糖，开始摇蜜了。由于天气干燥，水分少，蜜糖特别黏稠。今年的荞麦蜜丰收在望。

　　天帮忙，地帮忙，蜂子忙了人也忙。我们三天摇蜜一次，三天做一次蜂王浆。

　　摇蜜时，我与黎正植轮流抽脾脱蜂，甄尚杰专门接脾摇蜜，摇好蜜后的空脾由我们两人插回原蜂箱内。

　　这样的摇蜜操作，要弯着腰，轻手轻脚，为防止全群蜂子对人发起攻击，还要憋着气，小心翼翼的，防止撞死一个蜂子。半天下来，腰酸背痛。

　　半天时间，可以摇下400多斤蜂蜜，装满两大铁桶，大家开心极了，再苦再累也高兴。


　　我们三天生产一次蜂王浆。生产蜂王浆，可是紧张而细致的活。

　　蜂王浆，是人们利用蜜蜂群体的本能创造的一项副产品。

　　每当一群蜂子过于强盛之时，蜂王担负不了蜂群的繁殖需求，这种情况下，蜂群就会自然地闹"分家"。小蜜蜂将在巢脾四边修造自然王台，让蜂王在王台里产卵，产在王台里的卵子经过二十六天孵化出来后，就是新蜂王。新蜂王一出来，老蜂王让步，带领一大批适龄蜂子撤离，另建新窝。在蜜蜂王国里，似乎这是一种特殊的"让王"制度，这也是我们人类值得研究的奥秘。

　　蜂王在王台里产的卵子，在三天内孵化成小幼虫，再过三天，青幼龄小蜜蜂会给王台里的小幼虫大量分泌蜂乳，哺育新蜂王幼虫成长。这三天，王台盏里就灌满了乳白偏淡黄色的营养丰富的蜂王浆。这时，把王台盏里的蜂王幼虫夹出，然后挖出王台盏里的蜂乳，就是蜂王浆的成品了。

　　可是，这种蜂群中，自然修造的培育新蜂王的个数很少，收不到大量蜂王浆。于是，人们就模仿小蜜蜂培育新蜂王的原理，仿制大批量的王台，把三日龄的小幼虫移入王台内，让适龄蜂子在王台内大量分泌蜂乳喂养幼虫。这样,三天后就可收获大量的蜂王浆了。

生产蜂王浆,必须加上继箱的强群,每箱只能插进一只王浆框。

当时,我组有四十多个继箱,可做四十多只王浆框。四十多只王浆框三天内可以取到两斤多蜂王浆。

甄尚杰早就学会了这种精巧的移虫小手艺,而且速度比我还快呢,他一定会为自己感到骄傲。

黎正植专门在巢箱内寻找刚孵化的小幼虫,以供移虫之用,同时他还得把移好小幼虫的王浆框赶快插入继箱之内,一刻都不能闲着。

前后二十多天,我们摇了五次蜂蜜,做了五次蜂王浆,这个荞麦场地是今年收获最好的一个场地了。

(四)

秋高气爽,一朵朵白云在蓝天自由飘荡,我感到自己的思绪跟着它们随风游荡。

9月5日,我们的蜜蜂抵达河北省隆化县大汤沟公社瓦房大队。这是我们今年抵达的第八个场地。

瓦房大队高主任把我们的蜂子安排在大队部门前的大院子里。我们四个人租住在离大队部有一百多米远的一户社员家里。该社员东屋热炕,这一间是空的,刚好能够让我们住下。房东住在房屋西头,他们一家三口,一对夫妻和一个小女孩同睡一个炕,够宽敞。

我们租住的房子离大队部也不算太远,中间隔着一条没有水的小河沟,走路不到五分钟,不过,当然没有把蜂箱摆在住房门前方便。

每天上午吃过早饭,我们几个人都必须到大队部院子里去检查蜂群,一干就得大半天。

我们的生活用品、大米和留着做蜜蜂饲料的没有卖完的荞麦蜂蜜,还有砂糖,都放在住房里头。

由于住房的门没有门锁,每次出去,我们仅用一根小绳子穿过两扇门板上原有的两个小洞,象征性地扎一下,扎的结头做个小记号。当然也不是提防房东会拿我们的东西,只是做个规矩而已。

当年,北方的农民过的都是苦日子,他们一日三餐除了窝窝头加土豆,还是窝窝头加土豆,再没别的了。而我们这些放蜂游民,吃的粮食都是从苏北出场时就地购买的大米,跟随运蜂车辆带到北方来吃,几乎带了半年口粮。

这一天,我们吃过早饭,就去大队部那边。

到了那边,准备开蜂箱工作,才突然发现忘了带白围裙和白袖套。也许是走得匆忙,忘了带这必备之物。

于是,我急忙往回赶。赶到住房,发现房屋女主人拿我们的大米,正在放入小砂锅里煮。就这样碰个正着。她根本不会想到我这么快就回来。只见她一脸尴尬,非常难堪。见此情景,我也很尴尬。但我什么话也没说,只当没看见。

事后,我责怪自己。房东那么困难,还大方地收留我们居住,他们天天吃窝窝头加土豆,而我们天天吃大米饭,说不定小女孩天天吵着要尝尝大米饭的味道呢!我们应该主动送几斤大米才好,否则也不会发生这样尴尬的一幕。我想,无论到哪里,应该多一点善心,多一点人情味,这也是为人处事的道理。

(五)

来到隆化,一星期过去了,这里的山苏芥流蜜还不错。不过,荞麦过后的蜂群,全部降为平箱。这个场地是秋后补充场地,摇蜜、做蜂王浆什么的都没了,只是繁殖过冬蜂群而已。这样一来,人员就显得悠闲得多。我们只是在进场之时,把所有蜂群进行了一次大调整,忙了一周之后,便迎来了淡季。

蜂子摆在大队部,大队部人来人往。我们不仅结识了瓦房大队的干部,还结识了从大汤沟公社下来的驻村干部。其时,"文化大革命"正处在风口浪尖,那些从公社下来的年轻干部,多半穿着绿色军装,显得威风而神气,特别吸引人的眼球,他们非常喜欢跟我们南方来的养蜂人拉家常、交朋友。

一周忙完了,蜂事不多,只是个别蜂群需要轮流抽查,我们就没有那么多事情可做。于是,甄尚杰要求提早回家休息,到时蜂场南下,他到上海接替,大家觉得他说的有道理,都同意让他先回家去。

甄尚杰回家了,我们几人照样管理蜂场工作。此时,这里的气候还是温暖如春,再加上有充足的花粉和山苏芥蜜源,给繁殖越冬蜂群创造了最好的条件。我们力求把繁殖工作做到最好。

隆化的九月下旬,天气渐渐转冷。所有的花朵最难抵御的是无情的霜降,昨日的芬芳鲜艳,今朝立即凋零谢落。面对时节变迁,似候鸟般的放蜂人,只能赶快收拾行装,准备起程南下。

（六）

大自然让花来点缀四季之美。到了这一年的第九个场地,赶上了蜜蜂采蜜的最后一个花季。

安徽滁县的瓦霜和野菊花已经发苞,等待着我们前去。

9月28日,我们从隆化起程,经承德搭上火车一路飞奔,安全抵达滁县。

滁县曲亭公社大柳大队谢大妈,早就把堂屋打扫干净,让我们在她家住下。谢大妈家屋外,有很大一块空地,刚好让我们摆放蜂箱。

当年我在预备养蜂之前,就有耳闻,但不知瓦霜是一种什么样的辅助蜜源作物,现在才知道它是生长在各家各户的屋脊和瓦楞上的肉叶作物,高不及一尺,开着蓝紫色的花朵,九月末至十月中旬为开花期,流蜜还挺好的呢。

因为这个地方是个很古老的村落,老百姓住的是很古老的瓦房,有的是屋脊上盖有很厚麦秸的草房。瓦房的屋脊上,年久月深,长年积攒着厚厚的灰尘,成为肥沃污泥。草房上本身就涂抹着厚厚的防水漏的泥浆。这样的瓦背,这样的屋面,正好适宜瓦霜的生长。它们密密麻麻的根系正好保护着屋面,防止漏水。老百姓任其花开花落。这倒为我们养蜂人创造了深秋一季蜜源的好场地。

采完瓦霜,紧接着就是遍地野菊花盛开的景象,可维持到十一月中旬以后。野菊花有花粉,有花蜜,对繁殖来说非常不错。

这正是繁殖越冬蜂种的好时节,要换一批更年轻、更强壮的过冬蜂种,打好明年早春的强群基础。

到了十一月下旬,这里也开始来霜了,预示着今年的蜂事活动到此结束。蜂王停产了,蜂群开始冬眠。

蜂事活动一停，养蜂人还得在此等候更冷的空气到来。天气越冷，蜜蜂的冬眠程度越深，蜂群便全面集结成团，处在休眠状态，冬眠越深，过冬蜂群寿命越长。但必须备有足够的冬眠食粮，尽量避免无故震动蜂箱，也不能轻易打开蜂箱，打扰蜂子的安眠。

如何能保护好强群蜂种过好这个冬，这是今冬公社养蜂场最关键的一环，它关系到明年春天蜂群发展强弱与否。

在滁县谢大妈家一直住到十二月中旬，我们养蜂场才转运至上海，又在上海川沙找到一个大队的晒场摆蜂箱，让过冬蜂在寒冷的上海继续休眠。

在上海继续度过二十多天后，我们才从上海十六铺搭乘上海至温州的大客轮回家。

这是公社养蜂场第一年"凯旋"。由于甄雍曙的决策正确，大家艰苦努力，走对了放蜂路线，选好了所有蜜源场地，收到了最佳的回报。

1970年一年，我们走南闯北，赶过九个场地，这也许是中国养蜂界独一无二的经历。

# 五、人心难测

俗话说，世事难料，人心难测。公社养蜂场人员虽少，让人操心的事却越来越多。

开春，公社召开养蜂会议。会议内容：总结1970年的养蜂成绩，明确1971年养蜂场的生产目标，进一步加强养蜂的领导和财务管理。

会上，养蜂场负责人甄雍曙首先发言。甄雍曙非常客观地说："今年公社养蜂场能取得较好的收益，一是离不开大家共同艰苦努力；二是得到老天的恩赐，从南到北，又从北方返回经安徽繁殖，再到上海过冬保护蜂种，一路走来，都比较顺利……"他还表扬了黎正植、秦长斯、甄尚杰等人，唯独不提自己的功绩。

甄雍曙娓娓道来，既全面又真实，大家听了都非常激动。

公社主任林垂法同志听后也十分赞赏。他表扬了养蜂场的全体人员，尤其夸奖甄雍曙的功绩：走准了路线，选好了蜜源，联系好了当地干部群众，打实了公社养蜂场的发展基础。

他又说，为了公社养蜂场的更好发展，也为了减轻甄雍曙的工作负担，公社决定调派建坑大队支书秦长姜同志当公社养蜂场场长，招聘信用社主任秦克镕同志的儿子秦长林为养蜂场财务出纳。

林主任声明，这两位参与养蜂场劳动，不脱产，同工同酬。

他接着强调，养蜂场两个养蜂组不变，这两人加入养蜂组。

公社主任的这一番话，给我震动不小，这不是人事大变动吗？不是取消甄雍曙的领导权吗？

新添两个新手，看来两个组也不会按部就班、照旧行事了。

果然不出所料。由我带入养蜂场学养蜂的甄尚杰突然提出，他要调出第一组，到第二组去。看来他不喜欢同我们一个组。

公社林主任不知道甄尚杰有何打算，只认为是年轻人和年轻人在一起，很正常，于是征求秦长斯和窦绍来的意见。

秦长斯秉性耿直，不会想很多，觉得年轻人较好相处，他说："公社都决定了，来就是了，没有意见。"

窦绍来微微一笑："公社决定了，大家同意，我也同意。"

甄尚杰想调到第二组，他的小愿望实现了。

甄尚杰加入养蜂场学养蜂，表现还挺好。平时虽有一些不协调，但他还是服从。

我一向认为他人长得帅、聪明、听话，是个很可爱的小伙子。

跟随养蜂的这一年，他确实很卖力，肯干、肯学、肯吃苦，表现很努力。每个场地进场出场、转场装卸、搬运蜂箱，因为他个子高，很壮实，从来不吝啬体力。尽管还没有学会很多养蜂知识，但每到一个场地，烧菜、做饭，基本是他一手承担。他学会了生产蜂王浆、移虫这些精巧的手艺。他学会了在掌控摇蜜时，不让子脾小幼虫跟随蜂蜜一起摇出来，这可是他把握摇蜜机稳定性的技巧。

他的积极表现，赢得了大家的好评。

他很有主见。他可能觉得我和甄雍曙把公社养蜂场管得过于严格，感到长期跟我们在一起，发挥不出他的作用。于是，他看好年龄相近的秦长斯和窦绍来，想方设法要加入他们那个组。

这时候，没想到同我们一起操劳的黎正植也提出要调到第二组去。

黎正植要调离第一组，当然也有他的道理。

黎正植秉性善良，他只拘泥于眼前，没有长远之虑，有人说他几句好话，他就很高兴。

黎正植有他的一套管理方法，他觉得自己那一套管法，技术含量最高了，所以他不认可甄雍曙那种方法。他觉得，在第一组，自己的能力得不到发挥。

黎正植还认为甄雍曙常在外面跑，没几天在家。养蜂场摇蜜，做蜂王浆，转运前后多少粗活重活，都是在场的三人干。黎正植心里很不平衡，经常会挂在嘴上唠叨。甄尚杰调离第一组，到时他会更累，因此，他提出也要调到第二组去。

谁也没料到这两个人都要调离第一组。

林主任问我怎么想，问甄雍曙是否同意。

我明知道老手走了，换来新手，这一组的蜂群管理全落在我和甄雍曙身上。甄雍曙还要外出看场地和安排转运车辆，他不在家，所有重担都落在我一人身上。可想而知，我的压力会有多大。

然而，我又想，既然他们提出要走，即便勉强把他们留下，他们思想不通，干起活来心不在焉，看到心烦，也容易产生矛盾。人际关系搞不好，会把所有的气都撒在蜂子身上，到那时，蜂子肯定养不好。人与人之间，团结一心最重要！

所以我想，要走就让他们走吧，新来的人，好好培养，也许能干得更好。

想到这里，我从容表态："同意。"

甄雍曙更干脆地说："没关系，怎么搭配都可以。"

就这样，秦长姜和秦长林两个新手和我在一起。

两组人员搭配落实之后，大家都心知肚明，两组体力强弱悬殊，而且蜂群数量基本相同，都是六十多群。可想而知，第二组包括秦长斯的哥哥秦长成在内，共有五个人，都是年轻力壮的虎将。甄尚杰与黎正植以为，他们肯定比我们轻松，而且能比我们干得更好，因此扬扬得意。

林主任也看出问题，觉得这样搭配有些不合理，他做了一些工作，想从第二组挑一人回到第一组，可是，没有一个肯动。

最后还是甄雍曙站出来说话，说两组人员这样安排，一组会干得很累，他问我怎么样。

我说："你看呢？不过，勉强拉一个不愿意在第一组干的人，可能也干不好。算了，就这样吧。"

此时，甄雍曙也感到很无奈，只能咬咬牙，接受眼前的现实。

现实使我不得不思考，万事得多一个心眼，不能只看表面。许多事实证明了一句老话：画虎画皮难画骨，知人知面不知心。人心是最难测的一道题。

会议将近结束，公社林主任指出："人员既然定了，那么今年外出放蜂，大家应该同心协力，一定要把养蜂场生产搞得更好，比去年取得更大的丰收。祝公社养蜂场平安顺利，兴旺发达！到冬天凯旋之时，好好比一比，看哪一组收益更好。每箱蜂群产值能达到200元以上的，公社给予5％提成奖励。"

公社提出的这个很高的指标显然难以达到，不过至少有个激励作用。

早春，蜂群繁殖开始。

繁殖前整脾开始时，每箱三脾是普遍的，不少蜂群还能整到四脾强群，最差的弱群也有两脾，这样的基础已赶上当年南雁蜂场的养蜂水平。

有这样的蜂种基础，再加上我和甄雍曙配合默契，以及认真细致的管理，早春蜂群的发展特别迅速。本地油菜花盛开之时，已经加上了好多继箱。

这时，人手紧张的问题立即凸显出来。因此，必须手把手地教会新手管理操作，这是当务之急。

新来的秦长林20多岁，原是我在东屿小学教书时的学生，他认为现在还是我的学生。他说："你怎么教，我就怎么做，苦点累点我不怕！"于是，他非常虚心勤学，在很短的时间内就起到了助手的作用。

而教秦长姜就比较困难，他已经三十六七岁，比我和甄雍曙的年纪还大。他从事农业生产合作社的工作,对蜜蜂还不熟悉。公社让他来当场长,虽然说不脱产,可他还是有这个资格。

他一只眼睛是瞎的,人家背后叫他"独眼龙"。

他没有秦长林敏捷,我们都在干活,他站在旁边看着。我们叫一下,他动一下,我们没叫,他就不知道从何入手,不动了。他是场长,我们也不能批评他、责难他。

这个春天,人手虽是弱势,但是蜂群发展却很强势。

尽管第一组人力薄弱,但我坚信,只要努力,我们一定不会输!至于第二组,人手虽是强势,时间一长,往往变成"三个和尚没水吃"的局面。

不管怎么样,黎正植也好,秦长斯也罢,只能把事情压在心里,谁都不得罪人,只是不想表露而已。

黎正植农民出身,文化水平不高,三十五六岁了还没有结婚。他只主管第二组的蜂群,对小组的任何决定,他不反对,遵从大家意见。

窦绍来和秦长成更无主见,小组里的事,秦长斯和甄尚杰怎么说,他俩都无异议。

甄尚杰不断提出他的建议,虽然秦长斯是组长,时间一长,他也习惯听从甄尚杰的意见。甄尚杰在第二组慢慢地起到了主导作用。

因为去年第二组一样在安徽滁县繁殖的过冬蜂种,所以早春繁殖基础差不多,在即将起运出外放蜂之时,两组蜂群状况差别就展现出来了。不知怎么回事,第二组的继箱群比第一组少了三分之一多。

随着时间的流转,环境在变,人心也在变。我觉得,千变万变,做人的正气不能变。人心难测,自己一定要保持纯正之心,无论怎样,都不能丢失自己的良心!

# 六、不一样的椴树花

东北长白山的椴树花,听说今年遇上了大年,逢上大年头的椴树花,会开得特别好。

甄雍曙已掌握了这个信息,看好并落实了今年椴树花的场地。

于是,我们搭乘火车直达吉林省桦甸县,再乘汽车奔驰70多公里,到达白山镇的山脚下,在一条大河边卸下蜂群、蜂具和我们的行李。

我们的行程好艰苦。

采集椴树花的放蜂场地在河对面的大森林里。大森林在一座陡峰峭壁的高山顶上。看上去直线距离只有五里多路,可是越过河对面的一条大坑沟,还需弯弯曲曲地绕道进山。河那边属于靖宇县。

这条河清澈见底,水面宽阔,水流很急。河两岸的水面上空,横拉着一条比拇指还粗的钢丝绳。河边停靠着一条可坐五六人的小木船,船头拴着一条粗粗的绳索,另一头就套在河面上空的钢丝绳上。这样,小木船横渡过河,不会被急流冲走。同时,船头还拴着一根长绳子,小船摆渡过河时,这根绳头留在对岸,让对岸的人拽着绳子,把小船拉过去。因此,想摆渡过河,非常不便。何况要把这么多的蜂箱、蜂具也摆渡过河,谈何容易。

眼看这个情景,大家对甄雍曙选择这样的场地,不由得产生了怨气。

第二天上午八点多,河那边来了六驾马车,接运我们的蜂子进场。原来,昨天蜂子卸车后,甄雍曙立即坐上小船过河那边,前往放蜂的地方去联系了。

当大家还在犹豫时,甄雍曙很干脆地喊大家立即收拾一切,装船过河。

我们第一组首先带头搬蜂装船,第二组和梅源蜂场所有人员纷纷前来帮忙。

秦长林和秦长斯首先上船接箱。

当第一只高箱搬上船那一刻,小船剧烈地摇晃,我看得心惊胆战,既担心翻船,又担心蜂箱掉进水里。我急得高声喊道:"慢点慢点!小心,小心啊!"这时,所有人都十分谨慎。

第一船仅装五个继箱,两边还附带装些零星杂物,装得满满当当。

我们向着对岸喊着:"开船啰⋯⋯"对岸那几个驾马车的车夫立即使劲地拉起系在船头上的长长的绳索。船开始向着对岸移动。

由于河水太急,船体立马横着向下游漂去。这时,套在上空钢丝绳上的那根绳子发挥了作用,拽住船头,向着对岸滑翔。要不然,对岸的长绳子,怎么也抵挡不住流水的冲力。小船始终在钢丝绳的下游位置向对岸移动。

船尾的甲板上还装着一把桨,划着这把桨,能把船体矫正航向,不至于船体移位。

第一船终于平安渡过,真是惊心动魄的一幕。对岸几个马车夫都来帮忙卸船,并立即把蜂箱装上马车。利用船尾的划桨,空船很快就回到北岸,继续装蜂箱摆渡。

将近三个小时,好不容易把第一组一大卡车的蜂箱、蜂具全部摆渡过河。

装完马车,走进崎岖不平的山沟,车辙的痕迹变为一个个积水很深的水坑,抬头可见参天树木,阴森不见太阳。这还算是大道了,半途还要拐进更小的岔道,拉着蜂箱的马车,摇摇摆摆,蜂箱发出吱吱的声响,我们终于把马车拉进了深山老林的放蜂场地。

到了放蜂场地,我们卸完蜂箱,三驾马车又立即下山再去那河边。

第一组的蜂箱装走之后,第二组的蜂箱紧接着装船摆渡。

轮到梅源蜂场装船摆渡,已经是下午两点以后了。大家对选择这样的放蜂地点很不满,不禁抱怨起来。

第二组的这些年轻人主意多,他们没有按指定地点卸蜂。当他们装蜂的马车到了一岔路口时,甄尚杰和黎正植大喊停车。

车停后,他俩和秦长斯三人徒步走进茂密的林区小路,仅走三百多步,就不再往前了。这里根本见不到天空,小路被高高的树荫覆盖得那么昏暗、阴森和可怕。他们怀疑甄雍曙给他们找了一处最不理想的地方。在这茫茫林海中,谁能看得清楚椴树在哪里?

这时,他们认为大路口的那个地方,有一大片空旷的草坪,是一个天然放蜂的好地方。

结果,他们贪图方便,擅自在那路口卸车放蜂。

第二天,甄雍曙不顾小路崎岖,骑着自行车特地前去看望第二组和梅源蜂场,发现第二组蜂箱就卸在路口,不按他辛辛苦苦找来的指定的场地放蜂。当时,他的脸都气青了,他觉得不管哪一组歉收,都会给公社养蜂场带来损失。

甄雍曙想到的还有更令人担心的事,在这人烟稀少的深山老林,夜间常有黑熊出没,万一碰上了,后果不堪设想。

原来甄雍曙先前勘察场地时,曾经采访过当地国家森林与林场第十分场的林场工人,他们选择给第二组放蜂的地方,是个开阔的场部,场部周边有大量的椴树林,同时也有摆蜂箱的好地方,用水、买菜都方便,而第二组现在停放的地方离那里有四五里路,且这个路口周边被大森林包围,蜜蜂采集既远又不好飞,这将对采蜜效果大打折扣。

梅源蜂场听从安排,不畏艰难困苦,进了指定地方放蜂。

进场之后,我们忙着做放蜂的准备工作。椴树花的香味弥漫着,给我们带来喜悦的信息。

椴树根系发达,树体高大,生长在长白山红松阔叶混交林内,材质较松,可做家具。椴树花蜜是最优质的特级蜂蜜,呈琥珀色,在蜂蜜中,它的档次最高。

油菜花和红花草子也是很好的花蜜。当年国家收购价一元钱一斤,算高价位了。可是,椴树蜜的收购价是一元三角钱一斤,可见椴树蜂蜜之价值。

我们进场第三天,椴树花开始大流蜜。进场的第四天,我们开始摇蜜。

此时,天公作美,天天都是好天气,正是蜜蜂采蜜的好时机。

两天一次摇蜜,每张巢脾储蜜的蜂房全都灌满,还加高了许多。揭开蜂箱,一提出巢脾,稍不小心,蜂蜜顷刻溢出蜂房,下雨般滴落在蜂箱里。

我们历尽艰辛,老天慷慨地恩赐我们丰厚的回报。二十多天的椴树采蜜期,取得了前所未有的大丰收,每群净收入高达130多元。

由于第一组和梅源蜂场都是按甄雍曙的安排进入场地,都获得了大丰收。

第二组不行,他们为了贪图方便,并怀疑甄雍曙对他们有异心,自作主张,不进指定场地,结果因离椴树林太远,以至于收益大打折扣,比我们少收了三成多。

这真是:老天不负有心人,有付出才有回报。人无辛苦意,难得世间财呀!

◇深山老林中放蜂的场面

到了第二十五天,南方刮起了台风,东北下暴雨,椴树花被雨水冲刷得干干净净。这也宣告我们到此采蜜的日程结束了。

历经风雨的吹打和路途的坎坷,更觉得椴树花的可爱和椴树花蜜的香甜。

这段经历令人难忘。进场难,出场也难,离开时,我们依依不舍,问君明年再来否,那是当然的!然而,有谁能知道明年是个什么年头,未必能与今年相同,这还得问问徐连森,他或许知道。

徐连森是我们来此地新交的好朋友。

他是该地国家森林与林场第十二分场的一名年轻工人,老家在山东。新中国成立前,他的父辈闯关东逃荒来到这里定居。

他家有两桶土蜂,也叫中国蜂,在圆木桶里饲养,因为不便管理,只能任其自生自灭。而今他看到我们用四方箱养蜂,觉得这个方法先进,要看就看,要摇蜜就摇蜜,一下萌生了主意,央求我们帮忙把圆桶的土蜂过到四方箱里饲养。

这种圆桶土蜂过箱操作,对我来说,是轻而易举的事,所以我答应了。

有一天,我戴上防护网,带上喷烟器以及有关用具,前去他家。大约不到半天工夫,我把两个圆桶土蜂轻松地过到他先前备好的四方箱里面,把一片片巢脾牢牢地系在原先准备好的木制巢框上,把巢脾整齐有序地挂在四方箱内,还割下好多蜂蜜。

从此,这两箱土蜂也像我们专业养蜂一样,随时可以揭开蜂箱,看看蜂群的发展动态,有了蜂蜜也能随时摇下来,不用破坏蜂巢割蜜。

我这一帮忙,可把他高兴坏了!

记得在椴树蜜将近结束时,下了一天一夜的大暴雨,我们住的帐篷里都进水了,锅灶被雨水冲垮,没法生火做饭,我们都吃不上饭了。

此时,这个好友徐连森给我们送来好多山东大煎饼、大葱和咸菜,还有煮熟的鸡蛋。

临别时,他还给我送来一小根野山参。刚好那一年林锦云在家营养不良,身体虚弱,看了医生、吃了药也不见好,我把这根野山参给她炖了吃了,没想到效果很好,她的身体很快就恢复过来了,可见东北野山参真灵。

几十年过去了,我对徐连森的待人处事之道还是记忆犹新。

通过与他的反复来往,我明白:只有心存感恩的人,才能收获更多的幸福和快乐,才能摈弃没有意义的怨天尤人;只有心存感恩的人,才会朝气蓬勃、豁达睿智,好运常在、远离烦恼。

人常说,"施恩于人共分享""送人玫瑰,手留余香"。

不一样的椴树花,不一样的人;不一样的椴树花蜜,不一样的情。别了,长白山的椴树花;别了,曾帮助过我们的朋友、恩人。岁月流逝,我们走过的地方,总会留下难忘的履痕。

## 七、明枪暗箭

经过转战多个场地,一年的总收入已尘埃落定。两个组的成绩,只能用登记入账的数字来说明。

第一组,所有交售的蜂蜜、蜂王浆,都准确无误地登记在账上,并且,一路上各地零星出售的蜂蜜以及副产品蜂蜡，都分文不漏地全部入账，总账大大超出了公社提出的最高指标，每群收入370多元，这个数字打破了养蜂界单群收入的历史纪录。

第二组全年每群收入则不满200元。这是怎么回事呢？

从报账上看，一路以来的各个场地，零星蜂蜜不可能一斤也没卖出；一年下来，各个场地割下来的蜂蜡，不可能一两也没有。可是，不见第二组分文入账。相比之下，蜂王浆收入也比第一组少了许多。

种种迹象表明，这其中一定有什么秘密。

作为公社养蜂场场长的秦长姜，应当向上反映并进行调查。

秦长姜明知其中有问题，却任其发展，睁一只眼闭一只眼。我们多次催促他要弄个明白，而他总是笑而不言。

后来我们明白了，原来，在粮管所工作的秦克先是秦长斯的父亲；在供销社经理部工作的窦闰齐是窦绍来的父亲。秦长姜不愿意得罪这些掌握生活物资的人。瞧，这就是公社派来领导我们的场长！

我们寄希望于公社。

春天，在公社养蜂会议上，公社曾经许诺，能达到每群创收200元以上的，拿出5％做奖励，这是难以攀登的最高指标呀！第一组达到了，而且超出了。第一组好样的，学雷锋，讲奉献。第二组没有达到，应总结经验教训，来年迎头赶上。

至于第二组，虽然收入比第一组差，但是跟养蜂人往常的收入相比，已经是丰收了。

没想到，人心是填不满的坑。第二组有人认为成绩落后于第一组，只感到脸上无光，他们不反思和总结一年来的不足，反而在公社干部面前抱怨，说第一组之所以能高产，是因为甄雍曙给第一组选择的场地比第二组的好。第一组的人不计较，听听而已。

这些话被放出后，传来传去，一些公社干部都信以为真。

有人探问秦长姜究竟如何，这个秦场长不跟别人说明真相，只是笑笑而已。

几年时间,公社养蜂场为公社创造了可观的经济效益,为公社建造起一幢办公大楼。这就是公社组织的养蜂场,为公社做出了巨大贡献。也正是:"采得百花成蜜后,为谁辛苦为谁甜?"

东屿公社蜂场的丰收,给各大队带来了一阵养蜂热。

很多人把养蜂这一行看得很高贵,认为这是个能闻不能及的行业。

甚至那些公社干部的子弟,一时找不到合适的就业岗位的,都希望加入这个行业。

高一大队的一些干部和干部子弟,看好养蜂业,早已跃跃欲试,正在筹备。

尤其是高二大队那一班人,每当甄雍曙在家时,几乎天天有人找甄雍曙谈谈养蜂这本经,了解养蜂的入门途径,渴求甄雍曙传授他们养蜂知识和教他们入门。

对于本村人的央求,甄雍曙是有求必应,乐此不疲,并十分耐心地教他们养蜂入门前的一切筹备工作,以及购买蜂种的有关事项。

有很多急于参加养蜂的人,对甄雍曙寄托着很大希望。

尽管我们在养蜂场的发展过程中遇到了许多困难,特别是在人心变得越来越复杂的情况下,却还是为新一年的工作打下了良好的基础。

1972年的放蜂准备,显得轻松多了。经过甄雍曙的周密安排,这一年的收入基本上能维持往年的水平。

在隆化繁殖越冬蜂种的第二年,很快进入停产过冬时节,大约要到十二月中下旬才能南下返乡。

经商量,秦长姜和我提前回家休息,等到蜂子南下到上海时,我们去上海接运。养蜂场只留下甄雍曙和秦长林两人看顾蜂子。

甄雍曙做梦也没想到,隐藏在身后的暗箭正向他射来。

我回家不到半个月,公社收到了一封从隆化发出的电报。电报是甄尚杰他们发出的。电报不长,但字字毒箭穿心:甄雍曙把公社养蜂场的蜂子卖掉了!

此事非同小可。不经公社批准,私自把养蜂场的蜂种卖掉,这是十分严重的事情，是一件影响极坏的盗卖行为。

看了这封电报，公社领导当然相信了。

这是一起重大案件，必须迅速追查处理。公社立即派出副书记林垂连和人武部干事颜怡蛟，千里迢迢赶往河北省隆化县韩家营调查。

两个"钦差大臣"急急忙忙赶到隆化。

出现在他们眼前的是公社养蜂场的蜂箱，十框式立式的摆在一边，蜂群箱数一箱不少。另一边，十分显眼地摆放着二十多箱十六框式卧式箱型的蜂种。

这是怎么回事？

甄雍曙把买来的卧式箱蜂种和有关事情的来龙去脉向两名公社干部做了汇报。

原来是春天出门前，甄雍曙接受了高二大队大队长蔺继潘等人的委托，为他们从湖南人养蜂场那里购买了蜂种。

所以，不仅蜂箱款式不同，而且箱内的巢脾也不一样。

甄雍曙说："公社养蜂场的巢脾都是庄华元一人经手，每张巢脾框梁上都有用红漆写上哪年哪月的记号，揭开蜂箱，一目了然，能看出每张巢脾的新与旧，而人家蜂种巢脾框梁上还挖一道凹槽，起着饲养器的作用，显然不一样。

甄雍曙说得清清楚楚，听者恍然大悟。

此事不仅有湖南人养蜂场卖蜂种的线索可以查证，而且有秦长林的证明。

事实明摆着：是第二组的那个人有意在诬告与陷害。他原以为只是造造舆论而已，想要败坏甄雍曙的声誉，没想到离家这么远，公社真会派人来调查。

查清了事实真相，两个"钦差大臣"打道回府。

奇怪的是，公社并没有去追究诬告者，只是平息了大家对受害者的议论。

风波虽然过去，影响却很难消除。对这种造谣诬告的严重事件不制止、不处理，既助长了歪风邪气的滋生，又挫伤了为集体出力的积极性，导致集体大厦的崩塌。

甄雍曙一心一意为大家做了那么多好事,却被背后的小人"撕咬"。

现实告诉我,有些人闯进了你的生活,只是为了获得利益。他们可以不择手段,然后转身离开。

常言道,"明枪易躲,暗箭难防"。如果碰到上梁不正、保护伞不破的情况,明枪也难躲、暗箭更难防,好人就很难有立身之处。

## 八、公社养蜂场落幕

自从发生了诬告风波,甄雍曙提高了警惕,懂得做人做事都要把保护自己放在第一位。

甄雍曙原本计划帮高二大队把养蜂场创办起来后,明年他们可跟随公社养蜂场一起走,在不影响公社养蜂场运作的前提下,让本村邻里也能养蜂挣钱,搞副业。

甄雍曙是个热心肠的人,他总想尽自己的努力帮别人,宁愿自己多吃苦,也要让别人多受益。他没想到会有人向他射暗箭,于是为了不让人再产生疑虑,他不再将买来的这些蜂种跟随公社养蜂场转运回家了。他只好临时改变计划,把这些蜂种委托湖南人养蜂场,提早转运南下。湖南人养蜂场是转运到四川,提早在四川进行早春繁殖的。

今年是我多年养蜂以来在北方越冬,难得可以提前回家休息。

我决定在养蜂场转运到达上海时,带老婆和三岁小儿子庄严一起去上海玩一回,见见世面。没想到曾永素发来电报,要求我去四川宜宾帮忙接运他所买的蜂种。

我在家还未休息好,无奈之下,人情难却,只好带着林锦云和小庄严提早到上海,让他们母子俩暂住在上海川沙一小学教师唐荣根家里。我前年放蜂时在学校旁边认识了唐荣根老师,并和他成了朋友。

我抵达四川宜宾,接收甄雍曙所买的蜂种。此时,甄雍曙还在隆化照管公社养蜂场的蜂子。他对公社养蜂场的蜂子管理,认真负责,勤勤恳恳,问心无愧。

一直到十二月中旬,甄雍曙才随养蜂场蜂子离开隆化到达上海。他把养蜂场的蜂子安置在上海东安林场,继续让蜂种在上海休眠,因为上海的气温比家乡低一些。

我在四川宜宾接到甄雍曙买的蜂种,再跟随湖南人养蜂场短途转运到四川泸州南溪,把蜜蜂摆放在一村民家门口的场院里。

湖南一位养蜂老师傅跟甄雍曙关系好,帮我一起为这些蜂子除蜂螨,并整缩蜂巢,然后做好保温工作,开始早春繁殖。

此时,泸州的气温已升高,而且油菜籽已长苔一尺多高,金色的花朵已逐渐露出笑脸。

一切安排就绪,我让湖南师傅再帮忙照看,自己便匆匆赶回上海。到了上海,我把林锦云和小庄严接到东安林场。

甄雍曙把养蜂场的事务与我交接,然后他去了四川。

甄雍曙为了履行为高二大队创办养蜂场的承诺,他去四川之后,就再也没有回来。

甄雍曙对公社养蜂场完全失去了信心。不与别人争斗,但可以躲开,这可能是老甄悟透了复杂的人心而做出的选择。

公社养蜂场失去了中流砥柱。

我们在上海一直等到天气非常寒冷的时候,才搭乘上海至温州的大客轮回家。此时,已经是1973年的元月中旬。

高二大队已经由甄雍曙指导养蜂,高一大队岂能袖手旁观,他们的几位干将也早已跃跃欲试了。

这时的高一大队干部林克盛和一队队长甄益树等人已经买好蜂种,建起了高一蜂场的框架,可就是缺乏懂养蜂技术的人手。

他们的消息很灵通,知道公社养蜂场内部有矛盾,于是就趁机而入。

林克盛和甄益树亲自出马,开始想方设法动员我退出公社养蜂场,到他们那里去。

他们说的也合情合理:公社养蜂场人心复杂,各打各的算盘,个个都很精明。你再干下去，肯定没有什么好处。

他们又进一步拍着胸脯说："我们高一也有蜂场，正需要你来帮忙。你是高一人，到高一养蜂场一起干，高一养蜂场，才是自己的养蜂场。"

他们说了不少好话，不能说没有打动我的心。

公社养蜂场已经人心涣散，以后还会产生更多新的矛盾，再说，养蜂场的顶梁柱甄雍曙走了，养蜂场不垮才怪。

我对公社养蜂场失去了信心，开始对高一养蜂场产生了向往。

于是，我做出了一个非常沉重的决定：退出公社养蜂场。

我退出公社养蜂场后，1973年，公社养蜂场还继续外出放蜂，由于失去了甄雍曙这位主心骨，公社养蜂场的管理与放蜂路线立马乱了套，胡乱找了一个小蜂场一起走。改变了放蜂路线，全年大歉收，公社养蜂场被糟蹋得一塌糊涂。

听说，堤内损失堤外补，那个小伙，利用家乡化肥十分紧缺，黑市价格飙升的机会，从北方购买了一大批化肥，装在好多空出来的蜂箱里，随蜂运回老家，在市场上倒卖出去，可真的赚到一大笔钱，知道内情的人夸他非常能干。

这一年，甄尚杰他们主导的公社养蜂场亏本了，也不再在北方繁殖蜂种越冬，提早返回家乡，结果过冬蜂种全是弱群。公社养蜂场无法再生存下去，公社宣布养蜂场解散，剩余蜂子由在场的养蜂人各拿回几箱结束。原本一个生机勃勃的养蜂场，就这样落幕了。

## 九、掉入陷阱

对公社养蜂场失去信心后，我终于听从高一大队几个人的劝说，退出公社养蜂场，进入高一大队新建的养蜂场。

后来发生的事，是我终生难忘的惨痛经历。我后悔自己当时没有深入分析，也没有跟妻子林锦云商量就毅然退出公社养蜂场。

"人无远虑，必有近忧。"由于没有做全面的调查研究，我就茫然地加入了高一大队新的养蜂场，以至于掉人不堪忍受的深渊。

事情还得从头说起。

高一大队养蜂场，是在一无资本、二无技术人才的情况下匆忙办起来的。当时的高一大队干部林克盛、一队队长甄益树，以及甄单尘等一班人，听到公社养蜂场挣大钱的信息，就盲目筹办新的养蜂场。

没有人才怎么办？于是他们盯上了公社养蜂场——挖人！想不到，他们第一个瞄准的就是我这个老实人。

我也昏了头，一时冲动，进入了他们的圈套。

其实，有我一个懂养蜂技术的人远远不够，还得有像甄雍曙那样能选择蜜源场地的人才，可高一养蜂场偏偏缺这样的人。

我仅仅从公社养蜂场带出来七群强势的蜂种给高一大队。但是，依靠什么条件、用什么方式，以及权益分配、债务负担、职责范围、盈亏分摊处理等等，这些事情都没有说清楚，更没有合约协议，这也给后来发生的事埋下了祸根。

当时，高一大队养蜂场的蜂群都不够装一辆汽车，我找到了初中老同学李日鼎，他是水头闹村养蜂场的，我就打算跟他们拼车一起走。

两年时间，我的这位老同学虽然能说会道，也有一套外交手段，但不务实，脱离实际，没有找到理想的放蜂路线，所以这两年，养蜂场只能收付相抵，没有盈余。

由于没有找到北方繁殖越冬蜂种的优良蜜源场地，两年来的越冬蜂种都达不到强势水平。

尤其是，采完内蒙古荞麦花后，高一大队养蜂场这一班子人经不住受苦受累，他们不愿意为繁殖越冬蜂种在北方静候两个多月时间。他们心急如焚、想家心切，一致提出立即南下回家。保护好过冬蜂种，是为了来年的希望，我一再强调，却得不到支持，结果便是养蜂场的悲剧。

农历十月的浙南，气温很高，此时的野外，只有桉树花和少量茶花正开，花粉十分不足。

桉树和茶树花蜜含有少量毒素,好多蜜蜂不到时日就死掉了。况且,每天采到的蜂蜜远不够蜜蜂自己食用,还得化糖补助。

花粉不足,花蜜不足,蜜源条件差,不利于越冬蜂种的正常繁殖,蜂群也难以得到健康发展,于是,蜂群每况愈下。

因为高一大队养蜂场两年来的收入只能保本,没有盈余,更没有公社养蜂场那种丰收景象,从而使林克盛、甄益树和甄单尘对养蜂业失去信心,他们觉得养蜂场前景无望,不想坚持了。

我万万没有想到,他们表面上说些好听的安慰话,而背后商量出一套解散养蜂场的办法。

方案的实质内容主要是两条:一是现有蜂群,按养蜂参与人平分;二是养蜂场开办时的高利贷借款,大部分由我庄华元负责还债。

我从公社养蜂场带来的七箱强群蜂种,与现在分到的蜂群数基本持平。我没有拿到经两年时间繁殖的增加蜂种,反而拿到的全都是弱群,这简直是强行吞下的苦果。

更气人的是分摊债务这一条。他们宣布,由我负担1300多元高利贷借款与利息。

在当年,这可是一笔天文数字,谁能承担得了,我被吓坏了。

我当然不愿意承担这样不明不白的债款。这是一本不敢见天的账,我要看看这一大笔债务是怎么算出来的。

于是我必须找会计甄单尘查账。

然而,他们心知肚明,不能见天的账是不可查的,所以,每当找他查账时,他总是推托说没空,不敢把真实的账目公开。

他越是这样,我越是要查看账目的究竟。

因为我要查看账目,他已经很不耐烦、很讨厌我了。

直到有天晚上,我带上算盘直接找到他家里,要他拿出账簿,当面算一算收付往来。他推不掉,也躲避不了了。

他家房子很小,大概不到10平方米,房子里有一张大床,床前是一个单锅土灶,没有写字桌。他个人住的房子虽小,可他所住的这座古老房子却是高墩最大的六厢房大四合院。这古屋共住着30多户人家,200多口人。这可是他们甄姓的老祖屋。

甄单尘被我当面逼得再也无法推托,只好很不情愿地拿出账本。

他和老婆两人都坐在床上看账本、报数字。

我坐在床前的一张小板凳上,把算盘摆在床边,然后认真地打起算盘计算数字。

甄单尘还不曾报出十来笔数字,他的老婆就突然袭击,居高临下,把我的头狠狠地往床上按下去。她使出全身的力气,把我的脸往算盘上撞。我完全没有想到,也没有防备,他们竟会这么凶狠。我一时被压得喘不过气来。这时,她居然挥拳敲打我的脑袋。

临危时刻,我不知从哪里来的劲,一下站了起来,大吼一声:"你们怎么打人啊!"这时屋里的气氛十分紧张。

他们大声地吼叫:"天天要算账,天天要算账,什么账让你算?让你再算啊!"

由于生气,我涨红了脸怒吼:"要我付那么多高利贷欠款,为什么不让人把账算清楚?"

此刻,他们夫妻俩的拳头雨点般地朝我身上打,让我还不了手。

这一嚷嚷,惊动了左邻右舍,立马来了很多人进屋拉架。

此时满屋都是人,有人把我往门外推。当我退到门槛之时,他们夫妇还追着我打。

我手里握着算盘,本能地用算盘砸过去,也不知是否砸到了人,可立即就有人把我推出门外。就在这混乱中,我手上戴的上海牌手表被人抢走了。有人喊着我:"赶快走,赶快走呀!"

我走了。

那天晚上,林锦云在老岳父家住,我也到老岳父家去住。

此刻,甄单尘一家人,人多势众,他们也许是打得还不过瘾。

我走了之后,他们一家像恶狗一般,赶到我家屋前叫喊,甚至还拿石头砸我家的板壁,有两块板壁被砸得塌了进去,吓得我爸妈不敢出门。

第二天早上，儿子庄小海看到板壁被砸坏了，眼泪像断了线的珠子似的掉了下来。他默默地拿两块旧木板封钉在破洞外面。他小小的心灵留下了深深的阴影。

丛林法则在这里显现。人多势众，谁拳头硬，谁就是山大王。"有理走遍天下，无理寸步难行"，而现实是强者为王，弱肉强食，谁强谁说了算。有些地方，历来都是依仗家族人多，凭拳头说话，以强凌弱。

我们姓庄的在这里是小姓，面对大姓，只能忍气吞声。

我掉入了高一大队养蜂场的陷阱，看来只能自己吞吃这个苦果了。

## 十、善有善报，恶有恶报

为了查账，没想到我却大祸临头，人被打伤了，胸背疼痛，一星期卧床不起。

前任村支部书记甄益兴得知后，前来探望和慰问。他深表同情，并很贴心地说："不要太难过了，当作一次人生教训吧。不讲人情道理，占人便宜，不会有好的结果。赢得了一时，赢不了一世。"

这场风波传开后，许多人都为我抱不平，认为高一大队养蜂场欺人太甚。隔日又有山门街道养蜂场场长林声狮得悉我的不幸，特地赶来看望。

我把事情详述之后，林声狮愤愤地说："高墩人太凶横，蛮不讲理，养蜂场的账务公开公平清算，合情合理。不给人查账，还打人，天理不容！"

当时，高一大队养蜂场向他的养蜂场买了旧的蜂箱和蜂具，还留有欠款尚未付清，这些欠款也划给我来偿还。

我说："还要我来还你们的欠款呢！"

林声狮很不平地说："不要紧。先把身体养好，把你的蜂子养好。当前先不提还钱，等什么时候有钱了再说吧！"

正是"良言一句三冬暖，恶语伤人六月寒"。许多劝慰我的话，给了我极大的安慰和希望。

在我最困难的时候,在我心灵遭受极大伤害的时候,给我最大的心灵安慰的,是我的妻子林锦云。她推心置腹地说道:"用不着太难过,当初是你心太软,听不得人家几句好话,就上当了。""投入了狼窝,你知道狼吃人的本性,忍了吧,吸取教训就好!""吃苦挣钱才能长久,受苦挣钱万万年。只有骨头硬,才能长肉,才能长命。""不用怕,养好身体,靠我们自己一双手,只要努力把我们的蜂子养好,老天会保佑我们的。""你看,我们这么一个大家庭,千斤重担都落在你身上,你要挺住!""隔壁阿婆说过,谁害你,谁就是益了你!"

一声声,一句句,妻子的话都是金玉良言啊!男人不需要万两黄金,只需要一个女人为他倾尽一生。锦云的贤惠、爱心,感动了我。她让我坚强起来,不求一生荣华富贵,但求一世家人安康。希望我和小蜜蜂一样,迎着鲜花飞起来。

林锦云所讲的一些人生哲理,真的得到了印证。

不过两年时间,那天夜里在我家门前耀武扬威、参与恶骂的甄单尘一家人中的三人都死了。甄单尘的小叔,是单身,才四十出头,不知为何上吊了;他的后妈,那天晚上最恶毒,不多久就得癌症去世;他的父亲仅50多岁,不知何故,也去世了。

当时的主谋是林克盛,他在山西也不知何因,突然身亡,死亡时不到40岁。

甄尚杰得了绝症,在上海医治无效,去世时仅49岁。据说,他临死前还生一计:不许把死讯传出,只说是出国做生意,以防别人耻笑他短命。他去世的消息隐瞒两年之后,才领回骨灰盒入葬。

高一大队养蜂场的几人,他们所分得的蜂子,外出放养仅仅一年时间,就因绝种而破产。这就是老天给他们的结局。

"水不试不知深浅,人不交不知好坏。"时间和实践是检验一切的试金石。我坚信,做一个老实善良的人,光明磊落,襟怀坦荡,就会有收获。

# 第十章　梦回春风

那些迷人的枝条，

已在春风里泛绿，

小蜜蜂张开自由的翅膀，

路迢迢呵，花已盛开。


经历了多少次探访，

见过了多少不堪事，

芬芳不期而至，

春风迎面而来。

# 一、养蜂游子情

有草的地方，就有生命。小草虽小，却有强大的生命力。

野火烧不尽，春风吹又生。一个特别寒冷的冬天过去了，我们迎来了1975年春暖花开的日子。

春天里，我带着林锦云，不畏人生苦难，挺起腰杆，背负着求生存、求发展的崇高使命，踏上了自家独立养蜂的历程。

这次分来了22箱弱势蜂种，它们寄托着一家八口人的生计，我们认真细致地开始投入早春繁殖管理。

凭着多年的养蜂经验，我们抓住关键环节，像养小孩一样精心培育，日夜陪护饲喂。老天不负有心人，终于到了出外放蜂起程的时候，所有蜂群的发展基本达到中等群势水平。

我们带着这22箱珍贵的蜜蜂，从平阳山门出发，奔向祖国的南疆北坳，过着奔波流浪、野炊露宿的游牧生活。

岁月是一场有去无回的旅行，时间或许是最让人猝不及防的东西。它像天上的云、地上的水，它像一年四季的风，把我和家人随同可爱的蜂群，融汇成流动的风景。

我们尽情欣赏华夏大地的风景名胜，大好山河的自然景观。

多少次穿越急流滚滚的万里长江，让人切身感受到"孤帆远影碧空尽，唯见长江天际流"的真实图景。

多少次横跨千年万载日夜咆哮的母亲河，给人的教诲是：为人一生清明公正，何须黄河洗清白。

多少次奔赴群山起伏、蜿蜒万里的长城内外，尽收大地母亲恩赐的年年有余。天然丰足的蜜源花卉，让贪婪的蜜蜂吸吮到既养生又甘甜的蜜汁。

多少次来过花花世界大上海，而今没有人会记得当年春天的上海周边：奉贤、松江、上海县等地，油菜花盛开之时，这里有着一望无际的金色海洋。

如果你沉浸在这样芬芳迷人的花海之中，就会被这份美丽所陶醉。我们带着小蜜蜂到此畅游，这里每年总会给予我们丰厚的馈赠。

这是最令人难以忘怀的安徽郎溪南丰的红花草子啊！到这里真是赶上了一顿丰收的盛宴。三天一次，每次能摇下400多斤优质蜂蜜，你说当时是什么感觉？这是我们的小蜜蜂淘来的真金白银啊！

十年间，心里印象最深的是苏北灌云县。

在沂北公社渔林场前，大堤上成片的杨槐花盛开之时，胜似下了一场大雪，皎白一片。清晨时分，花朵里分泌出欲滴的蜜汁，如梨花带雨，香飘五里，陶醉了我们的小蜜蜂，它们争先恐后地冲上前去。杨槐林中的小麻雀也被美妙的声音吵醒。

还有这里的红花草子和苕子，大片大片，紫红紫红的，繁花似锦，与杨槐花先后呼应，吸引我们年年必去，许诺绝不缺席。

山东苍山、兰陵一带的枣花，是年年必经之路。这里的老天，不一定每年都给人好的承诺，倘若不是风调雨顺，来也空空，去也空空，不讲人情。此刻无须杞人忧天，有道是，人生总有顺境逆境，脸朝黄土背朝天，迎着阳光，何惧阴影。

唯有那"兰陵美酒郁金香，玉碗盛来琥珀光"的浆液，尽你品尝，让你知晓，此处有多美好啊！

当南方已是酷暑难耐的夏日时，所有花香甘甜，早已收摊歇火、打烊。而我国的北方却正值迟到的春天，到处恰好鲜花绽放满园，好蜜源散发出阵阵芳香。

我们曾带着蜜蜂坐上火车，经历了两天两夜长途，来到山西大同。

新荣区的臭兰蛋——黄土高坡上的老乡也称油菜，其籽可榨油食用，一个月的花期过后，就跟内蒙古察右中旗，或陕北神木的荞麦花相连。

经过那么多年的北方游历，到处采过荞麦花，时有落花至，远随蜂蜜香；更有内蒙古兴和县的荞麦花，"日色欲尽花含烟"，荞麦蜜多情更长。

兴和县张皋南水的荞麦花蜜，确是年年有余，让我欣喜难忘。

夏天，到了北方，天气不热，蜂子爽，人也爽！

"世事沧桑心事定,胸中海岳梦中飞。"十年时间,南来北往,我经历了多少世事沧桑?心事有定有不定。我又有多少海岳梦想?有流水无意,又有梦想成真。

千里迢迢,有蜜蜂相随,有亲朋相伴,是人生的幸运。养蜂放蜂,是一次又一次远游。养蜂游子情,永远是心中最美的风景。

## 二、七岁小庄严,打拳显神通

1975年的寒冬腊月,我们来到广西合浦与北海的交界地,这里是祖国大陆南端。目睹南国风光,我们感到心旷神怡。在此过冬蜂种再繁殖,也是我们落脚安顿的时候。

(一)

已经是三九寒天了,这里却温暖如春。昼夜温差不大,人们仅穿一件单衣,蜂子繁殖保温也非常容易,不像在北方那样包得严严实实。为此,我们也轻松多了。

站在原野上,远远望去,一片片长满绿叶的甘蔗,还有那么多尚未砍完;到处可见的果实展示了一幅特殊的南方丰收的画卷。

一个挨着一个的集体生产单位——林场,凸显了这里不一样的管理方式。

林场种植了大片橡胶树,胶农在树干上斜斜地刻一道道凹槽,白色的胶乳就从树槽里顺着导管滴到下面承接的小吊桶里。

我们常见的橡胶,原来是这样来的。

在一片片橡胶丛林中,有不少柳叶桉。其时,柳叶桉树花开,这让我们的小蜜蜂采到了丰盛的花蜜,足以为越冬蜂种繁殖提供食粮。

中国地大物博,人口众多,每一个地方都有自己的方言。虽然人们提倡讲普通话,但当地还是流行讲他们的方言。

我们来这里,最困难的事就是语言不通了。我们讲普通话,本地人根本听不懂。有好几次外出,我们问路,明明去的地方就在眼前,由于听不懂,当地人叫我们往前走了十几里,结果走过头了,只得再返回来。这时候,我常常会想,我们还不如一只小小的蜜蜂,到了一个陌生的地方,飞出去好远好远,它们都不会迷路,准能一个个再飞回来。

南方与北方离得很远,风土人情也千差万别。在这里,我头一次听说,他们管母亲叫"阿嫂",就像无锡人管祖母叫"亲娘",都是难以理解的。

到了春节,到处都能听见鞭炮声,一阵阵此起彼伏,似机枪一样,响彻云霄。放鞭炮,全国都一样。唯独这里春节的鞭炮声特别响亮,形成了最热烈的欢庆祥和的气氛。

我们居住的地方距离北海不出十里路,我们骑自行车就去了。

北海是深水港,码头一带停靠着无数的大船小船,更多的是小渔船。

码头上,人们可以直接向渔民购买特别新鲜的各种小鱼,非常便宜。想吃海鲜,就到北海来,这里最惬意了。

一过春节,我们的蜂子就转移到了合浦县常乐公社兰田生产大队。这里有大面积的红花草子。在此投入早春繁殖,一切都感觉非常如意。

在异地他乡,我们就这样随遇而安。

(二)

为了养蜂,我常年在外,常常思念远离的亲人。想到七岁的小儿子庄严,正是需要接受家长教育的年龄,不知现在怎么样了。俗话说"每逢佳节倍思亲",其实漂泊在外的人,不是佳节也思亲啊!

当妻子林锦云带着小庄严来到常乐时,我可高兴极了,看着他蹦蹦跳跳的样子,感到他格外天真可爱,似乎吃了蜂蜜,心里总是甜蜜蜜的。

小庄严生在老家高墩,长到七岁,从未出过远门,最远的地方也就是山门街。山门是个古镇,有一条比较热闹的街道,在他的脑海里,山门街算是最繁华热闹的大城市了。其实很小的时候,他曾经到过温州、上海。只因那时他才三岁,什么都不记得了。

这次可让他长见识了。从老家来到广西,坐汽车、乘火车,一路上见到的人和东西多了,他感到世界很大,生活的乐趣很多。出生以来,第一次跑这么远,让他看到许多家乡看不到的东西,长了不少见识。

我到常乐镇去买东西,便让小庄严坐在自行车的后座上。他一路上问这问那,到了那里,他看傻了:常乐怎么跟老家的山门街一样热闹?因此,他便把常乐称为"常乐山门街"。

每当他想要出去玩的时候,他总会说:"我们去常乐山门街玩嘛!"

再说蜂事。

年前来合浦再繁殖出来的蜂种,要比在北方经过三个月冬眠的蜂种寿命长很多。

春节过后转运到常乐,立即投入早春繁殖。这里有大面积的红花草子,花已盛开。小蜜蜂既能采到花蜜,又能采到花粉。不必辅助喂糖,这样的新蜂出来,不仅健康、长寿,并且新蜂的再哺育力特别强大,因此,蜂群的发展特别迅速,群势日益壮大。

到了农历的正月末,那年已是三月中旬,蜂群发展快要满箱了。要是在老家,这个时候才开始加脾呢。

到了此时,常乐的红花草子花虽将谢,但附近很多地方的荔枝花又即将绽开。

常乐的红花草子一结束,我们赶快转运到合浦县石岭村荔枝场地。这个依田傍山的小村庄,山不很高,山脚下,家家户户都有荔枝树。

我们的蜂子一进村,就在一个生产队部门前的大院子场地上一字形排开。

一进新的场地,蜂群管理就忙开了。

我和林锦云,以及跟我干了一年的小舅子林开奖,进场后忙着对各箱蜂群进行整理。丢下庄严,让他一个人自由活动,我们无暇顾及和陪伴他去玩耍。

庄严这小家伙无所事事,在房子的走廊里手舞足蹈,自玩自乐。

这时,一个赤脚医生正好路过,他发现庄严在有模有样地打拳,便停下脚步。看着一个小孩在打拳，而且打得有板有眼，很有看头。没想到小孩子的拳法让他看得出神，看得入迷。

庄严会打拳，我也不知道。不知他什么时候、在哪里学来的。

而赤脚医生认为这小家伙的拳法一定是他父亲教的。既然儿子会打拳，他的父亲肯定很厉害。他羡慕不已。

我曾经说过，老家祖上就有学教打拳的案例，主要教的是南拳的打法。

小庄严打的几路拳法，原来是在老家学来的。

老家高墩一些年轻人，每年秋天，都会请拳师在我家老屋大厅教打拳。庄严在旁边看啊看，偷偷学会了南拳的八步头。虽然学得不是很到位，但确实有点模样。

这个赤脚医生对这个小屁孩会打拳感到极为好奇与欣赏。

因为自己门前场地摆着蜂箱，庄严怕被蜂子蜇，偶尔跑到隔壁医疗室门前的院子里去玩。

这个赤脚医生一见到庄严，就把他喊住了："来来来，打几套拳看看。"

接着，他又问："你打的拳是谁教的？你爸教的吧！"

庄严说："不是的，自己学的。"

赤脚医生不信："肯定是你爸教的！"

"打几下看看，我给你糖果吃。"赤脚医生恳求着说，说着立即给他一把糖果。

小庄严不假思索，立即手舞足蹈地打了一套，显出了身手。

赤脚医生很高兴地夸奖："打得好！打得好！"说着又加了几颗糖果。

小庄严又蹦又跳地拿着糖果回来，在我们面前炫耀："妈，糖。"

我们问："谁给的？"

"是那个医生给的。"他高兴地跳起来。

从此，小庄严时不时地跑到医疗室门前去玩。

庄严的南拳，对保健养生有好处。

于是，赤脚医生越来越喜欢小家伙常去他们那里玩。

隔天，赤脚医生有意把小庄严哄到医疗室大厅里去，要小庄严教他打拳。为此，又给他一大袋糖果。

这样一来二去，小庄严与这个赤脚医生成了好朋友。

（三）

荔枝花像晚上的繁星，撒落在村里村外。当荔枝花盛开时，它骄傲了，它骄傲的本钱不是在于妖娆，它不去跟桃花比妩媚，不跟梨花比水灵，不跟木棉比艳丽。它的优势是繁盛、馨香与气派。它的馨香与花蜜，吸引来嘤嘤嗡嗡的蜜蜂。那些积液如珠、金黄透亮的荔枝蜜，是它奉献的上好的保健品。

奇怪，这么香甜的荔枝花，小蜜蜂喜欢，蚊子为什么不喜欢？这里的蚊子在夜间成群结队出来寻觅人的气味，人一旦被叮着，出血事小，又痛又痒，会让你难受好久。

即使挂了蚊帐，还得小心身子不要靠近蚊帐，尖嘴蚊子会想尽办法吸你的血。

这里的蚊子大得出奇，叮人格外凶狠。它们像微型敌机嗡嗡嗡地不停骚扰，使你上半夜不得好睡，直到下半夜才能进入梦乡。

有一夜，大概是我们睡得太沉，不知道外面的动静。第二天清晨，我们发现一字排横头的两只蜂箱不见了。

显然是被贼偷走了！

上午九点左右，许多蜜蜂采了蜜飞回来，找不到自己的家了，自己的"窝"不见了。它们都在原来蜂箱的位置盘旋，累了就落在地上。它们一定在抱怨：我们的房子怎么不见了?!

根据分析，蜂子是本地人偷的，这两箱蜂子估计就在附近。

当天，我们立即找了大队书记反映情况。

这位45岁左右的彭书记得此消息，非常重视。蜂子在他们这里被偷了，他们这地方出了小偷，他感觉很丢人，影响不好！

他说："一定帮你找回来！"

一下被偷了两箱蜂子，我们很心痛，几个人心情都很不好。被偷的不仅仅是两箱蜂子，每一箱蜂子都是我们的心血啊！

小庄严知道后,也很气愤,情绪低落,他知道这些小蜜蜂是家中之宝,两箱蜂子被偷,还是第一次遇到这样的事,这可怎么办?

小庄严的神色被那个好朋友赤脚医生一眼就看出来了。他关心地问:"小庄严,今天怎么不高兴啦?"

小庄严愁眉苦脸地说:"我们的蜜蜂昨晚被你们这里的人偷了两箱。"

赤脚医生听了很惊讶,他们这地方没有做小偷的人,如果出了小偷,一个地方的人都会感觉没面子。

于是,他立即去大队,找干部反映,并帮我们一起寻找被偷走的蜜蜂。

当天中午,这位彭书记赤着脚,带着我到了东头山坡上四处寻找。

那座山头上,遍地都是被割掉的柴草,留下尖尖的根头,稍不小心,就可能刺破脚底。而彭书记坚持在山上到处寻找,但始终没有发现踪影。

不仅书记帮着寻找蜜蜂,赤脚医生也非常关心,不一会儿村里人都知道了,影响很大。

彭书记见寻找无果,他想,只能运用"攻心战"了。

于是,彭书记利用大队的广播喇叭进行劝说,他大声喊道:"偷蜂子的人,赶快把蜂子送回来,如果送回来,大队不追究责任。否则,到时发现了,就要加重处罚!"

彭书记在喇叭里继续说:"我们这个地方,没有做小偷的人,如果大家知道了那个人做小偷,那个人就一辈子不好做人啦!"

彭书记的话,字字有力,句句在理,直击小偷心窝。

彭书记为我寻找蜂子的办法很奏效,第二天,果然有人悄悄给书记递字条,说蜂子就在东面一个山坎窟窿里,距离放蜂点不到两里路。

我们当即前去,蜂子果然在那里。

蜂子失而复得,我们满心感慨。一路上的曲折与反复,象征着人生的坎坷。

我们感谢大队彭书记,也感谢赤脚医生,当然也得益于小庄严与赤脚医生交上了朋友。庄严以拳会友,也写下了人生开拳"第一页"。

# 三、当了一回大夫

辗转风云秋月，大雁人形南回。我们从一个蜜源到另一个蜜源，又来到了内蒙古兴和县张皋公社南水泉大队。

由于荞麦适应贫瘠的沙质土地，所以南水泉北梁小山坡大面积劣质沙质地每年分块轮种了大面积的荞麦，为我们养蜂人提供了丰富的蜜源场地。

为了让蜜蜂便于采蜜，我们选择靠近荞麦地，在离村子两里地的半坡上安营扎寨。

这里的地形是前低后高的空旷沙地，我们抓紧时间在沙地里挖坑。经过一番紧张的挖掘，终于挖出了面积八九平方米的大坑。我们将三面土坎当作围墙，前面利用空蜂箱和装蜂蜜的铁桶做挡风墙，把篷布盖上后，就成了我们在这里居住的新家。

新家周围都是旱地，看不到河流和沟渠。摆在我们面前的最大困难，就是缺水。

人无论到哪里，都离不开水。怎么办？只能找最近的一个村，到一里半外的六号村里去挑水。

在这里，吃水用水量特别大，所以一天要到六号村去挑好几趟水。

林锦云和林开奖一次次去挑水，小庄严也闲不住，跟着去村里玩。

六号村的水井在一户人家门前，这户人家的主人叫刘三。水桶从深井里打上水来还真不容易，刘三的妻子看见了，主动来帮忙。

刘三妻子个子不高，头戴白帽，好像是回族人。一来二去，林锦云感到她是一个非常善良的农家妇女，勤劳朴实、乐于帮人。时间不长，她们却像姐妹一样很亲密。

刘三的小儿子刘存宝跟庄严一般大，他们也很快玩熟了，像亲兄弟。时间长了，庄严不声不响地常一个人跑到他家找刘存宝一起玩。刘三妻子见两个小孩在一起，感到家里增添了欢乐的气氛，满心喜欢。

刘三家很穷，拿不出什么好吃的。家中的主要粮食就是土豆、南瓜和小米粥，还有莜面和荞麦面，很少有面粉细粮。农业生产合作社10分工值不到两毛钱，家中的主要副业就靠几只母鸡下蛋和几头小绵羊。小庄严在他们家里玩，有时会把他们送的鸡蛋放在兜里带回家，他自己不吃，告诉我们是刘存宝妈妈送的。

那一天下午，刘三的老婆带着她的小儿子刘存宝来我们的蜂场串门，看看养蜂人的生活和蜂子是什么样子的，看稀奇吧。

她跟锦云早已熟悉，两个人有话说，女人间就喜欢拉家常。她诉说家境和生产队的情况。对她家的困难，林锦云很同情。

更令人揪心的是，她说她老公刘三患胃病，平时只买些药丸或止痛片吃吃，始终不见好转。有时在地里干活，胃痛发作，他就躺在地上不能动弹。没有钱到大医院看病，刘三就这么忍着，一天挨一天。

她说刘三没啥本事，村里人都看不起他们。

林锦云心地善良，听不得别人讲苦难。她泡了蜂蜜水招待客人，耐心地听人家发自内心的倾诉。临走时，锦云装了两瓶蜂蜜给她，又给她两斤大米。

这内蒙古人拿着大米当宝贝。从她的眼神里，看得出一种发自内心的激动。

他们母子走后，林锦云动情地跟我说：你看刘三好可怜！你看了半辈子的药书，能不能给她老公开剂药，治治他的胃病，这也是做善事啊！

妻子言之有理。我想，这也是我当业余"大夫"的担当和机遇。于是我对刘三的病情做了大概的判断，对我掌握的相关药理，又做了一次梳理。

是日午后三点，做完一天的事务，我抽出时间，到六号村，去刘三家。

刘三妻见我到来，一时不知所措，不知怎么招待，感到非常尴尬。当时刘三下地去了，她一人不知如何应对。

看到此种情境，我直言："你别忙活了，能不能请刘大哥回来，我是来看看刘大哥的胃病症状的，想给他开剂中药试试。"

刘三妻听了，好像得了救星，可把她乐得不知说什么好。她立即叫她儿子去后山把他爸喊回来。

高个子的刘三,一身衣服沾满厚厚的尘土,满脸堆笑。看得出他消瘦的面庞,精气神不佳。他见到我,激动地说:"庄师傅,谢谢啊!你们南方人,真有本事,会养蜂,还能当大夫,看病也会!"

我说:"我不是医生,不专业看病,只不过对中医有兴趣,经常翻看医药书。今天来看你的胃病是什么状况,可以从书中找到你对症的药,给你开一方试试。"

"好,好,我这老毛病,都几年了,我们老百姓没有钱,不敢去医院,只好一天一天忍下来。现在遇到好人了。"他很坦率地说。

"别客气!农业生产合作社收入有限,大家都有困难。"我只是附和地说。

我这时候已忘记自己是个养蜂人,而觉得自己是一个像模像样的大夫了。我看看他的脸色,又仔细看了他的舌苔,然后问他痛在哪个部位,最痛时是什么样子。

他很详细地诉说疼痛时的状况。依据他的病情,我认真地反复推敲,根据医药书上对应的病状,判断出这是属于:肝胃不和,胃脘胀痛连予肋,偏肝郁易怒,舌苔薄白。这样的症状应舒肝解郁,清胃泄热。于是我给他开了一方四味汤,药方是:党参三钱、炙甘草二钱、茯苓四钱、白术四钱、柴胡二钱、佛手二钱、素馨花二钱、海螵蛸三钱、谷芽三钱。(这剂药大约三毛多钱。)

开好药方,我嘱咐刘三按方买药,用水煎后温服。

我感觉此方跟他的病情是很对症的。我告诉他先抓三剂,连服三天,感觉有效,再服三剂。考虑到他的困难,担心他没钱买药,我还给他两块钱买药。

刘三夫妇没想到我帮他们开了处方,还给他们两块钱,向我一再道谢。

读过医药书,能够派上用场,为外乡人做善事,这也是一种福缘。回养蜂场路上,我轻松愉悦,心情特好。

回到养蜂场,林锦云一见到我就关心地问:"你给他开药了吗?"

我高兴地说:"当然开了!我还给他两块钱买药呢!"

锦云有些担心地说:"吃了这药没有问题吧?"

我很自信地说:"绝对没有问题!"

她开玩笑说:"人家当医生赚钱,你这个医生倒赔了钱。"

我有点兴奋:"当一次大夫很高兴。"

过了一星期,刘三媳妇提着一篮子白菜、土豆,还有鸡蛋,来到养蜂场。她满心欢喜地说:"刘三吃了你的药,胃好了,不痛了,也不用老捂着肚子睡觉了。你这个大夫可厉害了,真有本事,能养蜂,还会看病!"

我和锦云听了这个好消息,比吃蜜糖还甜,哈哈大笑,既为刘三他家高兴,也为自己成功地当了业余大夫高兴!

事后也令人感慨:我们只是帮穷苦人家一点点忙,人家却觉得人情大如天。

# 四、小庄严赶车

好地方遇上好年成,今年到兴和县放蜂的人,大多获得了好收成。

蜂蜜多于预期,导致供销社收购站的蜂蜜桶供不应求。

我们早已忙着向供销社收购站抢借蜂蜜桶,只因进场时所报的蜂群数所限,只借到六只蜂蜜专用铁桶。

每只桶可装200斤蜂蜜。今年荞麦流蜜量大,三次摇蜜下来,现有的桶全部装满了。再摇蜜,就没有桶可装了,那该怎么办?真是喜中有忧。

装蜂蜜的桶没有了,我突然想到,南水泉供销社分店不是还有缸吗?如果借了缸,也可解燃眉之急。

可是,供销社的东西不是说借就可以借的,如果借不到怎么办?这时,我们想到了一个人。这个人是南水泉供销社分店负责人,叫李才娃。我们到这里落脚,第一个就认识了他,记得他的媳妇带着他的儿子,最早到养蜂场来看稀奇。都说林锦云人缘好,每到新的地方后,她都会和当地人搞好关系。到此地也不例外,锦云和李才娃媳妇很快就成了朋友。

对!就找李才娃。

说到李才娃,他可是当地的红人。当年的供销社在计划经济条件下,掌握着国家的物资分配大权,作为供销社的掌门人李才娃,当地人都会去亲近他、巴结他。

当我们去向李才娃借缸,说明急用后,他没有犹豫,一口答应:"什么时候要用,随时可以来拉。"真爽快!

这几天,我们三个大人一天到晚都在忙着做蜂王浆,抽不出时间去拉缸,可是明天摇蜜就得用缸了,没想到这时正在一旁的小庄严开口了:"我去拉,供销社那个李叔叔我认识。"

我说:"小孩子,别开玩笑。"

小庄严一本正经地说:"没开玩笑,我真的能去拉,让我去吧!"

我问:"你敢去呀?"

小庄严极有把握地说:"怕什么,我会赶车。"

嗨,不知小家伙什么时候学会赶车了。当时我想,我们这离南水泉供销社不到三里路,这一路都是蓬松的沙子路,即使翻车了,这缸掉在沙子上也摔不坏。不妨让他去试试,也是一次历练。

想到这里,我就答应了,说:"那你就去吧!找那个李才娃叔叔帮帮你啊!"

林锦云接上一句说:"路过那家卖鸡蛋的,买两斤鸡蛋带回来,会不会?"

小庄严随口说:"行,行。那家卖鸡蛋的,我知道。我们买过。"

就这样,小庄严兴冲冲地去了。

大约一小时之后,小庄严果然用毛驴车把缸拉回来了,还买来鸡蛋,真厉害!

小庄严做成了一件大人做的事,高兴得不得了。我们也为他能赶车而兴奋不已。

他乐滋滋地说:"李才娃叔叔可好了,他叫人帮我装车。"

庄严又转过去悄悄地跟他妈说:"妈,我跟你说,我一去,就先买好鸡蛋,我跟那人说,鸡蛋先放在你这里,等我回头再来拿。她说行。我就把鸡蛋数了数才走。"他妈听了,笑得合不拢嘴了。

拉了这一次缸,小庄严好像一下子长大了,在学会赶毛驴车的同时,也学会了当地人赶马车吆喝牲口那一套行话:"吁……驾……嘚嘚嘚……王八羔……嘈……"

小庄严平常玩耍,从早到晚,接连把这一套吆喝牲口的行话挂在嘴上当歌唱。

其时又正值解放军部队在南水泉北大坡与三瑞里之间的草原上野练,指挥部设在南水泉村。好几辆坦克在路旁停着。

这天傍晚,我和锦云带着小庄严去看坦克。

小庄严胆子可真大,一到坦克旁边,就立即往坦克上爬。

当兵的问我们是哪里的,我们说是南方来的,养蜜蜂的。

那个当兵的挺好,当即把小庄严抱上去,往坦克里头坐。

小庄严一坐下来,就喊着:"吁……驾……"

那个当兵的被逗得哈哈大笑:"你把它当马车呀!"

当小庄严爬出坦克时,我们赶快叫他谢谢解放军叔叔,小庄严的嘴很快:"谢谢解放军叔叔!"

当兵的微微一笑:"不客气。"

小庄严下了坦克,意犹未尽地说:"这坦克真好玩,我们明天再来玩!"


## 五、第一次存这么多钱

放蜂的日子随着花期转,一个月的荞麦花期很快就过去了。

今年的荞麦长势特别好,带来的荞麦花蜜也自然盆满钵满。

我们的蜂群,每箱收了40多斤蜂蜜,加上蜂王浆,真是好地方有好收成。

今年从南到北顺风顺水,一路放蜂,各个场地的收入都非常好,取得一年好业绩。

最能体现好收成的就是现金。到了冬天,我们居然带了3000多元现金回家。多年来,我们辛辛苦苦养蜂,这是我们第一次带着这么多现金回家,这在当年可是一个大数目,我们的心里有说不出的高兴和欣慰。

这是劳动者的成果，是用我们的汗水和心血换来的成果。

养蜂的丰收信息不胫而走，传到了信用社人员的耳朵里。

回到家的第三天，迎来了一位不速之客。

东屿信用社主任林型聪，原是大楼大队书记，他是高一大队曾家的女婿，不仅与我熟悉，而且向来关系较好。两年多未曾谋面，今天不知什么风把他吹来了。

不管他说顺路探望，还是登门造访，我都热情接待。递烟，他说不抽；敬茶，他说好茶、好茶。我说，难得见面，喝两杯，他说好呀，咱俩聊聊家常。

林锦云炒了几个菜，我俩很快就吃喝起来。

酒过三杯，谈及公社养蜂场的往事，林主任说，现在他们都很清楚，谁在从中捣乱，谁把养蜂场搞垮。说到动情之处，他颇有感慨地说："养蜂真不容易啊！你多年养蜂，如今能获得丰收，为你高兴呀！"

乘着酒兴，林主任接着说："我现在调来信用社，希望你们有能力也多多支持我的工作。"

当时，我不理解他的意思，只以为他说些客套话，因而回了一句不沾边的话："我养蜂的整年不着家，哪有能力帮得了你们这个大信用社，况且我又不懂信用社的经营管理。"

他悄悄地低声说："不是，不是，你没有听懂我的意思。你也知道，咱们农村不比山门街道和城市。有钱到信用社存款的人，很少很少。咱们一个公社没有几个人有钱。所以，我知道你今年养蜂收入蛮好。如果有余钱带回来，我想你可以存在我们信用社，信用社算利息给你。同时给你保密，也安全。"

噢！我懂了。原来他要我在东屿信用社存钱。

这时候，我明白他登门来的目的了。在其位，谋其政。他担任信用社主任，自然要创造业绩，这也是理所当然的事。这对他、对我，都是一件好事。

我心里暗暗盘算了一下，留足今冬明春的费用支出，还有2000元余钱。

我说："好吧，我同意存入信用社2000元现金。"

不用说，林主任高兴地喝了一口酒，满意地说："好，好，这是对我最大的支持！对你，也有了一个增值的保险箱。"

喝完酒,我到房间里把两叠10元的"工农兵"拿出来,交给他当面点数。

这时,大儿子庄小海在窗外碰巧看见了,他哇的一声,随即惊讶地看着数钱的场景,用拇指比画着一叠钱的厚度。的确,小海长大到十三岁,还从未见过这么多钱——两叠厚厚的人民币。

别说小孩,就是我,也是第一次拥有这么多钱,第一次在信用社存入这么多的一笔钱。

手里有钱,生活才踏实;能存余钱,心里才安稳。在任何时候,钱总是生存的支撑。还是那句话有道理:"金钱不是万能的,没有金钱是万万不能的。"我们不辞辛苦养蜂、放蜂,还不是为了生活,为了赚点钱吗?

## 六、海燕小当家

俗话说,穷人的孩子早当家。我家的孩子也是这样。

那年,我们带上七岁的小儿子庄严外出放蜂,家中三个小孩留守着。

女儿海燕十五岁。

大儿子小海十三岁。

二儿子君新十岁。

三个孩子因家中有我父母照应,也就有了安全感。

我父亲当时七十多岁,母亲六十多岁,虽然都是老人了,但身体都还硬朗,他们在家独立生活,日子还算过得去。

父亲在农闲时做些小生意,以补贴家用。一年三百六十五天,天天忙碌着,从没有一天闲着。只有忙着、累着,他才感到踏实,才感到生活有着落。即使皱纹爬满了他的脸,他也不觉得自己已经老了。

母亲在家也不会闲着。除了四季农活和日常家务,她还每年养一头肉猪。在农村,不养猪是不可思议的。只有养猪、养鸡,才会使这个家有生气。

不知不觉,二老已当上了一群孩子的爷爷奶奶。世界上不是每一个人都能当上爷爷或奶奶的。被称作"爷爷奶奶",是长寿的象征,也是幸福的象征。

其时,海燕在东屿小学附设初中班读书,两年后没有考高中,休学在家,在奶奶的照料下,担起这个家的重任。

那时,小海和君新两个弟弟都在东屿小学读书,家中的日常生活全部由海燕这个当姐姐的来负责。

因为和爷爷奶奶早已分了家,各做各的饭,海燕肩上的压力自然超过了她的同龄人。当然,分家不分亲情,两位老人照样照应和接济三个孩子,使这个小家能正常度日。

海燕还是一个孩子,一个父母不在身边的孩子,可是她以超出同龄人的聪慧和毅力,挑起了理应是大人挑的担子。

在奶奶的帮助下,她能把一日三餐安排得井井有条。做饭、烧菜、洗衣、照顾弟弟,她都忙碌不停,从不叫苦喊累。

她还养鸡。待鸡下蛋,自己舍不得吃,把鸡蛋都给两个弟弟吃,让他们补充营养。

我很难想象,一个十多岁的小女孩,会挑起这么沉重的担子。当父母的在外放蜂,把一个家压在小小年纪的女儿身上,现在想想还是感到心疼。为了生存,为了这个家,我们当时也很无奈,只能这样。

生产队按人口分到户的田地不能荒废。农民离开田地,就无法生活。所幸孩子的外公和舅舅林开周来相助,不违农时,种麦、种豆、种番薯,一样也没有落下。

每逢农忙,海燕会主动下地,跟着忙活。

种番薯,放秧苗;

种黄豆,放豆种;

种小麦,撒麦种。

……

无论什么农活,海燕都会跟着干。

初夏割小麦,她跟着割;

秋天割稻子,她跟着割。

挖番薯、收黄豆,她样样都能干。

海燕,小海燕,活泼可爱的小海燕,聪明勤劳的小海燕,父母不在家,她成了小当家,成了我们的好当家。

孩子们就这样在家里,和爷爷奶奶一起安度时日,相依为命。

最令孩子们兴奋的,是每天听到爷爷的咳嗽声。

听到咳嗽声有什么可兴奋的呢?

原来,爷爷每天挑着炒熟的花生、花生糖、油炸花生饼和油麻花之类的担子,到外销售。销售完之后,到了黄昏时刻挑着空小簟箩子回来,在进家门之前,爷爷会有意识地咳嗽几声,作为回家的信号。

小海和君新一听到爷爷的咳嗽声,就飞快地跑到墙外迎接爷爷,争先恐后地抢着拉爷爷挑的小簟箩子的绳子,一直扶着拉着到家里。

爷爷对几个孙子疼爱有加,把他们视作掌中宝。每天做生意回家,爷爷总会带回各种各样他们喜欢吃的零食,没有一次空手而归。他们吃惯了爷爷的零食,所以一到黄昏,他们特别关注爷爷的咳嗽声。

## 七、房东关妈

在外流浪放蜂的岁月里,我感情最深的是安徽宁国。养蜂的最后十年,整整有五个年头,我们是在这里欢度春节的。

在这里,我们每年都要待上四个多月。这里的人,这里的事,这里的一草一木,都深深地印在我的脑海中,常常在我眼前闪现。

1977年冬天,是我头一年来宁国。我记得宁国梅林镇这地方,东与浙江安吉相邻,南与黄山相望,西与九华山相近。这里的山花在冬季盛开,过了半个月,春暖花开,油菜花、红花草子芳香扑鼻。每年开春第一季,每年越冬过年,都是养蜂人休息的好时光。

第一年,我们来到梅林公社东山大队,蜂子就放在离马路最近的关妈家。

说到关妈,她可是远近闻名的人物。据说她的身世非同一般,她曾经与人打架,闹出人命,被关进大牢,当时管牢房的狱头就是关老伯。

年轻时的关妈,身材高挑,长得漂亮,且能说会道。当时的关老伯是个单身汉,没多久就被她迷上了。

关老伯想方设法,将关妈"营救"出狱。

出狱后,关老伯就带她回家结成夫妻。

这当然是段风尘旧事(是旧社会解放前的传说,没人证实),但在当地却成了饭前茶后的趣闻。

如今的关老伯是个忠厚诚实的老人,家中里里外外都是关妈打点。

现在的关妈人老心不老,十分要强,是个强势的老太婆,左邻右舍都怕她三分。

听说,她的邻居不知如何得罪了她,她一气之下,闯入人家家中,大吵一架,掀翻人家的饭桌,拆掉了人家的灶台。人家只得敢怒不敢言。因此,周围邻里无人敢去惹她。

了解这些情况后,我们这些外来养蜂人,见到她真有点惶恐不安。

关妈和关老伯年过古稀,膝下没有儿子,只有一个嫁出去的女儿,平时家中只有两老相伴。

他们的房子宽大,屋前场院好摆蜂箱;屋内有多余房间,好住人。他家不复杂,征得关妈同意,我们就住在他们家里。

入住头一天,关妈就提出一个问题。

她神秘兮兮地说:"因为你们是一对夫妻,按这里的风俗,对于外来客人,男女同住一房,我们是有忌讳的。为解这个讳,你们要写一个字据,还要给一个红包,以解除晦气。红包不论多少,几块钱就行。办了这些手续,方可让你俩同住一房。"

入乡随俗,这是惯例,我们当然答应了。

入住之后,看得出来,关妈的神情始终很严肃,生怕我们把她家弄脏了,处处提防,甚至还会当面提醒。我们可从未见过这么认真的房东。

每到一地,我们在管理蜂群时,都会产生一些垃圾,我们每次工作结束,都会把场地清理得干干净净。

锦云每天一早起来,首先打扫庭院,然后挑水,把厨房的水缸灌满。

从此,门前的庭院我们包着扫,水缸用水我们包着挑。

因为借用他们的厨房,用他们的灶台小铁锅烧柴做饭,所以大都是他们先做先吃,我们之后再做。

关妈乐得轻松,心里甜滋滋的。

关老伯是个勤快人,他在他屋后的大菜园里种了许多时令蔬菜。每逢过年杀猪,还留有好多猪肉。为此,他们从来不买菜,都是自给自足。

◇妻子林锦云在检查每一箱蜂群情况,海燕在旁边提着巢脾当助手帮忙

他们人少菜多,吃不完。

于是,我们用比市场上贵一点的价格向他们买菜吃。

之后,我们抽空赶到梅林镇里买猪肉和其他菜,还买本村一个捕鱼佬每天送来的淡水小溪鱼。我们有意识地多做几个菜肴,请二老一起吃饭,一起喝酒。这样的次数多了,关妈对我们产生了好感。她的脸上严肃的神态不见了,取而代之的是阳光和笑容。

开始时,邻居们在背地里议论,说我们胆敢住进关妈家,到时有好戏看了,肯定没有好果子吃。

经过一段时间之后,大家觉得很奇怪:怎么没有听到吵骂声?而且相安无事,甚至亲热异常,真不知道他们是怎么做到的。

# 八、养蜂人还会做木工

关妈家的邻居,最近的是隔壁赵子德一家。赵子德的妻子张荣华是爽快人,很好客。她和林锦云很快就混熟了。她们一有空闲就在一起聊天,拉家常。锦云在她那里了解了关妈家和当地村民的不少情况,这为以后处理遇到的问题做了充分的应对准备。

到了腊月,蜜蜂进入冬眠。

一年下来不停地转运,有好多蜂箱的巢门口的踏板断了的,有箱盖在装车绑绳子时被大绳拉坏了的,有途中掉了气窗门的,也有些箱体断裂的;等等。每年到了这时候,就必须进行全面大修理,同时还得再添置些新蜂箱,以备明年蜂群再发展。

这样一来就需要购买许多杉树木料。这里是山区,出木材的地方,但不知如何能买到。

我第一个想到的就是关老伯和邻居赵子德。我问他们能否帮帮忙。

他们听说要采购木材,便说这可是计划统购物资,政府管理得很严,如果被林业检查站发现,就会马上扣留,有的可能被没收。

他们又补充了一句:"不过,主要是针对成批的正材木料。"

我一听,感到有希望了,马上说:"我不必用正材,如果谁家里有闲置的零星旧木料就可以,或者不正规的树筒子也行。"

他们一听乐了,说:"这样的木料我们家就有。"

果然,他们很快就找出十几根长短不一的杉树木头,且要价也不高,我感觉都很划算。

这些木料还不够,于是他们又联系其他邻居,很快又收到一大板车。

邻居赵子德可是一个热心人,我又请他帮我把木料拉到梅林锯板厂,按蜂箱蜂具的尺寸厚度,把它们锯成了板料。

因为修理蜂箱是常有的事,养蜂人大多都会自己修理。特殊行业迫使你去学会相应的手艺,因此养蜂人大都学会了做木工。不是吹牛,我这个木工做出来的木工活不亚于专业木匠哩!

我这个木工陆陆续续备办了一整套制造蜂箱用的木工工具,如斧头、锯子、大刨、小刨、边刨、凿子、钻子和钢丝锯子等等,样样齐全,木工手艺做起来还算得心应手。

我自己打造出来的新蜂箱,不仅尺寸标准合格好用,而且板缝榫头连接,紧凑不差分毫,谁也看不出来这是我自己做的还是专业木工师傅打造的。

说归说,做归做。快过年了,我时刻不停地忙着干木工活。

我们已经拼好刨光的蜂箱板料,在关妈的堂屋大厅里满地散开。

这天下午,关妈家杀猪过年。按地方风俗,杀了猪要请客吃饭。

他们邀请了邻居赵子德、队长王立冬,以及女婿和外孙,还重点邀请了大队主任李春苔。

关妈还请我作陪,我感到这也是一次机会,能借此结识当地的一些干部。

傍晚时分,听说大队李主任快来了。当时,我还不认得这位主任。

我好担心这么多崭新的板料被他发现了,到时会有什么麻烦。于是,赶快把这些板料收拾起来,往过道一张客床底下塞。

但尚未等我收拾完毕,李主任已经兴冲冲地从后门进来了。

当时的场面非常尴尬。可他一眼就看清了我在做新蜂箱,他笑着说:"还会做蜂箱啊?"

我赶紧放下手中的板材,一边同他握手,一边恭敬地说:"主任好,我姓庄,温州人,来这里放蜂。一年到头,好多蜂箱坏了,几只旧蜂箱修修补补。"

当时李主任没有说什么,一笑而过,就同其他客人打招呼去了。

我心中急得如十五只上下起落的吊桶,好不容易才放了下来。

酒席马上开始了。

宁国人很讲礼数,说我是外地人,是稀客,一定让我同李主任一起坐上座。大家还亲切地称呼我"庄师傅"。

酒席上,只见李主任谈笑风生,很有亲和力。他很礼貌地向我敬酒,并饶有兴致地说:"温州人,东方犹太人呀,吃苦、敢干、敢拼。"

他夸赞了一番温州人后又说道:"我们这里的人哪,就缺这种精神,只求温饱,啥苦不想吃,啥事不想干。"

我接着他的话说道:"我们温州地少人多,穷则思变,为了生活,温州人才不畏艰难困苦闯天下呀!"

李主任说:"那些补鞋的、弹棉花的,都是你们温州那边来的。"

我附和地说："对!还有肩挑货郎担换废品的。"

我又说："温州地区,每个地方都有一个小行业。你说的补鞋、弹棉花的多半是永嘉的,我们平阳、瑞安、苍南就有很多像我这样外出放蜂的。"

酒桌上的三言两语,让我不仅认识了李主任,而且说话也很投机。

酒席之后,我们握手道别。

李主任邀我到他家做客。

我高兴地承诺："好的,改日一定登门拜访!"

他也高兴地叮咛说:"一定要来哟!"

这个李主任个子高大、五官端正,很有福相,酒后更是红光满面。

跟他说话,他是笑声在先,然后和颜悦色,真心真意,给人一种十分爽快的感觉。

# 九、拜访大队主任

时间不等人,小庄严要上学了。锦云带他回平阳老家过年,明年他就到学校去读书了。

我想到酒席上的许诺,于是去拜访大队主任李春苔。

我去时带了点自产的蜂蜜和当年紧缺的白糖。

李主任家与关妈家很近。从后门出去,穿过马路后,沿小路步行50多米,就到了晒谷场仓库,仓库背后就是李主任的家。

李主任的家,包括四间平房加一间突出走廊的灶屋。门前有一片大菜园,绿油油的,啥菜都有,正是农家小院,生机勃勃。

正值寒冬腊月,临近过年。我推门进屋时,只见一大家人围着木炭火盆在烤火取暖。

李主任和他媳妇见到我,当即站起来招呼:"庄师傅,稀客稀客。"接着请我坐下,同他们一起烤火。主任的老母亲、小女儿也都笑着招呼,令人格外亲切,好似回到了自己的家。

刚落座，主任媳妇马上端来一杯热茶。接着，我们边烤火边聊家常。

这时候，我惊讶地发现，李主任一家竟是有两男四女六个子女的大家庭。年过古稀的老母亲一脸慈祥，默默地在灶屋帮着忙活。这时候，我突然触景生情，想着我父亲这时候也在家里照顾着我的儿女呢。

聊了会儿家常，李主任饶有兴趣地问："庄师傅，干养蜂这一行多少年啦？走过的地方很多吧？你都去过哪些地方？"

1977年，蜜蜂南下转移到安徽宁国过冬，林锦云带着小庄严回家过年，途经杭州，在西湖留影

我高兴地说："确实走过全国很多地方，我养蜂算起来已有九个年头了。"

我罗列了从南到北去过的地方，介绍南北各地不同的风情风貌和风俗习惯，说到内蒙古人一家大小睡一个炕，他们不常洗澡，而且虱子很多，他们一点也不奇怪，还说皇帝身上也有三个虱呢！大家听得津津有味，都笑了。

李主任羡慕地说："养蜂这个职业好啊！又能赚钱又自由，想去哪就去哪，谁都管不着，国家还支持呢！"

我说："养蜂靠天吃饭，收益不稳定。一个蜜源花期，天天好天气，蜜蜂就能多采花蜜，能得丰收。一旦遇着下雨，蜂子飞不出去，无法采蜜，那就歉收了。到了北方，往往是植物开花之时，却久旱不雨，都干死了，也无法采到花蜜。所以说，养蜂人是靠天吃饭的。"

李主任同情地说："是呀，养蜂也不容易啊！长年出门在外，离家离乡，过着不安定的生活，换作我们都会不习惯。"

说着说着，看着时间不早了，李母已经下锅做饭。我赶快站起来告辞。他们很热心地欲留我吃饭,我推辞说:"隔这么近还吃饭呢,有空我再来玩。"

李主任夫妇送我出了家门,并叮咛说:"庄师傅,有空多来家玩啰!"

从此,我跟李主任变成了知己。

## 十、李主任请客

宁国与全国各地农村一样,春节期间,当地人都会走亲访友、请客吃饭,热闹非凡。

正月初二,李主任的女儿大红子来到关妈家,邀请我当天晚上到他们家吃饭。对李主任的盛情邀请,我爽快地答应了。

我拿了一般的伴手礼,去大队主任李春苔家。

傍晚,李主任家堂屋里已经很热闹啦。满屋的客人基本是大队一级主要干部,我虽不全认得,但大多有点面熟。李主任一一给我做了介绍,其中还有茶场小蒋夫妇。邻居赵子德也在,他很快迎了上来打招呼。原来赵子德两个宝贝女儿大小燕子拜主任夫妇为干爹干妈,他们是干亲戚。

堂屋中央的八仙桌上,已摆好了丰盛的十八个大菜。所有的客人开始入席就座。

今天,我是来陪客的,我有自知之明,应该坐下座,让他们的客人先坐好,我随便坐个位子即可。于是,我下意识地往后退。可没想到,李主任竟一把把我推到上座和老书记汪宗发同坐,我坐左边,老书记坐右边。现任书记杨仁江坐老书记的右边,李主任坐在我的左边,与杨仁江对着坐,下座四位就坐得比较随意。

我说:"我不能坐上座,应该让两位书记来坐。"

我一再推托不敢入座,可是李主任不放手,大家也是一致说:"庄师傅,别客气,你是稀客,应该你坐。"

这一下,把我弄得怪不自在,一个外来养蜂的,居然坐在上座,我感到受宠若惊。

李主任的座席安排令人感激,他用意很明显,想让我与今天同坐的人都能成为好友。

在十分温馨的气氛中,李主任举杯发言:"开始,开始!祝大家新年快乐!干杯!"大家一同举杯呼应:"新年快乐!干杯!"然后举杯一饮而尽。

李主任不断地说:"吃菜!吃菜!"

之后,李主任很礼貌地端起酒杯,开始逐个敬酒,又是从我这里开始,我只是礼节性地听令接酒道谢。第二个是老书记,然后是现任书记,而后轮到茶场小蒋、赵子德,这样顺着转了一圈。

紧接着,大家又是互相敬酒,几乎一桌人先后站起来,敬酒的第一个对象都是我,一致称呼:"庄师傅,我敬你。"

酒过三巡,我应回敬大家,我端起酒杯激动地说:"我借花献佛,敬敬大家!今天很荣幸认识了老书记、书记、民兵连长及茶场小蒋等,赵子德是邻居,早就认得。俗话说,在家靠父母,出门靠朋友。我们来宁国有幸遇上你们兄弟般的大队一级干部,你们成了我今生最好的朋友。这杯酒敬大家,祝大家新春快乐,万事如意,身体健康,阖家幸福!干杯!"

大家应声,畅快地饮下杯中酒,不约而同地回应:"庄师傅,来这里,大家都是一家人啊!"

席间互相聊天,说什么的都有,有谈去年哪个生产队丰收的,有谈市场物资紧缺的,甚至还谈到长途客车上有小偷盗窃钱包的。三分醉意之时,我再一次举杯敬酒,并向大家发出一个邀请:"今天李主任请客,改日我来请客。同样邀请在座诸位,到关妈家一醉方休,好不好?"

"好!好!"大家高兴地回答,"我们一定去!"

人在异乡,人生地不熟。想不到在宁国,我很快就结识了这么多朋友。一场宴会,通过李主任,我和大家初步建立了朴实的友谊。

## 十一、味道最美家乡菜

春节前,锦云和小儿庄严回老家。过了春节,正月初六,锦云带着大女儿海燕来到宁国。

我和锦云交流了年前年后各自的情况后,我说:"这里的人和干部对我们挺好,我们应回请他们一餐。"

锦云明白事理,满口赞成:"要的,要的。"

于是,我们决定正月十二请客吃晚餐,并提前告诉李春苔主任,由他代我们邀请大队已相识的那几位。邻居赵子德和房东关老伯,由我们邀请就行了,这样一来,也是八人一桌。

接着我和锦云商量,要用老家平常请客的那套模式,那样的菜肴、那样的做法来招待他们,与他们当地不同,别具一格。锦云说:"好呀!老家的菜,我们熟套,就这么定。"

我们商议菜单,决定设十个冷盘和十个热菜。

我们按照菜单提前一天备足食材和调料,借用了关妈家堂屋的八仙桌、凳子,以及厨房锅碗瓢盆。

锦云掌勺做菜,全用老家农家菜的那一套方法烹饪。

是日下午,关妈堂屋里桌凳整齐,桌上的冷盘和菜品已经摆好。冷盘菜品观感绝佳,令人垂涎欲滴,与老家的风格一模一样。

厨房里,大肉炆煮、清炖、卤制、甜烧,四个热菜已烹熟,只待上桌前加热。只剩六个现炒热菜,食材早已清洗,切盘备用,一到开席,即可快炒上桌。

虽无城中名牌特产,却有乡间风味人情。

下午四时许,李主任笑呵呵地首先到来。海燕立即沏茶招待。李主任笑逐颜开。

紧接着,老书记汪宗发、现任书记杨仁江、民兵连长李跃春和茶场小蒋同时到来,邻居赵子德已闻声主动过来,关老伯在家,没有外出。此刻,所请客人已经到齐。

临近五点,我便邀请大家入座。

满面春风客人喜,一片诚意饭菜香。

今天的上座,当然是老书记和高龄老人关老伯了;现任书记和李主任在左右两边上座,民兵连长和茶场小蒋两边下座;赵子德年轻,与我坐了下座。

我做东,我斟酒,首先把各位的酒杯斟满。赵子德不会喝酒,只能喝茶。

然后,我端起酒杯站起来,高兴地说:"今天承蒙大家赏脸,邀请来关妈家聚一聚,请大家吃我们老家的农家菜,不合口味,请大家包涵啦。现在开始,来,先干一杯!"

今天这酒是55度老白干,我加了蜂蜜,带着甜味的白酒成了美酒老白干。酒劲不减,口感很醇,开席第一杯,大家赞不绝口,都说好喝!

我请大家先用冷盘。

老书记第一个兴头十足地说:"这冷盘做得好,好吃!都说温州人能干,你们看,烧出来的菜就是不一样,不咸不淡,味道好!"他吃了白斩鸡和卤牛肉。

李主任也边吃边说:"真的好!为什么说温州人聪明能干?这个菜就说明了这点。"

大家异口同声地跟随着夸赞。

堂屋一开席,第一个主食大热菜上桌,以鲜肉、鸡蛋、洋葱为调料炒粉干,表面还撒着一些香葱。这一大盘热气腾腾、香味四溢的主食炒粉干,一上来,大家就放下酒杯,争先大口大口地品尝。

大家又是一阵赞许:"这么细、这么好吃的粉丝,我们这里就没有人会做。这粉干好,还是庄嫂子的手艺好,炒得好吃啊!"

我说:"这是我们老家的特产,平阳县只有两个地方能加工这么细的粉干,一个是山门五十丈,一个是腾蛟溪头。温州其他地方做的粉干都很粗,没有这么好吃、爽口。"

吃了粉干,我开始敬酒。

第二道菜是清炖全鸡加上当地产的笋尖,一上桌,大家哇啦一声,有人说:"我们都是切块干炒,没有这样整个清炖的,闻着香,看着肥嫩鲜美。"大家迫不及待地把全鸡扒开,不知谁说:"嗯!很入味、不腻,真的好吃。"

然后大家相互敬酒,对各种菜肴进行了评说。酒桌上洋溢着热情的氛围。

很快上来的是大块鲜肉炆火煮鸡蛋,大块鲜肉加上蚝油、八角、黄酒、食糖等调料,煮熟之后,再加入水煮脱壳熟鸡蛋。两个多小时,用文火慢慢地煮。出锅后的这道特色菜,大肉不腻,鸡蛋更比茶叶蛋有味,两相搭配,味道鲜美。这道菜一出,把全桌人的情绪推向高潮。大家的酒兴更为浓烈,纷纷将杯里的酒一饮而尽。

李主任兴高采烈地说:"今天酒好喝、菜好吃,今天真要一醉方休了。多亏了庄师傅带我们享受这一大桌美餐。来,大家干!"

接下来是石老头捕捞的大条溪水鱼,拿黄酒压底烹煮出来,那个鲜味,绝无其他菜可比。这又是一碗好的下酒菜。此刻,谁愿意停下不喝?这一刻,是溪鱼吸引了酒,还是酒吸引了鱼?谁也说不清楚,又是一阵喝酒的高潮。

热菜还没有上齐。锦云今天算是拿出看家本领,把剩余的肉片炒冬笋、炒年糕等,一个接一个全部端上桌面,最后还有一个醒酒的花生莲子汤,这样一来,菜就都上齐了。

四瓶甜蜜的美酒喝得差不多了,大家都有三分醉意,于是酒兴频发。俗话说,酒后吐真言。他们七嘴八舌地将心里话脱口而出,有夸赞的,有许诺的,也有期许的。

几盘饭菜知客味,十分热情暖人心。

杨书记发出了邀请,他说:"庄师傅,以后你们每年都来这里放蜂,我们把地方给你留着,谁也不让进来。"

"我们宁国就是你的第二故乡。"赵子德不善言语,只说了一句真心话。

"庄师傅,来宁国有任何困难,都来找我们。"李主任的话感人肺腑。

"你们温州人的吃苦精神,值得我们学习。"小蒋很虚心地说。

最后老书记提议说:"改天邀请你和嫂子带着海燕先到我家玩,教我家老太婆学做你们老家的菜!嘻嘻!"

色香味美呈佳肴,春风惬意暖人心。

一场聚会,促成了一群人的知心与友好,也预示着我们的第二故乡人情味的加深。

## 十二、患难见真情

记得第二年去宁国,我们的蜂子已有了较大的发展。

当务之急是增加一大批新蜂箱,同时还要更换三分之一的旧蜂箱,再加上需要修修补补,必须购买大量杉树木材。

此时,政府对木材的管理仍没有放松,要采购那么多木材,谈何容易。

怎么办?这时候在我脑海中出现的第一个人就是大队主任李春苔。

于是,我去拜访了李主任。

李主任听了我求购木材的急迫心情与一番苦衷,他感到此事实在难办,皱了皱眉头,说:"难是难的,我来想想办法!"

离开李家,我面对现实,只能做两手准备,如果李主任帮不了的话,只能按去年的老办法,邀请邻居帮忙购买零星散材。

说来也巧,今年我们住在兴无村油漆工黄水根家,跟他的弟弟廖正根同住一屋,廖正根是木匠。于是,我灵机一动,干脆找廖正根师傅帮忙。

往年的蜂箱只是修修补补,或打造三五个新蜂箱,自己动手就可以了,而今年要做一大批新蜂箱,靠我一个人就力不从心了。今年恰好同木工师傅同住一屋,正是好机会,远亲不如近邻。何况这廖师傅为人和善,找他帮忙就是一句话的事,真是天助我也!

我请廖正根帮我打造新蜂箱,廖师傅听了非常高兴。有活给他干,有钱给他赚,他一口应承。

此时我请廖师傅帮我采购零星木材,他爽快地说:"这好办。"

想不到他只花了一天时间就买到了两大板车的木材。虽说都是长长短短的杉木次品木料,但锯成木板后都很好用。

正当廖师傅说"这批木材如果不够,还可以再到邻村社员家中去搜集购买"时,只见李主任兴冲冲地来了。

他说:"杉木给你买到了。"

真是雪中送炭,这无私的援助,感人肺腑。我喜出望外,激动地握住李主任的手,动情地说:"感谢、感谢,太感谢了!"

两根大杉树的直径都在25厘米左右。锯成木板后,可以足够完成今年新增加的蜂箱蜂具数目,还有多余。我把多余的优质木板带回老家,后来在县城建造新屋时,用它来做店面八扇大门的门板。

这个春天由于投入了一大笔资金做蜂箱蜂具,接下来的活动资金就紧张了。

尽管这个春天油菜花开得特别茂盛,可是雨天多于晴天,蜜蜂无法出工。偶然天晴,采的蜂蜜只够吃,没有多余,不能摇蜜,这一季就没有了现金收入。

资金链断了,蜂子出场转运的运费没法出了。

这又该怎么办?

此时,我只能再厚着脸皮去找李主任借钱,李主任成了我在他乡的靠山了。

说来你别不信,李主任听说我要借钱,也不问用途,当即爽快地问:"要多少?"

我说:"200元。"

那时的200元也不是小数目。

我也不知李主任凭什么信得过我,什么都不问,当场就给了我200元借款,让我的蜂场能顺利地转运出场。

我们的蜂子转运到安徽省郎溪县南丰公社,在那里取得了大丰收。当我领到第一笔蜂蜜出售货款时,首先将200元还给了李主任。

友谊和信任是用金钱买不到的无价之宝。真正的朋友不在乎朝夕相处,而是在你最困难的时候,他总会第一个伸出援手。宁国的李主任就是这样的朋友。

## 十三、慈祥的石大妈

东山村有一个靠捕鱼为生的人叫石大强,他已年过花甲,我们叫他石大伯。他和石大妈没有子女,二老勤俭持家,相依为命。

石大伯每天一早,都会将捕到的淡水溪鱼送上门来。因为村上很少有人买他的鱼,而我们喜好他捕的鲜活的溪鱼,所以他每天都会乐滋滋地将鱼送来。每次买鱼,他说多少钱就是多少钱,我们从不还价。

时间长了,我们买他鱼的次数也多了,自然而然,我们成了他的长期顾客。因此,石大伯对我们特别友好。

记得是我们到宁国的第三个春节,石大伯和石大妈居然登门,诚恳地邀请我和锦云去他们家吃中饭。

说心里话,这真使我们感动。两位老人登门来邀请我们外乡人去他们家做客,这是难能可贵的人情啊!但是,我们怎么能去呢?老人家无儿无女,生活不易,我们不能去加重他们的负担。于是,我婉言谢绝。

没想到,我们不答应,二老就不走,非要我们答应不可。

为了不让老人失望,他们诚心相邀,我们也只能热情答应了。

那天中午,我们带了两瓶酒和一盒礼品上他们家去了。

老人家住的是土墙小茅屋,门前是一条弯弯曲曲的小路,路旁尽是碎石和小草。二老看见我们从小路上走来,站在家门口,满脸微笑地迎候。

石大妈虽已年过花甲,可身板仍很硬朗,在烹饪各种菜肴上,算是行家里手。

不一会儿,灶屋旁的餐桌上摆上了十分精致的菜肴,荤素搭配八大碗,新鲜的香味扑鼻而来,可说是上等农家菜。

为了增添节日气氛,二老还特地邀来两位本家作陪。

我一边品尝,一边赞美石大妈烧得一手好菜。石大妈听了,开心极了。客人赞美自己的手艺,比自己吃、自己喝还美!

大约吃了不到一半的工夫,茶场的小蒋找上门来了。

哦!小蒋昨天同我约好,让我今晚去他家吃饭。他家住在东山渡街上,与书记杨仁江是邻居。应该是晚上的聚餐,怎么中午就来召唤了?因为他想早点接我们去他家坐坐,一起喝茶、烤火、聊聊天,所以,他提早一些来了,没想到我们还没吃好饭。

小蒋很有耐心,他见我们正在吃饭,只是打个招呼,就坐在石大妈的灶前烤火,自顾自等我们吃完后再一起去他家。

这边石大妈可耐不住了:这个家伙待在这里,客人还能安心吃饭吗?不行,得把他赶走!

只见石大妈对着小蒋大发脾气,说:"我们饭都没吃好,你这么早来等,等么者(等什么)?"

别看小蒋长得高大,却性情坦率,一点也不介意。只见他笑嘻嘻地说:"没关系,你们慢慢地吃,我在这慢慢地等,没事的。"

"那你就等着吧!"石大妈冲着小蒋没好气地说。

小蒋确实来得早了点。可是,石大妈对他发火,他一点也不在意,只当没听见。

他与石大妈之间拌了嘴,且也相安无事,可我们却有些尴尬。本应让石大妈开心,却让她生气了,感到有些过意不去。

"慢慢吃,多吃点,别管他,让他等着吧!"石大妈担心我们不静心、吃少了,不断地招呼、唠叨、叮咛,劝我们多吃,劝我们别急。

石大伯在一旁,一直听着、看着、吃着,不搭腔,一切让石大妈做主。他后来也搭上几句:"不急,你们慢点吃。"

你说不急就不急?我们心里头确实有点急了,让小蒋等得太久也真不好意思。于是我们不久就搁下筷子,站了起来。

锦云毕竟也是当家主妇,会调和气氛、会讨人喜欢。她笑眯眯地夸奖了石大妈一番:"大妈,你今天辛苦了,你烧的菜可好吃了,我们吃了很多,吃得很饱了。"她拍着大妈的肩,拉着大妈的手说:"多谢大妈,多谢大伯!"

石大妈被夸得合不拢嘴,笑着说:"你们人好,没有看不起我们老人。你们以后还要多来玩哟!"

"好的,好的,有空我们会常来看看你们,你们要好好保重身体,祝你们健康长寿!"我们一边道谢,一边走出家门。

我们和小蒋一起走出家门后,二老依依不舍地站在家门口,慈祥地目送着我们,一直到我们走出了很远很远。

"两好加一好,人好水也甜。"这是石大妈说的话。要想人家对我好,我必须首先对人好。石大妈用最朴素的语言,让我悟出了为人处事的道理。

# 十四、小海出山

大儿子庄小海在东屿小学附属初中班读书,没读上高中就休学了。17岁的学生就这样踏上了社会。

这些年,父母在外奔波放蜂,四海为家。子女在家既缺家教,又缺自我约束,学业就在半途中断了。不得不说,这是我终生的遗憾。

作为初出茅庐的小海,他兴致勃勃,似乎自由了。

我左思右想,决定带他出去放蜂,让他见见世面。

这一年冬天,我们的蜂子南下上海。上海天气寒冷,适合蜜蜂休眠,我们就在上海等待天气转冷,然后择机转运安徽宁国。

为此,小海先到上海。

第一次出远门的小海,见到上海大世界,简直兴奋至极。

他跟随我们养蜂的同伴尽情游览繁华的南京路、外滩和美丽的西郊公园等。上海好玩的地方,他都跑遍了。

到了宁国,他开始进入养蜂放蜂的角色。他年龄虽小,可力气蛮大,装车卸车时,他和大家一样,一点也不落后,有时还起了大作用。

子承父业,看来有希望。

这时候,正是蜂群大发展时期,需要做大批新蜂箱。

木工廖师傅在做新蜂箱的过程中,小海在一旁好似无所事事,其实他专注于木工手艺,一刨一锯都记在心中。

不久,小海就操起我们自备的木工工具,开始干起修修补补的木工活来。那些破旧的蜂箱巢门、腐烂的巢门踏板、装车时被绳索捆扎坏的蜂箱盖等,都被小海修理一新。

令人不可置信的是,他居然无师自通,打造了一把可以灵活张合的靠背椅子。

说起这椅子,我在之前曾做了一把灵活张合的靠背椅,用的木料是青冈栗硬杂木。因为这把椅子坐着挺舒服,大家吃饭时都喜欢坐,可惜只有这一把。

谁知道小海默默记在心里,没过几天,他居然也做出了一把一模一样的,而且框架榫头平正,骨架平整光滑,椅子板与靠背斜度适中,同样张合自如,坐着舒服,是很标准的折叠椅子。

此事要不是廖师傅亲眼所见,谁会相信一个刚步出校门的小青年竟有这么好的手艺,更何况从没有拜师学艺。因此,廖师傅佩服得五体投地。我作为父亲,当然打心眼里高兴、叹服。

小海做成功了第一把,后来又连续做了两把稍高一点的折叠椅。

当我们把蜜蜂转运到山东苍山兰陵公社时,结识了一位武艺高强的年轻人孟现强。这小伙子20多岁,重情重义,是我们在山东的一位好友。他看到了小海做的折合自如的靠背椅,非常欣赏,于是我们送给他一把当作礼物,以作纪念。

小伙子拿着这把椅子回家,乐坏了。那时候,有钱也买不到这样的椅子,他带回家,可谓耀眼的家中之宝!

后来,孟现强特地请我们到他家做客,他又送鸡蛋又送花生的,可热情了。当我们离开苍山时,他还特地赶来帮忙装车送行。

第二年,我到苍山再去他家,发现那把椅子摆在他的房间里。可见,一把椅子,既是小海心灵手巧的劳动成果,又是珍贵友谊的见证。

令人兴奋的是,从小海出山这一年开始,我们的蜂群发展,就达到公社养蜂场一个组的蜂群数。转运时,可以装满一辆四吨大卡车。

小海长大了,他已渐渐成为我们家庭蜂场的主力。

转眼到了1980年。

椴树花期之后,我们带着蜜蜂,辗转来到一个清澈明亮的湖畔。漫山遍野秋天的山花,与春暖花开相比毫不逊色。这里是桦树林子公社地段。

我们的目标是寻花采蜜,却无意进入了久负盛名的东北松花湖风景区的西南一角。

蜂箱在一条小径旁一线摆开,人在蜂箱背后高一坎的山地上搭篷住宿。面对清澈如镜的湖光山色,大片大片深绿色的大豆、玉米,以及远处那环山茂盛的花木森林,确有心旷神怡的感觉。

境由心造。有了好心情,这里的山水胜景就越来越迷人了。

清晨起来,只见湖面披上了浓浓的雾纱,朦胧中有小船游动,湖面上倒映着撒网捕鱼的影子。

当旭日升起,雾纱渐渐散去后,几只小船已靠拢湖边。此刻,人气一下子旺了起来,有人开始买鱼了。

这时候,小海已经按捺不住,三口两口吃下早点,急忙赶到湖边看看究竟。

没料到,当小海爬坡上来时,手里居然抓着一条不断摆动尾巴的大鲤鱼。

这是一条极其肥美的大鲤鱼,脊背两旁鱼鳞晶亮,呈金黄色。

当时,我只以为湖里的鱼跟老家的河鱼没啥两样,肯定好不到哪里去。没想到经锦云之手认真调味烹饪,这松花湖的鲤鱼出奇地好吃。鱼肉鲜嫩,鱼刺不多,味道鲜美,远胜东海野生大黄鱼。究其原因,它是在清澈的淡水湖中长大的,这与咸水中长大的海鱼有天壤之别。吃松花湖的鱼,真是美好的享受,让人吃了还想吃。

尝到了美味,那种诱惑在小海心中越来越强烈。

每天早饭后,小海都会饶有兴致地走下落差二十多米的羊肠小路到湖边去看船、看鱼、看渔夫。

久而久之,他跟渔夫混熟了,跟鱼贩子也混熟了。

这里的渔夫都是湖边的村民。到这里来买鱼的,不少是专做鱼生意的鱼贩子。

渔夫很好客,特别是对我们外来的放蜂人,更是友好、热情。

小海和渔夫交上了朋友,他们教会了小海划船。小海学会了划船,便隔三岔五到湖边,借用停在湖边的小船,划到湖中四处观光。

鱼贩子没法骑着自行车去湖边买鱼,都把自行车寄存在我们帐篷前的空地上。慢慢地,小海跟他们混熟了,他们劝说小海一起去贩鱼。

小海想,买鱼卖鱼,钱来得快,这是一个挣钱的门路。于是,他决定跟鱼贩子去走一趟。

不入虎穴,焉得虎子。反正不需要投入多少钱,我们同意让他闯一闯。

记得那天一早,小海去买回20多斤鲜活的鲤鱼和小白条鱼,然后骑着自行车,跟着鱼贩子朋友,兴致勃勃地出发了。

在外住了一个晚上,第二天中午回来,只见小海垂头丧气,精神不佳。"怎么啦?"他拍拍口袋,说"没有赚到钱,只能保本"。究其原因,小海说:"小集市人不多,三三两两,很少有人光顾,没办法,只好把鱼便宜脱手。"

"来回都是崎岖山路,骑着自行车,上坡下坡累死人。这贩鱼买卖不适合我,以后不干这活了。"

小海一番话,也道出了他的感悟,挣钱不容易啊!

此地放蜂,前不着村后不着店,偶尔要买生活用品,需到桦树林子小镇,走旱路要绕十多里山路,要是乘船走水路,只有三里多路。我们每次去镇上,都是绕着山路走。

有一次,我要去小镇。小海说:"走水路吧,我去借只小船送你。"

小海很快就向渔夫借了一条小船。我坐上小船,小海熟练地划起了双桨。

当小船划到宽阔的湖面时,水深见不到底,风却越来越大。水面激起层层波浪,浪花拍打着小船,发出了"嘭嘭"的声响。

我不会游泳,不由得紧张起来。万一小船在湖中央翻了,这是无法想象的灾难,但我沉住气,装出很镇定的样子。

小海老练地操控着双桨,平稳地一左一右划着,冲过层层激浪,终于到达了桦树林子码头。

回程时,经过湖中心,同样是一排激浪连着一排激浪。有过上一次的惊险,我的心安定多了。

小船平稳地穿过激浪区,终于平安回到港湾。

上岸后,小海说:"湖中央水深浪急,心里真有点害怕。"

经过风浪的磨炼,小海掌握了行船的规律,待人处事也很快成熟起来。

# 十五、梦回春风

春风吹来,
我沉浸在暮色里。
月光洒落,
在栖息地发呆。

该荡漾的都在轻轻荡漾,
该摇摆的都在自由摇摆,
陪伴蜂子一年又一年,
春风把白发吹开。

春风啊,吹去又吹来,
有时也显得无奈,
吹绿了干涸的心,
却吹不开榆木疙瘩的脑袋。

养蜂不是因为钱而漂泊,
更不是车票上的那些地方,
看到子女一天天长大,
犹如栽下的树苗早日成材。

养蜂放蜂四海为家,
远方的朋友情深如海,
不是故乡胜似故乡,
多少年过去依然感动、依然热爱。

杏花开了,桃花又开,
花开花落,四季轮回,
我把春风捂在心中啊,
蜂运路转,春暖花开。

# 第十一章 "蜂回路转"造房记

清晨，踏露而行，

所有明亮的事物都在路上。

鸟儿们歪着脖子朝我看，

留下阵阵鸟语：

我们都有自己筑的窝，

你的窝在哪里？

我记住了春风的絮语，

听见了流水婉转的晨曲。

# 一、收回遗产

"峰回路转"是一个成语,形容山峰、道路曲折迂回,比喻事情经历挫折、失败后,出现新的转机,出自宋代欧阳修的《醉翁亭记》。

对于我这个养蜂人来说,自从我从事养蜂之后,筚路蓝缕,奋力拼搏,不断克服困难,终于看到了希望的曙光。峰回路转,实为"蜂回路转"也。

从那次将余钱储存在信用社后,真是"蜂回路转",逐年有所盈余,也由此慢慢有些积蓄。

手中有了积蓄,我总想干一件以前想干而不能干的大事。这件事压在心头,总要将它完成,现在到时候了!

我决心收回被大队长期使用的曾祖母花氏的遗产———一间半房屋。

这一间半房屋,当年是借给农业生产合作社作为办公用房,用了整整二十年。用的时间长了,人们都把这房屋视为大队公有的"社间"。每当听到大家叫"社间"这两个字的时候,我们庄氏家人从心底里就不舒服,觉得是一种羞辱。我们明明是革命烈士家属,并非地富反坏四类分子,凭什么把家产变成公有的"社间"?!

手中有钱,嘴上有理,心里就有底气。于是,我向大队提出收回遗产的申请。

花氏老太太1962年去世,从1955年开始,大队把她当作五保户供养,她吃了几年大队集体供给的口粮,折合成现金是780元。

桥归桥,路归路。我提出,花氏老太太吃了大队几年的口粮,钱由我来承担偿还,一间半房屋的产权归我家所有。

一队队长曾余足和大队干部经过商议,同意了这个方案。于是,对于交清资金、归还房产等事宜,双方达成了协议。

到了1978年冬天,我把沉甸甸的780元现金向大队交清,大队保管员把门锁钥匙交到我手中。

花氏老太太的一间半房屋遗产,终于物归庄家,给这件事画上了一个圆满的句号。

别小看一间半老屋,这在当年是我们祖先遮风挡雨、日夜居住的祖厝,是传宗接代的地方。

别小看780元现金,这对当年的农民家庭来说可是一笔巨款。

一间半房屋的产权回到我们手里,全家欢欣鼓舞。

记得第二天一早,小海拿着粉笔,在房屋的正面板壁上端端正正地写了"今后不准叫社间"七个大字。

从此,我暗下最大的决心,要奋发图强,积极洞察与关注能致富的所有商机,要凭自己勤劳的双手,为改变贫穷的命运,闯出一条新路来,自立于天地间。

## 二、舅舅建言:移居平阳

时间不知不觉地在身边流逝,人越忙越觉得时间快似流水,一眨眼又是一年的秋后,蜂群在北方停产越冬了。

这时,我牵挂着留守在家中的两位老人和就学的两个孩子。我决定回家一趟,他们也一定在盼望我回去探望呢。

那时候,出门远游不易,游子回家也不容易。我一路乘火车,中途还要转车;下了火车坐汽车,中途又得中转,几经转换后才到达温州。到了温州,还得在温州过夜,第二天再买票乘车回山门高墩。

我突然想到平阳县城的娘家舅舅李成桂,他是最让我敬仰的长辈。他比我妈小,但也已过花甲之年了。如今途经平阳县城,我这个外甥应该去探望探望他老人家。

◇平阳舅舅李成桂

于是，我到了舅舅家。舅舅见到我这个多年未见的外甥，真是喜出望外，热情有加。

在那个年代的农村，大多数农民都是固守农田，参加农业生产劳动，挣工分养家糊口。能够走出家门，到外地打工寻活计的人不多，像我这样到外地放蜂挣钱的人更是很少见到，所以在舅舅眼里，我还是有点出息的。

舅舅家虽然住在平阳县城，但他们属于铁岭大队管，也属农村。这里是县城的城中村，算是城里人。在那时，也是值得夸耀的。

舅舅与别人不同，他是有文化的人。民国时期，他去过南京，去过香港，在国民政府干过税务职员。他是见过大世面的人，是位见多识广的老人。所以，他同我交流，话题也多，谈得很热络。

当谈到生活上的情况时，我向他吐露了一些心里话。我说我不想再住在山门高墩了，我想移居外地。通过多年在外放蜂，我感到许多外地人待我很热情，那里不是故乡却更胜故乡。

舅舅听了我的一番知心话，他很支持，但他又话锋一转说："不住山门高墩可以，但千万别移居到外省。我知道外省各地老百姓都非常困苦。你要移居，就移到平阳城关来吧！"

听了舅舅一番话，我很激动。常言道：家住街坊七分福。能移居县城居住，那该有多好！

可是，说说容易，真要移居，谈何容易？我在城里一无所有，要移居简直是空想。

我说："舅舅，我们移居平阳城关，住哪里？怎么生活啊？"

舅舅胸有成竹地说："你表弟阿楠是铁岭大队一队队长，阿澄又是生产队会计，可以叫他们帮帮你，买块地基造房子。"

舅舅有两个儿子，大儿子李寿澄，小名叫阿澄；二儿子李寿楠，小名叫阿楠。两个表弟早已成家立业，且儿女成群。在这个家中，舅舅始终保持着长辈的尊严，父威不减当年。他支持我在此安家立户，自然想到两个儿子能帮上大忙。

嗨，先下决心，再付诸行动，天无绝人之路，前程总会柳暗花明。

只要我坚持养蜂挣钱，就可以在外安家生存，无论如何总比在高墩强吧！

我兴奋地对舅舅说："听你的，我决定了，就在城关购买地基，然后建房定居。这事，就拜托舅舅和两位表弟帮忙了！"

在那个年代，建房造屋是天大的事。别说在县城，就是在农村，造一间平房都是很困难的事。但主意一旦拿定，再大的困难也要迎难而上。

果然，一步一个坎，一步一个难，许多曲折和磨难，都在前面等待着我。

## 三、签订地基协议

造房起屋，首先要落实地基。按当年的政策规定，建房只能利用荒地，不得占用良田耕地。

对位于南门的铁岭大队来说，荒地山坡多，倒是占了卖地造房的优势。许多机关干部职工欲造私房，大多在铁岭大队找地基。对于铁岭大队的干部来说，荒山杂地成了香饽饽。那么多有权有地位的想买地基的人来找他们，他们可算扬眉吐气了，既为大队赚了钱，又乐得做"好人"，好有面子。

自我决定移居造房之后，舅舅和两个表弟非常乐意相助，倾心尽力。第二年秋天，我在北方放蜂时，收到了舅舅的来信。

舅舅在信中说，他已帮我在汽车站后山上物色了三间现成的地基，希望我抽空回去签协议，并预付定金。

舅舅的来信，进一步坚定了我在县城建房的欲望。买地基是建房的第一步，有了地基，也就有了立足之地。我得听从舅舅的劝导，尽快签协议、付定金，以防夜长梦多。

这是改变我人生旅途的重要节点，我应迅速跨出这关键的一步，于是我风驰电掣地立马赶回平阳县城。

我几乎没有歇脚，舅舅见我赶到，立即带我去看地基。

我们从南门汽车站旁边的一条小路起步爬上后面山坡，登上约50米高处，看到那已填好石块的三间地基，我顿时感到爬山有点吃力，气喘吁吁地脱口而出："这么高的地方呀！"

舅舅听到我这么说，怕我看不中，便解释："这不高！从公路爬上来几分钟就到了。"

舅舅接着说："现在地基十分紧张，你不要，人家就拿走了。这三间地基是阿楠拼命在大队干部会议上争取下来的。你看，地基基础已打好，只要协议签好，马上就可以建房了，何况价格也不贵。"

舅舅为了帮我买地基，真是费了心，出了大力。他用手指着山下，提高嗓门说道："这里空气好，风水好，新房盖好后，站在家门口可以看见整个县城的风光景色。"

听舅舅这么说，我还能说不好吗？我不能让他扫兴，既然舅舅他们都看中了这块地基，我想，就先签下来再说。

我答应了。表弟阿楠出面邀请了铁岭大队书记郑进取、副书记阿秀、大队长李方园、会计黄美金等主要干部，签订了土地赔青协议。

说到"土地赔青"，这里面还真有文章。当年大队是不能出卖土地的，于是用变通的办法，说明是土地上的青苗损坏了给予赔偿，简称"土地赔青"。其实，这就是转让土地协议，否则，荒地只是荒着，群众想办的事也办不成。以我之见，只要符合群众利益，不违犯国家法令，这就是从实际出发，为民办实事。

协议上出让方的位置由铁岭大队盖上了公章，大队长李方园签了名；我则作为受让方签上了名字、按上指印，协议当即生效。

我们成功地签订了建房购地协议，为了表示我的真诚谢意，我请他们一起喝一杯庆贺。从此，我在县城有了立足之地。

签了协议后，不知怎的，开心与担心的情绪交替着在我的脑海中翻腾。

开心的是，我终于在平阳县城有了建房的地基，我们全家移居县城的梦想指日可待了；担心的是，我原来住高墩走惯了平地，今后到了县城，每天出入家门，就要爬50多米高的山坡，难以适应，特别是老人小孩，更是多有不便。

再说,到时建房开工,那么多笨重的建筑材料,砖、沙、水泥和木材等,都需要花劳力从山下搬运上去,那又要付出多大的力气和代价啊。

这件事,不是一朝一夕的小事。想来想去,这个疙瘩犹如十五个吊桶打水——七上八下,我越发拿不定主意了。

琢磨来琢磨去,我还得为这地基做一次商讨。大约一年后,我为此专门回去找舅舅和表弟商量。

能不能把地基置换到马路旁边?

表弟寿楠理解我的心思,于是陪同我出去察看。

在南门汽车站以内,公路上坎有一块70度斜坡的山地。如果能在此地掘出三间地基,那比汽车站后山的地基强多了。虽然挖掘土方难度很大,但从长远利益来看,还是很合算的。

如果在这里建房,搬运材料省事又省力,当然更省钱。重要的是今后出入方便,那是长远之计呀!

经过反复分析、对比,舅舅和表弟都赞成这个方案。有了他们的理解和支持,事情就好办多了。

表弟是个热心人,办事认真讲效率。他为此事再次去找大队领导协商。大队干部也很开通,理解和支持我的想法,于是又召集开会,一致同意调整地基位置,由会计黄美金重写了地基赔青协议。

落实的建房地基是:平阳县城昆鳌路109—111号地块。


## 四、舅舅来信告急

人有凌云志,不达目的不罢休!

生活的现实告诉我,人有凌云志,不是每个人的志向都能凌云的。谁能知道,我最好的人生年华二十年,是颠沛流离、四处奔波的二十年,一直居无定所,没有一个安身立命之地。虽说世上好人多,我受过不少亲朋好友的真诚帮助,但也遭受过不良之人的责难和欺凌。可谓吃尽人间难言之苦,还未确立起码的做人尊严。

是无能,还是无运?

我渴望有一个安稳立足之地,我期盼有一个创业转运之梦。

天气地气相融,人运国运相连。就在这时,党的十一届三中全会召开了,改革开放的春风,吹遍了中华大地。

我已经初步感受到春风伴随着蜜蜂的嗡嗡声,离我越来越近了。

记得1981年的冬天,在安徽宁国,我又到大队主任李春苔家串门。在同李主任聊天时,李主任兴奋地说:"现在国家改革开放,市场放开了,自由了。"

李主任讲了许多让我感受很深的信息,他举例说:"我们这里就有人到山东贩卖苹果,整车整车地贩卖,运回一车苹果能赚2000多元钱呢,赚钱够快的。"

在我牢固的意识形态里,在我古旧的思想里,只是认为:当年这不是投机倒把吗?可我没说。

"那么好赚啊?"我脱口而出。

我想,潮流变了,做生意赚钱比养蜂容易多了。

李主任的一席话,激起了我心头千层浪。我当即问自己:你养蜂还要养多久?

尽管还没有摆脱原有的人生轨迹,但新的春风之梦已在我脑海中萦绕、激荡。

1983年腊月,我的蜂场与水头占家埠姚国团的蜂场一起拼车来到四川简阳。此地春早,气候比宁国暖和,我们在这里过大年。

满地的油菜花迎着春风拂动。开春时蜂子来这里繁殖,条件良好,优势明显。这一年越冬蜂种多数是强群,可以说蜂场发展形势喜人,今年是大有希望的一年。

春节之后,早春的蜂群繁殖工作刚刚做完,蜂场还有许多准备工作正在进行。

这时,我突然收到舅舅从平阳寄出的一封来信,拆开信封,端正的钢笔字一个个跳入我的眼帘。

这是一封紧急来信，舅舅向我告急。

舅舅说，赶快回平阳建房子，否则，铁岭大队将收回地基转让给他人。

舅舅告诫我：今年非建不可！

我一字一句读完舅舅的信，感到他老人家比我还急。

的确，我与大队签订的协议已有三年多了。可是，我们的地基还是原封不动。大队干部当然不会不管不顾，肯定不止一次向舅舅放狠话了。

可是，我的确也有难处。我手中的钱还远远不够造房子。我的钱都要靠小蜜蜂的小嘴巴一次又一次地吐出来呢。我不能放下蜜蜂回家造房，恐怕局外人是难以理解的。

舅舅的这封告急信，让我一时措手不及。

如果不回去造房，平阳地基就保留不住，我移居县城，改变后半生的计划将成泡影。

如果回去，蜂场和这一大群的蜜蜂怎么办？

今年的蜂群基础比较好，如能再多挣两三千元，回家建房的资金压力就会缓解许多。

常言道：鱼和熊掌不可兼得。我能不能在养蜂和建房两件事上两全其美呢？

我就此与锦云和小海商量。

能在平阳建新房，全家入住县城，这当然是令全家高兴的事。但如果我离开这里，他们母子俩势单力薄，能挑起养蜂这副千斤重担吗？

妻子最懂丈夫的心。在最困难的时候，锦云总是义不容辞地支持我。这次也不例外，她满怀信心地说："你放心回去吧，这里有我和小海呢！"

丈夫最懂妻子的情。每当我有危难时，她总能帮我化险为夷。这时候，我更知道她在我心中的分量。

蜂场工作最困难的是转换场地时的装车和卸车，原来三个人合力，已经超负荷了，我走后，只靠他们母子俩，很难将一大卡车的蜂箱和蜂具装上车。这该如何是好？难度太大了！应如何处置呢？

然而，经过再三考虑，我的头都想痛了，终于给锦云提出两个预案：

其一，我去找姚国团商量，每当转移场地装车和卸车时，请他们派来一人帮帮我们。我相信老姚这个人好，他能够做到。

其二，每到一个新场地，要找准目标，结交几个当地忠诚的朋友，在出场时，付工资雇两个人，帮我们装车。尤其是这个场地，离装车地点较远，需要长距离搬运，夜里装车，还要提防小偷。需要找几个人帮助，必须早做准备。

我说："这两个方案务必要认真做好，这样我才能放心回去。"

锦云微笑着说："你放心吧，相信我会有办法的。"

对锦云的能力，我完全相信，她曾当过村妇女主任，在待人处事上很有办法。我们在宁国结交那么多朋友，都是她出面与当地妇女们拉关系，交朋友。

交谈，再交谈；叮咛，再叮咛。我俩就这样做了郑重的告别。

1984年2月24日，还没过完春节，这天风和日丽，我告别妻儿，一步三回头，依依不舍地离开了四川简阳我的养蜂场。

这是一个适合出行的好日子。

这是我在外放蜂的最后一站。

我将离开朝夕相处十六年的小蜜蜂，告别我到处奔波的养蜂生涯。

我起程回老家，到县城建造新房，建造我安身立命的居所。

我像一只小蜜蜂，将飞到新的地方，构筑新的"蜂巢"。

无论有多少艰难险阻，我决意前行，开辟新的未来！

# 五、开工前的一波三折

告别简阳，告别蜜蜂，告别妻儿，我风风火火抵达平阳。

跨进舅舅家门，舅舅可高兴了，表弟一家人都高兴。他们望眼欲穿，盼望我早日回来。他们担心我耽误时间，好不容易买到的地基难以保住。

这下可好了，保住地基、造房起新厝有希望了。舅舅为我的事特别上心，一再劝导、交代两个儿子：一定要尽力帮忙！老人家历来有一条崇高的家训：

"帮别人,就是帮自己。"因此,舅舅和表弟为我无不倾尽全力。

签订协议,买下这块地基,一转眼已经三年多了。谁知道在这三年多的日子里,发生了多少烦心事。真是一波三折,好事多磨。而面对这一波三折的烦心事,舅舅他们都全力以赴地帮我。

我买下这块地基,铁岭大队的人大多知道,可是邻舍的村民凌永糊故意寻衅滋事。

不知道他从哪里挖来一棵绿竹母株,竟然栽在我的地基上。

他的用心,明眼人一看就知道,他要等待我们开工建房时挖掉此竹,便可张口赔钱。

这种"小人之举"瞒不过我舅舅。舅舅家离地基不过50米,竹子栽下后很快就被他老人家发现了。

老人家火从心头起,当即赶赴现场,欲将此竹拔除。谁料此竹埋得很深,古稀老人无力撼动。

一气之下,舅舅赶到凌永糊家,与凌家理论:我们买下的地基,你们为什么种竹?

舅舅要求凌家立即将竹子拔掉。

谁知凌家气势汹汹,寸步不让,说什么"此地尚属大队的荒地,栽竹种树与你无关"。

他们强词夺理,坚决不拔。老人家和他们大吵一场。

说起凌永糊一家,他一家五兄弟,在铁岭大队称霸一方,势力强大,众人皆知。

在我们开工平地时,硬被凌家敲诈索赔。出于无奈,我们赔给他们20元钱。那时的20元也不是小钱,1元钱可买四斤大米,1元钱可买一斤半猪肉,20元钱可买80斤大米,可买30斤猪肉,何况那时候的钱来之不易,食物还是很短缺的。

我们的地基位于104国道旁边,背靠山坡,在公路的上一坎。这是一块呈凹形的山坡荒地,满地都是黄泥巴土。

因为这是山坡荒地,周边不少人都到此挖泥运土。有建房需要地基填土的,有路边植树种花的,还有其他需要用土的,都到这里乱刨乱挖。我们也因造房需挖掉很多土方,所以不加制止,放任乱挖。这就导致地基的一部分地块几乎挖成了直角,造成它无法抵挡上坡的压力。

1981年的夏秋之交,一场暴雨冲塌了上坡三户人家的菜园。这三户社员认为我们放任别人随意挖土,不加防护,导致他们的菜园崩塌。

他们为此冲到大队书记郑进取家,要求我家赔偿他们的损失。大队郑书记听罢,便领他们到阿楠家来,并提出赔偿损失100元。

阿楠认为菜园地塌方是下雨造成的,没有我方的责任,他胸有成竹地据理力争,一字一句地质问书记:"大队出卖了地基,我们还没有正式动工开挖,天下大雨,水流冲塌菜园,与我们毫无关系。"

说到这里,阿楠又加重语气说:"若要赔偿,应该由大队去赔,我们概不负责!"

这时,表弟阿澄也在场,他理直气壮地支持阿楠说的话。

书记理亏,无言以对,只好把三个社员打发回去。

后来,他们再也没有来找麻烦。

但麻烦事接踵而至。

由于上坡的泥石流滑下来,填满了公路旁的沟渠,堵塞了公路,影响了车辆通行。因此,公路局决定,要采用大石块,筑一面又长又宽又高的防护大墙。

阿楠知道这消息后,他认为此举必然会影响到我们正常建房,到时不可避免地将会产生利害冲突。

阿楠立即与有关方面进行协商,从维护我最大利益的角度,提出相应对策,并取得了进展。

阿楠一番努力后,于1981年12月16日给我写了一封信。这封信详细介绍了事情的来龙去脉,让我知道了筑墙的缘由以及他在周旋后的良苦用心。其中有一段是这么写的:

    近日公路局要在你的屋基前筑造一道30米长、3米高、2米宽的粗石大墙。屋基范围内,要我自筑,否则,将来后坎崩塌,交通阻碍及清理淤泥等,要我们负责。经过托人和他们协商计算,这面墙北首自岩坎起,南首至岩坎止(薯园下面),岩石需用216方,每方5元3角,需1000多元。加上挖2米宽3米高泥土方,也是216方,连同筑墙工资等,需2000元左右。凭我们个人是造不起来这道墙的。近日来双方协商,我们答应负担岩石三分之一,总共给他们300元。我们在考虑这面墙筑成,对你非但节省好几百元,而且,我们也筑不起这么长的大墙。总算是我们的好机会。根据这个原则,托人和他们商量,可能会解决。大队说,你如不同意,屋基有人要,这人愿出钱!望回信。

阿楠的来信令我感动不已。字里行间,展现了他的聪明才智与真心实意,也体现出他的应变能力。在为我买地基、造房子的整个过程中,他尽心尽力,为我解决了一个又一个非常棘手的问题。

舅舅和表弟既是我血肉相连的亲人,又是帮我排忧解难的恩人。他们的情和恩,我会终生铭记在心!

◇平阳表弟李寿楠

## 六、开工遇到"拦路虎"

实话实说,我这地基真没有想象的那么理想。

俗话说:"万丈高楼平地起。"意思是,再高的大楼都要从平地修建开始,一定要把基础打牢,这是关系到子孙后代的百年大计。

可是,我这地基的自然条件太差了,它是处在山的斜坡上的一个凹形的地块。要建房,首先要挖出一块平地来。

要想在这样的地方挖出一块平地,可想而知,难度该有多大。挖浅了,成不了屋基的地块;挖深了,后山陡坡压力太大,极易崩塌。

若按原计划建造三间,从一楼开始就要掘进12米深度,才能成为屋基平地。这样,就要挖出大量的土方,但大量的土方却无去处,更大的问题是,后山的压力无法承受。所以原计划无法实施。

考虑再三,从实际出发,我决定先建两间三层楼。而且一楼作为店面,只能建5米深度。5米之后筑一道牢固的挡土墙。到了二楼后半间,再挖出6.5米平地来,这样二楼实际深度可达10米。二楼后半间是实地。二楼后面留有1.5米宽的通道。然后再砌一道挡土大墙,可承受后山可能出现的塌方压力。三楼与二楼相同,10米深度。我认为这样的设计比较合理。

我提出设计方案,舅舅和表弟都表示理解和赞同。

方案一旦确定,就得选定一个吉日破土动工。

1984年3月5日,农历二月初三,这是一个好日子。

这天一早,舅舅精神抖擞地来到工地,十分隆重地为我举办了一个开工仪式。

破土动工建造房子,是举家倾力的一件大事。我们祈求苍天保佑,建房顺利平安。舅舅为我开了个好头。

破土动工,一切按计划顺利进行。

为了让手扶拖拉机能够进场装运泥土,施工人员把公路大墙凿开一个小口子,作为进出通道。

由于挖土运输都是按业绩计算报酬,施工速度很快,加上老天帮忙,天天晴好,只用四五天工夫,就把地基打好了。

事情并非一帆风顺,我们又碰到了"拦路虎"。

这个"拦路虎"就是家门口的一道挡土大墙,这是公路段管理部门筑成的大墙,影响到我的建房范围,有10米左右的长度。

据说,没有得到公路段管理部门的许可,不能擅自拆除这道墙。如果随便拆墙,按情节轻重,将会被处以数倍造价的罚款。

面对这个"拦路虎",我一时不知所措。

怎么办?我想到了我少年时候的同学,虽然不是同班,但是我和他同校,又是高墩老乡,他就是时任县爱卫委主任潘世华。我向他求助,这个老同学很给面子,了解了事情之后,建议我去鳌江公路段和温州公路段总段找某负责人反映。

能否交涉成功,还是一个未知数,但我必须去。

1984年3月7日一早,我急匆匆地来到鳌江,找到鳌江公路段的段长和书记。

我如实介绍了买地基建房的情况,提出需要拆掉10米左右的挡土墙。我陈述的理由是:

一、我持有铁岭大队土地建房转让赔青协议,在挡土墙之内属于铁岭大队的土地上打地基建房,正当合法。另一方面,民众建房本不容易,请求支持与照顾。

二、挡土墙之内盖上了楼房,这一道公路挡土墙已经失去了功能和作用,而且总不能让这道挡土墙挡在我的家门口。

三、我的房子建成之后,丰富了城区这一路风景线,总比挡土墙美观。而且,我的房屋已经取代挡土墙的最大作用,公路段再也没有了泥石流和塌方的危险。

我提出这三条拆挡土墙的理由,合情合理,条条符合实际。

这两位领导看来还好,态度温和,虽然没有表态同意,但也没有拒绝和反对。他们表示下午会专门到现场看一看,温州公路段总段也要派人来看一看,看一看后也没有给我们正面答复,但也没有人来阻挠。

我的理解是,没有反对,就是同意。拆掉"拦路虎",建房施工得以正常进行。

只要没有干扰,只要不节外生枝,工程就可以取得迅速进展。仅仅花了十多天时间,一楼两间地基连同挡土墙基6米多的地平已经打出来了,并且挖好了墙基,埋好了基础石。同时,一楼只有半间深度,后面的挡土大墙也已筑造完工。

紧接着就是扎钢筋、钉格子板,准备浇筑一楼的地箍梁。

正当我们紧锣密鼓地施工时,半路杀出个程咬金,城关房管所的官员突然送来一份停建通知书。

# 七、接到停建通知书

正当我们顺利建房的时候,城关房管所突然送来停建通知书。

这通知书就像晴天霹雳,打得我昏头昏脑。这究竟是怎么回事?

原来造房前要经过土地局审批,没有审批手续,不准施工建房。

令人气愤的是,通知不仅命令我们马上停止施工,而且派人把泥水匠用的工具都拿走了!

泥水匠师傅们都很懊丧,忍不住埋怨:没办手续,建什么房子?!

没有商量余地,只能设法补办审批手续。

我咨询了有关部门,填写了一份土地建房审批表。填好表格后我才发现,必须经过有关单位签署意见并盖上公章。

首先要到铁岭大队和城东公社签意见盖公章,然后才能把表格送到万全区土地管理局审批,最后到城关房管所办理建房手续。

可是当我正想把表格送到城东公社时,突然被迎头一击:这个建房手续还不能批!

为什么?公社文书说,审批土地建房,必须凭城关或三城常住户口,以及粮食供应、工作单位的证明。现在我们是农村户口,粮食供应和工作单位都没有,是"三不在"家庭,根本没有条件在县城审批建房。

我知道,中国几千年的户籍制度是管理人口的铁律,要将农村户口变为城镇户口,那是农民想都不敢想的事。

这简直是五雷轰顶,我焦虑的心都要爆炸了。办不了建房审批手续,我以前的投入将付诸东流,心血也将全部泡汤。

此时,我已到了上天无路、入地无门的地步,心里的委屈无法形容。

数日来,我茶饭无味,夜夜失眠。

舅舅同我一样,也是十分着急、焦虑,但也无计可施。

还是阿楠比较冷静,他心里虽然也很焦急,但仍然安慰我:别慌,让我们再慢慢想办法。他帮我咨询了很多人,后来告诉我,要想复工建房,首要问题是土地审批,土地审批必须有本地户口,所以必须解决户口问题。

这又回到了问题的原点,建房要有户口,可这户口问题怎么解决?

户口、户口,这是一个困扰我、为难我、愁死我的棘手问题。


# 八、为了建房迁户口


谁能解决我们的户口问题?

蔡学朝这位部长懂得如何走法规许可的途径,当我们一筹莫展的时候,他向阿楠提出,不违背政策,必须走正规渠道。将三个孩子的户口迁入阿楠家户口名下。

这当然是一个良策,但阿楠有些犹豫,将三个人的户口迁到自己家里,这事能行吗?

阿楠毕竟目光长远,为了解决我的问题,也只有这个办法,他当时欣然同意了。

可是,户主同意了,不等于事情就好办了。

试想，户口一旦迁入阿楠家，这三个孩子就成了铁岭大队第一生产队的人了。生产队的人会认为多了三个人就要多分出三个人的口粮和多出三个人的有关福利。社员和干部都不会同意。

阿楠的担心不无道理。

老蔡是一个敢说、敢干、敢于担当的人，他对阿楠说："铁岭大队干部的工作，由我来做。你召开生产队社员会议，咱们一起做工作。"

有了老蔡这句话，阿楠心里热乎乎的，感到信心倍增。

阿楠回去后，首先同阿澄商量，阿澄满口赞成。阿澄虽不善言语，但他是生产队会计，说话很有分量。

接着兄弟俩分析了迁移户口的利害关系，并商量了如何做好社员的工作。

生产队社员会议在阿澄家的餐厅召开。

阿楠是生产队队长，将会议的目的和内容做了介绍和说明。

阿楠的话还未说完，大家你一言我一语就讨论开了。果然不出所料，提出的问题都同大家的利益有关。

对于大家提出的问题，阿楠早有准备，他干脆利索地说："这次仅仅是迁入三个孩子的户口，生产队的土地、实物和福利，都与他们没有半分钱关系。"

阿楠接着向大家保证："三个孩子不属于生产队的人，他们与生产队没有任何关系。"

大家听了阿楠的许诺，感到合情合理，但总觉得心里不踏实。有人说："将来打官司，还是我们输啊！"

这毕竟是大事，要大家全部同意才行。顾虑没有完全打消，还没有宣布散会，大家就一个一个离开了。

就这样，今晚的会议没有达成协议。

第二天，阿楠向老蔡反映了会议情况。

老蔡认真地告诉阿楠，要细心地做好群众工作，把道理说明白，让大家充分理解。

因此对几个顾虑最大的社员,阿楠苦口婆心地挨个做工作,尽力打消他们的顾虑。

第二天晚上,我们在阿澄家准备了一桌酒菜。

一切准备就绪。

社员们接到通知,再次到阿澄家参加晚上的会议。

老蔡动员大队书记、大队长、会计也参加了会议。

大家到了阿澄家,阿楠热情地邀请大家入座。毕竟是天天见面的邻里,大家都不客气,所以气氛还是和谐亲热的。

其实大家心知肚明,阿楠的解释,大家早就听懂了,只不过需要写一张协议书而已。

酒过三杯,老蔡看时机差不多了,便有条有理地说道:"大家听我说一句贴心话,我们老百姓一生最不容易干的是什么事?我觉得就是造新屋,造新屋是人生的一件大事。我们本地人建新房,都会遇到一些困难。造过新屋的人,一定有所体会。可是阿楠表兄从山门老区来平阳建房,你们想想,他们遇到的困难会有多大!如今他们出了很大力气,总算把这个地基打出来了,房管所说他的土地没有审批,通知停建了。大家换位想想,他现在遇到的困难该有多么大。我们都是本地人,希望大家伸手帮他一把。为了能把土地审批手续办了,首先必须有铁岭本地户口,所以才要求把三个孩子户口迁过来,暂时挂在阿楠家的户头。说到这里,大家应该明白,他们迁户口,绝对不是来分你们的任何财产的。这个问题,阿楠已经向大家保证了。你们若还有顾虑,今晚就签个协议书为证。"

老蔡的话,说得合情合理。加上他的身份不同,说的话有一定的分量,大家听了都觉得没有反对的理由。

铁岭大队的几个干部首先表态,他们赞同老蔡的意见,将三个孩子的户口迁入一队,暂挂在阿楠户头。

这时在座的社员没有人表示反对,大家都默许了。

于是当即由生产队李寿澄起草同意户口迁入协议书。

这时,社员阿满非常郑重其事地提出:"一定要保证,生产队的财产与土地,与那三个孩子以及他们的后代永远没有关系。"想得好远啊!

阿楠马上应声道:"保证,保证。永远与他们不相干!"

就这样,大家达成一致,签下了双方都满意的协议书。

一份沉甸甸的协议书,费了我们九牛二虎之力,终于签下来了。

次日,阿楠拿着生产队的这份协议书,到大队会计黄美金那里开出了同意庄小海、庄君新和庄严三个孩子户口迁入的证明。

然后我们火速赶到城东公社找老蔡,一同找到公社文书,顺利办理了出具给山门东屿公社同意三孩子户口迁入的文件。

我拿到同意户口迁入的文件,立即赶到山门东屿公社。那天,东屿公社所有干部都下村去了,仅留下林德全同志当班。林德全与我的关系蛮好,当即拿出户口迁移证,并按我的要求填写。

从此,庄小海、庄君新和庄严三人的出生年龄都小了两岁,直到后来领取身份证,也没有改过来。

这已经成了历史,为了圆一个在县城造房之梦,却遭遇如此大的波折。为了迁移三个孩子的户口,低头哈腰求过多少人。如今想起来,简直是好玩而滑稽的故事。2000年后,三个孩子的户口已全部轻松地离开铁岭生产大队,迁入了温州市,根本没有费那么大的力气。我们从此与平阳县铁岭大队再无瓜葛,原来的协议书已成一张废纸。

人来这世上,没有户口是不行的;若要到异地办一件大事,没有户口更是不行。当时,我的三个孩子的户口从老家高墩迁到城东公社来了。

三个孩子的名字,登上了阿楠家的户口簿;三个孩子的名字,载入了土地建房审批表。

这之后,阿楠带着土地建房审批表,名正言顺地到铁岭大队,在会计那里签下了同意建房的意见,盖上了大队公章;阿楠又拿着审批表到城东公社,找到老蔡后,把它们一起送到公社文书手中;公社签署意见后,已无阻碍地直接送达万全区土地局审批;区土地局审批后,再送往县土地局审批。

建房土地审批,就这样一级一级往上报。现在到了最后一关了,我等得好着急啊!

阿楠不时地盯着老蔡打听消息;我则不断地找林爱娣,请她帮助催催有关单位早点批复。

就这样,为我家建房,牵动了多少人,花了多少精力,令我感动不已!

奔忙、等待、打听,二十多天过去,县土地局的准建批文终于下来了!

有了批文,我们可以光明正大地复工了。

泥水匠、木匠等师傅们都高高兴兴地来到工地,放开手脚安安心心地干起来。泥水匠在砌好大块石头的墙基上扎好钢筋,木匠紧跟着把围着钢筋的格子板钉好。第二天就可以浇筑地箍梁混凝土了。

看到复工后的繁忙景象,我又好像得到了老天的恩赐一样,不觉轻松地舒了一口气。只觉希望的脚步又向前迈出了一步,安心了好大一阵。

# 九、工地上来了巡逻队

天有不测风云,有多少烦心事会不知不觉地迎面袭来。

太阳好好地挂在天上,不知什么时候会突然被乌云遮住,接着天空下起倾盆大雨来。生活中,这大概是正常的现象。

工地上的工人们正干得热火朝天,突然来了几个陌生人,虎着脸东看西瞧。看来又是有什么麻烦事找上门来了。

果真,他们是公路段巡逻队。

他们拿着皮带尺,从公路边到地箍梁的前沿,一本正经地进行丈量。

接着,有一人严肃地说:"你们浇的地箍梁要向后退一米,否则不允许浇筑建房!"

我的一楼地面好不容易在坡地掘进了五米深度,并在后面造好了一道挡土大墙,这地基不可能也没办法往后退了。如果往后退一米,房子建成后的一楼店面只有四米的深度,就不好使用了。

但是,公路段巡逻队的话似乎是铁打的,不好违背。

真是一波刚平,一波又起,让人揪心。

此时,我好像是受了委屈的小孩,只好再次前去找公路段领导,说明地基的具体情况。因为前月为拆墙曾经找过他们。所以我一说这事,他们特别理解,他们不屑一顾地说:多少退一点吧!

我听懂了他们的言外之意,因此,只是往后退了10厘米,赶快把水泥混凝土浇筑下去。

之后,巡逻队再也没有人来。

从3月5日开工到4月15日,共花了41天时间,终于完成了建房的基础工程。做好基础等于完成了总工程量的一半,这是值得庆贺的喜事。

# 十、为筹资金拆老屋

完成了建房的基础工程,接着就是按计划进行施工。楼房凝聚着大家的汗水,终于逐渐升高了。

实际和设想总是有距离。我一开始的设想是造三间三层楼房,三个儿子可以每人一间。由于资金有限,我只能改变计划,只建造两间三层小楼了。

施工正在进行。我按计划重新盘算建造这两间三层楼所需的资金。

我算着算着,越算心里越紧张。按计划完成,起码需要一万七八千元。这在当时来说是一个天文数字。而我多年来省吃俭用,只在信用社积存了6000元钱。这同建房所需要的资金差得太多了。

在建房过程中,如果因资金不足断链子,工程干不下去,就会成为烂尾楼,这是十分可怕的事。购买钢筋水泥、青砖黛瓦,以及水泥大孔板、水泥预制件等等,都需要大笔大笔的支出,每日施工用的烂石灰、沙子、石子等都要一手交钱一手交货。资金链一断,施工就会停止。想到这里,我紧张得背上直冒冷汗。

我可不能造出烂尾楼来,如果那种情况一出现,公路边人来人往的,岂不丢尽脸面,给人笑话?我庄华元可不能成为这样的新闻人物,成为别人茶余饭后的闲聊话题。

不过，我知道手中没那么多钱，再精打细算，也无法解决这个缺口。所以在建房动工之前，我就有一个计划。

也许是祖先照应与托福，让我把赎回来的祖传遗产——"社间"——这一间半老屋的木料拆掉，运去平阳建新房，解决了大批木料的购买问题，让我省下不少资金。

拆了先祖遗留的祖屋，我心里确实很有忌讳，但这是不得已而为之。如果祖先有灵，知道我将老屋拆掉后，在平阳县城建新楼，相信他们也会觉得我这个晚辈光宗耀祖，是有出息的。

计划早就拟定，现在只能付诸行动。

1984年3月26日，即农历二月二十四日，我邀请了本生产队的曾余足、曾余伍、曾余范和邻队的曾余民、曾余味、曾善解，以及自家亲戚邓伦解、黄拥军、林开周和老岳父等十几人，齐心协力，帮忙拆房。

真是人多力量大，花了一天时间，我们就把一间半老屋拆完了。

接着，我们又花了三天时间，把拆下来的木梁、木板都洗刷干净。这些木材虽然经历了漫长历史的洗礼，现在重见天日，却仍然完好如新。

舅舅为我的建房工程费神操心，他特地从平阳带来四个木匠。他们花一天时间，把需用的木料按不同尺寸排料，全部切好、整理好。

木料备好后，还得把它们从高墩运到平阳。这回又是干亲来帮忙，水头区蒲山村的陈祖进是君新的干哥哥，他驾驶农用车，连续开了三天，三趟来回，将木料全部运完。从山门至平阳有45公里，我按当年的运输价给他算运费，可是我的亲家和亲家母卢美玉说什么也不收。我想，这不行，三天运输，他们帮了大忙，我不能让他们白干。那时候柴油紧张，我通过黄加度帮忙，买了60斤柴油给他们，权当补给他们运输三趟的油耗吧。

那么多亲朋好友帮忙，都是只供吃饭，不收工钱。这个人情很珍贵，是不能用金钱计算的。

这些老屋的旧木料，足以解决建造县城两间三层楼所用的木料问题，还能多出一部分。

令我十分欣喜的是,节省了一大笔购买木料的资金支出。

# 十一、两封书信

施工按进度一天天如期完成,新屋眼看就快结顶了。可是,手中的钱已经用完,我已到了山穷水尽的境地。

没有资金来源,所用材料就无法购进,无奈只能停止施工,工匠们也歇了下来。

我的神经顿时绷得紧紧的。眼前的困难去跟谁说?心中的苦闷去向谁吐?这时,我只能向自己的妻子倾吐心中的郁闷。

我拿起沉重的钢笔,给远在内蒙古兴和放蜂的锦云写了一封诉苦信。信的主要内容如下:

锦云:

今天收到你从大同车站寄出的来信,我知道你们已去兴和了。

仍走去年的老路线,并且比去年早入兴和,这对过冬蜂群有好处,我很同意。

……

由于在平阳资金中断,6月19日,我回山门安排款项,20日,泥水匠仍在继续修饰屋内地板、刷墙和做一到二楼的楼梯。我到山门,这回需安排二千五百元,结果没有达到目的,所以平阳近日停工已过八天。今天去请泥水工再来做,他决定后天来。

咱们的房子,泥水部分只剩下二楼粉面、打灶和楼下粉墙、地面及门前踏步,其他都完工了。

木工还没有开始做门和窗。我想泥水工一结束就马上请木工进行。

因为只有我一人,东奔西跑,工程进展极慢,我的心忧虑无穷。

19日去山门，从林型聪信用社只领一千元。我想借二千五百元，没有达到，他说：近日信用社已无款，贷款放出十八万，都没有收回。大概是真的。结果只好拿着一千元来平阳。

向余宗借，也向善解借，都没借到。一个月前向黄加允借五百元，许诺他学校上学期结束还，但无法交还，只好暂欠着。回平阳后，向城南信用社借了五百元，只限一个月借期。眼下我家已四处欠款。

我们在信用社的存款只有四千元，已领出五千，连本带利全领完了。

两间房子，原备料和自己的旧木料不算，现金要一万元。到房子建造结束，初步估算，尚亏欠二千五百元。以后生活费一无所有了。一想起这么多亏欠，我心甚不安。再加上今年来，你们分文都没寄回，家庭经济有出无入。

我希望你们好好把过冬蜂种养好，到冬天去上海，看是否能卖了，挣一笔钱解债。

不过，虽然欠债如此之多，希望你不必担心，我们一定能渡过今年的重重难关……

……

到兴和后如有余资，留下生活费用，有多的全部寄回来给我，以解当前燃眉之急。

……

祝你们母子平安顺利！

华元

1984年6月27日

翻开这尘封已久的书信，从中可以看出我当时忧愁的心境，那时我一个人东奔西跑的情景，我给爱妻又是安慰又是施压的复杂心情，一件件陈年旧事又随着书信的翻阅而历历在目。

晚上我给妻子写信，倾诉心中的苦闷。越是困难的时候，越是能体现夫妻共患难的重要。生活实际上就是这样，我和锦云走到一起，无论遇到怎样的困难，都是心连心、共命运，一次又一次战胜艰难困苦，一步一步撑起我们庄氏这个家。

白天，我不会闲着，仍是东奔西跑，想方设法筹集资金。

晚上，我想，我不仅要把建房之难告诉锦云，而且应该让儿子小海知道这些事。他已踏上社会，要知道成家立业的艰辛，要胸怀大志，勇挑各种意想不到的重担。

记得在1984年7月20日夜里十点半，我给在兴和县放蜂的儿子小海写了一封信，部分内容如下：

小海吾儿：

收到你的来信一个星期了，我已回信给你妈，没有工夫另行给你写信。

你知道吗？我一人在家担负起了重任，并且筑造了两间三层楼的大房子，这不是轻而易举的事。自从四川回家五个多月时间，我没日没夜地干活，天天如此，每分每秒都是那么紧张。天底下，哪有一个人在搞基建、造楼房的，幸好海燕帮我的忙，可是里里外外都是我一人担当，你没有亲眼见过，我知道你们三兄弟是不会理解的。冬天回来后，你可以听听舅公、爱民、爱新和你舅舅、姨爹他们的介绍，我实在没办法、没有精力多写了。

……

一到平阳，我每天心乱如麻，每天有泥水工的活计要盯着，使我寸步难行。我若不在，稍有差错，一坏就得损失几十块。有师傅在做工，我不能轻易离开。

离开山门又十几天了，近日我又想回山门一趟，但是无法抽出工夫。每天师傅下班回去，丢下的材料和工具，我和海燕至少得花一个半小时收拾……如果我不在场，谁能为我们收拾工匠走后四处散落的材料？海燕一人哪能吃得消那么重的担子……希望你在外好好努力，一定要把蜂子与财产保管好、保护好。冬天早点返乡，我们好早点在新房子里一家团聚。

祝你愉快！

你的父亲

1984年7月20日夜10:30

我知道小海在外也不易，和他母亲一起，也已挑起了大梁。自我离开后，他就一人顶两人用，我内心也为他的聪明能干而骄傲。我相信，我们的子女跟着我们四处闯荡，一定都是出类拔萃的。

我要让家人知道，人若没有栖息的地方，一生都不会有安身立命的场所；心若没有栖息的地方，到哪里都是在流浪。无论前面有多少艰难险阻，我们至少拥有美好的梦想，总能让我们为了理想去奋斗拼搏。

即使在寒冬，春风也会在梦中走来。

# 十二、亲情的力量

俗话说，有钱做事风吹快，无钱做事难上难。有钱时要常想无钱苦，开源节流才能代代富，而在无钱的时候，最能体现朋友和亲人的力量强弱，体现出做人的信誉和价值观。

为了筹集资金，我把多余的旧椽子卖掉，进账500元；我甚至把家里储存的300斤全国粮票也卖掉了。由于手中缺钱，把家中能变现的尽量变现，以解燃眉之急。

在我最需要资金周转的时候，最先伸出援手的就是我的亲友。

这时候，我的锦云在兴和蜂场寄来300元，她尽力而为了；我让女儿海燕硬着头皮去山门五十丈，向表兄黄德姜借来1000元；这当儿，遇上林开周家杀了一头大肥猪，他及时归还了以前的借款100元。

这些救急钱筹集到手后，工程进度就有了保证，让我收紧的心暂时得到了缓解。

五十丈表兄为人热情豪爽,他是个老木匠,长年带学徒开作坊。他做的家具对外出售,这也是他的主要收入。由于长年与木材打交道,他在木材采购方面也是行家里手。因此,我特地邀请他来平阳帮我采购木料。

1984年7月9日,我跟表兄一起到木材市场购买门窗木料。

县城城东木材市场非常庞大,原木、方木、板材等各种木材,什么样的都有。我们在市场里转了一圈后,表兄眼尖,一眼看中一家专卖旧木头的店。这些表皮看似老旧的正杉原木,刨去表皮,锯开来与新料无异。于是表兄悄悄地跟我说:"这种旧杉木是称重量的,不是量方出售,买这种合算,买称重的材积要比量方的省出好多钱。"

我觉得表兄的建议很有道理,就毫不犹豫下手买了。我按建房木匠开出的材料清单,一次性买下这些杉木旧料。

买下后,我当即把材料拉到木材市场锯板厂,又按表兄的计算,将每根木头开成方料。

锯开之后,它们确实与新料一模一样。按照所需的材料清单,我计算了一下,这些材料全部够了。

表兄真厉害,同样是买一批木材,让我省下许多钱。我心中既高兴又佩服。这就是长期练出来的眼力呀!

备足了木料,我就赶快请木匠抓紧时间做门、窗和门件。

1984年7月18日,来了三位老练的木匠。他们手艺娴熟,动作敏捷,使木工活顺利进行。

8月5日,泥水匠的工作全部完成后,紧接着木工活的构件也全部做完了。到了1984年8月22日,木工用了35天工夫,把全屋22扇木门、30扇玻璃窗门、35个翻窗架、4面木板隔墙,一条从二楼到三楼的带转角木楼梯,全都做好了,而且连同门锁、插销及窗钩等所有部件全部安装结束。不得不说,这是一件大快人心的喜事。

上午木工刚走,下午我与海燕、爱民、爱新一起,就迫不及待地打扫卫生,做清洁、洗地板。

经过打扫和清洗,白色的墙、红色的地板,以及巨大的三扇玻璃窗门,乃至眼前的整个房间,都显得格外干净明亮。

把山门高墩老家搬来的衣橱、大柜、写字台和一张新做的木板床整整齐齐摆放之后,一个温馨的家居卧室就呈现在我眼前。

我们有说有笑,心里有说不出的高兴,一种苦尽甘来的幸福感油然而生。

在县城建房的梦想终于成真了!

五个多月的时间,我跑前跑后忙忙碌碌,往往让工匠们吆来呼去,忙得晕头转向,令我措手不及。但在我背后,也常常有一股温暖的力量在鼓舞我、支撑我。在造房的过程中,自始至终少不了亲友的关心和帮助,这在农村也是代代相传的优良传统。

还记得,从1984年3月5日开工,从打好地基到做好各种基础工作,一个半月时间,我的"一担挑"小姨夫邓伦解、大舅子林开周、大儿子庄小海的准内弟黄拥军,他们三人轮流到工地跟着泥水匠做小工,听候泥水匠使唤,叫做什么,就做什么。尤其是未过门的大儿媳的哥哥黄拥军,当年刚成年,瘦小的个子,可他帮忙的时间最长,干得最勤快,扛钢筋、搬水泥、抬石块、搬木料,样样都抢着干,肯吃苦,不叫累,整整帮了二十九天,真是难能可贵。

记得"一担挑"小姨夫邓伦解帮了我十二天,他女儿邓爱新帮了我二十一天,大舅子林开周帮了我十天,亲家母翁玉秋帮了我九天。这些亲情账,我永远记在心上。

还记得,万全区土地局的林爱娣,不但及时为我催办建房土地审批手续,而且还热心地常来帮忙。她为我亲自下厨掌勺,为我操办开工酒招待泥水匠和木工师傅。林爱娣烹饪的丰盛佳肴,味道极好,赢得大家的好评。工匠们发自肺腑地说:"我们从没吃过这么高档、这么好吃的开工酒。"之后,林爱娣还让他儿子郑明帮我把所有窗架上的防盗钢筋条穿好,又为我借来篷布,搭起临时工棚。他们母子为我建房费心费力,我很感恩他们对我的付出。

更记得我的舅舅李成桂,表弟李寿楠、李寿澄和其他诸多至亲好友的鼎力相助,实现了我多年的移居愿望,从而改变了我庄氏家族的命运!

# 十三、新屋新气象

那一天的天很蓝,阳光从高空照射下来,淡淡地晒在我身上,暖暖的。

我站在公路上,仰望屋基比公路高出一米多的新楼房,一座高大、漂亮的新楼房屹立在县城的高处,显得格外光彩夺目。

这是我多年的夙愿,是我一手写就的精品杰作,是我和妻子林锦云奋斗数十年,用血汗凝成的宝贵结晶,也是众多亲友相帮相衬完成的丰硕成果。

这两间三层楼房,位于平阳县城昆鳌路109—111号。房屋的产权证为我所有,土地证上登记着我三个儿子的名字:庄小海、庄君新和庄严。这是特殊历史时代的产物,是我庄氏家族血脉相连、世代相传的见证。

◇1984年春,庄华元在平阳县城他亲手所建的两间三层楼前

有联云:门户更新随运转,百花吐艳竞春晖。

新屋的二楼后半间是实地,二楼后门有一条一米五宽的过道,再后面是大山。过道旁边是新筑造的挡土大墙,以防后山塌方。大墙东头墙脚下有一股长流不断的清泉。为此,我们在造墙时,特意在墙脚下挖了一口水井,长年累月,这水井里每天都是满满的清水,供我们一家人使用,怎么用也用不完。

背后有靠山,家有长流水,登楼望高远,满目风光美。随着新楼的建成,喜讯接踵而来。

儿子小海从内蒙古的养蜂场来信,喜滋滋地在信中告知:今秋荞麦场地蜂蜜取得大丰收,蜂蜜多得缺桶装,我们高兴得向当地村民借缸装蜂蜜。

留守在老家的78岁老父亲也传来了喜讯:家里种了两亩早稻,收获了

◇1988年,老父亲很高兴地来平阳县城玩,这是在新屋客厅内拍摄的。中为老父亲庄昌挐,左为庄华元,右为林锦云

◇1988年,在平阳新屋客厅内合影。中为老父亲,左为庄华元,右为庄海燕

◇庄君新与爷爷在他的结婚新房内合影

◇庄华元与老父亲(中)、小儿子庄严在客厅内合影

◇1988年秋后,妈妈跟亲侄子李在寅(左)在平阳新屋客厅合影

◇1988年秋,妈妈(右)来平阳新屋玩,与小儿子庄严(左)、外孙黄帅(中),在客厅合影留念

1400多斤谷子。真是:老父身康体健,运转人寿年丰,桃符窗花瑞雪,杏蕊布谷春风。

更可喜的是,留守在家中的两个小孩也传来了好消息:庄君新考上高中,庄严考上初中。当时有人问我:把房子盖到平阳县城去干什么?我理直气壮地说,县城读书气氛浓,专门培养孩子读书呀!我相信,在县城读书一定能读出名堂来。

这下,好消息印证了我的期望。

我们庄氏家族出了前所未有的两个大学生:君新毕业于浙江大学,庄严毕业于温州大学。

"万里春风催桃李,一腔热血育新人。"年轻人读了书,有了文化,就有了毕生的财富。

日后,庄家的儿媳妇,有三个大学生:汤娟(已离异)浙江大学毕业,余海洁温州大学毕业,三媳妇郑雪舟江西财经大学毕业;大儿媳黄爱民是在社会实践大学校里自学成才的庄家贤惠才女。

新屋建成后,外孙黄帅,孙子孙女庄颖、庄腾瑶、庄孟涛、庄孟冬、庄孟寒、庄孟伟、庄孟晋、庄孟盈和庄孟迪先后出生,孙辈一共四男六女,在短短的十五年时间里,我家增加了十二个人,可谓人丁兴旺。

在这些孙辈中,又培养出庄颖、孟涛、腾瑶三个大学生,孟冬、孟伟、孟晋三个留学生。将来有望培养出更高级别的人才,为家为国取得更大的荣光。

用几十年心血凝聚而屹立的楼房,映射出一座观照我庄氏一代又一代的丰碑。每当我凝望它的时候,我仿佛泥土里的一颗种子,积蓄着无穷的力量,等待着那一声声呼唤:无论前面有多少艰难险阻,我们都永远向上、勇往直前!

岁月如梭,时光飞逝,我们的脚步不会停下来。新屋带来新气象,我们的事业还会有新的发展,那当然是梦回春风。

◇摄于2007年2月20日的全家福:
前面两小孩,左为庄孟寒,右为庄孟盈
前排左1为庄孟伟,左2为庄孟晋,左3为庄孟涛,中为林锦云、庄华元,右2为庄颖,右1为庄腾瑶
后排左起:余海洁、庄君新、庄孟冬、郑雪舟、庄严、黄帅、庄海燕、黄招岩、庄小海、黄爱民

# 第十二章　住新屋的喜和忧

天上打雷满山吼

有人欢喜有人忧

岁月漫漫多变幻

莫道人间水长流

东边日出西边雨

梦里梦外春满楼

道路迢迢多坎坷

总是有喜又有愁

# 一、"家"的新感觉

千辛万苦建造新屋,从高墩迁居到平阳县城,这是我人生中的一大转折,是我庄家的一次大变迁。

全家住进了新房,一家人喜上眉梢,打心眼里都是乐滋滋的,这不能不说是享受辛勤劳动的胜利成果。

家是什么?家不仅是用钢筋水泥建筑而成的房屋,更是一家人安心快乐的大本营,是一家人遮风挡雨的避风港,是一家人情和爱的浇灌站。

三个已经懂事的儿子住进了新屋,满心欢喜。从农村到城里,仿佛改天换地。君新转到县城读高中,庄严读初中,小海学会开汽车。县城的家,县城的屋,日出月落,天天有他们好奇的地方,还有更多让他们大开眼界的新鲜事。

女儿海燕已是大姑娘,嫁给了五十丈表兄的第二个儿子黄招岩。黄招岩是木工能手,手艺精巧,做出的木工制品工艺新颖,很有创意,令人喜欢。人好、手艺好,生活就美好。海燕嫁给他,感觉有出息。也许女儿舍不得我们这个家,也舍不得建造新屋出汗出力的感情,她居然在结婚不到半个月的时间,便带着黄招岩离开五十丈的农村来平阳和我们一起生活了。

新屋距离汽车站只有50米,凡是老家山门的熟人,以及高墩有人来平阳办事或到医院看病,大多要到我家来看一看,歇歇脚。这时,"家"不仅仅是自家的家,而且是迎来送往的接待站。

锦云好客,对来家里的客人,无论远近,都一视同仁,热情接待、客气有加。特别是家常饭菜、茶酒招待,她都慷慨大方,从不吝啬。

说到这里,我与锦云是青梅竹马少年夫妻,自小同甘共苦,勤俭持家,婚后相濡以沫,不离不弃。她会当家理事,再苦再难,从无怨言,竭力担当。锦云和我的结合,绝非今生偶然,仿佛前生注定,用一个词形容叫"缘分"。

的确,是缘分。我第一眼看到锦云,那善良的神态和温柔的性格,就使我认定,只有她能成为我的终身伴侣。

我们于1958年农历十二月二十八喜结良缘,之后第三天就过年了。原来只有我与父母的三口之家冷冷清清,现在增加了一个女人,家里的气氛突然热闹多了。

◇庄华元与林锦云的结婚照

自锦云来我家之后,尤其是小孩出生之后,一切家庭事务,买菜、烧饭、洗衣服、带孩子,以及内外家政,都是她来操持。她当家理事精打细算,胜似当年祖辈花氏老太。邻居说她继承了不折不扣的庄家传统。她既是贤妻又是慈母,家里再穷,我的朋友来了,她都会竭尽全力招待。只能省自己,绝不失了体面省别人。再困难,她宁愿自己少吃少穿,也要让儿女穿得干净得体,大大方方走出门。

她始终坚信我的主张,与我患难与共,紧跟我一起风雨同舟、艰苦创业。我的一生是创业的一生,她与我携手,也是创业的一生。一辈子在创业,成了她的生活方式。

每逢接待客人结束,剩下的一堆残羹剩菜又得让她收拾,然而,她从无半点怨气。她忍辱负重,顾全大局,难怪许多亲朋好友都夸她勤劳贤惠。

记得《红楼梦》里有一句话是这么说的,女子是水做的骨肉,男子是泥做的骨肉。我想,妻子是水做的骨肉,无论我到哪里,有她跟随着,就能顺利办成事。

由此,我想到一个"安"字,上面的宝盖头是代表"家",家中有"女"才安顿。一路走来,安顿好我这个家的是一个好女人。锦云,我的妻子,她给我生下四个好儿女,造就了一个幸福的家。

在这个家里,好女人不仅仅有我的妻子,还有我的女儿,后来还有我的三个儿媳妇。

家不仅仅是宜居的房子,更是房子里的家人、房子里的笑声。

住进了新屋,家人多、客人多,热热闹闹,喜气盈门,天天欢声笑语,其乐融融,大家感到生活有滋有味,都沉浸在家的温馨之中。什么叫家?这才是家。

刚入住新屋时,在旁人眼里,我们真是少有的幸福家庭。而我和锦云心里却越来越沉重,喜悦之余,愁云已浮现在眼前。

建好新房之时欠下的2000多元债务,我们还没有归还;正在读高中的君新和读初中的庄严,也少不了每月上学的各种费用;全家六口加上女婿,一日三餐及其他生活开支都需要钱。一早开门,就得花钱。

家里随时有来客,要招待,只能自己省着点,可不能怠慢登门来客呀!

自从养蜂歇业后,收入就断了来源。怎样挣钱来养家糊口,已成了当务之急。

常言道,隔行如隔山。养了十六年的蜜蜂,现在掉过头来要干别的,谈何容易?

外出做小工吧,或做搬运、拉板车,一天可挣十块钱。身强力壮的人可以挣到,而我不行,我没有别人那么好的体力。想到这些,我就像热锅上的蚂蚁,急得团团转。

锦云到菜场去买菜,总是一个摊位一个摊位地问价,看哪家最便宜就买哪家的菜。因此,她上街的时间特别长,手中的钱花得特别省,她几乎是一分钱掰成两分用。这时候当家,真是难为了她。

这正是,家有苦时也有乐时,享受乐时有忧时。

要撑起一个家,不仅仅是建新屋这么简单,还要有养家保家的财力和实力呀!

## 二、尝试开办烟酒店

迁居平阳县城之际,国家还是实行计划经济时期,许多生活物资都是城镇居民分配,大多凭票供应。

我们虽然落户县城,但还不是城镇户口,别人可凭票供应,我们只能吃高价。这高价也不是随手可得,必须通过熟人介绍,购买别人凭票购买后吃不完、私下转卖的二手货。

勤俭节约、开源节流,是劳动人民的优良传统。但是,如果一个家庭没有正常收入,再节约,也无法生存;如果没有正常收入的源流,也就无流可节。我家正是到了最困难的时候。

当务之急是寻找生机,开辟财路,让全家真正过上安居乐业的生活。

俗话说,别捧着金饭碗讨饭。难道我手里有金饭碗吗?

有!经过调查研究和反复思考,我还真有金饭碗。

这金饭碗就是我的新屋。我的新屋前就是车来人往的公路,相距汽车站也只有50米。别人能利用自家的房子办商铺、开店面,难道我就不能利用自家的新屋开店做买卖吗?

行,这个主意好,全家一致认为我们可以发挥自家紧靠公路边的优势,开个小店做生意。

做什么生意呢?想来想去,我们觉得还是做烟酒油盐酱醋等生意比较合适。据我观察,任何地方都少不了这些生活用品,且投入少、回本快,自家的店面、自家人看管,成本低、风险小。

主意拿定,说干就干,庄家烟酒副食店立马就开张了。

店面虽然不大,但各种品牌的烟酒应有尽有,另外还附带卖开水,小打小闹,还真的热闹了一番。

为了扩大品种和增加收入,我还专门到山门南雁酒厂,联系销售他们生产的南雁古井酒,专搞批发业务。

开张一个月,虽然挣不了大钱,但也赚了些小钱补贴日常开销,总比无所事事、坐吃山空强。

有一天,一个外表很斯文的小伙走上门来,他说家里结婚办喜事,要买一条牡丹牌香烟。

牡丹牌,这在当时是最好的名牌香烟,很少有人买这种高档烟,今天遇上这笔生意,当然是喜事上门了。

小伙子说,他就住在车站以外坡南那边,离这很近。他说他先把烟拿回去,马上就把钱送过来。

锦云是老实人,信以为真,就让他将一条牡丹香烟拿走了。可是,等了老半天,也不见这个小伙子送钱过来。

待我从外面回家后,锦云焦急地让我赶快骑自行车去追、去查。

我到坡南那边跑了一大圈,根本没有结婚办喜事的人家。至于那个小伙子,更是不见了踪影。

回家后,我对锦云说:"你太相信别人,上了那人的当了。"

这事让我们懂得,害人之心不可有,防人之心不可无。做好人不仅要有一颗善良的心,还要有一双识别真假的慧眼。

## 三、水泥销售店的沉浮

开办烟酒副食店后的第三年春后,有一天,我去水头走访一起养蜂的老朋友。

多年不见,这些往年的老朋友都发生了变化,变化之大出乎我的意料。

先说廖象福吧,他放弃养蜂后,在极其繁华的地带造了新房,开了钢筋水泥店。这钢筋水泥可是热门货,生意红火得不得了。

再说廖洪勋,在自家一楼开了烟酒副食品店,虽然生意比不上廖象福,但也美滋滋的,过得挺舒服。

看到两位老友的现状,我既佩服他们艰苦创业的精神,又羡慕他们能过上如此春风得意的好日子。

我回到平阳,又重新审视了我家的小店,感到有些自卑。我这里毕竟不是闹市区,地理位置太差,缺乏人气,离得稍远一些的客人绝不会跑到我这里来买一包烟、一瓶酒。凭我自身的能力,绝不能只是开个小店作罢,这只能是一个权宜之计。

走新路,创新业,我又开始酝酿新的发展之梦。

一天,突然来了一位客人,是锦云读初中时的同班同学林春山。与多年前的老同学相见,又是同乡人,倍感亲切。

林春山参军多年,转业后在龙山地方国营水泥厂当领导干部。多年没见的老同学相聚,天南海北多少往事当问当答。锦云热情接待,又是家长里短地进行了交流。

谈着谈着,林春山无意中问我:"你想开水泥店吗?"他说他在江山与长兴认识几个水泥厂老板,可以让他们的水泥厂提供货源。因为他们是同行,信息灵通。如果我们有意向,他可以帮忙牵线。当年信息闭塞,我们不知道。平阳水泥货源很紧张,可浙北村办水泥厂很多,水泥货源就不紧张了。

林春山很聪明,他看好我们楼下的店面,有意同我们合作开办水泥销售店。这正合我们的意愿,是求之不得的好事。

我和锦云知道,开水泥销售店绝对比眼下的烟酒小店强,这样的好事何乐而不为。于是我们满口答应、一拍即合。

船小好掉头。我们抓紧时间处理小店的存货,烟酒杂货,只出不进。不到半个月,店里的存货就全部卖光了。

只花了几天的时间,小店就改换了门面,烟酒副食店变为水泥销售店。

新店开张前几天,我按林春山联系的线索,立即给长兴写信、发电报。第一次采购到十多吨水泥。别看数量不多,十多吨水泥占据了店内很大一块面积,堆叠起来很是惹眼。

小店门口挂出一块广告牌后,买水泥的客户就纷纷上门了。水泥是造房建屋的必需建材,老百姓造房子,买不到公价的水泥,只能想方设法寻找市场上的议价货。

不到一个星期,第一批水泥就一卖而空。

水泥供不应求,而我们的货从浙北长途运输过来,一个星期后才能运到。

水泥销售店的货脱销了,怎么办?

于是,我不得不到平阳周边去找货源。

在平阳,有一些外地水泥厂开设的直销批发部,我在那里进行联络、洽谈。他们的水泥进价虽然比浙北水泥厂的水泥贵,但比市场价稍便宜一些。无奈,我只能采购他们的水泥来销售,虽然利润很少,但薄利多销,总比店里脱销好。

然而,直销批发部有时一次发来30至40吨,如果一下销不出去又让人犯难,真是"店里无货急煞,货多难销愁煞"。这样的小水泥店,只能权当家庭副业,让锦云一人看守就够了,我必须开拓大一点的生意门路。

为了寻找新的出路,我带着早已得到的信息去了广州。

到了广州半个多月之后,有一天,我收到君新寄来的一封信,君新在信中急切地说:"如果订不到业务,赶快回家吧!家里的水泥店已无货可卖,脱销了。"

我接到来信,知道家中告急,但我在广州的事还未办成,不能回家,至于来信,也无法回复。

我从广州办完事,就急匆匆地赶回家了。

回到家里,天已经黑了。我推门进屋,只见楼下两间店面堆满了水泥。

这就奇怪了,半个月前我收到告急信,说水泥早已脱销,怎么现在店面堆满了水泥呢?

登上二楼厨房间，锦云看到我回家了，好一阵高兴。她问我："去广州的事办好了吗？"

我却迫不及待地问："楼下店里这么多水泥是从哪里来的？这是怎么回事？"

提到水泥，锦云高兴极了，她饶有兴趣地说："这都是君新搞来的。"

我惊讶地说："君新今天去哪里了？他是怎么搞来的？是从哪里搞来的？"

说实在的，我心里觉得很奇怪，明知家里缺资本，又没有其他水泥厂和水泥批发商的渠道，这水泥究竟怎么来的呢？

锦云知道我还饿着肚子，边张罗我吃晚饭，边在一旁笑呵呵地说："你那么长时间不在家，龙山水泥厂好久没有发货过来，店里的水泥早就卖空了。君新放暑假回来，知道店里十多天没有水泥销售，他就急忙给你写信。我也不知道他不声不响跑到哪里去了。"锦云顿了一会，接着说道："谁能想到，君新跑到瑞安飞云那边，一下拉来30多吨水泥，还有钢筋呢。"

我听了赶紧问："本钱呢？他一下从哪里拿那么多本钱？"

"不用本钱，卖掉后给钱。"锦云不紧不慢地说。

我更惊讶了："一个小孩子，不付钱？哪有这样好的生意人，能放心让他一下拉走这么多货物？"

锦云呵呵笑着说："人家说君新嘴巴甜呗！甜，很甜，不是一般的甜。一句'阿姨'，两句'阿姨'，君新这孩子把那个女老板都喊晕了。"

听锦云这么一说，我对君新的举动甚为好奇。

一个还在读高中的小青年，不知用什么方法赢得了别人的信任，既没有签合同，也没有付定金。仅凭一张甜嘴，就让他拉来价值上万元的水泥和钢筋。要按现在的行情，那可能是价值百万的货物啊！

真是长江后浪推前浪，青出于蓝胜于蓝！君新这一招确实厉害，他确实是我庄家的后起之秀。

君新的这件事让我感到很欣慰，深深地烙印在我的脑海之中，至今我还不知道他的秘诀。

# 四、广州之行

我的广州之行还真是一段喜忧参半的难忘经历。

家里开的水泥销售店,只要锦云守着即可,我还得从长远计议,寻找新的挣钱之道。

当时,山门、水头两地几乎是全民动手做长毛兔的兔毛生意,做得风生水起。稍有点商业意识的年轻人,不论男女,都跑向全国各地农村,寻找饲养长毛兔的专业户,挨家挨户收集兔毛,把收来的兔毛送到山门街上好几家收购门店。

这些专业收购兔毛的商家,当面根据兔毛的长短好坏按质论价,质量最好的每斤高达115元,一般的都能达到每斤100元左右。而且是一手交货一手交钱。这无疑是高成本、高利润的大生意。

凡参与做兔毛生意的都能赚钱。

假如收购到可装一大卡车的兔毛,价值高达30万到50万元。

到各地去收集兔毛的人,叫作小贩,做小贩的赚小钱;坐店里做大宗收购的,这是做"大贩",做"大贩"的赚大钱。

做"大贩"的收足一整车的兔毛后,把它们发送到广州的一些进出口公司交货,并出口卖给外商。能接到这样的进出口公司的大订单,绝对能赚大钱。

这样的大生意太诱人了。我这个从小就喜欢挑战的人立刻心潮涌动,十二分神往。

当时山门就有几个人接了这样的订单,搞得山门、水头的兔毛生意风生水起。

周芝丙、郑友钿和林乃利等几位是做兔毛生意的大亨,他们长住广州,跟一些进出口公司挂钩,承接和包揽外商的兔毛出口业务。这几位大亨得到了当年山门有头有脸的高层人物的赏识,他们成为做兔毛生意的财神爷了。

可我不知道这几位大亨用什么"法术"进入了广州有关进出口公司的大

门。论文化,这些大亨文化程度并不高,林乃利目不识丁,还没有上过学呢。真不知这其中的奥秘。

看到这些情景,我心里痒痒的。我觉得,人家做得成,我也应该做得成。无论如何我要亲自去广州走一趟,探索究竟,寻找途径,力争敲开兔毛生意的大门。

记得那是1986年夏天,我冒着酷暑,风风火火地出门了。

我从平阳搭车去金华,再从金华乘火车直奔广州。

说实在的,这次远行去广州,我心中没有一点底气,因为我在那里没有联络的单位和联络的人。我只是去碰碰运气,见见世面。

广州,是中国对外贸易最大的窗口,是几百年以来最大的商埠,是一个繁华的大都市,天天车水马龙,人流如潮,令人眼花缭乱。

我听说,凡是山门和水头在广州做兔毛生意的人,大多聚集在广州三元里。三元里距广州火车站很近,可以坐三轮车过去。我来到三元里,找了最便宜的小旅馆住下。

快半个月了,我跑了好多家外贸进出口公司,没有一家说有经营兔毛业务的,几乎都回绝了我。最大的广东省土畜产进出口公司有兔毛业务,可是,他们的业务办公室里接洽各项业务的人,一拨接一拨,根本插不进话。我无法和对接谈业务的人说话,能说上话的人都是与业务员相识并预约好的。

我口袋里带的钱越来越少了,开始住的是旅馆,是四人住一个房间,后来只能改住最便宜的可住二十多人的大通铺了。

一天又一天过去,事情还没有半点眉目,我心里焦急啊!事情没有着落,也就不便向家里写信。可是,家里人更焦急,一家人都在期待我的消息,更盼望我早点回家。有一天,我收到君新寄来的一封信,更使我心急火燎。

就在这个时候,我在一家较小的进出口公司的楼道里遇到了一位年龄较大的退休老人。

该老人姓何,他自我介绍是广州某国营单位做行政工作的,好些外贸单位他有熟人、有渠道。他穿得极其简朴,穿着很旧的蓝色中山装,骑着一辆破旧的自行车四处转悠,看样子,他非常普通,是一个不惹眼的老百姓,完全没有半点干部的派头。

他说他了解到当时外贸兔毛出口利润丰厚，是很好的挣钱途径。凭着手上的人脉资源，他有意给人牵线搭桥，扮演经纪人的角色。当然，我知道他可以赚取点中间人的业务费。不过，他没有对我明说，总是说可以帮这个忙。

对于我来说，这可是时来运转。

他认真地了解了我的真实身份，看了介绍信，问了家庭住址，确信我是个实实在在办事的人，才放心地与我合作。可是，眼见何老的状态，不知为什么，我有点不看好这个人，没有寄托多大希望。

可是，来广州二十多天了，跑过不少外贸单位，我始终没有打开一家外贸公司的大门，我灰心了，意欲放弃，打道回府。然而，我又不甘心空手而归。

何老看出我的着急，他劝说我："不能急，要有耐心，会成功的。"

出于无奈，我只能把何老当作自己这一回来广州的一根救命稻草，跟着他再去之前去过的一家小外贸公司。

不知何老凭什么关系，他终于跟这家公司一位年轻的业务经理谈妥了，仅在两三天内，让我与这家公司签订了一份产品重达6吨多、价值达30多万元的兔毛购销合同。

这一个月的广州之行总算没有白费，签下这份销售合同，我如愿以偿。

当我收到君新的来信之时，正好是跟何老结识之日，此时能否承接到订单，还是未知数，所以，也不好回信。现在，订单落实，来广州的目的达到了，可以放松压力，带着挑战成功的喜悦回家了。

广州回来，我为君新解决水泥货源而欣喜，而看着自己签的兔毛销售的合同，却又高兴不起来。

因为要履行这笔兔毛销售合同，必须要有30万资本金投入，而且还得选择懂行的能手参股，识别兔毛质量，加以评估收购。按当时的方式，利润是按实际投入资本金参股分成的。我竭尽全力也只能投入两万元，占不到十分之一股份。没有那么多的资本投入，就得不到那么多的利润。

利润按投入资本金份额分成，这是当时山门人合伙做大宗兔毛生意不成文的规定。别人资金投得多，利润就占大头。因此，我那广州之行，也就白白为人作了嫁衣裳。

面对现实,我很无奈。由于缺乏资本,做这个兔毛生意,出力不讨好。所以,我只能选择放弃,不再继续。

这让我清醒地认识到,不能硬走不适合我走的路,必须为自己量身定做合适的东西。

## 五、两则风趣的取财之道

有两则风趣的关于取财之道的故事,常在我脑海中浮现,对我们晚辈如何待人做事很有启迪作用。我要把这两个故事写下来,也让读者能从中得到一些帮助和启迪。

### 生财有道

苍龙山有人大做千龄鱼生意,发财啦!

据传,在远古时代,苍龙山有位庄稼人,全家从大山里迁徙到繁华的街坊市井中居住。

住在邻山大森林中的小黄雀的先辈与庄稼人本是知交,因此,小黄雀常来庄稼人家里做客。时间一长,小黄雀看上了庄稼人的大闺女小英子,后来二人成婚。从此,小黄雀名正言顺地与庄稼人一家同吃同住。

庄稼人无田园,一时又无营生之计,日子过得很吃力。然而,庄稼人从不计较有出无入,一家七口,和谐相处,相安无事。

这小黄雀消息挺灵,他听说东海盛产一种鱼,体形庞大,重达800斤,鱼龄有千年之久,故名千龄鱼。该鱼肉质鲜美、营养绝佳,渔民捕量极大,只因运力不畅,信息闭塞,以致货多价廉。

小黄雀老家的后生们做起了千龄鱼的买卖,发了大财。

他们编纂出千龄鱼之经典:夸其全身是宝,食其肉有长生之功效,熬其皮制成膏胶,具有美肤之力,及治皮肤诸症,炼其油可治人之百病。这样的神鱼经典,仅借鸿雁传书,四外传播,引来多方来客,重金求购。

小黄雀见别人赚得盆满钵满,跃跃欲试。他讨取了人家现成的经书,翻抄数千,只是改署"小黄雀"字样落款,同样借鸿雁之力把该书传播诸郡名府。此举当真有效,遂有北国冀州两位富商收此经典,如获至宝,不畏艰辛,千里跋涉,慕名赶来龙州城池,找到小黄雀商洽,愿重金采购。

小黄雀招来了财神爷,内心大喜,但又心怯,不敢直面。

因小黄雀从未见过这样的大富商,心里惶恐不安,他自知年幼言轻,难以服人,万一失言,露出破绽,惊吓客商,买卖将成泡影。小黄雀静心权衡一番,能出口服人的非庄稼人莫属。他深知庄稼人为人心善,有求必应,便许诺事成,盈利对半分成。

庄稼人早将小黄雀视为自家人,自不推辞,况且眼前家境吃力,事成能有得益,且为乐事,于是答应尽力。

小黄雀设高规格盛宴款待两位富商,富商欣喜。

庄稼人大方落座,和蔼亲近迎客。在一番客套之后,庄稼人话锋一转,引到千龄鱼的话题上来。

庄稼人谈吐铿锵有力,掷地有声,句句扣人心弦,不但客人听得陶醉,小黄雀听了,也极其信服。客人喜悦之情难以言表,巴不得当即订货。

次日,小黄雀首先带领两位富商前往东海渔家看鱼。

东海渔家最兴奋的是有中介牙人带客看鱼、买鱼。渔家听从牙人的交代,管千龄鱼叫万福鱼或长生鱼。

富商眼见千龄鱼体大壮观,惊喜万分,当下拍板购买两万斤。

回到龙州城池客栈,小黄雀肚中没有几点墨水,只能央求庄稼人帮其写下字据议定书。富商当时付给小黄雀订金白银五十两,这笔买卖完满成交。

两万斤千龄鱼,实际买进只需银子三十两,这宗买卖净利高达三百三十两银子。

小黄雀买卖做成,眉开眼笑,庄稼人一家甚欢,大有久旱逢甘霖之感,能解燃眉之急。

一月之后,两位富商带现银三百三十两,交割提货。

此刻,庄稼人为防小黄雀收银出错,意欲陪同小黄雀同往。可是,此时的小黄雀,已一反常态,与庄稼人已成陌路人,不再让其陪同,冷冷地说:"一人去够了。"庄稼人只得郁闷而退。

晚间,小黄雀仅拿来二十两银子,打发庄稼人为这宗买卖所出之力,后续一切不涉庄稼人之事。小黄雀再不提原先的许诺。

庄稼人沉闷于心,不愿与小黄雀撕破脸,与其纷争,只是看清了小黄雀见钱眼开、利欲熏心的无情!唯庄稼人夫人有气难平,对着小英子呵斥几声。小英子缺乏理智,只为小黄雀辩解:唯想拿这批银子买一间房子。

小英子说的是买房子,一家人理解,都说:那也甚好,有房可以搬出去独住。

小黄雀意欲用十三两银子找外乡人帮其雇一条货船,为富商送货。

庄稼人的二小子二郎君是在老子书院学文识字的一名白脸书生,他着实看不下去,深知买卖盈利分成不公,只是不加言语罢了,现在又白白让外乡人找一条船,就赚走十三两银子,好心疼。于是,他居然提出:这船我来找,这十三两银子我来赚。

此言一出,吓人一跳!二郎君从未出过远门。周边方圆百里,根本不知道哪里有船,真是毛头小子,不知天高地厚。倘若雇不到货船,耽误小黄雀发货,该如何是好?况且小黄雀已与外乡雇船牙人约好要船计划,要小黄雀去退约,这外乡牙人不是好惹的,人家怎肯罢休?

二郎君才不管那么多,他似乎胸有成竹,斩钉截铁说:"我一定能把船雇到,明天下午你去东海渔家接船。"他立马要小黄雀交出十三两银子雇船费。二郎君收下银子,当面交于其母亲十两,自带三两做路上盘缠。

此刻正是黄昏,二郎君连夜起程,冒着晚风冷月,步履匆匆,为小黄雀寻雇货船而去。二郎君单枪匹马,无畏夜境苍凉与徒步艰辛,消失在茫茫的秋夜之中。

二郎君无畏一切,行走十里之外,忽觉一阵热风吹来,暖暖的,身上和额头冒出热汗,不免有些劳累困顿。在迷迷糊糊之中,只见眼前有只小牛犊大小的白山羊,跟着他同步。白山羊竟然开口说话了,它呼喊着:"二郎君,二郎君,我是你的属相,你今晚单身独行,恐会很累很累,苍山土地派我前来驮着你走,你上来坐我背上吧!"

于是白山羊前腿跪地,让二郎君骑上羊背。二郎君跨上羊背之后,白山羊站了起来,腾步如飞。

此时,二郎君只听耳边风声呼啸,不知过了多久,白山羊又说话了:"二郎君,你要找的货船就在这里,你多加小心,自己去吧!"

二郎君下了羊背,似说梦话:"拜谢羊兄,我自有办法!"

二郎君在江边一凉亭内一觉醒来,睁眼一看,已不见了白山羊。二郎君对着白山羊消失的方向,深深地鞠了一躬。他回头看见眼前有一条大江,江边一带密密麻麻地停靠着桅杆如箸的载货大船。这些货船正等候着各方商家前来雇用。一见如此多货船,二郎君心中大喜。他立即找到一位宽厚正直、面善可亲的船老大,与其商洽。

等雇多日的船家,眼见有顾客登船,喜不自禁,愿承接前往冀州,运价公平,两人一拍即合。

二郎君买来好多食物带上船,与船家同享。清早,他押船,扬帆起航,至中午时分,抵达东海渔家地点,顺利地给小黄雀交割。

二郎君智慧聪颖,干出了大人都干不了的事。小黄雀看得目瞪口呆。

这笔千龄鱼买卖,小黄雀独赚白银三百余两,一下子有钱了。而庄稼人的日子仍然过得很吃紧。他让小黄雀自立生活。

跟小黄雀关系最密切的是那个大山里的发小:小侯子。几年来,小侯子多次前来串门,找小黄雀排阵挣钱。

小黄雀最羡慕小侯子的机灵,羡慕小侯子在中原鄂山开采翡翠宝石矿赚了大钱。小侯子以发小的感情,愿带小黄雀一起发财。小黄雀对于采宝石发财早已垂涎三尺,只恨当时无钱加入。如今小黄雀赚到了钱,很快轰动了大山里的亲朋好友,小侯子当然是最先知道的一个。

隔日,小侯子来了,这下小黄雀可高兴了:现在有机会与小侯子去鄂山采宝了。如果采到一颗大宝石,可是价值连城,这一生足矣。这样的财富,谁不垂涎?

　　于是,小黄雀把原来计划买房子的钱先用于采宝石矿投资,待采到宝石,财盈满城之时,可买田买地,盖起双进四合大院,那时才风光。

　　小黄雀梦大心大。他背上这次赚到的银子,与小侯子兴致勃勃地起程采宝石去了。

　　庄稼人发现小黄雀做的黄粱美梦,制止说:"开矿并非你的少年手艺,还是发挥你的少年手艺为好!"此时的小黄雀哪里听得进去。

　　小黄雀购下鄂山的一座矿山,眼下投入的银子还不够,他抱着无限的希望,再招大批人马大力开采,自认总会找到宝石。

　　遗憾的是,宝石确是稀罕宝贵之物,并非易得。

　　小黄雀听信小侯子的鼓动:只要有信心坚持,绝对可得!

　　小侯子花着小黄雀的银子,坚持开山寻宝,哪怕把整个矿山翻个底朝天,也要找到宝石。

　　一年多的时间过去了,三百两银子全部花光,却连宝石的影子也没找到。

　　小黄雀还不甘心,再回龙州城池,让小英子为其去借二百两的高利贷银子,再去鄂山继续寻宝。宝石毕竟是宝石,一直不能如愿,不是凭一厢情愿就能要到的。

　　最终的结局是,由于小黄雀的贪婪,土地公疑虑原先散给他的银子有点不义,于是撺掇小侯子,把三百两银子收回去,藏起了鄂山宝石,惩罚小黄雀贪财不义。小黄雀三百两银子没了,房子也没了,还欠下二百两银子的债务。

　　小黄雀贪心且缺乏诚信,得不到老天的庇佑,落得个终生空忙。

　　机灵、孝顺、甘愿吃苦的二郎君,量大福大,日后果真大富大贵、大有出息,这是后话。

### 石头村传说:老黄酒

　　据说在浙南农村,每年冬月,家家户户都用糯米做老酒,也叫黄酒。

　　一天,有个蓬头垢面的老乞丐来到石头村,他一路走一路唱,到了正在蒸糯米酒饭的贾大妈门口,唱道:"酒饭吃一窟,酒钱有人出……酒饭吃一窟,酒钱有人出……"

这户人家一听就懂："莫不是想吃一碗糯米酒饭吗?"意思是糯米酒饭吃掉一碗,酒饭下缸发酵,应配的水不用减少,到时所得到的酒还是那么多,一点也不会少。于是,慷慨的贾大妈便盛了一大碗干干的糯米酒饭送给老乞丐。

老乞丐接下酒饭,哈哈大笑,三口两口吃了进去,只剩一大口饭在手中捏成一团,使劲扔进贾家门外的水井之中,然后跟贾大妈说:"今后你家不用再蒸米饭做酒啦,七天之后,你们可以到井中舀酒!"老乞丐说罢,哈哈大笑,扬长而去。

过了七天,贾大妈去井里打水,打上来的果然是香味清醇的老黄酒。

贾大妈一家高兴极了,有取之不尽、用之不竭的老黄酒,怎么办?于是,贾家便开起酒坊,大量出售老黄酒。

可是该井不属贾家一户所有,周围邻居也可来打酒。可奇怪的是,人家打上来的,不是酒,而依然是水。

唯独贾大妈一家人打上来的才是酒,这下,贾家天天卖酒,发了大财。

三年之后的一天,这个老乞丐又来到贾家。贾大妈一眼就认出这是三年前那位要饭的老乞丐。

老乞丐笑嘻嘻地问道:"老嫂子,酒好吗?"

贾大妈极其兴奋地道谢,不过她说出了藏在心里的不足:"酒是好酒,就是没有糟呀!"

农家做米酒,米饭化了之后,沉淀下去的渣,叫酒糟,酒糟可烧鱼,也可烧白酒。有酒又有糟,那当然是两全其美。

老乞丐听罢很是郁闷,他哀叹着说:"人心节节高,爱酒又爱糟,以后你们还是用糯米做酒吧!"

只见老乞丐随手捡起一块小石子往井里一扔,还是哈哈大笑,不停地念道:"人心节节高,爱酒又爱糟……"然后就不见了。

从此,贾家人去井里打酒,打上来的是水,不再是酒了。

看来,知足常乐不是一句空话,贪心不足,常常会失去得到了的东西。实践证明,只有靠自己的努力、辛勤的付出,才能拥有属于自己的财富。

# 第十三章　第一桶金的苦与乐

鸿雁传书千万里

有缘仙桃结知己

君子爱财自有道

同心合力志不移


天赋勤奋加良知

博学还得遇良机

苦中有乐福运到

庄家开辟新天地

# 一、一封求货来信

古老的鸿雁传书,至今还令人津津乐道。因为有关鸿雁传书的故事,总是带着神秘的传奇色彩。

后来有了邮政、电信,许多书信文件很快就会被传到应到的地方。

至于现在的手机、互联网,传递信息更是一瞬间的事。这在《封神演义》中,都是古人的神话。

时间回到1986年,那时的信息往来、广告宣传,已经到了迅速发展的时期。我家靠近县城汽车站,南来北往的人流、物流,使家门前的公路成为一条繁华的商业街。

不少精明的生意人都不失时机地选择在这里开设各类承接业务的办事处、联络站。

许多厂家利用各自的产品优势,向全国各地的有关企业发出成千上万封产品业务推介函和宣传信函。

在当时的宣传产品中,承接塑料制品的很多。塑料制品中,又以塑料编织袋、塑料薄膜、塑料制品商标、包装袋、包装盒等等居多。

塑料这工艺一出现,就被大众所接受,它使用面广、经济实用,政府也大力推广使用,加上浙江人,尤其是温州人,脑子特别灵活,什么商品赚钱快就做什么商品的生意。现在,塑料制品成为热门货、抢手货,也就自然成为这里的大众商品了。可谓一时生意红火,家家门庭若市。

我也不会轻易放过这个机会。

我以挂靠单位县民政供销公司的名义,跟风向各地发出上千封塑料制品项目推销函,收函对象一般是各地的化肥厂、粮食加工厂、供销社、农资公司和土特产公司等,总之是大量需要用塑料制品的有关单位。

信函发出以后,要做的就是"守株待兔",等待对方的来信了。

看起来很盲目,似大海捞针,但撒下的种子总会有回报的。

果然,在1987年11月间,我收到了一封很有分量的来信。

这是从湖北省仙桃市发来的,来信人是当地的供销社主任昌铁夫。姓昌,名铁夫,这个名字不一般,让我记住了。

昌铁夫在来信中询问:有没有农用薄膜供应?他们的需求量很大,是专门供应给农民用于春播的。

经了解,全国许多地方春播时都需要大量塑料薄膜,由于使用量大,供应十分紧张,许多农资公司、供销社都进不到货。

收到昌铁夫的求货信,对于我来说,如获至宝,这可是闪烁在眼前的真金白银呀!

机不可失。我立即回信,认真介绍了我们能供应的农膜的质量、厚度、价格等有关情况,并强调,可以满足供货。

不过半月,我又收到了昌铁夫的来信。由于我给他介绍的情况完全符合他们的要求,他很满意,希望我能立即带着样品前去签订购销合同。

这样一来一去的信函联系,让我看到了这笔生意已有八分的希望,内心欣喜万分。

人常说,市场就是战场,做生意好比打仗,不能打无把握之仗。我认为做生意又不能全像打仗,不能打得你死我活,而是要对双方都有利,买卖双方都得益。

为了有充分的把握,让双方都得益,必须做好充分的准备。为此,我查遍了我们这里能大批生产农用薄膜的厂家,它们大多集中在瑞安市隆山镇十八家村。这个十八家村里,几乎家家户户都有一两台塑料吹膜机,他们为了赶时节,都日夜不停地生产。

万事不能道听途说,紧要的事必须亲自调查。我认真地走访了隆山镇十八家村。这些家庭小厂家,多半都是利用聚乙烯一级回料,添加一小部分新料混合生产农用薄膜,质量与全新料相比,透明度稍差些,作为地膜,用在农业生产上,完全没有问题。

通过走访调查,我心中有了底,于是口头约定几家小厂,到时向他们大批收购。这些小厂家没有固定客户,合作的都是像我这样接到了订单,就联系他们生产发货的人,且大多是小打小闹,需求量不大。听说我要大批收购,这些小厂家真是开心极了。

我向他们要了一些农膜样品,谈好收购价格。这样,我"上水道"和"下水道"都疏通了,这宗生意十有八九能做成。我如恢复了青春似的,满面春风,不由得轻松得意起来。

## 二、湖北仙桃结知己

有了目标,有了希望,我心里暖暖的,郁闷的心情一下子开朗起来。

农历十一月半后,浙南的天空中还是暖阳高照。

我提上一个米黄色的帆布小旅行包,包里装着薄膜样品、保暖的毛线内衣裤和一些小日用品,踏上了去湖北仙桃的征程。

汽车一路奔驰,火车一路鸣叫。山山水水、花草树木、蓝天白云,在我眼前掠过。第二天中午,我到了武汉,再换乘两小时的汽车,直达仙桃市。

下车后,按昌铁夫提供的地址,还需走半小时的路程。这时,冷冽的寒风夹带着绵绵细雨,直让我一阵阵打寒战。我从包里取出毛线衣和毛线裤,赶忙穿在身上。人生地不熟,我边走边打听,在细雨中向老昌家走去。

走着走着,终于走到了昌铁夫的家。

在一条小河边,树荫下坐落着五间平房农舍。这时,一位穿着已褪色的蓝色中山装的男子迎面而来:"你是浙江来的老庄吧?"这位中等身材的男子紧紧地拉着我的手,走进他的家门。

老昌满脸笑容可掬,十分热情地寒暄着。老昌夫人端来一杯热气腾腾的茶,放到我手中。

在客堂里,我在烧得正旺的火盆旁坐下。老昌的热心招待,让我顿觉热乎乎的,感到很舒服。两天路程的疲乏一下子被愉悦的心情所取代。

从和老昌的谈话中,我知道农膜供应在这里非常紧缺,农资部门正在积极寻找货源。我想,对他们来说,做好这笔生意,可谓是雪中送炭了。

当我取出农膜样品后，这位精明的供销社主任看了又看，用手摸了又摸，然后放心地认可该样品质量过关，对于我所报的价格，也没有异议。

我们一拍即合。

接着，我拿出平阳县工商部门印制的工商企业统一购销合同。昌主任仔细一看，这是正规的统一的合同文本。

公事公办，手续规范。昌主任立即填写了合同内容：首批订购农用薄膜数量20吨，价格19万元。

我俩在合同上分别签上了名字，按上了红手印。

合同签好，手续办好，我来仙桃的目的已经达到。我看时间不早了，夜幕即将降临，我说要赶往城里找个旅馆，晚上要轻轻松松睡个好觉。

这时，老昌可不答应了。这位见多识广的生意人，他不愿意让我独自去住旅馆，唯恐那里人多复杂，容易节外生枝。

老昌当了多年的供销社主任，对生意道上的人特别敏感，可能怕我万一遇上有经营头脑的生意人，被拉走了，此事可就搞砸了。

可能是我想多了，难为他的一片好心。他热情地说："我家离城里较远，何况天色已晚，走路不方便，今晚就在我家将就将就，委屈一夜吧。"

看得出老昌的一片盛情，客随主便，我就不客气地接受了。

其实，我也巴不得在此留宿，出门时，我带的路费本来就不多，能省则省，对于我这个习惯了流浪生活的男子汉来说，将就一晚上也不算什么。

当晚，老昌着实热情好客，他特意杀鸡招待，为我烧了一桌好菜。

老昌和他的小舅子杨新宽一家热情地推我到高位就座，并轮番敬酒、搛菜，确是高规格的款待。你来我往，情趣相投，我和昌铁夫成了知己好友。

当晚，我在老昌儿子的床上度过一宿，也许是旅途劳顿，一夜心安静好。次日早晨一觉醒来，我睁眼一看窗外，哎呀，没想到一夜间下了一场大雪，遍地白雪皑皑，一时成了"北国风光，千里冰封"啦。

早餐之后，出了太阳，我打算进一下仙桃城区。老昌派了他的小舅子作陪，我坐其自行车后座。路上只觉得冷风刺骨，我急忙先去小商品市场购买了一件单层淡米色风衣，穿上后好多了，不太冷了。到了城里，什么市容市貌,我都无心观赏,匆匆回到老昌家里,决定下午起程返回平阳。

临行前我们约定,一星期之后,老昌带汇票前来平阳验收发货。

下午三点多,我来到武昌火车站,可今晚去金华的火车票已售空,需在武昌住一宿。可我归心如箭,真不愿住宿过夜浪费时间,想尽快赶回家,去组织薄膜货源。

一走出售票大厅,广场上有九江长途大客车在招客夜行,明天一早就能到达九江,而且九江乘火车经景德镇、南昌、鹰潭到金华,路线还近些,这多好的事,何乐而不为。于是我买下去九江的长途汽车票。

我在傍晚上车,一夜长途奔跑。车上,瞌睡折磨着整车乘客,大家都睡得东倒西歪。躺无法躺,坐不能端坐,一点头便落空惊醒,睡不安心,尤其是腰椎酸痛,我挺了又挺,特别难受,好不容易挨到天亮,到了九江火车站下车。

很巧,九江去上海的早班车赶上了,午后一点就可以到金华。

一路顺风,金华到温州的汽车还有票,晚上到达温州住宿。

温州南站旁边有一退伍军人干部招待所,是我途经温州常住的旅馆。今晚情愿住一宿,明早买票先到瑞安,跟吹膜厂打招呼,订好货以做准备。

这次湖北仙桃之行,时间紧凑,办事顺利,既达到了预定目标,又结交了知心好友,真是一次难得的幸运之旅。

# 三、周旋隆山十八家村

合同签好,诚信为上。时间就是效率,时间就是金钱。我必须抢抓时间,尽早将货源落实好。

第二天,不到中午,我首先到瑞安市的隆山镇十八家村。

这是我第二次走进十八家村,我仍然先到阿金和志国等几家吹膜厂。现在要跟他们多家薄膜厂约定收货,告诉他们我的销售合同已签好,要他们早日准备大批薄膜,等我一星期后前来收货。

他们见我又来了,几乎是异口同声地问道:"什么时候开始收?要快一点。到时,要的人多了,一次也拿不出那么多货来。"

他们有的告诉我说,近日天天有人带客收薄膜,说不定过后还会涨价。听他们这么一说,我也不禁担心起来。

许多小厂家都不分昼夜地加紧生产,他们也在分秒必争地抢时间。

我有意识地看了他们的库存,存货确实不多,说明他们不断地在出售。

看到这里的货源情况,我真的着急起来,巴不得老昌明天就能带汇票赶到,我们可以立马收货。

离开十八家村,我匆匆赶回家。家人知道了我已签订农膜购销合同,都喜不自禁。

第二天,我给湖北仙桃老昌发了电报,说明货已备齐,希望赶快带款前来提货。

可是,事不由己,回来五天了,不见复电,我再一次发出电报催促。而老昌那边只是含糊地答复:尽快过来。

时间过得很快,一下过了十几天,不见老昌来人,也不见有消息传来。此时,我很心急,不知对方有何变化,是否又接到他人的业务信,改变了主意?

我思绪万千,坐立不安,毅然决定再去仙桃一趟,看看究竟。

次日清早,我搭上了去金华的早班车,到金华不耽误,又赶上去武汉的列车。这回熟门熟路,第二天傍晚就抵达了老昌家。

老昌夫人见到我的到来,一时很惊讶,她说:"怎么?老昌昨天已往温州去你那里啦!你不知道呀?"

听其夫人这么一说,我一下愣住了,尴尬不堪。今晚只能硬着头皮,勉强在老昌家住一宿。

这一夜睡不到天亮,我早早就起来,告别一声老昌夫人,急忙往回赶,巴不得插上翅膀一下飞回老家。

这回我也是第二天晚上到家的,一进门,锦云就说:"你走的第二天老昌就来了,多跑了一趟。"

次日见到老昌,大家不约而同地哈哈大笑。不言而喻,我们都有一个迫切的心情,希望签订的合同立马执行。我怪他动身之前不先来个电报。他说:

"谁知道你这么心急，又跑一趟。"

我只能风趣地说："唉！二次观赏仙桃，跪拜王母娘娘呀！为了加深对贵府的印象，又在你家住了一晚。还没住够呀！"

我和老昌对视，哈哈大笑。

我说："明天一早到工厂去，开始收购薄膜。"

他愧疚地说："不好意思，耽误了一星期。"

次日清晨，锦云很早起来做好早餐。

整个县城，除了那些早餐店的工作人员和城市清洁工，估计没有人比我们起得早。今天也没有人喊小海起床，他已经起来洗脸了。一家人都起得很早，草草吃了简单的早餐，准备早点出发。

是因为激动呢，还是看到了一个好的兆头？也许移居县城三年之久，今天终于开始紫气东来。

吃早餐时，小海说："这么多天，没去那边联系，不知道他们卖掉了没有？"我边吃边说："去看了就知道。最近那边买薄膜的客户多了起来，今天能收多少算多少，收一家，定一家，接下来要他们都为我们留着货。并且要把所有厂家都跑一遍，把货全部定下来。记得交代他们，一定要保证质量。"

我跟小海首先来到阿金家。也许是我们来早了，他们正在吃早餐。他们说我们怎么这么早就来了。我对他们说："今天开始收购你们的薄膜了。"他们说："这么多天了，你们也不来，我们都卖了，谁能等得住？接下来，起码要等三天。"他们还说，最近买薄膜的客人很多，供不应求。

果然不出所料，当他们有存货的时候，我们的客户尚未来到，资金不到位，我们也不敢开始收；可是等到现在客户来了，人家的客商又抢先一步，把所有厂家的薄膜存货都收走了。

不过，这是市场的正常现象。没办法，我只能耐心等待。

这天一共走访了二十多家工厂，情况基本相似。我走进每个厂家，都跟老板约定好，让他们接下来把每天生产出来的薄膜全部卖给我们，我们后天开始收购。

这一单20吨薄膜，起码要十天左右才能收足，必须要安排天天收货。

这样一来，就需要有个仓库，把每天收到的薄膜暂时放在仓库内，等到20吨数量收够了，才能装车发货。

于是我们找到隆山镇红丰街78号叶信忠家，他们家刚好有一间空房不住人，最适合做仓库。这条街，有街无市，大车也能开进来，做仓库再好不过了。

第二天，我们明知还不能开收，可还是不放心，我和小海便一早赶到瑞安。

我们把自家的一台大磅秤带来瑞安，放在临时租用的仓库里，然后挨家挨户再跑一遍，跟厂家说好明天开收，让他们把薄膜都拉到红丰街78号收购。

我觉得这次业务的准备工作已经做到家了。

又一天，信心满满，我们和老昌及其小舅子杨新宽一起去瑞安，开始收购薄膜。

到了隆山红丰街78号临时仓库，小海去通知各厂家老板把薄膜送到这里以验收过磅。

我和老昌、小杨三人在仓库等候。

时间已过九点半，还不见有人送来薄膜，我都等急了。到了十点多，只见小海跟在一辆拉薄膜的板车后面来了。车上装的薄膜不多，后面还有四辆板车，车上装的薄膜跟头一辆板车装的数量相差不多。

我们看到薄膜送来了，心里又喜又忧。我问小海："为什么他们拉这么少？"小海有点不高兴，说："他们都说先卖点试试，不知道什么意思。"

老昌赶紧去看薄膜的质量，摸摸薄膜的厚度以及看看薄膜的透明度。他认真仔细地一车一车看过去后，微笑着说："都不错。还可以吧！"然后，他一捆一捆地把薄膜搬到秤盘上过磅，然后在每捆外面写上顺序号码，再在码单上记数进仓。

卖薄膜的厂家小老板在进仓时将各自的薄膜分堆摆放，在仓库的地上分别摆成五堆，清清楚楚，互不混淆。过完磅给了各家一份码单，他们各自持着码单，立即转身向我要钱——这叫一手交货、一手交钱。

此时，我被这几个小老板来这么一出，搞得措手不及。今天，我们的确没有带现金，拿不出钱来付货款。货主当面表态说："不给现金，我们不卖了。"

他们当即进入仓库,要把自己的薄膜搬出来装车拉回去。

怪不得他们在入库时各自的薄膜分得那么清楚,原来是当场就要拿钱。

我只能一而再,再而三地跟他们解释、说好话,安慰他们:"明天肯定带现金过来付款,一分钱不欠。反正我们的薄膜还在你们这仓库里。请你们放心,我们是规规矩矩做生意的。"

他们紧接着说:"不带钱,还买什么薄膜?不带钱,还做什么生意?没有钱,我们只能把薄膜拉回去。"

小海耐心地跟他们商量,说明天一定会付款。

老昌看不过去,也跟着向他们解释,说明天绝对会付款。

他们根本不相信我们的劝说。

我又说:"我们不仅只收这么一点,我们还要大批收购,收到够装上一大车才会结束。明天你们把家里所有的薄膜都拉过来,我收了一起把钱付给你们。"

"不行,没有钱,我们先把薄膜拉回去。"他们一点也不松口。

此刻,我们只恨瑞安这边没有朋友,也没有熟人,要是有人担保一下,他们或许会同意,也许不会闹得这么僵。

突然,我想起了仓库的房东。我若有所思地说:"这仓库的房东是你们这地方的人吧?要不,请房东帮你们照看这些薄膜一个晚上,请他帮你们看好、看牢,今晚不让我们搬走。明天上午我们带现金付给你们。这样可以吧,这样总比拉回去好。明天,你们把近日生产出来的薄膜全部拉过来收购,我们一起给你们付款。"

这下他们认为我说的话有道理,可以让他们放心。于是,我和他们找了房东叶信忠,当面做了交代。这个房东是个耿直憨厚的人,同意今晚为他们看货。

一个难以协调的僵局终于化解了。

说句实在话,他们提出这个要求也是人之常情。我们跟这几个小老板也不过是一面之交,今天有二十多家小厂已生产出不少薄膜,原本计划都要拉过来出售的,正因为他们不了解我们如何收购、如何付款,所以不敢全部拉过来卖，只是让阿金和周建国等五个人先拉一小部分试试看，如果验收和付款都符合他们的要求，那么，他们明天将会把存货全部拉来出售。

今天，我们算是看明白了原因所在。老昌眼看这个情况，他也深刻理解。因为老昌也是同样的原因，他带来20万元现金汇票，就是因为在没有看到货物之前，自己也不敢把汇票交给我去银行兑现。

市场交易本应钱物两清，我们也没尽到责任。

下午，我们只能提早收工，从瑞安赶回平阳。

回家之后，我便直接向老昌提出，要求他把汇票给我，我明早好去银行取现，再带着现金，明天继续到瑞安收购薄膜。

看到今天的情况，老昌二话没说，把20万汇票交给我了。

今晚，双方终于把生意场上最难解的锁打开了，大家都轻松地开怀畅饮了一番。

第二天早上，农业银行营业部一开门，我们就把20万汇票入账手续办了，同时取出5万现金，剩余的钱办存折。

我带着这五大捆10元面额的钞票，要了一辆机动小三轮车，与老昌、小杨和小海直接去瑞安隆山临时仓库。

我和小海首先把昨天收来的五家薄膜货款分发好，然后一家一家给他们送去，兑现昨天的承诺，同时通知他们立即送货。

我们兑付了昨天的货款，他们信服了，特别是小老板阿金和周志国，热情地帮忙通知全村各家吹膜小厂，马上把所有的库存薄膜全部送来收购。

不到一小时，红丰街78号临时仓库门外，拉薄膜的板车已排成长龙。

老昌看到薄膜都送来了，十分高兴。我们还是按昨天的方法，临时分工安排，老昌负责品质验收，小杨司秤，我记单写码，小海监督入库堆放。

这个临时仓库已成了我们的薄膜收购站。

今天的收购工作没有阻力，很顺利，只是薄膜的品质有些问题，厚度和透明度引发了小争议。为了收购进度，允许有点误差，我们就全部收下了。

中午，四人小歇一下后吃饭，然后一直忙碌到下午四点半。我让老昌与小杨先回平阳旅馆休息，之后我同小海把各家的码单数量进行核算，把今天收进的薄膜货款全部付清。

今天成绩不错，连同昨天，一共收进薄膜10000多斤。收进10000多斤的薄膜，我们就有一大笔丰厚的利润呀！太激动人心啦！

两天来，我们用现金收购塑料薄膜，这件事传遍了十八家村所有塑料薄膜小厂。

又是一天清早，小海兴趣很浓，劲头很大，还没有吃早饭就先到车站坐鳌江至温州的班车去瑞安了。今天，他是开路先锋。

瑞安十八家那些小厂，他基本上都跑遍了，已经是熟门熟路。那些小厂老板大都认得这个阿海。只要各家有薄膜的库存，小海一去通知，他们都愿意送来交售。可是，收购薄膜并非我们一家，还另有客户在此竞收。

我与老昌及小杨吃过早点，带着现金迟到了一点。我们到时，已有拉薄膜的板车在临时仓库门口等候我们的到来。排队的人数没有昨天多，只是陆陆续续有一些板车到达而已。

今天同样收到下午四点半结束。一统计，只收到8000多斤，比昨天少了很多。我想，明天我和小海必须再到各家各户好好做工作，动员所有未曾向我们交售的小厂，希望他们都把货物送往我们这里交售，并且交代好周志国和阿金两个先前认识的朋友，请他们出面帮我们拉货。他们出面帮忙比我们出面效果好。

从前天开始收购薄膜的那一刻开始，我们意识到现在已进入黄金季节，每多收到一捆塑料薄膜，我们就能多获得可观的红利。所以，对待前来交售薄膜的小老板，我们会十分友好。

接连六七天，我们都是清晨出门，晚上天黑回家。每天的精神都很紧张，而心情却十分愉快。

这个村，凡是有塑料吹膜机的家庭，小作坊都是在自家的后院。这些天，我们不停地在这家家户户的小厂里面穿梭，逐渐成为这些小厂的常客。不论哪家哪户，都可以不打招呼，随便推门而入，我们自然而然地成为他们的老客户、老熟人。一进门，每家主人大多会说："今天没货，明天或后天给你送去。"或者说："今天只有几百斤，马上送。"

我们用了十来天,按老昌所带的现金汇票,这一单收了23吨多薄膜,收购完毕。

做完这一单业务,我与老昌,以及瑞安十八家那么多小厂家,都充分建立了高度的信任。这正是一回生、二回熟、三回就是老朋友呀!

收购的这一车塑料薄膜的质量,全都是老昌亲自经手把关,这批货的质量基本达到了他们的要求。因此,在当时农资部门农用薄膜极为紧张的情况下,老昌对这里的薄膜收购调配市场极其看好,很有信心。

昌铁夫,这位精明的供销社主任,在收购薄膜的全过程充分发挥了他的才华,他的勤奋、尽职、精明、诚信的品格和精神,是我学习的榜样。经过交往,我也确实学到了他的许多宝贵经验。

一个优秀的好干部、好朋友,也是宝贵的精神财富啊!

## 四、庄家开辟新天地

好事多磨,一旦磨成了,以后的好事就会接二连三地飞来。"多磨",就是历经困难、艰难、磨难的意思。我们要从"磨"中总结经验、吸取教训,从"磨"中学习做人的道理、信念,当然,也在"磨"中获得诚信和利益。

第一次同别人合作获得了成功,我既为对方解决了农膜不足的困难,也为自己创造了非常多的效益。这不能不说是这次"好事多磨"得来的丰硕成果。

接着,好事果然又来了。

在第一车农膜发货的前三天,老昌竟然邀请来了一位贵人:湖北省汉阳市农贸公司的刘经理。

让我没想到的是,刘经理居然随身携带30万元的现金汇票,要求我继续为该公司收购农用薄膜。

这30万元的现金汇票沉甸甸的,放到我手上,这在当时是万万想不到的事。

别看我的手没发抖,我的心却控制不住地扑通扑通紧张跳动着。

这一单生意,比老昌的头一单还多出 10 万元。对我来说,能完成这一单,就能比上次多出三分之一的盈利。这样的好事,人生几回有?那时候,家有一万元,就是万元户,不得了啦!我若有了几万元,就成了大富翁!

话虽这样说,但馅饼不会从天上掉下来。继续收购这么多薄膜,并非轻而易举。在短短的时间内,必须收到 35 吨以上的薄膜,这样的数字和时间实在有些吓人。

千金重担压在身,希望满满,浑身有劲。

经过测算,十八家村三十多户有吹膜机的小厂,全为我们满负荷生产,每家要为我们生产出一吨多薄膜。可是,当地还有外来客商同时也在竞争收购。因此,任务非常艰巨。

从发走老昌的第一车薄膜之后,我们仍马不停蹄地开始做第二单工作。

为做好这第二单,必须增加力量。于是,我把两个在校读书的儿子都动员起来,星期六、星期天把小儿子庄严带去看牢每天带去的五万元现金。

因为没有专用的财务办公室,只能由一人专门看住现金。庄严上学后,幸好我家小舅子林开奖来做客,我留住他帮忙,专门替代庄严看管这个装钱的帆布旅行包。

仅仅靠我和小海两人联系那么多厂家,力量不够,所以,我就把二儿子庄君新也拉到瑞安,参与寻找薄膜货源的行动。

君新这小家伙,脑子灵活,他的办事方式总是和我们不一样。他到瑞安隆山后,并不跟着我们到十八家村转悠。我们也不知道他跑到哪里去了。

当然,这里又不是好玩的地方,可他另辟蹊径,跑到隆山镇另一个村周胡村那边去了。

我和小海每次都在十八家村转来转去,根本不知道周胡村那边同样有许多生产薄膜的小厂。不知道君新是怎么知道的。

君新虽然第一次来到周胡村,可他似乎一点也不陌生,如入自家住的村庄一般。一进村里,他似乎就找到了朋友,当即拉了几个贴心的小后生,当他的向导。凡他走过的一家家吹膜厂,我不知君新和他们怎么交流,他们都愿意把生产出来的薄膜卖给他。

君新的新思路还多着呢,他又在周胡村与104国道线相连的周胡中心街道,选定了三间临街店面作为临时收购薄膜的仓库。临街店面大,人来人往,川流不息,过往的行人都能看到,影响力极大。即便周边一些我们不曾联系过的小厂,他们也自动把薄膜送上门来交售。

在这里,收购一开始,每日的收购量立马倍增。

我们撤掉红丰街78号临时收购点。十八家村所有的薄膜厂家,也都把货送到这里交售。

这里立即成为瑞安市场收购农用薄膜的中心收购站。

一到瑞安,君新如鱼得水,显得特别活跃,他好像撒下了一张大网,把所有的薄膜厂家全部兜入网中。原有几个外来收购薄膜的小客商,看到势头不对,没法与我们竞争,只得自动放弃不收了。

我们成为收购农用薄膜的大客户。

这个薄膜收购站,每天门庭若市,商家们按先来后到的顺序依次排队交售,过磅入库。

我们分工依旧,小杨司秤,我记码,小海看货及写包外顺序,并监督入库,君新应酬吹膜厂小老板。各人分工明确,忙得不可开交。

老昌陪着汉阳刘经理来瑞安收购站观察,看到收购薄膜的热闹场面,深感欣慰与信服。

由于君新出手参与,这一单收购进度非常迅速,仅仅七天时间,收购任务全部完成。

从薄膜业务开张以来,家里天天宾客盈门。远方的贵客接踵而至,县城新居顿时蓬荜生辉,热闹非凡。

开始是昌铁夫带其小舅子杨新宽到来,之后,老昌又邀来汉阳市农资公司刘经理,给我们增加了一位重量级贵客,又追加了薄膜的收购量,让我们倍加欣喜。喜事连三,三阳开泰,没料到汉阳的薄膜收购还没完毕,老昌又提早把湖北孝感土产公司应经理招呼过来,并且携带50万元现金汇票用以采购农用薄膜。这样的业务量,令我全家意外惊喜,倍感震撼。

锦云把客厅茶几上的杯盘茶具安排得井井有条,时令果鲜、高档饼干糕点,样样精致,既体现出对客人的热情礼仪,又展现出家庭文明和谐的景象。

到开始收购孝感土产公司薄膜的那天早上,小海、君新领着老昌、小杨和应经理赶赴瑞安去了。

我和锦云拿着应经理这张50万元现金汇票,到农行营业部入账取款。

当时,人民银行刚好发行50元面额的新币大钞。我们取到的全是新票子,整整十大捆,装满了一大旅行包,沉甸甸的。我和锦云各拎一根旅行包的拉绳,怀着极其兴奋的心情把它抬回家。这是我俩一生中拿过的最多的现金,终生难忘。

为汉阳收购薄膜,君新利用星期日的时间帮着寻找货源,有他参与,收购任务在七天内就圆满完成了。

为孝感土产公司收购薄膜时正遇上君新放寒假,于是他特别兴奋地跑在前头。

一到瑞安,君新俨然像新上任的领导,居然指挥起我和小海的行动来了。他马上做出薄膜的收购部署。

为孝感公司收购薄膜,时间已逼近年关。所有的小厂家生产出来薄膜后,都立即送来交售变现,没有人囤积库存。

在那轰轰烈烈的收购过程中,不知不觉收购数量暴增。由于人手不足,没能及时统计数量,结果收过头了,超额收购了约四吨半薄膜。

这次实际仅用九天时间,就超收了,收购速度超乎寻常。

薄膜超收了怎么办?孝感的应经理因资金不足,也不敢接受,退还给厂家,谁愿接受?没办法,只能暂时存放仓库,待过了年,请老昌再设法帮忙卖出去……

自从我跟老昌接洽上薄膜业务交易,先后不到两个月时间。我们获得毕生未有的收益,这当然是有生以来和移居县城之后,淘到的最大的一桶金。

回顾第一桶金的获得,感慨良多。

天赋、勤奋、良知、博学、机遇,人生成功的要素,大致就是这十个字。

天赋,这无疑是先天赋予的聪慧。在不长的时间内,我看到了君新的天赋,看到他的举动,总让人感到他有超乎常人的智力和能量,他在生意场上的作为,总让人刮目相看。

勤奋,这对我们庄氏一家来说,可以说是人人勤奋,这也是我们赖以生存的好传统、好家风。

良知,就是良心、德行、诚信,没有良知,本事再大也是白搭。

博学,是文化知识,一方面从书本中来,另一方面,从社会实践中来。无论是谁,要想成功,就要刻苦学习,谁掌握的知识多,谁的成功概率就大。

机遇,常说机遇可遇不可求,其实,机遇也是要靠人发现,要靠自己的努力,才会成功。

有了这些,我相信,有了第一桶金,还会有更多桶金。此金的含量,不仅仅是物质财富,还有精神财富,这应该就是庄家开辟的新天地。

# 第十四章　走新路跨进皮革行业

人生之路，曲曲弯弯

这头在自己脚下

那头在梦的远方


无论是阳光明媚

还是狂风暴雨

向前走，走出人间苍茫


是谁穿越时空呐喊

是谁一路荡气回肠

创业者，张开了

春天的翅膀

# 一、暗下决心，探索新路

人生旅途，半辈子在外奔波漂泊。在养蜂的岁月里，我历尽艰辛，饱尝人间的甜酸苦辣。

通过收购塑料薄膜，我获得了生意场上的第一桶金，但这总不能成为我的固定职业，我得重新设计我的创业生涯。

环境在变，生活在变，从过去到现在，我总是力求适应一次又一次新的变化。

1991年，改革开放的春风吹拂着祖国大地，让人民致富的各项政策逐渐宽松，让一部分人先富起来的机遇也越来越多。古人云："机不可失，时不再来。"在这样的形势下，我能不能抓住这个先机，寻找一个新的行业，开辟一条新的发家之路呢？

我相信我有这个定力去冒风险，我相信我有这个胆量去拼搏。可是，"三百六十行，行行出状元"，哪个行业最适合我闯荡呢？

进入我视野的，首先是制革行业。

在离我家几十公里的水头镇，当时就有上百家大大小小的制革厂。

水头有两个庞大的制革区，在制革区内，许多制革厂其实都是成片的以家庭为主体的小作坊，其设备大多都是比较简单的传统机械，工人大多是家庭成员，如果订单多了，人手不够时，就招几名工人辅助。

这就是通常说的乡镇企业，实际上都是小作坊。然而，别看企业小，优势可不小。俗话说："船小好掉头，人少好吃饭。"由于企业小，人员少，所以经营灵活，成本低，利润高。

在经过一段时间的调研后，我感觉到这是一个有利可图的行业，属于"短、平、快"企业。于是，我当机立断，暗下决心，一定要抓住时机，尽快闯入制革行业中去。决心下定了，我立即付之行动——你想学会游泳，就必须泡到深水中去。

于是,我又进一步深入调查、考察,广交制革行业的朋友,努力探索一条尽快融入制革行业的新路子。

随着调研的深入,我发现水头制革行业的经营模式与浙南各地各行业的经营模式一样,大多是有工厂的人没有订单,有订单的人没有工厂。

我明白了,只要手里有订单,不怕没有厂家为你生产制作。

我没有厂,所以,只能先从跑业务、接订单做起,这也省去创办工厂时的许多烦琐。而且在跑订单的过程中,也能了解、学习制革行业的许多技术和经验。

记得当年大街上经常有这样的标语:解放思想,更新观念,走出创业的新路子。看来,这句话也适合我。人在江湖走,不能总是看走眼。我相信,我这次是看准了!

一旦有了意志的力量,人就能战胜自身的各种弱点,实现自己的既定目标。

新的路线和目标就在前面,我充满自信,我将坚定不移地走下去。


## 二、艰难的起步


俗话说,万事开头难。凡是大事、难事,只要敢于迈出第一步,自然就会出现好的兆头。不过,婴孩学走路,无不摔跤的,何况开辟一条新路,岂能那么简单。

我既然已下定决心走皮革行业这条路,就必须立即跨出第一步。

于是,我带着从那些厂家拿来的大大小小的猪皮革样品,去找出口单位试试看。我怀着忐忑不安的心情,首先走进浙江省畜产品进出口公司。没想到,他们三两句话就把我回绝了。

我知道广州是我国进出口贸易历史悠久的商埠,于是我怀着不甘心的心情,又走进了广东省畜产品进出口公司。没想到,他们异口同声地说我的样品质量达不到出口的标准。

回家之后,我想,"气可鼓而不可泄",我必须继续开辟途径,寻找到目标客户。

很快,通过有关渠道,我了解到猪皮革最大的销售市场在广东高州。

有了新的目标,哪怕是天涯海角,我也要去闯一闯。于是,我又带上各种猪皮革样品,收拾行装,出发前往高州。

1991年的6月,我兴致勃勃地坐上去金华的大客车,可上车之后,我就感到索然无趣了,因为我的心很急,巴不得立马插上翅膀飞往高州。

然而,那时的大客车,最高时速也只不过五六十公里。车内没有装置空调,炎热的车厢就像一只大烤箱。同时,汽车车窗都是用玻璃推拉的,一点也不密封。车内飞扬着灰蒙蒙的粉尘,大家只好拿着毛巾捂住鼻子。

金温线是浙江中部南北主干线,车流量密集。公路上大车、小车,客车、货车一辆紧接着一辆,行车非常缓慢。遇到堵塞的地段,客车好像乌龟一样爬行,时速最多只有30公里左右,车子开开停停。那时从平阳到金华只有这么一条公路。平阳到金华不到300公里的路程,汽车却开了整整一天。因此,心再急也没用,车无法飞过去。

到了金华长途汽车站,我拍拍头上和身上厚厚的一层尘土,提着行李赶紧去金华火车站,排队买南下广州的火车票。金华不是始发站,人多票少,我只能买到第二天的火车票,无奈只能在金华住上一夜。

第二天一早,我排队检票进站。一进站台,大家都争先恐后地抢着上火车,好像挤公交车一样,成群结队、肩挑背扛着行李箱和背包的乘客蜂拥而上,都想争先上车抢占座位。我个子和力气小,无法挤在前面。待到我挤上车厢后,早已没有座位了。我只能找个地方站着,然后向在座的旅客一个个询问,看谁在前方最近的一个车站下车,问到了就跟那个旅客说好,他下车后,我坐他的位子。在那交通滞后、车辆紧缺的年代,列车车厢内像筷子竖在筷笼里一样,过道上都站满了人,挤都挤不过去。有些乘客拿自己的行李箱当凳子,在过道上无精打采地坐着;还有的旅客实在吃不消,干脆钻进座椅下面,躺在地板上。我就这样辛苦劳顿,通宵达旦,熬到了广州。

第三天下午一时许,列车终于到达广州站。一出火车站,我匆匆赶赴长途汽车站,购买去高州的汽车票。经过三个多小时车程,下午五时许,到了梦寐以求的高州。

高州,这是我寄予希望,且经万千波折方才抵达的目标城市,是我寻梦、追梦、企盼美梦成真的地方。来到高州,似乎春风吹醒了我的美梦,心里顿生兴奋和感叹。

高州城不大,街道两旁,花木葱郁,鲜花绽放,市容市貌很干净、漂亮,称得上是一个花园式的城市。当我进入市区时,城市正在拓展,不少在建的高楼外墙的脚手架还没有拆除。不言而喻,这是一座正在快速发展的新兴城市。

走进高州这座美丽的城市,我发现市区周边分布着大大小小几十家劳保手套厂,它们就是我这次前来所要寻找的目标。为了便于同这些工厂联系,我住进大桥头靠近工厂的华侨旅馆。这个旅馆靠近江边,江边还有公园,可以用来观光。

住进旅馆后,我迫不及待地向旅馆服务员借用高州电话簿,电话簿上可以找到较大的劳保手套厂。我尽快把各厂电话号码抄录下来,以便能快速地与厂家取得联系。

次日,等到这些工厂上班之后,我一家一家地给他们打电话。先进行电话联系、沟通,可以节省时间,也可以在联络中筛选需求量不同的厂家,以便做到有的放矢。可遗憾的是,多个电话打过去,竟没有一家劳保手套厂向我提出要货,也没有一个厂家以热情的口吻邀我进行合作。这种令人失望的结果,使我原本满腔热火的心一下子冰凉了。

这究竟是为什么呢?我百思不得其解。不过,我既然千里迢迢来到高州,必须直接找到厂家,面对面与他们接触,才能了解真正的实情。于是我带上样品,找到距离旅馆最近的高州中华皮件厂,这是一家有一百多名员工的劳保手套厂,接待我的是40多岁的厂长黄焕华。刚见面,他还是比较热情的,但当我自报家门,并说明了来意之后,这位黄厂长对我的兴趣骤减,再端详我带去的猪皮革样品后,他的兴趣就荡然无存了。在交谈中,我发现黄厂长对水头的猪皮革产品了如指掌。他说:"你们那里的猪皮革,厚度不够,绷板绷得太紧，没有弹性，且手感很差，牢度不好，一绷就破了。"总之，他把水头的猪皮革产品说得一无是处。黄厂长还说："由于质量不好，就算你的价格便宜，厂里也不能要水头的猪皮革。"原来水头的猪皮革产品存在这么多的质量问题，怪不得高州那么多的劳保手套厂不感兴趣。中华皮件厂的中肯评价，给初入这个行业的我浇了一盆冷水，我全身都凉透了，似泄了气的皮球，一点劲都没了，脸上一改当初上高州时的神采奕奕。

我后来一想，我好不容易来到高州，总不能空手而归，我决定再找能接受我们这一产品的厂家。

我鼓起勇气，硬着头皮又走进了高州民政福利皮件厂。这个厂的厂长很客气地接待了我。我向厂长做了介绍后，厂长问："你们有猪二层革吗?"

我说："有!"

他问："你们的猪二层，张幅有多大?"

他这样一问，可把我给问住了，我是真的不知道猪二层有多大啊!当时，我心里暗想，头层有那么大，二层应该一样有那么大吧。

于是，我面对厂长的提问，信口开河地说："有23至24尺左右吧!"

厂长笑着说："你们的猪二层有那么大吗?"

我无言以对，心想:这下坏了，肯定说错了。

然后，厂长看了一下我带去的样品。彼此交谈不到二十分钟，厂长就婉言送客了。

事后我才了解到，猪二层皮一般只有7到8尺，最大的也只不过13至14尺而已。我在厂长面前说了外行话，这位厂长显然是不会和一个不懂皮革行业专业知识的人打交道的。

吃一堑长一智，我必须掌握基本知识，说话需谨慎。

我离开了民政福利皮件厂，辗转走进高州供销社皮件厂，接待我的是林志文厂长。他45岁左右，非常和善。林厂长笑着对我说，他去过平阳水头，知道水头那边有许多制革厂，而且市场规模很大。当我与林厂长谈及业务时，林厂长态度也很诚恳，愿意今后与我合作，并且希望我以后多与其保持联系。我们互相交换了名片，留下了联系方式，以期今后进行业务合作。我跟这个厂家接触后,对他们还是比较满意的。

时间一晃而过,我在高州住了十几天,先后与十几家工厂的厂长接触过,洽谈之后都是一样的结局。

我最后到了高州青年先锋皮件厂,这是一家青年人创办的企业。

当我走进工厂时,一位年轻的厂长接待了我。

厂长说他们厂里需要猪头层手套革,厂里也是做出口产品的。

他看了我带去的猪头层革的样品,向我提出了几个问题。他说:"你们的猪头层革能否做到1.2—1.3毫米厚度?"

我说:"可以的。"

厂长接着说:"牢度要好些,不能有松面。"

我肯定地说:"可以按照你们的要求生产。"

他问:"你们的尺码紧不紧?"

当时我不知道他说的意思,只能应付回答:"一般吧。"

接着,这位年轻厂长很诚恳地商谈了价格。厂长还不放心,一再向我提出质量要求,要我赶快先发三件大样给他们看看。厂长还说:"如果大样的产品质量能符合我厂的要求,我厂将向你大批量订货。现在我只能对你做一个口头约定,届时大批要货时,我再与你签订正式供货协议。"厂长所讲有理有节,我都可以接受。

厂长当时还给我一块他们的猪头层劳保手套革样品,让我带回去进行质量上的比对和认定。

是高州青年先锋皮件厂厂长给了我一颗定心丸,让我能带点希望而归。

可以说,我这次高州之行,推销猪皮革产品,是开始加入皮革行业的第一步。与其说是搞推销,不如说是全面考察了高州猪皮革销售市场的状况,学到了许多有关猪皮革产品方面的专业知识,并初步掌握了推销猪皮革业务上的一些技巧和方法,这算是高州之行的最大收获。

虽然苦了、累了,但想到创业,再苦再累也心甘情愿。艰难的起步,总是要付出代价的。

# 三、始料未及的开局

在艰难的起步后，我知道，后面还会有许多艰难在等着我，既然选择了这条路，我只能坚持走下去。

我带着高州厂家要货的样品，马不停蹄地赶回水头镇。到了水头，我直奔"溪心"和"金凤"两个制革区里的各家制革厂，寻找和高州青年先锋皮件厂所提供的样品质量标准一样的猪皮手套革。

我找了一家又一家，都对不上号。一星期过去了，水头这边还没有着落，高州那个厂家又不停地催我赶快发货，这令我心急如焚。我曾与几个厂家磋商，那些制革厂老板都说，要想做到与高州厂家样品一样的品质，只能定做一小鼓。做一小鼓至少要做3000平方尺，少了没法做，可那三件大样不超过1000平方尺，不够一小鼓，是不好做的。

如要定做样品，最快得等半个月。

时间一天天过去。这批大样，现货找不到，定做又做不成，真难煞了我。倘若放弃吧，高州一趟辛辛苦苦跑了十多天，不就白跑了吗？这皮革业务才刚刚有点眉目，眼看有些希望，我也已花了那么大力气，丢掉它实在太可惜了。要是坚持吧，当下这三件大样的燃眉之急又该如何解决？

这可把我急得像热锅上的蚂蚁似的。

在这似乎山穷水尽之时，我决定再次去水头找朋友商量对策。原来水头镇上的"章旦"是制革一条街，所有溪心制革区各厂家的窗口都开在"章旦"。于是，我到"章旦"挨家挨户地寻找。

真是鬼使神差，我漫无目的地走进了陈圣旺的家里。

陈圣旺的老婆庄爱珠见有业务送上门来，对我非常客气。交谈中，我才知道她是庄孟举的妹妹，和我同姓庄，是自家人，她还是当家的老板娘呢！于是我把高州之行承接的一宗业务质量上的要求告诉她，又让她看了我从高州带回来的那块样品。她当即胸有成竹地说："我给你想办法。"

听了这话,我兴奋地说:"那好,这大样做好了,以后订的大批量业务都放在你这里做。"这么一说,她更高兴了,她接连说:"行、行、行!以后你要多少我都给你做!"我当即向她付了200元定金,这样一件十万火急的难事总算解决了,让我长长地松了一口气,这真乃是"柳暗花明又一村"啊!

庄爱珠见我那样急不可待,便斩钉截铁地说:"十天后,到我厂里提货!"

这批样品到底能否保证质量并如期交货,我还是有所担心的。于是,我三天两头往水头这家厂跑,一是看那产品大样什么时候能做出来,二是在皮革一条街上再走访更多的制革厂,以便进一步加深自己对皮革行业的了解。

通过一番调查,我终于弄明白了高州青年先锋皮件厂厂长所问的"尺码紧不紧"是什么意思了:原来就是尺码足不足的意思。

其实,原因很简单,当年,在那样的生产条件下,厂家大多没有像现在这样的电子量革机,那时测量每张皮的面积是用很原始的量皮板比试出来的。其做法是把皮革摊开,平放在量皮板上,用手工比对,在皮板上能基本准确地量出每张皮的面积。可是在对每张皮记码时,量革工人往往会虚加尺数。例如,这张皮的面积明明只有15平方尺,量革工人在皮的背面会写上16平方尺或16.5平方尺。这种不足的尺码,买方称之为尺码紧。如果再加1尺,那就更紧了,"紧"就是短码而已。那时我还真不懂量革上竟有这么多的学问和奥秘。

大约过了十三天,我又到陈圣旺家。老板娘说三件大样已经做好了,并且也打包好了。那时的猪皮革都没有外包装袋,只把十张皮革卷成一卷,用两根编丝绳两头一扎就完了。当时我也不知道怎么验收,只看了一下每包外面一张皮的颜色和厚度,差不多就好了,其他什么也看不出来,也不知道尺码紧不紧,就这样冒冒失失地把它们提回家了。

这时,我似乎看到了曙光,但又感到有些担忧。也许幸运之神在护佑着我,在艰辛困顿之后,必会给我带来殷实丰裕的回报。

生活总是这样,有喜又有忧。这就告诉我,无论在什么情况下,都必须保持清醒的头脑。

## 四、无奈的皮革交易

有了这一个开局，我就得把这副牌打下去。

提到大样品的第三天，我带着这三件猪皮革，直奔高州而去。

到了金华，天全黑了，市区却灯火通明。我从车顶行李架上卸下全是灰尘的猪皮革，把它从长途汽车站扛到金华火车站。这三大件足有85斤重，我经历了一天的舟车劳顿，再把它扛到火车站售票厅门口，累得大汗淋漓，上气不接下气，连话都说不出声了。

这时，火车站售票厅内人头攒动，很多人都在排队购票。我扛着这么笨重的行李怎么排队买票呢？正在为难之际，有个人很亲切地向我打招呼："庄伯伯，你去哪里？"他讲的是闽南话，我抬头一看，是个年轻小伙子。我说："你是谁？我怎么不认得你？"

"我在你家吃过饭，是灵溪人，是小海的朋友。"

"幸好，幸好！请你帮我看一下这猪皮革，我去排队买票。"

"你去吧，我给你看着。"

在这当口，他可帮了我的大忙。

我买了第二天早晨去广州的车票。买票后，我把这三件皮革送到行李房办托运，没想到行李房不给办，要我自行带上车。没办法，我只好扛着它去住旅馆。

那天晚上很热，旅馆没有电风扇，床是滚烫滚烫的，我只好光着膀子睡在水泥地板上，熬过这难忘的一夜。

第二天一清早，我扛上这三件皮革，使出九牛二虎之力，挤上了火车。

在火车上，幸好我在行李架上找到了一个空位，把皮革一件一件地搬放上去，后来又找到了一个座位。此时，我身子像瘫痪了似的，在座位上又熬过了一夜。第三天中午，我终于到达广州。

到广州站下火车时，看见有人专门帮旅客扛行李下火车的，我真想请他帮忙。一打听，他说三件皮革送出站要50元。当时我舍不得这50元，只好自己硬扛着走出了车站,并且一直扛到了广州长途汽车站。

这可是我第二次抵达高州,而且是带着笨重的皮革大样去的,这三件皮革可把我累惨了。谁能知道,我豆大的汗珠流了多少?谁能知道,我肩上的压力有多重?

到高州的第二天上午,我叫到一辆三轮车,满怀信心地把这三件皮革送到青年先锋皮件厂。按上回约定,应在半个月内将货送到,可是现在已经是一个月之后了。那位厂长见我把皮革样品送来了,冷冷地说:"你现在才送来呀,我们已经从福建进货了。"

厂长的一句话,似乎给了我当头一棒。很显然,该业务已经发生了变化。我一下子失望了,心里无比地憋屈,可这又能怪谁呢?我只能悻悻地说:"厂长,先看看这样品怎么样?"

厂长说:"那好,你先放我们仓库,明天我们看一看。"

说完,厂长自己忙去了。

先锋厂已从福建进货,这无可非议。常言道,时间就是金钱。我误了人家的时间,人家当然不能停工等我的货。既然如此,不管交易成功与否,我都不能气馁。

第三天,我去先锋厂,厂长不在,我问办公室其他人员看过我送去的样品没有,他们都说不知道,说这是厂长管的事,只能找厂长。无奈,我一直等了好几天,并且用旅馆的市内电话跟工厂继续联系,对方说"厂长出差了"。

在旅馆等着无事,我又四处转转,凡未曾去过的厂家我都去联系一番,又再去供销社皮件厂,进一步跟他们交流业务,以便相互加深了解。

我等了一个多星期,再去先锋厂,总算见到了厂长。他还是很诚恳地说:"不好意思,近日忙,去了海关办出口的事。你的样品,我需要送较远的另一家厂验收,如果没有事,你就先回去吧!放心,样品的钱我会汇给你的。"

他就这样让我离开了。不过,我不怀疑他们会不给我样品皮革的货款,或许到时还能给我一点业务。很久之后,他们的确把三件样品皮革的货款汇给我了,他们没有失信,这也使我感到有些欣慰。无奈之下,我又再住了几天,跑了一些没有跑过的工厂。

功夫不负有心人。正当我心里焦急万分之时,在一公交车站有幸遇到一位姓曾的工厂采购员,他说他急需一种萝卜色的头层手套革,问我能否生产。我正等米下锅,不管什么色,只要有订单,什么样的我都敢接。于是,我一口应承了下来。他说:"先做3000平方尺,待交货后,再做10000平方尺。"当时讲定的价格是3.8元每平方尺,水头皮厂的买价是2.5元每平方尺,这样一来,还有点利润。我们当场说好质量要求,他给了我一块猪皮手套革小样板,约定半个月交货,他自行提货。我们一拍即合,他付给我1000元订金,我收下这笔订金,这业务就算敲定了。

虽然只有3000平方尺的订单,但这可是我走进皮革行业淘的第一桶金。这个良好开局算是我跑了两趟高州的最大成绩了。

我拿回这个小订单,本想去找庄爱珠生产,但是因为拿了她那里的三件大样,却没有把手套革的大批订单拿回来,甚至连那样品皮革的货款也没有带回来,所以我不好意思去找她,只能去寺前找曾定胜和陈先蓬,把这笔试验性的小生意给他们,毕竟他俩与我有亲戚关系,便于沟通。

我把样品颜色和要求跟他们交代得很清楚,要求半个月后交货,他们一口答应了下来。

可是都快半个月过去了,他们还迟迟生产不出来。蓝皮做好了,但到了复鞣染色这一关就被卡住了。因为他们不懂配色,搞了好几天也拿不出萝卜色的色样来。我急了,请了周青然帮着打样(周青然与曾定胜都是陈先蓬的姐夫)。看着周青然的配色方法,我一下理解了红、蓝、黄三个基本色的配比变化要领,于是跟青然一起,仅用了半天时间就把萝卜色的配方比例拿出来,提供给曾定胜,让他去复鞣染色,从而解决了染色这一环节中的难题。等到他们把皮晒干、摔软、钉板,到量革打包结束,时间刚好拖到一个月。显然,这又是一次交货违约了。

更不能容忍的是,皮革染色时,曾定胜没有把颜色固定牢。我把这3000平方尺手套革产品运回平阳,搬进家里时,发现我们几个人的脸上、手上和衣服上都染成了萝卜色。这真可谓"成事不足,败事有余"。要是客人发现了,肯定会拒收这批货。出于无奈,当时我只能买来几条编织袋,把皮革包装好。

这样一来,客人当场没有发现,就把货提走了。我用一个瞒天过海的违心之计,一个非常不可取的手段,把货交给客人了,当时实在是出于无奈。

皮革装车之后,高州客人说还要10000平方尺:"你们准备吧!"我知道这句话不是真话,是在捉弄我,以此惩罚我的失信行为。

这笔小生意终于结束了,这位高州客人再也不来了,本来可持续的业务变成一次性的生意,其教训颇为深刻。

两趟艰难的高州之行,让我学会了很多。我悟出一个道理,要想生意能长久,必须重信誉,有信誉方能赢天下;再则,必须讲究产品质量,质量是成败的关键;必须崇尚商德,厚德载物,通人脉,得尊拥,享多助,才能永立不败之地。商场之道,即做人之道也。

## 五、与皮革行业的不解之缘

尽管早已春光明媚,春风吹来,我却似小草一样,仍在等待春天的气息,盼望一种似蜜蜂采蜜后的收获。

我于1991年跑了两趟高州,收到几十家大小皮件厂厂长、经理的名片,这些宝贵的名片可起了大作用。从1992年开始,我不出远门,就在家里不断地和高州那些厂家打电话联系,根据对方的需求,在电话里就能进行恰当的交流,于是吸引了高州劳保手套厂家一家又一家派人前来水头采购。

1992年4月间,第一位高州客人来了,他一次就向我要20万平方尺猪二层手套革。这可是一笔大生意,令我喜出望外。

兴奋之余,我又立即担心起来,唯恐这笔生意难以做成。因为,当年水头像我这样带着客人做皮革生意的很多,水头那边,就有不少人在背后拉客。如果客人单独留宿水头,马上就会有人去找客人谈生意,请客吃饭,给予好处,千方百计把客人拉走。所以,我只能把客人带到平阳县城住宿,县城不会有人打扰。

然后,我独自去水头逐家寻找相关制革厂的对口货源,之后再把客人带去水头看皮革验货。

万事开头难，此话一点不假。一开始做这皮革生意，就立马要收购如此多的货，谈何容易？

首先，我当时对猪二层革的质量好坏一点也不懂，心中没数，比如厚度、手感、牢度和量尺等，我都辨别不清楚，什么样的产品才算合格，根本拿不准。这样的情况下，我如何动手去收购？

其次，20万平方尺的猪二层革，至少要有25万元垫付资金，可我当时无钱可垫。俗话说，无本不言利。如果在水头有熟人，就可以凭面子先拉货。那时我家住平阳县城，水头几百家制革厂，我一家也不认识。人不熟，看好货后就得先付款再提货，这在资金上便成了大问题。

如果不能破解上述两大难题，这个皮革生意就会泡汤。

为此，我考虑再三，必须借人之力，促成这宗生意。俗话说，钱分天下人，有钱大家赚。于是，我首先想到的是陈先解和陈素秋兄妹俩（他俩是陈先蓬的哥哥和姐姐），凭这层亲戚关系，他们能帮我这个忙。当然，赚的钱按人分成，他们自然乐意接受。

陈先解在水头办皮革厂已有多年，跟不少皮革厂家熟悉，同行人容易沟通，这样就可以先提货后付款了。同时，质量验收由他把关，便不成问题了。这样一合力，疑难问题便迎刃而解。于是，我立即带着我的客户去厂家看货，开始收购皮革。

接下来的半个月里，我每天早出晚归，一清早从平阳县城带着高州客人坐上开往水头的公交车，赶赴水头皮革厂，一家家看皮验收。

在验收过程中，因质量问题跟厂家老板产生磕碰是常有的事。

有猪二层手套革现货的厂家，都已量好尺码，把皮革打好包堆在一起，等待客人上门来买。堆在上面的一般质量都要好一些，而堆在下面的就不一样了，不少厂家把厚薄不均的，还有带很多米筛洞和边部偏薄或尺码不足的皮革都夹在其中，以次充好，这样一来，验收起来就要费很大力气，为了确保质量，必须拆包一张一张地看。有些厂家不准我们挑，要求统统带走，所以要花很多精力跟厂家讲理，甚至争执。有的硬说价格便宜，就该带些差的走，使生意难以成交。各个厂家收购的产品过于庞杂，使得质量难以控制。

在与厂家不断商榷的过程中，收购皮革的进度受到了严重影响。

然而，难度再大，也要尽力保证质量。质量是产品的生命，质量不保证，收购越多，信誉损失就越大。因此，我总是在保证质量的前提下，努力将生意做好。

眼看皮革生意热闹开张，其时正在平阳氮肥厂上班的庄君新也兴奋了，他利用星期天跟我一起赶往水头镇各皮革厂帮忙找货源、赶进度。他一来，成效非常显著，我们的工作进度明显加快。

我们终于在半个月时间里收购了23万平方尺猪二层皮革，货值达41万多元，可以装满整整一辆大货车。这第一轮生意产生了2万多元利润，我掘得了皮革生意的第一桶金。

我取得了加入皮革行业后的第一次成功，这使我对今后在这条路上的发展充满了信心。通过这一次的实践操作，我对猪皮革质量有了深刻的认识，基本掌握了皮革生意的初步规律，为今后的皮革生意的拓展奠定了坚实的基础，同时也结识了很多制革厂的大小老板，扩大了人脉，提高了信誉。从此，在水头镇的皮革市场上，我也占有一席之地。我尝到了较大的甜头，劲头更大，并且更积极地连续不断地与高州那边各皮件厂取得联系。大约两个月后，供销社皮件厂厂长林志文派人前来采购了，之后又有中华皮件厂黄焕华厂长和民政皮件厂先后派人向我要货。这正是："有朋自远方来，不亦乐乎！"

1992年至1993年的两年时间里，我不仅与高州人较顺利地做成了一批又一批的皮革生意，而且还把业务拓展到温州鞋革市场，跟温州皮革行老板蔡显光做了两批8万多平方尺二层鞋里革生意。

从此，我便与皮革行业结下了不解之缘。

1994年春节，这是我永生难忘的日子，这个日子注定了我下半生的财运和命运。其年，我55岁，因为过年前温州蔡老板给我一个皮革出口业务信息，让我跟广西南宁市医疗保健品进出口公司取得联系。

南宁市医保公司一位赖女士接了我的电话，她说她公司急需出口猪二层鞋里革产品，要我赶快带样品前去商谈签约，这是个多好的机会。她约我春节之后抓紧前去签订供销合同。所以，正月初九我便应邀赶赴广西南宁，于十一日下午抵达。

正月十二日上午，我高兴地走进南宁市医保公司大楼。接待我的是该公司年轻气盛、办事干练的经理韦红宁先生。我俩几句寒暄后，立马进入主题。他看了看我带去的猪二层鞋里革和猪头层鞋里革样品之后，还没等我反应过来，就按他公司的出口质量标准，与我签订了第一批20万平方尺米黄色猪二层鞋里革的供货合同，当场签字生效，其速度之快、效率之高，前所未有。中午，该公司领导班子全体成员还对我盛情款待，以庆贺1994年第一批业务成交，大家都充满着对新年的期待。下午，我又与自治区外贸公司签订了向其供应20万平方尺粉红色猪二层鞋里革的订单。

俗话说，一年之计在于春。一开春就有了这样丰硕的成果，令人惊喜不已。当时，这对我来说，真是天大的好事！

人逢喜事精神爽。正月十三日，我怀着无比兴奋的心情，游览了南宁市。正月十四日一早，我生平第一次坐上飞机，从南宁直飞到上海虹桥机场，十五日又从上海坐上大客车，兴高采烈地回家了。

回到家里，面对一笔笔大生意，我既欣喜又犯愁。如果像过去那样各家各户去收购，不但进度慢，而且无法保证质量。如果再增加业务量，生意将无法继续进行。这时，我觉得必须有一个正规的经营单位才行。于是，酝酿建厂的议题，刻不容缓地摆到了我面前。我当机立断，去水头创办属于我自己的制革厂，同时信心十足地马上付诸行动。

春风携带着花香，迎面而来。


# 六、合作经营，自办企业


有了大批量的订单，有了信得过的出口业务，依靠别人的货源，显然是难以为继了。掌握市场的主动权，创办自己的企业，建立自己的经营阵地，已成了我的当务之急。

从南宁回来的第二天，我便兴致勃勃地去水头找李杜忠商量，专谈组建皮革厂的事宜。

水头乡镇企业管理站的林高钊是平阳县溪心制革二厂的法定代表人。开办这家厂，他已领了营业执照，但由于某种原因，至今尚未开业运营。我欲办厂，这执照正好可提供给我建厂使用，这样，便可以省去许多办证方面的麻烦。溪心制革二厂当年的参股人员以我为主，加入了李杜忠、林高钊和金大斌三人，共十一股。李杜忠有自己的一家制革厂，由于他熟悉业务，对收购猪皮革的质量能够很好地把关，我分给他两股；金大斌懂税法，能把握好企业税务法规，我给他一股；林高钊提供营业执照，且在水头有一定的人际关系，让他占一股。整个企业在业务上当然以我为主，所以我占了七股，为核心股东。每股投资15000元，合计总投入资本为165000元。一个再小不过的企业就这样诞生了。

可以说，平阳县溪心制革二厂便是后来平阳县明新制革厂的前身。

在这个工厂经营班子里，人力、技能配备虽不是很健全，但各项工作却充满着勃勃生机。

工厂马上开始运作，收购猪二层鞋里革。由于自己没有厂房，我们就租用了水头望雁路两间四层楼民房作为临时经营场所。刚建厂时资金紧缺，我们只购买了一台小型电子量革机，购置了马凳、皮板等用具，招收了五个工人，加上参股人员五人，共有十个从业人员。一切工作准备就绪，我选个好日子，放鞭炮庆祝开业，企业就这样热热闹闹地开张了。

企业一开张，上半年就专做广西南宁市医保公司和自治区外贸公司的出口业务。我们虽然是刚刚诞生的小微企业，但是却能使水头猪皮革产品跻身国际市场，潜力巨大，刚刚起步便旗开得胜。生意成交后，收益不菲。

正当企业充满希望之时，国外鞋革市场风云骤变，有关猪皮鞋里革的产品的国际行情一路大跌，我厂出口业务突然中断。到了下半年，企业订单陷于冰点，我们只能做一些温州鞋革市场上的零星小生意，甚至还做过代人量革服务，以此微薄收入，维持工厂生计。

值此企业兴衰存亡的关键时刻，亟待开出一条新路。这时庄君新主动向我提出欲为企业寻找业务的意愿,希望寻找猪皮革推销的新途径。他原本不懂皮革业务,我也只能抱着试试看的心态,让他外出跑跑,见世面吧,但我内心不寄予很大的希望。

没想到,他竟一炮打响了。他于7月12日携带样品出门,径直往宁波而去,只三天时间,就于7月15日打来电话说,与奉化一家制鞋厂签订了1万平方尺头层涂饰猪皮鞋面革的订单。当天他就把厂家深棕色头层涂饰鞋面革的样品带了回来,这真出人意料。

不过,我们以前做的都是几十万平方尺的大单,从各厂家一一收进来皮革,然后分级,再打包,就销售出去了,资金周转也快。何况君新这次外出所接的业务只是1万尺的小订单,还必须涂饰,增加了不少麻烦。那时苦于没有其他大笔业务,只把这笔小生意当作试验而已,就安排了生产。

君新所接的首笔业务规模虽小,却孕育着希望。谁能想到这是他日后在皮革行业登上巅峰的开端呢?

正是因为涂饰工艺的创新开发,企业马上就活了起来,并带来了快速发展的机遇。

皮革涂饰工艺是一门很深奥的学问。应用涂饰工艺当属方兴未艾的一种制革新技术,入门并非易事。那时,正好上大学的三儿子庄严放暑假在家,恰巧他以前要好的同学郑乃明在金凤办制革厂。他们制革厂专门涂饰服装革产品,他在涂饰工艺方面有现成的经验。于是,庄严就请了郑乃明来到厂里进行实地指导和帮教。

皮革涂饰工艺包括皮面补伤、颜色调配、涂料配比、手工刷涂、色泽固定等一系列流程,郑乃明都大方地一一进行示范以传帮带。我们也很快学会了最简单的操作方法。

给伤残点皮面补伤、涂料覆盖,彻底改变了原皮的质量,经过涂饰加工,提高了原来的半成品皮革的质量档次,其价格也立即翻倍升值,这一改变引起了我极大的兴趣。

一开始,我们借用了李杜忠的制革厂房,通过喷涂操作,只用了三天时间,1万平方尺头层涂饰鞋面革很快就做成了。成品出来后,我当即把它发给奉化制鞋厂,厂方满意地接收了,而且还追加黑色鞋面革1.7万平方尺的订单,这真是太好了!

第一次涂饰猪皮鞋面革取得了成功,这意味着我们在产品创新开发上多了一个新品种,企业也上了一个台阶,同时也改变了工厂的经营方式,企业由过去的纯粹贸易型一跃变成了产品加工型。尽管当时的猪皮革涂饰产品还不尽如人意,但这是制革行业发展的新趋势,很有发展潜力。

君新尝试猪皮革涂饰产品一举成功,他也感到极大的振奋。他立即掌握了推销方面的技巧,并很快在营销上大显身手。他不仅打开了宁波奉化猪皮鞋面革的销售局面,而且还开发了猪头层皮汽车座套革这个新项目。

我们把猪皮头层服装革涂饰成为汽车高档座套革,把猪皮头层沙发革涂饰成中档汽车座套革。这些产品投向市场后,当即受到很多客户的青睐,尤其嘉兴市雅迪汽车装潢公司,愿长期向我厂订货。我们的产品又相继受到其他汽车座套厂家的喜欢。

当时除雅迪公司外,嘉兴的王小观、杭州大众汽车装潢公司的林云玲、杭州康桥汽车装潢部的马洪奎、南京军区黄埔汽车配件装潢部的林杰、宁波鄞县的陈富康、温岭的陶守信、大连翔洪棚垫加工部的郭锦灶等,都争先与我厂签订长期供货协议。

企业订单接踵而来,工厂每天的生产任务安排得满满当当,有时还要加班加点,这样还满足不了客户的需求。因此,由于生产、销售形势火爆,企业的盈利直线上升,利润翻了几番,这猪皮汽车座套革便成为当时我厂的看家产品。

1994年10月末,广西南宁市医保公司又派刘绍剑前来与我商议,要为他们公司再收购猪头层皮米色鞋里革业务。这样的大客户又来了,我们十分高兴。可是,当时水头一些生意人也看中了我原来客户的25万平方尺的业务,与我厂产生了激烈的竞争。他们的所作所为,虽然给我厂带来了一定的损失,但是,那时我厂已有自己的看家产品打底,他们的抢和争没什么了不起,我们也不屑一顾了。

从1994年的11月5日开始,我又为广西南宁市医保公司收购了15万平方尺高质量的猪皮头层鞋里革,历时一个多月交货。

我衷心感谢广西南宁市医保公司给我带来的创业机会,由此开始,我创办了我们的企业,产生了丰厚的经济效益。

从那以后,企业的重点转为专业生产猪皮汽车座套革,君新从此成为企业的主心骨。

1995年2月18日,股东之一李杜忠由于自家制革厂业务繁忙,在我厂仅占两股,甚不起眼,加上他对涂饰工艺技术也不在行,因此,经股东会议决定,同意他退股。李杜忠这位企业创始人之一走了,其时企业正在快速发展中,我厂急需一个对皮革涂饰和经营懂行的人手帮忙,于是我选择了胡孙治。

我与胡孙治也是到水头来后认识的。

我们曾经多次买过胡孙治的猪皮服装革。同行人在交谈中总是三句不离本行,经过多次交往,我很快就发现胡孙治对皮革的生产经营与技术质量管理上有很多独到之处。

他原来是水头区粮管所所长,是个退职干部,生意场上也确实是个人才。因此,我十分看好他。同时他也很有意愿与我合作,双方一拍即合。

胡孙治来了,对我厂而言,如虎添翼。原来全由我亲自掌控涂饰配料,他来之后,此活由他全权负责。在产品的采购验收上,他也成了我的得力助手。这样,我能把主要精力放在权衡企业经营与运转以及未来的发展上。再者,我从琐事中解脱出来,人也轻松了许多。

随着汽车猪皮座套革产品生产销售形势的节节攀升,客户需求量不断增加,企业租用的两间四层楼民房已远远不能适应大批量涂饰加工的生产需求,加上民房又没有电梯,上楼下楼运送皮料全靠人力,不但劳动强度大,而且进度非常缓慢。与此同时,购入的一些不同颜色和手感偏硬的皮料,必须先经过转鼓进行褪色,重新鞣制加脂浸油,然后再进行重新染色,这又增加了生产的难度。

因为我们没有水场和转鼓,生产时只能借用陈祖进和陈永志两厂的转鼓。在人家厂里进行加工,要等到他们的转鼓闲置时,才能借用,毫无生产上的主动权,严重妨碍了企业的生产进度。于是,自行创建一个有转鼓又有相当规模的厂房,已是迫在眉睫,所以我们决定购置一个制革厂。

1996年2月7日,我成功地买下了水头溪心繁华东路5号叶笃芬1300多平方米的简易厂房。它有六个现成的小转鼓,月产猪皮革可达5万多平方尺。购买了厂房,有了转鼓,工厂生产立即活跃了起来。从此,企业便有了自己的生产基地。

当年在水头溪心、金凤的制革厂,90%的厂家不会涂饰,他们的猪皮革半成品中有一些带有伤残面的头层皮,价格便宜但不好卖。而这些对于我来说却是很有利用价值的次等产品。于是,我们趁此机会大量收购这些带有伤残和色差不统一的次品皮,进转鼓再加工,染成达到客户要求的各品种颜色,然后把它进行修面、补伤、涂饰压花,经过这样的涂饰加工处理后,生产出来的成品革与正品的质量相差无几。而使用这种次品皮所加工出来的成品,成本低,很划算,利润明显增加了。企业一度出现了前所未有的兴旺局面。

企业的销售方面,在原有十多家客户的基础上,君新更发挥其独特的推销本领,很快又新增了上海大众汽车装潢总汇、无锡一家客户和广东增城三家客户。这样一来,企业每天都在满负荷地生产。

随着汽车市场小轿车品牌不断地更新换代,档次日渐升级,猪皮汽车座套革作为汽车内饰件的配套产品,也随之更新变化,须换成更高档的产品。

猪皮汽车座套革只热销了两年时间,现已逐渐衰退。除此之外,那时山东、河北无极、浙江衢州等地的同行纷纷仿效,也大量生产猪皮汽车座套革产品。我厂原是"一枝独秀",现在竟有众多的竞争对手,与我抢杯分羹。在此情况下,我厂猪皮座套革的售价不断下降,销售量日渐减少,致使企业的利润急剧下滑。

此时,高档次的水牛皮汽车座套革产品在市场上悄然兴起,有望逐渐取代猪皮座套革产品。在这样的市场发展趋势下,必须紧急掉头,生产水牛皮汽车座套革。可那时缺乏生产水牛皮的新技术,没法紧跟水牛皮生产这一更新换代的步伐。在猪皮座套革产品销售急剧萎缩的情况下,企业收支失衡,工厂濒临停产,企业再次遭受经营危机。

人生的道路如此曲折,苦苦甜甜,不知有多少个轮回?

一路走来,实践告诉我,创业之路总是起起伏伏,唯有艰苦奋斗,不怕任何艰难困苦,成功之花才会在春风中盛开。

# 七、创办明新制革厂

时势总是不断变化的,企业的人事随着时势的变化也会不断变换。

1996年10月28日,正当企业面临困境的时候,胡孙治主动提出退股。为了不让金大斌和林高钊跟着亏本,我也劝这两位股东退股。这样,企业通过清算、评估、折价后,我与君新接收了工厂的全部资产和股份。

1996年11月,我从事皮革行业已将近六个年头了。企业重组后,更名为平阳县明新制革厂,我和君新各持五股,法定代表人由君新担任。庄氏家族企业由此开创了历史新纪元。毫无疑问,平阳县明新制革厂的诞生,意味着我所投身的这个行业又将迎来一个新的春天,向着更广阔的道路奋勇前进。

那时,为了发挥各自的优势,我与君新在工作上虽没有明确的分工,但实际上,他专门负责水牛毛皮采购、产品销售和货款回笼工作。我负责企业的生产、产品质量把关、涂饰配料、水场毛皮投鼓,还亲自参与片皮、二层灰皮的出售,以及化学原料和零星材料的采购。产品发货、财务管理、招聘员工等,这些工作全由我一人包办。当时全厂只有二十五六人。那时我身体好,可以天天全程跟班,每天早饭后直至晚饭前,一天连续工作十几个小时,有时还要加班加点,天天忙个不停。为自己的企业操劳,我心里总是乐呵呵的,真有使不完的劲,一点也不觉得累。

企业改制后,工厂成为我父子所有。我们一方面继续做猪皮汽车座套革产品,以此过渡性地维持生计;另一方面,全力以赴投入研究开发水牛皮汽车座套革新产品。

这水牛皮的研发试制,着实不易。一次两次试验不成,再来第三次,就这样,反反复复地进行研究和摸索,经过了几十次甚至上百次的试验生产,始终没能产出令人满意的产品。有时不是手感太硬了,就是部位差太大,或是牛皮项背和臀部的毛孔没能充分打开。有时毛孔打开了，可是牛皮的肚腹部位又太松了，达不到质量上的合格要求。几个月下来，我们孜孜不倦、一丝不苟地试验，耗毁了十几万平方尺水牛皮，最终勉强产出了难以得到好评的水牛皮汽车座套革。尽管它还有不尽人意之处，但由于这一产品在当时市场上十分紧缺，虽有些许瑕疵，但一投放市场还是非常畅销的。就这样，我们边试验、边生产、边销售，工厂的生产天天忙忙碌碌。

1997年下半年，企业瞄准了中国汽车行业这个广阔的天地，认为该行业潜力巨大。于是，我们一心一意加大力度，专攻水牛皮汽车座套革的深入研究开发。尽管技术缺乏，产品质量偏低，但业务量还是不断增长，效益倍增，明新企业的经济运营有了明显的转机。

这时，企业朝着良好的方向猛进，客户又增加了好几个，例如北京的刘胜利、浦东新区福田汽车装潢厂上海经营部的刘永健、上海浦东川沙大东汽车装潢总汇的麦陶枢、杭州西湖流水桥创新汽配装饰商行的胡建强和江西德兴汽车装潢中心的郑亚民等。他们的用量都很大。

随着企业的客户不断增多，产品销售量也逐步增大，却又带来了一个新问题，那就是现有厂房和设备都跟不上，生产受到严重的制约。为了应对这一突出的产供矛盾，我们对厂房进行了全面改造，很快搭建起了近500平方米的竹楼；同时，拆换了旧转鼓，增加了9个大转鼓，还添置了一台立式压花机，一台小型削匀机，一台小型磨革机和一台小型绷板机。由于厂房的扩大，配套生产设备不断完善，产量又迅速攀升，当月产量立即跃升至6万平方英尺，当年的年产值达到250万元以上，企业首次一年上缴税金15万元。

1998年冬，刚改造好的厂房和新添置的设备还是跟不上企业向前发展的趋势。我们准备在水头征地以扩建厂房。但是，经过调研，水头的土地、电力和社会环境等诸多方面都不利于企业更大的发展。基于这些综合因素，"明新"最终放弃水头，毅然决定到温州市郊开辟新的天地。

冬天的冰还未化，春风却悄悄地来到了我眼前。我相信，明新企业新的梦想已经开始了。

## 八、崛起在温州

温州是浙江省地级市,是东南沿海重要的商贸城市和区域中心城市。温州是国家历史文化名城,素有"东南山水甲天下"之美誉。

温州是我们企业发展的希望,明新人充满了信心。

温州市瓯海经济开发区是在改革开放的大潮中出现在瓯江之畔的一片热土,我们一家人都看中了这块宝地。经过认真考察,我们当机立断,一举购买了该开发区北纬一路33号现成的一座厂房。厂房占地三亩,总面积为3000多平方米,有80千伏安的变压器一台(当时水头只有23千伏安),这为工厂提供了快速发展的优越条件。

2000年春,我们创办了温州市明新皮业有限公司,经瓯海经济开发区工商局核准并注册登记,注册资本增加到100万元。

工厂搬迁后,员工马上增加到70多人。公司很快进入正常的生产运转,月产量猛增至12万平方英尺左右,当年的月产值与水头相比竟翻了一番。

2000年,是明新皮业有限公司大发展的一年。当年,公司购置了一条电脑控制的自动喷浆机流水线,相继增配了一台通过式韩国产进口压花机、一条二层皮移膜革湿法流水线、两台立式压花机、两台大型绷板机,还有一台从意大利进口的大型磨革机。这些新设备投入使用并正常运转后,每天厂内生产都十分繁忙,产量迅速飙升,销售

◇2000年,明新制革厂购入温州市瓯海经济开发区北纬一路33号厂房,成立温州市明新皮业有限公司。图为该厂房大门

量成倍增长,前景一片光明。这一年,公司的产量与当年的水头相比,竟达五倍,取得了令人可喜的成绩。

应该看到,这一年我们能取得令人刮目相看的好成绩,与公司添置了电脑操控的四套新型制革设备有关。这不仅提高了生产效率,更大大提高了产品质量,从而全面提升了企业的档次,获得了可观的经济效益。

2002年4月,我公司首次参加了在香港举办的亚太皮革博览会。从此,明新皮业公司在国内外有了一些名气,我们也开始跟国外一些客商接触。

◇2002年,温州市明新皮业有限公司参加香港亚太皮革博览会,董事长庄华元在展台上迎客

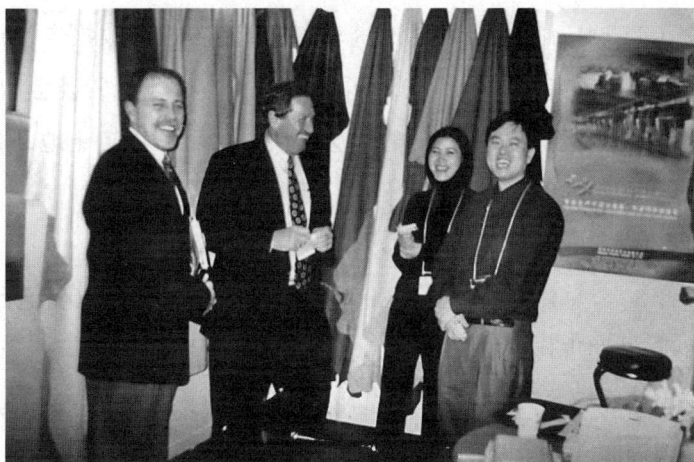

◇温州市明新皮业有限公司总经理庄君新和余海洁在展位接待外商,与外商交谈

亚太皮革博览会之后,明新皮业有限公司雄心大振,向着国际皮革大市场挺进。公司原产水牛皮汽车座套革,逐渐改产黄牛皮,开始致力于黄牛皮汽车座套革的研发。在"硬"产品开发的同时,在"软"实力上也下了不少功夫。为提升产品质量和档次,我们首先在经营理念上进行了规范的科学管理。公司提出"以人为本、以质取胜、技术领先、持续改进"和"诚信经营、优质服务"的宗旨,以符合企业升级的客观要求。

2002年,君新全力研发生产出来的黄牛皮汽车座套革产品很快在国际市场上抢占一席之地,初步树立起明新品牌的良好形象。国外一些知名汽车公司陆续与明新皮业有限公司结缘,我们先后被日产汽车公司(风神系列)和菲亚特(南京)汽车公司指定为配套供应商,同时,我们将该产品卖到了印度尼西亚、新加坡及中国台湾地区。我们成为了外商有长期合作意向的黄牛皮汽车座套革的供应商。

明新企业产量的持续扩大,使生产原料的周转不断增加,厂区所有空间全部堆满了产品,扩大厂房又是一个迫在眉睫的重要议题。

我们首先把厂区东侧的简易房拆掉,改建成为两层彩钢房。这样,厂区面积就扩大了一倍。但因为生产量仍在不断猛增,公司发展仍受到很大程度的限制。

为了根本扭转厂房与生产的突出矛盾,公司当即向瓯海经济开发区管委会提交年产500万平方英尺牛皮汽车座套革生产的技改报告,要求扩建厂房,急需征地20亩。这一征地扩厂项目立即引起开发区管委会和瓯海区政府的高度重视,通过立项论证,管委会很快就批复了17亩土地,用于明新公司扩建厂房,它的位置在蛟凤北路21号地块。

2002年8月16日,农历七月初八,新厂房正式奠基动工。

2003年8月,总建筑面积为12000平方米、投入资金为1200万元的新厂房终于竣工,按照现代化的正规厂房设计建造。

新厂房建成后,经过一年多的试用,全面实施了技术改造计划。公司引进了意大利等地一流的现代化制革全套设备。

2003年5月开始,一些进口设备陆续运入新厂并进行安装调试。

　　2003年7月,老厂房原有的设备陆续搬进新厂,三层楼的新厂房车间空间较大,安装了十几台(套)系列的制革新设备,仍宽敞有余。从此,工厂生产能力得到极大的提升。有了这座新的厂房,温州明新皮业有限公司已粗具规模。由于新增了一大批新型制革设备,产品质量逐步稳定,产量大幅上升,因此又吸引了好几家有实力的汽车坐垫配套厂商,与明新皮业有限公司签订长期供货协议,企业呈现出一派欣欣向荣的景象。

◇2003年10月2日,庄华元在温州明新新厂房的办公室里上班

　　2003年8月11日,新厂工人食堂正式开张。这时公司员工已经发展到120多人,这么多人可同时在一个餐厅内就餐,极为舒适。餐厅内还配备了全新的餐桌,墙壁上还添置了摇头电风扇,员工的生活从而得到很大改善,大大提高了员工的生产积极性与凝聚力。

◇2003年10月7日,温州市明新皮业有限公司新厂房落成,副总经理庄严在新厂房办公室内

　　公司搬进新厂房后,企业生产基本走上了正轨,并实行了现场5S科学管理模式。工厂各车间内都装配了电子监控设备和美声喇叭,在公司的网络中心内可以清晰地看到

◇2003年10月,温州明新新厂房落成,庄华元、林锦云在新厂房办公大楼门厅合影

车间的生产动态,这对质量的提升和效益管理起到了极大的促进作用。

自2002年开始,君新有了一个深刻的认知,那就是,要想把产品质量提得更高,公司必须首先导入现代化企业管理模式。企业能否有条有理地进行科学规范管理,首先要培训出一支优秀团队。所以,进驻新厂后,我们首先进行了5S管理培训,然后又积极学习并初步实施了ISO 9002质量管理体系和ISO 14001环境管理体系,2003年又着手执行汽车行业特殊要求的ISO TS16949质量管理体系培训。这一举措增强了"明新"的品牌效应,树立了绝佳的企业形象。

艰苦的努力带来了美好的回报。美国最大的汽车皮革经销商慕名而来,意欲包销我公司生产的全部产品。产品备受美国大牌公司的倚重和肯定,给予了我们极大的促进与鼓舞。

广州吉中公司是一家汽车厂坐垫配套企业,他看中了我公司的发展规模和产品质量,愿意长期使用我公司产品。广州午阳公司也长期求购我公司的汽车座套革,他们对我公司的品牌十分青睐。台州玉环的方向盘厂也向我公司求购方向盘用革。公司的黄牛皮汽车座套革产品,市场前景良好。仅2003年一年,销售订单量就高达257份,合同金额达到3682万元。

值得庆幸的是,我公司成为世界皮革技术中心BLC的成员单位。

公司业务量增加迅速,新厂房落成后还有许多制约生产发展的瓶颈,明新公司的硬件环境还是很不乐观。由于温州缺水缺电,加上我们自己没有水场车间,毛皮生产和复鞣环节所用的转鼓必须去洞桥租用。公司创办四年来,我们一直都去洞桥多家私人制革厂租用转鼓。

做进口毛皮还要把它们拉到离公司50公里以外的瑞安陶山致富制革厂租用转鼓生产,这对生产管理极为不便,加上天旱时洞桥经常缺乏淡水,因此租用的水场还得请拖拉机去很远的地方购买水,导致无法正常生产。这又影响到客户的订单不能按时交货,对公司的信誉又带来了不好的影响。

除此之外,因为排污问题,新厂房不能创建水场车间,所以征地扩建并尽快建立自己的水场车间,已是燃眉之急。

事物的发展总是这样,一些矛盾解决了,又有一些新的矛盾产生了。企业在发展中又出现了新的困难,我们始终是在解决矛盾中发展,在克服困难中前进。

季节随时转换,春风又拂面而来。一个好消息很快传来了:嘉兴市政府正在大力开展招商引资工作,这无疑是春雷震耳,给了我们一个积极的信号。

◇2004年6月,庄华元与庄君新父子在汽车展览会展厅内合影

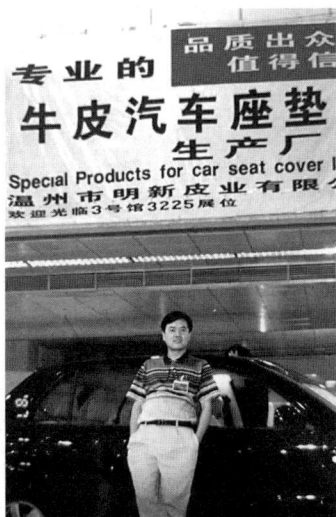

◇2004年6月,北京召开国际汽车工业展览会,温州市明新皮业有限公司以汽车真皮座套革配套产品参加了这次展览会。图为庄君新在展会广告牌前

# 第十五章　移师嘉兴,开拓"明新路"

来不及拈花,花却开了

来不及惹草,草却绿了

命中一个转身

我们来到了南湖之滨


在异乡僻壤

若轻若重,迎风飞腾

明天,总是新的

春风吹绿了灿烂前程

# 一、移师嘉兴

得到了嘉兴招商引资的信息,我们很快就把目光聚焦于嘉兴。

嘉兴,别称禾城,是国务院批复确定的中国具有江南水乡特色的旅游城市,是国家历史文化名城。嘉兴是个广阔的天地,在那里创业一定大有可为。

2003年6月,庄君新带领我们全家前往嘉兴实地考察。

到了嘉兴,我们立即得到秀城区(后改为南湖区)政府、开发区管委会、大桥镇政府和建设银行等单位领导的热情欢迎和款待。我们看到这里基础设施完善,电力充足,水源丰富,土地广阔,交通便利,具有创办制革厂最优越的环境条件,全家都感到十分满意。其时距离温州新厂房竣工还有两个多月,经董事会郑重研究决定,同意接受君新的提议:前往嘉兴再创业、再发展。

嘉兴地处杭嘉湖平原,北临上海,南近杭州,处于中国东部最具经济活力的长三角地区和沿海经济带的中心位置。它直接受到上海发展和浦东开发开放的经济辐射。对于明新创业来说,这是非常有利的地理条件。

同年6月12日上午9时,对明新企业来说,是具有历史纪念意义的日子。嘉兴市秀城区、工业区管理委员会与温州市明新皮业有限公司在温州市王朝大酒店会议厅隆重签订投资项目协议书。嘉兴市秀城区副区长朱全根作为政府代表,和明新公司法定代表人、总经理庄君新在协议书上共同签下了这辉煌的一笔。参加签字仪式的有:嘉兴市秀城区办公室副主任江军,中共大桥镇委员会副书记许翔、镇长吴甫根,嘉兴市建设银行信贷部经理等;温州市明新皮业有限公司董事长庄华元、副总经理庄严、营销部经理邹宗成等。

◇2003年,嘉兴市秀城区政府招商团一行与温州市明新皮业有限公司领导班子在明新会议室合影

协议书第一条规定:秀城工业园区出让给温州市明新皮业有限公司的土地总面积为150亩,后又增地40亩,共计190亩,项目总投资为2亿元人民币。

浙江明新皮业有限公司,于2003年8月1日经浙江省工商行政管理局核准,同年10月29日(农历十月初五),在嘉兴市工商行政管理局秀城区分局登记注册。注册资金为5000万元,当天即领到了公司营业执照,并在嘉兴建设银行开户。

2004年,公司的大好形势似南湖波涛,在春风吹拂下向我们赶来。是年六十五岁的我,欣喜地看到儿辈的干劲似钱江浪潮,后浪推前浪。后生可畏,公司的大业放手让他们来干,我大可放心了。他们毕竟是八九点钟的太阳,明新是我的,也是他们的,最后还是他们的。明新企业这个创业大舞台应该由他们来掌控,这样,明新的未来才有更大的希望。于是,我辞去公司董事长职务,从企业生产管理的第一线退居到第二线,只担任名誉董事长,由庄君新接任董事长,他是浙江大学化工系本科毕业生;总经理由我的小儿子庄严担任,他于温州大学电子系毕业,是工商管理专业硕士。从此,明新皮业有限公司有了年富力强、高素质、高水平的接班人。子承父业,明新企业的发展大有希望。

◇浙江明新皮业有限公司董事长庄君新在公司开业大典上讲话

2004年3月28日,由嘉兴市秀城区政府主办的秀城区招商引资推介会暨浙江明新皮业有限公司奠基仪式在明新公司工业园区内隆重举行。秀城区委、区政府领导,区党政机关干部,工业区管委会领导,工业园区内所有企业老总,明新公司的众多客户、亲朋好友以及来自国外的友人和贵宾,共700多人前来参加奠基庆祝活动。

大会主席台上写着特大的金黄色字样:"秀城区招商引资年、项目推进年现场会暨浙江明新皮业有限公司奠基仪式"。台上台下都铺上了大红地毯,台前摆满艳丽多彩的鲜花,明新皮业的五色彩旗间隔有序地插满了工业园区内,并一直延伸至厂外公路五里之远,把会场点缀得格外喜庆和热闹。三十多个气球垂挂着长幅贺词,上面赫然写着醒目的大字"庆贺、招商、奠基",它悬垂在主席台和会场四周,迎风飘扬,在主席台上空画出一道道亮丽的风景线。在红色拱形大门的两侧,端庄秀丽的迎宾小姐站立一旁,彬彬有礼地喜迎莅临的领导、贵宾,以及来自四面八方的客人,并给贵宾戴上胸花。铿锵激昂的军乐队持续演奏着欢快的迎宾曲,整个会场一派喜气。

这里虽是区委、区政府一年一度例行的招商引资盛会,也是极具魅力和示范性的招商引资现场经验交流会。它把浙江明新皮业有限公司卓有成效的业绩向嘉兴社会各界进行积极的推介,其意义极为深远。

嘉兴电视台也应邀前来助阵,进行现场拍摄,并向全市人民播放这次盛会的新闻。

明新皮业有限公司从1994年创业以来,经过十年艰难的博弈,终于在今天、在嘉兴这块热土上向公众进行了一次极为成功的展示。这也是明新皮业有限公司家族企业最具历史意义的辉煌时刻。

我们抢时间、讲效率、赶进度。2004年4月28日,即会后的一个月,在明新工业园区内,承建公司厂房的施工队立即进场施工,从而拉开了明新皮业有限公司在嘉兴这片土地上风生水起的大幕。

2005年3月,不到一年时间,明新皮业有限公司首期七幢厂房在工业园区内拔地而起,车间总面积达21500多平方米,且一次性建成,它集水、电、气配套设施于一体。君新的超前意识又一次在此体现,他往往以惊人的速度向人们诉说着"时间就是金钱"的哲理。之后,厂区内水泥浇筑的道路四通八达,我们又着手开始绿化、美化厂区环境。一切都在紧张有序地进行。

工厂按工艺流程顺序布局,最为注重的水场,分别有毛皮、鞣制和复鞣、染色各大小型号不同的转鼓,分布在三个不同的车间里,还有试验小转鼓同时启用。公司决定于3月28日正式投入试验性生产。现在的明新公司终于有自己的水场车间了,租用他人转鼓和水场的历史终于结束了。

由于设备齐全,企业更上了一层楼。每日投产毛皮可达1000张,每日产量骤升至5万平方英尺,月产量可达到100万平方英尺以上。一天的产量可抵水头时期一个月的产量,企业产能竟提高30倍!

依据生产发展的需要,企业职工迅速增加到160人以上。

2005年5月28日,通过两个月的试生产,公司正式举行开业典礼。这次的开业典礼比2004年公司奠基时更为隆重,并且更具意义。嘉兴市秀城区更名为南湖区,其更名挂牌仪式与明新皮业有限公司开业庆典同时进行。

早上,所有与会人员首先到区政府大楼前举行南湖区更名揭牌仪式,然后转移到明新公司工业园区内再次进行开业庆典活动。"祝贺浙江明新皮业有限公司开业庆典"的巨幅会标横挂在主席台上空,会场四周悬垂着"庆贺秀城区更名为南湖区""庆贺明新皮业正式开业"等多幅标语,这些标语在会场内飘扬,显得更为喜庆、大气,极具魅力;军乐队不时演奏着欢乐明快的迎宾曲,把会场的气氛烘托得更为热烈和喜悦。礼仪小姐在主席台前方一字排开,给前来参加开业庆典的领导、贵宾、外宾一一别上胸花,对他们的到来致以最热烈的欢迎。

工业园区内入驻的各企业公司董事长、总经理们也都来到开业仪式会场,共同见证明新皮业有限公司正式开业的这一历史时刻。参加这次庆典的领导、来宾、亲朋好友共有700多人,凸显出明新皮业有限公司开业的隆重和热烈。

与会领导和嘉宾都兴致勃勃地走进明新企业生产车间,参观了由电脑控制的生产流水线及相匹配的一系列生产设备。明新皮业的快速发展,引来了众多新老客户与嘉宾们的关注。

在开业典礼上,君新在讲话中豪情满怀地说出了今后公司的发展愿景和期望。南湖区区长助理、工业区管委会主任、大桥镇党委书记张善根在开业仪式上向明新公司致以热烈祝贺的同时,也希望明新公司再接再厉,以取得更大的发展。还有大桥镇镇长及外宾代表都一一发表了热情洋溢的讲话。

黄牛皮汽车皮革是明新公司生产的主要产品,所以,在这次令人难忘的开业典礼上,有一项重要内容,那就是四川大学校长谢和平与明新公司董事长庄君新共同为"明新川大汽车皮革研发中心"揭牌。一个企业与名牌高校科技联姻,这一重要举措的实施,表明企业重视科学技术发展的进步。人们将拭目以待企业和大学共同研发出清洁型、无铬鞣、无毒性、环保型汽车革的最新工艺的结果。这是皮革企业锐意开发国内一流、争创世界著名品牌的一个重大举措,正因庄君新有远见卓识,方能跨出这重大而又关键的一步。

为了扩大明新企业知名度,有关职能部门有意决定,在此开业庆典上,把明新公司门口的这条路(原名为江南路延伸段)更名为"明新路"。以企业名称命名路段,这既表明嘉兴市政府对我公司的高度重视,也是对嘉兴市工业和社会事业发展的期待。工业园区管委会主任张善根和庄君新一起为"明新路"揭牌。

与此同时,明新皮业公司还有一场压轴戏,即在开业典礼的同时,领导和贵宾们还为明新公司工业园区内的第二期工程举行开工剪彩活动。

"明新人"正在阔步开创企业佳绩,作为明新企业的开拓者,现已退居二线的我,也怀着无比激动的心情,借此机会表彰了一批一直跟随着明新艰苦创业,奋斗了七八年的老员工。明新企业今天的辉煌,凝聚着新老员工们的心血和汗水,明新永远不会忘记他们。在此隆重的正式开业的庆典上,公司授予他们"明新功臣"的光荣称号,并给他们颁发了荣誉证书,赠送了纪念品。

◇浙江明新皮业有限公司名誉董事长庄华元在他的办公室

明新企业将在嘉兴这块宝地上,在这长三角经济圈真正腾飞。明新公司的明天将会更加美好、更加璀璨!

2006年2月,气派、宏伟的明新皮业办公大楼落成。它占地15亩,建筑面积为3052平方米,楼前绿树成荫,呈椭圆形的花圃当中高高竖起不锈钢旗杆,用于升挂国旗和厂旗。绿草茵茵,树木葱郁,鲜花绽放,营造出现代化厂区的优美环境。

员工宿舍大楼也同时竣工。这幢四层楼房共70个房间,每间楼顶都装配了太阳能热水器。员工们住进了宽敞明亮的卧室,宛如走进了"职工之家",有个优质且温暖的居住环境,员工们能以厂为家,安心与企业同甘苦、共命运,共创大业。

之后,明新企业第二期厂房也相继完工,配套设施也在抓紧装配调试中,区域内的水、电、气等也在紧锣密鼓地装配试用,一切都在紧张有序地进行。

考虑到未来的发展,公司决策层对这块土地进行了精心细致的布局,公司所有的厂房、办公大楼、宿舍和辅助用房等共用去已征土地的70%,另30%的土地用来绿化园区。君新意犹未尽,他决定把明新企业建设成为环境优美的花园式企业。

企业的规模虽然做大了,但如何做强则是"明新人"最紧迫的追求。为达到这个目标,首先必须练好管理的内功。

一场新的考验,一个别开生面的场景,已经在企业领导的脑海里渐渐浮现。


## 二、与美国世腾公司合作


明新企业在新的环境和新的条件下刚刚起步,要在南湖之畔立足和发展,必须借助外力,这"外力"在哪里呢?

经过反复考察和调研,君新果断地选择了世界上顶尖的制革企业——美国世腾公司。

浙江明新皮业有限公司与美国世腾公司经过两年多耗时耗力的多轮谈判,终于在2005年10月9日取得了中美合资项目的重大突破。

当天晚上,嘉兴南湖工业区管委会会议厅内灯火辉煌,气氛热烈,浙江明新皮业有限公司董事长庄君新和美国世腾公司总裁在厚达50页、计35条条款的以中英文两种文字书写,且合作期限为十五年之久的协议书上庄严地签了名字,从而宣告了唯一一项中国皮革企业与世界一流的美国大企业"嫁接"的项目圆满成功,揭开了"浙江明新世腾皮业有限公司"中外合作篇章的序幕。

毋庸置疑，我公司迁居嘉兴后，得益于嘉兴这一"天时、地利、人和"的生产经营环境，方能快速苗壮成长。更令人欣慰的是，企业的标准车间厂房内购置并安装了一系列现代化制革机械设备，各种配套设施应有尽有。这也许是引起外方重视的原因之一。

美国世腾公司专产符合国际标准的顶级汽车皮革。该公司皮革产业规模全球排名第四，是一个资深的老牌汽车皮革制造企业。他们的企业云集了大批汽车革制造的尖端人才、产业管理精英，其中有一生为汽车革行业奉献的专业大师。他们为高端汽车的研发和设计创造了不可替代的超级产品，也为世界同行所热捧。与此同时，在企业管理中，他们对汽车行业TS16949体系进行了完美且娴熟的管理和应用，也独树一帜，对中国汽车皮革的制造极具借鉴作用。不难理解，明新皮业有限公司通过合资，在生产、经营汽车革产品的具体实践中，能不断地吸纳世界一流的管理理念和管理技巧，这对提升企业的档次和水平起到了弥足珍贵的作用。

再则，明新皮业通过中美合资建立公司，开创了"明新人"与世界级工厂合作的窗口，同时又为中方公司引进大笔外资，也吸引了大量的涉外专业生产设计及研发大师，对明新皮业今后的生产经营、综合技术、资本实力都有极大的促进与提升。中美合资合作期间，经济效益上确有所增长。

除此之外，这也增强了"明新人"自主创新的能力。借助四川大学合作构建的"皮革研发中心"这一平台，企业与国内知名大学联合研发产品，为制造高端产品夯实了基础，为今后明新公司更加快速发展打下坚实的基础，起了关键的作用。

遗憾的是，2008年，金融风暴席卷全球，作为全球知名企业，旗下拥有十六家子公司的美国世腾公司进行资产重组。国际金融危机给各行各业带来巨大冲击，制革行业也难逃厄运。何况中美合资公司由美国世腾公司控股，经营权也由他们掌控。他们的主体公司在美国受到金融风暴的直接冲击，主体公司站不住了，波及世界各分支企业，导致树倒猢狲散，明新世腾也难逃厄运。再加上美国公司在中国经营，确实有些水土不合。因此，不能一帆风顺。

外方的经营理念与中方大相径庭,中方的经营方法是薄利多销,而他们则针对大型汽车厂标准要求进行规范管理生产,要的是大型车厂、大订单、大利润的客户,在中国,这样的大订单很难找到,致使企业订单不足,160多人的合资厂中,员工怠工、等单的情况时有发生。

在公司内部财务管理上,美方不是精打细算,而是一贯出手大方,资金概以美元为单位计算,财务管理以他国资费为标准支付,方方面面要比中方高出五至十倍的开支。久而久之,营业收不抵付,资本严重亏损。三年下来,合资公司生存难以为继,美方只得无奈地退出中国市场。

突变的形势,严峻的现状,迫使我方只能调整企业自救和发展的方略。明新公司在艰难困境中果断地收购了明新世腾公司外方70%的股份,成为国内屈指可数的专业生产汽车皮革的企业。

明新和世腾的合作,虽然时间不长,但合作期间的许多管理经验是留给明新的宝贵财富;同时,明新在危机中收购了70%的股份,使危机变成了企业发展的转机。这些无疑是明新企业在改革开放的征途上书写的新篇章。

## 三、新泰公司的起落

凡事的起落,都具有各种主客观原因,明新公司也不例外。

2006年夏天,明新公司与美国世腾公司合资之后,明新公司面临自身业务订单锐减的困境,原因是按照中美合资公司规定,明新公司除提供给合资公司半成品皮坯外,只能做些汽车装潢市场上更换坐垫的座套用革产品,不能做车厂业务。因此,为了明新公司的生存,公司急需寻找更多业务渠道。幸运的是,我们联系上了华达利公司,华达利公司是一个外资公司,他们向我公司求购大批黄牛皮二层贴膜沙发革。

说到牛皮二层贴膜技术,明新公司那时正苦于没有这类人才,更没有牛皮二层干贴设备。因此,我前往温州寻找专业贴膜厂家,期盼与他们合作。

到了温州,我联系到了几家牛皮二层贴膜革工厂,他们都愿意与我联营。温州乔泰公司就是其中一家。它是一家有实力、规模较大、管理规范的移膜革工厂。于是,我当机立断,选择了乔泰公司。

我与乔泰公司开诚布公地就合作事宜进行协商之后,双方在各自利益的驱动下一拍即合。

2006年9月,明新公司园区内成立了浙江新泰皮业有限公司。这样,明新公司旗下就有了两家子公司。

新泰创立后,公司生产设备尚未完善,为了诚信,我们急于完成华达利这个外资公司的黄牛皮二层贴膜沙发革业务,所以,首先把这项业务订单送到温州乔泰公司生产。

同时,我们抓紧购置了一条二层干贴设备流水线和一条湿法设备流水线。两条颇为先进的现代化生产流水线设备安装调试完毕,于年底正式投入生产。一切都进行得很顺利,同年也产生了可观的利润,双方都感到比较满意。

至2007年4月,乔泰公司突然单方面提出,合资公司的厂房及厂房所在的土地必须并入合资厂所有。原因十分简单,他们认为这样合资厂才算落地生根。乔泰公司所提的问题并非没有道理。

可是对于这个问题,明新企业法定代表人庄君新则认为,合资厂不能从明新公司的整个厂区的土地产权中分割出一块,厂房只能租给新泰公司一直使用,且这一做法对合资公司的权益毫无妨害。

乔泰公司则认为,厂房及其土地产权不属于合资厂所有,这样的企业是个无根的企业。如果将来企业生产经营发展较好,乔泰就会没有安全感,没有主动的地位,也难以保障它在合资公司中该有的经济利益。为此,乔泰方顾虑重重,最终提出退股,不愿继续合营。

尽管我们进行了合理耐心的解释,并再三挽留,最终还是未能继续与对方合作。

乔泰退出了,明新公司接收了乔泰公司那时所持有的49%股份。历经不到一年时间的合作,新泰公司匆匆宣告结束,不禁令人唏嘘。

乔泰撤走之后，虽然新泰公司仍保留一条贴膜生产流水线设备，为明新公司能继续生产贴膜牛皮二层革产品创造了有利条件，但是乔泰同时带走了技术人手，给明新继续生产牛皮二层贴膜革造成了很大困难。一下子没了熟练的高技术人才，明新陷入窘境。

2007年5月，明新公司接收了新泰之后，原新泰的华达利业务并入明新公司管理。因为华达利属于外资企业，在业务上必须有外方合资单位方能与之相对应，所以君新立即找了一个外商来投资。同年八月，成立了明新管理的合资企业浙江明新英特皮业有限公司。

此时，明新公司和明新英特全由君新掌管，为了贴膜革生产，他到温州找到了贴膜技术人员和管理人员，很快就破解了贴膜生产和管理上的难题，再由庄严专门负责采购贴膜用革黄牛皮二层的半成品皮料，这样，贴膜生产终于很快正常运转起来。

钱江的潮水有起有落，明新公司如潮水，在起落中不断总结经验，吸收新的知识和理念，在潮起潮落中搏击前进。

## 四、明新旭腾雄风再起

明代夏完淳诗云："万里飞腾仍有路，莫愁四海正风尘。"我和家人都相信，路是人走出来的，任何困难都挡不住我们。走到今天，我们已不是以往的自己了，唐代王勃诗云："自能成羽翼，何必仰云梯。"只要羽翼在，我们一定能雄风再起，迎着春风腾飞！

2008年，明新公司接收明新世腾合资公司后，企业重新注册登记，更名为"浙江明新旭腾皮业有限公司"，把"世"字改为"旭"字，象征企业旭日东升、蒸蒸日上的发展趋势，期望胜过中美合资时期，成为中国汽车皮革产业的领先企业。

这样，明新旗下便有两家子公司。君新管理着总公司，他还十分重视专产汽车皮革的旭腾公司。原明新汽车皮革业务并入旭腾公司，原明新沙发皮革业务并入英特公司,由庄严出任总经理负责管理。

与美国公司合营期间,明新公司原来的汽车厂业务都由合资公司掌控,明新的业务基本消失殆尽,明新的汽车皮革业务业绩已降至冰点。如今接管合资企业后的运营可谓举步维艰,加上公司流动资金十分紧缺,现在还得拿出大笔资金收购外方股份,导致明新公司一下子元气大伤。

当时,由于美方控制明新世腾公司,他们的主管重大欺小,不但没把明新原来移交给合资公司的汽车厂客户保住,而且把我方其他客户都丢失了。合资厂一解散,所有合资厂本身的客户又随之离开。此时的明新公司真是雪上加霜,一切都要从头开始。

那时的君新,为使旭腾公司尽快恢复正常生产,更是心急如焚、寝食难安。他因烦恼多、压力大、责任重,开始脱发,可是他有不屈不挠的勇气,充分发挥出一个企业家的大无畏精神。他使出浑身解数,重新谋划了企业发展的崭新蓝图。

面对中美合资企业解体后的诸多困难,君新全力以赴,走科技创新的路子,着力研发高科技、高质量的新产品。这是企业生存发展抢占制高点的灵魂和生命线。公司研发出酶法脱毛、无盐浸酸、无铬鞣等国内制革业首创的新技术,生产出对人体皮肤没有伤害的、清洁型的高新科技产品,其中,达到国家环保标准的健康的汽车座套革,适合高档汽车品牌配套使用。

2009年上半年,公司首先与上海通用汽车公司达成合作,将这种新产品用在一款新型"别克GL8"汽车上。这是公司第一次直接将汽车皮革产品供应汽车厂使用,一举打开了高门槛车厂的大门,极大地增强了公司向大品牌汽车厂冲刺的信心!

同年,为了重振企业雄风,公司对原设备进行了脱胎换骨的改造。尽管当时企业资金非常紧张,可君新先拿出自己在温州的一套别墅,向银行做抵押贷款,花了1500多万元从意大利购进一条国际制革行业最先进的干燥系统流水线。该设备集挤水、伸展、真空贴板、振动柔软和量革计数为一体,通过这一系列工序,所产出的皮革既能增幅,又能保湿柔软,手感较好,极大地提高了产品的档次。

为了高效节能，君新又特地购进了四个3米×3米的不锈钢新型高架复鞣专用大转鼓，取代了原来十五个落后的传统木头小转鼓。

此外，君新又对涂饰工艺进行了彻底的技术改造。他当即从意大利进口两条辊涂流水线，取代了过去手工打底、多次喷浆的涂饰方法。这样既省料又省工，既环保又节能，明显节省了生产成本，极大地提高了生产效率。

君新还彻底改造了水场毛皮车间，新添置了十二个4.2米×4.6米的先进的高架高效能木头大转鼓，替换了原有的十五个传统低效的旧转鼓。改造后，原来复鞣车间的十五个旧转鼓也彻底完成了它们的历史使命。这一技改，形成了从毛皮投鼓、灰皮出鼓、去肉、片皮一条龙的半自动化操作。原来片皮工序需要四个人在片皮机后面用很大的力气拉皮，现在不用拉，很轻松就自动地完成了。灰皮片出来后，自动输送投鼓鞣制，一直到白皮出鼓，九道工序转换成一条龙输送带运转，而且全部由电脑控制，输送带自动将产品传送到各个工序端口。这一改进，节省了一半劳动力。

这一车间经过改造投产后，产生了高效、高速、省工、省时、省料的明显效果，显著地减低了生产成本，把企业推向科技生产的更高层次，使产出的半成品质量更好，性能更加稳定，为后道成品生产获得高档次产品打下良好基础。

经过这一系列的创新改造，启用国际先进的配套设备，终于生产出了顶尖品质的黄牛皮汽车座套革产品。从此，在汽车生产商的圈子里，明新品牌汽车皮革产品名声大振，引起了美国克莱斯勒、东风风神和一汽大众等国内外大牌汽车制造厂的兴趣。这些厂商先后派出他们的高级技术代表来我公司考察、审核。除了提出一些较小的整改建议外，基本都高分通过。

庄君新的梦想实现了，明新公司的梦想实现了！他的努力稳住了企业的生存，稳住了企业的正常运作，更稳住了400多名员工的心，从而使明新公司焕发出无限的生命力和创造力。

2009年，企业经营出现了激动人心的转机，基本恢复了元气，经营收支从亏本走向保本，距扭亏为盈不会太远了。我天天为企业悬着的心终于落地了。

是年,我已经年逾古稀,我觉得自己该退休了,该把企业全盘移交给善于耕耘的君新和庄严,由他俩全权经营。他们才智出众,早胜于我,我就算退休也无忧了。

2009年9月,我正式宣布退休。勤奋拼搏五十载,终于可以歇歇,安享晚年。退休当天,在家人面前,我回顾了创业之路。之后,面对君新、庄严和家人,对于今后相当一段时期内企业的经营管理,我给出了具体交代和安排。为了让他们兄弟俩更加和睦相处,互相促进、互相支持,更好地发挥他俩的主观能动性和创造性,充分挖掘出各自的内在潜力,于是,我提出两人在分管不分家的原则下,各管一家公司,五年以后见分晓。

看到儿女们成长,企业壮大,我由衷地感到欣慰。长江后浪推前浪,我将事业交给儿女们传承,让他们去继承和闯荡,我相信,他们一定会"青出于蓝而胜于蓝",一定会干得更出色。

## 五、旭腾公司闯关腾飞

一个人的人格魅力,一个企业的内在动力,总是一点点显现出来,像山泉一样,日夜流淌,慢慢汇成江河、海洋。

2009年7月开始,庄君新身为明新皮业有限公司董事长,必须全面统筹管理好明新集团总部,并负责明新旭腾公司汽车皮革的生产经营。

君新具有较强的公关能力和推销技巧,这也是他在实践中慢慢摸索、经受锤炼而练就的本领。在获取中外大型汽车厂的业务订单上,他有较多的办法,并且对汽车皮革生产管理比较拿手,所以,他来专门管理明新旭腾公司,是人尽其才、才尽其用,他能大显身手。

2010年,美国克莱斯勒和东风风神先后对我公司各功能部位进行验收,虽然他们有许多严苛的标准,可全部都通过了。他们也终于放心地把订单交给我们生产。

2011年,一汽大众以更高的标准要求,对我公司进行了细致的企业验收,结果是高分通过。于是,他们相继给了我们宝来、速腾、迈腾和高尔夫四款车型的座套革订单。同年,在千难万难中,我们又通过一汽奥迪的审核,成为奥迪车厂的汽车皮革供应商。

五年时间里,君新改造了明新旭腾公司,使企业的硬件、软件建设都能按大型汽车厂标准要求实施。他以"以人为本、以质取胜、技术领先、持续改进"为宗旨,聘用了多位外国制革专家,这些专家在公司长期工作,传授国外高科技先进制革技术,培训了公司的技术人才队伍,使企业在高效能中常态化运转,在稳定中生产出科技含量极高的创新产品。

君新就是拿着这样的优质高新汽车座套革产品,打开了一家又一家高门槛的汽车制造厂大门,赢得了他们的青睐。从上海通用开始,到美国的克莱斯勒,又从深圳比亚迪到一汽大众,再从一汽德国奥迪到德国宝马等,他在比过五关斩六将更为艰难的闯关历程中实实在在地取得了一个又一个可喜成果。

这五年时间,明新旭腾公司空前腾飞了,其最突出的业绩是:从2009年的年产量为267万多平方英尺,到2014年竟高达2645万多平方英尺,其产量增长了近九倍;年产值从2009年的2606.6万元,到2014年高达52249.8万元,其产值增长了十九倍之多;从2009年的上交税款169万元,到2014年竟高达1850万元,上交税款增长了近十倍,2013年、2014年,公司被嘉兴经济开发区评为超千万元纳税大户。

以上各项数据足以表明,明新旭腾公司产值在五年内开创了明新公司创始以来的新高。这是多少心血和汗水的结晶,也是庄君新披荆斩棘,带领明新旭腾公司400多人的团队共同拼搏奋斗的结晶。

这短短五年时间,庄君新主管的明新旭腾公司交出了一份以心血铸成的优秀答卷。也是这五年时间,庄君新不仅使旭腾公司绽放辉煌,而且他所管控的明新皮业总公司也交出了赫赫业绩,尤其是在污水的科学处理上。

污水处理是制革行业最棘手的问题,它一直困扰着明新皮业生产的全过程。生产中排出的污水,不能得到有效的处理,会直接影响社会环境,也直接关系到公司产品的升级换代,从某种意义上讲,它制约了企业更快更好发展。

当时，市、区两级环保职能部门几乎每天都盯着我公司排污出水口。因为污水未达到治理标准，市、区两级环保部门都先后开了罚单。几年来，企业曾因排污超标先后被罚款高达116万元人民币。可以说，明新公司在污水排放上付出了高昂的代价。

公司对治理污水一事并非不重视。公司每年的重要议事日程上，都把排污工作作为头等大事来抓，但限于科学治污理论与技术处理方法一时难以突破，所以很难取得立竿见影的效果。

公司迁建嘉兴后，每年投入资金高达200多万元人民币，专门用于污水处理，多年来已累计投入治污经费超出1500万元人民币。可以说，公司在人力和物力上的付出是非常惊人的，力度之大也是有目共睹的。

2012年，明新皮业有限公司进入高速发展阶段，董事会决定继续把污水排放处理课题放在首位，同年再追加投入资金1000多万元，进一步加大治污设施改造力度，新增了三个5000立方米的污水处理池，进一步加大了对污水处理的力度，还率先建造了国内绝无仅有的太阳能恒温循环氨氮处理系统工程，它是生态制革清洁和制革工艺专业技术的完美结合，一举获得了在排污末端达到低毒、无毒排放污水的最佳效果，这是国内最先进的排污系统。这项专治污水处理的新技术、新工艺工程项目，于2012年6月荣获第三届中国皮革行业环保创新二等奖，赢得政府领导和环保专家们的高度肯定和赞扬。

2011年、2012年、2013年，公司先后获得年度节能减排优胜单位荣誉称号。

我们加大治污力度，提高排污标准，促进明新公司研发国家级高科技新产品，从而取得成功，达到了事半功倍的积极效果。这也是君新五年来的付出得到的最佳回报。

# 六、明新英特落地生根

明代冯梦龙《醒世恒言》中有一句诗，令我印象很深，出自《上堂开示颂》："不经一番寒彻骨，怎得梅花扑鼻香。"凡是成功的企业家，都要经过"一番寒彻骨"的磨炼，才会获得"梅花扑鼻香"的成果。庄严主管明新英特公司的经历也印证了这句诗。

庄严分管的是接收明新公司本部后期和新泰公司解体后组成的一个烂摊子。

庄严面对的是企业员工人心涣散、人员流失、技术力量薄弱、产品质量低下、订单紧缺、资金紧张等一系列的困难局面。为谋求新的出路，庄严必须重整旗鼓，调整思路，同时又必须在以旭腾汽车皮革为主体的前提下，开拓并焕发生机，这样方能稳住阵脚。

庄严主管的明新英特公司，主要项目是黄牛皮二层干贴沙发革产品和黄牛皮头层沙发革的开发。

这两个项目是两块"硬骨头"。当时的市场现状是，黄牛皮二层干贴产品市场，同行早已捷足先登，市场竞争激烈，并且，黄牛皮二层贴膜科技含量很高，技术人员难以掌控。众所周知，头层沙发革产品并不是新鲜玩意儿，很多厂家的高水平、高质量的黄牛皮头层沙发革产品早已占领了这个市场，想分一杯羹谈何容易。

回想当年在温州瓯海经济开发区北纬一路33号老厂的时候，公司曾经费很大的心力开发牛皮二层沙发革产品，试产过一批几千平方英尺的产品，托广东一推销商运往广东销售，对方反馈说质量不好，要退货，结果货没有退回来，那名销售员却杳无音信，导致那批牛皮二层沙发革血本无归。

公司不甘心以前的失败。2003年，公司迁入该开发区的蛟凤北路新厂房后，意欲东山再起，重新开发黄牛皮头层沙发革产品。根据广东一客户的要求，只有河南女技术员邢雪艳领衔生产的黄牛皮沙发革符合要求。于是我公司特地高待遇、高规格地聘用了这位女士，并让其和丈夫一同前来，只希望她能给我们生产出客户愿意要的沙发革产品。当时，我们特别器重她，我把自家用的席梦思床垫和彩色电视机都腾出来供他们用。夫妇俩也算尽心尽力了，几个月下来，却还是没能拿出客户满意的黄牛皮头层沙发革产品来。公司的高额付出，全部打了水漂。

如今庄严再次挑战这黄牛皮二层和头层沙发革生产项目，能否在逆境中胜出，就靠他的智慧和能力了。

2009年下半年，公司交给庄严的仅是几十万平方英尺积压多年的头层和二层成品或半成品、次品皮，再从银行给他贷款1800万元作为其公司的流动资金，还雇用有150多名员工，这些就是他的全部经营资本。

庄严必须在很短时间内盘活厂里已沉睡多时的资产，让其正常运转起来，还要承担150多名员工的工资和其他费用，还必须每月上缴25万元（即年缴300万元的明新公司提成款），必须每月上缴每平方米8元（即年缴152.2万元的厂房租金），还要年缴180万元的设备折旧款，负责公司西头40亩土地厂房建设所投入的资金而向银行贷款应付的利息。总之，这对庄严来说是不小的压力，非常人所能承受。

庄严在严峻关头挺身而出，挑起了这千斤重担。为解决这些问题，他走南闯北，四处奔波，寻找懂技术、会管理的高手，对产品销售采取切实可行、立竿见影的方法，即在保证不压低销售单价和发货前货款回笼的前提下，按销售量给予推销员相当比例的业务提成。这一招很有效。在很短时间内，企业管理水平和产品质量很快就稳定了下来。业务订单量也很快满足了工厂生产能力的迫切需求。这样，从吃不饱到吃饱了，人心稳住了，产量、质量也稳

▷2013年秋，明新英特公司参加上海皮革博览会，庄华元在公司展位前留影

定了,整个企业趋于正常化运转。

尽管开头一年,处在调结构、抓改革、搞试验阶段,经营亏本了,但经过两年时间,产品质量与生产数量逐渐提升,财务收入从亏本到保本,直到扭亏为盈,过去无人问津的产品,现在成为香饽饽。

企业成为华达利公司、杭州顾家家居公司和东莞左右家具公司等长期稳定的供应商,还有不少客户慕名前来。他们原先付订金购货,现在是付清全额货款后我们才发货,这种付款方式的转变,充分说明了企业的信誉度和产品含金量都达到了最高点。

在历年上海皮革展销会上,明新英特的产品质量与同行业相比,都属于上乘,十分抢眼,得到了众多相关用户、客户的青睐。由此,浙江明新英特公司的产品逐渐蜚声海内外。

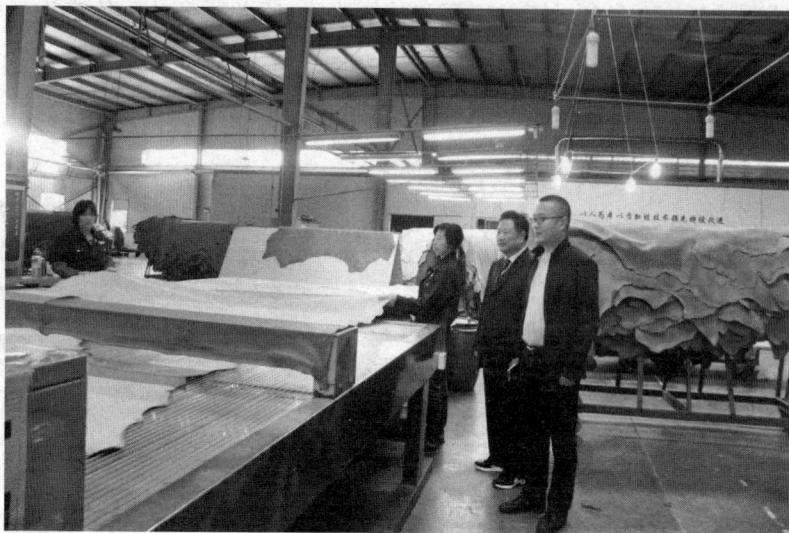

◇庄华元和庄严在英特车间察看员工量革

五年时间里,工厂水场不断改造,新增了八个大型高架大转鼓、四个试验鼓、七个不锈钢摔软鼓,同时新置了磨革机一台、大型110门绷板机一台、挤水机一台,以及一条喷浆机流水线等技术含量高的制革设备,因而极大地提高了生产力,产品质量也持续提高,为企业的稳定快速发展创造了坚实的条件。

公司2010年的年产量为1137万平方英尺,到2013年提升到1263万平方英尺,产量增长11％;2010年原产值为9105万元,2013年提升到12983万元,产值增长近43％;2010年上交税款102万元,2013年上升到347万元,税款增长3.4倍,同时还向公司总部上交了2400万元。五年时间,明新英特公司成效非凡,令众人刮目相看、赞誉有加。我们也从中悟出一个道理:只有付出艰苦努力的汗水,才能收获丰硕的成果。

五年时间里,庄严本着诚信、创新、进取、拼搏的宗旨,让明新英特公司一举成名,又凭着他仗义疏财、肝胆相照、诚信诚实、敢于担当的大家风范,赢得了众多客户和供应商的信赖。

企业获得良好的经济效益之后,庄严也没有忘记跟他同患难、共奋斗的如同兄弟姐妹的员工们,他给他们办理终身医疗保险,给予优厚待遇。这些人是黄荣镇、林霞、董洪富、丁德宝、胡建华、钟山、梅春明、刘春利、陈迪水、王丽娟和陆建峰等十几位老员工。这样一来,他的行动凝聚了众多员工的心。在明新英特公司就业,员工们会有很强的责任感,很有安全感和荣誉感。员工们同心同德,为明新英特公司的发展同艰苦、共命运,与企业同舟共济,共创"明新"发展大业。

五年时间的艰苦锤炼,庄严修炼成"钢",他的明新英特公司交上了一份相当优秀的、令人满意的答卷,并在明新公司创业史上写下了不凡的一章。

## 七、奔赴东北再创业

企业要发展,就要不断拓展地盘,产品要增量,就要把"蛋糕"做大。

跟随我们一路走来的"明新人",大都有一个共同的深刻感受:明新一年一个样,三年大变样,在不断创业、不断开拓创新的路上,明新皮业确是日新月异,天天在变。

2011年2月6日,辽宁省阜新市人民政府组团来嘉兴招商,欲吸引我公司前去投资发展。他们所开出的优惠条件,实在令人心动:企业免交土地使用费,只交契税和办证的费用,其产权永久归企业所有;污水处理由政府着手,厂房基建政府也出资大半,这是个非常吸引人的好条件。上海、山东两地制革企业,早已捷足先登。为此,明新董事会全体人员带着胥兴春会计,兴趣浓厚地组队前往阜新实地考察调研。

东北有我国最早最大的汽车生产基地,如一汽大众、奥迪、宝马、长城。改革开放以来,国外许多著名汽车企业来东北合资建厂。如果把明新皮业也开到这些名牌汽车厂的家门口,不但能节省交通运输费用,同时也方便沟通和服务,有利于明新皮革高档产品的推广。一旦扩大销售,还可为厂家提供裁片服务,可以大幅度地提高皮革的利用率,以有效降低成本,获得最大经济效益。

与此同时,东北地区办厂还有利好方面,首先,东北有丰富的电力和蒸汽资源,综合利用这些资源,可降低生产成本;其次,人力资源也有较大的优势,劳动力较为廉价;另外,地理位置更有明显优势,企业与客户之间的距离拉近了,方便物流运输和快捷交货;最后,当地政府对皮革污水集中处理,统一管理,也能大大减轻企业的污染处理问题所带来的压力。

综上所述,这些就是明新皮业在东北辽宁阜新创办制革厂具有的优越条件。

2011年2月26日,庄君新代表浙江明新皮业有限公司与阜新市清河门区政府签订了《阜新皮革产业基地企业投资项目合同书》。合同生效后,我们立即组建新的企业,取名为:辽宁富新皮业有限公司。

2012年8月18日,在阜新市人民政府的鼎力支持下,辽宁富新皮业有限公司在工业园区自己的土地上举行了隆重的奠基仪式,仪式的热烈气氛不亚于浙江明新当年的开业仪式。

在阜新这个制革基地内的203亩土地上,明新集团公司旗下又增加了一家大企业。辽宁富新皮业有限公司是明新公司奔向东北创立的一个崭新的企业。

明新公司投入富新公司2亿元人民币,继续实施白湿皮无铬鞣制革技术新工艺,将产品加工至半成品状态,预计可达年生产100万张汽车半成品革的能力,后半道工序仍然在嘉兴本部工厂加工,待到富新公司二期厂区所有工程建设竣工，全流程生产成品设备布局就绪，就在辽宁富新完成全流程生产。

◇2014年11月19日，辽宁富新正式投产。庄华元与庄君新、庄严父子三人在会议室合影

奔赴关外创业，这是明新人跨出的一大步。

富新公司厂房和设备按照意大利最先进的制革流程方案设计，所购置的流水线成套设备也是当时国际上最先进、科技含量最高的制革设备。一期工程配套设备陆续安装到位，并调试成功。

2014年11月19日，富新公司隆重宣布开业试生产。当天，阜新市委书记张铁民同志参加了富新公司的开业试生产活动。张书记对企业投入试产表示热烈的祝贺。他指出，富新皮业公司是阜新皮革产业基地开发招商引资的重点项目，对皮革产业扩大规模、提升质量具有重要的促进作用。当前，阜新皮革产业正处于发展的关键期，政府必须引进具有牵动性、影响力大的企业。他殷切期望富新皮业公司在经营理念、生产技术和管理模式上发挥优势，加快建设，早日全面建成投产。

◇富新水场车间内流水生产线图

次日,《阜新日报》对富新公司的试生产以头版要闻的形式刊发。当晚,阜新电视台也把它作为重特大新闻向全市人民播放。

我参加了辽宁阜新富新皮业有限公司开业试生产活动,目睹了我们这个新创企业多方面的独特性:一是富新工厂车间巨大,单间面积达到9500平方米,在皮革企业中,没有几家企业能有这么大的车间;二是富新的生产设备堪称一流,就目前来看,没有哪家同行的设备超越富新;三是富新汽车牛皮革品质独特,可以直接供应国内外大品牌轿车配用;四是富新公司的大门宽敞、气派,可容纳六辆轿车并排进出。

富新公司的创立,为辽宁的经济发展做出了一定的贡献,更使浙江明新皮业有限公司将来经营运作上的安全和稳定发展有了充分的保证。对浙江和辽宁来说,经济发展是互利双赢的,意义深远。

按富新皮业有限公司计划,第二期工程竣工后,年产110万张无铬鞣黄汽车牛皮革技术改造项目预计于2016年实现。项目全部建成投产后,明新将会向更远大的目标挺进。

"路漫漫其修远兮",犹未尽也;宏图其大兮,待吾追也。

◇辽宁富新皮业有限公司工厂大门

## 八、明新蝶变,放眼世界

几乎人人都知道毛毛虫的故事。毛毛虫蝶变,听起来很美,实际上是很痛苦的:说美,是美在翩翩起舞,飞向远方;说痛苦,是痛苦在破茧之难。明新发展,犹如蝶变,突破重重难关而再生;明新人的人生价值也随之得到升华,以崭新的面貌屹立于世界。

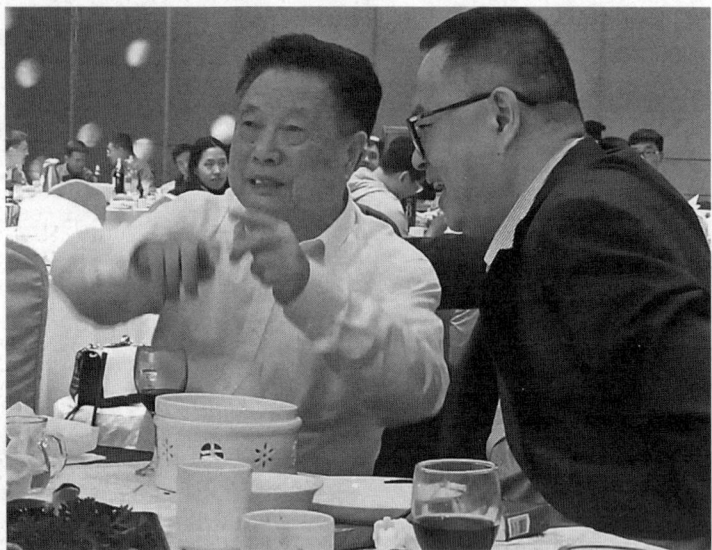

◇2020年11月23日，明新公司上市，庄华元与庄君新父子为三十年创业历程取得的辉煌成就及上市前的欢乐心情在庆宴上开心地交谈

## 人才是财

"财"字的含义，是把人才当宝贝，才能成"财"、有"财"。所有的精神财富和物质财富，都是靠人才创造出来的。鹰击长空靠翅膀，企业发展靠人才。

明新企业一步步走来，靠的就是人才的聚集，靠的就是发挥人才的作用。

1994年，开始组建平阳溪心制革二厂时，全厂只有10个人。1996年，成立平阳县明新制革厂，全厂34人。1999年，企业迁至温州，人员增加到60多人。2003年，人员增加到160多人。2005年，企业移师到嘉兴，人员增加到600多人。

这些员工分别来自河南、湖北、四川、重庆、湖南、江西、贵州和浙江等地。我把他们视为明新的人才，特别是企业管理人员，更是人才中的精英。在明新企业团队中，既有外国专家，又有一百多名大学本科以上学历的管理人才。大家把个人的命运与企业的命运融合在一起，骨肉相连，感情深厚。他们为明新企业奉献光和热，创造财富；企业也将他们视为家庭成员，相处融洽。这真是：明新企业显神威，员工个个是人才，和谐相处创大业，精神物质前景美。

## 境由心造

"境由心造、物随心转"的原意是指环境的美好与恶劣是由心境的快乐与否决定的。这句名言,我理解为:企业在发展中,个人在奋斗中,环境与心境应和谐统一,且心境始终要乐观以适应环境,在现有条件下尽可能改变环境,使环境变得更适应心境。只有在无法改变客观环境的情况下,才顺应环境,随遇而安。

企业要不断发展,就要像养蜂一样,不断把蜂巢做大、做多,这样才能发展更多的蜂群,产更多的蜂蜜。这也是"境由心造、物随心转"的一种诠释吧。

我们的创业过程历经了这几个阶段:1994年,在水头白手起家,购买了两亩土地,用毛竹做骨架,制成盖着油毛毡的简易厂房,在我心中,已有我立足的根基,就是我明新发展的希望;1999年,在温州置地三亩,工厂楼房2000平方米;2003年,在温州又征地17亩,建起了12000平方米的标准厂房;2004年至2007年,公司在嘉兴南湖190亩的工业园区内建起11座面积达77000多平方米的特大型车间,又有一座四层楼、3052多平方米的气势雄伟的办公大楼,还建了一座建筑面积达4500多平方米、有70个房间的四层楼员工宿舍,还有一个可容纳150人同时用餐的大食堂。

除嘉兴明新公司总部的厂房建设外,明新又在辽宁阜新建成了三座特大型车间,总面积达30000平方米。

现在明新公司的厂房及其办公用房总面积达126000多平方米,是当年水头镇创业时所购置的简易厂房面积的97倍之多,也是迁移温州时厂房面积的63倍。从厂房面积来看,看到了明新的大发展。

实践证明,随着我们的信念、目标的变化,企业所处的地理环境也在不断地变化。天时、地利、人和,在任何时候,都必须考虑三者相统一,天时、地利、人和之三境,也离不开不断变化的心境。

## 小海不小

海,无论大小,都由水滴汇合而成。水能上能下,能进能退;水能屈能伸,能大能小;水能滴水穿石,水到渠成。滴水成海,小海也能汇成大海。

我的大儿子取名小海,寓意也不浅。如今,小海长大了。

2005年,正当明新皮业有限公司全面向嘉兴推进之时,庄小海在温州汽配市场开了一家汽车坐垫与内饰件用品批发店,生意十分红火。他意欲紧随明新向嘉兴发展,自行生产汽车内饰件产品,于是向嘉兴经济开发区管委会提交征地建厂的报告,决定在嘉兴建厂兴业。

由于庄小海一人力量有限,他要求与明新公司共同开发产品。那时,大家认为汽车内饰件产品市场潜力大,又考虑到小海对该产品已有多年的经营经验,故对此项目都十分看好。明新公司与小海以各占50%的比例合资创办海特龙公司,庄小海担任该公司的法定代表人,又让给大姐庄海燕股份。

◇小海一家三代七口人合照

◇庄氏科技大楼

2008年,海特龙公司已建成两幢8700多平方米的三层楼车间,和一幢2600多平方米的五层宿舍楼。那年,因受国际金融风暴冲击,汽车内饰件等一系列产品销售形势一路下滑,企业运营受到相当大的影响。因此,厂房建成之后暂未投入运营。

2013年10月,公司又开工建设一幢11000平方米的十一层海特龙电商多功能大楼,于2014

年12月竣工。大楼建成后，取名"庄氏科技"公寓楼，开始正常运营。

小海有小海的领海，小海有小海的港湾。小海到大海里去闯荡，再大的风浪都没有淹没他；小海在商海中拼搏，成就了他的不凡人生，扯起了他的不凡风帆。

### 放眼世界

随着我国对外开放的力度不断加大，与境外企业合资、合作的国内企业越来越多。在这样的形势下，立足嘉兴，放眼世界，向着国际大舞台进发，也是我们明新企业发展的前景和梦想。

明新企业必须走向世界，将明新产品推向世界，向世界展示我们明新的风采。

2014年9月3日晚上，被誉为全球皮革行业"奥斯卡奖"的"2014世界最佳皮革企业颁奖典礼"在国际大都市上海隆重举行。浙江明新皮业有限公司以其强劲的实力和国际一流的卓越品质，一举夺得了"世界最佳皮革企业"的荣誉称号。

全球皮革行业获此殊荣的企业仅有五家，浙江明新皮业有限公司是中国唯一获此殊荣的企业。

2014年11月12日，参加了APEC环太平洋经济论坛后，时任墨西哥总统恩里克·培尼亚·涅托匆匆从北京飞抵上海浦东，参加"墨西哥-中国商贸论坛2014年会"，并亲切接见了庄君新。墨方希望明新公司到墨西哥投资办厂，更好地与克莱斯勒主机厂紧密合作。

ZHEJIANG MINGXIN LEATHER

TANNERY OF THE YEAR

CHINA 2014

WINNER

Simon Yarwood
Publisher, World Leather

3rd September 2014
Date

Organised by:    Sponsor:    Buckman    Marketing Partner:    LANXESS    Industry Partner:    APLF

◇2014年9月3日，浙江皮业有限公司被评为"世界最佳皮革企业"并获得荣誉证书。"世界最佳皮革企业"是世界皮革企业界的最高荣誉称号

◇2014年，上海，时任墨西哥总统恩里克·培尼亚·涅托与庄君新亲切交谈

如今，在中国经济双循环战略方针指引下，德国明新欧洲创新中心正在开拓市场，我们会继续努力，健康发展。

企业如在大海中航行的船，既然已驶进了大海，就要鼓起风帆，认定航标，豪情满怀地远航；企业如蓝天中飞翔的鹰，既然选择了长空，就要展开双翅，认定目标，义无反顾地飞翔。明新，永远向新的世界挺进。

◇2014年9月3日，被誉为全球皮革行业"奥斯卡奖"的"2014世界最佳皮革企业颁奖典礼"在上海隆重举行。浙江明新皮业有限公司代表余海洁上台领奖

# 第十六章　善行义举　自觉担当

尘世喧哗

天地沧桑

祖国的山川旷野

散发着春天的光芒


足迹，因风雨无阻而闪光

梦想，因初心不改而飞翔

善行义举的履痕

永远在酝酿甜蜜的路上

# 一、做善事,打开快乐之门

主动多做善事,快乐的心情会油然而生。家乡的一草一木,都会勾起我许多抹不去的回忆,我用我的情和爱,去浇灌家乡的一草一木,我心中的快乐源泉,就会欢畅地流淌。

## 记忆中的石子路

像我这样从山区走出来的老年人,一生走过多少石子路?如今公园里的石子路,弯弯曲曲,那是一道幽雅的风景。而我小时候走过的石子路,是崎岖不平的山路。我赤着脚行走,钉子般的石子刺得脚底一阵阵疼痛,如今想起来,仍能感受到高墩人的艰辛。

石子路再难走,一代一代的高墩人都走过来了。为了生活,再难走的路也要走。

二十世纪九十年代,全国人民的生活都得到了改善,农村也发生了翻天覆地的变化,高墩也不例外。让我兴奋的一件事,就是听说高墩去山门街的石子路要改造成水泥路。

修桥、铺路,这是积德的好事啊!听说要铺水泥路,我高兴得当即捐助5000元。捐款多少,只是一个数字,但它代表的是我对家乡的一片心意。义举善行,才是不忘乡愁的真正价值。

## 高墩溪上建大桥

高墩溪是高墩村旁的一条很宽的大溪流。我从小生活在高墩溪畔,感到人生犹如溪水,无论春夏秋冬,都变换着方式流淌,时而奔腾咆哮,时而回旋呜咽,时而也会默默无语。

水少了,溪浅了,我们赤着脚,卷起裤腿,在溪水中抓小鱼小虾;口渴了,歇歇脚,捧几口溪水喝个痛快;溪水涨了,山洪来了,我们站在溪边,此岸望着彼岸,祈求大堤别被洪水冲垮。

生活在高墩的人,不时到南雁、顺溪、青街、闹村和苍南等地去办事,做生意,走亲戚等,谁也离不开这条高墩溪。冬天,天再冷、水再冰,都得脱鞋、脱袜、卷起裤脚,赤脚涉水过溪;夏天,溪水漫过大腿,过溪时,连短裤都被水浸湿。高墩溪给人们带来太多太多的不便。那时候,我在想,如果高墩溪上能架一座桥,那该有多好啊!

谁知道梦想成真,好消息从家乡传来,高墩和东门南雁镇要联合在高墩溪上造大桥,这真是天大的喜讯。

过去,高墩与东门一些年轻人好胜,偶尔为些小事打架,导致两村人不睦。现今这大桥一造,不但通行方便了,而且给两村人带来和谐,这桥因此得名为"祥和桥"。

为造桥,我义不容辞,当即捐助了5000元。

一座大桥的建设,5000元钱真不起眼,但在当时,我已尽了心。一座大桥的建成,都是一元钱一元钱的累积,都是一滴滴汗水、一滴滴心血的奉献。

横跨高墩溪的大桥方便了百姓的出行。大桥从此连接了此岸与彼岸的感情;大桥,还是一道美丽的风景;大桥,更是一种默默奉献的精神。

### 高墩人的高墩宫

高墩村历年遭受山洪暴发的灾难,每次洪水肆虐,冲垮了房舍,冲毁了良田,甚至冲散了高墩人的精神家园。

多少年来,人们把精神、信仰寄托在求神拜佛上。许多地方都建有寺庙、道观、神宫,让信徒民众有一个活动的场所。

高墩就有这样一座宫庙,人们称为"高墩宫"。谁知,高墩唯一的这座宫殿被洪水冲垮了。

建筑物毁坏容易,而要恢复重建就困难了。在计划经济的年代里,重建更难,要钱没钱,要物没物,真不那么容易!

虽说宫庙的功能主要是让人们求神拜佛,乞求神灵保佑,其实,多数时候还是农民聚会、演戏、看戏的文娱场所。那时候,文化活动没有现在这样丰富多彩,普通人一年也看不了几场戏。所以,每次高墩宫里有戏讯,周围百姓都当作一件大事来看待。可想而知,高墩宫在高墩人的心目中是何等重要。

机会终于来了。高墩大桥造成后,重建高墩宫就摆到了当地政府的议事日程上。

听说要在原址上重建高墩宫,从高墩走出来的我立马捐款5000元。恢复高墩宫昔日的景象,让高墩人有一个精神依托,我也有一份责任。在高墩宫的香火中,也有我一颗慈善的心。

## 重建龙井寺

山门龙井禅寺,原名龙井庵,始建于宋。清道光戊申年(1848),僧立雍重建,改名为龙井寺。

龙井寺内外各有一口泉井,水质甘美,群众称它"龙井"。龙井寺还是一座红色纪念建筑。自红军挺进师进驻山门,饮用龙井水后,群众称它为"红军井"。当时,省军区司令员粟裕的办公室(兼寝室),就在龙井寺东首横厢阁楼上。据介绍,粟裕的办公室和生活用具十分简单:一张方桌,几条长板凳,一张木板床,一床棉被,床头晾着毛巾,墙上挂一盏马灯和一个军用背包。

说起这座龙井寺,它还是当年我家花氏老太太进香念佛的信奉圣地,这里曾寄托了花氏老太太多少信念和情义啊!

不知何故,这座远近闻名的龙井寺突然毁于一场大火,全寺片瓦无存。我感到万分痛心,这么重要的建筑居然毁于一旦!

"人事有代谢,往来成古今。江山留胜迹,我辈复登临。"山门的佛教信士们发出了重建龙井寺的倡议,多少父老乡亲都纷纷响应。作为花氏老太太的后辈,作为高墩人的一员,我义不容辞捐款10000元支持重建。

如今,山门龙井寺以崭新的面貌,庄重地出现在世人面前。香火缭绕,烛光通明,人们络绎不绝地来这里祭祀、拜佛、参观、游览,使这里成为一处闻名的文旅胜地。

## 儿童节的礼物

小时候我读书的启蒙学校是设立在大楼宫的东高小学,新中国成立后叫高墩小学。那时候,学校虽然比较简陋,但旧社会穷人家的孩子能上学,就很幸运了。

新世纪初,高墩小学建起了标准的新校舍,旧貌换新颜,喜讯到处传开。我是从这所学校里走出来的"老学生",听闻后自然喜上眉梢,兴致不减当年。

我必须送一份礼物,以表示我的祝贺与敬意。送什么礼呢?我左思右想,突然想到,六一儿童节临近,我可以赠送一批儿童读物,作为儿童节的特殊礼物。

于是,我搭乘公交车到温州市公园路与解放路交叉口的新华书店。书店里的儿童读物琳琅满目,丰富多彩。

在这书的海洋中,我挑选了适合儿童阅读的书籍,如《十万个为什么》、民间传说、历史故事、儿童文学、生活常识小百科和自然科普读物等等几百本书籍,一共装了五大包,花了2300多元。

第二天,我把这些书用温州开往山门的大客车托运回山门,请高墩小学校长林开志老师前去接收。高墩小学校长林开志是锦云娘家同宗堂弟,我当时写了一封信放在其中一包书内,该信稿至今仍存。信的内容是这样的:

　　林校长:

　　　　你好!明天就是国际儿童节,为了让家乡的小孩子与全世界的小朋友一样,高高兴兴过好自己的节日,我今特送上一份薄礼——五大包各类儿童读物,希望家乡的小孩子们喜欢。

　　　　在这21世纪的第一个儿童节来临之际,我以无比兴奋的心情,祝贺高墩的小孩子们快快成长,发奋努力,学好本领,学好科学知识,为家乡将来的经济建设贡献力量!

　　　　谨祝

节日快乐！

庄华元

2001年5月31日

这批书籍寄出后，我从未这么开心和愉悦。

## 梅花香自苦寒来

记得2000年初，我在电视上看到一则新闻，说的是有两个孩子无人照顾，极为可怜，希望有慈善之人领养。看到这则新闻后，我难以入眠，想到孩子失去家的温暖，是人生的悲剧，我应该出手相助。

考虑再三，第二天我毅然向电视台打电话，同意领养这两个孤儿。可是，电视台的同志告诉我，经民政部门审核通过，两个孩子已经有人领养了。

此事虽然没有如愿，但却在我心中埋下了种子。我是从苦寒中走过来的人，我是经历过苦难的人，在我解决温饱以后，当我的手头尚有宽余之时，我应该向那些还在深受苦难的人伸出援手。

之后，温州电视台报道了一条求助信息：文成山区的一名优秀学子考上了大学，因交不了学费而无法入学，希望社会爱心人士解囊帮助。

看到了这条新闻，我毫不犹豫，立即给电视台打电话，表示愿意给予帮助。

电视台爽快地接受了我的爱心捐助，并通知我赶往电视台节目组办公室。

到了电视台，我从包里取出5000元，当面交给了他们。

在数钱的时候，在旁的一名记者发自内心地说："这么多呀！"

记者问："为什么拿这么多钱支持这名学生上大学？"

我平静地说："我能理解这名贫困学生，十二年寒窗不容易。现在他因交不起学费而不能上大学，是多大的遗憾！我希望所有能帮的人，大家都来帮一把！"

时间一晃，二十多年过去了，但愿这名学子学业有成，用自己的才华奉献社会、报效国家。

有一次,我得到一条消息,一名叫王帆的山区穷苦学子的母亲在上街买菜时,被一辆混凝土搅拌车撞倒,虽然经过抢救,还是成了植物人,卧床十一年之后,不幸逝世。在这十一年中,王帆的父亲放弃在外打工,在家照顾和陪伴妻子,直至永别。这期间,王帆依靠婶婶的关爱、照应,但仍困难重重,生活难以为继。有一年寒冬,王帆夜读穿着单衣,感到十分寒冷,发出了求救的呼声。我得知此情况后,当即汇去500元,让他买件棉袄,以解御寒之急。

后来,我得知王帆刻苦攻读,终于考上了大学,但家境的困难又给他难以言说的压力。于是我捐助他学费4000元,同时决定,每学期给予他生活费1200元,直至大学毕业。

有道是,"宝剑锋从磨砺出,梅花香自苦寒来",王帆不负众望,发奋努力,大学毕业后考上研究生,后被保送出国读博士。为此,我又奖励他2000元,希望他能再接再厉,学成以后能多为社会做贡献、为国争光。

### 一片丹心报母校

山门的凤岭小学是我的母校,是我童年时艰苦学习、课外玩耍的地方。

凤岭小学是我一生的荣耀,那里曾是抗日救亡干部学校的旧址。当年的许多抗日英雄在那里留下了鲜为人知的动人事迹;山门老区百姓为支援抗日队伍,同样留下了许多可歌可泣的事迹。

凤岭小学,是红色的革命圣地;凤岭小学,是我读书成长的摇篮。

2008年初,凤岭小学的领导告诉我,为了将小学校址改建成平西区革命纪念馆,学校将搬迁到亭后村重建。

这时候,受到国际金融危机的影响,企业资金周转不利,正处在最困难的节点上。我该怎么办?要不要为母校的改建伸出援手?可是企业的生存正处在风口浪尖上,我们正需要资金啊!

我思前想后,企业再困难,我的压力再大,母校的重建和发展也是我的事,孩子们的学习和成长,就是天大的事。当时我心有余而力不足,但这个力也要千方百计使出来!当时,我只能捐款五万元,虽然不是很多,但我尽力了,我已向母校表达了我的一份心意。只要有可能,我会继续支持老家的教育事业,我会把自己的一片丹心献给哺育我成长的大地。

## 快乐的村民活动中心

高墩村,是平阳县山门镇的一个古村,是我从小生活成长的地方,也是一代又一代高墩人繁衍生息的地方。

这里有高墩人的辛酸、苦难和血泪;这里有高墩人的欢声笑语和梦想。

2010年前后,国家重视和倡导社会主义新农村建设,高墩村需要旧貌换新颜、增添新的文化娱乐场所。我作为高墩人,也要尽责出力,于是我给高墩村委会捐款23000元。

我家门前当年人民公社遗留下来的晒谷场被改建成篮球场,在那里,还配置了运动器材,农村也像城区一样重视体育运动。增强体质、保健养生,在过去别说体验了,农民连想也不敢想啊!

因我离别家乡已五十多年,我把当年与三家邻居挖掘的水井取名为"思乡井",如今这井也同周围一起被改建成花园式的村民活动中心的一个景点。

以前,村民愁吃愁穿,为生存忙碌,现在可以聚集在这里休闲、娱乐。社会主义新农村,真是名不虚传啊!

在我创办企业以后,我就感到,人生在世,不能只考虑自己,不能只顾自己的小天地,而应该善行义举、不忘乡愁。哪怕尽自己的一些微薄之力,也会产生快乐。

人生的快乐,是幸福的具体表现,也是一个人应该始终保持的精神追求。

快乐就像一枚小石子,投入了池塘,会激起一圈又一圈的涟漪,并不断向外围扩散。

保持快乐的心境,是一门学问和艺术,更是做人应有的追求,重要的是,要把它培养成一种生活习惯,而多做善事,就能打开快乐之门。门里门外,有许多和我一样的乡亲与朋友。

## 二、尽义举，铭记家国情怀

在改革开放春风的吹拂下，祖国大地一片生机。我开创的事业，也迎着春风不断发展。作为一个企业家，特别是从苦难中一步一步成长起来的企业家，我懂得最起码的道理，那就是要为群众、为社会、为国家尽责任、尽义举，多担当、多奉献，铭记最神圣的家国情怀。

### 支持教育，就是支持未来

实践证明，教育兴则人才盛，少年智则国运昌。一个国家、一个地区，只有重视了教育，才有充满希望的未来。

为了地区的繁荣昌盛，为了国家的未来发展，教育越来越受到政府和社会各界的重视，教育基金也越来越得到大家的认可和支持。

据我所知，教育基金是专门用于教育方面的款项，是法律认可的为某种目的向教育提供的赠款，主要用于与教育有关的专项援助，特别是奖励援助。

我的企业为教育基金捐助第一笔爱心款是在2005年5月，向大桥镇政府教育基金捐资5万元。之后又向四川大学教育基金捐赠10万元。

当明新企业到辽宁阜新市投资再创业时，我们意识到，对当地最好的支持就是教育。

2011年2月26日，我公司同阜新市政府签订投资协议，为表示企业将会为当地人民带来更多的利好，我们当即向当地教育基金捐资20万元；2016年和2018年，公司先后向阜新市教育局教育基金捐赠30万元和10万元；另外，还给阜新市大学生发放奖金13000元。

2016年，在庄君新的倡导下，温州商会与嘉兴学院联合创办嘉兴温商学院，庄君新为温商学院捐资50万元。

我们相信，为教育捐资，为未来培育人才，教育之花一定能结出硕果。

### 慈善,永远在路上

"人之初,性本善。"慈善,应该是人的本性。做人,首先要做一个慈善之人。人有了一颗慈善之心,才会达成人与人之间的和谐,才会自觉地帮人解难,自觉地为人民服务,成为一个品德高尚的人。

为了让慈善事业成为一项阳光事业、一项细水长流的惠民事业,各地诞生了经民政部门注册的,由热心慈善事业的公民、法人及其他社会组织自愿参加的非营利公益社会团体——慈善总会或慈善基金会。

嘉兴市南湖区,是一个具有革命传统的地区,中国共产党的第一次代表大会,就是在南湖的一艘红船上闭幕的。我们一直对南湖有一种特殊的红色情结。南湖区慈善总会就是我们明新企业值得支持的慈善组织。为了表示我们的慈善之心、爱民之情,从2012年至2020年,明新公司向嘉兴市南湖区慈善总会累计捐款705000元。

我们的企业坐落在嘉兴,但我们的根在温州。因此,从2013年至2020年2月,庄君新先后向嘉兴市温州商会慈善基金会捐赠了353000元。

每年正月初一,温州商会慈善基金会会长周阳都会发出"新春第一善"捐款倡议,让在嘉兴的温州老乡自愿参加慈善活动,这时,庄君新和我都会自觉带头,分别捐助几千元。

慈善基金会收到善款后,每年都会组织慈善义工,自费到温州各县偏远乡村,给那些孤儿孤老和残疾人等弱势人群发放救济粮油、救济金及急需物品。这种善心、善行,传递了难能可贵的人间温暖。

### 救灾,是无声的大爱

"古之为政,爱人为大。"这是《礼记》中的古训。有人曾说:"学会爱,既是人类进化的一种普遍的律动,又是现代生存智慧的一种顿悟。"

"人生是花,而爱就是花的蜜。"这个比喻的美妙之处恰恰在于,蜜既表达爱本身,又把芬芳和甜蜜传向外界。人生经验一旦成为蜜源,那自然是最有价值的了。

我是一个养蜜蜂的人,我深知蜜源的内涵,就是一种"大爱"精神,就是一种让大家都感受到甜蜜的无声的大爱。

各地常传来急需救助的消息,我一次次地伸出援手,捐款金额少至几百、几千,多至几万。有的地方遭受台风袭击,造成重大灾害,庄君新和我为灾区捐款55000元;有的企业遇到重大挫折,面临危机,我们捐款23000元;有的单位遇到特殊困难,我们捐赠了20万元。

2020年初,国内突发新冠疫情,当时最紧缺的就是抗疫物资。庄君新四处联系,通过国外的朋友,买到了外科口罩5000个、护目镜60个、防护服100套,计37000元,全部捐赠给南湖区红十字会,又另外捐赠835000元,从国外购买抗疫物资,捐赠给辽宁阜新市红十字会。

疫情给市民的生活带来了诸多困难。此时,小儿子庄严挺身而出,买了30多万斤新鲜蔬菜,向嘉兴市区110个小区居民无偿派送,另外将3万多斤蔬菜派送至嘉兴市第一医院的3100多人手中。庄严不让别人知晓这次爱心举动,成了大爱无声的慈善义工。

无论是我,还是我的家人,由于捐助得多了,有两个慈善组织称我为"爱心大使",并要为我做300万元至600万元的重病保险。这些都被我谢绝了。我认为,这是我的责任和义务。大爱,是不需要回报的。

## 商会是个大家庭

商会,是中国近代最早建立的社会团体之一,同时也是社会影响最大的社团之一。从1902年中国现代商业史上第一个商会成立以来,商会越来越被政府和社会各界所认同并支持。

参加商会的好处有不少,主要是:加入商会的同乡人有家一般的归属感,商会是会员的大家庭;加入商会后,政府和客户以及会员之间,会增加彼此的信赖感;加入商会后,会员之间能形成资源互补、信息共享;同时,会员会增强社会地位的优越感和企业品牌、个人成就的荣誉感。

当年,我们企业来到嘉兴地区,加入了嘉兴市温州商会这个大家庭。在嘉兴的温州人有12万左右,嘉兴市温州商会有会员单位3000多家和3000

◇捐赠证书

多名温州老乡,于国于民都是好事。

2016年,我被嘉兴市温州商会聘为顾问,庄君新被推选为会长。这两个头衔既是老乡们对我们的信任,又是一份需要承担义务和责任的压力。

庄君新担任会长后,即倡导与嘉兴学院联合创办嘉兴温商学院,并捐资50万元。第二年即2017年,嘉兴市温州商会大楼1200平方米的百年会馆装修,庄君新一次性捐资100万元,我作为顾问也捐了5万元。当年,商会被批准成立党委,我虽然不是党员,为了表达心意,也捐赠了2万元。

商会是联系政府、社会、会员的纽带,我和我的家人能为之尽力,是一种缘分,也是一种社会责任和担当。善行义举做得越多,我越感到人生有价值。

## 纳税,就是爱国

税收,自古以来就是国家财政收入的主要来源。纳税,就是纳税人根据国家各种税法的规定,按照一定的比率,把集体或个人收入的一部分缴纳给国家。

纳税,在古代往往给纳税人带来沉重的负担,有时甚至成为压在百姓背上的大山。唐代杜荀鹤《山中寡妇》诗云:"桑柘废来犹纳税,田园荒后尚征苗。"宋代苏轼《吴中田妇叹》诗云:"卖牛纳税拆屋炊,虑浅不及明年饥。"这些都是当时劳动人民不堪重负的生活写照。

历代的纳税政策,都能反映时代的兴盛或衰退,是照见政府开明或腐败的一面镜子。

改革开放后,大政方针有利于经济的发展,我们的企业也在改革开放的大潮中不断创新、不断发展。纳税,已成了我们纳税人应尽的责任和义务。

仅从2014年至2020年的七年时间,我们庄氏明新企业向国家缴纳税收达三亿五千九百四十万元,尤其是2020年,缴纳税收竟然超过一亿元。其中,明新嘉兴企业缴纳二亿三千五百八十万元,明新辽宁阜新富新公司缴纳一亿两千三百六十万元。

在当年创业时,我们做梦都想不到这些数字。

不仅如此,明新企业为社会创造了700多人的就业岗位。明新企业的发展,不仅是我们庄氏家族不懈奋斗、艰苦创业的结果,也离不开全体员工团结拼搏、发奋努力,更有党和政府的支持和帮助。

人生旅途,谁也不会一帆风顺,只有尽善行义举,以德传家,才能使家业和企业兴旺发达,历久不衰。

明新企业三十年磨一剑,三十年风雨路,而今沧桑正道,方显企业家本色。善行、义举、纳税,实业报国,这是我们永远的初心和使命。

# 第十七章　叶落归根　不忘乡愁

滴水有源牢记恩，

叶落归根不忘本。

人生旅途乃从容，

世道无情人有情。


一脉同根是宗亲，

庄氏宗亲献丹心。

庄严一脉同根生，

宗亲相帮传祖训。

# 一、一脉同根是宗亲

1998年，平阳县庄氏宗亲会成立大会由我主持。尽管我因企业发展需要将庄氏企业移师嘉兴，可平阳老家庄氏家族的宗亲组织，我还是照常参加。每逢宗亲活动，只要接到通知，我从不缺席。

说到宗亲，庄氏家族十分注重饮水思源，强调宗亲族情，大家相互关怀、互相扶持。各地历代都有宗祠、族谱和同宗会的组织，同宗会也从国内发展至国外，形成了世界性的组织。每隔三年，庄氏宗亲在各地举行恳亲大会、联欢会，相互借鉴、互通有无，早已超出了祖籍邻里、同宗同源的界限，不失为当今地球村村民的典范，恳亲之情和凝聚力更胜于其他组织。

由此可见，庄氏并不仅仅代表一个姓氏，而是一种自古传承至今的庄氏文化。一脉同根是宗亲，家国情怀不忘本。无论身居何处，我们都不能忘记自己的宗族祖根。

平阳庄氏宗亲活动大多在水头举行，每次去参加活动，我必须提前一天从嘉兴起程，到温州过一夜，这样第二天就能准时赶到平阳水头参加活动。

◇1999年11月4日，平阳县第二次庄氏宗亲会在水头蒲山庄氏祠堂召开，庄华元主持这次会议。图中从左至右依次为庄华元、庄孔文、庄孔石、庄义瑞、庄孟樵

◇1999年11月4日，平阳县第二次庄氏宗亲会由庄华元主持，会长庄孔文做报告

每次坐高铁到温州南站下车,我从不打车,都是坐公交车到温州汽车南站下车,然后经过温州大道上的天桥,再步行到下吕浦自家住宅。

温州大道上的人行天桥两头,便是温州最繁华的服装及小商品批发市场。这里会集了四面八方经商的来客,也有不少个人消费者来此采购时宜商品。因此,此地也有不少闲散游民。

每次我登上天桥,都能看到桥上两边席地而坐或坐在小板凳上的许多残疾人士在伸手乞讨。多么令人揪心的场面。眼见此情此景,我感到非常心酸。每当这时,我毫不吝啬地把提包里的硬币拿出来分发给他们,硬币不够了就拾元纸币,一人一张,再不够,就贰拾元纸币,两人一张。每次回温州,我都会提前准备些零钱。这座桥我走过了好多次,每一次都是如此施舍。

我感到,这些处于社会最底层的弱势群体,虽然不是同姓宗亲,但也是中华民族大家庭中的一员,给予施舍,虽解不了长久之难,但也至少能带去一点人间温暖。

参加宗亲活动的途中,记下这一幕,也是留下人生记忆中一粒小星点吧。

## 二、庄氏宗亲献丹心

2008年春节后,本应举办庄氏宗亲每年的新春年会,今年却改成了换届会议。

会议在水头剧院酒店召开,82岁高龄的庄孔石老先生是第三届平阳县庄氏宗亲会会长,这位德高望重的老会长在会上提交了辞呈。

谁知第一任老会长庄孔文与庄孔石,及秘书长庄孟樵,经私下商议,约我会外商谈,提出由我担任第四届庄氏宗亲会会长。尽管我一再推辞,几位老宗长却认为方案已定,非我莫属。为不让宗亲失望,我只得接受了。

在宗亲大会上,全体人员鼓掌通过这项决定。从此,我成为平阳县第四届庄氏宗亲会会长。

当时正值由我主持成立平阳县庄氏宗亲会后的第十个春秋。

说实在的,会长这个头衔,确实是沉甸甸的,需要有奉献、有担当。在就任会长的讲话中,除了表示我的信念和希望外,我宣布向宗亲会捐款20000元。

2008年5月24日,在水头闹村庄氏宗祠隆重召开全县宗亲代表大会。这次大会的主题是《平阳庄氏志》出版发行,全县有120多个宗亲代表参加,同时还邀请了外县的个别宗亲作为代表参加。

《平阳庄氏志》是由秘书长庄孟樵用三年时间编写而成的,这是庄氏宗亲会的一件大事,为此,我捐款一万元支持出版。此书的发行,可以让人们进一步了解平阳庄氏的历史和传承,进一步发扬庄氏的优良传统和祖训。

召开此会期间,正值汶川大地震,灾区损失惨重,全国都在帮助抢救和支援。当时我还在公司任职,在离开公司、前往温州平阳的前一天,我要求全厂干部员工积极为汶川灾区捐款,我带头捐了1200元,第二天便匆匆赶往平阳召开宗亲大会。

我代表县宗亲会为《平阳庄氏志》的出版发行致辞,然后立即动情地把话题转移到当时人们最关心的5月12日汶川大地震上。

我为汶川地震灾区情况的痛心发言,激起全场宗亲的共鸣,不少人伤心落泪。

我是这么说的:

今天的会议适逢四川汶川大地震,我想,大家在电视上都看到了那一幕幕令人触目惊心的悲痛情景,让人忍不住落泪。汶川地震,山崩地裂,摧毁了房屋,至今夺走了55740条同胞的生命,24960人失踪,29480多人受伤,11367929人无家可归,需要紧急转移安置。灾区人民的悲惨遭遇,牵动了每个中国人乃至全世界人民的心。

地震发生之后,全世界都在以不同的方式支援灾区。地震无情人有情,一方有难,八方支援。抗震救灾,众志成城。这是伟大的民族精神。国家有难,匹夫有责。我们庄严家族是中华民族大家庭中不可分割的一部分。所以,我平阳县庄氏宗亲会也要为灾区人民献出一点绵薄之力。

　　我知道,在这之前,大家一定在自己所在的单位或者乡镇奉献过爱心捐款,可是尚未代表平阳庄氏宗亲会捐赠过。如果大家方便的话,不论多少,哪怕是一元两元、三元五元,为灾区人民再献点爱心,都是功德无量的。不知大家意下如何?如果来之前没有思想准备,没有带钱,那就不勉强了。只要大家有一颗支援灾区的火热的心,也是一样好的。今天的外地来宾,我看就免捐了吧。

庄华元

2008年5月24日上午

　　这个讲话引起了强烈的共鸣,我带头捐款1200元,随后大家都慷慨解囊,围着收款人,你一个我一个地纷纷向灾区捐钱。我老伴林锦云也捐了300元。《平阳庄氏志》发行大会变成向汶川地震灾区捐款的大会。不到一小时,共收到捐助救灾款12458元,这些款项于第二天送交平阳县红十字会。

　　后来,平阳电视台对宗亲会的善举做了专题报道。


## 三、庄严一脉同根生


　　东汉时期,有汉明帝刘庄,按古代的制度,臣民需避天子名讳。而庄姓在当时已是名门望族,更是受人关注,于是族人纷纷改姓。由于"庄""严"二字的含义接近,也常常连用,所以当时的庄姓就改为严姓。在改朝换代后,部分族人即改回庄姓,部分族人仍保留严姓。自此,庄、严两姓并存,先祖源出一脉,同宗同源同根生。

　　2009年10月7日,在苍南宗长庄才实的倡导下,在苍南县万豪酒店成立了温州庄严宗亲总会,我被聘为总会副会长。

　　有了这个起点,我积极联络平阳县以严加仲为代表的全县严氏宗亲,商议成立平阳县庄严宗亲会。

　　在经过多次协商、筹备后,2009年12月13日,平阳县庄严宗亲会在水

◇2018年冬月庄华元为温州洞头庄氏宗祠修缮落成题写匾额

头闹村庄氏祠堂宣告成立，我被推选为第一届会长。

宗亲会需要活动经费，我带头捐款20000元。紧接着，庄、严两姓宗亲都积极响应，大家慷慨解囊、踊跃捐款。那一次，共募得款项98000元。

有了这笔资金，宗亲会开展活动就有了经济支撑。从那时开始，我提议宗亲会每年向本县特困宗亲发放慰问金，每年给全县高考取得高分的优秀学子发放奖励金。这种活动成为宗亲会每年的惯例，形成制度，受到了宗亲群众的欢迎和好评。

庄严宗亲会成立后，我来回奔波，常为宗亲之事操心，也分散了我投入企业和家业的不少精力，但我总是尽力而为，乐于奉献。

直到2013年2月，由于家庭客观原因，我辞去了宗亲会长的职务。

虽然我不当会长了，但对有困难的宗亲，我还是会经常慰问，如有特别困难的情况，我就伸出援手，帮衬一下。

在平阳水头蒲山村的庄氏族群中，比我小17岁的庄千溪原是蒲山村干部，又是庄氏家族族长。他为人心善，做了许多好事、受人爱戴。庄家同辈人都称呼他为大哥或老大，同村还有姓陈和姓王的人也跟着叫他大哥或老大。

记得在2015年末，我打电话询问庄千溪："今年全族宗亲是否都过得好？谁有特别困难的情况？"他在电话中说："最困难的是庄千紫，他老婆易春芳头晕脑痛，看过不少医生，上海大医院也去过了，都没有治好。后来去了北京，花了两万元请了一人专门为其寻找最高明的医生做开颅手术。易春芳病了很长时间,算是最困难的了。"

听罢千溪的话,我很同情,毫不犹豫地当即给予捐助一万元,算是一种补助吧。

# 四、宗亲相帮传祖训

有人问:这个社会最缺的是什么东西?许多人都会说:是钱。我读到著名作家林清玄的文章,他说:这个社会最缺的有两种,一是"从容",二是有情。这两种品质是大国国民应有的品质,"但是由于我们缺少'从容',因此很难见到步履雍容、识见高远的人;因为缺少'有情',则很难看见乾坤朗朗、情趣盎然的人"。

随着年龄的增长,人越老会变得越从容,待人处事也会越来越有情。当然,关于"从容"与"有情",每个人的理解和表现,随着身份和处境的不同,也会各不相同。

2018年,庄孟煌和庄孟盾两位宗长找到我,再三邀请我重返平阳做宗亲工作。

几年过去,岁月如烟,而家乡的山和水,宗亲的人和事,仍像电影一样历历在目。既然宗亲盛情邀请,我也不再推辞,从容接受。在此时此境,我可以从容地再次担负起宗亲工作的责任了。

是年3月31日,我当选为第二届平阳县庄严宗亲会会长。

◇2018年3月31日,庄华元当选第二届平阳县庄严宗亲会会长,并在大会上做二十年来宗亲工作的总结暨第二届宗亲会工作方案的报告

◇2018年3月31日,平阳县庄严宗亲会第二届恳亲大会在鳌江荆溪山仙池
山庄举行。在主席台就座的从左至右分别是秘书长庄孔波、副会长严家仲、会长
庄华元、东海舰队原副司令严跃进、八届理事长庄垂钱

◇2018年3月30日晚,平阳县庄严宗亲会第二届换届选举大会召开,特在鳌江
举办晚宴欢迎前来参加大会的第八届世界宗亲总会(澳门)领导班子成员一行。
前排从左至右分别是:严家仲、庄孟煌、庄铭森(中国澳门)、庄垂钱(中国澳门)、
庄华元、严跃进(东海舰队原副司令员)、庄让深、庄永安(中国澳门)。后排从左
至右分别是:庄建平(中国澳门)、庄建胜(中国澳门)、庄千梅、王璇璇(中国澳
门)、洪秀美(中国澳门)、庄朵朵(广州)、庄孟栋、庄春成、庄勇标

　　民间组织的经费都要自筹的，会长理所当然要带头，于是，我当即为宗亲会捐资5万元。由于我的带头，宗亲们的积极性很高，大会一次性筹款达15万元。作为会长，我要积极地把宗亲工作做好，必须把有限的钱花在宗亲群众身上，这才是正道。这是宗亲会会员共同的责任，也是我这个会长的职责与担当。

　　2018年10月，浙江省庄严宗亲总会成立，这是浙江省庄严宗亲的一件大事。在这次成立大会上，我被聘为总会名誉会长。为表示祝贺，我捐资2万元。我既然是平阳县庄严宗亲会的会长，就理应支持全省庄严宗亲总会的成立，并尽自己最大的努力做好每一件事。

◇2018年10月，浙江庄严宗亲总会在杭州成立。在主席台上就座的从左至右分别是庄传赏、严仁彪、严一善、严跃进（东海舰队原副司令员）、庄炎林（原中国侨联主席）、严富昌（总会长）、庄华元

　　自从当选平阳县庄严宗亲会的会长后，除了继续发放给高考高分优秀学生奖励金外，我还对全县庄严宗亲80岁以上的老人进行慰问，发放大米、食用油及红包；给90岁以上老人发寿星匾、寿星红包。在这些慰问活动中，除宗亲会付2万元外，其余缺口全由我来承担，这次我捐出了23000多元。

◇2018年冬月,庄华元会长带领平阳县庄严宗亲会理事们慰问老人,开展献爱心活动

◇2018年12月,平阳县庄严宗亲会组织宗亲会理事们慰问平阳县80岁以上老人,给老人送去大米、油、红包和寿星匾等

为宗亲做好事、多奉献,已经成为我的生活习惯,而且每一次奉献,我都认为这是传承庄严祖训,是我乐意承担的义务和责任。2019年10月12日,福建省泉州市台商区成立庄严锦绣公益会。第二天,平阳县与苍南县宗亲会组团前往永春胡垟庄府庄森公祖祠进行拜祖活动,为庄森公祖祠扩建修缮,我义不容辞捐出1万元,以表庄氏裔孙对先祖的孝敬。

2020年10月,福建泉州庄森公第九代孙、宋代三朝元老、少师庄夏公祖墓重新修复。高墩庄氏应是庄夏公后裔,因此我捐款1万元,以表我高墩庄氏家族认祖归宗。

另外,在宗亲中,遇有困难者,特别是患有重病、病危的宗亲家属,我都会给予几千至上万元的援助。我牢记凡事从容、待人有情,我每次捐助的钱,无论多少,只不过是对公益心、同情心和真诚的爱心的一种表达与心愿而已。

因此,每次参加宗亲活动,我都会感受到无限的幸福和快乐,因为宗亲活动是在为广大宗亲们献爱心、做好事,加强宗亲之间的团结友爱,加深宗亲之间的感情,让我多一次做善事的机会。这已是我的生活中不可或缺的内容。

祖训有言:祖宗本是亲上亲,血脉相承合认真;追远莫忘先祖德,当思诚敬答前人。我所做的一切,都和先祖的遗训一脉相承,我也始终为优秀的中华传统文化尽自己的心力,以诚敬之意拜答前人。

# 第十八章　春风絮语

星移斗转,岁月沧桑

人生之路有短长

一半在梦里安详

一半在路途飞扬


一岁一枯荣,一花一世界

春风总是让人向往

每一次艰难破茧啊

都是为了从容地飞翔

# 春风絮语

春夏秋冬,四季转换,岁月沧桑,人生苦短。走过八十多个春秋,我自知,这部《梦回春风》,还会伴随着春风一路走下去。网上说,重要的话要说三遍。我将以前说过的话,在这里再重复一遍,也算是我对后代的一些发自内心的寄语吧。

一

对于远行他乡的人来说,"故乡"永远是在记忆中藏得最深的那个词。无论故乡如何变化,它在我们骨子里早已打上深深的烙印。那些与生俱来的特质,流淌在我们的血液里。不管我现在生活如何,很多看起来稀松平常的东西总是在我心里挥之不去。

二

每个姓氏家族的发展,不仅有基因血脉的继承,更有民俗文化的传承。每一种传承,都浸润着中华民族坚韧和不屈的品质,优秀的民族精神永远是我们的灵魂。奋斗,永远是前进的动力。

三

面对苦难,不要心灰意冷,属于我的终究会到来;只要我不畏惧、不退缩,苦海终究有尽头。

四

通过劳动挣到的每一元钱都是血汗钱,都是用力气、用血汗换来的。别小看一元钱,对于穷人家来说,放在手里是沉甸甸的,是生活的希望。

## 五

出门在外,知心的朋友可遇不可求,一旦相遇,乃是人生的一种幸运。

## 六

理想,永远在远方;成功,永远在脚下。为了理想和成功,必须不停地往前赶。

## 七

一个人的生存,一个家庭的生存,乃至一个民族、一个国家的生存,都是建立在物质基础上的。如果最基本的尊严和物质都不能维持,唯一的办法就是寻找出路,为谋生存而寻找新的出路。

## 八

在社会上,为了生存、为了工作,有许多"面子"是不值得保留的。只要自己堂堂正正做人,老老实实做事,到任何地方,在任何时候,都是很体面的。

## 九

在田头插秧,看起来是在倒退,其实是步步向前。有时候,我们要虚怀若谷,低下头来,才能真正认识自己、认识世界。从近处可以看到远处,从低处可以看到高处,有时候退步也是一种进步。

## 十

庄稼能苗壮成长,离不开阳光雨露,离不开适合它生长的土壤。同样,一个农民能安居乐业,离不开政策的阳光雨露,也离不开适合他生活的环境和氛围。"海阔凭鱼跃,天高任鸟飞。"改变命运,必须靠自己!

## 十一

事实证明，任何行业都没有捷径可走。凡事首先要当好小学生，下苦功，深入研究，尝尽所有甜酸苦辣，一步一个脚印地往前探索。只有这样，才能成功，才有将来。

## 十二

随着时间的流转，环境在变，人心也在变。我觉得，千变万变，做人的正气不能变。人心难测，自己的心一定要保持纯正。对自己最低的要求，就是无论怎样，都不能丢失自己的良心。

## 十三

只有心存感恩的人，才能收获更多的幸福和快乐，才能摈弃没有意义的怨天尤人。心存感恩的人，才会朝气蓬勃，豁达睿智，好运常在，远离烦恼。

## 十四

"明枪易躲，暗箭难防。"但如果碰到上梁不正、保护伞不破的情况，明枪也难躲，暗箭更难防，好人就很难有立身之处。

## 十五

我不迷信，但"举头三尺有神明""人恶人怕天不怕，人善人欺天不欺"。世间万物，都蕴含着因果关系。水不试不知深浅，人不交不知好歹。时间和实践是检验一切的试金石。我坚信，做一个老实善良的人，光明磊落，襟怀坦荡，老天会有照应。

## 十六

友谊和信任是用金钱买不到的无价之宝。真正的朋友不在乎朝夕相处，而是在你最困难的时候，他总会第一个伸出援手。

## 十七

我要让家人知道，人若没有栖息的地方，一生都不会有安身立命的场所；心若没有栖息的地方，到哪里都是在流浪。无论前面有多少艰难险阻，我们至少拥有美好的梦想，总有一个理想可以让我去奋斗和拼搏。即使在寒冬，春风也会在梦中拂过。

## 十八

俗话说，有钱做事风吹快，无钱做事难上难。有钱时要常想无钱苦，开源节流才能代代富。而在无钱的时候，最能体现朋友和亲人的力量强弱，体现做人的信誉和价值观。

《红楼梦》中有一对联，永远值得铭记："身后有余忘缩手，眼前无路想回头。"

## 十九

天赋、勤奋、良知、博学、机遇，人生成功的要素，大致就是这十个字。天赋，无疑是先天赋予的聪慧，但没有后天的勤奋、良知、博学，天赋再好也是白费。机遇，也是要靠人发现、掌控的，同时更要靠自己的努力，才会成功。

## 二十

生活总是这样，有喜又有忧。无论在什么情况下，我们都必须保持清醒的头脑。一路走来，创业之路总是起起伏伏，唯有艰苦奋斗，不怕任何艰难困苦，成功之花才会在春风中盛开。

## 二十一

看到儿女们成长、企业壮大，我由衷地感到欣慰。长江后浪推前浪。我将事业交给儿女们传承，让他们去继承和闯荡，我相信，他们一定会"青出于蓝而胜于蓝"，一定会干得更出色。

## 二十二

几乎人人都知道毛毛虫的故事。毛毛虫蝶变，听起来很美，实际上是很痛苦的：说美，是美在翩翩起舞，飞向远方；说痛苦，是痛苦在破茧之难。明新发展，犹如蝶变，突破重重难关而再生；明新人的人生价值也随之得到升华，以崭新的面貌屹立于世界。

## 二十三

"财"字的含义，是把人才当宝贝，才能成"财"有"财"。所有的精神财富和物质财富，都是靠人才创造出来的。鹰击长空靠翅膀，企业发展靠人才。

## 二十四

企业在发展中，个人在奋斗中，环境与心境应和谐统一，且心境始终要乐观以适应环境，在现有条件下尽可能改变环境，使环境变得更适应心境。只有在无法改变客观环境的情况下，才顺应环境、随遇而安。

## 二十五

海，无论大小，都由水滴汇合而成。水能上能下，能进能退；水能屈能伸，能大能小；水能滴水穿石、水到渠成。滴水成海，小海也能汇成大海。

## 二十六

企业犹如在大海中航行的船，既然已驶进了大海，就要鼓起风帆，认定航标，豪情满怀地远航；企业如蓝天中飞翔的雄鹰，既然选择了长空，就要展开双翅，认定目标，义无反顾地飞翔。

## 二十七

人生在世，不能只考虑自己，不能只顾自己的小天地，而应该行善行义举、不忘乡愁。哪怕尽自己的绵薄之力，也会产生快乐。人生的快乐，是幸福的具体表现,也是一个人应该始终保持的精神追求。

## 二十八

作为一个企业家,特别是从苦难中一步一步成长起来的企业家,我懂得要为群众、为社会、为国家尽责任、尽义举、多担当、多奉献,铭记最神圣的家国情怀。

## 二十九

实践证明,教育兴则人才盛,少年智则国运昌。一个国家、一个地区,只有重视教育,才有充满希望的未来。

## 三十

人生旅途不会一帆风顺,只有行善行义举,以德传家,才能使家业和企业兴旺发达,经久不衰。善行、义举、纳税,实业报国,这是我们永远的初心和使命。

## 三十一

人生最难的是,敢于站起来跨出第一步。

我不知走上这条路究竟有多难,但既然走了,我只能走下去!

路是人走出来的,办法也是人想出来的。阳光总在风雨后。

## 三十二

虽然克服了困难,走出了第一步,但接下来能顺利成功吗?我想:开弓没有回头箭!

## 三十三

抄近路,能快速抵达目的地,这是人类本能的选择,我也不例外。

但是,必须讲究产品质量,质量是企业成败的关键:崇尚商德,厚德载物,通人脉,得尊拥,享多助,才能永立不败之地。

### 三十四

平坦的路途看不出高低,只有在赛场上方能看出英雄本色。我深谙此理。

在艰苦却令人难忘的创业岁月里,一路坎坷,又一路凯歌,我矢志不渝地坚持一个信念:不到长城非好汉。

### 三十五

贫穷没有出路,没有地位,没有出息,受人欺凌。要摆脱和远离贫穷,要安居乐业,就要乐于吃苦、善于吃亏、甘于受气。无论遇到什么困难,都不能退缩,不能放弃,而是要发奋努力、顽强拼搏,直至实现心中的梦想!

### 三十六

知足常乐不是一句空话,贪心不足,往往会失去已得到的东西。实践证明,只有靠自己的努力,辛勤地付出,才能拥有永远属于自己的财富。

# 后　记

　　从工作岗位上退下来后，空闲时间多了，许多往事纷纷涌上心头，许多熟悉的身影，一直萦绕在心中。

　　记得在2005年，明新企业迁移至嘉兴。从小跟着爷爷奶奶长大的大孙女庄颖从平阳转到嘉兴一中就读。她的生活起居都是我老两口照顾的，每周一起早做早饭，然后开车送她到学校，周末再接她回家住两天。有个星期天晚上，她特意从书房卷起被褥，铺在我房间的地板上，她要同我彻夜长谈。

　　庄颖问："你小时候是怎么读书的？为什么我们家是革命烈士家属？在高墩时，我们家的生活怎样？"

　　孙女不断地问，我便不断地讲。

　　我讲到艰难辛酸时，她跟着受委屈似的，觉得难受；我讲到家人相聚快乐时，她一脸笑容，好开心。

　　我滔滔不绝地讲，她津津有味地听。我说："我们家的故事说不完，以后有空，爷爷慢慢讲给你听。"庄颖高兴地说："好呀好呀，我想知道我们的家史。"

　　庄颖高中毕业后考上中央财经大学，我们接触的机会少了，讲述家史的事就搁置了。

　　命运赐福，让我家至今有孙子孙女十个，可谓儿孙满堂，阖家幸福。

　　对于我的家史，除庄颖略知一二，其余孙辈就一无所知了。其实，别说孙辈，即使儿女辈，也并非都知道，进门的媳妇更不知道了。

◇庄华元与孙女庄颖

　　因此,撰写我的一生与我的创业人生,记录一部庄氏家史的梦便在我脑海中久久挥之不去。

　　说起来是我个人一生过往的回忆,实际记录的不仅仅是我个人的历史,而是一个家庭、一个家族,乃至一个时代的历史。

　　在我的生活中,在我们创业的过程中,有一个力量一直在支撑着我,这个力量来自我的妻子林锦云。她除了同我一起含辛茹苦地养育了海燕、小海、君新、庄严四个孩子之外,还一起奔波创业,直至她积劳成疾,于2017年9月26日与我永别。我写这部回忆录,也是记录她付出的毕生心血和不可磨灭的功绩。可以说,《梦回春风》是我献给妻子林锦云的珍贵礼物和赤诚之心!

　　我希望我的创业人生能成为我的儿孙们代代相传的珍贵家史。

　　我不厌其烦地讲述我的往事,是为了让大家记住:贫穷没有出路,没有地位,没有出息,受人欺凌。要摆脱和远离贫穷,要安居乐业,就要乐于吃苦、善于吃亏、甘于受气。无论遇到什么困难,都不能退缩,不能放弃,而是要发奋努力、顽强拼搏,直至实现心中的梦想。

经过多年的努力，我这个年过八十、凡事不服输的老人，终于将我的创业人生交到了亲人和读者的面前，我多年的梦想终于成真。

这部书稿撰写的过程中，得到了全家人的支持，这让我深感欣慰，尤其是大部分手稿都是由大孙女庄颖帮我打字，占用了她许多时间和精力，在此感谢我的好孙女！

这本书的后续部分手写书稿，又是由大孙媳妇池莎莎帮我完成打字。她2021年1月结婚。刚刚进门的小辈来帮忙，让我格外高兴。

创业人生《梦回春风》顺利完稿出版，有幸得到著名作家浦学坤先生的高度重视和关爱，他花了大量心血和精力帮助我策划和润笔。在此，特致以崇高的敬意和衷心的感谢！

在我的生活和工作过程中，每一个阶段、每一种境遇，都得到不少领导、同事、老乡和朋友的关心、支持和帮助，在此也一并表示感谢！

在撰写本书的过程中，由于时间跨度较长，有许多人和事可能已经淡忘，且由于本人文化水平不高，才疏学浅，有许多文字可能有遗漏或错误，尽管多次校对，难免仍有诸多不足之处，希望读者见谅，不吝赐教。

庄华元

2021年7月